1984—2013
《当代作家评论》
30年文选

讲故事的人

林建法◎主编

辽宁人民出版社

图书在版编目（CIP）数据

讲故事的人 / 林建法主编. —沈阳：辽宁人民出版
社，2014.1
（《当代作家评论》三十年文选）
ISBN 978-7-205-07721-1

Ⅰ．①讲… Ⅱ．①林… Ⅲ．①莫言—小说研究 Ⅳ．
①I207.42

中国版本图书馆CIP数据核字（2013）第209869号

出版发行：辽宁人民出版社
　　　　　地址：沈阳市和平区十一纬路25号　邮编：110003
　　　　　电话：024-23284321（邮　购）024-23284324（发行部）
　　　　　传真：024-23284191（发行部）024-23284304（办公室）
　　　　　http://www.lnpph.com.cn
印　　刷：辽宁星海彩色印刷有限公司
幅面尺寸：170mm×240mm
印　　张：30
字　　数：529千字
出版时间：2014年1月第1版
印刷时间：2014年1月第1次印刷
责任编辑：时祥选　刘国阳
装帧设计：丁末末
责任校对：周　健
书　　号：ISBN 978-7-205-07721-1
定　　价：60.00元

序　言

林建法

　　《当代作家评论》创刊三十年前夕，几位朋友相约在常熟举办了一场座谈会，其中有的朋友几乎是给《当代作家评论》写了三十年的稿子。在这之前，我对是否办这样的活动颇为踌躇。我大学毕业后的职业生涯几乎都是在以杂志为平台研究别人，现在突然由别人来讨论我主编的《当代作家评论》，感觉不适应。但转念之间，又觉得《当代作家评论》并非我个人的事业，换一个位置聆听朋友们的教诲，于我于杂志都大有裨益。出席座谈会的朋友有批评家、作家，再加上我这个编辑，形成了一个关于文学与批评杂志的对话空间。如果忽略那些对于杂志和我的溢美之词，朋友们在座谈会上的发言，其实并不局限于《当代作家评论》，涉及到批评与创作、杂志与作品的经典化等诸多问题，这本杂志以及我本人只是近三十年文学生产中的一个环节或者个案。

　　二十世纪八十年代是文学的时代。这个时代在我们这一代人身上留下了太深的印记。在文学发生革命性变化的时期，一九八四年一月《当代作家评论》在辽宁创刊。其时，我在福建编辑另一本评论杂志《当代文艺探索》。两年以后，我从南方的福州到北方的沈阳，成为《当代作家评论》的编辑，在这个编辑部度过了我的青年、中年时期，又在退休后延聘至今。在某种意义上说，我最好的时光都是在杂志社度过的。尽管这么多年来有这样那样的艰辛和困难，但比起这本杂志的价值，这些都可以忽略不计。如果说这个编辑部也曾经有这样那样的故事，而我则把自己的所有都编辑在这本杂志的字里行间。我在一九八七年一月担任杂志副主编，二〇〇一年担任主编，协助其他主编或独立主编杂志。在《当代作家评论》创刊三十年时，我想起为这本杂志作过贡献的历任主编思基、陈言、张松魁、晓凡和陈巨昌几位先生，特别缅怀在晚年仍然关心杂志的陈言先生。用自己的生命和信仰呵护这本杂志，在我和我前辈们是一以贯之的，虽然办刊的思路并不完全一致。

从九十年代开始，特别是新世纪以来，文学和文学的语境都发生了剧烈的变化。这一变化首先是文学不再处于中心位置，也即所谓的边缘化现象。但这并不意味着文学的消失甚至死亡，恰恰相反，文学一直以自身的方式生长，优秀的作品始终是一本批评杂志发展的基础。在这样的语境中，如何以新的办刊方式应对新的文化秩序，确实是一个很大的难题。另一个变化是市场的兴起和发展，消费主义意识形态对任何一家杂志的影响都是不可低估的。我不能说自己没有困惑和犹豫，特别是在受到一些人为的干扰时；但是，我觉得我和杂志的同仁方寸未乱。无论人事、语境等有了怎样的变化，文学、文学批评以及以此为中心的批评杂志，其意义就在于超越现实的困扰，坚持文学的理想，严格批评的尺度，坚守敬畏文字的立场。这几个方面把持住了，杂志就不会随波逐流。可以说，正是在应对新的危机中，《当代作家评论》完成了历史转型，既传承了曾经的特点，但更多地呈现了新的风貌，而我个人的办刊风格也是在这个时期逐渐成熟。就像有许多人肯定我一样，不可避免地有另外一些人不赞成我的办刊风格，我觉得这都不重要。一份杂志不可能不留下主编的个人印记，重要的是它留下了几代人观察和思考中国当代文学的痕迹。

在这次座谈会上，王尧兄建议我编辑一套《当代作家评论》三十年文选，以学术的方式纪念曾经的岁月。这是个非常好的建议。从二〇一二年九月，我便着手这一工作，几乎重读了三十年的《当代作家评论》。现在呈现给读者的这套文选有十种：《百年中国文学纪事》，收录的论文侧重二十世纪中国文学史研究，包括文学史著作的撰写等问题；《三十年三十部长篇》收录了关于三十部长篇小说的文论，以及讨论"茅盾文学奖"的文章；《小说家讲坛》以小说家在苏州大学的讲演为主，还收录了部分小说家的讲演或文论；《诗人讲坛》收录了关于诗歌研究的论文，诗歌研究是本刊近几年来重点编发的内容，试图改变目前以小说研究为中心的状况；《想象中国的方法》是关于作家、学者的谈话录，从中可以管窥作家、学者或批评家用写作想象中国的方法；《讲故事的人》是关于莫言研究的专辑，《当代作家评论》自创刊以来发表研究莫言的论文一百余篇，这本书收录了小部分相关论文；《信仰是面不倒的旗》是研究贾平凹、张炜、张承志、韩少功、李锐、尤凤伟、王安忆、铁凝、范小青、阿城、刘恒、叶兆言、刘震云、王朔和史铁生的合集；《先锋的皈依》和前两卷一样，同样是收录了反映《当代作家评论》主要特征之一的作家论，涉及到的作家有阎连科、余华、格非、阿来、残雪、林白、陈染、李洱、毕飞宇、孙甘露、北村、吕新、艾伟、劳马、马原、刁斗和王小波；重视辽宁和东北作家研究也是本刊的特色和使命，《新生活从这里开始》大致反映了当代辽宁作家的研究状况；《华语文学印象》侧重收录了研究港澳台作家及海外华人作家的论文。

所谓"挂一漏万"的说辞同样适合这套书。尽管有十卷的篇幅，但相对三十年《当代作家评论》发表的论文，仍然有很大的局限。我以分类的方式来编选论文，难免疏漏掉一些无法归类的论文。因此，这十本书虽然大致反映了《当代作家评论》三十年的面貌，但研究者不必受此限制。

在文选付梓之际，我要特别感谢辽宁省委常委、宣传部长张江同志。张江同志对处于困难中的《当代作家评论》如何办刊给予了很多指导性的意见，并且给予了经费支持。张江同志爱文学、懂文学、重批评，给我和国内的同行留下了深刻的印象。我还要向出版文选的辽宁人民出版社、协助我编选的李桂玲以及关心文选出版的朋友致谢。

序 言 ………………………………………… 林建法 / 001

讲故事的人 ………………………………………… 莫 言 / 001
　　——在诺贝尔文学奖颁奖典礼上的讲演
再说"黄土地上的奇迹" ………………………… 刘再复 / 010
莫言的鲸鱼状态 ………………………………… 刘再复 / 022
"历史—家族"民间叙事模式的创新尝试 ………… 陈思和 / 025
人畜混杂，阴阳并存的叙事结构及其意义 ……… 陈思和 / 043
喧哗与静默 ……………………………………… 王安忆 / 057
莫言：一个时代的文学突围 …………………… 孙 郁 / 072
莫言：与鲁迅相逢的歌者 ……………………… 孙 郁 / 084
魔幻与现实的寓言 ……………………………… 南 帆 / 094
"在地性"与越界 ……………………………… 陈晓明 / 100
　　——莫言小说创作的特质和意义
从短篇看莫言 …………………………………… 张新颖 / 128
　　——"自由"叙述的精神、传统和生活世界

人人都在什么力量的支配下 …………………………………………… 张新颖 / 136
　　——读《生死疲劳》札记

民间的传奇 …………………………………………………………… 栾梅健 / 142
　　——论莫言的文学观

面对历史纠结时的精准与老到 …………………………………… 栾梅健 / 160
　　——再论莫言《蛙》的文学贡献

天马的缰绳 …………………………………………………………… 张清华 / 171
　　——论新世纪以来的莫言

莫言文体多重结构中传统美学因素的再审视 ……………………… 张清华 / 186

复苏民间想象的传统和力量 ………………………………………… 王光东 / 196
　　——由莫言的《生死疲劳》说起

魔幻化、本土化与民间资源 ………………………………………… 程光炜 / 202
　　——莫言与文学批评

启蒙与现代性的弃物 ………………………………………………… 王　侃 / 220

重新拾起"人的忏悔"的话题 ……………………………………… 罗兴萍 / 233
　　——试论《蛙》的忏悔意识

"自由"的小说 ………………………………………… 吴义勤　刘进军 / 246
　　——评莫言的长篇小说《生死疲劳》

莫言的"变形记" …………………………………………………… 黄发有 / 257

不驯的疆土 …………………………………………………………… 李　静 / 272
　　——论莫言

寻找一种叙述方式 …………………………………………………… 郭冰茹 / 291
　　——论莫言长篇小说对传统叙述方式的创造性吸纳

当死亡比活着更困难 ………………………………………………… 谢有顺 / 300
　　——《檀香刑》中的人性分析

挑战阅读 ……………………………………………………………… 张伯存 / 312

一种孤独远行的尝试 ………………………………………………… 黄善明 / 321
　　——《酒国》之于莫言小说的创新意义

目录

感官的王国 ……………………………………………… 张 闳 / 333
　　——莫言笔下的经验形态及功能

荒野弃儿的归属 ………………………………………… 孟 悦 / 357
　　——重读《红高粱家族》

现代人的民族民间神话 ………………………………… 季红真 / 370
　　——莫言散论之二

莫言小说里的"恶心" ………………………………… 李洁非 / 384

莫言小说中的性意识 …………………………………… 吴 俊 / 392
　　——兼评《红高粱》

葛浩文的"隐"与"不隐"：读英译《丰乳肥臀》 ……… 史国强 / 401

莫言作品英译本序言两篇 …………〔美〕葛浩文 著 吴耀宗 译 / 409

王德威评《丰乳肥臀》 ………………………………… 王德威 / 416

苦竹：两部中国小说 …………〔美〕约翰·厄普代克 著 季 进 林 源 译 / 423

和善先生与刑罚 …………〔德〕汉斯约克·比斯勒–米勒 著 廖 迅 译 / 430

时代的书：你几乎能触摸一个中国农民的"二十二条军规"
　　……………………………………〔美〕白礼博 著 林 源 译 / 435

论《天堂蒜薹之歌》 ……………〔英〕杜迈可 著 季 进 王娟娟 译 / 438

重 生 ……………………………〔美〕史景迁 著 苏 妙 译 / 448
　　——评《生死疲劳》

比较研究：莫言与福克纳 ……〔美〕M.托马斯·英奇 著 金衡山 编写 / 451

《当代作家评论》发表的莫言评论文章目录索引（一九八六～二〇一三） …………455

《当代作家评论》视域中的莫言………………………… 林建法 李桂玲 / 460

讲故事的人[①]

——在诺贝尔文学奖颁奖典礼上的讲演

莫 言

尊敬的瑞典学院各位院士，女士们、先生们：

通过电视或者网络，我想在座的各位，对遥远的高密东北乡，已经有了或多或少的了解。你们也许看到了我的九十岁的老父亲，看到了我的哥哥姐姐我的妻子女儿和我的一岁零四个月的外孙女。但有一个我此刻最想念的人，我的母亲，你们永远无法看到了。我获奖后，很多人分享了我的光荣，但我的母亲却无法分享了。

我母亲生于一九二二年，卒于一九九四年。她的骨灰，埋葬在村庄东边的桃园里。去年，一条铁路要从那儿穿过，我们不得不将她的坟墓迁移到距离村子更远的地方。掘开坟墓后，我们看到，棺木已经腐朽，母亲的骨殖，已经与泥土混为一体。我们只好象征性地挖起一些泥土，移到新的墓穴里。也就是从那一时刻起，我感到，我的母亲是大地的一部分，我站在大地上的诉说，就是对母亲的诉说。

我是我母亲最小的孩子。我记忆中最早的一件事，是提着家里唯一的一把热水瓶去公共食堂打开水。因为饥饿无力，失手将热水瓶打碎，我吓得要命，钻进草垛，一天没敢出来。傍晚的时候，我听到母亲呼唤我的乳名。我从草垛里钻出来，以为会受到打骂，但母亲没有打我也没有骂我，只是抚摸着我的头，口中发出长长的叹息。

我记忆中最痛苦的一件事，就是跟随着母亲去集体的地里捡麦穗，看守麦田的人来

了，捡麦穗的人纷纷逃跑，我母亲是小脚，跑不快，被捉住，那个身材高大的看守人扇了她一个耳光。她摇晃着身体跌倒在地。看守人没收了我们捡到的麦穗，吹着口哨扬长而去。我母亲嘴角流血，坐在地上，脸上那种绝望的神情让我终生难忘。多年之后，当那个看守麦田的人成为一个白发苍苍的老人，在集市上与我相逢，我冲上去想找他报仇，母亲拉住了我，平静地对我说："儿子，那个打我的人，与这个老人，并不是一个人。"

我记得最深刻的一件事是一个中秋节的中午，我们家难得地包了一顿饺子，每人只有一碗。正当我们吃饺子时，一个乞讨的老人，来到了我们家门口。我端起半碗红薯干打发他，他却愤愤不平地说："我是一个老人，你们吃饺子，却让我吃红薯干，你们的心是怎么长的？"我气急败坏地说："我们一年也吃不了几次饺子，一人一小碗，连半饱都吃不了！给你红薯干就不错了，你要就要，不要就滚！"母亲训斥了我，然后端起她那半碗饺子，倒进老人碗里。

我最后悔的一件事，就是跟着母亲去卖白菜，有意无意地多算了一位买白菜的老人一毛钱。算完钱我就去了学校。当我放学回家时，看到很少流泪的母亲泪流满面。母亲并没有骂我，只是轻轻地说："儿子，你让娘丢了脸。"

我十几岁时，母亲患了严重的肺病，饥饿，病痛，劳累，使我们这个家庭陷入困境，看不到光明和希望。我产生了一种强烈的不祥之感，以为母亲随时都会自寻短见。每当我劳动归来，一进大门，就高喊母亲，听到她的回应，心中才感到一块石头落了地，如果一时听不到她的回应，我就心惊胆战，跑到厢房和磨坊里寻找。有一次，找遍了所有的房间也没有见到母亲的身影。我便坐在院子里大哭。这时，母亲背着一捆柴草从外边走进来。她对我的哭很不满，但我又不能对她说出我的担忧。母亲看透我的心思，她说："孩子，你放心，尽管我活着没有一点乐趣，但只要阎王爷不叫我，我是不会去的。"我生来相貌丑陋，村子里很多人当面嘲笑我，学校里有几个性格霸蛮的同学甚至为此打我。我回家痛哭，母亲对我说："儿子，你不丑。你不缺鼻子不缺眼，四肢健全，丑在哪里？而且，只要你心存善良，多做好事，即便是丑，也能变美。"后来我进入城市，有一些很有文化的人依然在背后甚至当面嘲弄我的相貌，我想起了母亲的话，便心平气和地向他们道歉。

我母亲不识字，但对识字的人十分敬重。我们家生活困难，经常吃了上顿没下顿，但只要我对她提出买书买文具的要求，她总是会满足我。她是个勤劳的人，讨厌懒惰的孩子，但只要是我因为看书耽误了干活，她从来没批评过我。有一段时间，集市上来了一个说书人。我偷偷地跑去听书，忘记了她分配给我的活儿。为此，母亲批评了我。晚上，当她就着一盏小油灯为家人赶制棉衣时，我忍不住地将白天从说书人那里听来的故事复述给她听。起初她有些不耐烦，因为在她心目中，说书人都是油嘴滑舌、不务正业的人，从他们嘴里，冒不出什么好话来。但我复述的故事，渐渐地吸引了她。以后每逢集日，她便不再给我排活儿，默许我去集上听书。为了报答母亲的恩情，也为了向她炫耀我的记忆力，我会把白天听到的故事，绘声绘色地讲给她听。

很快的，我就不满足复述说书人讲的故事了，我在复述的过程中，不断地添油加醋。我会投我母亲所好，编造一些情节，有时候甚至改变故事的结局。我的听众，也不仅仅是我的母亲，连我的姐姐，我的婶婶，我的奶奶，都成为我的听众。我母亲在听完我的故事后，有时会忧心忡忡地，像是对我说，又像是自言自语："儿啊，你长大后会成为一个什么人呢？难道要靠耍贫嘴吃饭吗？"我理解母亲的担忧，因为在村子里，一个贫嘴的孩子，是招人厌烦的，有时候还会给自己和家庭带来麻烦。我在小说《牛》里所写的那个因为话多被村里人厌恶的孩子，就有我童年时的影子。我母亲经常提醒我少说话，她希望我能做一个沉默寡言、安稳大方的孩子。但在我身上，却显露出极强的说话能力和极大的说话欲望，这无疑是极大的危险，但我的说故事的能力，又带给了她愉悦，这使她陷入深深的矛盾之中。

俗话说"江山易改，本性难移"，尽管有我父母亲的谆谆教导，但我并没改掉我喜欢说话的天性，这使得我的名字"莫言"，很像对自己的讽刺。我小学未毕业即辍学，因为年幼体弱，干不了重活，只好到荒草滩上去放牧牛羊。当我牵着牛羊从学校门前路过，看到昔日的同学在校园里打打闹闹，我心中充满悲凉，深深地体会到一个人——哪怕是一个孩子——离开群体后的痛苦。到了荒滩上，我把牛羊放开，让它们自己吃草。蓝天如海，草地一望无际，周围看不到一个人影，没有人的声音，只有鸟儿在天上鸣叫。我感到很孤独，很寂寞，心里空空荡荡。有时候，我躺在草地上，望着天上懒洋洋地飘动着的白云，脑海里便浮现出许多莫名其妙的幻象。我们那地方流传着许多狐狸变成美女的故事。我幻想着能有一个狐狸变成美女与我来做伴放牛，但她始终没有出现。但有一次，一只火红色的狐狸从我面前的草丛中跳出来时，我被吓得一屁股蹲在地上。狐狸跑没了踪影，我还在那里颤抖。有时候我会蹲在牛的身旁，看着湛蓝的牛眼和牛眼中的我的倒影。有时候我会模仿着鸟儿的叫声试图与天上的鸟儿对话，有时候我会对一棵树诉说心声。但鸟儿不理我，树也不理我——许多年后，当我成为一个小说家，当年的许多幻想，都被我写进了小说。很多人夸我想象力丰富，有一些文学爱好者，希望我能告诉他们培养想象力的秘诀，对此，我只能报以苦笑。就像中国的先贤老子所说的那样："福兮祸所伏，祸兮福所倚"，我童年辍学，饱受饥饿、孤独、无书可读之苦，但我因此也像我们的前辈作家沈从文那样，及早地开始阅读社会人生这本大书。前面所提到的到集市上去听说书人说书，仅仅是这本大书中的一页。

辍学之后，我混迹于成人之中，开始了"用耳朵阅读"的漫长生涯。二百多年前，我的故乡曾出了一个讲故事的伟大天才——蒲松龄，我们村里的许多人，包括我，都是他的传人。我在集体劳动的田间地头，在生产队的牛棚马厩，在我爷爷奶奶的热炕头上，甚至在摇摇晃晃地行进着的牛车上，聆听了许许多多神鬼故事、历史传奇、逸闻趣事，这些故事都与当地的自然环境、家族历史紧密联系在一起，使我产生了强烈的现实感。

我做梦也想不到有朝一日这些东西会成为我的写作素材，我当时只是一个迷恋故事的孩子，醉心地聆听着人们的讲述。那时我是一个绝对的有神论者，我相信万物都有灵性，我见到一棵大树会肃然起敬。我看到一只鸟会感到它随时会变化成人，我遇到一个陌生人，也会怀疑他是一个动物变化而成。每当夜晚我从生产队的记工房回家时，无边的恐惧便包围了我，为了壮胆，我一边奔跑一边大声歌唱。那时我正处在变声期，嗓音嘶哑，声调难听，我的歌唱，是对我的乡亲们的一种折磨。

我在故乡生活了二十一年，其间离家最远的是乘火车去了一次青岛，还差点迷失在木材厂的巨大木材之间，以至于我母亲问我去青岛看到了什么风景时，我沮丧地告诉她：什么都没看到，只看到了一堆堆的木头。但也就是这次青岛之行，使我产生了想离开故乡到外边去看世界的强烈愿望。

一九七六年二月，我应征入伍，背着我母亲卖掉结婚时的首饰帮我购买的四本《中国通史简编》，走出了高密东北乡这个既让我爱又让我恨的地方，开始了我人生的重要时期。我必须承认，如果没有多年来中国社会的巨大发展与进步，如果没有改革开放，也不会有我这样一个作家。

在军营的枯燥生活中，我迎来了八十年代的思想解放和文学热潮，我从一个用耳朵聆听故事，用嘴巴讲述故事的孩子，开始成为尝试用笔来讲述故事的人。起初的道路并不平坦，我那时并没有意识到我二十多年的农村生活经验是文学的富矿，那时我以为文学就是写好人好事，就是写英雄模范，所以，尽管也发表了几篇作品，但文学价值很低。

一九八四年秋，我考入解放军艺术学院文学系。在我的恩师著名作家徐怀中的启发指导下，我写出了《秋水》、《枯河》、《透明的红萝卜》、《红高粱》等一批中短篇小说。在《秋水》这篇小说里，第一次出现了"高密东北乡"这个字眼儿，从此，就如同一个四处游荡的农民有了一片土地，我这样一个文学的流浪汉，终于有了一个可以安身立命的场所。我必须承认，在创建我的文学领地"高密东北乡"的过程中，美国的威廉·福克纳和哥伦比亚的加西亚·马尔克斯给了我重要启发。我对他们的阅读并不认真，但他们开天辟地的豪迈精神激励了我，使我明白了一个作家必须要有一块属于自己的地方。一个人在日常生活中应该谦卑退让，但在文学创作中，必须颐指气使，独断专行。

我追随在这两位大师身后两年，即意识到，必须尽快地逃离他们，我在一篇文章中写道：他们是两座灼热的火炉，而我是冰块，如果离他们太近，会被他们蒸发掉。根据我的体会，一个作家之所以会受到某一位作家的影响，其根本是因为影响者和被影响者灵魂深处的相似之处。正所谓"心有灵犀一点通"。所以，尽管我没有很好地去读他们的书，但只读过几页，我就明白了他们干了什么，也明白了他们是怎样干的，随即我也就明白了我该干什么和我该怎样干。我该干的事情其实很简单，那就是用自己的方式，讲自己的故事。我的方式，就是我所熟知的集市说书人的方式，就是我的爷爷奶奶、村里的老人们讲故事的方式。坦率地说，讲述的时候，我没有想到谁会是我的听众，也许我的听众就是那些如我母亲一样的人，也许我的听众就是我自己。我自己的故事，起初就是我的亲身经历，譬如《枯河》中那个遭受痛打的孩子，譬如《透明的红萝卜》中那个自始至终一言不发的孩子。

我的确曾因为干过一件错事而受到过父亲的痛打，我也的确曾在桥梁工地上为铁匠师傅拉过风箱。当然，个人的经历无论多么奇特也不可能原封不动地写进小说，小说必须虚构，必须想象。很多朋友说《透明的红萝卜》是我最好的小说，对此我不反驳，也不认同，但我认为《透明的红萝卜》是我的作品中最有象征性、最意味深长的一部。那个浑身漆黑、具有超人的忍受痛苦的能力和超人的感受能力的孩子，是我全部小说的灵魂，尽管在后来的小说里，我写了很多的人物，但没有一个人物，比他更贴近我的灵魂。或者可以说，一个作家所塑造的若干人物中，总有一个领头的，这个沉默的孩子就是一个领头的，他一言不发，但却有力地领导着形形色色的人物，在高密东北乡这个舞台上，尽情地表演。自己的故事总是有限的，讲完了自己的故事，就必须讲他人的故事。于是，我的亲人们的故事，我的村人们的故事，以及我从老人们口中听到过的祖先们的故事，就像听到集合令的士兵一样，从我的记忆深处涌出来。他们用期盼的目光看着我，等待着我去写他们。我的爷爷、奶奶、父亲、母亲、哥哥、姐姐、姑姑、叔叔、妻子、女儿，都在我的作品里出现过，还有很多的我们高密东北乡的乡亲，也都在我的小说里露过面。当然，我对他们，都进行了文学化的处理，使他们超越了他们自身，成为文学中的人物。

我最新的小说《蛙》中，就出现了我姑姑的形象。因为我获得诺贝尔奖，许多记者到她家采访，起初她还很耐心地回答提问，但很快便不胜其烦，跑到县城里她儿子家躲起来了。姑姑确实是我写《蛙》时的模特，但小说中的姑姑，与现实生活中的姑姑有着天壤之别。小说中的姑姑专横跋扈，有时简直像个女匪，现实中的姑姑和善开朗，是一个标准的贤妻良母。现实中的姑姑晚年生活幸福美满，小说中的姑姑到了晚年却因为心灵的巨大痛苦患上了失眠症，身披黑袍，像个幽灵一样在暗夜中游荡。我感谢姑姑的宽容，她没有因为我在小说中把她写成那样而生气；我也十分敬佩我姑姑的明智，她正确地理解了小说中人物与现实中人物的复杂关系。母亲去世后，我悲痛万分，决定写一部书献给她。这就是那本《丰乳肥臀》。因为胸有成竹，因为情感充盈，仅用了八十三天，我便写出了这部长达五十万字的小说的初稿。

在《丰乳肥臀》这本书里，我肆无忌惮地使用了与我母亲的亲身经历有关的素材，但书中的母亲情感方面的经历，则是虚构或取材于高密东北乡诸多母亲的经历。在这本书的卷前语上，我写下了"献给母亲在天之灵"的话，但这本书，实际上是献给天下母亲的，这是我狂妄的野心，就像我希望把小小的"高密东北乡"写成中国乃至世界的缩影一样。

作家的创作过程各有特色，我每本书的构思与灵感触发也都不尽相同。有的小说起源于梦境，譬如《透明的红萝卜》，有的小说则发端于现实生活中发生的事件——譬如《天堂蒜薹之歌》。但无论是起源于梦境还是发端于现实，最后都必须和个人的经验相结合，才有可能变成一部具有鲜明个性的、用无数生动细节塑造出了典型人物的、语言丰富多彩、结构匠心独运的文学作品。有必要特别提及的是，在《天堂蒜薹之歌》中，我让一个真正的说书人登场，并在书中扮演了十分重要的角色。我十分抱歉地使用了这个说书人的真实姓名，当然，他在书中的所有行为都是虚构。在我的写作中，出现过多次这样的现象，写作之初，我使用他们的真实姓名，希望能借此获得一种亲近感，但作品完成之后，我想为他们改换姓名时却感到已经不可能了，因此也发生过与我小说中人物同名者找到我父亲发泄不满的事情，我父亲替我向他们道歉，但同时又开导他们不要当真。我父亲说："他在《红高粱》中，第一句就说'我父亲这个土匪种'，我都不在意，你们还在意什么？"

我在写作《天堂蒜薹之歌》这类逼近社会现实的小说时，面对着的最大问题，其实不是我敢不敢对社会上的黑暗现象进行批评，而是这燃烧的激情和愤怒会让政治压倒文学，使这部小说变成一个社会事件的纪实报告。小说家是社会中人，他自然有自己的立场和观点，但小说家在写作时，必须站在人的立场上，把所有的人都当作人来写。

只有这样，文学才能发端事件但超越事件，关心政治但大于政治。可能是因为我经历过长期的艰难生活，使我对人性有较为深刻的了解。我知道真正的勇敢是什么，也明白真正的悲悯是什么。我知道，每个人心中都有一片难用是非善恶准确定性的朦胧地带，而这片地带，正是文学家施展才华的广阔天地。只要是准确地、生动地描写了这个充满矛盾的朦胧地带的作品，也就必然地超越了政治并具备了优秀文学的品质。

喋喋不休地讲述自己的作品是令人厌烦的，但我的人生是与我的作品紧密相连的，不讲作品，我感到无从下嘴，所以还得请各位原谅。在我的早期作品中，我作为一个现代的说书人，是隐藏在文本背后的，但从《檀香刑》这部小说开始，我终于从后台跳到了前台。如果说我早期的作品是自言自语，目无读者，从这本书开始，我感觉到自己是站在一个广场上，面对着许多听众，绘声绘色地讲述。这是世界小说的传统，更是中国小说的传统。我也曾积极地向西方的现代派小说学习，也曾经玩弄过形形色色的叙事花样，但我最终回归了传统。

当然，这种回归，不是一成不变的回归，《檀香刑》和之后的小说，是继承了中国古典小说传统又借鉴了西方小说技术的混合文本。小说领域的所谓创新，基本上都是这种混合的产物。不仅仅是本国文学传统与外国小说技巧的混合，也是小说与其他的艺术门类的混合，就像《檀香刑》是与民间戏曲的混合，就像我早期的一些小说从美术、音乐，甚至杂技中汲取了营养一样。

最后，请允许我再讲一下我的《生死疲劳》。这个书名来自佛教经典，据我所知，为翻译这个书名，各国的翻译家都很头痛。我对佛教经典并没有深入研究，对佛教的理解自然十分肤浅，之所以以此为题，是因为我觉得佛教的许多基本思想，是真正的宇宙意识，人世中许多纷争，在佛家的眼里，是毫无意义的。这样一种至高眼界下的人世，显得十分可悲。当然，我没有把这本书写成布道词，我写的还是人的命运与人的情感，人的局限与人的宽容，以及人为追求幸福、坚持自己的信念所作出的努力与牺牲。小说中那位以一己之身与时代潮流对抗的蓝脸，在我心目中是一位真正的英雄。这个人物的原型，是我们邻村的一位农民，我童年时，经常看到他推着一辆吱吱作响的木轮车，从我家门前的道路上通过。给他拉车的，是一头瘸腿的毛驴，为他牵驴的，是他小脚的妻子。这个奇怪的劳动组合，在当时的集体化社会里，显得那么古怪和不合时宜，在我们这些孩子的眼里，也把他们看成是逆历史潮流而动的小丑，以至于当他们从街上经过时，我们会充满义愤地朝他们投掷石块。事过多年，当我拿起笔来写作时，这个人物，这个画面，便浮现在我的脑海中。我知道，我总有一天会为他写一本书，我迟早要把他的故事讲给天下人听，但一直到了二〇〇五年，当我在一座庙宇里看到"六道轮回"的壁画时，才明白了讲述这个故事的正确方法。

我获得诺贝尔文学奖后，引发了一些争议。起初，我还以为大家争议的对象是我，渐渐的，我感到这个被争议的对象，是一个与我毫不相干的人。我如同一个看戏人，看着众人的表演。我看到那个得奖人身上落满了花朵，也被掷上了石块，泼上了脏水。我生怕他被打垮，但他微笑着从花朵和石块中钻出来，擦干净身上的脏水，坦然地站在一边，对着众人说：对一个作家来说，最好的说话方式是写作。我该说的话都写进了我的作品里。用嘴说出的话随风而散，用笔写出的话永不磨灭。我希望你们能耐心地读一下我的书，当然，我没有资格强迫你们读我的书。

即便你们读了我的书，我也不期望你们能改变对我的看法，世界上还没有一个作家，能让所有的读者都喜欢他。在当今这样的时代里，更是如此。

尽管我什么都不想说，但在今天这样的场合我必须说话，那我就简单地再说几句。

我是一个讲故事的人，我还是要给你们讲故事。二十世纪六十年代，我上小学三年级的时候，学校里组织我们去看一个苦难展览，我们在老师的引领下放声大哭。为了能让老师看到我的表现，我舍不得擦去脸上的泪水。我看到有几位同学悄悄地将唾沫抹到脸上冒充泪水。我还看到在一片真哭假哭的同学之间，有一位同学，脸上没有一滴泪，嘴巴里没有一点声音，也没有用手掩面。他睁着大眼看着我们，眼睛里流露出惊讶或者是困惑的神情。事后，我向老师报告了这位同学的行为。为此，学校给了这位同学一个警告处分。多年之后，当我因自己的告密向老师忏悔时，老师说，那天来找他说这件事的，有十几个同学。这位同学十几年前就已去世，每当想起他，我就深感歉疚。这件事让我悟到一个道理，那就是：当众人都哭时，应该允许有的人不哭。当哭成为一种表演时，更应该允许有的人不哭。

我再讲一个故事：三十多年前，我还在部队工作。有一天晚上，我在办公室看书，有一位老长官推门进来，看了一眼我对面的位置，自言自语道："噢，没有人？"我随即站起来，高声说："难道我不是人吗？"那位老长官被我顶得面红耳赤，尴尬而退。为此事，我洋洋得意了许久，以为自己是个英勇的斗士，但事过多年后，我却为此深感内疚。请允许我讲最后一个故事，这是许多年前我爷爷讲给我听过的：有八个外出打工的泥瓦匠，为避一场暴风雨，躲进了一座破庙。外边的雷声一阵紧似一阵，一个个的火球，在庙门外滚来滚去，空中似乎还有吱吱的龙叫声。众人都胆战心惊，面如土色。有一个人说："我们八个人中，必定有一个人干过伤天害理的坏事，谁干过坏事，就自己走出庙门接受惩罚吧，免得让好人受到牵连。"自然没有人愿意出去。又有人提议道："既然大家都不想出去，那我们就将自己的草帽往外抛吧，谁的草帽被刮出庙门，就说明谁干了坏事，那就请他出去接受惩罚。"于是大家就将自己的草帽往庙门外抛，七个人的草帽被刮回了庙内，只有一个人的草帽被卷了出去。大家就催这个人出去受罚，他自然不愿出去，众人便将他抬起来扔出了庙门。故事的结局我估计大家都猜到了——那个人刚被扔出庙门，那座破庙轰然坍塌。

我是一个讲故事的人。因为讲故事我获得了诺贝尔文学奖。我获奖后发生了很多精彩的故事，这些故事，让我坚信真理和正义是存在的。

今后的岁月里，我将继续讲我的故事。

谢谢大家！

再说"黄土地上的奇迹"

刘再复

十月十一日，瑞典学院宣布把二〇一二年诺贝尔文学奖授予莫言。十二日清晨，我上街买下了《信报》、《明报》、《苹果日报》、《南华早报》等十一家报纸，读了有关莫言的全部新闻和全部文章。这才发现，莫言得知自己获奖的消息后感到"又惊又喜"。与莫言的感受不同，我"只喜不惊"。莫言得奖，我们的母亲语言再一次赢得历史性的胜利，当然"喜"，当然高兴极了。就个人情感而言，一九八九年出国之后，我除了写作大量评述高行健的文章之外，对于莫言也给予"黄土地上的奇迹"（参见下文）这样的最高评价，现在终于证明，把莫言视为奇迹的不是我一个人，还有地球北角的瑞典学院的文学批评家们，对此，当然是喜极了。不过，我确实不感到惊讶。高行健获奖之后，我在香港各大学作了多次讲演，讲后听众几乎都提出一个问题：高行健之后最有希望得奖的是谁？我坦率地回答：可能是莫言和李锐。理由是他们不仅体现了中国当代文学的创作实绩和最高水准，而且早已进入瑞典学院院士们的视野，代表作都已译成英文，部分还翻译成瑞典文。当代中国作家虽然也有其他杰出者，如贾平凹、阎连科、余华、韩少功、苏童、王安忆、残雪等，其水平也可获奖，可是，都没有莫言与李锐幸运，他们的作品都未能及时地译为院士们看得懂的文字。

瑞典学院把今年的诺贝尔文学奖授予莫言，是一个非常正确、非常英明、非常有见识的选择。和十二年前把诺奖授予高行健一样，瑞典学院此次又为世界文学批评史写下极为精彩的一页。之所以精彩，是因为它真正超越政治、超越市场，只把文学水平与文学质量作为唯一的评价标准，也就是说，他们的评选，不设政治法庭，不设道德法庭，只作审美判断。诺贝尔文学奖创立一百一十年来，始终守持真文学视野，眼睛只盯着真作家、真诗人、真文学，所以赢得了全人类的敬重。从文学的视角看，莫言虽不能说就是"世界冠军"，但他肯定是世界上最优秀、最杰出的作家。他和高行健一样，在我心目中都是天才。只是他们属于两种不同的文学类型：高行健属于冷文学，长于内敛，自始至终用一双冷静的眼睛看人生、看人性、看世界、看自我；而莫言则属于热文学，长于外射，生命充分燃烧，双臂热烈拥抱社会现实。两人都是中国当代文学"荒诞"写作的先驱，但高行健更近卡夫卡，莫言更近马尔克斯。两人都充满灵魂的活力，但高行健的语言似更精粹，结构更为严谨，小说"艺术意识"更强，而莫言则挥洒自如，天马行空，语言虽不如高行健简约，却汪洋恣肆，一泻千里，其幽默更是自然独到，读后总是让我笑弯了腰。最让我震撼的《酒国》、《生死疲劳》和《蛙》，其想象力则几乎可以说抵达了极致。二十年前，我在斯德哥尔摩大学读了《酒国》之后，身心被摇撼得难以自持，舍不得把小说印刷本送人，就和妻子菲亚在复印机旁站了半天，复印了两本，一部送给马悦然夫妇，一部送给罗多弼教授。事隔二十年（二〇一一），我又再次讲述《酒国》，把它和《受活》（阎连科）、《兄弟》（余华）放在一起进行评论。潘耀明兄把此文（《"现代化"刺激下的欲望疯狂病》）发表于《明报》。文中我如此说：

> 《酒国》、《受活》、《兄弟》三部长篇对现实的批判均带彻底性，因此不约而同，三位作者所采取的文本策略都是把自己的社会感受和病态发现推向极致，其对现实与人性黑暗面的见证也都超越一般的现实主义。三位作家均把"魔幻"、"半魔幻"、极度夸张、黑色幽默等方式带入文本，以突出现实的荒诞属性。西方二十世纪的荒诞戏剧与荒诞小说均取得举世瞩目的成就，这些荒诞作品大体上可分为两种类型，一类是侧重于对荒诞的思辨，如贝克特的《等待戈多》；另一类是侧重于揭露现实的荒诞属性，如卡夫卡的《变形记》、《审判》。无论是高行健还是莫言、阎连科、余华，其作品都是侧重于批判现实的荒诞属性。而且，批判得极有力度，让人读后惊心动魄。其艺术效果不是让人感动，而是让人震动。

这里需要说明的是，莫言并非把批判现实作为自己的创作出发点。他自然地关注人性、呈现人性并发现现实社会中的"荒诞"属性，因为关注得真诚，写得真实，又自然地显现出罕见的批判性力度。《生死疲劳》的艺术手法与写作风格类似《酒国》，但它的历史内涵更为深广。《酒国》写的只是市场化、城市化瞬间人们的疯狂，带有很大的喜剧性，而《生死疲劳》则悲剧与荒诞剧同时展示。它通过一个在"土改"运动中被处决的名为西门闹的地主"六道轮回"（先后投胎为驴、牛、猪、狗、猴，最后又再度投胎为人）的故事，呈现了从土地改革到改革开放的中国转型期的大动荡和悲喜歌哭。小说把巨大的历史沧桑与佛教的转世轮回融合为一，然后作出神奇性的宏大叙述，令人读后不能不拍案叫绝，也令人不能不承认莫言的巨大叙事才能和艺术的原创性。有些论者，因为莫言曾有"法兰克福书展退席事件"和参与"联袂抄录延安文艺座谈会讲话事件"而认定瑞典学院的择断带有迎合中国当局的倾向，其实，这恰恰证明瑞典学院只考虑文学价值，不干预作家的某些带有政治性的行为，也就是说，瑞典学院的院士们并不被某些政治表象所遮蔽而直接拥抱作家作品。能穿透表象而看到真实的文学存在，这才是真正的文学批评。何况就精神倾向而言，莫言并非面对黑暗不语"不言"。他的正直声音布满天下，每一部作品都有巨大的良知呐喊和良知力量。对于数十年在中国土地上发生的政治荒诞现象，他的每一部作品都给予了充满正义感的回应。从《红高粱家族》、《酒国》、《天堂蒜薹之歌》、《十三步》到《檀香刑》、《丰乳肥臀》、《蛙》以及《食草家族》、《红树林》，甚至短篇小说集《白狗秋千架》、《与大师约会》，等等，哪一部不是对时代的回应？哪一部没有良知的呼吁？如果真要从"政治标准"苛求，把莫言放回"文化大革命"中，那么他的每一部作品都是"大毒草"，红卫兵有足够理由对莫言进行十次"檀香刑"和一百次"牛棚"处罚。瑞典学院是正确的，它不把莫言看作"谴责文学"和"社会批判小说"，而是面对莫言的心灵、想象力与审美形式，看到了莫言在抒写时代现象时却超越时代而进入文学的永恒之维。瑞典学院的院士们拥有清醒的良知感觉，但他们对作家只有高标准的文学要求，没有文学之外的政治要求与道德要求，唯其如此，它才拥有面向全球复杂语境进行择优选择的可能。

对于莫言，我在十五年前就说过许多毫无保留的评论语言，以至认定他是"黄土地上的奇迹"。无论是对高行健还是对莫言，我都没有"评论家相"。莫言比我年轻十几岁，但对于他，我从未有过"寿者相"。唯有一次，那是一九九五年，他的作品的英译者葛浩文教授要到北京看他，问我要不要带信，我便写了一封短信表达了我的期待。我在信中说，高尔基曾说托尔斯泰如果生活在大海里，一定是一条鲸鱼。我希望他能成为文学沧海中的一条鲸鱼。老葛返美时带来莫言三页纸的回信，全信情感真挚而笔调幽默。他说，你期待我当鲸鱼，可是周边却太多鲨鱼。我读了信之后，只是为他祝福，但愿鲨鱼们的牙齿能对"赤子莫言"齿下留情，别吃掉这个天真的、政治上有点"幼稚"的文学天才。此时，这个天才健在，而且瑞典学院给他锦上添花之后正在经历"光荣"的高峰，所以我不想多说了，只想把十二年前及十五年前和去年写的四篇短文，重发于下。这些文章面对一个比我年轻又让我衷心喜爱的作家，文字比较质朴自然，讲的全是由衷之言，今天重温一下，觉得往日我讲述的倒是一个很真实的莫言，与诺贝尔无关。

旧文一：

中国大地上的野性呼唤

去年三月，我在加州柏克莱大学所作的一次学术讲演中，热烈地赞赏莫言的《红高粱》、《酒国》和他新的长篇小说《丰乳肥臀》。一年又六个月过去了，最近我又老是想起莫言，这大约又是与我对文学的思考相关。不知道怎么回事，近年来我老是想到文学的初衷，想到人类如果不是生命表达的需要似乎不必有文学；想到大陆的许多作家技巧愈来愈细密，但作品愈来愈苍白；想到古今中外的文学巨人们总是面对生命的大困惑而不仅仅玩弄语言；想到文学家毕竟不是文学匠……想到这些，便想到"莫言"两字。

莫言没有匠气，没有痞气，甚至没有文人气（更没有学者气）。他是生命，他是顽皮的搏动在中国大地上赤裸裸的生命，他的作品全是生命的血气与蒸气。八十年代中期，莫言和他的《红高粱》的出现，乃是一次生命的爆炸。本世纪下半叶的中国作家，没有一个像莫言这样强烈地意识到：中国，这人类的一"种"，种性退化了，生命委顿了，血液凝滞了。这一古老的种族是被层层垒垒、积重难返的教条所窒息，正在丧失最后的勇敢与生机，因此，只有性的觉醒，只有生命原始欲望的爆炸，只有充满自然力的东方酒神精神的重新燃烧，中国才能从垂死中恢复它的生命。莫言十年前的《透明的红萝卜》和赤热的《红高粱》，十年后的《丰乳肥臀》，都是生命的图腾和野性的呼唤，十多年来，莫言的作品，一部接一部，在叙述方式上并不重复自己，但是，在中国二十世纪八九十年代的文学中，他始终是一个最有原创力的生命的旗手，他高擎着生命自由的旗帜和火炬，震撼了中国的千百万读者。

与那些只会玩弄技巧和语言的作家不同，莫言热烈地拥抱人生拥抱历史，在自己的作品中跃动着大爱与大恨，但是，他却从未陷入反映现实背离现实的泥坑中，他拥抱大地又超越大地，在所有的表述中都保持着自己独特的哲学态度，这一态度就是认定：生命，只有龙腾虎跃不为缰绳所缚的生命，才是历史的原动力。这一原动力才使历史变成活生生的让人的灵魂不断站立起来的历史。莫言的文本策略，就是把这强调生命野性的哲学态度推向极致。任何作家只有把自己的艺术发现推向极致才能走出自己的路来，四平八稳的作家是没有前途的。

二十世纪中国文学的致命伤是它太意识形态化，尤其是三十年代的左翼文学和四十年代之后的社会主义现实主义文学。在此文学氛围中，莫言独树一帜，拒绝接受意识形态观念对历史的诠释，不仅从不陷入意识形态的逻辑，而且以作品沸腾的岩浆化解这些逻辑并完成了只属于"莫言"名字的他人无法替代的创造。这些让世界注目的创造，使变成意识形态现象的中国文学又回归到生命现象与个人现象。

原载《明报》一九九七年九月十七日

旧文二：

赤子莫言

过十天莫言就要来访。落基山边科罗拉多大学校园里有他的两位知音——葛浩文和我。尤其是葛浩文，"莫言"二字是他口中最积极的语汇。和他见面时如果听不见"莫言"，一定是身体出毛病了。莫言的小说他一概翻译，《酒国》刚出版，本月二十日莫言将在丹佛大书店出席新书发布签名仪式。《丰乳肥臀》也已开译，这部五六百页的大书，够老葛"爬行"三五个月了。

因为莫言要来，我便读他出版不久的散文集《会唱歌的墙》，也读同时同社出版的贾平凹的《造一座房子的梦》、苏童的《纸上的美女》、余华的《我能否相信自己》。四部散文集都好，但我尤其喜欢莫言。

莫言在散文中袒露了一个赤裸裸的自己，一个光着屁股走进学校然后又带着浑身野气走进军队走进文坛的自己。他一点也不遮丑："据母亲说，我童年时丑极了，小脸抹得花猫绿狗，唇上挂着两条鼻涕，乡下人谓之'二龙吐须'。母亲还说我小时候饭量极大，好像饿鬼托生的。去年春节我回家探亲，母亲又说起往事。她说我本来是好苗子，可惜正长着身体时饿坏了胚子，结果成了现在这个弯弯曲曲的样子。说着，母亲就泪眼婆娑了。"莫言长身体的儿童时代正是大陆的"困难时期"，他被饥饿折磨得变态了："我从小饭量大，嘴像无底洞，简直就是我们家的大灾星。我不但饭量大，而且品质不好。每次开饭，匆匆把自己那份吃完，就盯着别人的碗嚎啕大哭。母亲把自己那份省给我吃了，我还是哭。一边哭着，一边公然地抢夺我叔叔女儿的那份食物。"母亲常常批评他"没有志气"，他也曾多次下决心要有志气，但是"只要一见了食物，就把一切的一切忘得干干净净"。莫言不仅在家族中是最不讨人喜欢的一员，而且在学校里又是一个直到读三年级还穿开裆裤，常尿在课堂里的"熊孩子"，而十二岁读五年级开始"创作"时写的"诗"又是"造反造反造他妈的反……砸烂砸烂全砸烂……"然而，"不幸的童年是作家的摇篮"（海明威语），黑暗、恐怖、饥饿相伴的儿童时代赠给莫言不拘一格的心灵、天马行空的个性和活泼到畸形的感觉，从而也导致他的千奇百怪的梦境和对自然、社会、人生的惊世骇俗的看法。许多作家，也有不幸的童年，但是，长大成人后却被沉重的理念覆盖住了，因此，对宇宙人生的看法也被理念牵向苍白而世故的绝境。而莫言则不同，他说童年时的记忆刻在骨子里，成年时的记忆留在皮毛里。刻在骨子里的记忆和根深蒂固的童心，使他冲破一切教条的羁绊而把想象力和创作力发展到极致。

　　我喜欢莫言，正是他至今仍然像个孩子，仍生活在长满红高粱的儿童共和国里。这一共和国的公民是拒绝一切面具和一切包装的。莫言的散文没有任何包装，连知识的包装也没有。散文最能反映作者本人的性情人格，这部散文集所反映的莫言是活水，是沧浪，是狮子，是粗犷的大自然。当作家们在玩语言、玩技巧、玩知识而玩得走火入魔的时候，莫言却说"不"，他拒绝语言的遮蔽和学问的遮蔽，绝对不能让词章和书本遮蔽真生命，更不能遮蔽那颗在高密故乡生长起来的敢哭敢笑敢爱敢恨的童心，无论是今天还是明天，只能让爷爷的手臂和歌声推着自己的肉体和灵魂一直往前走。正是这种选择，造就了当代中国的赤子和天骄似的作家莫言！

原载《明报月刊》二〇〇〇年第四期

旧文三：

黄土地上的奇迹

结束在加州的访问之后，三月十八日莫言来到科罗拉多。十九日先到落基山游玩后到我家中聊天，二十日在丹佛大书店参加英译本《酒国》发行签字仪式，二十一日在科罗拉多大学东亚系作"我在美国出版的三本书"的讲演，并和葛浩文一起朗读《酒国》。讲演之后，教学厅里排长队购买《酒国》，我站着观赏莫言签字四十分钟。二十二日，莫言飞往纽约到哥伦比亚大学等处访问，我则埋头阅读他的两部小说集《师傅越来越幽默》和《长安大道上的骑驴美人》以及他在美国的另外三篇讲稿：《饥饿和孤独是我创作的财富》、《福克纳大叔，你好吗?》、《我的〈丰乳肥臀〉》。

听了莫言的讲演和阅读他的新书之后，我的脑子里立即产生这么一个意念：莫言，中国当代文学的奇迹。既是文学创作的奇迹，又是个体生命的奇迹。

莫言出生于一九五五年，童年时代正好遭逢到大饥荒。六十年代初的饥荒我也经历过，也达到"刻骨铭心"的程度，但听了莫言的饥饿故事，仍然吃惊和震动。他的童年真正是在死亡线上挣扎。一个五六岁的孩子、一年三季（春、夏、秋）赤身裸体，冬天只穿着一件破烂的单衣，那时连浑身羽毛的小鸟都冻得唧唧乱叫，他却依然在雪地上滚爬。除了寒冷之外，便是令人难以置信的饥饿，饿得他和其他孩子"就像一群饥饿的小狗，在村子里的大街小巷嗅来嗅去，寻找可以果腹的食物"。他们吃光了树上的叶子就吃树皮，树皮吃光后就啃树干。"那时候我们村的树是地球上最倒霉的树，它们被啃得遍体鳞伤。"一九六一年春，村里的小学拉来一车煤块，他们就一拥而上，每人抢一块咯嘣咯嘣吃起来，而且愈嚼愈香。在饥饿的煎熬下，他的身上几乎没有肌肉，肚子却大得像大水罐子。为了生存下去，他的母亲和村里的几个女人在给生产队拉磨时趁着干部不注意将粮食囫囵着吞到胃里（以逃过下工时搜身检查），回家后跪在一个盛满清水的瓦盆前，用筷子探自己的喉咙催吐，把胃里还没有消化的粮食吐出来，然后洗净、捣碎，喂养自己的婆婆与孩子。

在这种难以存活的环境中，莫言竟然没有饿死，竟然活了下来并生长出一颗充满活气的大脑袋，这颗大脑袋竟生产出第一流的小说，这不是奇迹是什么？如何解释这一奇迹？他奶奶说：人只有享不了的福，但没有受不了的罪。在老人家的解释里透露出一个信息：莫言拥有家传的奇异的生命意志。除了意志之外，"受罪"的体验又赋予他无尽的写作资源。经历、意志，再加上一个天才的感觉，便使莫言获得成功。

原载《明报》二〇〇〇年三月三十日

旧文四：

"现代化"刺激下的欲望疯狂病

——《酒国》、《受活》、《兄弟》三部小说的批判指向

一

《酒国》、《受活》、《兄弟》三部长篇小说的作者莫言、阎连科、余华，是中国大陆当代文坛最富有灵魂活力的作家（除了这三人之外还有贾平凹等）。所谓最有灵魂的活力，是指他们具有文思泉涌、不断创造的特点，即作品一部接连一部，一部超越一部，既不重复他人，也不重复自己。这是五四新文学运动以来少见的现象。深刻影响美国精神的大散文家爱默生说过一句话：唯一有价值的是拥有活力的灵魂。如果说，高行健在西方表现出汉语写作的活力，那么，莫言、阎连科、余华、贾平凹等作家的价值，则在于他们呈现了中国大陆当代写作的活力。

二

三部小说的历史语境：《酒国》于一九八九年开始写作，一九九二年完成。这之后莫言又出版了《食草家族》（一九九三）、《师傅越来越幽默》、《丰乳肥臀》、《檀香刑》、《生死疲劳》、《蛙》等，最后一部完成于二〇一〇年。阎连科的《受活》完成于一九九四年。这之前他已出版了《日光流年》、《坚硬如水》等七部长篇。这之后他又出版了《丁庄梦》、《风雅颂》、《四书》等长篇。余华的《兄弟》出版于二〇〇五年，这之前他出版过《活着》、《许三观卖血记》、《鲜血梅花》、《战栗》、《现实一种》、《世事如烟》、《黄昏里的男孩子》、《温暖和百感交集的旅程》等。

莫言、阎连科、余华出现于二十世纪八九十年代，又在二十一世纪头十年续领风骚。他们生活和写作的年代是中国现代化进入高潮的时期。这个时期中国不是发生一般

性的变动，而是整个社会在大转型。所谓大转型，是指基本存在方式和基本价值观念的大转换。这三十年，中国打开国门，随之而来的便是中国社会产生了千年之裂变：中国从乡村时代进入城市时代，开始了一个被称作"现代化"也可称为"全球化"的急速城市化历史裂变时期。国家精英转入城市，工商业空前兴盛，整个时代的主题是"发展"两字。但是"发展"所付出的巨大代价则是"道德"的崩溃。十七八年前李泽厚（中国当代最卓越的哲学家）和笔者共著的《告别革命》（已有韩文版）早已指出，历史总是悲剧性地前行，即总是在历史主义与伦理主义的二律悖反中前行。历史主义讲的是"发展"，伦理主义讲的是"善"（道德），发展中付出道德代价是无法避免的，人们可做的只能是尽量减少代价。这是思想者理性的认识。但是作家的认识却往往偏于感性，他们往往只对时代作出伦理评价并通过自己的作品呈现历史发展中血淋淋的代价。上述三部小说所呈现的正是中国急速城市化之后，城市中所发生的人性变态和道德沦丧的罪恶。这种罪恶骇人听闻，充满狂热病毒与血腥味。作者在作品中不设道德法庭，只是冷静地描述，但其笔下所展示的情景却让读者看到中国整个伦理体系的瓦解，道德边界即良心边界的倒塌。为了达到享受现代生活的利益目标，现代化的先锋们不择手段，无所不用其极，以至不惜"吃人"、"吃婴儿"。肮脏、污浊、卑鄙、无耻，这些历来责骂不道德的字眼，已经不足以批评城市的黑暗，只有对"真实"社会状态的呈现能说明一切。莫言、阎连科、余华共同揭示的一个基本事实是，在物质的强烈刺激下，人已变成另一种生物。这种生物乃是欲望的动物，金钱的动物。这种动物除了拥有语言之外，与禽兽没有任何区别，如果有区别的话，那就是比禽兽更贪婪，更疯狂。随着人的变质，城市也发生变质，即如巴尔扎克所说的"世界已变成一部金钱开动的机器"。这种生物的口里念念有词，甚至还标榜某种"主义"，而实际上共同崇奉一种伪宗教，这就是"金钱拜物教"和"本能拜物教"。

这三部小说揭示的"现实"均非常"片面"，几乎完全看不到历史发展中的光彩，但都获得一种"片面的深刻"，这就是都深刻地见证现代工业文明的发展造成了人性的巨大病态甚至人性的整体异化。这种深刻的警告带有普世意义。西方物质文明的发展也带来人性的堕落，只是速度似乎没有中国这么快速。

三

莫言的《酒国》写的是一个叫作"酒国"的城市。这个城市在现代化的激光照射下，完全变成一座花天酒地的奢侈王国。酒国中人，从上到下皆用烈酒主宰生活。酒让每个人的欲望充分燃烧，并直接成为"酒国"的血液与灵魂。这个城市的劳动模范是个身高仅有七十五厘米的侏儒余一尺，他所以发财是因为他的大酒店发明了一道菜，叫作"婴儿餐"。这种婴儿开始时是用莲藕、银白瓜、猪肉和火腿肠等原料制作的，后来城市的居民进而在"一胎"之外另生产真婴儿而让这道奇菜名副其实。于是，酒国变成了吃人国：在酒席上吃红烧婴儿，在烹饪学院贩卖婴儿，在课堂里教授如何杀婴炒菜。吃人国里的女人再次怀孕仅仅是为了提供美餐原料即出售孩子，当被出售的孩子因水烫而哭闹的时候，妈妈所关心的并非孩子的痛苦而是担心烫伤的孩子会影响市场价格。人性灭绝到如此程度，恐怕不是"现实"中的实有情节，但为了金钱而榨取童工的廉价劳力和造成孩子心灵方向的迷失倒确实是工业文明发展曾有的产物。

四

阎连科的《受活》产生于《酒国》之后大约十年，此时中国的现代化进入了新的高峰，整个社会的价值观也进一步颠倒混乱。小说中的主角之一，双槐县的县长刘鹰雀，在"现代化"刺激下变成一个妄想狂，他为了让自己的"子民"发财致富，竟构想出一个古怪的巨大工程，决定在本县受活庄附近建造一座列宁纪念馆，并组织代表团，准备到莫斯科去把列宁遗体买回来安放在山上的纪念馆里，以吸引全国以至全世界各地的人们前来瞻仰，从而收取数不尽的入场参观费。为了建造纪念馆，他又把受活庄上百个残疾人组成绝术表演团，在各地巡回演出并引起轰动效应。列宁，这一共产主义运动的最高领袖，他的遗体以及它所象征的最高价值，也成了中国现代化运动中的一种可作买卖的商品，一种可以骗取钱财的工具。

企图以购买列宁遗体而实现发财梦，可能只是作者虚构的故事，并非"写实"，然而，它又反映出现代化狂热中的一种铁铸的"真实"，这就是列宁的名字所蕴含的理想、信仰完全被物质的巨大潮流席卷而走，一切价值理性包括最高的精神价值已变成了赤裸裸的金钱交易。商业潮流，不仅使"斯文扫地"，而且使昔日的伟大偶像也一概扫地。

五

《受活》产生十年后才是《兄弟》出场。二十一世纪初期的物质追逐已进入到了白热化程度。此时不仅俗气的潮流覆盖一切，而且俗到了"史无前例"，即中国数千年历史上未曾有过的程度。《兄弟》写了两个时代，一个是"文化大革命"的时代，一个是现代化大潮流汹涌澎湃的时代，两个时代都使人性丧失。前者用棍棒剥夺了人的尊严与生命，后者用金钱剥夺了人的品格与灵魂。在后一时代里，主角即兄弟之一的李光头变成了暴发户。这个本有窥视女阴恶习的幸运儿，发大财之后从人还原为纵欲的动物。在欲望的驱使下，他走向疯狂，竟然举办全国处美女比赛，然后以验证是否真处女为名，奸污了一个个应征比赛的女子，而所有应征的女子为了钱财，也心甘情愿充当泄欲的器具。在比赛过程中，骗子制造的假处女膜竟然成了最畅销的商品，男男女女全不知人间有"羞耻"两字。小说的情节虽属虚构，但一种真实却完全令人信服：在金钱的强烈刺激下，遗忘道德的男人和女人，变成失去基本行为规范、没有灵魂的肉人。买卖肉体成了光天化日之下的正当行为，不仅出卖肉体的女儿心甘情愿，而且女儿的妈妈也完全认可。只要有钱赚，礼义廉耻是可以不要的。初期的、粗糙的城市时代，从某种意义上说，乃是"不要脸"的时代。

六

有些批评者说，《兄弟》等作品是对中国国民性的批判。这种论点过于笼统，似是而非。实际上，这三部小说都写了一些守持道德底线的淳朴的中国人。以《兄弟》为例，一兄一弟就分道扬镳，和李光头不同，宋钢的传统人性并没有消失。这三部小说的锋芒恰恰不是指向传统国民性，而是指向非传统的病态现代性。小说所揭示的是，现代化的魔鬼般的诱惑力，使当下中国人成为欲望的人质，连中华民族传统的表面道德功夫（如仁义廉耻）都不顾了。中国国民性中确实有许多弱点，如世故、圆滑、精神胜利等，但从未落入"无耻"。被欲望所激发出来的无耻，完全是"现代化"的副产品。

七

《酒国》、《受活》、《兄弟》三部长篇对现实的批判均带彻底性，因此不约而同，三位作者所采取的文本策略都是把自己的社会感受和病态发现推向极致，其对现实与人性黑暗面的见证也都超越一般的现实主义。三位作家均把"魔幻"、"半魔幻"、极度夸张、黑色幽默等方式带入文本，以突出现实的荒诞属性。西方二十世纪的荒诞戏剧与荒诞小说均取得举世瞩目的成就，这些荒诞作品大体上可分为两种类型，一类是侧重于对荒诞的思辨，如贝克特的《等待戈多》；另一类是侧重于揭露现实的荒诞属性，如卡夫卡的《变形记》、《审判》。无论是高行健还是莫言、阎连科、余华，其作品都是侧重于批判现实的荒诞属性。而且，批判得极有力度，让人读后惊心动魄。其艺术效果不是让人感动，而是让人震动。

二〇一一年五月一日于成都
原载《当代作家评论》二〇一一年第六期

《当代作家评论》二〇一三年第一期

莫言的鲸鱼状态

刘再复

一九九五年，美国科罗拉多大学教授、翻译家葛浩文（他是莫言代表作的译者）和我商量在学校里开个莫言作品讨论会。他亲自到北京请莫言，我也给莫言写一封信。信中我表明了一种期待。我说，高尔基有篇纪念托尔斯泰的散文，说托尔斯泰如果生活在海洋里，一定是一条鲸鱼。我希望你能成为文学海洋里的鲸鱼。没想到，我的期待被他放到心里了。他在获得诺贝尔文学奖后，给《明报月刊》写了一则短章，如此说：

> 多年前，刘再复先生希望我做文学海洋的鲸鱼。这形象化的比喻，给我留下了深刻印象。我复信给他："在我周围的文学海洋里，没看到一条鲸鱼，但却游弋着成群的鲨鱼。"我做不了鲸鱼，但会力避自己成为鲨鱼。鲨鱼体态优雅，牙齿锋利，善于进攻；鲸鱼躯体笨重，和平安详，按照自己的方向缓慢地前进，即便被鲨鱼咬掉一块肉也不停止前进，也不纠缠打斗。虽然我永远做不成鲸鱼，但会牢记着鲸鱼的精神。
>
> 莫　言
> 二〇一二年十月二十一日 夜①

莫言很谦虚，说他"做不了鲸鱼"，其实他在获诺奖之前就已成了文学海洋中名副其

---

① 见《明报月刊》2012年第11期。

实的鲸鱼了。他在这一短章中概说的鲸鱼精神是"和平安详，按照自己的方向缓慢前进"，即使被鲨鱼伤害，也不停止前进，更不纠缠于打斗。这是莫言自己道破的成功密码，即不停地写作，不停地提升，不停地靠近自己的目标，不理会他人的攻击，坚定地走自己的路。

莫言没有当鲸鱼的野心，却牢记鲸鱼的精神，并用鲸鱼跃海的精神激励自己，他在《捍卫长篇小说的尊严》①一文中（此文作为上海文艺出版社莫言作品系列的"代序言"），特别阐释了鲸鱼的精神。他说：

> 真正的长篇小说，知音难觅，但知音难觅是正常的。伟大的长篇小说，没有必要像宠物一样遍地打滚，也没有必要像猎狗一样结群吠叫。它应该是鲸鱼，在深海里，孤独地遨游着，响亮而沉重地呼吸着，波浪翻滚地交配着，血水浩荡地生产着，与成群结队的鲨鱼，保持足够的距离。

这段精彩的话语，把鲸鱼状态、鲸鱼精神描述得极为明晰。孤独地遨游，响亮而沉重地呼吸，波浪翻滚地交配，血水浩荡地生产。这是前进状态，建设状态，创造状态。这又是充分个人化的状态，充分独立自行的状态。与成群结队的鲨鱼状态完全不同，与成群吠叫的猎狗状态完全不同，也与遍地打滚的宠物状态不同，鲸鱼状态，是大生命的状态，是大气象的状态，是大文学的状态。莫言的状态便是这种鲸鱼状态。

十五年前，即一九九六年一月六日，莫言在给我的回信中，就已确认了这种鲸鱼精神。也就是说，作家不管是否可以成为"鲸鱼"，但必须具有不断进取、不断遨游、不断呼吸、不断生产的鲸鱼精神。他说：

> 谢谢您对我的期望。但要我成"鲸"也不易……当然，孜孜不倦的努力是肯定的，挖空心思地试图变化自己的面目也是肯定的，不屈不挠地跋涉泥泞也是肯定的。

十多年前，我就称莫言为"黄土地上的奇迹"，现在看来，他不仅是中国黄土地上的

---

① 莫言：《捍卫长篇小说的尊严》，《当代作家评论》2006年第1期。

奇迹，而且是地球这个蓝色星球蓝土地上的奇迹，从太平洋遨游到大西洋，还将从二十一世纪游到今后的许多世纪。我们为中国能出现这么一条文学大鲸鱼而骄傲，但最好应如他所说的，重要的是牢记鲸鱼的精神。

二〇一二年十二月十二日 香港清水湾

《当代作家评论》二〇一三年第一期

"历史—家族"民间叙事模式的创新尝试

陈思和

香港浸会大学第二届"红楼梦·世界华文长篇小说奖"入围小说的阵容相当整齐,艺术水平不相上下,可以大胆地说,这些作品集体代表了近几年长篇小说的最高水平线。当然好作品还是会有遗漏,但并没有错上,这七部作品中任何一部当选首奖我以为都是有充分理由的。[①] 来自中国大陆、台湾、香港以及海外的评委各有所好,各抒己见,几轮投票,结果是莫言的《生死疲劳》荣登榜首。与上届首奖获得者《秦腔》的高度一致相反,对《生死疲劳》的评价不是没有争议。我起初也感到诧异,因为这部小说与上届获奖的《秦腔》在创作题材、历史观念、民间叙述立场等方面有高度的相似性,两者相继获大奖的事实,证明了新世纪以来中国当代长篇小说的主流叙事——"历史—家族"的民间叙事模式获得了普遍的认可。但是我在指出这样一个创作现象时,自然联想到了另外一个问题:真正的民间精神只有一个标志,就是追求自由自在的境界。它将如何在作家的艺术实践中获得进一步的自我更新呢?当"历史—家族"民间叙事成为一种

---

① 第二届"红楼梦·世界华文长篇小说奖"的入围作品共有七部:莫言的《生死疲劳》,王安忆的《启蒙时代》,铁凝的《笨花》,张炜的《刺猬歌》,曹乃谦的《到黑夜想你没办法》,朱天文的《巫言》,董启章的《时间繁史·哑瓷之光》。但我觉得,同一时期出版的余华的《兄弟》和严歌苓的《第九个寡妇》都是应该入围的。

普遍被认可的主流叙事的时候，它是否还具有生命活力来突破自己，攀登更加高度的自由自在的精神境界呢？

问题可以从《秦腔》与《生死疲劳》之间的差别说起。这两部作品都是通过家族史的描写展现了半个世纪来中国农村的兴衰和巨变，表达了作家眷恋土地、自然轮回的民间立场。《秦腔》是一部法自然的现实主义文学的代表作，[①]其绵密踏实的文笔笔法，丰厚饱满的艺术细节，达到了一种极致的程度，如果从以写实手段来描绘中国农村历史与现状的要求来看，《秦腔》是一部当代文学中很难超越的扛鼎之作；相比之下，《生死疲劳》在细节的考究与过程的描写上不如《秦腔》那样饱满，但是阅读《生死疲劳》时你的心灵仍然会感受到强大的冲击力和震撼力——如小说一开始，西门闹在地狱里忍受煎熬、大闹阎王殿、鸣冤叫屈的惨相，让人一下子联想到《聊斋》里的席方平，"必讼"的呼声震撼人心，这个开篇不同凡响，一下子就揪住了读者的心，迫使你非要读下去——这样的描写不能说其不饱满，但是它的饱满显然是体现在怪诞的叙事形态上而不是历史细节的真实之上，这是与《秦腔》的差别，也正是《生死疲劳》的独创之处。《秦腔》的叙事是通过一个傻子的眼睛来看世间百态，为了达到细节的真实和过程的合理，作家采取灵魂超越肉体自由飞翔的怪诞手法，但这种非现实的手法的目的是为了达到更加接近现实的叙事效果；而《生死疲劳》的叙事风格则是汪洋恣肆，纵横捭阖，势不可挡，怪诞的手法直接引出怪诞的阅读效果，根本无暇去考究其细节的描写。[②]我指出这样一种的

---

① 关于"法自然的现实主义"，我有另文论述："沈从文、贾平凹们的现实主义则是努力感受天地自然的运作旋律，读这部小说的感觉，就像是早春时节你走在郊外的田野上，天气虽然还很寒冷，衣服也并没有减少，但是该开花的时候就开花了，该发芽的时候就发芽了，你走到田野里去看一看，春天就这样突然地来到了。《秦腔》所描写的正是这样的感觉，自然状态的民间日常生活就是那么一天天地过去了、琐琐碎碎地过去了，而历史的脚步早就暗藏在其中，无形无迹，却是那么地存在了。这是真正的现实主义艺术的魅力。"（见陈思和《论〈秦腔〉的现实主义艺术》，《西部·华语文学》2007年第3期）

② 《生死疲劳》在叙述中由于混乱驳杂，多种叙述交错进行，细节上的错误在所难免。仅以时间描写为例，就有多处出错。例一：金龙与互助、解放与合作的婚礼时间，在第三部里多次提示是1973年农历四月十六日，但是到了第四部的故事叙事里，这场婚礼在人们的回忆中变成了1976年。如1990年时，当事人蓝解放称自己："十四年的结婚生活中，我与她的性交……总共十九次。"又，书中一再提到春苗年龄问题：解放和合作进棉花厂（婚礼的同年）的第一天遇到春苗，

差别，当然不仅是为了说明这两位作家天然不同的创作个性和语言风格，更不是为了批评莫言个人的叙事风格，我是把他们放在一个被普遍认可的叙事风格的层面上讨论这种差别，为的是要揭示出当代长篇小说民间叙事形式的嬗变及其自我突破与更新的意义。

"历史—家族"民间叙事模式的形成及其局限

我必须先要解释一个概念——"历史—家族"民间叙事模式。前面所说的作家的自我突破与更新，是指作家在这种已经成为主流的"历史—家族"民间叙事的基础上再次突破，自由自在的创作境界是没有界限和终点的。一九八〇年代中期，以《红高粱家族》为标志，民间叙事开始进入历史领域，颠覆性地重写中国近现代历史，解构了庙堂叙事的意识形态教化功能，草莽性、传奇性、原始性构成其三大解构策略：草莽英雄成为历史叙事的主角，从而改变了政党英雄为主角的叙事；神话与民间传奇为故事的原型模式，从而改变了党史内容为故事的原型模式；原始性则体现于人性冲动（如性爱和暴力等）作为情节发展的推动力，从而改变了意识形态教育（如政治学习等）为情节发展的推动力。这些叙事要素的改变，在《白鹿原》出版后引起了普遍的争议，同时也获得了普遍的认同，遂成为民间历史叙事的主流模式。这种模式主要是由两大要素——历史和家族建构而起的。"历史"是民间视野下的历史，其时间概念可以自由变化，如刘醒龙的《圣天门口》是以武昌革命为起点，铁凝的《笨花》以北洋军阀崛起为起点，贾平凹

她才六岁。解放与春苗年龄相差二十岁。解放生于1950年元旦，那么，春苗应该生于1970年。显然，叙事者把那场婚礼的时间挪后了三年，以为是1976年。当然我们可以开玩笑说，那时因为猪的记忆与人的记忆不一样，但不管是哪一方记错了，肯定都是作家的错。例二：第三十章互助用神奇的头发治疗小猪的时间，叙事人特意强调："此时已是农历的三月光景，距离你们结婚的日子已近两个月。此时你与黄合作已经到庞虎的棉花加工厂上班一个月。棉花刚刚开花坐桃，距离新棉上市还有三个月。"前文已经交待，婚礼时间是1973年农历四月十六日，那么，解放进工厂的时间是1973年五月中旬，互助救小猪的时间应该是同年六月而不是三月，这样才与农村棉花开花坐桃（小暑节气，一般是公历7月）、新棉上市（公历9月以后）配合起来。或许我们可以认为这些错误来自作家的笔误或者编辑的不负责任，但这些时间书写的错误会在阅读上给读者带来对叙事内容的模糊理解。（注：本文所有引用本书的内容，均出自莫言《生死疲劳》，北京，作家出版社，2006，不再一一说明）

的《秦腔》和莫言的《生死疲劳》，都是以一九四九年以后的农村土改为起点，而下限则打通了历史与现状的联系，直指当下的农村社会变革风云。其次是"家族"的要素，作家通过对旧家族史的梳理，尤其是对农村家族形象的重塑，来表达和叙述民间对历史的记忆，这与一种老人在昏黄灯下怀旧讲古的形态有点相似，却与从学校课堂里被灌输的意识形态化的历史内容划清了界线。五四新文学传统中没有家族小说，只有家庭小说，作家是把旧式家庭作为旧文化传统的象征，给予了无情的揭露和攻击；当代作家则将家族作为怀旧的象征，在血缘关系上绵延的几代人的命运中建构起一个与历史变迁相对应的怀旧空间。《白鹿原》的白鹿两家冲突，《圣天门口》的杭雪两家冲突，《笨花》是以向家的历史为主线，《秦腔》则是以夏家两代人的生活为主线，等等，家族的兴衰演绎了历史的演变。可以说，民间叙事对庙堂叙事的解构，正是从具体描述人物命运和家族命运开始的，这类叙事中，人物塑造往往体现了作家的历史洞察力，体现了民间不以胜负论英雄的温厚的历史观念，从而稀释了阶级斗争理论观照下的报复与暴力构成的历史血腥气。除了这两大要素以外，还有一个要素隐约其中，那就是神话原型与民间传说，这往往成为民间历史叙事的主要标记。《白鹿原》一开始就出现了白鹿的神话意象和白嘉轩与七个女人的传说，可惜这些意象在后来的故事发展中没有得到进一步的发挥；而《圣天门口》开始有共工造反、浪荡子被斩等创世神话，通过汉民族史诗《黑暗传》而贯穿整部小说情节的发展；到了《秦腔》、《生死疲劳》等作品中，神话、传说已经成为叙事构成的一部分不可或缺了。如果说，在"历史—家族"民间叙事模式中，核心是重塑民间历史，那么，家族史是民间历史的主要载体，而神话和民间传说往往成为其标志性的话语特征。通过一系列长篇小说的艺术实践，"历史—家族"二元因素建构的民间叙事已经成为当下主流的叙事模式了。①

家族小说是从家庭小说的传统演变而来。回顾中国小说历史的发展过程，古代就有《金瓶梅》、《红楼梦》等家族小说，其描绘的家庭都是独立封闭的空间，并不特别承担反映历史兴亡的功能。五四新文学的长篇家庭小说基本上延续了这样的创作模式，外部社

---

① 我把1997年《白鹿原》获得第四届茅盾文学奖作为这类"历史—家族"民间叙事被普遍认同，转变为主流叙事模式的标记。虽然《白鹿原》获奖是有条件的，作家陈忠实对原著作了一定程度的删改，这也可以理解为民间叙事在与主流的庙堂的关系上总还是弱势的一面。

会的信息仅仅作为一种背景，并不直接与家庭故事对应起来。如巴金的《激流三部曲》，三大卷的故事几乎都是在家庭内部冲突中完成的，而社会变故仅仅是外部的环境。但是，新文学的作家已经有了用小说直接塑造现代史的愿望，茅盾、李劼人都是这方面的代表作家。尤其是茅盾，他的长篇小说《霜叶红似二月花》、《虹》、《蚀》、《子夜》等几乎一步一步地照着历史的变动脚步跟踪描写。不过茅盾的小说都是直接描写社会，家庭并不是他的主要描写场景。我们可以这么说，在五四新文学传统中，"家庭"与"历史"在文学创作中一直是二元并举的，并没有合二为一。一九五〇年代以后，随着现代历史题材的长篇小说①出现，作家为了普及革命历史教育，曾经尝试以家庭为叙述单元来宣传现代革命历史。如欧阳山的《三家巷》通过几户家庭的命运演变来揭示中国革命的分化，其内容是主流意识形态的，但其形式首开了以家庭来图解现代历史的先河。一九九〇年代，以《白鹿原》为标志的民间叙事崛起，批判地承传了以家庭图解历史的表现方法，但为了表现一个较长时代的历史演变，家庭小说相继演变为家族小说，即通过一家或者数家几代人的命运，直接表现一个世纪以来的近现代历史。《白鹿原》从辛亥革命推翻清朝的时刻写起，绅士白嘉轩与朱先生联袂提出村规族规，开始了民间社会取代庙堂的历程。"家族"成为民间立场的一种象征，以家族的视角来解释历史，步步照应了大革命、清党、肃反、抗日、土改等等历史事件，半个多世纪风云通过家族的命运折射出来。②

　　用家族史来对应、表现近现代史的民间叙事，包含了两种历史轨迹的陈述，大的轨

----

　　① 现代历史题材创作是上世纪五六十年代的一个重要创作现象。它的特征是以近代以来的革命历史为线索，用艺术形式来再现中国共产党领导的新民主主义革命的必然性和正确性、普及与宣传中国共产党的历史知识和基本历史观念。这些基本历史观念逐渐成为当时的"时代共名"，即人人都在政治教育中达到的共识。代表作有《红旗谱》、《三家巷》、《青春之歌》等。其中描写了不同形态的家庭意象，来对应当时的历史观念，《三家巷》最为典型。（见陈思和主编《中国当代文学史教程》第四章，上海，复旦大学出版社，1999）

　　② 关于《白鹿原》的民间叙事特征已经有许多研究论著阐述过，这里仅引最近韩毓海教授发表的论文《关于90年代中国文学的反思》中关于《白鹿原》的批判："（陈忠实）对于现代以来中华民族的时代精神没有把握，因为作者处在我们民族的核心价值观崩溃的时代，所以作者'价值中立'到了不能批判地肯定'历史主体'，无论国民党还是共产党，无论统治者还是被压迫者，他都不能肯定的地步，于是，他创造人物的办法，就不是塑造不同时代最鲜明的'自我'，而是按照理学的'天理-人欲'观，按照气聚成形，气消形散，不同禀赋造成不同气质——这样原始质朴的理学思想来塑造人

迹是从民国成立开始，一直到一九四九年政权更替，或者写到"文革"；小的轨迹从一九四九年以后写起，经历土改、大饥荒、"反右"、"文革"，一直写到改革开放以后，下限为新世纪前后。写大轨迹的代表作有《白鹿原》、《圣天门口》、《笨花》；写小轨迹的代表作有《秦腔》、《生死疲劳》等。在这些作品中，描述的故事是家族的故事，可是家族故事和人物命运直接演述了现代史的发展过程，贯彻了作家对这段历史的民间读解，仿佛是历史直接走上了纸面为观众表演，而家族的演变只是历史的注脚和符号，传递历史的信息。而且，这类"历史—家族"的民间叙事模式不仅仅是大陆文学的现象，台湾香港的长篇小说创作中同样存在，如陈玉慧的《海神家族》，董启章的《时间三部曲》之一，等等，都有类似的创作模式。大约古往今来的小说创作中，还没有像当代中国的长篇小说那样沉重地背负着历史的大主题。这可能是当下中国正处于特定的历史阶段——香港回归需要梳理自身的历史，台湾面临着主体身份的认同，大陆学界需要对近现代史的重新清理和历史迷雾的澄清，民族历史的核心价值需要重新界定，一切都需要返回历史的原点——文学创作在这关键的时候又一次自觉担任了先锋功能。

但是，这样一种"历史—家族"的民间叙事模式被主流化以后，也不能不看到它给创作带来的明显束缚。在中国的人文传统中，历史的地位远高于文学，以史传文的作用也远高于以文传史，传统的庙堂意识并不在乎民间文学对主流史学的篡改和解构。所以在古代，历史小说基本上是民间叙事，其对正统的庙堂叙事的解构体现了民间叙事的活力，文学中的想象力和自由自在的精神体现得最为充分。但是在当代中国人文领域里，文学的影响要比历史深远广泛，所以当代文学被纳入意识形态的系统，现代历史题材创作就是为了普及现代革命传统教育而起的，对历史的教化普及功能超过了文学自身的审美要求。理论界对这类历史小说提出了一个审美概念：史诗性，①要求历史小说能够"史

物，这样一来，所谓的'民族的历史'自然也变成了他所谓'民族的秘史'了。"（见《粤海风》2008年第4期）韩毓海教授的观点有自己的理解方式，这里不论。但他的敏锐批评和分析仍然是表达了《白鹿原》的某种特殊性，就是解构了主流意识形态营造的"核心价值"（而不是民族的"核心价值"），从传统理学来整合一种新的价值观念，我以为这正是陈忠实的民间叙事观念的表达。

① 我这里所说的史诗性，不是指传统意义上的民族英雄史诗，而是指修辞上对于某种历史叙事风格的概括。准确地说，应该是"诗史"。如学界把杜甫的诗歌称为"诗史"的意思。宋祁《新唐书·杜甫传》称："甫又善陈时事，律切精深，至千言不少衰，世号诗史。"（见仇兆鳌《杜诗详注》第一册，第7页，北京，中华书局，1979）史诗与诗史是两个不一样的概念。

诗"般地歌颂和普及现代革命历史。一九九〇年代的民间叙事虽然旨在解构正统的庙堂意识，但其远远没有恢复到古代历史小说的民间立场，"史诗"的阴影仍然笼罩其上；就其解构功能本身而言，与一九五〇年代的教化普及功能一样，都是要用人物命运和家族故事来图解和说明历史观念，那么，家族与人物的故事就不能不承担其不堪重负的"历史"使命。原来在家庭小说中的历史背景现在成了表述的对象本身，人们盛赞其思想内容的深刻性，毋宁说是一种新鲜感，均是从其历史场面的描写而来，而非从其人物内在性格的发展而来。再者，即使是民间叙事下的历史场面也很难达到真正的深刻洞察力，任何时代的历史观都体现了统治阶级的根本利益与政治诉求，盛世修史是为了当下统治的需要，而民间的原始正义只能表达在民间传说以及相关的野史记载中，还必须躲躲藏藏，掩盖在各种形形色色的假雨村言之中。这也是民间叙事模式必有神话传说为标记的原因所在。我这么说的意思是，历史小说的作家尽管很努力地去侦破、解释历史真相，但因为它是以小说的形式出现的，其所表达的往往不是真实的历史本身，而是通过象征、隐喻、夸张、变形等虚构手法来表达一种近似于历史某些真相的信息，起到的仍然是小说的审美效果。因此，文学的民间叙事模式承担澄清历史、还原历史真相其实是不可能的，民间叙事对主流的庙堂叙事的解构仅仅是在文学领域里的一种游戏，在文学范围内起到一种"戏说"的作用。所以，这种"历史—家族"民间叙事模式本身处于尴尬之中，人们期望从中读到新的历史信息，而它能够真正起到的作用却仍然在文学审美方面；但是为了满足人们的这一期待，文学就不能不努力重负历史的大主题，结果损害的仍然是文学自身。

这一困境在民间叙事模式中与生俱来，每一位作家都认识到这一点，作家们要努力摆脱这种困境，只有使其尽可能地减轻、放弃历史的重负，回归到文学的审美范畴。所谓"自我更新"，是指民间叙事模式的自我更新，要求作家更加自觉地站在民间的立场上，自觉突破这种叙事模式的现有格局，大胆地放弃和减轻历史主题带来的沉重压力，使民间因素以更加内在化和自由化的形态表达出来。当然我所指的自我突破与更新都是在"历史—家族"叙事模式系统里进行的，并不是要放弃这一模式另起炉灶，历史的元素不能放弃，通过艺术创造来达到对历史真相的揭示仍然是这一叙事模式的重要使命。但更为重要的是，它必须表达民间叙事中的"历史"，并且通过民间的叙事形式来表达。这就势必要求我们在"历史"和"家族"的二元元素外再加上第三种元素——神话，其实在民间叙事下的"历史—家族"民间叙事模式中可以看到，神话或者传说在叙事中已经起到了越来越重要的作用，而在像《生死疲劳》、《刺猬歌》等作品里，神话的元素不仅仅是一种叙事的点缀，而是融合为叙事的有机部分，[①] 随而建构起"历史·家族·神话"三位一体的新的民间叙事模式。在这种新叙事模式里，小说不仅将继承西方长篇小说的批判现实主义的叙事艺术，还将重新启用中国古代小说中怪力乱神的另类叙事传统，将瑰丽奇幻的神话传说因素融入历史小说叙事架构，让创作艺术的想象力重新迸发，建立中国特色的小说叙事的美学范畴。因此，本文所讨论的问题，是以《生死疲劳》的叙事特点为对象，作家莫言如何在"历史—家族"民间叙事模式的基础上融入神话传说的元素，实现了新的突破。

《生死疲劳》：作为"历史—家族"叙事模式的创新意义

作为一部"历史—家族"二元建构的民间叙事作品，《生死疲劳》并没有离开"历史"和"家族"两大元素，基本特征都没有变化。只是作家以宗教的轮回观念取代了对历史的直接再现，从土地改革到改革开放，大小政治运动和历史事件都是作为一种故事背景而模糊存在于作品中，并且给以模糊的表述。其模糊表述的形式，就是关于西门家族史的怪诞叙事。我以为《生死疲劳》的独特之处，就在于其以非常怪诞的叙事形态展示了"家族"的元素，从而再进入了对历史的审美的描绘。

在这个文本里，被灭亡了的西门家族的命运成为主要叙事对象，被枪毙了的地主西门闹成为主要的叙事者。一个不存在的人和一个被毁灭的家族，通过两条生命转换链被连接起来，构成整部作品的叙事。这是相当奇特的构思。其两条生命转换链也很奇特，第一条是西门闹转世投胎为西门驴、西门牛、西门猪以及狗和猴，最后是大头儿蓝千

---

① 关于什么是"有机部分"，我可以举一个例子。最近作家刘醒龙告诉我，《圣天门口》要出版一卷本的简本。我当时就提醒说，小说中的一些情节可以删除，但民间史诗《黑暗传》部分最好不要改动。可是醒龙告诉我，简本正是删除了大量的民间说唱部分，因为许多读者认为这部分读起来太累赘。我当然无言可说。但我想，如果在《刺猬歌》的文本里删除了刺猬的故事，在《生死疲劳》的文本里删除六道轮回和动物的故事，小说文本还能成立吗？显然是不可能的。这种不可能被删除的神话或民间传说部分，我称之为"有机部分"。

岁，这一代代生命转世的动物隐喻了西门闹的生命实体，或可视为隐喻性的西门家族成员：西门闹虽被枪毙却没有消失，他只是转换了生命的形态继续生活在西门屯，参与这个世界的各种事务；第二条生命转换链是西门闹的一双儿女金龙宝凤，他们获得雇农蓝脸的庇佑，延续西门家族的血脉，宝凤的儿子马改革最后成为作家理想的农民形象，金龙的私生女庞凤凰最后生产了这个家族的最后一代蓝千岁，成为西门闹的第六次生命转世者，这个大头怪胎的身上，血缘上的传宗接代与佛教中的轮回隐喻合二为一，达到了高度的统一。其生命的转换和延续关系可以排列如下图：

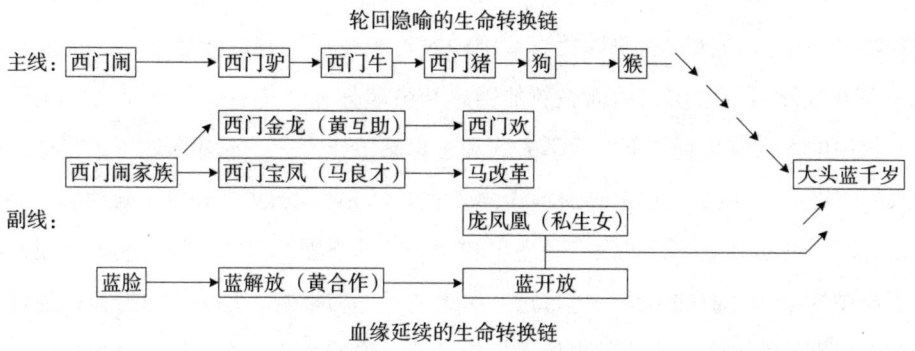

轮回隐喻的生命转换链

主线：西门闹 → 西门驴 → 西门牛 → 西门猪 → 狗 → 猴

西门闹家族 → 西门金龙（黄互助）→ 西门欢
西门闹家族 → 西门宝凤（马良才）→ 马改革

副线：

庞凤凰（私生女）
蓝脸 → 蓝解放（黄合作）→ 蓝开放

大头蓝千岁

血缘延续的生命转换链

除了西门闹为主角的生命转换链以外，还有一条重要线索来展示西门家族的历史，那就是从家族与社会的整体关系上来把握家族的社会功能。西门大院是其象征。西门闹原有一妻两妾，土改后，除原配白氏顶着地主的帽子受罪外，两个妾都随房产田地一起被再分配，给了长工蓝脸和民兵队长黄瞳做老婆。黄、蓝两家分别居住于西门大院的东西两厢（本来就是西门两个妾的居住所），而西门大院的正房当作了西门屯的村公所，依然象征西门屯的权力所在，洪泰岳主持大权。所以，西门大院的基本功能没有改变，洪、黄、蓝三家继续延续了西门家族的社会功能（统治西门屯）和生命功能（传宗接代）[1]，直到"文革"后西门金龙重掌西门屯的领导大权，生命功能和社会功能才合二而

———

[1]《生死疲劳》里有一个细节是洪泰岳与白氏之间仍然存有感情上的暧昧，这也能解释西门闹死后他的妻妾和子女在洪泰岳统治下都没有受到过分的迫害。虽然洪、白的关系最后以悲剧告终，但仍可以隐约看到小说的隐形结构中，洪、黄、蓝三家瓜分了西门大院。他们的身份分别是地方政权、民兵队长和基本群众（雇农）。对应的人物关系为：洪泰岳——白氏（虚构），黄瞳——秋香，蓝脸——迎春。

一。这就是说，整个西门屯的故事，黄瞳一家和蓝脸一家的故事，全都是西门家族的故事。通常的"历史—家族"民间叙事的模式，是通过两个或两个以上的家族史的恩仇演变来描述历史的复杂性，而在《生死疲劳》中，所有相生相克的矛盾冲突和演变，都包容在这一个西门大院内，一个家族在通过其自身的矛盾分裂、吐故纳新来发生演变和再生，影射近半个世纪来的农村历史。

　　一般来说，家族小说总是由鼎盛写到衰败①，而《生死疲劳》相反，是将西门家族由衰败写到盛兴，再从中兴写到重新衰败，然后再写到新生，经过了几个大的波折起伏，包容了复杂、丰富的时代信息：这里有残酷的阶级斗争风暴、农民对土地极其深厚的感情，轮回转世的各种牲畜的悲惨故事，中国农村集体所有制的解体和乌托邦理想的破灭，改革开放以后各阶层人们面临新的困惑和灵魂挣扎，还有一代青年人的迷茫和悲哀、三代中国人在时代裹挟下的生活方式和思想感情，等等，都是体现了家族命运所折射出来的"历史"。但是我们也必须承认，这个文本在解说历史、评价千秋功罪方面没有刻意追究历史的功过是非，也没有呈现出知识分子的强烈的人文立场和道德义愤，而是采取了模糊的拉洋片似的手法一笔带过。历史的反思与批判不是莫言的擅长，他将兴趣着重放在叙事的艺术形式上，叙事形式作为这部小说的主要元素，其意义远远大于小说所展示的历史内涵。我们在其中获得了大量的生动活泼的民间信息，神话与历史、轮回与血缘、天道与贪欲，通过西门家族和蓝脸家族交错在一起。所以，这个文本在"历史—家族"二元建构的民间叙事系统里是非常特殊的一部作品。

　　由于生命轮回转世的叙事建构，已经死亡的地主西门闹的生命复活了，不但生龙活虎地活跃在文本里，而且主宰了整个叙事的基调，形成了叙事的整体风格。西门闹的性格与蓝脸的性格互为对比：西门闹性格里凸现了一个"闹"字。他有钱有势，无法无天，身体里藏有过度的力必多，敢在太岁头上动土；然而突然遭到命运的残酷打击，人

---

　　① 由家族的衰败写到中兴的小说叙事结构，在1980年代有过一部相当杰出的作品，就是张炜的《古船》，我把它列为"历史—家族"二元建构的民间叙事系列中的一部先驱式的作品。不过《古船》的时代是知识分子反思历史的开始阶段，作家不能不全力以赴地对现代历史进行拨乱反正的工作，历史元素与家族元素占据了小说的主要画面，而民间叙事的元素尚未提到重要的地位。有兴趣的读者可以参阅陈思和《关于长篇小说结构模式的通信》，《笔走龙蛇》，济南，山东友谊出版社，2000。

被枪毙，家被瓜分，他的狂放无度的个性和死后的愤怒控诉，都体现了"闹"的氛围，决定了小说叙事声音的喧闹、骚乱、混杂，也影射了整个时代的轰然动荡、冲突、崩溃和分裂。小说叙事没有采用传统的写实主义手法展示各种生活细节，而是通过转世动物的自己的故事，隐喻时代的狂乱气氛。与此做鲜明对比的，是长工蓝脸的性格恰好突出了一个"静"字。他少年时代被西门闹所救，认过西门闹为干爹，应该是一个相当乖巧的孩子，土改以后他作为赤贫户雇农，分得了东家的浮财住房甚至老婆。但是从这时候起，蓝脸却成为一个孤独寡言的人，他对西门闹怀着深深的感恩之情，抚养了西门闹的一双儿女，对家养的牲畜（其实是西门闹的转世）都视为亲人，备加爱惜。他坚持单干三十年，当被剥夺了一切，逼得众叛亲离妻离子散以后，仍然坚持在月光下默默劳动，这些劳动的片断，是文本里最抒情最美丽的片断，充满了诗情画意。这一闹一静平衡了小说的叙事基调，让人看到在最悲惨最混乱的时代里仍然有某些种坚定的、美丽的力量存在。这就是民间大地的力量。我们几乎很难把蓝脸与土地、月光、劳动等民间概念区分开来。

我注意到一篇《生死疲劳》的批评文章，指出这是一部"放弃难度的写作"。[①] 我起先也有点同意这个看法。什么叫作写作的难度？从作家的角度来说，就是指写作过程中遭遇到的困难程度，从文本出发，"难度"意味着文本向自身的挑战，也就是莫言自己声称的："只要跟《檀香刑》不一样就行，别的咱也不管。"[②] 这里指的"不一样"当然不是两部小说的内容（这本来就不一样），而是指小说的叙事形式。这就意味着作家要向自己挑战。我们如果孤立地分析叙事形式，一次一次的生命轮回，用动物的眼睛来看五十年中国农村（包括整个国家的政策、体制、人心等等）所发生的变化，这确实不算很复杂，也没有达到高难度的挑战性。莫言说，他追求的是《生死疲劳》的叙事形式与《檀香刑》的不一样，这一点当然是做到了，但是否做得更好，就需要有更进一步的理解和说明。《檀香刑》的叙事结构犹如《三国》，魏、吴、蜀三方军事集团从各自的利益出发逐鹿江南，形成一个复杂的叙事结构，《檀香刑》中人物的叙述则分别代表庙堂视角、知识分子视角和民间视角，三种叙事交叉于文本，叙述同一件历史事件，构成了对抗性的

---

① 邵燕君：《放弃难度的写作》，《文学报》2006年7月6日。

② 莫言谈《生死疲劳》聊天实录（2006年3月15日）：http://book.sina.com.cn/author/sub-ject/2006–03–15/1701198010.shtml。

多种叙事层面。而《生死疲劳》没有这么复杂，一道道轮回的视角是同一立场同一视角，如果继续用不太确切的比方，《生死疲劳》有点像《水浒》的叙事结构，叙述对象一会儿是林冲，一会儿是武松，一会儿又是宋江，他们的故事连串起来，朝着同一个方向推动了整个叙述的进展。所以说，如果把《生死疲劳》的叙事形式仅仅定义在"通过家族命运反映历史"的叙事模式，仅仅把它看成是对历史的轮回形态或者多元解释的表述，那么它确实未能达到应有的高度——在这个意义上，说《生死疲劳》缺乏难度和挑战性，我想是有理由的。

但是，要认识《生死疲劳》的叙事形式的意义，还不是那么简单。假如我们把《生死疲劳》的叙事形式不仅仅置放在一般的"历史—家族"叙事模式中，而是置放在处于蜕变和创新过程中的"历史—家族"叙事模式中来考察，那么，它的意义就不一样。我们前面已经说过，"历史—家族"的叙事模式遭遇到的瓶颈，就是历史意识过于强大，以至于"家族"的元素完全为了图解历史服务，失去了文学想象力的自由放纵。曾有许多作家为此殚精竭虑，做过多种尝试，他们的基本手法是采纳民间神话的想象力来抵御历史的沉重性。如：与《生死疲劳》同时问世的探索性作品，还有张炜的长篇小说《刺猬歌》。这两位山东籍作家的作品描写的都是家乡农村的历史变迁，他们对社会历史发展的看法、对现状的批判以及对民间叙事形式的探索，都有惊人相似之处。但《刺猬歌》没有家族的元素，它在企图摆脱史诗模式，转向更加自由的民间叙事形式的探索方面走得更远。① 更有趣的是，这两部作品之间出现了非常相似的细节，甚至达到了互现的程

_____

① 《刺猬歌》的结构里明显包含两个世界的奇妙结合，一个是人间传说的世界，讲述了棘窝镇上半个世纪后半叶发生的故事，另一个是民间的世界，有更加深远的时间意义……从民间传说的原型来看，刺猬的遭遇隐藏了一个普遍的神话母题：仙女（或女精怪）羡慕人间生活而下凡，与平民男子缔结良缘，但终究无法与人间社会共处，最终遭遇背叛而离散。小说展示的历史时间要遥远得多。第一个阶段是传说中的霍公时代，影射了动物、人类浑然难分的阶段，可以看作是人类逐渐从自然中分化出来的过程；第二个阶段是响马时代，影射了人类进入文明史后自相残杀的漫长阶段，在这个阶段，自然界是以伟大庇护者的旁观立场存在的；而第三个阶段是唐童时代，是人类开发自然，大规模掠夺、破坏自然资源的阶段，也是人类与自然界爆发"战争"的阶段。在这个民间传说的世界里，时间的模糊性与大地的亘古性甚相符合，所以在民间叙事里，刺猬与人类都不是叙事者，真正的叙事是大地的叙事，刺猬、狐狸、海猪、土狼、人类等等，都是其中的角色。这部分叙事舒畅而绚丽。如果我们综合这两方面的因素来看，紧张、偏执、绝望，与奇幻、赞美、绚烂所

度。①《生死疲劳》在民间叙事的形式探索上没有《刺猬歌》走得那么远，然而人畜混杂、阴阳并存的民间叙事利用了简单的轮回形式，比较容易被读者所接受。一般情况下，作品的叙事形式是服从作品叙事的总体要求，为的是让故事更加有效地说下去，但在《生死疲劳》中，由于叙事形式的意义要大于历史大叙事，作为民间的、边缘的叙事者身份出现的鬼魂叙事、怪胎叙事和动物叙事，有意遮蔽了历史大叙事的庙堂记录，呈现出特有的民间记忆。我们不妨先看以下排列的一份民间叙事中的西门家族史的时间表（表上的时间凡加注说明的，均是笔者根据小说叙事推算的）：

一九四八年农历腊月廿三　　西门闹被枪毙。金龙宝凤一岁余。
一九五〇年公历一月一日　　蓝解放和西门驴出生。
一九六〇年大饥荒　　西门驴被杀。②

一九六四年　　西门牛约一岁。
一九六九年春节　　西门屯成立革委会。金龙当选主任。③

构成的截然对立的美学意象相结合，形成了《刺猬歌》特殊的叙事风格，作家把两方面的美学意象都推向了极致。（见陈思和《自己的书架之二十八——〈刺猬歌〉》，《文汇读书周报》2007年5月11日）

① 如《刺猬歌》里有大量动物参与人类筵席和狂欢的场景，而在《生死疲劳》中写到金龙与互助的结婚场面上，也有一段非常相似的描写："月亮往高处跳了一丈，身体收缩一下，洒下一片水银般的光辉，使月下的画面非常清晰。黄鼠狼们从草堆里伸出头来，观看着月下奇景，刺猬们大着胆儿在人腿上寻找食物。"这与《刺猬歌》的写法非常接近。还有，《生死疲劳》把一切罪恶归咎于"贪欲"，同样在《刺猬歌》里，作家最后把悲剧原因归结为人们误食了一种淫鱼，其谐音为"淫欲"，暗示人性深层的原始欲望，其实也就是莫言所说的"从贪欲起"的意思。
② 《生死疲劳》第11章，饥民暴乱，冲进蓝脸家抢劫，西门驴叙述："面对着这群饥民，我浑身颤栗，知道小命休矣，驴的一生即将画上句号。十年前投生此地为驴的情景历历在目。"以1950年1月投生的时间推算，当时应当是1960年。
③ 《生死疲劳》第19章，金龙当上了西门屯革委会主任，动员蓝脸入社时说："您望望高密县，望望山东省，望望除了台湾以外的全国二十九个省、市、自治区，全国山河一片红了，只有咱西门屯有一个黑点，这个黑点就是你！""文革"中，"全国一片红"，各省市自治区都成立革委会政权的事件是1968年11月。以此推算西门屯建立革委会应该是1969年的春节。烧牛事件应该发生于当年的春耕时节。

一九六九年春耕	西门牛被烧死。
一九七二年农历六月	西门猪出生。①
一九七三年农历四月十六	金龙互助、解放合作举行婚礼。
一九七六年公历九月九日	毛泽东逝世。西门猪追月逃亡，成为野猪之王。
一九八一年四月	西门猪回乡。洪泰岳发疯强暴白氏，被西门猪咬掉睾丸。
一九八二年四月	西门猪死。西门欢、凤凰、开放、改革等三岁。
一九八三年初	大雪。狗出生。
一九九一年夏	蓝解放与庞春苗相爱逃亡。
一九九八年农历八月十五	蓝解放与春苗结婚。蓝脸与狗当晚自然死亡。
二〇〇〇年	西门欢与凤凰流落街头耍猴，西门欢被杀。开放自杀，猴死。
二〇〇一年元旦	世纪婴儿蓝千岁诞生。

这份时间表非常有意思，虽然每一个时间阶段的叙事都涉及到多种历史事件，但这些事件明显不是叙事的主要内容，有些连背景材料也算不上。比如，第一阶段（驴折腾）涉及的历史事件有合作化运动、人民公社、大跃进等，本来都是农村"金光大道"的一个个里程碑，但是在莫言的笔下一笔带过，点到为止。驴的生命过程只有两个时间点——生：一九五〇年土改以后，农民有了土地的欢欣；死：一九六〇年大饥荒。这就

---

①《生死疲劳》第27章，记载西门屯的一片杏林："因为这些树太大，根系过于发达，再加上村民们对大树的崇拜心理，所以逃过了1958年大炼钢铁、1972年大养其猪的劫难。"小说第三部一再提到农村大养猪、开现场会等等。查有关资料，记载1970年8月底，国务院召开北方地区农业会议。会议号召人们努力积肥，主要是养猪，在第四个五年计划期间要实现两人一猪，争取做到一人一猪。见央视国际《戊年记忆——1970年》2006年2月19日，来源：http://www.cctv.com/program/witness/20060419/101465.shtml。从小说描写的时间和场景看，西门猪应该生于1972年。

是民间记忆。大约所有的中国农民都忘不了这两个时间点。第二阶段（牛犟劲）的两个生命时间点是：一九六四年和一九六九年。一九六二年农村实行包产到户，经济开始复苏，到一九六四年有了新的气象，农民又有可能买牛了；一九六九年"文革"的动乱稍稍平息，"革委会"开始履行农村基层政权的权力。对于单干农民来说，"文革"大混乱没有什么危害，一旦建立基层政权，麻烦就来了。于是西门牛杀身成仁。第三阶段（猪撒欢）的生命时间点是一九七二年和一九八二年。一九七二年农村经济由于提倡大养猪带来起色，而一九八二年则是改革开放政策实行三年，所谓"初见成效"之时，农民从大包干责任制得到了好处。很显然，这些事件都是来自民间的特殊记忆，一九六二年包产到户，一九七〇年开始第四个五年计划，一九七八年底十一届三中全会决定改革开放，都与农民的记忆没有关系，他们的记忆是从尝到了实际利益开始的，与教科书里记载的历史事件没有关联。或者说，在民间记忆的时间表上，人民公社、大跃进、社会主义教育运动、"文革"、改革开放，等等，都是模糊一片，不甚记忆，而清晰活跃在民间记忆里的，就是什么时候日子过得欢畅，什么时候日子艰难。前者是一九五〇、一九六四、一九七二、一九八二，等等，后者是一九五八（大跃进）、一九六〇（大饥荒）、一九六九（"文革"中期），等等。这个记忆时间所展示的历史，与庙堂记载的历史大事纪，与知识分子感到兴奋的历史时间都不一样。因此，莫言笔下的鬼魂、动物或者怪胎的背后，其实就是一股汹涌澎湃的巨大的民间叙事。

《生死疲劳》的民间记忆不但真实显示了底层的农民对于历史的认知，还表达了作家本人对于历史的特有的解释方式。小说运用了大量怪诞奇特的叙事手法，作家对于历史内涵的丰富性都隐蔽在叙事的形式当中，超越了"历史—家族"民间叙事中通常出现的二元对立的思维模式，显示了历史内涵的暧昧性和复杂性。我们可以举一个例子，关于土改历史的反思。土地改革运动是中国共产党刚刚夺取政权以后给五亿农民的见面礼，它通过剥夺地主的土地财产来巩固后方，调动农民支持新政权的积极性。中国农民经受了数千年的地主阶级土地所有制的沉重剥削，只能从一次次失败的叛乱和起义中释放他们的仇恨与疯狂的集体无意识；而在现代革命中，农民扮演了主力军的角色，土改是他们最后一次仇恨心理的集体释放，其中的暴乱和残忍是可以想象的，可以看作是封建土地制度下的弱势群体长期积压在无意识里的仇恨的集体发泄。但是这样的过分的仇恨心理和以暴抗暴的行为，在今天以和谐传统为基调的太平盛世中，无论历史观还是现实意义，都是作为不和谐之音而骇人听闻。中国文学中的土改叙事从来就有两种相对立的声音，丁玲、周立波的小说与张爱玲、陈纪滢的小说就是对立的代表作。这且不去说它。值得思考的是，在一九四九年新政权建立以后，关于土改的作品明显减少，现代文学史上描写土改小说的代表作，依然是全国建立新政权前的《太阳照在桑干河上》和《暴风骤雨》，而当时新文学的主流却汹涌澎湃地扑向了农业合作社这一新生事物的鼓吹和宣传。很显然合作化运动的集体主义道路才是共产党所追求的社会主义新制度的目标，而土改，则仅仅是"最后"一次农民革命胜利后土地再分配的梦想成真。农民获得土地这一事件的本身并不是社会主义的土地所有制的目标，而且这些土地也即将被一场新的社会主义革命所剥夺，那就是从合作化运动到人民公社的所谓"创业史"和"金光大道"。在历史长河的变故中我们不难看到，中国的土地所有者（地主阶级）就成了历史过渡时期没有价值的牺牲品。由于土改的现实意义已经在农业合作化运动中被消解，一九五〇年代以后很少再有作家对土改感兴趣（尽管有大量的作家亲身到农村参加了土改）。而现在一代主流作家是在一九五〇年代成长起来的，当年的农村顽童从老一辈的土改记忆中获得的都是血腥信息，"文革"中当地政权残害地主家属后代的罪恶无疑又加深了历史的印象。到了"文革"腥风血雨过去后，人们痛定思痛，反思当代历史暴力的根源时，就追究到土改这场已经失去意义的农民运动。莫言这一代作家就是这样成长起来的，他们笔下反思土改往往是凭借了童年的"文革"记忆，再加上现代流行的人道主义、和谐社会等主流思潮影响，而不能用真正的历史的眼光来看待这个暴力事件。莫言特意声明："土改这个问题，实际上只是这个小说的简单背景，这确实算不上什么艺术创造，大概更是个政治问题，代表了作家对历史的反思和政治勇气。早在二十世纪八十年代初期，张炜的《古船》就涉及到了，后来陈忠实的《白鹿原》、我本人的《红耳朵》和《丰乳肥臀》，都涉及到了这个问题，杨争光的《从两个蛋开始》，尤凤伟的短篇小说和刘醒龙的《圣天门口》都涉及到了。"①我想莫言在土改问题上不争头功，既是承认了一个事实——《生死疲劳》在描写土改这一历史事件中没有特别创意之处，他只是根据童年记忆中被渲染的血腥印象以及"文革"后人们对阶级斗争的普遍憎嫌心理，塑造了这么一个冤案的

---

① 莫言谈《生死疲劳》聊天实录（2006 年 3 月 15 日）：http://book.sina.com.cn/author/subject/2006–03–15/1701198010.shtml。

细节，但同时也不能回避的是，这个细节在《生死疲劳》整个叙事中有关键性的意义：一切是非皆由此冤案而起。它是西门闹投胎转世的起因，也是所有历史纠葛的源头。莫言在具体描述历史事件中极力淡化的细节，恰恰在叙事结构上放在了至关重要的头条位置。

历史小说中如何考察作家的历史洞察力和历史观念，不能仅仅看作家如何有意识地设计小说的情节，倒是要看作家在无意识的创作过程中如何泄露了他对历史的真实感觉。在《生死疲劳》中，这种感觉是从小说的叙事形式中表达出来的。我们可以举一个例子：即地主西门闹这个形象，究竟是不是像他的冤魂倾诉的那么清白无辜？当我们开始阅读时，劈脸读到的就是西门闹血肉横飞、十八层地狱上刀山下油锅，历经酷刑的故事，也许作家在描写这些地狱惨象时有逗乐心理，把一个无辜的地主放在油锅里煎熬似乎很滑稽，但是叙事的隐形结构却泄露了两层意思：一是通过隐喻的方式，影射人间地主在土改中遭受的非人折磨并积累了巨大仇恨；二是暗示了这个鬼魂在阳间并非如他自己所说的，只做善事不做坏事，也许其罪虽然不至于被枪毙，却也并非没有孽债，所以他只有经过下油锅受煎熬，五次畜道轮回的惨痛磨难，才能够真正地返回人间重新做人。还有第三层意思，就是像《聊斋》里的席方平那样，遭遇了阴阳勾结、暗无天日的迫害，关于这一层意思，小说的叙事文本似乎并没有进一步提供相关逻辑，但是我们以后还要讲到它，暂且不论。所以，比较有说服力的可能性还是前两层意思，西门闹作为剥削阶级的一个成员，他在土改中遭受了残酷折磨，但尽管他主观上不承认，实际上他仍然有孽债未清，阎王爷把他放在畜牲道里轮回并非冤假错案，地狱也有地狱的法则。

我们继续读下去，文本的叙事形式还会一步步加深这类印象：好像除了西门闹的鬼魂在鸣冤叫屈外，整个小说文本只提供了一个长工蓝脸在怀念他和维护他，也许是西门闹曾经是蓝脸的救命恩人，而蓝脸又是一个极其忠厚的人。而西门闹的两个妾，或别的人，都没有对西门闹生前所为有过片言只语的好评（如两个妾在批斗会上对西门闹的揭发控诉，也可能是言不由衷的，但当场与后来都没有得到过澄清）。再者，小说的叙事是通过轮回转世和血缘遗传两条生命转换链来完成西门闹的形象刻画。首先，在血缘遗传链上我们看到，西门闹的儿子西门金龙身上的所有暴戾贪婪、恩将仇报、无情无义、好色腐烂等习性，以及疯狂攫取权力财富的能力，似乎都很难看出其父亲身上任何良好的遗传密码，反倒能够体现出一般的剥削阶级成员的"共性"。其次，在轮回转世的生命链上我们也可以看到，那些动物都充满了彪悍疯狂的暴戾之气：驴能杀狼，牛能疯狂，猪能咬死人。据叙事者的安排，那几个动物之所以暴戾如此，是因为还没有脱离人的复仇之心的阶段，到了狗和猴的阶段就渐渐离开了"西门"姓氏，变得麻木温和富有动物性了。如此推理的话，那暴戾之气正是西门闹的性格转换的写真，从中似乎很难体会其前世为人时的平和仁慈之相。

我之所以要分析这样一个看上去虽然有趣但近似于无聊的现象，主要想说明的是，本来在文学反思历史的过程中变得简单化的二元对立的思维方式，或者以人道主义的同情来解释历史复杂现象的文学描写局限，在莫言的怪诞的文学叙事中轻而易举都获得了弥补和提升。"西门闹究竟是怎样的一个人"的问题，在史诗式的或者思想家的文学叙事里，是必须探究得一清二楚的核心问题，因为只有这样才能证明历史的合理性或者荒谬性。从《古船》起，作家们就一直在这个二元对立的思维范畴里翻腾，然而，《生死疲劳》的民间叙事形态显然是超越了这样的思维方式，莫言对一切深刻的理论思考都有所涉及但又忽略不计，读者能够在各种风趣的叙事中有所感悟，但不必去深入探究那些过于沉重的历史；从怪诞有趣的叙事中朦朦胧胧地感受到，西门闹的个人品行似乎并不像他的冤魂所描绘的那样单纯、那样仁爱，现实情况总是要比事后的描绘复杂得多。西门闹的冤魂的吵吵嚷嚷声与其叙事中无意展示的实际印象之间，会构成一些距离，出现一些差错，促使我们在美学领域领悟、体会和感受。那就是莫言有意要追求的与以前创作不一样的地方，也是小说中最有难度的部分，而所谓的历史"真实"的探究，则在不经意的叙事中被淡化和戏化了。

可以说，淡化历史元素，凸现神话传说元素，把沉重的历史叙事转换为轻松幽默的民间叙事，从而强化了小说的叙事美学，我以为是《生死疲劳》的最可爱之处，也是对于"历史—家族"民间叙事模式的一次有效性创新。以轻松调侃的喜剧功能来书写沉重历史，如果我们仅仅从外部向文本里面去寻求历史，就会觉得其缺乏难度，但是从文本内部的拓展来对比已有的"历史—家族"叙事作品，它的突破与创新的功能仍然是不容忽视的。

二〇〇八年八月二十四日于黑水斋

《当代作家评论》二〇〇八年第六期

人畜混杂，阴阳并存的
叙事结构及其意义

陈思和

一

就文本本身而言，《生死疲劳》的叙事结构有非常独到的意义。它的叙事结构是用两条生命链建构起西门家族的兴衰史，轮回隐喻的生命链连接了畜的世界、阴司地府；血缘延续的生命链连接了人的世界、人世间的社会；两条生命链的结合，构成了人畜混杂，阴阳并存的艺术画面。小说文本以阴司地府的场景开端，写西门闹的冤魂在十八层地狱里遭受油锅煎炸、阎王审判、孟婆送汤、小鬼送投胎等一整套鬼神世界的奇遇，接着阴司又一再轮换出现，它通过将西门闹的冤魂数次投胎牲畜来影响人世、参与人世，这也可以看作轮回的叙事结构不仅是西门闹的冤魂转世参与人间事务，也是地府的力量对人世间的参与，阴阳两界合而共谋，推动着某种社会发展的趋势。因此，阴司地府在小说文本里也有主体性，有建设性的意义，而不仅仅是一种叙事的噱头或者花招。

认识到这一点，可以免却对小说叙事的多种误解与责难。由于小说的叙事形式古怪奇特，它是以动物的眼睛来描述人世，所以叙事特点与文本的缺陷混杂为一体，制造了一个特殊的阅读效果。比如说，我们责备作家对细节刻画太粗糙太简单化，但是如果考虑到这些细节的描述本来就是来自动物的眼睛，那怎么可能不粗糙、不简单呢？谁能要求一头驴来向我们精致细腻地描绘某个场景呢？我们也责备作家的叙述太混乱，情节太臃肿，与历史事件无关的动物故事穿插太多，有喧宾夺主之嫌，但是，如果想到叙述者本来就是动物，你能让它放弃讲述自己的故事而只讲人类故事吗？小说里动物的故事比人间的故事更加精彩，更有动人之处，就是因为这些故事本来就由动物来讲述的。所以我们读这个古怪文本之前应该有心理准备，动物的故事是文本叙事的一部分，而且是不可或缺的部分，这才是叙事所体现的人畜混杂、阴阳并存的特色。

由于这部小说的叙事是通过动物叙述来表现的，动物在文本里不仅仅是叙事者，而且也是被叙述的对象。动物有动物的生活规律和自然法则，动物的故事与人世的故事交替而进行互为映照，动物对人世间的事情往往模模糊糊不甚了然，而对于动物自己的故事却了如指掌新鲜活泼，我们只有把动物故事与人世故事看作是交替并存的叙事结构，才能感受其中的审美奥秘。文本里的人畜故事混杂而有序，大致可以归为三种类型，第一种类型是动物直接参与人世间故事，推动人世间故事的发展与变化。如第六章西门驴大闹西门大院，解救了白氏的困境，第二十章西门牛杀身成仁，第四十五章西门狗帮助女主人追寻第三者，等等。其中最有意思的是第三十四章"洪泰岳使性失男体"，写西门猪逃亡五年当上了野猪之王，因为思乡而悄悄返回西门屯。看到了五年来社会形势大变，地富分子已经摘帽，商品经济开始冒头，农村大包干责任制的推行使单干户蓝脸看到了希望的曙光；而洪泰岳，一个滚刀肉式的泼皮，在土改和合作化运动中成为既得利益者，但现在却尴尬了，昔日荣光荡然无存；而西门金龙正在利用攫取的西门屯党政大权，大张旗鼓地实行他的改朝换代以至攫取财富的梦想。本来，西门猪是带着旁观者的态度看到这一切，并无参与的意思，但是，当它突然看到洪泰岳酒后大醉，使性强暴白氏，一边强暴一边还侮辱其人，惹得西门猪久已淡忘的记忆里又出现了西门闹冤魂的复仇呼唤，冲上去咬掉了洪泰岳的生殖器，使其彻底成为废人，而白氏也悲惨地以清白之身上吊而死。在叙事中，这是一个弄巧成拙的事件。因为，如小说叙事中所暗示的，洪泰岳长期独身，又没有生理缺陷，从他对西门闹的遗孀子女多处照应，甚至把西门金龙培养为接班人等一贯行为来看，这个人对白氏暗暗藏有感情，只是恐惧僵硬的阶级理论而不敢有所表露，白氏是感受到的，金龙也感觉到了。小说有一段描写是在白氏摘了地主分子帽子以后：

"那还不多亏了您……"白氏放下畚箕，撩起衣襟沾了沾眼睛，说，"那些年，要不是您照顾，我早就被他们打死了……"

"你这是胡说！"洪泰岳气势汹汹地说，"我们共产党人，始终对你实行革命的人道主义！"

"俺明白，洪书记，俺心里明白……"白氏语无伦次地说着，"俺早就想对您说，但那时俺头上有'帽子'，不敢说，现在好了，俺摘了'帽子'。俺也是社员了……"

"你想说什么？"

"金龙托人对俺说过了，让俺照顾你的生活……"白氏羞涩地说，"俺说只要洪书记不嫌弃俺，俺愿意侍候他到老……"

"白杏啊，白杏，你为什么是地主呢？"洪泰岳低声嘟哝着。

"俺已经摘了'帽子'了，俺也是公民，是社员了。现在，没有阶级了……"

"胡说！"洪泰岳又激昂起来，一步步对着白氏逼过去，"摘了'帽子'你也是地主，你的血管子里流着地主的血，你的血有毒！"

白氏倒退着，一直退到蚕架前。洪泰岳嘴里说着咬牙切齿的话，但暧昧的深情，从他的眼睛里流露出来。"你永远是我们的敌人！"他吼叫着，但眼睛里水光闪烁。他伸手抓住了白氏的奶子。白氏呻吟着，抗拒着：

"洪书记，俺血里有毒，别沾了您啊……"

接下来就是旁观者西门猪发作了。这个文本含义曲折暧昧，本来是两个尖锐对立的阶级成员在历史大变动下即将调整关系，将以人性为力量重建和谐的前奏曲，暴力泄洪势所必然，他们之间必须有一场血淋淋的搏斗、清算和自我更新，才能洗去彼此身上的血腥味，使泼皮不再是泼皮罪人也不再是罪人。可惜这场具有历史意义的庄严仪式被一头猪搅乱了，猪无法理解人世间微妙曲折的关系和变态的表达方式，它既代表了前世的西门闹又是今世的一头无知凶暴的猪，它咬下的这一口在集体无意识里凝聚几世的复仇快感，从此，西门闹的生命转世不再暴戾，狗是一条奴性温顺的狗，猴是一只温顺奴性的猴，原先不安宁的心灵已经彻底平静，前世的仇恨很快淡忘，于是可以成正果，脱离畜道转世进入人道了。这一咬，对猪的故事是历史性的转折点，对人的故事呢？也是如此，这一咬就咬掉了本来也许会出现的阶级和谐的良宵美景，白氏带着"罪人"的身份自杀，掉进了万劫难复的轮回道里，洪泰岳彻底堕入疯狂，成为一个恐怖行为者，而西门金龙失去了洪泰岳的制约，贪婪本性肆无忌惮大爆发，走上了恶性发展的不归路，为后来的同归于尽埋下了祸根。这一情节的内涵相当复杂丰富，猪的故事和人的故事交织在一起，互相作用，互为因果，象征了这个世界根本无法走向真正和谐，人性中狂乱邪恶的恶魔性因素会随时地突然出现，搅乱人世间的理性安排和美好愿望，而这头西门猪，隐喻性地象征了制造人世劫难的非理性的恶魔性因素。

西门猪的象征相当复杂，不限于某种单一性隐喻，但它的强悍和暴戾象征了民族无意识的兽性的原始冲动，我们在第二种类型的故事中可以继续看到这一隐喻特征。第二种类型的人畜故事是相互呼应补充，有机组合，由动物叙事来补充人世叙事所无法完成的描写，这时候的动物往往成为人的代言者，承担起人世的故事。第六章"柔情缱绻成佳偶，智勇双全斗恶狼"，写西门驴眷爱母驴，勇杀两匹恶狼的故事，描写得绘声绘色。但是如果孤立地读这个驴传奇，只是一个关于动物的故事，但如果把它放在整个叙事框架里阅读，它是紧接着前面一个人世间的故事，那是杨七等民兵打手威逼西门闹的原配白氏，驴子怒起救白氏，大闹西门大院后翻墙逃脱，走落荒野。如果这样连接起来读的话，那么，西门驴眷爱母驴斗杀恶狼的故事，正是前一部分叙事中西门驴在人间无法宣泄的愤怒与复仇欲望，转移到动物世界里完成了。西门驴救"美"斗狼的英雄行为，既是它的前世西门闹的冤愤大喷发，也是西门驴旺盛生命力的活跃与爆发；既是人世间的喧闹，也是动物世界的喧闹，两者之间有了十分默契的配合。西门猪逃亡的故事也是属于第二种类型。一九七六年九月九日最高权威去世，强大的禁锢与压抑终于出现松动，西门猪象征的人类身体里的力必多、人性中的原始冲动和嗜血本性汹涌而决堤，它冲破了禁锢，追随月亮而大逃亡，接下来是牲畜造反，人兽大战，撕咬成血肉模糊一片，向人类实行的报复。这个细节，既是对一头逃亡猪如何成为野猪的苦难历程的精彩描写，也隐约象征了最高权威死后民族非理性因素泛滥，社会发展与欲望冲动如何混淆为一体，在藏污纳垢中慢慢发生了巨大变化。

第三种类型人畜故事比较简单，那就是单纯的动物自己的故事的发展，与人的故事暂无关系，最多只是对人世故事的一种嘲讽。比较集中的是那条狗的故事。他描写狗王国里的豪宴聚会，兄弟情谊，都是用拟人手法描写动物的故事，或者从狗的眼睛里看到人世间的某些可笑的场面，与人世故事并无关系。狗与人的关系已经松弛，不像西门驴、西门牛、西门猪那么紧密相关，暗示了生命转世已经渐渐远离了前世的冤孽，趋于平淡正常了。到了猴的时代基本上已经无故事，动物猴子已经不再具有人的思维语言，纯粹沦落为人所豢养使唤的卖艺道具了，动物轮回的叙事到了狗的时代已经结束，最后换成了作家的客观叙事来交待故事的大结局。这种渐行渐远的叙事极有张力，慢慢地流露出作家本人的一些历史观念和矛盾心理。于是，当我们将人畜混杂的故事阐述完毕以后，再回过来讨论阴阳并存的意义，就更加清楚了。因为所有一切动物轮回的故事都来源于阴司地府的精心安排，当狗的灵魂回到了阴司见到阎王时，他们之间有这样一段对话：

> ……大堂上的阎王，是一个陌生的面孔，没待我开口他就说：
>
> "西门闹，你的一切情况，我都知道了，你心中，现在还有仇恨吗？"
>
> 我犹豫了一下，摇了摇头。
>
> "这个世界上，怀有仇恨的人太多太多了，"阎王悲凉地说，"我们不愿意让怀有仇恨的灵魂，再转生为人，但总有那些怀有仇恨的灵魂漏网。"
>
> "我已经没有仇恨了，大王！"
>
> "不，我从你的眼睛里，看得出还有一些仇恨的残渣在闪烁，"阎王说，"我将让你在畜生道里再轮回一次，但这次是灵长类，离人类已经很近了，坦白地说，是一只猴子，时间很短，只有两年。希望你在这两年里，把所有的仇恨发泄干净，然后，便是你重新做人的时辰。"

作家莫言笔下的阎王让我想起了"文革"中的五七干校，知识分子的"世界观"还没有改造端正，就安排他继续在五七干校里从事艰苦劳动，直到他彻底斗私批修脱胎换骨，才能放他回社会重新分配工作，也就算功德圆满重新做人了。那个阎王在阴司地府就是从事这么个改造灵魂的工作，其宗旨非常明确，就是要彻底消除人间的仇恨，把世界营造成一个浑浑噩噩的太平世界。这项伟大工程从一九五〇年元旦开始启动，经过几代阎王的努力，终于在新世纪到来之前初见成效了。这是莫言创作《生死疲劳》的全部用心所在，也是他从文不对题的六道轮回的宗教概念中获得的叙事灵感，小说中阴阳并存的叙事结构，成为把作家的创作思想表达到恰到好处的叙事形式。但是，我坦白地说，我不喜欢这样的思想结果，也不甘心从小说里得到这样的阅读结果。我想了解的是，这个泯灭仇恨、因果报应的构思是不是作家莫言的全部思想？换句话说，莫言利用了六道轮回的概念来表述他的民间叙事，是否就完全地、不留下一点缝隙地接受了这样的宗教观念？《生死疲劳》是一个完整的文本还是一个自相矛盾、有待发展的文本？

二

我想，这些问题，可以通过比照小说的副文本（扉页的题词）[①]与正文本来进一步探讨。

作家莫言在《生死疲劳》前煞有介事的题词是来自佛经上的话——佛说：生死疲劳，从贪欲起。少欲无为，身心自在。可是我乍读小说，所有的生动细节、幽默叙述、纵横捭阖的历史场景和切肤之痛的现状，所有这一切，似乎都很难直接与"疲劳"的概念黏结起来，或者说，精力充沛的莫言特有的民间叙事形态掩盖了小说真正的主题——疲劳从何而来？莫言生龙活虎，莫言不知疲劳，他站在民间大地的充沛淋漓的生命元气之上，我们看到的都是生生死死，轮回不息，疲劳何来？再说"贪欲"，这是一切疲劳的总根源，生活悲剧之根本原因。这个理论我们并不陌生，王国维从西方搬来叔本华的理论，就是这样来解读《红楼梦》的主题。但是如果我们简单地将这套理论搬用到《生死疲劳》，解读还是有一定的难度。如果我们以土改为因，五十年中国农村艰难道路为果的话，我们仍然无法找出"贪欲"的隐喻所在：是地主西门闹的贪欲引起了杀身之祸，还是洪泰岳的贪欲导致了农村的土改？如果我们以农民蓝脸坚持单干为因，最终农村人民公社的解体为果的话，好像也难以解释：是蓝脸的单干道路是贪欲，还是洪泰岳的集体化道路是贪欲？好像两面都说不通。直到我读到小说第五十三章阎王与狗灵魂的对话时，才豁然开窍，再继续往下看时全无困难，作者意图渐渐地清楚了：少欲无为，身心

---

① 据法国文论家热奈特的解释："副文本如标题、副标题、互联型标题；前言、跋、告读者、前边的话等；插图；请予刊登类插页、磁带、护封以及其他许多附属标志，包括作者亲笔留下的或是他人留下的标志，它们为文本提供了一种变化的氛围……"（热奈特：《热奈特论文集》，第71页，史中义译，天津，百花文艺出版社，2001）《生死疲劳》中副文本是作家的题词，但作家题词内容来自"佛说"，也就是某种典籍，在我的文本细读的理论中，属于"阅读经典"的范畴。（见陈思和《中国现当代文学名篇十五讲》，第一讲，第13—15页）

自在。我想，这八个字才是莫言读佛经怦然心动的关键，也是他创作这部小说的最初动力。我们似乎可以用倒轧账的办法，来找一找谁是《生死疲劳》里少欲无为、身心自在的人，也就是莫言的理想中的人物。

真让人想不到，莫言仿佛是极不经意的淡淡一笔，写了一个人物——马改革。他是地主西门闹的亲生女儿西门宝凤与小学校长马良才结合所生的儿子，一个最没有故事的人物。莫言只是在小说临近结尾的时候，仿佛是突然想起来似的带了一笔：宝凤的儿子马改革是个农民，胸无大志，但善良、正直、勤劳，他赞成母亲和常天红的婚事，使这两个人，过上了幸福美满的生活——我为什么要引这么一段话，因为这是小说里唯一写到马改革的故事。读者读到这句话一定会感到一阵亲切，朴素到极点的话语，就像我们童年时代阅读过的无数民间故事的最后一句结束语，包含了普通人对于幸福生活的期望：不求高官厚禄，不求金银财宝，唯求美满幸福，有情人终成眷属。推究起来，这也是《生死疲劳》所描绘的世界里唯一幸存的好结果，莫言用了"幸福美满"这样平庸而温馨的语词来形容他们，这是他的小说里极少有的境界。如果我们将马改革与他的同代人相比：善良正直的蓝开放饮弹自杀，为的是爱上了表妹庞凤凰，有乱伦之嫌；浪子回头的西门欢和扮酷作妖的庞凤凰都是千金散尽，大彻大悟，抛弃了一切荣华富贵而街头卖艺，最后也在街头遭到厄运，一个惨死，一个产后死亡。但是他们俩实为没有血缘关系的兄妹，一是西门闹的儿子，旅游开发区董事长西门金龙的养子，一是金龙与县委书记庞抗美的私生女，这一对小儿女看透了父母辈的贪欲如何生出邪恶，邪恶又如何生出不义之财富，而不义之财富只能给人生带来无穷无尽的灾难，这就是"疲劳"。所以他们兄妹俩自愿走出贪欲的世界，在街头卖艺中找到自由自在的含义，我们不由想起《红楼梦》中贾宝玉的最后撒手出走。可是由于他们自身的孽并未消除，终于为此付出了生命的代价。而只有马改革，无贪无欲，宽厚孝亲，当一个普普通通的农民，得到了善果。马改革赞同母亲的再婚，也算不上善事，然而他母亲之所以再婚，一则常天红本来是她的闺中情人，二则她元配丈夫马良才本来是个安分的农村知识分子，因一念之差辞职下海，受到了通报批评，竟恼羞成疾而死，可见在人生道路上，一丝一毫的贪欲也会带来无穷无尽的烦恼。西门欢、庞凤凰、蓝开放、马改革是七十年代末生人，他们由奢入俭，返璞归真，证明了莫言对中国的未来并非彻底绝望，不过这个微弱的希望，也是付出了极其沉重的代价而获得的。

由此往上推究，我们才看得清楚，西门欢这一辈只是贪欲的牺牲品，而他们父辈一代，才是贪欲的直接体现者。这是中国二十世纪历史上最贫乏的一代人，在成长过程中由于物质的极度缺乏和精神的极度空白，造成了严重的精神贫血和鲜廉寡耻，无论是面对外部世界的物质财富，还是自己生命内部的欲火中烧，他们都毫无抗衡能力。莫言在小说第二十五章借狗的嘴巴说：五十年代的人是比较纯洁的，六十年代的人是十分狂热的，七十年代的人是相当胆怯的，八十年代的人是察言观色的，九十年代的人是极其邪恶的。这恐怕不是指单个的"人"而言，指的是民族集体无意识的心理在某个历史阶段的特殊表现。不幸的是，在一九九〇年代的改革开放过程中，久久压抑的无意识毫无遮拦地打开了闸口，成为一种人欲横行的时代里，西门金龙这一代贫乏的人首当其冲。他们本来就一无所有毫无道德感也无所顾忌，对于时代给他们带来的亏欠怀有深深的怨恨和报复心理，所以，由他们一代人来担当"极其邪恶"的贪欲人格正逢其时。以西门金龙为例，他原来是地主的儿子，为了表现进步他不得不背叛养父，分裂家庭，以疯狂、残忍的行为，害死了其实是他亲生父亲的西门牛。从传统伦理的立场上说，这个人十恶不赦，毫无人性，但是在那个非理性的时代里，这一切不仅能得到鼓励，而且让他顺利混上了西门屯的领导位置。不过作家写这个人物时手下还是留了情，写他并没有完全泯灭良知，只是贪欲太强，灵魂与肉体都不得安宁。西门金龙后来当上了革委会主任、养猪场场长，改革开放以后亦官亦商长袖善舞，利用权力在西门屯的土地上开发旅游项目，把西门屯重新夺回到他西门家族的手中，终于逼得发疯的洪泰岳身怀炸药与他同归于尽。而另外几个同代人——蓝解放为情所困不惜放弃党籍官印，与比他小二十岁的春苗私奔，过起逃亡者的生活。庞抗美身为县委书记贪污腐化，终于东窗事发，判处死刑自杀于狱中。他们一个个都为贪欲所困扰所驱使，仿佛是地狱之鬼一样，挣扎在欲火烧烤之中。虽然蓝解放与庞春苗的爱情精神得到了作家赞扬，但在作家的价值判断中仍然属于"从贪欲起"之一种典型，所以最终不得善果，春苗遭遇了飞来横祸而身亡，连同所孕的婴儿。在这一辈人中唯有西门宝凤——地主西门闹的女儿，马改革的母亲，一个最为平淡、郁郁寡欢的女人，成为比较自在的农村赤脚医生。

生死疲劳，本来是指生、死、疲、劳，四种人生现象，皆源于贪，终于苦。现在我们来看西门屯的第一代人：西门闹虽然自以为好善乐施仁慈多多，土改时仍然被当作恶霸地主枪决，冤气冲天，阴阳不宁，轮回在畜道继续遭罪不得超度，这是死之苦；他的原配妻子白氏一生是苦，三十几岁就被丈夫嫌弃，土改后丈夫枪毙，家产被没收，两房小妾都反戈一击另适他人，唯她被定了地主婆的罪，生不如死，这是生之苦；蓝脸一生热爱土地，因为坚持单干而受尽磨难，家庭破散，土地瓜分，连心爱的家畜都不能保护，驴被杀，牛被烧，终日劳苦于一亩六分的土地上，唯有月亮相伴。好容易挨到人民公社垮台，土地保住了，人们很快地又为贪欲所驱使放弃了土地，他亲手抚养长大的下一代一个个走到了他的前头悲惨死去，他那"黄金铸成"的土地最后变成了一片坟场，自己带着老狗躺到自己掘好的坑里，埋葬了自己，此人精疲力尽到了极点，这是疲之苦；洪泰岳一生宁左勿右，自以为是，一旦时代变化，理想成了镜中花水中月，他也随之发生了"辛辛苦苦三十年，一觉回到解放前"的错乱，所有劳碌最终一场空，可谓是劳之苦。生死疲劳之苦，在老一代的西门屯人中间一并俱全。洪泰岳与金龙同归于尽，在洪泰岳，是乌托邦理想破灭走上极端，在西门金龙，是恶贯满盈咎由自取，两者都有死的理由，但这样的恐怖暴力行为发生的原因，倒是更加值得人深思。洪泰岳是西门一家两代人的血仇之人，由西门金龙推溯到西门闹，可以想象作为几千年封建地主阶级成员的西门闹，虽然本人或无血债，但是身为残酷的经济剥削和政治压迫的专制关系中的一员，他无法避免恐怖暴力冲突的发生，也无法避免个人成为其中的牺牲品。我们从小说开篇地主西门闹成为阶级复仇的牺牲品到小说结尾西门金龙与洪泰岳在暴力冲突中同归于尽，都看到了作家面对财富两极分化、贫富冲突激化时怀有的极大忧虑与悲天悯人之心。所以，他要用他在西门闹一代人遭遇中看到的"果"来警告西门金龙一代戒贪节欲，不要重蹈当年的历史覆辙，也就是从西门闹一代的生死疲劳追溯到贪欲之因，从金龙一代的贪欲中推导出苦相之"果"，贪即是苦，苦皆因贪，互为因果，互为因缘。生死疲劳从贪欲起少欲无为身心自在，在西门屯三代人的命运演绎中全部囊括进去了。我以为，这是《生死疲劳》最隐蔽的主题，也是作家直面当前痛心疾首的感受而后返诸历史寻找教训的创作本意。

或者有读者问：西门闹、白氏为地主阶级成员，他们的贪欲为其阶级本性使然，在生死之苦报应前已有孽债，洪泰岳是权势中人也自有报应，这且不去说它，唯有蓝脸忠厚本分热爱土地，蓝解放为爱情而挂官印弃党籍在所不惜，这都是作家所同情所赞扬的自由精神之象征，怎么把他们也归入贪欲呢？我想这正是小说叙事中最为复杂的现象。在小说的显性文本中，作家确实是用赞美的笔调描述蓝脸的故事；作家对于蓝解放的婚外恋故事虽然语多讥刺调侃，但仍然是赞美有加。这是作家不加掩饰，读者心领神会，两无隔膜的。但是从小说的叙事结构来看，小说第一部和第二部的主要情节就是围绕蓝脸坚持走单干道路引起的悲剧惨剧，第四部主要情节是围绕蓝解放的婚外恋事件。而这些冲突事件的性质本身似无绝对是非可言，它只是体现了时代变化中不同观念的互不相容。因为观念的执着，惹出了无穷无尽的烦恼，一切悲剧皆从中来。从佛教的理念来说，两者都离不开贪欲的执着。蓝脸偏执于一小块土地，蓝解放偏执于自己的情欲，假如对此横加干涉，暴力扼杀，固然有悖人道，但一味坚持，偏执无悟，也是注定要劳苦终生，疲惫不堪，也如水中月镜中花，于己于人都是幻象。这在蓝解放和春苗的爱情悲剧中已经表现得很清楚。再以蓝脸为例，他坚持单干道路是因为抱定了一个自古以来的观念：亲兄弟都要分家，一群杂姓人，硬捏合到一块儿，怎么好得了？应该说，这是几千年小农经济生产方式所派生的农民生活经验和伦理观念，农民在自己的土地上劳作是一种理想，但并非是真正自由自在。蓝脸的形象告诉我们，农民是热爱土地的，但他爱的是属于自己的土地，并非广义上的土地。对照贾平凹的《秦腔》中的夏天义的形象，他也是一个离不开土地，最后葬身于此的老派农民，但是他并不在意土地是属于集体的还是属于自己的，他只是本能地热爱土地热爱劳动，认定了农民只有靠地吃饭才是最可靠的。所以夏天义与土地的关系比较宽泛，出于一种农民热爱土地的本能，而蓝脸的界限是热爱自己的土地。最后他在自己土地上种出来的粮食吃不完，作为陪葬，都埋到了自己的坟墓里。这个意象似乎也暗示了土地最终成为蓝脸自我束缚的枷锁。因此，蓝脸父子的逆潮流而动都出于个人的欲望所驱，就个人的追求而言自有其动天地泣鬼神之伟力，但从一个大的境界而言，也只能看作是孽障未尽心魔犹在的证据。所以佛说，要少欲无为，才能真正做到身心自在。由于小说叙事复杂，作家自己的复杂心态也难以清晰表述，主题被掩埋在一般的历史事件背后，很难完整呈现。

三

很显然，这部小说的真正主题完全是来自现实的感受，作家借助于佛的说法来警告现实生活中的贪婪者们，警告他们这样下去不配做人，轮回里应该进入"畜道"受苦磨难。由此他追溯历史，推出了一部冤冤相报的阶级斗争的苦难史。对于作家这种宗教的历史观是否能够准确表达历史的真相，我不想做评论，因为任何作家都有权利从他个人的理论认识出发来解释历史，但我想讨论的还是一个文本的"缝隙"，即如前面所说的，少欲无为，身心自在。这种形如枯木、心如死水的理想境界，是从宗教箴言的逻辑推理出来的理想境界，还是莫言的心底里的理想境界？因为我们明明看到，莫言惯有的元气酣畅的文笔、稀奇古怪的艺术想象，以及充满生命肉感的语言艺术，与他在小说里所表彰的"幸福美满"生活的西门宝凤、马改革等人物的生活方式和生命状态显然是不符合的。这种没有欲望、没有痛苦也没有罪恶感的生活理想，是几千年来中国小农经济生产关系下的道德理想标准，这种标准放在现代社会的技术发展中，显然是苍白无力，或者说是难以为继的。小说第四十七章有一段对西门宝凤母子俩的正面描写，是从西门闹的生命转世者狗小四的眼睛看出去的：

> 在我所有的记忆中，她都是郁郁寡欢，脸色苍白，很少有笑容，偶尔有一笑，那也如从雪地上反射的光，凄凉而冷冽，令人过目难忘。在她的身后，那小子，马改革，继承了马良才的瘦高身材。他幼年时脸蛋浑圆，又白又胖，现在却长脸干瘪，两扇耳朵向两边招展着。他不过十岁出头，但头上竟有了许多的白发。

这就是西门家族里最安全、生活也最平静的一对母子，他们安贫乐道，少欲无为，但是他们的身心是否就自由自在呢？至少在小说文本里我们是看不出的。如果按照题词里的四句话的逻辑，那么这对母子是可以作为"幸福美满"的理想人物，但是在现实生活中他们恰恰是被压在最底层，生活最困难，在我们这个时代最没有发言权的人。如果阴司地府要把生龙活虎、敢在太岁头上动土的西门闹，蒙了杀身之祸又不甘心，大闹地狱人间的血性人改造成这样了无生趣，形同狗猴，那么，人生还有什么意义呢？当然是有意义的，但只能是对于另外一种人有意义了。我们这个时代，一方面从残酷的阶级斗争到疯狂的经济竞争中，涌现了无数呼风唤雨的西门闹、洪泰岳、西门金龙、庞抗美等等剥削者、贪婪者、流氓泼皮、政治打手、贪官污吏，精心制造各种各样的罪恶；可是另一面，地狱人间共同携手，把无数蒙冤受苦的人打入畜道不许他们鸣冤叫屈，不许他们面对着不公正的世界喊叫和反抗，要他们从阴间转世前就改造得服服帖帖，这样的人如果通过轮回（改造）成批量地制造出来，究竟会创造出一个什么样的世界呢？人之所以为人，就是因为人比牲畜懂得一点是和非，生出一点知耻之心，也会对于罪恶的人和事进行抗争。作家巴金在《随想录》里引过一句西方作家的话：奴在身者，其人可怜；奴在心者，其人可鄙。[①] 我觉得如果是按照"佛说"的四句话所推导出来的逻辑而言，那些阎王们在阴司地府里要做的工作，似乎就是要把人的心换成畜的心。这就使我又一次想起了《聊斋》里的席方平的故事里那些鬼魅们的勾当了。

但是，我要说的这个文本的"缝隙"，恰恰就在这里发生了意义：当作家莫言利用副文本的"佛说"来构思小说的叙事结构时，他不能不推导出这样一种"少欲无为，身心自在"的理想标准；但是，作家莫言从一贯的大气磅礴的创作风格与他一贯的民间立场出发，他也许是不自觉地跳出了这个宗教箴言的逻辑和戒律，露出了连阎王也管辖不住、佛也控制不了的顽童的自在真相。那就是，西门闹的生命经历了畜道轮回，阎王小鬼煞费苦心后的投胎转世者据说是已经忘记了仇恨的灵魂托生者——那就是大头儿蓝千岁，依然是一个喧闹不息、炯炯有神的怪胎式人物。小说第三十三章有一段描写：

> 连续几天来大头儿的讲述犹如开闸之水滔滔不绝，他叙述中的事件，似真似幻，使我半梦半醒，跟随着他，时而下地狱，时而入水府，晕头转向，眼花缭乱，偶有一点自己的想法但立即被他的语言缠住，犹如被水草缠住手足，我已经成为他的叙述的俘虏。为了不当俘虏，我终于抓住一个机会，讲说这伍方的来龙去脉，使故事向现实靠拢。大头儿愤怒地跳上桌子，用穿着小皮鞋的脚踩着桌面。住嘴！他从开裆裤里掏出那根好像生来就没有包皮的、与他年龄显然不相称的粗大而丑陋的鸡巴，对着我喷洒。他的尿里有一股浓烈的维生素B的香气，尿液射进我的嘴，呛得我连连咳嗽，我感到刚刚有些清醒的头脑又蒙了。你闭嘴，听我说，还不到你说话的时候，有你说话的时候。他的神情既像童稚又像历经沧桑的老人。他让我想到了《西游记》中的小妖红孩儿——那小子嘴巴一努，便有烈焰喷出——又让我想起了《封神演义》中大闹龙宫的少年英雄哪吒——那小子脚踩风火轮，手持点金枪，肩膀一晃，便生出三个头颅六条胳膊——我还想到了金庸的《天龙八部》中的那个九十多岁了还面如少年的天山童姥，那小老太太的双脚一踩，就蹦到了参天大树的顶梢

---

① 巴金：《随想录》合订本，第377页，北京，生活·读书·新知三联书店，1987。

上，像鸟一样地吹口哨。

这段绘声绘色、令人忍俊不禁的叙述，典型地刻画了蓝千岁神态中的一个"闹"字，他上蹿下跳，动手动脚，神通广大又粗俗不堪，极其传神地传递出文本叙事的特征。蓝千岁是西门闹经过了六道转世而后脱胎而出的生命体，但是性格喧闹如故，往事历历在目。其实蓝千岁才是真正的叙事者，小说第二部开始，就由他来说破轮回事，主导了文本叙事风格。这也就是说，阎王企图通过五次畜道轮回让他忘记历史忘记仇恨的目的并没有达到，他的身体里依然保留了前五世生命的孽缘精神——也就是说，这个人物的出现，对于阎王的轮回策略进行了消解，不经意中证明了阴阳两界改造灵魂的破产。其次，蓝千岁是西门闹身后的两条生命链合二而一的产物，所以其生命遗传不是单一的，而是有了更大的丰富性。小说第十二章作家这样描绘：看看他脸上那些若隐若现的多种动物的表情——驴的潇洒与放荡、牛的憨直与倔强、猪的贪婪与暴烈、狗的忠诚与谄媚、猴的机警与调皮——看看上述这些因素综合而成的那种沧桑而悲凉的表情……这就是蓝千岁的神态，它是全盘继承了从西门闹到各类牲畜的遗传因子，勇敢而霸道。"野气刺人"，这是作家对他的评价，这种精神状态要比默默劳作的马改革更健康，更有希望，也更加符合作家莫言一贯的民间审美精神。除了继承了六世因缘的遗传以外，蓝千岁的父母是蓝开放与庞凤凰，蓝开放是蓝解放的儿子，庞凤凰是西门金龙在大杏树下与庞抗美野合而生的女儿，因此他继承了西门家族和蓝脸家族的血缘。但这还不够，作家写道，大头儿蓝千岁不是一个正常健康的人，而是一个血友病患者（血友病指自发性或周期性出血，并且出血不止；病人经常要靠紧急输血才能挽救生命）。他需要黄互助的"神发"不断充血而活着，其构思别出心裁。或许作家莫言正是为了让蓝千岁患有血友病，才设计了黄互助的神发，并且有过一次抢救小狗的成功试验。但这种设计是有刻意的隐喻意图：蓝千岁完整地继承了三家血统：西门闹、蓝脸和黄瞳，如论文之一所分析的，这个人物将全盘继承西门大院的血缘。我们知道，这三家人在第一代是严峻的阶级对立关系，第二代是互为姻亲的秦晋关系，而到了第三代，共同承受了上代人的贪婪恶果，是患难与共的关系，而第四代——只有一个蓝千岁，成为融合为一的象征。西门闹的强悍，蓝脸的厚道，黄瞳的阴鸷，都凝聚在他的身上。虽然有病在身，却是神奇之人——意味着对"少欲无为，身心自在"的解构。其三，作家毫不掩饰对这个人物的偏爱，这段叙述里用了红孩儿、哪吒、天山童姥等一连串中国小说里的神奇人物来形容他，这些人物多为半人半神，兴风作怪，不受三界的束缚，追求自由自在的境界。如果从叙事的角度来理解，这个人物更像歌德的《浮士德》里的"人造人"何蒙古鲁士，由他引导浮士德漫游古希腊，演出了浮士德与海伦的一场爱情悲喜剧；而在莫言的这部叙事里，蓝千岁（携同爷爷蓝解放）引导着读者漫游中国农村历史五十年，看到了惊心动魄也是稀奇古怪的种种现实与幻象，上天入地，贯通三界，起到了重要的作用。其四，从大头儿蓝千岁的古怪形象上也可以与平庸老实、未老先衰的马改革形象作一个对照。但他是个不正常的怪胎，身体萎缩而脑袋奇大，生殖器粗俗而丑陋，前者暗示了其精神智力的丰富发达，后者象征了生命力的旺盛强悍，而偏偏肉身萎缩，不成比例。我觉得作家莫言创造出这么一个怪胎的形象，并不是一个理想的形象，而恰恰是莫言自身夹在"佛说"宗教箴言与他自身的民间文化之间矛盾两难中而结成的怪胎。作家希望以佛教的轮回说来警告世人要戒"贪欲"，也就是杜绝肉欲享受，但由于对佛这一"说"理解过于简单肤浅，结果导致了头大身体小，智力超常而肚腹干瘪，这是形象一；又以莫言一贯的民间文化立场，生命如土地生生不息，天造地设，因而有生殖功能，肥大威猛，筋骨彪悍，充满活力，这是形象二。两个形象合在一起，就变成了两头肥大而中间干瘪、四肢乱动上蹿下跳的怪胎。生死疲劳，从贪欲起，这句话本身无错；少欲无为，身心自在，这句话也没有错，但是结合在一起并且推向极致，就会推导出马改革的干瘪无力的形象，再急以生命力充沛强盛的民间文化来补救之，但如不协调不得法，就会出现大头儿蓝千岁的怪胎形象。本来气（精神）血（生殖）两旺是要靠身体来贯通，身体不壮则会气血两亏。所以我以为，大头儿蓝千岁是作家莫言精心塑造的艺术形象，但只是一个过渡性的形象——他综合了由阶级斗争到全民和谐，由经济发展到贪欲无度的种种因素，企图有所克制，走出怪圈的过渡——而不是理想与圆满的形象，大头儿应该利用他硕大的脑袋去思考，并利用孔武有力的生殖器去努力，努力创造出一个新的更加合理的下一代。在这个意义上，《生死疲劳》的叙事如同它的叙事形式一样，并没有最后完成。

二〇〇八年八月二十七日完成于黑水斋

《当代作家评论》二〇〇八年第六期

喧哗与静默

王安忆

　　我试着描绘莫言的小说世界。莫言有一种能力，就是非常有效地将现实生活转化为非现实生活，没有比他的小说里的现实生活更不现实的了。他明明是在说这一件事情，结果却说成那一件事情。仿佛他看世界的眼睛有一种屈光的功能，景物一旦进入视野，顿时就改了面目。并不是说与原来完全不一样，甚至很一样，可就是成了另一个世界。这世界里的一切还是依原来的样式链接镶嵌，色彩却全变了，你很容易将其视作为一种风格，但风格其实是装饰的意味，而这里的色彩则影响到事情的性质。所以，这"色彩"更接近"质地"的意思，事情的质地不同了，于是，就变得不那么真实。这里的"真实"并不相对于"虚假"，金克木所著《文化厄言》①第一六二则"诗与真"说："我们中国人经常将假和真对立，却很少把诗和真并列。"我想，莫言的不真实大约是和金克木说的"诗"相仿。可是我又不情愿说它就是"诗"，也可能我个人对"诗"的理解太狭隘，我总是觉得诗是一件比较单纯的事，而即便是在莫言的那个不真实的世界里，情况也是，甚至是比真实的更为沉重，但我不否认那里确有着一重意境。小说实在是一种过于结实的东西，现实既是它的内核，又是外相，要从中抽离出一个独立的世界，是需要更有力量的占位，诗似乎欠一些。如果我们将"诗"广义为超越性的空间，大概也可以这么说了。

　　我想用莫言的一部中篇小说来说明这个世界的存在以及存在的可能性，这部小说的

---

　　① 金克木：《文化厄言》，周锡山编，上海，上海文艺出版社，1996。

题目为《三十年前的一次长跑比赛》。故事讲的是三十年前的大羊栏村，那时候，离村庄三里地处，坐落着一个胶河农场，农场里聚集有四百多名右派，进行劳动改造。莫言这么写："从很早到现在，'右派'在我们那儿，就是大能人的同义词。"接着，他推出几个特别的例子，有京剧名旦蒋桂英，据说解放前和大富翁隔玻璃窗亲个嘴，就挣十根金条；"三角眼作家"写一本书，挣一万元；省报编辑李镇，不动声色就出一期黑板报，有文有画；工程师赵猴子，设计一个大粮仓，犹如一座迷宫；会计师老富，能双手打算盘，双手点钞票，双手写梅花篆字；标枪运动员马虎用标枪打兔子，百发百中；短跑运动员张电和长跑运动员李铁则专门负责赶兔子，将兔子送到马虎的射程里……对这些身怀绝技的能人，村人们有着极高的褒奖，就是"不善"。这句评语很奇妙，从字面上看，是可视作一个颠覆，透露出这个故事是在与现实社会相对立的语境中发生。就这么些能人能事已经很可观了，但还不算什么，最出类拔萃的一个，被作者称为"天才"的，却并不在胶河农场，在哪里呢？近在眼前，远在天边，就在大羊栏村，村小学的教师朱总人。这位朱总人当然也是右派，却是草根右派，用莫言的话说，就是"土造的右派"。他不像胶河农场的那些人，是从省里下来，犯过这样或那样的事，不管大小轻重，都是货真价实，这位出自本土的右派是因为走步先出右脚，而被充数成为右派。这大约是异禀的一个小小的征兆。另外还有一位出右脚的，是"我"的大姐，却因暴烈的反抗而不了了之。看起来，凡有右派嫌疑的多少都有一些不同于常人的迹象。朱总人，幼年时智能平平，是应了大器晚成，还是因为去过一趟东北，在那里发生意外事故，伤了脊梁骨，变成罗锅，遭天谴的缘故，忽然间，他就获有特异功能。莫言写朱总人的能耐，主要选择运动场上的表现，是举重若轻的意思。而且，运动场这个地方别有意味，对于乡间，它带有外来文明的象征，在小说中，很合理地被安排在小学校里。本来是学生们的活动，却渐渐被老师们占有，然后老师又引进胶河农场的右派，于是，运动会水准不断升级，这是其一。其二是运动场还有游戏的含意，于是，便将这一个历史时期的政治事件放置在了谐谑剧的舞台上，其中的严肃性被瓦解了。运动场第一次载入史册——所谓史册就是"我"的一篇作文，题目为"记一次跳高比赛"，后来被省报的右派李镇，通过昔日的人脉关系，发表在报纸上。这次跳高比赛，冠军是胶河农场的右派，专业跳高运动员汪高潮。朱总人成功地跃过一百五十公分高的横竿，就自动放弃了，他摸着高过他头顶的一百六十公分高的横竿，感叹道"高不可及，望竿兴叹"，然后颇有风度地退赛。但是，他跃竿的动作却给人们，即便是汪高潮这样的专业人士，都留下了深刻的印象。他弯曲的身体在空中转了个向，背上的罗锅神奇地掠过横竿，又继续转向，最终脸埋进沙坑里，看起来，他是用旋转力，滚过了一百五十公分的高度。据作者称，这种在当时属野路子的跳高法，多年后进入专业领域，名为"背跃式"。第二项体育运动是乒乓球，朱总人击败了县里的冠军。他用一副破球拍，以发球和擦边球，将骄傲的冠军打得个落花流水。第三项是游泳。朱总人的特长是仰泳和憋气，他的仰泳也是特别的，只看见脑袋和一双脚，水面纹丝不动，静静地顺水而漂；至于憋气，他透露其实是在水下换气，所以可以无限时地憋下去。接下来，故事就进入"正文"，那就是"三十年前的一次长跑比赛"。

这是一场盛大的运动会，以后我们会发现，这场运动会正应了一句著名的格言：革命是盛大的节日。整个运动场一片欢腾，龙腾虎跃，绕场一周的跑道中间，分割出几块场地：铅球、铁饼、标枪、手榴弹、跳高、跳远，还有篮球比赛，跑道上则进行男子成年组一万米比赛，是运动会的核心赛事。参赛者总共有八名，观众可就人山人海：学生、村里的百姓、胶河农场的右派，还有县和公社的领导。朱总人自然也是参赛者之一，他背着他的罗锅，落后于前一位之后三四米，因为使劲，一举步便一探头，"很像一只大鹅"，可是态度从容镇定，不紧不忙，呼吸均匀。跑到八千米的时候，第三第四位的两名运动员撑不住倒下了，前边的四名你追我赶，忽先忽后，只有朱总人，始终保持在最后。这一笔也很微妙，朱总人似乎总是以不变应万变，对胜利自有一路理解。倘若我们用颠覆的手法将排列调一个头，朱总人就也是第一，倒数第一，而且始终没有失去过这个第一。可是这时候，却出现一个新情况，来自于运动场外，相对初民般天真快乐的运动场，就像是另一个世界，那就是警察。警察来到运动场边上，一起观看长跑比赛。一万米长跑即将接近终点，除朱总人外，其余四名选手继续轮替着排序，但很显然，场上人开始失常，出现技术变形。三名选手栽下阵来，一直率先领头的专业长跑运动员栽到警察怀里，被警察架起来，惊恐道："不怨我，不怨我，是她主动的。"就此一瞬间，朱总人冲过线，让出倒数第一的名次，然后平静地向警察自首："大烟是我种的，与我老婆无关。"表现比李铁上了一筹，但警察也不是冲他来的，而是场上仅存的赛手，也是荣获倒数第一的人，名叫张家驹，公社食堂的炊事员，据说曾经在北京城拉过洋车。这一个决出真是出人意料，是在运动场外决出，这两个赛场是什么关系呢？长跑比赛似乎是参考分数，真正的高下比量是在警察的世界里，比的是什么？老乡们说的"不善"吗？那长跑健将李铁在此只能排末位，第二是天才朱总人，可是山外有山，天外有天，那不动声色的张家驹才是警察看中的人，警察所代表的现实社会在此成了一个江湖。可谓小隐隐于野，中隐隐于市，大隐隐于朝。胶河农场的一帮右派是打底的，上面是朱总人，真正的高人则是隐侠，张家驹。小说的结尾，故事已经收梢，却很诡异地出场一个皮秀英，那是一个女侠，江湖上又多一重姿色。

　　描绘了莫言小说世界的轮廓，我试图再用几项对比来进一步分析这世界的性质。第一项对比，是在莫言与刘庆邦之间进行。

　　我应该怎么来对比他们？这样说吧，刘庆邦是儒家，他承认现实的秩序，并且遵从它，担负起伦理中的责任。比如他有一个短篇小说，写一家农户，父亲去世，余下孤儿寡母，长子还在幼年。生产队里分粮食，倘若是红薯，一家一堆，最大的那个红薯上就写着一家之主的名字。这一家的母亲就让生产队会计在他家的红薯上写上长子的名字，于是，从此，这个小男孩就当承担起家庭的重任。刘庆邦笔下的人和事，就是被规定在伦理的秩序内，承上启下。代和代之间呈现和谐宁静的关系，这种关系经过数百数千年时间的实践检验，合乎生存的情理，结构稳定平衡，恒久不移，无论改朝换代，纲常变迁。真应了那一句：礼失而求诸野，这个"野"，就是刘庆邦的小说世界。在那里，我们能看见某种程度和形态的礼仪，这礼仪与日常生活水乳交融，被赋予了美学的意义。刘庆邦有一篇小说，名叫《种在坟上的倭瓜》，就描述了这日常化的仪式里的抒情性。《种在坟上的倭瓜》，说的是小姑娘猜小，带了弟弟给刚去世的父亲上坟。人民公社的时代里，土地是公有的，但对生老病死自然法则尚存敬意，死者能在麦田占一席之地，再多就没有了。不能栽树取荫，日子又过得拮据，祭奠的供品只有一沓黄草纸作冥钱。猜小觉得父亲身后薄瘠凄凉，思忖着在坟上种点什么，最后决定种一棵倭瓜。倭瓜比较好长，生性皮实，又有藤蔓。向菜园老爷爷讨来一粒籽，小心翼翼埋在坟脚，接下去就是无限的担心：担心老鸹偷吃了倭瓜籽，担心种子不发芽，担心日头晒狠了，担心雨水泡烂了；终于出芽长叶，这担心就加剧了，担心腻虫啃了，担心割麦人错割了，还担心淘气的男孩摘了瓜纽子……千担心万担心里，坟头覆上绿油油的藤蔓叶子，结出一个金红色的大倭瓜。姐弟俩去收获，坟上的繁荣景象将伤心洗涤而尽，高高兴兴抱了瓜回家了。刘庆邦的书写往往是伦常里的诗意，承继和成长怀着虔诚的驯顺。比如又一个短篇小说《鞋》，故事也很简单，说的是一个名叫守明的闺女，给订了亲的未婚夫做鞋。乡间的规矩，男方下过聘礼，女方就要回礼，回什么呢？做一双鞋。这个规矩真是有些意思，这一双鞋，依刘庆邦的话说："人家男方不光通过你献上的鞋来检验你女红的优劣，还要从鞋上揣测你的态度，看看你对人家有多深的情义。"于是，可以想象，守明做这双鞋有多么隆重，又有多么害羞，闺阁中第一次接触异性的物件，是托付自己一生的那个异性。先是备料，再是看鞋样——鞋样子让她惊一跳，那人的脚这么大！于是就有一股剽悍雄壮扑面而来，看来，进洞房揭红盖头的婚姻也是相当性感的——接着剪袼褙，然后便是纳底，这是做鞋过程中最漫长细密的一道工序，更何况，守明还要纳成枣花形。千针万线，还不能让人看见嘲笑她，就得躲着，其实躲的是闺女的心事。待嫁的女儿，有多少说不出口的思绪，愁嫁又愁不嫁，人生就这么到了一个坎。关于鞋，乡间有多少仪式与它相关联。刘庆邦的另一篇小说，写的也是鞋，不是做鞋，而是绣鞋，绣的不是嫁鞋，而是入殓的装裹。但这双鞋也是很讲究的，必是要没出阁的闺女，没出阁但必是要说了婆家有主的，因关系到逝者黄泉路上的命运，所以更要认真对待。就这样，刘庆邦世界里的成长是从现实的传统里出发，在无论时事如何变化却终也不改初衷的那一个永恒的循环里，担着自己应尽的义务，忠实诚挚地施行人生的使命，有一种庄严，是对人世的敬仰。当然，在他写农村生活的同时，还另有一个分量相等的写作，就是煤矿上的社会。在那里，刘庆邦是要激烈许多，因为面对一个和谐秩序的崩溃，那几乎是对天地不敬，是构成他的世界的相对面。

说回到莫言，莫言世界里的成长是在抵抗中进行，这抵抗称得上酷烈，短篇小说《拇指铐》可视为对这成长的隐喻。小孩子阿义，为生病的母亲去抓药——这是一个背景模糊的故事，人和事都像是孤立地发生。阿义黎明时动身，日出前赶到八隆镇药铺，路遇的人如同鬼魅幽灵，无论阿义如何述说母亲病情的急重，抓药的殷切，都像是朝着虚空茫然。终于抓到了药，返身向回家的路上奔跑，无意中却闯入一对男女奇怪的幽会，于是被逮住，囚禁在树上，囚禁他的工具是一具古老的拇指铐，铐住他一对拇指，可是十指连心，他连动弹都动弹不得。有一些人从他身边走过，却都冷漠地离开，抛下他一个人，历经炎日、大风、冰雹，四面是起伏的广漠的麦田，还有古怪的野唱，这一切就像是铜墙铁壁，阻断了他与外界的互往沟通。他以非常残酷的自伤脱离拇指铐，落回到地面上，最后一段是这么起句的："后来，他看到有一个小小的赭红色的孩子，从自己的身体里钻出来，就像小鸡从蛋壳里钻出来一样。"我把这情景当作象征，象征莫言世界里的成长方式，那就是像蝉蜕一样，自己从自己里面脱出来，脱出来，然后成熟，长大。中篇小说《野骡子》，将此情景演绎得更为具体和生动，也更具有现实生活的形态。

《野骡子》写的是一个父亲跟随名叫野骡子的女人出走了，抛下老婆儿子，从此，五岁的儿子"我"便在母亲粗鲁的抚育下生活。这个心情坏透了的母亲，化仇恨为力量，立下宏愿：盖五间大瓦房，购买解放牌大卡车。一对孤儿寡母，实现这远大理想的方法，一是节俭；二是苦做。做什么呢？拾破烂。在解放牌卡车到手之前，还只能靠一辆人家淘汰下来的手扶拖拉机。母亲学开拖拉机的形象很有意思，穿一件父亲丢弃的土黄色男式夹克衫，腰里扎一根红色的电线，由父亲的仇人老兰坐在她身后，把住她的双手，拖拉机就是从老兰处贱价买来的。这就有了一种愤怒的复仇的表情，也就是因为此，潦倒的生计显得轩昂。无论挨饿挨冻，吃苦吃力，都带着一股子轩昂，豁辣响亮的。牛羊骨头往车斗里哗啦啦地倾倒，浇上水又冻硬的纸壳子往车斗里抬，柴油机上的飞轮，脚手架的接头，窨井盖子，一件件飞向车斗——母亲得了一个名字，叫作"破烂女王"，这名字也起得好，虽然是出于讥诮，却也有着一股子轩昂。"破烂女王"将一卷胶皮点燃，给柴油机加温，然后发动起拖拉机，登上高高的驾驶座，轰隆隆向院门外开去，几乎是雄壮。就在这一刻，出走的父亲回来了，想象中过着一种浪漫生活的父亲到了眼前，竟然十分颓丧。风骚的野骡子死了，他表情哀戚，形容苍老，衣衫肮脏，唯一的亮点是手里牵着的小女孩，有着野骡子那样色彩强烈的长相。父亲向母亲说了服软的话，期望能回到这个被他弃之如敝屣的家，一同过日子。母亲当然反应激剧，得理不饶人，"我"则是极尽讨好，百般挽留，效果却适得其反，母亲更加粗暴，父亲脾气也上来了，正当无计可施，"我"忽想起一招，转身进屋，搬出一件镇家之宝，一门迫击炮，是拾破烂生涯的辉煌战果，破烂王中王。"我"搬出炮盘到院子里，再搬出三脚支架，第三件是炮筒，快速组装起来，一眨眼，一门炮雄赳赳地立在眼前。父亲的眼睛亮了，果然驻住脚步，走到迫击炮跟前左右上下打量，眼光又渐渐黯淡下来，最后说道："小通，你已经长大了，你比爹有出息，有了这门大炮，爹就更放心了……"说罢，背起小女儿迈出了院门，这一回的走可说是落荒而逃了。

莫言的成长往往是一个激动的过程，母亲的愤怒，父亲的浪荡，创伤，疾病，漫骂，暴力，遗弃，可是孩子并没有因此萎缩；相反，很健壮。《麻风的儿子》里的儿子，也是《姑妈的宝刀》里麻风女人的儿子，张大力，非但不得这可怕的遗传，相反，皮肤光滑，力大无穷。《弃婴》里那个生在葵花地里的女婴，也是健康漂亮，食量极大，生长迅速……莫言世界里的生命，仿佛金石迸裂，石破天惊，将个好端端的天地又推进蛮荒，这蛮荒不是那蛮荒，那蛮荒是文明之前，这蛮荒却是文明之后，所有的人工全又断成碎片，重新化成混沌。

所以，刘庆邦的世界是人力可为，一针针地走线，一粒粒地下种，庄稼一季季长和收，人一代代地送走又迎来。他有一个短篇，说的是村前的新河里不知什么时候来了一条大鱼，能把人拖下水，囫囵就吞下一只鸭子，于是，村里人商量形成决议："把它个丈人逮上来！"村里有一张大网，铺开来有一个打麦场的面积，六十年代发大水，淮河里的大鱼顺流涌进村里，村人们集钱集力结成的，往后，凡要出动下大网，每户必出一男丁，也是临河人的禁忌，女性不能捕鱼。"我"虽然是个孩子，但是家中顶门户的男丁，如前面所说，分红薯时，红薯上写的是"我"的名字，于是，随队而前往。布阵，守候，撒网，拉网，从东到西，篾头发似的篦一通，再从西到东篦一通，却没有任何大鱼的踪迹。刘庆邦写这张大网潜在水中的情形，有一种格外的宁和，太阳从水面上走过，光影色历历变化，网在水面下移动，忽隐忽现，那大鱼分明是在什么地方窥视着。其实是紧张的气氛，可路人们的调笑与村人们的回嘴使箭在弦上的时刻变得轻松诙谐。就在这闲适中，堂叔，也是捕鱼队伍的领头人，发出一声短促的口令：起网！人们应声抬起大网，大鱼现身了。几个回合，大鱼还是脱网回到水中。刘庆邦写它落水用了这样的说法："水花很小地直落在水里去了。"好比是给一个跳水运动员打的高分，"水花很小"。看起来，跳水的标准正是从鱼类活动得来。大鱼逃脱了，堂叔是什么样的态度？哈哈笑着骂，是那种亲切调侃的口吻："你逃不出老子的手心，看老子下次怎么收拾你。"当然，最后还是堂叔们得手，大鱼不得不服膺村人，但似乎是需维护大鱼的尊严，就像战场上敌对双方都应怀有敬意，这一次成功的捕捞行动表现得十分简略，当黄劫——大鱼的种名——被搬上架子车，头尾都露出车板，作者写道："这有点委屈黄劫了。"

莫言的世界是被不可知的力量所控制。他的短篇小说《大风》，故事很简单，写爷爷与孙子一同去黄草甸子割草。爷爷是个庄稼把式，扎的麦个子，可以从成堆的麦垛里一眼认出："瞧啊，这又是'蹦蹦爷'的活儿！""蹦蹦爷"这个称呼很形象，像颗铜豌豆，弹一弹，跳老高！这一日，祖孙俩早早起身，沿着河堤往荒草甸子走去。祖孙俩都不说话，天地间似乎有一股肃穆，晨雾渐渐退去，东方发红，"太阳一下子弹出来"。莫言将这场面写得十分壮观，他的语言有一种绚烂，不是说他用了什么华丽的字和词，相反，都是大白话，是最直接的叙述，比如"像拉了一下开关似的，万道红光突然射出来，照亮了天，照亮了地"。都是简单的动词和比喻："拉一下开关"，"射出来"，"照亮"，然后是"河面上躺着一根金色的光柱，一个拉长了的太阳"。四下里还是寂静一片，爷爷却哼起歌来，这首曲子非常值得一提：

> 一匹马踏破了铁甲连环
>
> 一杆枪杀败了天下好汉
>
> 一碗酒消解了三代的冤情
>
> 一文钱难住了盖世的英雄
>
> 一声笑颠倒了满朝文武
>
> 一句话失去了半壁江山

这几乎是史诗，渔樵闲话里的历史，于是，这早起行路的旷野就散发出亘古的意境，地老天荒。走过七里路，到了草甸子，就割草，扎捆，装车，上归途，可是天色变了，大块乌云疾速漫过来。祖孙俩一个推车，一个拉系，上了大堤。爷爷的脸色变得严峻，依莫言的说法，就是"木木的"，可是有一瞬，孙子却看见爷爷"眼泪汪汪"，分明已经领了天地间的预兆。风起的那一刻，是一个无限的寂静，庄稼叶子、河水，都在动；野蒿子、野菊花，全在喷吐芬芳，可就是没有声音。蚂蚱、野兔，都在跳跃，还是没有声音。然后，风来了。这是大自然无可抵御的力量，要制服它根本没有可能，爷爷是识时务者，他能做的只是以静待动："爷爷双手攥着车把，脊背绷得像一张弓。他的双腿像钉子一样钉在堤上，腿上的肌肉像树根一样条条棱棱地凸起来。"就这么保持不动，等待大风——天地间一次暴躁的任性发作结束，终于，一切平息下来，莫言写道："夕阳不动声色地露出来。"大自然既蛮横无理，又有着极美的姿态，就是"动若脱兔，静若处子"，真是不可知啊！车上的爷爷割了一日的草，全被风卷走了，只在车梁的榫缝里留了一棵，是从大风的罅隙里漏网的一株生命，大约可以视作物竞天择的生存概率吧！

刘庆邦的世界是人与自然讲和的，不是说自然怎么善待人，而是人因循着规律办事，所以，刘庆邦的世界是人道的世界，而莫言就有些神道了。在刘庆邦这里，人都是常情的人，按着常理出牌，但出到最后，也会有出奇制胜的一招，别开洞天，超拔起来。比如他的小说《血劲》，写的是两个矿工，都是矿上的模范，就有一个姑娘，慕名来到，要求嫁给模范。第一个模范婉拒了，因为他比较明智，不对这样头脑发热的婚嫁看好；另一个则接受了天上掉下的馅饼。不幸的是，事情果然不怎么样，那姑娘很快在现实面前清醒了头脑。允诺她的就业迟迟没有落实，矿工的劳作艰苦危险，收入却菲薄，且矿区的生活十分枯乏。渐渐地，她对模范丈夫的感情冷淡下来，倒是和镇上卖狗肉的贩子往来热络，甚至公然姘居。一同下窑的工友们都惋惜做丈夫的不争气，给兄弟们丢脸，怂恿他辖制老婆。他起心杀了那卖狗肉的，可无奈生性是个怯懦的人，就是下不了手。其间，那第一个模范曾去警告女人和她的相好，碰壁而归，这事暂且按下不提，可是终于有一天，那一对狗男女正应了他的警告，双双被杀死在寻欢作乐的床上。事实相当明显，警方寻到踪迹，下井来逮捕嫌疑人了，那兄弟早有准备，也有担当，从容等着这一刻。可就在警察走向疑犯的时候，巷道里突地蹿出一个人，挡住去路，就是那窝囊的丈夫，他跳着脚嚷道：人是我杀的！所有的矿灯从四面八方刷地照向他，他就在光柱交错中喊着：人是我杀的！他到底为井下的弟兄们挽回了尊严。这就是刘庆邦的英雄人物，英雄性是分配于群体，由常人常性集合而成，也由常情常理演绎成可歌可泣。莫言就不同了，他笔下的人和事都是超乎凡俗的。

莫言的小说《姑妈的宝刀》，写的是铁匠与姑妈女儿们的故事。麦收前夕，村里来了铁匠，大柳树下支起铁匠炉，来的共有三个师傅：老韩、小韩和老三。老韩上了岁数，老三是个矮胖子，故事自然没他们的份儿，故事发生在年轻健壮的小韩身上。铁匠的到来，给宁静的乡村带来了热闹，外乡人总有些奇怪，手艺也让人叹服，通红的炉火，炉火里的铁，淬火的一刹那，都像是魔术。还有，他们吃的饭食，有一股粗犷的丰饶，也让人着迷。姑妈的三个女儿，大兰、二兰、三兰都成了铁匠铺热情的看客，渐渐地，她们开始接受铁匠们慷慨的馈赠，窝窝头。大兰性格安分，还爱哭，三兰虽然最漂亮，可是个哑巴，二兰大胆泼辣，最要紧的是，嘴馋，所以，故事就与她有关。二兰吃顺了嘴，公开说："等长大了一定要嫁个铁匠，吃黄金塔，就大肥肉。"众目睽睽之下，二兰就敢伸手要，然后小韩将大窝头垫着葵花叶，送给了二兰。姑妈是不会任由形势兀自发展的，逢集的一日，姑妈穿戴整齐，在发髻上插一朵马兰花，多么妖冶又古怪啊！姑妈走在起头，三个女儿尾随后头，一径走到铁匠炉跟前，递上一条银灰色的铁，要打一把刀，什么刀？姑妈从腰里抽出一把刀，犹如一束丝帛，如同俗话说的"绕指柔"吧！老韩再不敢接刀，送还银灰铁，说一声"请您老高抬贵手"，当天夜里，铁匠们卷铺盖走人，再没回来过。这就像武侠里的高手，大盗不动干戈。

但是，切莫以为刘庆邦的世界严谨缜密，就缺乏了风趣，其实不然，那里也有一股子俏皮劲。比如有一个瞎子，偏偏名字却叫"瞧"。人也是风流的，比如《嫂子与处子》，那二嫂专喜欢逗民儿，民儿还是童男子，到底抵不过有经验的媳妇的攻略。二嫂做闺女的时候不敢怎么的，做了媳妇就不同了，可以放肆，就是说，"她对每个男子都要研究研究"，仿佛女性意识觉醒了。而且，像二嫂这样解放的女性不止她一个，还有一个会嫂，也喜欢民儿。这地方规矩是规矩，可好比关一扇门，就会开一扇窗，叔嫂间无论闹得怎样山重水复，都不兴着恼的，在严格的伦理中，自有一番热闹。莫言的乡间是火辣辣的世界，太阳特别的耀眼，老蒺藜的刺格外坚硬尖利，夜晚黑得进火星，雷雨天遍地滚着球形闪电，黄麻、芦苇、大草甸子密得打墙，成熟的麦田亮得晃眼，那些歌谣激昂得有《大风》中爷爷唱的那首世道人情呢，就是《姑妈的宝刀》里起首的一曲：

> 娘啊娘，娘
> 把我嫁给什么人都行
> 千万别把我嫁给铁匠
> 他的指甲缝里有灰
> 他的眼里泪汪汪

——为什么会泪汪汪？因为这碗饭总是离乡背井？炉火烤得发烫，火星子四溅伤了眼？还因为学手艺的难处，师傅责打，师兄弟倾轧，出头之日遥遥无期？这一首歌谣十分凄凉，唱的是铁匠，却怀有广漠的悲哀，是莫言那个辉煌世界的底色。所以，莫言的世界虽然如此离奇，但绝不是臆造的，它是将人世折射成另外一个形式。再比如，外乡人进城谋生计，在他的《师傅越来越幽默》中的情景是："一个乡下人骑着像生铁疙瘩一样的载重自行车，拖着烤地瓜的汽油桶，热气腾腾地横穿马路，连豪华轿车也不得不给他让道。"多么有豪气，一巴掌将城市从文明打入草莽。

与刘庆邦的对比，其实是尝试与一个写实的书写相比照，以严格正统的世界反射出另一个背离的世界。接下去，我再要进行一项比照，就是比照作家们各自笔下的孩子。

孩子是每个作家免不了要写的，在有些作家，只是作为写作对象的一部分，在另一些作家，孩子却意味着看世界的角度和方式。比如苏童的小说，有许多是通过一个孩子的讲述，这个担负讲述任务的小孩，其实是带着世人的眼睛，是世人中间最清澄，因此最公正的眼睛。就好像意大利电影《西西里岛的美丽传说》中的孩子，目睹着一镇子的人欺负那个姑娘，且以政治正确的名义，但等战争结束，姑娘携着前线负伤的丈夫又回到家乡，有一日她提着满兜的橙子走过，橙子撒落在地，孩子过去帮她捡拾，这一个行为，不仅意味他略长大，敢于向心仪的女性示好，还令人想到，他是代表全镇居民，那个成人世界，向受侮辱受损害的命运忏悔。残酷的世事，在孩子的视觉中，加倍地尖锐，且又无从拒绝，他们只有等待长大成熟，有了力量，再进行抗议。可是，待到那时候，他们的阅历已经足够化解一切，他们汇入成人的群体，甚至也会成为粗暴的侵害的一分子。所以，苏童小说里的孩子成长得很缓慢，童年就像棉花地里的白昼，沉闷、迟滞、不安。余华小说里的孩子，常常是身份不明的，《许三观卖血记》里那个私生子；《活着》里富贵的儿子和孙子，身份是明白的，却又都夭折了；《在细雨中呼喊》中的"我"，更是漂泊，从一个家庭到另一个家庭，不断地建立亲子关系又不断地割裂这关系。他们小小年纪，却面临着存在的焦虑，他们与现实的关系比苏童笔下的更为紧张。在苏童，孩子们是看；在余华，就是亲历。《在细雨中呼喊》中，"我"与鲁鲁的邂逅有一股哀戚的温馨，鲁鲁对欺负他的大孩子说"我"是他的哥哥，这一个谎言，实质是让他们虚拟身份认同，但这认同又是脆弱的，因是并列的平行关系，还不足以证明来龙去脉，却生出一股相濡以沫，惺惺相惜，其中的悲怆，已经超过它作为哲学命题的意义性。它似乎回到小说史的古典时期，狄更斯的《大卫·科波菲尔》、《远大前程》、《老古玩店》，还有陀思妥耶夫斯基的《被侮辱与被损害的》。《老古玩店》与《被侮辱与被损害的》，开篇部分都是"我"，一个大人，天将黑未黑时，在街上遇到一个小女孩。这情景，有一股旷世的悲凉，那孩子，茕茕孑立天地之间，好像人类命运的缩影。刘恒的小说《伏羲伏羲》，那个杨天白，其实是侄儿杨天青与婶娘菊豆不伦的产物，叔叔刻意起名天白，是按了子侄的排序，于是从此就与生父做牢了同辈人的位置，老人去世时，刘恒写道："杨天白捧着老父白发苍苍万分固执的头颅，哇一声哭了起来。"这一声哭，意味着他正式认同伦理中的身份。这有些类似刘庆邦小说中经常出现的丧父的少年，母亲将他的名字写在红薯上，肯定了对家族的承继地位。但在刘庆邦，这个秩序是和谐的，在刘恒，传统关系却遭遇着混乱和颠覆。杨天白的出生本就是不伦，但当有可能拨乱反正的时候，他却又一次主动地否定了正名的机会，这一回就是真正的不伦了，杨天白的名与实，就被合法化地分裂，瓦解了正当的秩序。这一个事实已不在事实本身，而延伸到更宽泛的意义上，具有了象征的性质。说到现在，我们大致可以看见，小说世界里的孩子，往往担纲着情节的功能，或是事实本身，或是象征，都是有用的，而莫言小说中的孩子，则是无用的。

阿城的随笔集《闲话闲说》里，第四十节，谈到莫言曾经告诉他一则亲身经历，说的是有一日天黑回家，走到村前芦苇荡，要涉水过去，刚一下水，水面上就蹿出无数"小红孩儿"，叫道：吵死了，吵死了。莫言只得回到岸上，几次三番，凡一下水，小红孩儿就蹿出水面叫"吵死了"，于是，只得等天亮了才进村。阿城说："这是我自小以来听到的最好的一个鬼故事，因此高兴了很久，好像将童年的恐怖洗净，重为天真。"

我觉得，那芦苇荡里蛰伏着的小红孩儿就是莫言小说里的孩子，他们都有一种诡异的气息。《透明的红萝卜》里，黑孩赤脚光脊梁，瘦得几乎没有重量，疟疾病刚好，又被后娘长时间的责打吓傻了，显得很蔫儿。就好像遭过天谴了，于是获得了一种特殊的能力，他有着极敏锐的听觉，他听得见黄麻地里的虫鸣，河水里鱼的唼喋。他的视觉也很灵敏，能看见别人看不见的情景，铁砧子发出蓝和青的幽光，烧透的铁錾子白里透绿，老铁匠是紫红的——他被生产队派到河边工地上的铁匠铺里做小工，铁匠铺似乎是个声音和颜色都极其丰富的地方，莫言对铁匠铺情有独钟，还有麦地，大约是在那绚烂的外表之下，隐匿着残酷的伤害——我曾听莫言说过，麦收是一个残酷的季节，意思是指那超负荷的劳动量，但这句话我们可以用来理解莫言的世界。黑孩在火星飞溅的铁匠铺里穿行，火苗与铁器都是危险的，随时可伤了他，他却有着非凡的忍耐力，任凭皮肉起烟，无知无觉。然而，就好像命门一样，红萝卜，并且是铁砧上的红萝卜，在他眼睛里金色透亮，一旦被夺走，他便软弱下来。《金发婴儿》的孩子是在最后才出现，一个军人的妻子，耐不住留守的寂寞，与村人有了私情，诞下一个婴儿，军人深觉着婴儿丑陋可憎，无法容忍，最后动手扼死。而那死去的婴儿，却焕然一新："他的额头苍白宽阔，双腮饱满，嘴唇微微张开，嘴角上还残留着一缕若隐若现的嘲弄人类的高贵表情。"你能说这是孩子吗？几乎就是妖魅。还有一个未出世的孩子，就是《白狗秋千架》里，"我"去看望幼年时的玩伴，"我"的秋千断了绳系，从空中坠落，掀翻了她，不巧一根槐针扎在眼里。半瞎的她长大后嫁了一个哑巴男人，生下三个哑巴孩子，"我"离开她家走上归途，不料半路被她拦下。她坐在高粱地里，对"我"说："我正在期上……我要个会说话的孩子……"这个会说话的孩子将是个什么？孽债吗？《拇指铐》里的孩子则是个梦魇。《枯河》里的小虎，很像是《封神榜》里的哪吒，犯了天条，为父亲脱罪而受剑，向他父亲说道：你的身子我还给你！小虎没有像哪吒在莲花座上重生，而是凝固在冻水里，想起来，就像一个巨大的琥珀，有几百几千年的光阴流淌……从理论上说，莫言小说里的孩子都在形而上，并非用来指涉什么，方才说了，没用的，就是于情节没有功用的存在，存在于情节故事之上。用坊间的话说，就是精灵古怪。

第三项对比，是在莫言小说世界的内部进行。我以为，莫言的世界，是由两块地方组成，一块地方是极其的聒噪，另一块地方则是静默的。《透明的红萝卜》里的黑孩，人们都以为是个小哑巴，他是不出声的，无论多么疼痛、不公平，他都不叫唤；欢喜时也不叫唤，大约因为无人能与他分享吧！而在这一块静默的周围，却是吵得人耳朵疼，都是会说话的人。小说写到小石匠与黑孩一同去工地，特别写到小石匠的嘴："小石匠的嘴非常灵巧，两片红润的嘴唇，忽而噘起，忽而张开，从他唇间流出百灵鸟的婉转啼声，响，脆，直冲到云霄里去。"这让人想到阿城说的莫言的故事，芦苇荡里的小红孩儿，一有人惹了他们，便大叫：吵死了，吵死了！莫言的短篇小说《飞艇》，写一群孩子结伙去南山讨饭，寒冬腊月，又是起早，冻得不行，"我"就像合唱队里的领唱，叫道："冷冷冷，操你的亲娘！"众声唱和道："冷冷冷，操你的亲娘！"等太阳升起，温度也升高，冻疮开始作痒，"我"又领着喊："热热热，操你的亲爹！"接下来的事情非常离奇，一架飞机竟然在他们头顶上爆炸，坠落，燃烧，起了大火，于是他们的喊叫就成了："飞艇，飞艇，操你的亲娘！"还有，《一匹倒挂在杏树上的狼》，村人逮住一匹狼，拴住一条后腿挂在树上，于是，整座村落都沸腾起来，先是大人孩子互相吆喝着去看狼，一片喧嚷；然后，逮狼的许宝开始讲述经过，众声止住，替换成许宝冗长的独白，虽然是独白，也是热闹的，声色动静，起伏跌宕；接着众声再起，因有个孩子就好比《皇帝的新衣》里的那个诚实的孩子，指出那不是狼，而是狗，一场激烈的争论展开了；小炉匠章古巴终于压倒众声，回溯这匹狼的历史，而他恰巧就是这段历史的见证，这段同样冗长而有声色的叙述终于确定了狼的身份，最后，大家一起瓜分了狼的皮毛骨肉。而自始至终，狼保持沉默，是万声喧哗中一个深刻而危险的静默。

莫言世界里的喧哗似乎是一个彻底的释放，将所有不可忍的一股脑儿叫喊出来，然而，好比此时无声胜有声，那叫喊响到极处，闹到至深，却是静默。前面说过的《大风》，大风来临，天地间一片静谧，四下里的动物植物都在无声中被撼动；莫言还常常写到哑巴，《透明的红萝卜》里的黑孩不论真哑假哑，总归是个不出声；《白狗秋千架》里是一窝哑巴；《姑妈的宝刀》里的姑妈的三个女儿中，最漂亮的三兰就是个哑巴，最后却是她，得了宝刀作陪嫁。哑巴似乎是个明喻，更多的是那一类沉默不语的人，《弃婴》里那个谁也不要的女婴；《金发婴儿》被扼死的婴儿，他们都是没法说话的人。还有《三十年前的一次长跑比赛》，最后决出的那个最"不善"的张家驹，将一肚子的身世来历都关在口中；《枯河》也是以最终的沉默与世界作了抗议。关于这个喧嚣与静默的两相对立，我特别要提出佐证的是两篇小说，一是《冰雪美人》，一是《牛》。

《冰雪美人》说的是镇上一家私人诊所，有一日来了一个病人，是镇上的名人孟喜喜，是类似莫泊桑的"羊脂球"那样的人物，还类似《西西里岛的美丽传说》里的美丽女性。孟喜喜与寡母一起开了一爿鱼头饭店，传说还经营着暧昧的生意，即便有着如此不堪的流言，孟喜喜依然非常骄傲，不屑于辩驳解释，她仪态大方，形容出众，来到这个肮脏的小诊所，将周遭环境映照得更加灰暗。她明显忍受着极大的病痛，需要得到诊治，不巧的是，医生迟迟不到，到了后又对她十分怠慢，刚要问诊，又被大哭大喊的孙七姑抢了先。这卖油条的女人一身油渍麻花嚎啕着进门来，尾随其后的是两个兄弟抬着他们的母亲，急叫着"痛死了"，于是，医生立刻施行盲肠切除手术。手术终于结束，医生还没在孟喜喜跟前坐定，闯进一条莽汉，满脸是血，形状恐怖凄惨，哀求着救命，是烟花爆竹商试验连珠炮被炸了，然后再是间杂着叫喊和斥责的缝合手术。就在众口聒噪中，孟喜喜一直静默着，没有叹息呻吟，没有叫苦求告，渐渐虚弱衰竭，终于"她的脸变得像冰一样透明了"。

《牛》的故事不是像《冰雪美人》那样凄婉，它的结局要悲壮得多，依然是坚韧的忍耐，高贵的静默，但不是美人，而是牛。那一条名叫双脊的小公牛，健壮、活泼、性感，早早已经在母牛身上偷过嘴，照理发过情的公牛不该阉，阉了会有生命危险，可谁让它惹怒了兽医老董，老董发下誓，不信就治不了它。当然，谁能抵得过发明了劳动工具的人类？最后，还是让老董得了手。可是，又有谁逃得过自然的规律？双脊严重地感染了。怎么办？科学开路，土法上马，先打针，再溜牛——绝不能让双脊卧下。于是，"我"和饲养员杜大爷，这一老一小轮流牵了双脊四处溜。关于如何分工，两人始终处在争执当中。杜大爷用吃牛蛋子来作交换，可是杜大爷的诚信方面，是有过负面的记录的，他曾经答应将女儿许给"我"做媳妇，结果却给了小木匠，而且马上就要结婚了。就这样，一边争吵追逐，一边溜着双脊，可双脊却看不出好转的迹象，反而越来越糟。无奈，只能牵了牛去公社兽医站找老董。牵牛去公社的一路既有趣又凄惨。那老的与小的形象怪诞，却生气勃勃，杜大爷背着知识青年用的军用书包，"我"系在肩上的却是一个古旧的包袱，头上戴着野草编的遮阳帽，手里持扇子赶苍蝇。双脊溃烂的创口引来成群的苍蝇，它步步艰难，路途就变得无限漫长，不时地打尖，吃喝，双脊却不能卧倒。旅途中他们怎么消磨？激烈的斗嘴转为舒缓的倾诉，就好像疾板转为行板。杜大爷感叹他的人生，只因错了一步，没有跟八路，而是跟了国军，命运从此成了两股道上跑的车，一生都碌碌无为。"我"呢，一肚子的委屈不平，在杜大爷的遭际之下，变得微不足道，两个失意的人在此达成谅解同情，就在这聒噪的抒情段落里，一步一挨终于到了公社兽医站，可是，双脊死了。莫言写道："它可以说是默默地离开了人世。它侧着躺在地上，牛的一生中，除了站着就是卧着，采取这样大咧咧的姿势，大概只有死时。"牛死了，可是切莫以为事情就可以结束了，这头死牛引起了争夺，论来历，应算作生产队，可归宿却在公社，结果还是权力决定，死去的双脊，作了公社食堂的一道肉菜。更想不到的是，公社驻地三百多人打过牙祭之后，全体食物中毒。冤死的双脊对人类发起了报复，这是静默中的危险。

当我将莫言与刘庆邦作对比的时候，曾经说刘庆邦是儒家，莫言是什么呢？莫言的家乡高密，春秋时当属齐国，据说齐国风气不忌讳怪力乱神，却是子不语，假如非要给莫言哲学的归纳，那么就给他定作道家吧！

二〇一一年四月二十日 上海

《当代作家评论》二〇一一年第四期

莫言：一个时代的文学突围

孙 郁

一

莫言是我们这个时代一个标志性的存在，现在已经没有人怀疑了。他的价值，在于把泯灭的文学良知从泛道德的世界里打捞出来，进入了人性的本原。而这些，受益于八十年代的语境，我们讨论他，不能不回溯到那个精神蠕动的时代。我最初阅读的莫言作品是《透明的红萝卜》，被其内在复合的、多色的文本所吸引。后来看到《红高粱》、《爆炸》、《断手》，惊异于他笔下冲荡残酷的画面。左翼小说的传统是对底层人的关注，这个表达在后来的实践里出现了问题。生活的复杂性被一种单值的精神之剑切断了。莫言的文学世界里，左翼因素有着不可替代的位置，但他对生活的理解却与之颇为不同。八十年代小说面临的，其实就是新路的拓展。对于他来说，召唤内心多彩的感受，才是自己写作的应有之义。

他的文学表达有一种本能的喷吐，气质弥漫着原始生命力。早期的莫言写乡下的生活，注重的是命运感的表达，《白狗秋千架》、《透明的红萝卜》、《红高粱》就是这样的精神。这里有恶的存在对生命的冲击，美丽的心被无边的苦难吞噬了。《白狗秋千架》对少年女友命运的描述，有对叙述者"我"的谴责，也有对苦楚的环境的冷观。一个美丽的女性因为意外的事故而失去自由生存的空间，只能嫁给残疾人，而养育的孩子也意外地都是残疾者。小说在巨大的反差里，衬托出命运对人的戏弄。这个经验，鲁迅在《故乡》里也表达过。鲁迅的叙述，有对文化秩序的思考，莫言则是带着对宿命世界的拷问，文化的解释被天命的无奈感代替了。原始生命感受的气韵笼罩在他的世界，清晰的理论模式置换成模糊神秘的网。小说处处有奇笔，那些存在只有感觉可以印证，而左翼文学的模式对他已经不再是唯一的参照。

在《透明的红萝卜》里，黑孩的形象是苦难记忆的一种多旋律的展示。我印象最深的是作者对色彩的把握，完全是多维的、灿烂的意象。那光景，没有传统写实主义的单一，他呈现的是一般写实文学所不能实现的存在。底层社会原始的遗风和不可名状的心性之美飘然而出。小说对工地苦楚的生活的描绘，有浓彩大墨之处，乡下人的麻木、善良、无聊都在一种紧张的旋律里涌动。可怜而可爱的孩子在火光的映现里，弥漫生命力的气韵淹没了苦楚之境，让人感到气韵竟如此强大。

在最初的写作里，莫言一直关注的是表达的突围。他觉得传统的技法和自己内心丰富的体验比，还是有很大的冲突。《断手》、《三十年前的一次长跑比赛》，写的是不幸的人在乡下的遭遇和顽强活下来的旧事，寓意已经偏离主流的审美习惯了。《红高粱》就淡化叙述的逻辑线条，把家乡的生活图景和历史的多彩的存在浓缩在一个奇幻天地间。那有一种印象主义绘画的痕迹，也使人想起肖斯塔柯维奇雄浑的交响。到了后来，关于家乡历史的展示的《丰乳肥臀》、《檀香刑》等作品里，叙述的丰富性更为浓烈。他在文字里不断释放着一种野性的情愫。而这种野性，是美丑难分、交织为一体的。儒家温情的道德话语被颠覆了，作者呈现了一个混沌无解的原生态的世界，但不是颓废与逃逸，而是力量感的表达。在这里，精神的冲荡之气渲染着耀眼的诗篇。

三十年代，鲁迅在推介《铁流》、《静静的顿河》、《土敏土》的时候，就注意到多声部的咏叹的美学效应。但那时候的左翼作家还不能意识到在混乱驳杂里呈现存在的意义。中国的作家只学会了对确切性的勾勒，却不幸把存在的荒诞与不可知性遗漏了。莫言唤回了这些东西，他知道那些存在的价值，在回望生命的过程中，神灵与魔鬼在同样的空间舞蹈着。三十年代后的作家，形象思维越来越单线条化，而莫言终止了这样的滑动。他重回到鲁迅的世界，回到曹雪芹、蒲松龄的世界，开始了陌生的精神之旅。但又不放弃左翼传统的闪亮的光泽。精神内核的热能便一次次爆炸性地辐射到读者的世界。

使莫言找到自己的表达式的，有阅读经验的积累，其实也是自我生命经验的积累。他记忆里的饥饿、流血、死亡，都成了一种无尽的源泉。八十年代的写作，受到诱惑的话题很多，但他却因为忠实于记忆而找到自己。他描绘了那么多的苦难，却在叙述里表达了刚烈之色。在最不安定的生活里，依然有热情的喷发。九十年代后，他的创作井喷般地出现，规模和意蕴已与先前不同，有了肖洛霍夫式的苍茫和陀思妥耶夫斯基式的残忍。《酒国》的惨烈之笔，却有不羁的悲悯之情的涌动，《檀香刑》是一唱三叹的文本，《天堂蒜薹之歌》有冲破禁忌的放浪形骸之美。传统的左翼小说曾对不幸的生活的揭示有诸多描述，但很少关注左翼自身的悖论和信仰之外的存在。莫言对各类对立的元素的排列，有宽容之笔，亦多善恶的互衬。但在他那里，美丽与丑陋是在一个空间并存的。他对一些不能入文的丑陋的存在入木三分的描述，存在着一种非传统式的表达。这不仅是儒家的禁忌，也有不合于左翼传统的杂音。那时候他受到一些批评家的挑剔，表明了其审美意识与环境的巨大差异。

正是在这种叛逆的抒怀里，他和时代的流行色告别了，也和旧我告别了。那时候许多作家意识到了这一点，都有不同程度的探索意识，刘索拉靠的是西洋语境的荒谬感开始了自己的突围，阿城回到旧小说的氛围里，韩少功走到一种寓言的模式中。但就精神的阔大与维度的宽广而言，莫言似乎比谁都要更为神奇和果敢，这一点和王小波十分接近，不仅以嘲笑的口吻面对自己，也在狂欢式的宣泄里亵渎着神灵。我们阅读他的作品时常常要笑出声来，但接着就有无言的悲伤涌来，觉出世间的可怜。作者在真实的画面里衬托出我们世俗眼光的短浅和无聊，这也招惹了道学家不满，攻击和诅咒曾不绝于耳。但他远远地走在前面，带着屈辱和果敢之心，无畏地走着，那些恶言和嘲笑都踩在了脚下。

二

在后来的写作里，无所顾忌的放浪形骸越发严重，形成了一种语言的喧嚣。他的行文是天然的流露，没有丝毫的扭捏和做作。一是远离文人腔调，口语里有泥土的气息；二是无数意象的纷繁叠加，制造出一种张力；三是以力量感的词汇刺痛读者麻木的神经，流动着一种自审的自觉。这些不是从古文里来的传统，也非当下流行的传统。印象深的是乡村的表达，传统叙述的经验越来越多，歌谣、民间小调给了他一种快意的图景。他善于在传奇里以俗音的流布而暗示精神内力的伟岸。但即便如此，也没回到五四以来乡土世界单一性的景观里，既没有赵树理那样的简洁，也没有孙犁式的寂寞。莫言的乡村常常是轰鸣的，蛙声、水声、死魂灵声、高粱叶声都在一个空间鸣响。他喜欢歌谣体的表达，这就避开了文人腔，避开了观念化的逻辑。在俗语俗调里，把人间难以表达的存在表达出来。《丰乳肥臀》在混浊、血腥里有童贞之梦的飘动，故乡混乱的秩序背后的强力扭动了苦楚的时空。《生死疲劳》以六道轮回意象，表达了生活的荒谬。笔法越发有民谣体的特点，但狂放之意不失，更有本土的气息。《会唱歌的墙》在五味杂陈的声音里，听到了神灵般的心曲：传说、梦幻、自然之舞，汇聚成乡土的神异之美。广大无边的天启般的神谕，与其说是他发现出来的，不如说是创造出来的。

在这里，他改造了民谣，也改造了白话文思维。他和那些羞羞答答的文学书写完全不同了。莫言在一个缺少个性的时代表现了自己的个性。这有他对自己的生命感受的尊敬，对乡间经验的尊敬。他在回望历史时，不掩饰自己对人间多色彩的好奇与全景的打量。在他看来，旧的语言的表达似乎不能切中感知的要害，原始意象的神秘体验覆盖的空间比道德思维涉猎的存在要广阔得多。

他的语言的运用，经历了一种自觉变化。起初是清晰、有弹性的，一下子衔接到五四式的感受里。后来越来越靠近民谣的韵致，民间的朴素与幽默的词语不断进入自己的笔下，以致有些无法节制，这破坏了小说的结构。大俗与大雅，惊恐与宁静，以自然的方式成为一体。他不喜欢文人腔，书面语的叙述习惯在他那里被遏制了。他的词语富有色彩和轰鸣的摇滚的特点，一方面是文不雅驯的土语的流溢，一方面有绘画感与音乐感的词语的跳跃，但那些都是大地的精灵的舞动，是直面苍天后的一种神灵的互动。这里有《三国演义》式的纵横捭阖，也有《聊斋志异》的诡秘，但更多的是高密东北乡的谣俗之调的流转。他借用了凡·高式的零乱不规则的画面感，从带着土地的气息的词语里找到了个人生命的感知方式。

但这种选择导致了其文字的粗放、紧张和无序里的浑然。莫言表达的非雅化与无所顾忌惹来了批评与不满。有人指出其对人性的描述背离了五四以来的传统。他写爱情，绝不躲躲闪闪，根据人性的复杂性去考量问题。他描述了许多病态的人格，对潜意识的表达也很明显。有意思的是他对死亡、性、战争的描绘，完全不在意儒家教条的任何规范，以致在乡村图景的表现里，放荡不羁地释放出生命的诸种元素。那些关于历史与现实的顿悟，都意味深长，比如对主奴问题的勾勒，对土地与农民关系的思考，把死后的灵魂的独白和常人的隐私以多姿的形态呈现出来。在这里，乡野的哲学超出了文人暧昧的伦理。在他看来，前者的价值，要比后者更为鲜明、有趣，且有着玄奥的隐含。

并不是说作者的一切乃天外来客的旋转。中国白话小说描绘复杂性的不乏其人。因时代的原因而未得发展。路翎的写作有过这种倾向，可惜被遏制了。茅盾的《霜叶红似二月花》迟迟不能续写下去，因为审美的走向遇到歧途。莫言在鲁迅的资源和传统小说的资源里找到参照，意识到文学有别样的可能。每个人的路与别人的都不可能是重复的。鲁迅给他的体会是，生活有着语言所无法穷尽的意象，人只能以敞开的胸怀直面那些消失在作家视野里的存在。而陀思妥耶夫斯基那种在迷乱和痉挛里的智慧喷吐，对汉语世界而言也并非没有可能。他内心对于那些夭折了的前辈的文本的叹息，也一定是有的。

三

从《透明的红萝卜》开始，莫言小说一直有一种色彩感。到了《丰乳肥臀》，这种印象派绘画式的语汇在作品里四溅，达到了眼花缭乱的程度，以致使批评家面对其文本有一种表述的困难。

《丰乳肥臀》是对一个伟大的母性的歌哭。众多女儿一个儿子的故事，不同命运的孩子是现代中国各种元素的辐射，政党之争、民怨之变、民族之战等，都在这里以反逻辑的方式展示着。一个家族背后的故事所承载的寓言，已经无法以儒家思维和革命思维简单述之。我们在此读出了马尔克斯、福克纳式的艺术画图。

他的小说到处可以读到病态的庄严。牧师、猎人、强盗、恶商、江湖艺人。从日本入侵到土改，从"文革"到九十年代经济大潮。凝固的土地下奔流的精神之河，卷着污泥浊水变成时间之维，中国土地的生生死死，演绎出人性的悲喜剧。那些不同光泽里的受难者与挣扎者，有史学家很少关注的细节和隐含，书写的恰是大地的灵魂。

这本书是莫言精神成熟的开始。他的史诗的意念与混浊冲荡的气韵把审美引向一个反世俗的空间。作者对历史和人性的多样化的理解，已经不再是乡土式的温情或伦常里的泾渭分明。邪恶背后的温情与美丽背后的残忍，不可思议地涂抹着历史的空间。母亲的善良与多难，爱欲中的神秘体验与鬼怪的命运，都不能简单地以道德视之。小说中的"我"的近乎病态的视角与遭遇，写得巫气弥漫，神意当天。灵幻的天地刻满生命的谶语，历史的记忆在另一种思维里焕发出奇异的姿容。

作者写现实的残酷，却以童年的眼光为之。世俗层面的尺度消失了。这里容纳了太多的元素，但都在一个巨大的空间以雄浑的旋律为之，有了立体的美。宗教、异族入侵、谣俗、革命、饥饿、天灾，都在童年视角里以奇幻的色调表达着。我记得小说写送葬的场景，天地之色大变，魔鬼般的乌鸦的合唱，有诸多巫气。在庄重里增加一种玄奥的因素，就把死亡的痛感与命运的无常以怪诞之笔完成了。在村民苦难的一刻，莫言超越了悲愤之情，竟有戏谑之笔出现，虚妄的意念和冷视之光遍布华林。所有的正经的场景都有不正经的声音在，莫言看到了苍生的渺小和可爱。人的动物性和神秘性都以诙谐的方式呈现着。

在母亲对故乡的叙述里，传奇与志怪式的笔意笼罩在作品的上空，故土的人与事，都以非理性的方式衍生着苦意。大姐的私奔，相亲的哑巴的受辱，都有邪气的流转，乃精神气质的一种诗意的表达。我们在这种魔幻的叙述里，看到了有形与无形的存在。而那些无形的存在在现实人体里的跳动，就把空寂的乡村世界历史化与精神化了。

乡村的歌谣在小说里的呈现也令人惬意。小说对三姐在猫腔的演出里呈现的摇滚式咏叹的勾勒，完全是一种神音的跳动。那种悲苦无奈而酣畅淋漓的吼动，绝不亚于秦腔和汉调，那些弥漫着悲壮之气的音符，有地域传来的阴冷和上苍里的灿烂之色。仿佛鲁迅《女吊》里所写的不屈的鬼魂的高叫，叫出了千年来土地下的冤魂的颤音。这些我们在《檀香刑》、《生死疲劳》里看得更为清楚了。

传统的读书人描述乡村，要么是田园的，要么是死地。莫言却贡献了一个翻腾摇动的神幻的世界。那里没有仙气，没有静穆的泥土，所有的空间都是精灵的舞动之所。这里有乡下泥土气的哲学和萨满教式的巫歌。卡尔维诺的小说有过类似的奇玄和不可思议，略萨作品的眩迷之气也带有类似的特点。莫言知道这种表述符合自己的本意，乃是一种放逐与逍遥，人只有和非人的存在体相处的时候，才知道自己的世界在什么地方。

有意思的是，在高密东北乡那里，并非一个封闭的世界，历史的痕迹刻在水里土里，西洋的调子也出出进进其间。这里有瑞典传教士的身影，有德国殖民者的遗存，有日本兵的铁蹄。世界以丑陋和无序的方式出现在莫言的笔下。而反抗者的内心和行迹里，也被多色的精神之光所缠绕。在不幸和畸形里，爱欲却火一般燃烧着，照着灰蒙蒙的河谷和小路。在《檀香刑》里，反抗者的身影和恶的歌谣彼此交织，不知孰黑孰白，而精神的不灭之火，却依然闪烁着。传统的乡土文学多是封闭下的谣俗的闪动，而高密东北乡则完全在世界的版图里，莫言在故乡的脉息里，听到了现代性的足音。西方与东洋文化的折射，添加了小说意象里的不可理喻的隐含。

如果只停留在家乡的记忆里，《丰乳肥臀》的意义便简单化了。小说描述了作者生活的时代，八九十年代的乡村生活，也漫画般地呈现出来。他对当下的判断，有很强烈的悲情，绝望的目光在人物的左右跳来跳去。改革之后的高密东北乡，经济利益下的人的丑陋，欲望之海的浊气，和着亲情悖谬地黏合在一个空间。莫言描述当下，没有记忆里的生活灵动，但他以反讽的笔触描绘世间，有着笑对天下的冷意，但不安与失落的温情，我们何尝感受不到呢？

在这里，历史的魔影像遗传一般在当下荡来荡去。国民性的基因并没有因为时代的到来而变化。人们依然在看不见的历史推动力作用下，上演着悲欢离合的故事。看得出作者对身边环境的失望，但他的精神却依然在飘扬着。在母性的伟岸的躯体里，他知道孕育了什么，生长了什么。自己也恰是这混浊世界里的一员。他似乎也在追问：在污泥和浊浪里，除挣扎与搏击外，可走的路何在呢？

这是一个民族记忆里的歌哭。我们在此甚至能够读出圣经般伟岸、神气的东西。莫言并不满足在文本里面袒露隐私，他站在了文本的外面，以上帝般的悲悯俯瞰芸芸众生，获得了一种穿透人性与时间的双眸，一切鬼蜮和不可告人的阴冷，悉收眼底，世界的颜色已不再是几种或数种，灿烂的与隐晦的都有无尽的神态，魔幻般地在我们的眼前晃来晃去。小说不都是告诉我们生活是什么，而是告诉我们，它本来就不是什么。

四

显然的是，莫言的突围意识是建立在智性和想象力的基础上的。他自知自己这代人的欠缺，他和现代教育的知识谱系的距离是忽远忽近的。唯一体现其能量的是想象力，他是以不规则的感性思维而弥补知识不足的人。与姚雪垠、茅盾这类作家比，莫言的学识有限，但他却以良好的想象力超越了知识屏障，显示了其感知世界的原始的力量。这种想象力漫溢了精神的疆域，把人从庸常的思维引向神奇的世界。精神延伸的方式也完全改变了。

引起人注意的是莫言小说里的声音。他写作的时候一直伴随着各种轰鸣。那多是故土的猫腔的歌咏，这在《檀香刑》、《生死疲劳》里尤为典型。《檀香刑》是莫言叙述转变的一个重要标志，他逐渐放弃早期语言的油画的感觉，而向乡村的戏曲靠拢。对白、陈述，都是猫腔的翻版，且保持了乡下野性的力量。那些粗俗的、反雅化的表达，是一种乡村版的摇滚，被遗忘的乡野的艺术元素以反讽的方式被激活了。

《檀香刑》是一部传奇，许多章节的叙述都以第一人称为之，作品都与咏叹相关。这里对家乡戏曲的戏仿，照例有过去的雄风在，是莫言式的高蹈。小说的粗放的歌咏，是乡民智慧的幽默的表达，恨得痛快，爱得痛快，死得痛快。男声部与女性的调子虽然不同，而爽然的感觉如秋风般撩人。小说以浪语、狂言、傻话、恨声开头，接着是刀光剑影的世界，杀声与嚎叫在天地间回环，最后以放歌与绝唱收尾。整体是一部中国式的乡间歌剧。

概括说来，莫言在高密东北乡里发现了民腔、官腔、匪腔、鬼腔。每一种腔调都有特点，音符里是不同的色泽。他写官场上的对白，和民间的狐怪之音大异，而女人温柔而野气的声音绕梁三匝，回旋不已。土语的使用也很奇异，俗词俗语都非道学可以容忍，是下里巴人的宣泄。这里把心灵的密语以幻觉的方式放大了，有时带有地狱般的阴冷。猫腔里的歌吼，如天风旋转，唱出大地的哀凉。这些声音在莫言的小说里是混杂的，我们被其特别的旋律所裹挟着，进入了一个精神迷宫。思想被震颤着，精神被一次次洗礼着。他释放的音量含有被压抑的岁月的心灵的苦楚，民族的不可言说的隐秘似乎都可在此找到。他在书的后记坦言自己对声音的感觉：

> 二十年前当我走上写作的道路时，就有两种声音在我的意识里不时地出现，像两个迷人的狐狸精一样纠缠着我，使我经常激动不安。
>
> 第一种声音节奏分明，铿铿锵锵，充满了力量，有黑与蓝混合在一起的严肃的颜色，有钢铁般的重量，有冰冷的温度，这就是火车的声音……第二种声音就是流传在高密一带的地方小戏猫腔。这个小戏唱腔悲凉，简直就是受压迫妇女的泣血哭诉。高密东北乡无论是大人还是孩子，都能够哼唱猫腔，那婉转凄切的旋律，几乎可以说是通过遗传而不是通过学习让一辈辈的高密东北乡人掌握的。

莫言谈声音，以颜色绘之，真的如钱钟书所说是通感的作用。借着声音，人物的性格、命运、思想都联翩而至，历史的场景流动起来。强悍的吼叫、委婉的吟哦、幽默的轻抚、绝望的呼喊，轰鸣中让人想起马尔克斯的鸿篇巨制，嘈杂的流韵里，世间不可言状的存在被一一点染出来了。

钟璞曾说，小说家的写作是有旋律的。这是许多人的体验。五四后的作家，在文本里能够读出旋律的不多，许多是暗藏在文字的背后，不易被觉察到。汪曾祺的小说有京剧的元素，明清士大夫的节奏也含在深处，那是暗功夫，一般人不太具备。贾平凹的作品是陕西人的魔道，古风的飘动里乃玄学的晃动。莫言文字的声音，是剔去了士大夫之语的狂放之音，和老去的古音不同。就像老舍改变了北京话，莫言也改造了猫腔，精神里注入了狂士的元素，沉默的土地里涌动的岩浆，喷发出的是无边的热度。

在《檀香刑》里，奴隶之声、流氓之声、斗士之声、死亡之声，千姿百态，各臻其妙。眉娘的独白，温柔里带着强悍，女子的大胆和精明里有奇气闪烁。赵甲的话语逻辑有乡土的简单和匪气的弥漫，那声音里我们看到了血色。小甲则是一种弱智发低语，孩提式的呆滞和乡村的平庸生活交织在一起。钱丁在官场上的装腔作势，以及私人密语时的真情实感，则看出官吏的多面的形影，江湖的明暗历历在目。小说放弃了文人的话语方式，他也许以为，士大夫的语言，和乡村社会的生灵没有关系，中国的百姓，向来的表达都是被士大夫蔑视的，进不了大雅之堂。莫言写了那么多声音，并无厌倦的样子，甚至还带着一种欣赏和品玩的意味。这些不同声音的设置，在强度上是超群的，作者在这些底层的表达里感受到了文化生生不息的元素。他看重这个元素。这些活生生的词语缔造了一个智慧之所，我们在此可以聆听到大地的精魂的自语。中国文化里另类的精神，是蕴含其间的。小说轰鸣的声音里，也注解了中国社会变迁的缘由，后来这片土地所以发生革命，似乎也可以找到民间传统的依据。

鲁迅曾说，中国是无声的，大家都在沉寂里慢慢地死去。但莫言却写了有声的中国，一个不断发出不满和哀苦之声的中国。那是边缘地带的底下的轰鸣，读书人未必注意。在这个意义上说，他的小说是左翼文化的一部分，而又超越了左翼。从左翼出发而又回到个人主义的世界，以创造性的歌咏面对人生与历史，他的意义，就非传统的诗学理论可以概括了。

五

这就是我们的莫言。在审美领域，他带来的惊喜是众多的。但所有的一切都在颠覆我们的日常感觉。我注意到他善于体现的是一种悖反的、反道德话语的逻辑，或者说是一种反逻辑的逻辑。这不仅与鲁迅有相似之处，和卡夫卡、卡尔维诺也有交叉的地方。他对人性的复杂化的理解，是超出常人的，其中受益于前人的文本的地方，我们大致也可以见到。许多小说对人物的描述，以行为的反常和多样化为之，不是在"对"、"错"之间。这是模糊性与对立一体性的一种表述。比如对地主的看法，对流民的认识，他都没有道学的痕迹。悖谬里的人生，才是真的人生，社会是语言无法分解的存在，而无奈的是，我们不得不以分解的方式表达和认识它们。

无数的场景和人生，江河般涌动到他的笔下。那么多弱小的、无辜可怜的存在，邪恶的和丑陋的人生，在魔鬼和神意的世界呼吸和舞蹈着。他的写作里，总离不开对恶的描述，而且有时显得耐心和从容。你有时分不清此岸与彼岸、现实与幻觉，大家都在一个大的染缸里。这时候，会感到叙述者无量的悲楚的流动，他哀怜的不仅是弱者，其中也有那些俗不可耐的恶人。这在《酒国》、《四十一炮》、《十三步》、《檀香刑》、《生死疲劳》、《蛙》里都得到了体现。他十分欣赏鲁迅《铸剑》的审美意图，在那里，善恶都混沌在一个空间里，这个世界没有胜利者。一个善人可能是恶的事物的随从，而那些怪诞的群落有在推动事物的运转。这也是卡夫卡、鲁迅都有的心得，巴别尔、博尔赫斯的文本也透露了类似的意念。这种悖谬的表达，是一种认知的逻辑的延续，诗人与小说家都喜欢在非道德话语里展开自己的精神之旅，我们已经不再觉得奇怪了。在一次对话里，他对采访者说：

> 受刑之苦，无法想象。看客之昏，难以忍受。执刑之人，心中之苦，不亚于受刑。因此，三种人都不要去当。其实，每一个人身上，都具有受刑、施刑、观刑这三种属性。这三种角色是可以互相换置的。只有在写作这部小说时，我既是受刑人，又是施刑人，也是观刑者。（《写小说就是过大年》）

这是对中国社会苦楚记忆的另类表达，而且是入木三分的表达。也有国民性内涵的隐喻。这样的话，鲁迅说过，在贾平凹的意象里未尝没有，阎连科小说也涉及到了这些。不过，莫言在此表现得尤为惨烈，他在拷问别人的时候，自己的内心也在流血，这是真的。

　　许多次谈到自己，他都有一种失败的感觉，当荣誉到来的时候，他的荒谬感可能比一般人要更为强烈。小说《牛》写一个孩子在人群中被忽略和被奚落的场景，可能与作者的早期记忆有关。他在"文革"里和部队里的挫折，一直像影子一般跟随着他，精神的跨度再大，也依然有自卑的感情。这些是他写作时不能够回避的存在，也恰是这样的存在，他知道小说者的价值乃是一种呈现，而非布道，自己不是也从不可能成为真理的化身。乡村世界的一切告诉自己，我们的世界那么丰富，也那么可怜，写作者要揭示的内容，其实就包括这样的可怜。他说：一个作家要有爱一切人，包括爱自己的敌人的勇气，但一个作家不能爱自己，也不能可怜自己，宽容自己。应该把自己当作写作过程中最大的、最不可饶恕的敌人。把好人当坏人来写，把坏人当好人来写，把自己当罪人来写，这就是我的艺术辩证法（《土行孙和安泰给我的启示》）。

　　小说家在自己的世界里既可表示亮色的经验，也要写出黯淡的经验，而那些不可捉摸、难以理喻的存在，才是我们生命最可珍视的遗产。莫言的感受是穿越时间的，尤其是现实里各类人物的存在，他感到难以理喻者多多。自己早年的错误与失败，其实也是一种财富。恰是这样的印记，成就了他的写作。这些和卡夫卡的意识，在深层里是相近的。他曾说，作家应意识到自己的遗憾，可惜许多人满足于一种价值观，被一种虚幻的意识召唤着，但那些不断正视遗憾，与遗憾搏斗的人，大概才会进入精神的深广的领域。这个体验，我们在鲁迅那里听到过，在陀思妥耶夫斯基那里也听到过。莫言知道，在强大的惰性里的人们，是不太愿意分辨它们的。

　　于是他义无反顾地回到人性的深处，在强大的政治话语里，看到了那些转瞬即逝的存在。一切都要过去，包括自己的生命，但那些曾经闪耀的精神之火，却温暖过暗夜里的存活者，他们的记忆里的一切才是真实的，并且珍藏在大地的文脉中。人性大于政治性，这是他突围到新的世界的一个信念。这个世界上我们所无知的存在多矣，作家所能抵达的地方，仅仅是几个岛礁。世间的海，我们所历不多。莫言知道自己的有限，但他以精神的狂奔，跨越了一种有限，这个来自乡村的孩子，使我们看到了精神伸展的无限的可能性。

　　今天的读者分享着莫言的荣誉，他一夜间被更多的人所知晓，变成了一个民族的符号和一个时代的符号。那些世俗层面的一切正在遮掩着他真正的价值，这恰是莫言要踏倒的存在。真实的莫言其实咀嚼着苦果，他的巨大的忧伤与内省很少消失过。他在文字王国里以笑的方式和狂欢的方式面对尘世，其实是为了驱散内心的魔影。这个怀着大爱和悲悯之情的人，以孤独换来了喧闹的赞誉。但他需要这些么？在诺贝尔奖的背后，他更认清了世俗的存在，而我相信，他意识到还有着陌生的领地在期待着自己的耕耘。在苦难与不幸还在的时候，文学的突围之路，仍是长的。我们和他一起，还在没有完成的途中。

二〇一二年十月二十八日

《当代作家评论》二〇一三年第一期

莫言：与鲁迅相逢的歌者

孙　郁

一

关于中国乡村的记忆，在民国的文人那里是寂寞的。除了萧索和宁静外，几乎没有狂歌的篇什。而我们在无数学人的著述里看到的乡村社会，多是温存而儒雅的存在。自从鲁迅创作了鲁镇和未庄，乡土社会的色调才变得混杂起来。这新生的调子是森冷的，精神被黑暗压迫着，沉重得让人喘不过气来。鲁迅那代人飞扬的只是个体的自我意识，描述乡下的景观时，笔端却被寂寞缠绕起来，叙述者和对象世界有着一定的距离。后来的孙犁和汪曾祺都有点这样的意味，置身于乡土，却又不属于乡土，民众的激情被作家自我的情感所抑制。激情属于自我，和描述的客体是两种状态的。

当莫言出现在我们面前之后，这一现象被改写了。八十年代问世的《透明的红萝卜》、《红高粱》，给了我们一种喧闹的声音，乡间社会的内在轰鸣被焕发出来了。这个社会内在的色彩、气味，远比文人的想象要复杂。随着拉美文艺的引进，人们看到了叙述的另外一种可能。广袤的土地上的杂思终于被激发了出来，流行了多年的叙述模式，被更年轻的一代人绕过去。他们在寻找新的田间乐谱。为什么不能唱出前人未唱的歌呢？

初读莫言的时候，吸引人的是过于主观的叙述视角。我的第一个感觉是他找到了中国乡土社会的颜料，汉语写作终于也有了凡·高那样令人眼花缭乱而又高远美妙的景致。《红高粱》、《狗道》、《球状闪电》、《爆炸》，完全是乡民自己的声音，他们眼里的色彩和旋律，连通着无数灵魂的悸动，闪耀着贫瘠群落的生命的光。山野里的百姓不再是沉默的被描写者，他们自身成为了主体，描述着身外的世界，看着五颜六色的天地。于是，拉伯雷式的狂欢出现了。辽阔的秋夜，无边的高粱地，漫天的酒气和血腥，还有无数冤魂恨鬼，就那么纠缠着世界。一切典雅之美和静穆之美都消失了。人世充塞着不和谐的躁动、仇恨、反抗、流血、死亡，以及血色的爱欲、混沌的诗情、无所不在的悲悯。莫言不是用观念简单地勾勒着世界，他燃烧的是生命的火，凭着飞动的灵魂穿越了精神的盲区。与其说是思想的解放，不如说是艺术上的自我放逐。那其中生成的力量，比同代的作家要久久地让人咀嚼，且难以忘怀。

初期莫言的文字表现出良好的质感，那是没有受到儒家文化暗示的粗野的、原生态的艺术。他那代人在教育上没有经历过传统的熏陶，其优劣均集中于此。莫言一开始就没有向传统求教，也没有向流行色低头。他借着马尔克斯的模式，找到了属于自己的叙述原点。在一片混沌和荒原里开始了自己的旅程。教化、学问远远地去了；小说腔、散文腔远远地去了；上等人的铜臭气、庸俗气远远地去了。他凭着生命的嗅觉，找到了自己的精神底色。那是很不易的跋涉，一切完全缘于自己的良知。在红高粱系列里，在随后完成的诸多乡村题材作品中，他走出了一条别人无法重复的道路。

而且重要的是，随着《丰乳肥臀》、《檀香刑》、《生死疲劳》的问世，中土世界的狂欢的场景终于从域外叙述的桎梏里解放出来。那里已远远摆脱了马尔克斯的怪影，是土生土长的汉文明里的魔幻。这魔幻我们只有在汉墓的造像里、敦煌的天地鬼人图里略微可以考见。汉代人写物与写人，神异鬼怪，来往于天地之间。汉之后的小说，虽有志怪的遗音，大多是扭扭的舞步，很少看到乡俗里的潇洒了。而莫言的诞生，衔接了一个消失的精魂，并且放大了力量。大江健三郎等人对他的认同，其实是惊异于这种天马行空式的状态的。那是不是鲁迅遗魂的另一种表达？在我们古老的东亚，已久没有这样大气磅礴的精魂了。

二

当年读萧军的《八月的乡村》，看到对东北山野的血腥描述，便想起了俄国作家绥拉菲摩维支的那部《铁流》。鲁迅在为萧军的书作序的时候肯定了作者写了前人未曾写到的气象：红红的高粱、茂草、蟋蟀、野鸟、蒸腾的血气等。那是和俄国文学碰撞的结果吧。莫言和这些前辈绝不一样。他在吸收域外小说的时候，没有像萧军那样停留在对外部命运的扫描上，而是进入了人的内世界。他拥有着萧军那样空阔的气势，不同的是又显现出惊人的心灵的内觉。这是前代作家所没有的东西。他在气质上接近于俄国现代作家和中国的鲁迅的某些地方，阴郁而残酷。而且将这些不断地放大，诗意地前行着。以往所有的关于审美的概念，似乎都无法涵盖他的艺术走向。他学会了俄罗斯作家宏阔的笔触，也沿着五四文学感时伤世的路，写出灵魂的深。

莫言不是靠故事取悦着读者，他的引人的地方乃是描述了乡村社会的一种状态——心理状态和社会状态。想一想我们的前辈展示乡土社会时那种静谧的笔触，以及安详之美，莫言的出现，把人间的另一番景象还原了。他的深切在于写了残酷，而且升腾出残酷之中的挣扎的气色，在极端酷烈里，一种精神之美升腾了。这美掠过我们苦寂的意识王国，摇落了一切空中楼阁，犹如一只惊夜的夜枭，叫出了乡民几个世纪的悲苦。那些在士大夫气、官僚气、奴才气的文本里自怜的人，在他的奇崛之风里，显现出自身的苍白。

残酷之美来自于对恐惧的穿越。大约经历过死灭的人才会对此有耐心的咀嚼。鲁迅当年写《野草》时，就是颓废后的坚韧和率真使然，历大艰辛，经大磨难，对待死亡才会那么从容。《金发婴儿》、《狗道》、《天堂蒜薹之歌》、《檀香刑》、《生死疲劳》都写了难忍的死灭。莫言在这些质量不等的作品里，记录了中国社会最为惨烈的景观。他的直面的勇气和非凡的目光将人世间最被忽略、最被遗忘、最使人难以启齿的瞬间，统统还原了。最早的《透明的红萝卜》还带有单线条的审美意志，似乎只是悲悯的吟唱，但到了《檀香刑》和《生死疲劳》里，莫言找到了自我的表达方式。一切思想的闪动都内化到无言的色调里。作者对乡下世界的爱怜完全不同于一般作家，他不满足于对乡俗的打量，且远离着士大夫式的情感，在大量的作品里，反复穿越着各类乡土的神话。在他那里，没有乡间文明的文雅的礼赞，那些伪静穆的山水图在此崩解了。莫言不喜欢文人的诗情画意，那些书斋里的墨香含着自恋和无耻。他拥有的只是苦民的歌谣，那些扎在泥土里的、含着冤屈和伤痕的谣曲，自始至终响在他的小说里。许多文人写古老的乡曲时，是古董式的展示。而莫言笔下的猫腔却是惊天动地的吼叫与喷吐。莫言使宁静的乡野真的动起来了，似民谣里的摇滚，滚动出大爱、大恨、大狂、大悲、大暗、大冷的情思。我在阅读这些文本时，第一感受是空前的痛快，仿佛蒸了桑拿，毒气被驱走了大半。第二是感到以往的书生式的作品，忽现出虚假和伪饰的窘态。我们这些自认为是读书写作的人，在莫言那里是不是显得小气和荏弱？至少是过分的自赏了。现当代的一些文人，当指向黑暗的存在时，笔墨往往滑落下来，似乎不忍和无力承受着沉重。与灰色的记忆搏杀，且吞咽着苦水，是要有比魔鬼还要严酷的目光的。

在诸多的文本里，我们几乎看不到那些先入的观念的镶嵌，莫言不属于哪个主义的布道者。他厌倦了各种思潮的你争我夺，他的基本思路是从生命的体验里，从精神的直觉力中升腾的。一切瞒骗的文字和谎说，在他的野性的文气里都失去了光泽。《红高粱家族》、《酒国》、《檀香刑》、《生死疲劳》是那样地酣畅淋漓，我们只有在读庄子、李白、鲁迅的文字时，有过这样的体验。莫言没有学人的温润的语体，少见鲁迅那样哲人式的驳杂，但却融合了民间说书的咏叹，旷野里歌人的高吼，杂以俚曲小调，却弹奏出与《逍遥游》、《梦游天姥吟留别》、《野草》相近的韵律。我们这个萎缩、矮小、单色的文坛，因为有了他，不再显得寂寞了。人们有时厌恶文人的自娱自赏，酸气与戾气，总觉得少了什么。在鲁迅、莫言式的文字里，一切都改变了。在读厌了书斋味和西崽味的酸朽之文后，莫言给我们打开了一个人的血气腾腾的窗口，它通往着自由人的灿烂的王国。在我们这个世上，文人者也，有时不过是无聊世界的点缀，从心底除却圆滑、伪态、虚幻，是五四那代文人开启的风气。我们在莫言的著作里，可以发现其精神的某些源头。

三

鲁迅走进莫言的视野，是在七十年代。那些暗含的精神对他的辐射是潜在的。近五十年的文学缺乏的是个人精神，莫言那代人缺少的便是这些。我以为他的真正理解鲁迅还是在八十年代后期，一段特殊的体验使其对自己的周边环境有了鲁迅式的看法，或者说开始呼应了鲁迅式的主题。《欢乐》里散出《白光》的意象，《十三步》的笔法在有些地方像《故事新编》的墨迹。到了《酒国》这样的作品问世，其实已经把五四的中断的流脉衔接上了。《酒国》改变了当代小说的平庸的格局，它的分量足可以和以往的任何一部白话作品相媲美。较之于八十年代的集体主义的歌唱，《酒国》、《檀香刑》等让我们看到了一个清醒的中国作家对已有的文明和周围世界的态度。风情与俚俗社会是一切精神的土壤。莫言看到了旧有的遗风吃人的现实，所以在对正人君子的描绘里，透露着几多冷峻。《酒国》在表面上看是传奇式的作品，故事的离奇和多变，场面的惨烈和揪心，在以往的小说里是少见的。作品的内在激流，是深切流淌着的。那其实隐含着对无数无辜生灵的大悲悯，其血泪之中系着托尔斯泰和陀思妥耶夫斯基的情怀，只不过是用侦察员式的故事掩人耳目罢了。

在那些炫目的、混乱不堪的生活碎片里，我们的作者记录了各种病态的人生。看客、流氓、恶棍、强盗、雅人，在吃的风俗、生死的仪式、拜鬼的套路、节日的秩序里，非人的一面、可笑的一面都上演着，且是一部没完没了的长剧。作者直面那些熟悉的生活时，不是安静地沉下去，温存地咀嚼着，而是搅动着古老的宁静，让沉渣泛起，一切隐性的罪过和恶习在善恶交错里浮现着。他学会了鲁迅的拷问黑暗的笔法，也多了一种鲁迅身上没有的东西。正如他说的，不仅写了看客心理，重要的是还写了刽子手的心理。看客是麻木的、丑陋的，而刽子手则是魔鬼的翻版，其险恶和凶残非沉默的大多数看客所比。鲁迅当年描述乡民和小知识分子时，对奴性的揭示是触目惊心的。奴性的背面是酷吏性。莫言似乎对酷吏更感兴趣。所以我们读《酒国》、《丰乳肥臀》、《檀香刑》，看到的是酷吏的遗风，在血淋淋的屠杀和暴乱里，正有着我们文明里罪过的留音。想一想当年巴金、丁玲刻画旧家族的吃人性时的那些笔墨，还是太显老实了。莫言从鲁迅的悲壮里走来，不仅给了我们精神上的悸动，也留下了生理的苦楚。那些让世人惊异的文本，甚至超出了读者的忍受极限。即便是在但丁《神曲》里，我们承受的生理刺激也无法与《酒国》、《檀香刑》相比吧。

莫言的语态是相当繁复深邃而又带有光彩的。他粉碎了各式的叙述枷锁，美丑的界限有时也模糊了。他是彻底的唯美主义的颠覆者，在叙述的路上甚至比鲁迅走得还要远。鲁迅说文学里最好不要描写大便和苍蝇，但莫言却描述了它们，偏偏给人以久远的不快。鲁迅直面死亡时，写的是心理的惊异和精神的盘诘，而莫言却耐心地雕刻着死尸、人肉宴以及性虐待。所有的道学的假正经和神异性在此消失了，我们从那些历史记忆里，读到了正史里没有的东西。对一个习惯于瞒和骗、注重面子的民族而言，那些高密东北乡的故事，袒露的正是整个民族的民间记忆。在《丰乳肥臀》里，暧昧的乡间风情罩在血肉模糊的刀光里，苦民的复杂灿烂的内觉世界在升腾着，述说着乡村社会苦难的根由。《酒国》是《狂人日记》的另一种书写，那些温文尔雅的历史文本，在这类叙述中失去了维度。暗夜里的死灭和平静里的戕害，是勾魂摄魄的。作者大概在这样的癫狂里得到了快感。有什么能比撩开世界的遮羞布更让自己快慰呢？在无序和混沌里，才能瞭望到世界的另一角落。

所有的从道德角度品评莫言的人，大概都不会明了其在审美上的深意。我承认许多人在阅读他的作品时也有各类的不适：语言的过于喧闹，感官的过于反射，情景的过于主观……作者在后期甚至放弃了早期的温润深幽的笔墨，习惯于焦墨式的涂抹，少了久远的打磨和涵咏。他的文字本来有含蓄和美的韵致，那些可以反复吟咏的句式也被扬弃了。许多小说被太满的色调填充着。莫言的独特处也在这里，他何尝不知道绵密细致柔婉的文字有着典雅的一面，但那是士大夫的东西，不属于来自高密东北乡的后代的语体。我们的作者要做的，就是前人和今人不屑做和不能做的事情。

四

苏珊·桑塔格在描述欧洲作家的作品时，强调了艺术不是真理的助手，无论是特定时期的真理还是永恒的真理。她还说"艺术作品自身也是一个生气盎然、充满魔力、堪称典范的物品，使他们以更开阔、更丰富的方式重返世界"（《反对阐释·论风格》）。莫言的世界里有着苏珊·桑塔格所讲的那种充满魔力的意象，其实也是鲁迅传统的另一种表达。有一次他到鲁迅博物馆来讲演，谈的就是小说写作与鲁迅的关系。他直言自己受到了鲁迅的影响，且一直对其恭恭敬敬。鲁迅之于莫言，是一个巨大的存在。这存在完全是精神气质上的，似乎还不在学理的层面上。林贤治、王得后、钱理群等人的走向鲁迅，是一种精神的探寻，说其在依傍着那颗灵魂也是对的。莫言的赞叹鲁迅，其根本点是人生境界的渴望，比如直面惨淡的人生、独立的个人立场、非道学的无拘无束的游走，还有那些骇世惊俗的想象。莫言身上没有贵族意味和脂粉气。他像透明的红萝卜里的孩子，表现出天然的美丽和浑厚的气韵。而且描绘死亡时那么残酷，其拷问的笔法是不亚于鲁迅和陀思妥耶夫斯基的。一个长期无声的民族，一个在苦难里久久挣扎的国度，如果没有鲁迅和莫言那样的作家存在，该是多么不幸的事情。

鲁迅文本中的血色和鬼魂，乃一段历史的隐语，其对身前与身边的环境的勾勒，呈现着悲恻之状。他在故土的血色和阴暗里，看到了似人似鬼的图景。在鲁镇和未庄里，人的存在完全被颠倒了。在描写这些的时候，他像悲悯的佛，俯瞰着苍生，为每一个受伤的灵魂歌哭。莫言的高密东北乡，则是荒寂和裸露着贫瘠的存在。不同于鲁迅的是，他是乡土社会的一个歌者，是那个村落里普通的一员，或者说就是其中的一个亲历者。当年鲁迅面对的是儒道释的鬼魂，其拼杀极为血腥。而莫言身边缠绕的是凄神厉鬼，那些粗野荒蛮的灵魂的角斗。《生死疲劳》里亦人亦鬼的农夫、亦真亦幻的生死场，是一个古老民族悲情的写真。蕴藏于国民心底的恶魂和苦思，是戕害我们美丽躯体的毒源。莫言的笔直指这些，摇山撼地，以摧枯拉朽的气势，将一些流行的谎说荡平了。

从《丰乳肥臀》到《檀香刑》，叙述者不断向着人的审美极限挑战，喊出的正是可怖的夜枭声。我在这些书里体味到了历史叙述的另一快感。我们的作者在历史的反顾里，有着太多的类似鲁迅的笔法。且不说是有意的模仿还是潜心的创造，在这里，民间记忆的伟岸的诗情爆发了，弥散在山东大地的反抗异族统治的歌咏，残忍到超出生理极限的刑法的勾勒，在流血和惨叫里的人生命运，和野史里的记忆何等相似。鲁迅就曾引用过明清文人的野史杂乘，讲到《蜀碧》、《立斋闲录》里似人非人的杀戮，感叹专制之下的国度所能生长的是什么，而历代文人将屠夫的凶残都化为一笑了。软软的戏腔，绵绵的爱语，还有那些雅士的京白，我们的文学多的是风花雪月、皇权道白、庙台学理，有谁还原了人间的血色与昏暗？左翼文化是曾有这样的传统的，可是后来沦为八股的演绎和无趣的布道，直面苍穹的只剩下了几个孤独的斗士。莫言写义和团时代的生活，充满飞动的灵光，是漫天狼烟、四面血水。那些苦楚的时光的情欲与神往，灾难与空幻，再一次被唤起来了。我们只有阅读鲁迅的作品时，才会有着类似的激动。许多年过去后，当鲁迅消失于喧嚷的尘世的时候，莫言以赤子之心，续写了鲁迅的未完的一个章节。对读两种文本，后者相比之下显得粗糙、简略，甚至没有远致的韵味，但五四觉醒者的个性主义的火种，在这个山东汉子的笔下复燃着，《呐喊》、《彷徨》里的诡谲、悲怆之气，获得了某种延续。

五

只有经历了乡村生活的人，才会了解古老的图腾在乡民世界里的意义。蒲松龄当年谈神谈鬼，以玄怪之笔勾勒天下悲欢，是进入了生民的内宇宙的。鲁迅说我们中国没有俄国的基督，君临百姓头上的是"礼"。陀思妥耶夫斯基的战栗来自心灵和地狱的恐惧，所以他的残忍就有了宗教的意味。莫言在描述中土的生活时，从来没有宗教的冲动。他创造了汉人世界的魔幻，亦阴亦阳，亦神亦鬼，亦明亦暗，这是在俄国作家那里看不到的。莫言是试图回到原点的叙述者，佛道的隐语和儒学的礼教，在他那里都绕过去了。凭着一种本然和冲荡，他独自闯进精神的禁区，思想的飞翔恰恰是从这空漠的地方开始的。

俄国作家茨维塔耶娃在讲到普希金和普加乔夫时，感叹那作品是施了魔法的，因为那里像梦一样迷离而玄奥，隐曲而朦胧。我猜测这些与俄国的传统多有联系，而且应当是又超越了斯拉夫语系的某些传统。在阅读莫言的时候，我想到了这个中国作家的魔法。《十三步》里的阴阳之变，火葬场内外玄妙的故事，人世间的善善恶恶，只有在这个魔法的变换里，才这样让人心动。《生死疲劳》的主人公变牛变猪变狗的奇异历程，把生存的背景和精神荒诞化了。古老的乡下残存的妖道、黄鼠狼式的巫风，在《生死疲劳》里变成恍惚朦胧的神曲。那是泥土里升腾的俚俗之歌，人间的一切逻辑化的叙述统统断送了。莫言对恶的嘲讽极具煽动力，他的酷烈超出了我们的想象。而他用写实的笔法时，我们只能感到他道义的力量。比如《天堂蒜薹之歌》，悲怆得催人泪下，那是价值判断的东西，乃文人的愤懑之作，似乎不及红高粱系列那样灵动。而一旦进入魔法的世界，呆板的写实所带来的沉重就被飞扬的气息所代替。许多年来他一直以癫狂的笔触去写家族的故事，回望昨日的历史。先前的那些历史叙事在他眼里似乎没有什么力量，而平铺直叙的调子把精神的色彩淹没了。莫言相信神助的力量会改变昨天，在变换无序和多声部的合鸣里，才可发现人间的丰富性。直觉可以还原一切，而这样就必须打破逻辑。文人们在逻辑的镣铐里，几乎无法飞翔。

当年鲁迅对历史的反观，用的是尼采和安德烈夫的笔法。他后来又从汉画像和西方版画里，得到了深广的底色，乡土的气息和知识分子的情思融为一体。莫言的表达方式较之鲁迅显得具有泥土气，他借用了六道轮回之说，扩展了精神背景。我们阅读鲁迅有地狱边上的惊恐，而莫言给我们的则是魔道里的闪光。有想法的作家从来就是天地互换，人神相依的。一个彼岸世界的存在对读者来说是多么刺激的事情，原来我们周围的世界有那么多远远归来的灵魂。人世间怎么能离开死去的鬼魂？只有与那些逝去的存在交流，才会有今天的真面目。我们的意识与前世的思想，无法脱离干系。

域外鬼神精神对中土艺术的渗透，已有上千年的历史了。唐以后的神怪小说，是深受佛教的影响的。台静农先生在《佛教故事与中国小说》一文里，讲到地狱、金赤鸟、神龙等意象时，分析了中国作家进化的原因是受了佛教因果报应的冲击。不过中国文人对地狱等意象的使用，是从儒家或道家意识入手的，似乎没有佛经里的语境那么清洁。仙人的、礼教的东西都有一些，躲避不了享世文化的浸泡。第二次大规模地引介外来意识的是五四那代人，但丁的、尼采的、陀思妥耶夫斯基的都进来了。那时的译介乃为了思想革命，也夹带了启蒙的东西，但不同于汉唐，文人们有了自我。到了莫言这一代，与马尔克斯等人相遇，想法又大大地改变着，要在精神的炼狱过程，重写人间的图景，呈现人的多样表达的可能性。在这里，他照样未能逃脱另一种价值态度，那就是借着魔幻文本对现实进行颠覆和批评。静观的因素是稀薄的。创作乃是对生命的态度，这是不错的。莫言知道其间的得失。鲁迅与莫言都写到了彼岸与今世，但又不是宗教徒，使笔下的世界与读者间有着一种距离，他们的叙述态度是美学的，而非信仰的。儒教里虚伪的叹词和道教中贪欲的私情，被一种个人悲悯的幽思所代替。我们在这个神奇的文本里，发现了个性书写者创造的欢愉。

六

鲁迅之于后来的文学，是存在着一个逻辑线条的。中国文化的单色调性，酿造了悲喜剧的单色调性。一切突围者的拼杀，在根本点上表现了特色的相近点。其实细读历史，魏晋风度和晚明气韵，都有怪异的狂放气，不过那时文人的狂放，还没有鲁迅式的恢弘，旧文明的枷锁还是清晰可见的。以明末的傅山为例，就主张艺术"宁拙毋巧，宁丑毋媚，宁支离毋清滑，宁率直毋安排"，在姿态上让人倾倒。但思维的深处，还没有形而上的灵光。到了民国初，不少有狂气的文人，也无非如此，章太炎、钱玄同的异类风格，都无法和西方康德以来的思想家媲美。只是到了鲁迅这里，才有了对存在的本然的追问，实有与虚无、有限与无限等问题，深藏于底处。较之于明清文人的士大夫形象，鲁迅那里是完全个人的气质，和儒道释的渊源没有本质的联系了。莫言欣赏的恰是这一传统。他讨厌圆滑、老到、中庸、清远一类的东西，在野路上的颠行给了他诸多快乐。他学会了鲁迅式的独行精神，这对他而言已是足够的了。他自知没有古风里的儒雅气，失去士大夫的软绵苍润，不正是鲁迅那代人的一种渴望？

莫言的创作只是对鲁迅的气质和个性的呼应，他和诸多鲁迅的认同者走的不是一条路。比如孙犁暗仿鲁迅的清寂，多是个体的悲凉感；木心看重鲁夫子的奇崛与沉郁，文字有千回百转之韵；陈丹青文字里透着《且介亭杂感》的风趣与好玩，温润里也是暗含幽愤的；邵燕祥的杂感是从《二心集》、《准风月谈》里流出的，作者会同着己身的经验，偶也能露出匕首与投枪的力量；汪晖把鲁迅与现代哲学联系起来，使现代文学具有了与欧洲文化对话的文本，鲁迅的复杂并不比卡夫卡、加缪、萨特差，甚至流动着更为激越的哲思。每一个人面对鲁迅时，都呈现出不同的姿态。莫言的选择在更为宽广的天地间，把自己的个性凸现出来了。他代表的不是书斋里的文人，也非文化精英，而是土地上的千万个农民。

这个选择是自愿的，我相信不是来自鲁迅的神启，而是心灵的召唤。莫言是与鲁迅相逢的人，而非亦步亦趋的鲁迅族。他在与鲁迅对视的瞬间体味到了神秘的一隅，那一瞬他被击中了。鲁迅那一代背负着更为沉重的东西，因袭的重担和反叛的怒吼，使其文字流动着无尽的意象。文而野，野而文，多致的文化之光在闪动着。鲁迅在反抗旧文明时，更多是抗拒自己身上的鬼气，所以书的字里行间，有历史的长影。莫言这一代，抉心自食的惨烈被新的东西置换了，历史咀嚼的长度超出自我拷问的长度，他的兴奋点集中在乡民社会的漩涡里，处处显示了单纯的恢弘和浑浊里的伟大。他穿越了鲁迅的影子，将一个被简约的、混沌的世界明晰化了。

在一个远离鲁迅的地方和鲁迅相逢，看起来是不可思议的。我们今天的文化语境与五四的背景越来越远了，没有古典艺术背景下的当代文学，能再现曹雪芹、鲁迅的意象吗？莫言清楚地知道，历史远远地去了，这一代人有自己的笔墨世界。而不幸的是，文人在切入社会的深处时，忽然发现，不得不与鲁迅的主题重叠。龚自珍当年曾感叹历史的轮回，以为无法超然于杜甫之上，人们现在歌咏的，多在杜甫的绿荫下。有什么办法呢？这是历史进化的迟缓，还是智慧进化的迟缓？已不是一个文学的话题。我们当代文学只是在这个层面上，沟通了一个丰厚的传统。莫言在文学史上，不是孤零零的独行人。他的前面和后面，都有亲近的伴侣。

二〇〇六年八月三十一日于鲁迅博物馆

《当代作家评论》二〇〇六年第六期

魔幻与现实的寓言

南 帆

诺贝尔文学奖一夜之间将莫言塑造为公众人物。相形之下，莫言小说的阐释远未跟上，例如所谓的"魔幻"。诺贝尔文学奖的评语启用了"魔幻现实主义"这个术语——莫言"将魔幻现实主义与民间故事、历史与当代结合在一起"。"魔幻"与"现实主义"的衔接犹如狮身人面，异质的混杂交织扰乱了常规世界。作家企图造就什么？人们被抛入什么性质的空间？"魔幻"摧毁了哪些稳定的坐标——为什么？

人们栖身的日常生活阳光充足，万物清晰，少许鬼鬼祟祟的气氛转瞬即逝。物理学常识解释了大半个世界，一棵树不会无缘无故地升空，一幢房子也不会无缘无故地蒸发；历史学常识有助于安抚心智，巩固传统，显现于人们眼前的社会景象具有可信的来龙去脉。人们心安理得地享受平静的生活时，文学的突然介入带来什么？想象、虚构，还有令人迷惑的"魔幻"，这一切力图提供哪些异乎寻常的视野？

莫言在《四十一炮》的后记中说过："小说作者让小说的主人公用诉说创造自己的少年时光，也是用写作挽留自己的少年时光。借小说中的主人公之口，再造少年岁月，与苍白的人生抗衡，与失败的奋斗抗衡，与流逝的时光抗衡，这是写作这个职业的唯一可以骄傲之处。"冯唐易老，李广难封，日常生活之中，不如意事常八九。这时，文学的想象与虚构——文学的奇特叙述——开拓了另一个维度。如果说，马戏团魔术师的神奇变幻仅仅制造出瞬间的惊诧，那么，文学的想象与虚构隐含了巨大的精神容量。文学可以是一个慰藉，一个内心突围与解放的通道，一个寄寓理想的场所。文学形成的能量积蓄到某种程度，人们的内心体验可能兑现为行动策略。从恋爱、职业的选择、考虑居住地点乃至是否投身于炽烈而危险的革命运动，许多人的决策之中可以或多或少地提炼出文学经验的含量。对于一个社会来说，文学话语时常顽强地表述各种遭受遮蔽或者压抑的经验。时至如今，科学话语或者经济学话语广泛地支配着社会运行，社会制度改良、权力争夺或者军事冲突通常是普遍关注的焦点；尽管如此，文学话语不可祛除。想象和虚构并没有削弱文学话语的威信，相反，这是文学解除遮蔽与压抑的重要策略。借用亚里士多德的观点可以说，想象与虚构是文学话语显现"可然律"和"必然律"的特殊形式。"可然律"和"必然律"打破了琐碎、平庸、苍白的日常生活表象，再现了富有"哲学意味"的历史，这是亚里士多德激赏文学的首要理由。

然而，当"魔幻"堂而皇之地侵入文学话语的时候，上述的解释亟待补充。否则，人们无法充分意识到莫言的意义。显而易见，莫言的"魔幻"并非想象力过剩，亦非民间传说的简单传承和堆砌。神话的余绪？原始恐惧的无意识流露？许多作家乐于夸大其词的言说习惯？至少在目前，"魔幻"尚未赢得足够的理论表述。正如许多人所言，盛行于拉丁美洲的"魔幻现实主义"——尤其是加西亚·马尔克斯的《百年孤独》——曾经极大地启示了莫言。尽管如此，启示仅仅意味着撬开一个小小的思想裂缝。即使写出若干仿制之作，汹涌而至的后续写作几乎不可能。对于莫言来说，"魔幻"肯定与隐藏于内心的某种强大动机一拍即合。否则，他不可能走得太远。

众多的文学阅读表明，想象与虚构并未破坏"真实感"。除了栩栩如生的细节再造复制感官经验，真实效果的实现源于另一个理由：文学话语所叙述的内容属于我们的生活。"我们的生活"不是指可以求证的史料，而是指可以预期的可能。换言之，文学不在乎故事是否发生，而是考虑故事是否可能。相对于想象与虚构，"魔幻"变本加厉。尽管违背常识，歪曲细节与感官经验，但是，"魔幻"处理的人物、鬼魂以及自然万象从未远离我们——甚至结合得更为紧密。《西游记》之中的孙悟空、猪八戒或者玉皇大帝、列位神仙不会现身于闹市街道，但是，他们之间的钩心斗角或者兵戎相见近在咫尺。相同的理由，莫言的小说天花乱坠、奇幻莫测，同时又情真意切、息息相通。许多时候，后者恰恰是阐释前者的依据。当然，"魔幻"必须离开我们熟悉的地面，遁入另一个时空体系，这时，多种代码支持乃至主宰文学想象的飞翔。科学知识即是著名的代码之一。"科幻"陈述的超现实图景来自科学知识的夸大、膨胀与扩张。鉴于科学知识业已充分地解释了过往的历史以及周围的表象，因此，"科幻"多半指向了未来，或者指向了未知。外星人、不明飞行物、宇宙之间的星球大战、基因突变制造的怪异生物、失控的机器人，科学知识是构思这些异物的起飞跑道。另一种"魔幻"的著名代码无疑是古老的宗教。各种宗教传说是酿成魔幻想象的酵母，神谕、奇迹、光怪陆离的天象或者种种预言、征兆，这一切无不表明了常识之外另一个世界的存在。从天堂、地狱到神仙妖魔，另一个世界与烟火人间的距离即是驰骋的空间。不论来自科学知识还是来自宗教传说，人类文明社会与另一个世界之间的关系通常晋升为首要主题。显然，人类对于另一个世界的担忧、恐惧或者敬畏构成了这个主题的基调。

显然，莫言没有兴趣求助于上述两种代码。对于莫言来说，"科幻"描述的未来过于遥远，宗教传说之中的神仙妖魔过于老迈。目前为止，莫言始终注视的是山东高密乡这一块不大的土地。他不怎么关心这一块土地可能给高踞天庭的上帝留下什么印象，而是试图揭开这一块土地内部的某些历史秘密。莫言对于"魔幻"的热衷表明，要么种种魔幻因素交织在历史之中，要么魔幻的超现实形式有效地避开了现实秩序对于历史秘密的遮蔽。

迄今为止，"魔幻现实主义"仍然是一个言人人殊的术语。这个术语可以指称局域性修辞技术，也可以形容某种叙事模式。莫言的《丰乳肥臀》之中出现了一个奇异的片段：一个游击队司令的右肩被日本骑兵的马刀削掉巴掌大的一块皮肉，这块皮肉如同一只剥了皮的青蛙在地上跳跃，试图逃入草丛。受伤的司令逮到它，用力把它摔死，然后用一条破布紧紧裹在肩膀上——显然，这种魔幻式的夸张承担的是一个局部的微细修辞。这个奇异的片段仅仅出现一次，削下的巴掌大的皮肉隐含的魔力并未溢出特殊的地点而在庞大的情节体系之中产生各种呼应。相形之下，莫言的《四十一炮》最后一章可以视为叙事模式的产物。这是极具想象力的故事结局——主人公罗小通在自己的院落炮击村里的首富老兰。罗小通与母亲收购废品时意外地获得一门抗战时期缴获的日军迫击炮。他用黄油把迫击炮擦拭得锃亮，架设在平房的屋顶；一对年迈的老夫妇赶着骡子运来了几箱炮弹，罗小通在屋顶发射了四十一枚炮弹追打老兰。这些炮弹有的落到老兰常去的理发店，有的落到了肉联厂的宴会厅，有的炸毁了露天厕所，有的轰掉了庙堂，当然也有几发哑火。尽管这些炮弹追得老兰抱头鼠窜，但是，没有一发炮弹击中目标——这一切犹如虚幻不实的梦境。当然，这一章即是梦境。四十一发炮弹在想象之中飞行，它们的爆炸气浪与吱吱横飞的弹片仅仅是一些魔幻式的场面。尽管如此，主人公的一腔仇怨借助神奇与夸大其词倾囊而出，这些魔幻式的场面汇聚了之前故事叙述积存的全部重量。

对于莫言来说，因循常识，按部就班，这种小说可能少了些什么？现在是聚焦这个问题的时候了。一个作家甩开熟悉的旧辙，苦心孤诣，另辟蹊径，他的动力往往来自某种主题的压迫——传统的表意体系已经无法胜任这种主题了。如果没有《四十一炮》的最后一章，人们怎么能得知主人公内心积压了如此之多的仇怨，即使老兰的由衷赞赏、大快朵颐的肥肉与滚滚财源也无法驱除。魔幻景象如此放肆地违逆了表象的真实，另一种可能的真实终于浮现——这至少是莫言小说的一种解释。莫言的《蛙》出现了河里的青蛙蛊惑姑妈的怪异场面。蛙者，娃也，姑妈仿佛被多年堕胎而冤死的幽灵缠上了。惊吓同时让姑妈如梦初醒。换言之，如果没有这些小鬼的诡异出没，强悍自信的姑妈怎么可能摆脱惯性重审自己的往事，并且开始了忏悔与救赎？

当人们对于历史的再现提出相似的问题时，魔幻现实主义突然打开了另一个空间。历史叙述的众多成规已经司空见惯，种种政治学或者社会学的术语——诸如阶级、民族、社会制度、党派、政治运动、经济基础、生产方式，如此等等——熟练地掌控彼此咬合的理论齿轮，人们熟悉的历史故事有条不紊地运行。这种历史叙述之中，山东高密乡仅仅是一个格式化的行政区域，千篇一律，千人一面。没有多少人对于这一幅图景的描述形式产生异议，直至莫言的《生死疲劳》带来的意外震撼。

《生死疲劳》是一个完整的魔幻叙事，生死轮回的民间传说提供了魔幻叙事的原始框架：一个冤魂在阎王殿上喧闹不休，他认为自己遭受错杀冤哉枉也。这个冤魂生前是一个名叫西门闹的地主，解放初期遭到了镇压，一把土枪让他的脑袋开了瓢，红白相间的脑浆涂在村头的小石桥上。尽管西门闹置办了几十亩田地，但是，他始终亲自下田劳作，闲常的日子乐善好施，广结善缘。忠厚为人一辈子，结局如此可悲，这个冤魂不屈不挠地要在阎王爷那里讨回一个公道。阎王爷被这个冤魂吵得烦心，他指示小鬼尽快让这个固执的家伙投胎转世。西门闹先是投胎为他家长工蓝脸的驴子，继而投胎为蓝脸的牛，第三次投胎为蓝脸的猪，第四次投胎为狗，第五次投胎为猴子，最后一次重新转世为人。阎王爷之所以让这个冤魂围绕他家长工蓝脸打转，即是允许它始终参与延续下来的生活，在一次又一次的悲欢离合之中领悟真谛。这个冤魂的六次投胎某种程度上采用了六道轮回之说，每一次投胎为驴、为牛、为猪等，多少都与某一个兴师动众的社会运动遥遥相对。或许由于太快的写作速度，或许由于无法控制纵情挥洒的快感，《生死疲劳》的叙述语言略显粗糙。尽管如此，这一部奇诡的小说抛下了许多令人感兴趣的话题，例如古代章回体叙述的优劣，例如古代哲学与佛家学说的生死观念，例如动物的视角与"陌生化"等等。然而，我所感兴趣的是，《生死疲劳》以魔幻叙事重述历史，哪些隐匿的主题终于浮出水面？

从历史著作、教科书、学术论文到文学文本、电影和电视连续剧，二十世纪下半叶的历史逐渐在形形色色的表述之中定型，人们的经验和认识开始统一。《生死疲劳》沿袭了这些表述通行的编码，但是，魔幻叙事的引入驱使人们开始注视历史内部若干遭受忽略的节点。首先，历史、记忆与政治怨恨的关系出现于人们的视野。历史上演的剧目大开大阖，波澜壮阔，个人可能因为焦距不准而沦为可悲的牺牲品。即使历史愿意清理旧账，死者仍然无法复生。这如同一笔血债。无论是高调的阶级意识还是世俗的冤冤相报，政治怨恨无从祛除。《生死疲劳》援引佛家观念破除"我执"，力图以魔幻叙事超越俗世的逻辑。"一切来自土地的都将回归土地"，围绕西门闹和蓝脸殊死搏斗的一批人最终都埋葬于同一块土地。他们的坟茔毗邻而居，所有的恩怨情仇化为虚无。西门闹曾经认为，死亡并不能卸下他的冤屈，他拒绝喝下遗忘前世的孟婆汤，宁可在愤世嫉俗之中一次又一次不屈不挠地投胎转世。然而，畜生道的轮回渐渐涤尽了心中的暴戾之气，他终于领悟了阎王爷的一片苦心。"这个世界上，怀有仇恨的人太多太多了"，阎王爷竭力阻止怀有仇恨的灵魂再度转世为人，从而为这个世界争取更多的安宁。不论这种观念可能赢得多大程度的认可，不可否认的是，《生死疲劳》的魔幻叙事显示了独特的主题。一些人认为《生死疲劳》是莫言对于地主阶级的政治声援，这种观点至少游离了文本的表意体系。

《生死疲劳》之中一个异乎寻常的人物是蓝脸。这个一无所有的贫农对于土地的痴迷与地主如出一辙。这使他数十年坚拒农业合作化运动，不畏巨大的压力充当大江南北唯一的单干户。在大多数村民的眼里，这个不可理喻的家伙已经形同疯子，没有人愿意与之交流。与蓝脸惺惺相惜的只是一只驴子和一头牛。作为农村举足轻重的生产工具，驴子和牛——两者皆为西门闹的转世——远比周围的人们更为理解蓝脸对于土地的血肉之情。换言之，只有魔幻的视角才能顺利地穿过蓝脸不近情理的表面而进入真实的内心，再现土地政治之中一个令人称奇的角色。《生死疲劳》的另一个特殊主题是性。无论是如火如荼的革命时期，还是人欲横流的市场经济阶段，性始终作为一个极其活跃的因素产生作用。革命、叛逆、投机、仇视、嫉妒、报复等各种堂皇的表演背后，性的潜流或显或隐地左右着事态；性的争夺与政治争夺相辅相成。人们所熟悉的历史叙事之中，性的意义无法赢得积极的评价。弗洛伊德主义话语只能徘徊于历史边缘，形成不了气候。然而，驴、牛、猪、狗无不以独特的嗅觉发现性的气息，深度地参与乃至卷入故事情节，例如第四部分"狗精神"。与逐渐消散的政治怨恨不同，性所产生的推动能量历久弥新——这似乎是魔幻叙事邀请驴、牛、猪、狗转述的历史观念。

当然，所有的人都会迅速察觉，这些历史观念不登大雅之堂。《生死疲劳》之中弥漫的魔幻气氛表明，莫言放弃了历史学家一本正经的表情，他宁可借助鬼魅出没的民间传说寄托对于历史的发现。再现历史的时候，莫言回避了崇高美学而倾心于诙谐、怪诞乃至反讽。这是一个耐人寻味的迹象。历史不再高山仰止，不再回肠荡气。当魔幻寓于调侃和戏谑的时候，阴曹地府甚至丧失了森严可怖而充满了俗气。没有惊悚与怪异，没有摧肝裂胆的震撼，历史与崇高美学的分离表明，莫言心目中的悲剧人物已经不是气宇轩昂的英豪或者奸雄；悲剧情节不再展示一个庄严的毁灭，而是充满了猥琐、蒙昧与可笑。

"魔幻"与"现实主义"相安无事的时代，人们生活在神话之中。这时，灵魂飘荡在树丛中与豪雨过后河水上涨一样正常。神话时代逝去之后，"魔幻"成为"现实主义"的异己。"魔幻"可能指向现实幕后的另一个世界，例如天堂或者地狱——这时的"魔幻"时常是宗教显示的神迹。另外一些场合，"魔幻"毋宁说是从幕后闯入现实，常识体系由于遭受冲击从而四分五裂，某些视而不见的内容突然暴露出来。莫言的魔幻修辞显示了强大的文学想象，这种想象可以轻而易举地衔接异于现实的神奇世界——这是文学对于神话时代的致敬；然而，莫言的魔幻叙事返回了人们栖身的现实，陌生、奇诡之间浮动着熟悉的气氛。尽管离奇的故事令人惊异，但是，所有的人都会及时意识到，这是一个现实的寓言。

《当代作家评论》二〇一三年第一期

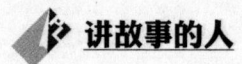

"在地性"与越界

——莫言小说创作的特质和意义

陈晓明

二〇一二年十月十一日，这无疑是中国当代文学的重要时间标记。这一天，瑞典学院宣布中国作家莫言获得本年度诺贝尔文学奖。对于一个奖项固然不宜过度高估，但过分低估亦不明智。无论如何，这是国际社会对中国当代文化给予的最高评价，特别是中国文学，它最能体现中国传统及现代文化变革的成果。它获得国际社会的肯定，显然与电影这种新兴艺术还不一样，文学毕竟是与母语相关，与中国几千年的书写传统相关，与中国作为一个文化大国的根本能力相关。只有肯定中国文学，才能让中国人找到对当代文化的信心。

今天探讨莫言在文学方面的成就显得尤其重要，这不只是探讨莫言个人的创作特色，也是透过莫言来看中国当代文学的实践历程，探讨汉语文学在艺术上的可能性，以及它对世界文学可能具有的贡献。我们当然可以从不同的侧面来探讨莫言，但我想，莫言小说创作最突出的特色，可能就是它始终脚踏实地在他的高密乡——那种乡土中国的生活情状、习性与文化，那种民间戏曲的资源，以及土地上的作物、动物乃至泥土本身散发出来的所有气息……一句话，他的小说有一种"在地性"。因为他如此深挚地扎根于他的高密乡，于是他能如此大胆地融合世界的各种文学手法，能如此按着汉语的本性去写作，这就可以越过那么多的陈规旧序，甚至远远超出了人们理解和想象的边界。在地与越界，这是两个看上去绝然矛盾的概念，却在莫言的文学创作中实现了同一。它们如此相辅相成，互为机缘。本文设想从三个较为宏观的方面来探讨莫言小说创作的意义与特质：其一，莫言崭露头角与当代文学发展历程的关系；其二，莫言的独特世界观与他的历史叙事的关系问题；其三，莫言的小说叙述方式与语言的特色。这三个角度，既关乎莫言的创作道路或创作方法，也关乎他的小说的艺术特质。

一、在地的寻根：对潮流的介入与超越

一九八一年，二十六岁的莫言开始小说创作，发表处女作《春夜雨霏霏》。直到一九八五年发表短篇小说《透明的红萝卜》，这才引起文坛注意。在习惯于少年成名的中国文坛，三十岁的莫言算是大器晚成。或许是厚积薄发，一九八六年，莫言发表《红高粱》等一系列作品，这是"寻根"的一个意外收获，却又仿佛是它的必然结果。这部作品一经发表就引起巨大反响，随后，解放军文艺出版社出版了《红高粱家族》（一九八七）。我们由此来看莫言的创作，莫言并没有明确的"寻根"的意图，只是凭着他对乡土生活二十年的结实体验登上文坛，他几乎是刚刚赶上寻根的末班车，但却为寻根文学提供了最强劲的依据，并且改变了寻根的路径，直接而深刻地影响了随后的文学创作。

寻根文学群体作为知青群体的变种，对历史的反思实际上也是对知青记忆的改写，它必然带上知青记忆的那种苍凉、感伤和温馨。其情感类型倾向于细腻和隐忍，或者清静与空灵。如郑义的《远山》、李杭育的《最后一个渔佬儿》、阿城的《棋王》，等等。韩少功的《爸爸爸》因为打上楚文化的狂狷之气，另有一种怪诞蛮野。

寻根文学明显还是"文革"后新时期文学的实践方式，时代的集体意识特征鲜明，也带有知青群体的特点，那就是观念性地思考历史与现实。因而能够迅速酿就一种潮流声势，文学的共同体可以在一个大的时代背景上思考同一性的问题。寻根文学可以说是当代文学同一"历史化"的最后一次实践，随后就走向分离和多元化。[①]

寻根派作为一次意识形态推论所急需的集体命名，把知青的个人记忆放大为集体的、时代的和民族的记忆，个人记忆被置放到历史的中心，讲述个人记忆被改写成讲述

---

① 也许杰姆逊说的"永远的历史化"有其相对性，就中国当代文学而言，80年代末以后，"历史化"只是潜在的、隐性的，并且重建内在的历史逻辑显得十分困难，只有在理论话语的过度阐释中才能重建。"历史化"的问题见杰姆逊《政治无意识》，北京，中国社会科学出版社，1999。另见陈晓明《中国当代文学主潮》，北京，北京大学出版社，2009。

民族历史。"寻根"群体因此成为站在传统文化与现代化交界线上的思想着的历史主体。重要的不在于讲述历史，而在于历史地讲述。曾经迷惘地审视自我历史伤痕的知青，现在被推到时代思潮的前列，参与当代思想的对话。这就是在实现四个现代化的时代重任下，中国作家如何思考中国民族的传统、如何评价其文化、如何寻求面向未来的民族性格。站在历史与现实、传统与现代交叉的边界，"寻根派"当然有理由把自己设想为民族／历史的主体，设想为新时代中国与世界对话的民族文化代言人。

在完成历史的修复／重建之后，文学叙事获得了新的历史起源，文学叙事主体也具有了主体性的历史地位。关于历史、现实以及个人情感，总之，在文学与现实的关系方面，"新时期"文学建立了一整套的表意体系，它有效地成为"审美的"意识形态实践。①但如何使文学回到自身，回到文学本体，依然悬而未决，也就是说，不是在意识形态实践的意义上来确立文学存在的价值和理由，而是在美学的意义上来建立文学自身的审美价值体系。这也是一直试图摆脱政治支配的文学，在经历过主体论的讨论之后要面对的文学本体论问题。实际上，八十年代初期，文学的意识形态实践一直都是借助美学创新的成果，例如"朦胧诗"和"意识流小说"。两者本来源自文学本体的创新，前者受到俄罗斯浪漫派、西方浪漫派和现代派的影响，而后者则是西方现代派的直接产物。两者都是在当时的意识形态实践中，作为时代精神的生动表达而被理解和接受。当代文学的创新既承受意识形态的压力，也被意识形态所改写和放大。在意识形态活跃时期，当然不可能有纯粹的文学创新，甚至文学创新本身都会成为意识形态实践的一部分。八十年代中期，对创新的要求显得更加迫切，创新的焦虑既是典型的八十年代的现代化意识形态观念，也是文学本体的表意策略变革的必然要求（两者依然有共同性）。事实上，在八十年代中期，艺术上的创新步伐并不大，但对创新的渴望，以及创新所遇到的阻力却极为强大。寻根文学虽被称为"八五新潮"，实则是打了折扣的创新，不过是因为拉美"魔幻现实主义"的映衬，才显示出它与世界潮流相去不远，而事实上，它不过是知青文学的某种深化而已。当代文学的艺术创新注定了要在现代主义的旗帜下才能突飞猛进。这一点并不奇怪，实现现代化乃是中国社会的总体目标，文学理所当然要成为实现现代化的

① 有关"审美的意识形态"理论，见钱中文《钱中文文集》第1卷，第3—35页，哈尔滨，黑龙江教育出版社，2008。

精神向导，那么，现代主义也理所当然是它创新的主要方向，只不过作家的个人经验和局限，使它看起来可望而不可即而已。

中国文学的向内转，具有个人化写作的特征，如果要找到标志性人物的话，应该就是莫言，如果找到标志性作品的话，那就是《红高粱家族》。这到底是莫言创作的能量，还是历史选中莫言作为一个标志性的介入力量？或许两者不期而遇，全部中国文学的转型的渴望和蓄积的能量，在这一时刻需要有强大的突破。莫言携带着他的《红高粱家族》就这样介入寻根文学，而且是在寻根文学临近尾声时搭上这班华丽的末班车。实际上，寻根文学声势浩大却持续时间短暂，几乎是尚未开始就结束了。然而换个角度，它虽然后劲不足，却又由莫言的介入而补充了过多的能量，以至于它更像是在穷途末路时另辟蹊径。之所以说穷途末路，是因为新时期的统一的意识形态写作已经难以维系其共同性，在八十年代中期以后，意识形态统一体的分离乃是必然的趋势，中国当代文学必然要寻求更加具有自发性的以个人写作为本位的那种路径。莫言从高密乡半路里杀出，那些京城里的"作家班"、"研究班"，并没有抹去他满脑袋的高粱花子。倒也是寻根的大背景帮衬了他，于是，他也给寻根送上了满满当当的"红高粱"。

莫言在那个时期是如何关注到寻根文学的？我们不得而知。但我们知道的是，莫言的写作与他生长的乡村有着如此密切的联系。他对那块故土又爱又恨的情感，决定了他的"寻根"并没有知青群体的那种观念性的文化反思态度，他只有与乡村血肉相连的情感和记忆——这就是他始终的"在地性"。多年后，莫言在回忆自己与故乡的关系时说：

> 尽管我骂这个地方，恨这个地方，但我没有办法割断与这个地方的联系。生在那里，长在那里，我的根在那里。尽管我非常恨它，但在潜意识里恐怕对它还是有一种眷恋。这种恨恐怕是这样的，我一直湮没在这种生活里，深切地感到这地方的丑恶，受到这土地沉重的压抑。①

后来莫言还说起过，他当兵就想逃离贫困辛劳的故乡，逃离得越远越好。结果只是在离故乡三百里的地方当兵，他很失望。但是三年后，心情却别样：

---

① 莫言、陈薇、温金海：《与莫言一席谈》，《文艺报》1987年1月10日、17日。

　　当我重新踏上故乡的土地时，我的心中却是那样激动；当我看到满身尘土、眼睛红肿的母亲挪动着小脚艰难地从打麦场上迎着我走过来时，一股滚热的液体哽住了我的喉咙，我的脸上挂满了泪珠。那时候，我就隐隐约约地感觉到了故乡对一个人的制约。对于生你养你、埋葬着你祖先灵骨的那块土地，你可以爱它，也可以恨它，但你无法摆脱它。①

　　八十年代中期，寻求现代派的焦虑被寻根文学缓解，这也是莫言这样写乡村写泥土写家族故事具有"先进性"的背景。但他给寻根文学提示了另一种可能。回到乡村生活本身，回到个人的生存事实中去，这个根不是文化观念意义上的"民族之根"，也不是文化典籍积淀下来的生存态度或价值。三十一岁的莫言是回到故土的生活中去，去唤醒关于"我爷爷"、"我奶奶"的记忆，莫言的寻根有一种在地的直接性。他使文化反思，回到个人的生活本身，回到乡土生活的直接经验中去。

　　莫言的"红高粱"系列作品，以热辣辣的笔法，描写山东高密富有野性的生活。这里的故事主要由杀人越货、抢亲野合构成，一股生命放纵的原始欲望流宕于其中。"我爷爷"余占鳌出身贫寒，十六岁就杀死与守寡的母亲通奸的和尚，得知母亲因此上吊死去，余占鳌随即开始了流浪的生涯。打短工，当轿夫，终于在二十四岁那年看到鲜嫩如花的九儿，在高粱地里劫得九儿成了好事之后，这个二十四岁的轿夫潜入单家，杀掉单家父子。这为日后九儿以少奶奶身份当家铺平了道路。接着余占鳌到了少奶奶门下当酒厂的伙计，终于与少奶奶九儿做成暗地里的夫妻。随后遭遇土匪、官逼，尤其是日本鬼子蹂躏，余占鳌成了土匪和抗日英雄的双料货。余占鳌的形象显示出八十年代中国人对生命强力性格的呼唤，余占鳌也一扫国民劣根性的批判，乡土中国历经无穷无尽的苦难，历经血腥的暴力，只有生命强力的对抗，只有强者为王、胜者为王的法则。余占鳌顶天立地，自有其匪气，也有其正气，甚至故事阐明的道理，正在于在那样的年代，正气、正义只有通过匪气、侠义才能体现出来。这是枪杆子里出政权的历史逻辑的民间表述。

---

　　① 莫言：《我的故乡与我的小说》，《当代作家评论》1993年第2期。

　　同样，九儿的形象也全面改写了中国女性的形象，九儿十六岁被单家用一头黑骡子换去给麻风病儿子做媳妇，九儿不屈服于命运，与轿夫余占鳌丢一个媚眼，青春的生命欲望不可抑制地在这两人之间展开。九儿敢作敢当，十六岁的豆蔻年华，却要承受太多的东西，但她顽强不屈地顶住了。她的勇气魅力令人称奇，野性十足却精明强干，莫言写出了乡村女子敢为自己生命做主的壮丽篇章。这使人想起革命经典谱系里的女子形象，如刘胡兰等人的形象，但九儿却完全不需要革命正义作为性格底蕴，她就是捍卫青春生命本身，不愿意做一个麻风病痨的女人，也不屈服于父母的摆布。她抗拒了命运，也抗拒了乡村家庭伦理，而这样的伦理完全蔑视了女性的生命价值，她们的价值甚至只相当于一匹骡子。九儿控诉了乡村的家族伦理，所谓的家庭亲情，九儿只有自己捍卫生命的尊严。九儿的形象虽然是历史往事的乡村女性，但也正是在八十年代追求个性解放的时代呼吁声中，莫言以另一种方式为时代提供了一个精神镜像。

　　"我爷爷"、"我奶奶"的叙述视点，使这部小说具有家族认同的寻根意识。在此之前，几乎所有的"寻根"都是复数的、在民族代言人的立场上来展开的，只有莫言用"我爷爷"、"我奶奶"的叙述视点，展开对家族的"寻根"，那是与"我"的经验和生命本体联系在一起的"寻根"。很显然，莫言的"红高粱家族"对"寻根"作出了独特的回应。"寻根"那种过强的历史意识、虚无缥缈的观念和境界，被莫言的自信而肯定性的自我所穿越，粗犷野性唤醒了家族记忆，从而也唤起了肯定性的民族记忆。莫言改变了"寻根"的历史意向，他把"寻根"拉回到自我生命认同的根基上来。对于他来说，这种与自我的生命／血缘联系起来的寻根，才具有生命的活力，也是八十年代中国民族所需要的生命之根。这里面的故事，惊心动魄，刀光剑影，血肉拼杀，生死恶战，足见莫言讲述故事的高超能力。这一切在莫言那里都是以自豪和赞赏的口气加以叙述的，而土匪向抗日英雄的转化，又可见出莫言所赞赏的野性品格的正面意义。那种生命强力，既有八十年代中期渴求的尼采式的民族生命意志的品性，又有中国本土（民间江湖）的侠义豪情在里面。

　　"红高粱系列"可以看出莫言在叙事上大起大落的笔法，粗犷凌厉，涌溢而出，无拘无束，洒脱豪放，而反讽穿插于其中，使莫言的小说始终洋溢着一种宣泄式的快乐。莫言的小说为小说叙事向着更加踏实的乡土经验、向着语言和感觉层面转向提供了一个杠杆。他把寻找民族的文化之根的历史沉思改变为生命强力的自由发泄，使历史、自然与人性被一种野性的生命状态绞合在一起，使当代中国小说从思想意识到文体都获得了一次自行其是的解放。

这显然与八十年代的"反传统"文化思潮相对立，但莫言并不理会这些，他与这样的思潮本来无关，他只以他的经验切入文学，他与他同时期的部分作家一起，改变了从观念出发来表达文学的那种习惯。

《红高粱家族》经由张艺谋改编成电影而红极一时。它契合了八十年代中后期，中国民众在现代化的历史进程中所表现出的民族认同愿望，以及渴望民族／自我强悍的时代心理，为那个时期提出了共同的想象关系。在这一意义上，莫言更具有泥土朴实性的个人经验与时代更深刻地交融在了一起，这或许就是重新历史化的逻辑在起作用。

莫言与此同时的一系列作品还有《透明的红萝卜》、《爆炸》、《球状闪电》等，都是相当出色的作品。这些作品尤其显示了莫言的描写能力、语言表现力和丰富的感觉。莫言在这些方面所作的探索，他在文学叙事中对生命状态的表现，对人物性格和形象富有张力的刻画，对感觉的极端强调，对语言自由而狂怪的表达，以及对伦理道德观念的越界挑战，都强有力地影响了随后先锋派的小说意识。回到个人体验的生命本体，回到叙事语言的本体，莫言为汉语小说意识开启了一个极其广阔自由的空间。莫言个人几乎是一出道就走在一条极致的道路上，他的文学叙事一开始就如此大气，如此无拘无束，并且是如此深切地切入生命状态，他给当代汉语小说开辟了一条险僻的道路。于是，在他的身后，崛起一批先锋派作家。他们在莫言的险径上一路狂奔，迅速抵达极地。看看苏童、余华、格非、孙甘露、北村等人在那个时期的创作——今天或许看得更清楚——我们不得不承认，他们深受莫言的影响。至少莫言为他们扫清了道路上的障碍。就像苏童在一九八七年发表《一九三四年的逃亡》一样，在当时看来——在今天看来依然是——这是一篇向莫言致敬的作品。"我祖父"、"我祖母"，无论如何都与莫言的"我爷爷"、"我奶奶"有同族之缘。而狗崽耸着肩向城市逃亡的洒满月光的道路，与莫言《红高粱家族》中的罗汉大爷到县城去报案的那条路，也如同是一条分岔的小径。《一九三四年的逃亡》中的"盛开的野菊花"，与单家父子被扔进去的那一池绿水上盛开的野白莲花何其相像，但苏童天分甚高，到了《罂粟之家》中的罂粟花，那就开出了苏童的意味。

当然，与莫言同时期的还有马原和残雪，那个时期的洪峰也是有贡献的，尽管他深受马原的影响，但洪峰确实把马原的那种强调叙事的文学态度给予了鲜明的强化。因为有一个群体在一九八六年形成一股阵势，当代中国文学向内转的方向才得以确立。也因此才有随后的先锋派群体步入文坛，形成向内转的大趋势。当代文学的转型——回到文学本体的写作，强调叙述形式、强调语言的风格化表述、强调感性的极度解放——这样一股文学潮流推动汉语小说向前进发。

在八十年代后期，我们看莫言、马原和残雪都各有风格，他们对中国文学的革新都相当有力且有效。随后的先锋派都得益于他们探索的文学经验，甚至马原和残雪的经验对于余华、格非、北村的影响要更大些。马原和残雪的影响是整体性的影响，他们全部的经验直接影响了随后的先锋写作，但莫言影响的则是局部的。莫言一桶水取一瓢哺育了随后的先锋派。并非今天我们要抬高莫言才如是说，而是要看到，正因为随后的先锋派没有全盘性地接受莫言的影响，他们各自保持住了自己的艺术特点和优势，这使当代中国文学的革新具有内在的张力。先锋派群体也是一些如莫言一样天分甚高的作家，他们看到莫言吃螃蟹，他们几乎是看一眼就知道如何吃螃蟹。但他们没有看到莫言如何抓螃蟹，莫言会抓螃蟹。先锋派们不抓螃蟹，他们追风筝，他们是追风筝的人。多少年之后，人们会看到，马原和残雪曾经那么有挑战性，他们不再有持续的创作。马原几乎搁笔，残雪尽管也时有新作，但完全是个人化写作，对文学的变化不再能起到推波助澜的作用。先锋派也在写作，虽然并没有完全改弦易辙，但还是明显修正了当年的创作方法，试图返回常规性创作。当然，先锋派群体也趋向于成熟老到，在磨砺自己的风格，这一群体作家今天也是成就很大的作家群。但是相较于莫言、贾平凹、张炜、阎连科等这一批"五〇代"作家，我以为还是略有差距。根本的缘由还是在于作品的内涵品质不够强大——或者说就是历史感和现实感的沉积不够，内在张力也就不够充足。

为什么今天中国的痛楚还是乡土中国的痛楚？因为这种痛楚是痛到中国人骨子里的痛楚，是祖祖辈辈的痛楚，是每个人经验中都积淀有的痛楚。这也就是在今日中国，为什么城市化已经相当发达的情形下，文学还是在书写乡土中国的历史，还是关于乡土中国的历史叙事最为深切有力。这也是为什么莫言的文学叙事最有乡土中国的历史与现实的含容量，他笔下书写的乡土中国的痛楚是如此彻底、充足而结实。当然，随着中国现实生活的变化，随着一代一代作家和读者经验的不同，乡土中国叙事的"在地性"这一页是否会很快翻过去，可能还难以断言。就当代文学历经的变革而言，确实可以看到莫言对八九十年代文学转型起到的影响作用。这种影响本身表明，有力量的作家确实有影响力，这种影响力渗透进当代文学最深刻的变革中，并且为最有开创性的一批作家所接受，形成富有生长性和拓展性的文学经验。

当然，莫言的书写固然与他生长的土地有关，他牢牢地站在他的高密乡，就像福克纳站在他的故乡约克纳帕塔法县一样。莫言深受福克纳的影响，中国外国的评论文章都这么说。莫言后来解释说他读过十几万字的福克纳的东西，他不想多读，他或许感觉到福克纳的强大，或许他不想太受福克纳牵制。因为福克纳毕竟身处美国的南方，而莫言生长于中国北方的乡村。福克纳的作品被称为美国南方的"新哥特"小说，即那是一种偏向于狂怪、神秘、乖戾一路的文学；很显然，在中国北方作家莫言那里，也有足够的内容被称为"新哥特"的元素。但是，莫言确实有很强的乡土意识，很深厚的乡土经验，这使他可以放开来想象他的高密乡，他的大地意识——红高粱地才那么扎实，那么丰厚。说起来中国作家都有乡村经验，但是不是真正有"在地"的经验，这就很有些不同。莫言、阎连科有土地经验，甚至可以说有种地经验，有用脚踩进泥土里去的经验，不是去体验、偶尔的劳动，而是谋生，是以此为生的经历。贾平凹也有，但贾平凹更像是泥土里生长出的精灵，贾平凹总是作为一个精灵紧紧贴附在或者飞翔于土地之上。在这一意义上，张炜、刘震云、格非、余华与土地都有点距离。他们踩入土地的赤足没有陷得那么深，出水才看两腿泥，与土地的深浅读读作品文本就一目了然。[1]顾彬抱怨中国作家不懂外语写不出好作品，唬住了不少中国作家和评论家。那是德意志联邦共和国的经验，或许还是欧洲的经验；在中国，至少有这样一个时期，中国文学的内涵底蕴深不深，最后那点劲道给不给力，看那腿肚子上的泥巴——这是顾彬们永远无法理解的中国文学的妙处（诡异处）。至少在莫言和其他几位中国作家的比较中，这是一个极其关键的指标。当然，我说过贾平凹是贴附着泥土的精灵，他是泥上飘，贾平凹确实是一个杰出的中国作家，多少年之后人们还会承认这点。既生瑜，何生亮？贾平凹是汉语文学的集大成者，他是汉语文学最后的精灵，他的文学如何能让西方世界承认呢？这是命，他是汉语文学最后的精灵！他贴着泥土在中国的大地上飞翔，如此广袤的大地，难道还不足

---

[1] 当然，这里并没有仅以踩入土地深浅为小说艺术高低的标准，只是在看莫言时，凸显出他的这一特征。对于莫言来说，"在地性"可能是其重要的根基，其他的作家可以依赖其他类型的经验，开创他们的文学世界。

够吗？

如此看来，莫言确实深刻影响了当代文学的转型，但他的文学经验又是如此个人化，又是如此丰厚，并且如此深刻地与他生长的土地联系在一起。他推动了一种文学潮流的生成，但又始终保持住自己的文学经验的生长性，他还是坚韧地默默地走自己的路，在九十年代那些热闹的文学现场一侧，莫言仿佛落荒而走，唱着在那时听来不着调的"天堂蒜薹之歌"，去到怪诞的"酒国"，放了恶作剧般的"四十一炮"。那时人们望着莫言远去的身影，如此苍凉，如此诡异，在昏黄的岁月里，人们看不清他的面目。数年之后，莫言连续出手《丰乳肥臀》、《檀香刑》、《生死疲劳》，以及后来的《蛙》，这才让人们意识到，他一直在如此坚定地磨砺自己。在九十年代解散的文坛之侧，他再次另辟蹊径，几乎是以落荒而逃的执拗，超越了九十年代的乱世怪象，他以寂寞的坚韧，赋予"莫言"这个名称以"在地"的坚实内容。

二、越界的世界观：暴力与正义博弈的视角

莫言是有深刻世界观的作家。今天说这句话，可能会令人感到奇怪。当年毛泽东《在延安文艺座谈会上的讲话》强调改造作家的世界观的重要性，那是作为一项政治革命的策略展开的手段。但是从理论上，我们也不得不承认毛泽东看到了问题的实质：要创建一个全新的共产革命文化，必须要有知识分子参与，而这些从现代启蒙主义文化中（也就是从资产阶级文化中）生长起来的知识分子，如何能创建全新的无产阶级的共产革命文化呢？这就要从根子上解决问题。这就是要完成世界观的改造，参与革命的知识分子，不只是要从身体行动参加到火热的革命斗争中，要从根本上完成世界观的改造。只有把世界观改造成共产革命的体系，把立场转移到工农兵方面来，与工农兵打成一片，直至真正成为工农兵的一部分，全新的无产阶级的共产革命文化才可能创造出来。毛泽东的文化抱负是一个强大的历史的理性抱负，他始终要坚持创建一个中国的新的人民的文化。这里有三个关键词，"中国的"、"新的"、"人民的"。"中国的"、"人民的"这对于毛泽东来说是明确的，但"新的"就要取决于历史实践，它只能是实践的产物。

无产阶级革命文化的创建只能是一个伟大的乌托邦设想，无产阶级文化不可能仅仅凭革命实践就可以创建出来，它必然也是文化传承的产物，甚至激进如列宁也认识到，

无产阶级只有继承人类一切优秀的文化成果才能创建自己的文化。但这就是一个深刻的悖论，只要无产阶级学习并接受了既往文化成果的影响，就不可能有纯粹的无产阶级文化。所谓无产阶级文化必然只能是既往人类文化的延续。其结果，要么是与过去历史的彻底决裂，那就只有中国"文革"时期激进的政治乌托邦的文化；要么就只能是一项调和，是传统的合理化的延续。根本上来说，无产阶级革命文化必然是一个乌托邦的想象，它只有在想象性地创建了并且也实际创建了无产阶级政权时才存在。

这里之所以要交代这个漫长而复杂的背景，是因为这样一段中国二十世纪的激进文化的插曲，其实影响深远，直到今天还影响着中国文学和思想文化的建构。因为，今天中国的作家和知识分子无法形成明确的世界观。因为完整透彻的世界观，需要依赖完整的知识谱系、价值体系和信仰观念，并且与个人的生存经验有着真实而内在的融合。但中国的作家和知识分子要做到这一点有很多障碍。八十年代以后，中国知识分子试图重建现代启蒙主义的价值观，但因为众所周知的原因，这项重建并未完成，也没有在当下坚实性的基础上有新开掘。所有这些，根本原因还在于世界观的生成没有文本化，也就是不能在有效的文本谱系里完成当下中国知识界的世界观的建构。以至于知识界的世界观是二元分离的：人们的认识或许是明确的、坚实的，但无法文本化，在文本与知识话语中表述出来的则是空泛的、语焉不详的（世界观）。很显然，在今天这样的历史转型时期，中国知识界的世界观暧昧与无法文本化，不能不说是令人扼腕而叹的事。

世界观当然不再是概念化的表述，也不再是宣称、宣言的告白，今天的世界观已经是个人化的和具体化的"看法"。对于作家来说，能不能看透历史、看透现实、看透生活？这一切看法只能文本化，只能在作家的文本中读出来。我们也应该看到，相对于知识界来说，作家的世界观表述可以获得形象的方式，这里的障碍要小得多。但即使如此，中国作家大部分人也不是对世界有独到认识，并且找到深刻表述的独特方式。

说莫言有独特的世界观，并不是说莫言特别高于其他中国作家，而是莫言非常奇特地从他的直接经验中，从他的在地经验和传统中，以及民间文化中，获得了对世界的深刻洞察力——甚至是越界的洞察力。很显然，他的世界观的建立，与他的"在地"经验和天分有关。小学五年级就辍学，在放牛和劳动中成长，以个人着迷的阅读完成文学自学。后来参军入伍的经历，以及顽强不屈的写作磨炼，使莫言对人生与世界，对历史与现实，对人性与命运，对伦理与政治，等等，都有深刻却另类的体认。他的表现既独特又犀利，神奇而玄妙，准确且彻底。故而莫言对二十世纪中国的历史暴力的表现淋漓尽致，深刻有力，也发人深省。

但莫言的小说在这方面也经常受人诟病。如何看待莫言的小说对暴力的表现，固然可以有不同的看法。不过，在我看来，莫言对二十世纪暴力的揭示恰恰是他独到世界观的产物，也是他致力于强调历史正义的产物。因为如此顽强地秉持历史正义，他才如此不顾一切地揭露暴力的凶险罪恶。二十世纪的中国就是充斥着暴力，中国人民在二十世纪饱受暴力的践踏，如果没有对暴力历史的揭露，无从表现中华民族在二十世纪经受的痛苦。

莫言迄今为止影响最大的作品当推《丰乳肥臀》、《檀香刑》、《生死疲劳》和《蛙》。可以把前三部看成二十世纪中国现代三部曲，把它们出版的顺序略作调整，从《檀香刑》到《丰乳肥臀》再到《生死疲劳》，可以看到二十世纪中国历史走过的苦难历程。

《檀香刑》写的是中国进入现代最初的状况，那时中国传统封建社会到了最后崩溃的时期，帝国主义列强入侵中国，没落的封建统治阶级与帝国主义勾结，而中国乡村的村民却用最为原始的方式进行抵抗。整个传统社会的没落与乡村的绝望抵抗与帝国主义列强构成三边关系，这个关系是悲剧性的，显示出无法逃避的历史命运。小说展示了中华民族在这样现代与传统变革时期遭遇的惨痛创伤。

小说叙事以赵甲这个封建时代最后一个刽子手开篇，叙述人则是他的儿媳妇孙眉娘，小说写道：

> 那天早晨，俺公爹赵甲做梦也想不到再过七天他就要死在俺的手里；死得胜过一条忠于职守的老狗。俺也想不到，一个女流之辈俺竟然能够手持利刃杀了自己的公爹。俺更想不到，这个半年前仿佛从天而降的公爹，竟然真是一个杀人不眨眼的刽子手。[1]

这几乎是以猫腔式的戏曲唱腔开篇的叙述，小说下手如此狠重，开篇就把这个故事

---

[1] 莫言：《檀香刑》，第3页，北京，当代世界出版社，2004。

最为核心的关键：一个儿媳妇手刃她的公爹，而公爹是大清国最后的大剑子手。这是怎样的一个故事？一个儿媳妇竟然要杀死她的公爹？是什么原因导致一个大剑子手死于儿媳之手这样的后果？小说开篇就把极其离奇的结果说了出来。这样的小说如何写下去？如何把这个离奇的高潮和结果合理化？这样的暴力的结果如何演化而来？

这就可以见出莫言小说叙述的艺术，他一直在极其紧张强烈的情绪中展开叙述。这样的一个家庭伦理暴力是如何形成的？这是小说一开始就给人留下的悬念，是什么导致这样的伦理悲剧发生？传统中国社会完全依靠家族／家庭伦理来维系乡村的稳定与社会自治，如此暴烈的家庭杀戮，究竟是如何走到此地步？天理何容？如果是在现代的意义上，这是对历史正义的发问。这里面藏着怎样一个故事？这一家庭暴力，也是历史的暴力。这个暴力叙事第一层面的要义在于：赵甲这个剑子手被袁世凯请来给孙丙实施"檀香刑"，赵甲起初并不愿意，因为孙丙是他的亲家，但他抗拒不了袁世凯的命令，他不做剑子手，他就要落得什么下场他自己知道。但在实施檀香刑的过程中，他也着迷于这项刑罚，作为一个技艺无与伦比的剑子手，他已经把刑罚当作一项艺术。第二层面的要义在于：赵甲醉心于刑罚技艺，这是封建统治者的心理投影结果。只要有民众闹事，统治者就想到用残酷的刑罚来惩戒领头羊，这是自古以来的封建统治手法。整个封建社会依靠刑罚作为一项重要的辅助手段来维系统治，既是威吓，也是欣赏。封建社会统治就是如此野蛮与残暴、愚昧与荒谬。小说详尽地描写了封建社会末日统治者如何醉心于用刑罚来威吓属下和公众，而从帝王到臣民又都如此津津乐道于刑罚的技艺。第三层面的要义在于：如此醉心于刑罚的统治者，面对帝国主义列强的暴力却只有卑躬屈膝。封建统治对内惩罚官僚阶层和民众都有一套办法，但是面对帝国主义的暴力，却只有束手就擒。小说进入这一层面，就可以看出，其对暴力的书写，是一项历史抗议，是在历史正义的名义下，对封建统治的愚蠢、帝国主义的残暴、民众的绝望的全面揭示。

莫言并没有简单张扬人民正义，他更倾向于真实地写出民众的绝望。抵抗帝国主义暴力的又只有民众。莫言并未把民众英雄化，而是同样揭示民众的愚昧无知。他们近乎荒诞地反抗帝国主义列强侵略的行为，当然有义和团的史实为依据，在莫言这里，同情与悲悯、哀悼与痛惜相混淆——这就是近现代中国的悲剧命运。

《檀香刑》透示出浓厚的民间气息，莫言返回到乡土记忆深处去发掘写作资源，写出了乡土中国历史与生活中最朴实本真的状况。这部作品也是莫言主动撤退到民间文化里去的一种尝试。莫言吸收民间文学和艺术的血脉，融合到自己的语言风格中，戏剧的情景始终贯穿在情节中，具有很强的现场感。戏剧性场景使得莫言的戏谑反讽得到最大限度的表达自由，不再是作家一个人的眼睛观看他人，而是每个叙述人都在看他人，在反观自己，因而充满了戏谑反讽的快感。如莫言自己所说："制造出了流畅、浅显、夸张、华丽的叙事效果。"①

《丰乳肥臀》，这部小说有个魅惑人心的书名，其实莫言是为纪念天下母亲而作。莫言后来解释过书名起因，缘由是在解放军艺术学院上美术课，一位美术史教授讲述古代雕塑，他看到一个丰乳肥臀的母亲雕像。再想起天下母亲，尤其是自己母亲的辛劳惨痛的一生，故而萌发了写这部小说的动机。②这部小说要写出女性／母亲如何承担着家族家庭的重压，而在那样的历史时期，家族家庭则承受着强大的历史暴力。但女性／母亲如何担当起生存的重任，中国的历史，中国这个民族，又是如何把它的重负、暴力和灾难堆放在女人的肩膀上。

这部小说的开篇显示出莫言小说一贯的下手狠重的特点。小说开篇就是一个关于生产的故事，上官福禄家的母驴要生产，不幸的是，这头驴难产，全家人都围着这头驴团团转。与此同时，上官家的媳妇上官鲁氏要生产，这个已经生了七个女孩的母亲，不再被相信能生出男孩，家里没有人管这个在炕上难产的产妇。直至母驴的难产问题解决了，婆婆才腾出手来解决儿媳妇的难产问题。而且荒唐的是，就叫解决了母驴难产的兽医樊三去接生。樊三实在不行，只好去请来仇家孙大姑。在这样的紧要关头，日本鬼子打进村庄，这就不只是一个人的生与死，这是整个村庄的生与死，是整个民族的生与死。生与死在这样的时刻一起出场。这是什么样的生产？小说写道：

> 苍凉的钟声扩散在雾气缭绕的玫瑰色清晨里。伴随着第一声钟鸣，伴随着日本鬼子即将进村的警告，一股汹涌的羊水，从上官鲁氏的双腿间流出来。她嗅到了一股奶山羊的膻味，还嗅到了时而浓烈时而淡雅的槐花的香味……

---

① 莫言：《檀香刑》，第517—518页，北京，作家出版社，2001。
② 莫言：《〈丰乳肥臀〉解》，《光明日报》1995年11月22日。

上官家渴望一个男孩，结果上官鲁氏生了一对双胞胎，其中有一个男孩，后来长大，头发卷曲，明显是混血儿，取名上官金童。这次上官鲁氏的生育是与瑞典籍的神父马洛亚偷情的结果，上官金童这个宗法制家族最后盼望的男孩，却是现代帝国主义列强进入中国的偷情的产物，这是对传统中国社会悲剧命运怎样的诠释？这次生产渗透了帝国主义的宗教感，但是更为严酷的事实在于，羊水破时，日本鬼子即将进村。上官鲁氏的生产是在日本鬼子屠杀上官家人的暴行中完成的，甚至还是日本鬼子的医生抢救了男孩的生命，并且被作为大东亚共荣的证明照片登在日本国的报纸上。在第一卷，前九章三十四页的篇幅里，①容纳了如此多的内容，且如此紧张激烈。作者在焦灼不安的氛围里，有条不紊地写出一个家庭、一个民族、一个人的命运，生与死如此鲜明地同时发生于这一时空，实在令人惊叹！一部小说的开头写得如此丰富充沛，如此多的重大事件一同发生，如此众多的相关人物迅速出场，交代得如此有层次感却又自然流畅，显示出莫言小说的高超技巧。更重要的在于，莫言看历史看得透彻，对每个生命个体的命运也看得清晰。生长于二十世纪现代中国社会里，每个人要历经的磨难都难以言表。他对所有的践踏个人命运的历史暴力都给予控诉，不加保留地揭露。然而，去哪里寻找救赎呢？上官金童身上流淌着基督教神父的血脉，这有什么用？谁能拯救他？

这部书写乡土中国历史的作品放弃了书写简单的历史正义，而是把历史正义还原为人的生命正义。小说开篇在生与死、民族国家灾难与家庭灾难之间，呈现出的是家庭的惨剧，个人的生命最终成为民族灾难的承担者。上官鲁氏这个丰乳肥臀的女人，最终成为上官家生存下去的精神支柱。是女人、母亲养育了儿女，坚守了生命的历史，捍卫了生命的尊严。小说后来变成上官金童的第一人称叙述，上官金童终其一生都得了恋乳症，他的命运被现代中国的历史暴力随处丢弃，就像一段木块在洪流中无望挣扎一样。即使在中国本民族内部进行的共产革命，他的命运也同样苦不堪言。这个屈辱的生命被历史和政治蹂躏，他本是一个无比软弱的个体，但却要承担那么深重的历史谬误。小说的深刻之处在于，把个体生命置入惨痛的历史之中，这样的历史并无正义可言，也不再

---

① 莫言：《丰乳肥臀》，北京，中国工人出版社，2003。该小说初版于1996年，由作家出版社出版。

是具有神授本质的某些正义事件。在这里我们看到的只是个体生命被历史的大小事件所瓦解。这是怎样的现代中国的命运？怎样的中国传统宗法制社会的最后结局？

小说的主要叙述人是上官金童，这是作者有意采取了童稚的和荒诞化的视角。莫言小说在艺术上最突出的特点就是游戏精神：它在饱满的热情中包含着恶作剧的快感，在荒诞中尽享戏谑与幽默的狂欢，在虚无里透示着后悲剧精神。莫言所有小说的视角几乎都是荒诞与反讽，这在长篇小说叙述中实在是高难度的动作，但是莫言做到了。这部小说洋洋洒洒近六十万字，叙述始终是那么精神饱满，那么富有激情，那么充满乐趣，这就是尼采式的游戏精神，也是尼采式的美学意义上的虚无和永劫回归。

二〇〇六年莫言出版《生死疲劳》，而全部叙事则是通过一个地主投胎为动物驴、牛、猪、狗来表现。它们对应的中国历史分别是"土改"、"大跃进"、"文革"和改革开放。戏仿历史编年的叙事，采取了动物变形记的形式，这不能不说是一次巧妙大胆的构思。小说的主要人物西门闹原来是一个家境殷实的地主，土地改革全部家当被扫荡一空，并被五花大绑到桥头枪毙，脑袋被轰掉了半边。他在阎王殿喊冤，阎王判他转世投胎，结果投胎变成一头驴。西门闹变成一头驴却是好样的，雄健异常，它甚至比他的家眷地主婆白氏活得还自在些，身为动物比为人的地主要强些，这无疑也是一个反讽。但它的荣耀岁月也只是给县长当坐骑，一旦蹄子断了，它只能被抛弃。小说描写这头驴子断了蹄子还坚韧地跪着给主人蓝脸（他昔日的长工）拉粪，感动得昔日做长工的蓝脸热泪盈眶，这实在是对地主阶级的悲惨命运的特殊表达。但这头驴子最终也不得不死于非命，被饥饿的村民宰杀。后来投胎为牛、猪和狗，最后成为大头儿童蓝千岁。

西门闹投胎成为的所有动物都勇猛雄壮，这摆脱了他作为一个地主的历史颓败命运，在动物性的存在中他复活了。以这种方式来书写人在历史暴力中的状态，无疑有它先验性的色彩，因为阶级斗争的暴力历史已经决定了西门闹的非人的命运，它必须成为非人，这个阶级其实是被剥夺了做人的权利。对于一种阶级仇恨来说，敌对阶级只有下辈子成为动物，才能还清所有的债务。但莫言却是对阶级斗争的形式给予强烈的反讽，没有任何意义上的友爱，可以超过蓝脸与西门闹的关系，他（它）们要作为人与动物重建一种友爱，重建感恩的逻辑。莫言的这种叙事是对阶级斗争暴力的强烈批判。如此残酷的阶级斗争之后，西门闹的后人，金龙和宝凤与黄瞳的后人，与蓝脸的后人，与庞虎的后人，他们又被重新以各种情感的、血缘的关系结合在一起，并且宿命论式地结合在一起。黄瞳之女黄互助先嫁西门金龙，后与蓝解放同居。黄瞳"土改"当年是拿枪轰掉西门闹脑袋的人，这就是说，黄互助之父与西门金龙有杀父之仇，这些恩怨如何了结？又是如何轻易地化解？其内里的悲剧宿命地决定了这些人的结局，这些家庭的结局。阶级斗争的暴力除了把西门闹枪毙并变成动物外，没有对历史产生任何的改变，但却给家庭和人们的心灵留下抹不去的创伤。

不管莫言如何戏谑，如何热衷于以玩闹的形式来处理历史，他的世界观和历史观是清醒的，他始终把握住历史正义、人间正义以及人性正义这根主线。或许也正是因为莫言太清楚他的世界观对历史与人类正义价值的坚持——因为可能越过某种先在的界线，他反倒显得另类，他必然需要戏谑、反讽以及语言的洪流来包裹他的强大的批判性。他既抓住历史中的痛楚，又以他独有的话语形式加以表现，甚至不惜把自己变得怪模怪样。而历史只是在话语中闪现它的身影，那个身影是被话语的风格重新刻画过的幽灵般的存在。

事实上，小说在历史、阶级与人性的叙事上，依然具有很强的实在内容，在某种意义上，它也是对英国作家乔治·奥威尔（George Orwell）的《动物庄园》和《一九八四》的回应。不管莫言是否有意在回应，毕竟那是一个存在的前提，读者研究者总是会想到那些作品。如果看到这一点，就不能抹去莫言作品中被变形了的历史意味。当然，小说并不是历史哲学，也不是政治概念的清理。特别是在历史已经模糊的今天，我们从莫言小说中看到的更多的是对在一种历史情境中的人性的揭示，不管是对洪泰岳，还是黄瞳，或是吴秋香，这些在历史中呈现为恶的人性被刻画得入木三分。另一方面，虽然小说中的人物众多，但主要人物形象还是相当鲜明，作为主角的西门闹自然不用说，蓝脸这个忠诚愚顽的奴仆，一辈子不入社的单干户，他以他的独特方式坚守着农民的历史和伦理，这个当年的"中间人物"，在莫言的重写中被赋予了更多的含义。更年轻一辈的人物，蓝解放、金龙、合作、互助、杨七，等等，不管着墨多少，莫言三下五除二就在戏谑中让人物性格跃然纸上。这样一个漫长的半个世纪的乡土中国的历史，经历转折、断裂、重叠和重复，这个历史最终不得不说是一个悲剧性的历史。其中悲剧的动力机制根本上是来自阶级对立的谬误，以及这种谬误的诸多变形。西门金龙烧死西门牛，这就是革命中的轮回和报应，革命的弑父也在被革命的阶级内部发生。

当然，历史在根本上是遭受质疑的对象。人性的谬误与悲剧来自强大的历史，强大的历史怨恨最终也化为子虚乌有。小说以西门闹喊冤变为驴开始，最后的结尾是洪泰岳身抱西门金龙同归于尽（他要用这样的暴力方式进行最后的斗争，团结起来到明天），其他的人结局都充满肃杀之气。而小说结尾的那个细节，庞春苗骑着自行车被逆行的红旗牌轿车撞飞，酱驴肉散落一地。①这或许是无意的闲来之笔，但"酱驴肉"也难免不让人产生联想，这就颇有点历史虚无主义的味道了。但历史最终是悲从中来，那样的哀悼式的感伤，反倒更让人去琢磨历史暴力的遗产究竟是什么：

> 蓝解放将春苗的骨灰埋葬在他父亲那块著名的土地上。春苗的坟墓紧挨着合作的坟墓，她们的坟墓前都没有竖立墓碑。起初，这两个坟墓还有所区别，但当春苗的墓上也长满野草后，就与合作的坟墓一模一样了。埋葬了春苗之后不久，老英雄庞虎也死了。蓝解放把老岳母王乐云的骨灰与岳父的骨灰合在一处，背回西门屯，埋葬在父亲蓝脸的坟墓旁边。②

这段叙述在小说里算是很平静很平常的描写。合作原来是解放的妻子，春苗是他后来的情人，在土地上，她们的墓地连成一体，也没有什么区别，在世的恩怨都被"在地"的泥土和野草抹平了。革命英雄庞虎与那个抵抗革命的单干户蓝脸也没有区别，他们的坟墓紧挨在一起，"在地"是不能分出彼此的。小说其实有一句话类似点题："一切来自土地的都将回归土地"。③如此强大的暴力，如此不可抗拒的宿命和死亡法则，如此朴实公正的泥土和荒凉的野草，人类啊，你还不醒悟吗？这仿佛是从这句话里透示出来的呼唤，也仿佛是"生死疲劳"之后的叹息。

因为暴力与罪恶对人性的践踏，善良的生命总是脆弱的、无望的。最后只有以动物的眼光来看人间万象，《生死疲劳》算是莫言历史叙事的绝望之作，也是绝情之作。西门闹的后人、蓝脸的后人、庞虎的后人、黄瞳的后人，以及洪泰岳本人，所有的人，他们的结局无一幸免于难。其结局如此惨败，一切只有归于泥土，才使失败与胜利也一道"在地"而同归于虚无。这是冥冥之中的宿命，无可逃脱，莫言仿佛洞穿了命运的玄机，

---

① ② ③　莫言：《生死疲劳》，第518、519、513页，北京，作家出版社，2006。

他才敢如此大胆而又轻巧地处理历史，处理人的命运，所谓四两拨千斤是也。

历史暴力如此之强大，莫言如何给弱者以力量、勇气和希望呢？转世轮回乃是莫言反抗历史暴力的必要补充。此生此世无可奈何，但把此生现实世界看成前世的轮回，此世的现实性就被打了折扣，它的绝对性就丧失了。这是阿Q精神胜利法的另一种表现形式，这不是自我的精神胜利法，而是历史同一性的精神失败法。通过轮回转世，自我与他者重建了一种同一性，同归于失败的法则，即同归于"在地"的法则。在"在地"的泥土面前，人人平等，今生今世与前世前生构成颠倒的循环。这就是莫言世界观独特性的又一层面的表达。

关于转世轮回的历史循环论观点，这几乎贯穿在莫言书写历史暴力的诸多作品中。这种轮回既有中国传统的影响，也有拉美魔幻现实主义的痕迹，甚至还有尼采现代哲学的虚无主义的影响。这种世界观中国不少作家都有，如阎连科、贾平凹、刘震云，等等，但莫言尤其明显和彻底。他经常用轮回转世来处理，最典型的当推《生死疲劳》，通过六道轮回，去写出生命的疲惫。但是这里的转世始终有一个生命原初为人的记忆，只是经历多次转世之后，关于人的原初记忆也淡漠了。西门闹转世为猪后，对西门闹为人的历史记忆已经很淡漠了，到了最后的二道轮回，猴子和大头蓝千岁，就只剩下生命的疲惫。在转世轮回中生命的自我意识还是有着层次感，莫言把人的意识与历史的存在意识还是处理得相当细致微妙。

实际上，《檀香刑》里也隐含着转世轮回的观念。这里面的人物前世都是动物，通过赵小甲这个傻子的视点，荒诞化地用一根毛发来透视世界，结果那些无比强大的人，原来是动物转世。今世是行使暴力和权力的强人，骨子还是动物。赵小甲透过那根毛发看到，他老婆眉娘是白蛇，爹赵甲是豹子，岳父孙丙是熊，县令钱丁是白虎，袁世凯是鳖。他用轮回的观念重新来解释现实，其实是有对历史本质主义的批判和消解。由此构成莫言小说叙事非常独特的观念和思想底蕴。因此，他能把对历史暴力的批判与戏谑的手法自然而恰当地结合在一起，把进化论的历史观，完全虚空到一个宇宙论当中去；把现世的遭遇暴力的惨痛经验荒诞化和虚无化，既是现实历史的书写，又是荒诞化的寓言。当年后现代小说家约翰·巴思（John Barth）讨论卡尔维诺和博尔赫斯的小说，就设想从他们那里汲取宇宙论的观念，为后现代小说的兴起提供一种世界观。这就不是一个现世的东西，我们在宇宙论上讨论人的东西，不是在三维空间里面，而是在想象的四维空间里面。但在莫言这里颇不相同，这其实是八十年代以来中国的文学写作语境使莫言不得不寻求的一种独特手法，他的这种世界观，并非是哲学家的和宗教的信仰延伸来的世界观，而是现实化的表意策略。当然，在莫言的历史轮回观念里面，还是有现世的价值观渗透在里面，有非常坚定的历史善恶。莫言把善恶分得非常清楚，动物本身所具有的性格特点，人性的特点，都是通过动物的轮回变化来把人更深刻的本质揭示出来。小说叙述中的轮回转世，并非向着虚空的宗教神秘世界无限伸越，而是向着现世的人的经验巧妙应和。例如西门闹在不同的历史阶段变身为动物的那种心理和性格，以及他看到的各种人在现世的表现。《檀香刑》里的人物都与动物的特性相像，换言之，他们是动物的拟人化形象。

也正因为莫言对历史暴力的强行书写，他秉持轮回转世的世界观，他的小说叙事的表现手法最突出的特征体现在"魔幻现实主义"方面。莫言的魔幻现实主义，固然受到拉美魔幻现实主义的影响，但是与莫言生长所在的中国传统文化、地域文化或民间文化，有着更为密切的关系。也正是后者培育了，或者说使他形成了转世轮回善恶报应的这种世界观。在二〇〇六年莫言《生死疲劳》新书发布会上，我曾经说道："过去，我们写魔幻，一直是在西方的荫庇下，并没有把魔幻真正融进我们中国的文化、中国的本土，并没有融进我们的世界观。莫言在这部小说中，把魔幻和中国本土观念和文化、中国历史本身、老百姓的日常生活态度和我们的世界观融在一起，把这些全部融入了我们历史本身"。[①]二〇一二年，瑞典学院颁奖辞对莫言的艺术评价的主要观点是："将魔幻现实主义与民间故事、历史与当代社会融合在一起"。[②]看来瑞典学院的观点与我在二〇〇六年对莫言的评价是十分接近的。

事实上，魔幻现实主义何尝只是拉美现实主义的专利呢？所谓"魔幻"在中国传统文学和民间戏曲中是十分丰富的表现手法。例如《西游记》、《聊斋》等名著的人兽同体、人鬼同形。中国四大名著《西游记》不用说，《水浒传》、《三国演义》何尝没有魔幻色彩？那些英雄的传奇，那些恶魔的超能量，动辄力举千钧，有万夫不当之勇，何尝不是魔幻呢？《水浒传》一百零八将，就是由三十六天罡星七十二地煞星转世而生。另外还

---

① 有关我的观点，可见罗四鸰《莫言新长篇〈生死疲劳〉面世 用"东方魔幻"书写乡土》，《文学报》2006年1月19日。

② 英文原文是："who with hallucinatory realism merges folk tales, history and the contemporary."

有家喻户晓的《白蛇传》等。《红楼梦》的"仙幻"意境是中国古典小说的新的开创。贾宝玉是女娲补天剩下的顽石，他出生口含通灵宝玉；林黛玉则是绛珠仙草，她与贾宝玉是"木石前盟"。这也是前生今世的穿越轮回以及虚无的世界观，可以说是魔幻或者仙幻。

总之，中国传统文学的魔幻资源相当丰富生动，不只是魔幻，还有神幻、仙幻，可能仙幻传统是一个有待开发的资源。如今在网络的穿越小说中得到光大。总之，中国传统和民间的这种魔幻资源十分充足，莫言运用到得心应手的地步，缘于他通透的世界观。《生死疲劳》确实是对中国传统魔幻资源的一次后现代式的发挥，也因此把乡土中国的现实主义注入某种后现代性的因素。在这一意义上，莫言的小说是一个艺术杂种，一个艺术上的人兽同体，是魔法小说的历史化和当代化，这也是小说的魔法，对小说施魔。就像《生死疲劳》的变形记一样，莫言的小说也是对乡土中国的当代寓言史和乡土中国文学的双重施魔记。

莫言的"魔幻"之所以发挥得自然而恰当，与他的小说经常采取孩子和傻子的视点有关，这一点多少有些受到福克纳的影响。[①]孩子有一种无知的天真，傻子则有无畏的荒诞，莫言看到的世界经常就是一种天真荒诞的世界，这是莫言小说独具的魅力，也由此展现给人们另类的世界面向。莫言的小说本来就爱写小孩，如《透明的红萝卜》等作品。《红高粱家族》"我爷爷"、"我奶奶"的叙述视点就有孩子视点的意味，《檀香刑》那个赵小甲经常充当叙述人，正是他通过一根毛发看到周围那些强势人物的动物前身。《丰乳肥臀》中经常写到上官金童，上官金童也充当了一个隐蔽的视点。《生死疲劳》是动物的视点，这不用说，动物视点是一种类傻子视点，可以看到世界更加朴实的"本来面目"。

由此可见，莫言的世界观的独特性和深刻性，并非某种形而上的概念，也并不是什么复杂深奥的思想性，而是他对文学的独到的探索，是他以"在地"的生活经验和文化传统去融会贯通多样化的艺术手法的结果。这样的世界观才是一个文学的世界观，才是对于文学创新性，对于中国文学从传统走向现代和后现代给予的切实有效的推进。

---

① 威廉·福克纳（William Faulkner）的小说不只是有傻子的视点，还有南方小说特有的乖戾荒诞和阴郁。在美国评论界有另一种说法，即它属于美国南方"新哥特"小说，这种小说与旧哥特小说有着密切联系，但加入了更为丰富的现代因素。弗兰纳里·奥康纳（Flannery O'Connor）也属于此一传统，最极端新哥特小说当推史蒂芬·金，由此就可以看出福克纳小说的内在特质，也由此可以理解身处中国北京的莫言，何以小说中有那么大量的血腥和荒诞。

三、解放性修辞：汉语言的自由与越界

莫言小说的叙述方式及叙述语言一直是人们热衷于讨论的问题，赞赏者认为莫言在小说叙述方法及语言方面创造力旺盛，甚至可以说是一个语言大师；批评者则认为他的语言缺乏节制，泛滥成灾，甚至杂乱无章。归根结蒂，莫言在语言上的做法与他的叙述观念和叙述方法相关，他在叙述上就是要僭越边界，越出既往小说的规范规则，打开汉语小说叙述的疆域，故而在语言上不加节制，甚至有意冒犯。

较早注意到莫言小说叙述僭越规范的研究者当推丁帆。早在一九八九年，丁帆撰文《亵渎的神话：〈红蝗〉的意义》对莫言小说越出人们阅读习惯和审美规范的表达，作了相当深入细致的分析。丁帆指出，《红蝗》里充满"丑的堆砌"，用极其反常的手法描写了大量的污秽现象。丁帆把莫言这些"丑的堆砌"放在现代以来的文学史语境中审视，并不避讳它对主流审美规范的亵渎和冒犯的特征。丁帆看到，莫言在小说中也并未直接大胆肯定这种污秽描写，既描写，又用反讽的笔调试图抹擦。莫言更乐于扮演一个"隐身人"来呈现这种审丑的和污秽的情境。这使丁帆也不得不持审慎的态度去推测："那种独特的与众不同的感觉正是莫言否定一种人为的做作美和肯定一种原始的本色美的逻辑起点。这可能便是一种对现代物质文明下的变态美学观念的反讽和对原始生存状态的美学精神的眷念的'后工业社会'人的超前审美意识的裸现吧。"[1]丁帆提出，阅读莫言的作品，可能需要读者转换阅读思维，进行"丑的转换"，这可能是莫言对当代文学创作、批评和阅读提出的挑战，它可能会产生开拓审美思维空间的意义。对于这个闯入审丑的禁区、破除禁区的莫言的创作，如何评价？"这些是否孕育着一个审美价值判断的整体迁移的风暴？"丁帆的问题是留给文学史的："《红蝗》这个亵渎神话的出现有历史的必然性吗？它的意义可否作为文学史的一个有意义的现象存在呢?!"[2]二十三年过去了，今天

---

① 丁帆：《亵渎的神话：〈红蝗〉的意义》，《文学评论》1989年第3期。或见孔范今等主编《中国新时期文学研究资料汇编》（乙种），《莫言研究资料》，第224页，济南，山东文艺出版社，2006。

② 丁帆：《亵渎的神话：〈红蝗〉的意义》，《文学评论》1989年第3期。或见孔范今等主编《中国新时期文学研究资料汇编》（乙种），《莫言研究资料》，第226页。

人们对文学作品的道德的和美学的宽容度都有明显松动，但不少人对莫言在这方面的批评和怀疑依然如故。主流文学有一套美学规范，莫言的作品还是在僭越和冒犯，他的叙述总是要越过极限。

二〇〇三年，张清华以《叙述的极限》为题讨论莫言小说艺术的特征。张清华注意到莫言的诸多小说，如《欢乐》中的形式上"拥挤"的极限，《酒国》里荒诞谐谑的极限，《檀香刑》里凌迟残酷的极限，《红高粱家族》里"临终抒情"的极限，《丰乳肥臀》里荒谬的极限，等等。① 他认为莫言小说中洋溢着"生命意识"和"酒神精神"，在《丰乳肥臀》和《檀香刑》中，其极致化达成了"狂欢节式"的叙述和"复调的交响"。② 所谓"极限"也是"越界"的更为谨慎的说法。

这些论述都注意到莫言小说艺术的根本特质，就是那种僭越的超常能量。这是否是在另辟一条汉语小说的道路？目前看来，这条路只有他一个人行进，而且越走越远，甚至一度让人难望其项背。到底是越过界线，误入歧途，还是独览汉语小说神奇的风景？

对于我来说，其反常规或越界的意义在于，对汉语小说具有解放的意义。更具体地说，他的小说的艺术的根本特质在于他创造了一种"解放性的修辞叙述"。之所以说"解放性"，而不是说开放性，在于开放性只是一种叙述行为，或者只是文学话语的一种表现形式；而"解放性"则意味着对汉语言文学的一种基础性和方向性的开启，意味着对其划定界线的突破，意味着对加诸于其本体上的规范的僭越。

二十世纪中国文学如何从叙述方式上来做历史／理论的区别，可以区分为几种叙述：其一是"现实性的叙述"。在整个新文学运动之初的启蒙主义理念引导下的文学表达是现实的叙述，文学表现根本上是以改变／变革现实为宗旨，为人生的文学转向了启蒙救亡的民族解放的文学，其最高的宗旨是反映现实社会的冲突和人民的现实苦难。其二是"观念性的叙述"。一九四九年，共产革命胜利后，中国的文学紧紧地捆绑在革命的战车上，它是为着革命理念斗争的文学，而革命理念根本上是一种乌托邦观念，是在建构阶级斗争、路线斗争的观念性基础上来建立文学的全部规则。文学对现实社会的表现要依照观念性给定的所有的规定，其评判标准也是全部的观念性的定义。其三是"反思性

---

① ② 张清华：《叙述的极限——莫言论》，《当代作家评论》2003年第2期。或见孔范今等主编《中国新时期文学研究资料汇编》（乙种），《莫言研究资料》，第330页。

叙述"。"文革"后的新时期文学，实际上是反思性的叙述。所有的叙述的动机源自于内在生发出的反思性。例如，新时期伊始，被称为"恢复的现实主义"，那是对所谓"文革"极"左"路线的假大空文学的反动，又是对"文革"极"左"路线的批判反思。知青文学是对这一代人的创伤性的经验的表现，也是对自身创伤历史的反思（如孔捷生、叶辛、王安忆等的作品）。但这种反思很快又被内在激起的理想主义情怀所取代。知青文学最后由张承志和梁晓声来充当其高潮和终结也足以说明其特点，它总是由单向的反思极端达到其反面。知青文学转变为"寻根文学"也可以说明主体的内在反思，要转向外向的对历史有承担的现实主体。即使是现代派和先锋派也是对现实主义审美规范的反动，它也依然有反思性的观念特色。它是现实主义在美学方面建构的规范达到极限的反面作品，在外向的现实无从表现的情形下，它是必然要向内部的美学规范进行反动。其四是"修辞性叙述"。进入八十年代后期以来，莫言以及少部分的中国作家，他们建构了一种"修辞性的叙述"。先锋派和莫言都有双重性，他们也带着"反思性叙述"的特征，但以其对汉语言本体回归——实则是第一次建构，来展开其小说语言的强行的开创。

修辞性叙述与现实性、观念性以及反思性这类叙述根本不同之处在于，后者强调整体性，总是有一个整体的观念或主题，严整地规范住所有的叙述语言。尤其是在现实主义名下，强调写实性和白描手法，语言的独立性和美感作用被严格限制，它所需要的是最清晰、浅显和直接地还原现实世界，叙述语言要获得透明性。修辞性叙述当然也并不与整体性矛盾，当然也是在某种相对整体中来展开叙述。但修辞性叙述可以有局部的自由，叙述交付给语言，语言自身可以形成一种修辞的美感或快感，甚至可以这种美感和快感来推动叙述，使叙述获得自由的、开放的，甚至任性的动力。

《红高粱家族》的叙述，充满了语言狂放的力量，每一句式的叙述，都有一种表达的欲望溢出边界。关于"我爷爷"余占鳌的所有行动，都是在野性的暴力与人间正义的双重悖论中展开。那种生命放纵的力量与语言的不可遏止的表达欲望，词与词之间，词与物之间的自由连接，不断开启人物行动的空间和世界伸展的情境。而"我奶奶"的叙述则是在美丽妖娆、率真怜爱的情境中展开，那些语言也同样是挥洒任性、绚丽多姿，如同红高粱一样鲜艳明媚。

这种修辞性的叙述有意制造一种审美上的张力，其叙述不只是讲述故事或叙述行为行动的过程，而是要建构出一种情境。例如，把暴力表现与抒情描写结合在一起，这使暴力获得一种奇异的美感。历史正义的理性评判在暴力面前难以表达，但通过修辞性叙述制造的美学张力，使暴力的非法性变得模糊。余占鳌十六岁杀死与母亲通奸的和尚，那次暴力行动发生在一片梨园里。余占鳌在行使暴力前，先到父亲的荒芜的墓地，那也是在梨园深处。当他从和尚的肋下拔出剑来时：

> 梨树上蓄积的大量雨水终于承受不住，扑簌簌落下，打在沙地上，几十片梨花瓣儿飘飘落地。梨林深处起了一阵清冷的小旋风，他记得那时他闻到了梨花的幽香……①

对于一个十六岁的少年来说，父亲亡故，和尚与母亲通奸，他如何面对这样的现实？他哪里想得到，他杀死了和尚，也杀死了母亲，母亲不久就上吊身亡。他杀死和尚固然是非法的暴力，但莫言显然不想在这里给予严厉的谴责。于是如此悲惨的杀戮行动，却是发生于这样美丽清俊的梨花遍地的情境中。

余占鳌杀掉单家父子那年二十四岁，他把单家父子扔到村西头大水湾子里。小说写道：

> 那时候，湾子里水平如镜，映出半天星斗，几枝白色睡莲像幻景中的灵物，袅袅婷婷静立。十三年后，哑巴枪崩余占鳌的亲叔叔余大牙时，湾子里已经没有多少水，这几株睡莲尚在。②

随后，有人发现单家父子的尸体，庄长单五猴子领着人去捞尸体，但没人敢下水。因为单扁郎有麻风病，但是小说写得如此纯净：

> 湾子里的水绿如翡翠，没有一丝皱处，那几株白色睡莲安详镇定，几点露珠凝在紧贴水面的莲叶上，像珍珠般圆润。③

暴力、患有麻风病的尸体，与湾子里一池如绸碧水构成何种关系？那些肮脏、丑陋和罪恶就在水底下。随后的叙述中，还有多处描述了这朵白莲花的意象，它与水面的动

---

① ② ③ 莫言：《红高粱家族》，第84—85、86、87页，北京，当代世界出版社，2004。

静，与水里泛起的丑恶、凶险与罪孽，始终构成一种对比、参照或映射。很显然，通过这朵莲花的意象，小说并不是在叙述故事中的一些行动和过程，而是赋予其更为复杂的生存世界的景象和意味。

莲花在这里当然有着多种象征意味，它是出污泥而不染的圣洁之物，它当然并不是直接象征着狂野又多少有些放浪的九儿或者杀人越货的余占鳌，但是有一种历史正义的象征，有一种高于人世间的自然造化和宇宙间的平等正当。莲花面对这样的罪恶，始终挺立，它在星光下、在阳光下、在红高粱的映衬下挺立闪出光泽。当然，莲花还有象征着佛教的意思，佛教戒杀生，面对这样的杀生的行为，无论如何都有一种判定和报应。这又是一重象征，它几乎是悖论式地指向那些世间的因果行为。当然，它可能就是单纯的意象描写，为了在丑恶血腥的暴力之侧开辟出另一种意境。

莫言如此热衷于描写这株莲花（总计不下五六处），让它凸显出一种审美功能，它怪异地在罪恶与丑陋的边界开放挺立，它所折射的光泽已经远远越出传统现实主义小说叙事的边界。它嘲笑了现实主义的那些关于简洁与白描、明确与含糊、正与反、美与丑、善与恶的清晰分界。叙述已经不依靠主导性的或中心化的观念引导，而是交付于语言自身的修辞诡计，它们暗中勾连，串通一气，倒是构成了文本中最有意思的耐人寻味的部分。如果失去这些修辞诡计，语言则毫无光彩，难以夺人眼目。因为这些修辞性的语言如此胆大妄为，甚至反常地弥漫于文本中，小说叙述就更加无所顾忌，语言的表达仿佛受到不加约束的怂恿，更加自行其是，自鸣得意地散播。如德里达所说的能指的海洋般散播，对于莫言来说，则是如红高粱一般遍地生长。

不管是《丰乳肥臀》，还是《檀香刑》，或者是《生死疲劳》，甚至很有些收敛的《蛙》，莫言的叙述都充满了任意挥洒的快感，语句或语词并不只是为了讲述故事，表达主题或思想，而是给予语词追求自身快乐的自由。给予语词以生命，让它们神采飞扬，甚至胡作非为。莫言的才华恰恰就体现在他能"乱中取胜"。显然，莫言的叙述具有解放修辞的能量，这得益于它不断变换叙述视角，变换叙述角色。如前所述，莫言经常利用儿童、傻子作为叙述视角，甚至利用动物作为叙述视角。《檀香刑》里赵小甲就是一个痴呆儿，他智力停留在儿童状态，正是因为如此，他向眉娘要了毛发，他居然发现他老婆眉娘、他爹赵甲、他岳父孙丙，以及钱丁、袁世凯都是动物转世。正是这样一个痴呆的孩童般的视点，使他的想象和叙述脱离了常规的状态，进入了无边界约束的自由领地，其叙述变得异常自由灵动，越说越神奇，越说越像回事。在《生死疲劳》里，从驴到牛，再到猪和狗，莫言的叙述几经变换，带着动物的特性，带着动物特有的盲目的欢乐与戏谑，例如，第三部"猪撒欢"的叙述，那是一头无比智慧生动的猪，它似乎已经从土改的梦魇中解脱出来，经过几道转世轮回，西门猪已经有些忘记了自己的前世前生，它现在已经乐于充当一头猪，正好冷眼旁观人的所有作为。它看得更加清晰彻底，同时完全回归了它的猪的本性。这头对食物和母猪充满撒欢精神的公猪，对语言也有一种撒欢的态度。它的叙述随意而出，其本性就是撒欢，反倒如同语言自身的流动，任意奔涌而出，几乎是落地成形。

《蛙》也是要寻求动物的视角，虽然叙述人是万小跑，但还有一个自称"蝌蚪"的文学爱好者在写作，在讲述他的故事。后半部分还有蝌蚪编的戏剧。莫言总是要建构一个非常规化的视点，在《蛙》里他也尝试着要建立一个类动物的视点。最后要上演的戏剧，则是要重构小说叙述语言讲述的故事，要把个人、人物从历史的整合性解救出来。《蛙》的戏剧如此大胆地把文本撕裂，让悲剧的历史荒诞化。《蛙》里的叙述人蝌蚪，那是很低很低的叙述，他只是一只小虫，作为一个偶然的生命，游走于历史的间隙。或者他只是一只蛙，趴在田地里，看世界与人，他充当了一个编剧者，只能是编织出荒诞杂乱的戏剧。如此低的视角，却胆大妄为地作出这样的戏剧。

因为叙述人和叙述视角的变换，莫言的小说语言越过常规的界线向着魔幻区域进发，就变得相当自如。《檀香刑》里的赵小甲本来就是一个傻子，他看到的动物转世轮回，真真假假，也不确定，但叙述语言却是获得了表现的可能性，文本的语言构成却是有了这样的魔幻成分。《丰乳肥臀》里的上官金童，本来就是一个杂种，还患有恋乳癖，他的想象和内心的冲动都超出常规。《生死疲劳》里的叙述人之一大头蓝千岁，实际年龄只有五岁，他能说什么？他又什么不能说？他本来就是一个怪胎，半神半人，半人半鬼。莫言的魔幻因为预告埋下的叙述人和叙述视点就是非常人，叙述语言在叙述中抵达一定的修辞程度就可以自然着魔。修辞性的叙述经常要着魔，这才有魔幻的——也是莫言追求的——出神入化的情境出现。

修辞性叙述不只是带来叙述和语言的解放，同时带来的是对世界感知方式的解放，更进一步地说，是感性的解放。莫言的叙述之所以有如此强大的解放能量，根本缘由还在于后现代时代的感性解放大趋势所致。此一解放趋势自德国的鲍姆嘉通创立"美学"

（asthetic）这门学科以来就初露端倪，经过浪漫主义运动对人的感官世界的拓展，到了尼采一八七〇年发表《悲剧的诞生》就已经形成强大之势，尼采宣扬酒神狄奥尼索斯精神，那就是感性对理性的替代。现代主义艺术潮流对人类感性世界开掘无疑比浪漫主义要深广得多，现代思想到了海德格尔、福柯、德里达、巴塔耶、德留兹等人的阐发，理性思想则要为感性认知所替代。而历经电子产业的革命，视听文化强有力地影响了这个时代人类的认知方式，理性与感性之间的较量，感性的崛起几乎要从量变引发质变。①

莫言在八十年代中期写作《红高粱家族》就以如此强健的笔调拓展感性的世界，这实在令人称奇。就此而言，只有理解为莫言实在是无师自通，他恰恰是立足于他高密乡村，那一片广袤无垠的红高粱大地（他的"在地性"），他立足于此，感受于斯，这就有无边无际的想象，无边无际的语言涌溢而出（这就有语言的越界），无边无际的汉语意象也足以造就一个无边的感性解放的世界。

总之，莫言的小说创作自八十年代中期崭露头角，至今已然有近三十年的历史，以其立足的乡土中国的文化，民间的说说唱唱，立足于他对汉语言的敏感，居然穿越过世界文学疆界。他如此热衷于运用孩子、傻子和动物充当角色和视点，这些视点看透了理性的秩序，这些傻子和动物，并不理会东方与西方、中国与世界，它们的足迹踏乱了边界，甚至也踏乱了各种主义的前后秩序，莫言的书写总是无止境地奔涌，总是离去，甚至如小生物（蝌蚪）般匍匐在地，正因为"在地"——这井底之蛙，能看到外面的世界，能自由自在地想象无边的世界。在二十一世纪初，汉语文学想不到它能以自己的方式，踩在泥土地里，也能踩出一条道路，这条路真的能通向世界吗？还是世界终归要通向这里？

二〇一二年十一月二十三日于北京万柳庄

《当代作家评论》二〇一三年第一期

---

① 有关"感性解放"这一论题，见陈晓明《感性解放引导的现代艺术观念变革——"视听文明"到来之际的美学反思》，《南方文坛》2012年第3期。

从短篇看莫言

——"自由"叙述的精神、传统和生活世界

张新颖

一

莫言是个有巨大体量的作家，他创作上特别引人注目的滔滔不绝、汪洋恣肆的叙述特征，也只有给以相当的篇幅，才能得到淋漓尽致的发挥。所以，读莫言要读他的长篇，《酒国》、《天堂蒜薹之歌》、《丰乳肥臀》、《檀香刑》，尤其是《生死疲劳》。

但是，如果不读他的中篇和短篇，损失未必就比不读他的长篇少。按照一般的理解，篇幅的有限，会"节制"叙述，对于莫言这样一个给人通常印象是"不节制"的作家来说，这就形成了一种"张力"，产生出不同于长篇的"艺术性"。这肯定有些道理。但我以为更重要的，还不在这里。

就个人的感受来说，我觉得莫言在写中短篇的时候更"自由"、更"自在"——长篇小说篇幅大，但总有一个基本的目标和流程，即便流量巨大到能带动泥沙俱下如莫言，可以拓宽流域，甚至有时冲毁一下堤岸也无妨，但无论如何总得完成自己规定的流程。人们常常不经意地把长篇小说比喻成一定长度的河流，是有道理的。偶有例外，恰好证明常态如此。但中短篇，特别是我这里要谈的短篇，是没法笼统地以河流作比喻的。也就是说，比起长篇来，它可以没有"流程"、"堤岸"的限制，可以做到更"自由"、更"自在"。很多作家更多地感受得到短篇的限制而较少地感受短篇的"自由"，是件很遗憾

的事。莫言获得了这种"自由"，由"自由"而"自在"。他这样不受限制的时候，我们更容易接近和感触到他的文学世界发生和启动的原点，或者叫作核心的东西。

二

莫言的创作始于一九八一年，在最初的尝试摸索阶段，他颇为拘谨地写了几个可以被认可、得以发表的短篇。庆幸的是这个阶段只有短短的几年，八十年代中期的先锋文学潮流和域外现代主义及其之后的文学的影响，给中国当代文学带来巨大的冲击和变化，莫言是受益者，也参与其中；但对莫言来说更有意义的，不是和同代作家共同分享了潮流和影响，而是解放了自己，开始发现自己。我的同事刘志荣把莫言的这一经验过程简练地概括为"经由异域发现中国，经由先锋发现民间"[①]，我愿意再加上一句：经由别人发现自己。就是说，读了福克纳和马尔克斯，不是努力地让自己也写得像福克纳和马尔克斯，而是经过他们的启发，把自己从既定的观念和形式里解放出来，发现自己独有的世界的价值，并且发现把这个世界展现出来的自己的方式。"读了福克纳之后，我感到如梦初醒，原来小说可以这样地胡说八道，原来农村里发生的那些鸡毛蒜皮的小事也可以堂而皇之地写成小说。"[②] 这是一种根本性的"恍然大悟"，比起同代有些作家着迷的形式因素（这当然也非常重要，对莫言也重要），认识到原来自己的来路、自己的经验、自己的世界就是丰厚的文学资源，可以而且能够以自己的方式转化成自己的文学，这才是意义重大的。

经过三十年的写作，这个世界已经鲜明醒目而扎实牢靠地标记在文学地理的版图上，它的名字如今知之者众："高密东北乡"。起初，这个名称悄悄出现在一九八五年四月完成的两个短篇里：《秋水》和《白狗秋千架》。这两个作品，分属于莫言创作中的两种类型。《秋水》是传奇性的，那里面的生命张扬、狂野，在世俗的羁绊之外自创天地，"我爷爷"杀人放火，逃来此地，成了"高密东北乡"最早的开拓者——如今回头去看，

---

① 刘志荣：《莫言小说想象力的特征与行踪》，《上海文化》2011年第1期。

② 莫言：《福克纳大叔，你好吗?》，《老枪·宝刀》（莫言小说精短系列），第5页，上海，上海文艺出版社，2000。

我们以"后见之明",或许可以看出作者自己当年也未必清晰地意识到的"象征性":莫言要像他的先辈开辟蛮荒之地一样,开辟和建造文学上的"高密东北乡"。这一家族历史传奇类型的创作,很快就由一九八六年的中篇《红高粱》大刀阔斧、壮丽绚烂地铺展开来,达到一种极致的表现。此后仍屡有新篇,蔚然而成浓墨重彩的传奇系列。另一种类型,写的是现实世界,而这个现实世界,是莫言自小就感知和体验、无比熟悉的生活世界。《白狗秋千架》开篇,写久在外地的"我"返回家乡,这个"回去"的行为,或许正"隐喻"了莫言文学的自我发现的回归之路:没有"回去",就不会有"高密东北乡"。在早期的部分作品里,这个世界的某些侧面被突出地描述出来:沉重、阴郁、冷漠,周遭遍布残暴、不义、狰狞,人在其间艰难地挣扎着存活,悲怆而发不出一丝声音的呼喊。这一类型的短篇,读过之后就难以抹除它们在心灵上的疼痛印记者,不在少数,与《白狗秋千架》同一时期的有《枯河》,稍后有《弃婴》,九十年代初有《飞鸟》、《粮食》、《灵药》、《铁孩》等,而一九九八年发表的《拇指铐》则堪称这一类作品中的杰作。

如果你读过一九八七年的《弃婴》,四年之后读过《地道》,那么,二十二年之后看到长篇《蛙》就不会觉得莫言是一时起意"抓到"了"计划生育"这么个"题材":这不是外在于自身的"题材",也不是灵光一现"抓到"的,更不是所谓的为了迎合外国人的"口味"而刻意"设计"和"选择"的。这是生命面对生命的痛苦,经过漫长时间的煎熬,最终才得以转化出来的文学形式。《弃婴》最后说,"我"突然想起日本小说《陆奥偶人》的结尾:作者了解了陆奥地方的溺婴习俗后,偶进一家杂货店,见货架上摆满闭目合十的木偶,落满灰尘。作者联想,这些木偶,就是那些不及睁眼、不及啼哭就被溺杀在滚水中的婴儿。而作为《弃婴》的作者,"我无法找到一个这样的象征来寄托我的哀愁,来结束我的文章"。[①]许多年后,我们在《蛙》里看到了震撼人心的一幕:民间艺人郝大手为姑姑捏出来两千八百个栩栩如生的泥娃娃——乡村医生姑姑在"计划生育"的年代里毁掉了两千八百个孩子,姑父郝大手用泥土塑造出这些未能出生的生命,姑姑把这些泥娃娃偷偷供奉在三间厢房里,烧香,下跪,祝祷。

《枯河》和《拇指铐》,是莫言短篇中最让我痛切不已的两个作品。《枯河》里的那个

---

① 莫言:《弃婴》,《白狗秋千架》(莫言短篇小说全集之一),第322页,上海,上海文艺出版社,2009。

男孩，在人世彻骨的寒冷中慢慢死去了，死前的记忆，不仅是这个世界的不公和残酷，连从他的父亲、母亲、哥哥那里也得不到丝毫温暖，反而是更大的暴虐和更深的伤害。他带着对人世的绝望的恨，在黑夜里离去；他脸埋在乌黑的瓜秧里，用布满伤痕的屁股迎接第二天鲜红的太阳，百姓们面如荒凉的沙漠，父母目光呆滞犹如鱼类的眼睛，看着他的屁股好像看着一张明媚的面孔，"好像看着我自己"①——莫言就是那个被伤害的孩子。十三年之后我们又遇见了一个绝望的孩子，他叫阿义，给重病的母亲抓药回来的路上被无端铐在大树上，路过的人答理或者不答理他的呼叫，却没有一个人救他脱离绝境。他心里想着等待草药的母亲，自己咬断了拇指挣脱指铐。挣脱的喜悦降临的时刻，死亡也随即降临到这个被折磨得到了尽头的柔弱生命身上。不同于《枯河》中的男孩，《拇指铐》中的阿义是个满怀着爱的孩子，在生命的尽头，他看到从自己的身体里钻出一个赭红色的小孩，撕一片如绸如缎的月光包裹起中药，飞向铺满鲜花的大道。从两根断指处，洒出一串串晶莹圆润的血珍珠，叮叮咚咚落在玛瑙白玉雕成的花瓣上，"他扑进母亲的怀抱，感觉到从未体验过的温暖与安全"。②

莫言作品中的孩子，有一长串儿，以一九八五年的中篇《透明的红萝卜》中浑身漆黑的男孩最为人知。这个从头到尾一言未发的孩子，有着超常的忍受肉体疼痛和精神痛苦的能力，同时又有着超常敏锐的感受能力。这些不同作品的孩子，好像是同一个孩子的变体，或者更明确地说，这些不同的孩子，都是莫言童年的变体。这一系列的作品，是莫言从自己刻骨铭心的实感经验中生长出来的，携带着自己生命来历的丰富而真切的基本信息，以文字赋形，造就出自己独特的文学。

三

在以上所说的这两种类型的作品之外，莫言还另有魅力非凡的创作——而这另外的创作，才是我个人更为偏爱，也更想讨论的。

把一个作家的创作划分类型，本来是为了一时说话的方便，但方便也可能生出麻

---

① 莫言：《枯河》，《白狗秋千架》（莫言短篇小说全集之一），第185页。

② 莫言：《拇指铐》，《与大师约会》（莫言短篇小说全集之二），第186页。

烦。细究起来，类型之间的交叉、重叠、牵扯，你中有我，我中有你，同出一个人之手，一定是剪不断、理还乱的。只能大体而言。我所说的另外的创作，叙述的是日常形态的民间生活世界：不那么传奇，但总有传说、闲言、碎语流播其间；是现实的，也充满了苦难，但没有那么极端的压抑和阴冷，苦难里也有欢乐，也有活力，甚至是长久不息的庄严生机；是人间的，但也时有鬼怪狐仙精灵出没，与人短暂相接，似真似幻，虚实莫辨。

这样的作品，占了莫言创作的多数。我前面说莫言创作的"自由"和"自在"，最充分的表现，是在这样的创作里。

怎么才能够获得写作的"自由"和"自在"，不是件一下子可以解决的事。先锋潮流和外国文学的影响，是解放的力量，但受益者也可能从一种束缚里解放出来，又陷入另一种束缚却不自知，搞不好解放的力量和形式同时也就变成了束缚的力量和形式。要不为所迷所惑，免受新的束缚，得从根本上找到自己——不仅找到构建自己的文学世界的"材料"意义上的深厚实感经验，同时还要获得自己的构建方法，以活生生的形式，把活生生的实感经验变成活生生的文学。

莫言从民间生活世界里发现的，不仅是文学的"内容"，也不仅是文学的"形式"，更重要的是他的文学得以成为他自己的文学的自由自在的精神形态。中国的民间太广大了，各地的情况千差万别，不能一概而论。"高密东北乡"居齐地，齐地民间自有一种发达的"说话"（叙述）传统，孔子"不语怪力乱神"（《论语·述而》）在鲁或许可以作训诫、成规矩，在齐地民间就不可能作为守则；另一个鲁国的圣人孟子也不喜欢人胡乱说话，"此非君子之言，齐东野人之语也"（《孟子·万章上》），齐东野语这个成语就是这么来的。讨论莫言的民间，应该具体到齐地民间来谈。这种没有条条框框的、随兴的、活泼的、野生的民间叙述，其特征、风气和绵延到今天的悠长传统，里面有一种可以汲取和转化为"小说精神"的东西；传统的中国小说，本来就是"小说"，不是"大说"，不是"君子之言"。

二〇一〇年夏天，复旦大学中国当代文学创作与研究中心和哈佛大学东亚系联合召开了莫言文学研讨会，我发言谈莫言"胡说八道"的才华，这种"胡说八道"渊源有自，沟通了民间叙述（包括日常生活中老百姓东拉西扯的"业余"闲话和民间说书艺人的"专业"讲述两个方面），接续了中国小说的伟大传统（这个传统融合了民间叙述的源流和文人创造的个人才华），给当代文学带来了"自由"、"自在"、生机勃勃的"小说精神"。莫言从一个喜欢听故事、讲故事的孩子，到一个沉迷于中国古典小说的饥渴的阅读者，最终成长为一个写现代小说的作家，文学的来路历历在目。他有一篇题为《学习蒲松龄》的小说——这个标题多么"不像"小说的名字——不足千字，写的是：我有位祖先贩马，赶着马群从淄川蒲家庄大柳树下路过，给蒲松龄讲过故事。得知我写小说后，祖先托梦来，拉着我去拜见祖师爷。见了蒲松龄，我跪下磕了三个头。祖师爷说："你写的东西我看了，还行，但比起我来那是差远了！"于是我又磕了三个头，认师。祖师爷从怀里摸出一支大笔扔给我，说："回去胡抡吧！"我谢恩，再磕三个头。①借着描述这个三跪九叩的梦，莫言向融会了民间叙述和中国小说传统的家乡先贤，致以最深的敬意；与此同时，也把自己放到了一个源远流长的伟大传统的传人的位置上，把自己的文学创作放到了一个继往开来的位置上。能够得到这个传统的认可——"还行"——那是莫言的骄傲；得到这个传统的指点和激励——"回去胡抡吧！"——更是增添朝向"自由""自在"的胆量和信心。

《草鞋窨子》出现在一九八五年，在莫言同一时期的作品中，也许受到的关注不如那些趋于极端性的写作那么多，但这样的作品在纵放张扬的极端和凄苦压抑的极端之间的开阔地带，展现出宽广深厚、自有其丰富性的民间生活，日常，本色，朴野有致，烂漫无羁。草鞋窨子就是编草鞋的地窨，冬天有一些闲汉来取暖，凑在一起自然就说些闲话。爱说的，爱听的，多是奇闻逸事，鬼怪狐精。鬼怪里面有一种会说人话的"话皮子"，我小时候常常听人说起，但一直不知道这名字怎么写，读莫言这篇小说才知道原来是这三个字，也才明白了为什么叫这个名字。《草鞋窨子》虽然写了话皮子、蜘蛛精、大奶子鬼、抹了中指的血七七四十九天成了精的笤帚疙瘩，却还不能说这就是篇谈鬼怪的作品，不仅因为还有更多的篇幅谈了别的，更重要的是，所有这些都是作为这个民间生活的有机部分而出现的，融入了这些普通百姓的生活形态之中。莫言写的，正是这种生活形态和生活世界。小说里出现的人物，各有自身的艰难和苦痛，这些艰难和苦痛并不是他们生活的全部，与精神生活的需求、想象和创造交织在一起，才构成完整的世界。

但也毋庸讳言，莫言是喜欢谈狐说鬼的。《奇遇》、《夜渔》、《嗅味族》等短篇，都是以第一人称叙述神秘难解的经验。阿城说他听过的最好的一个鬼故事，是莫言讲的。有

---

① 莫言：《向蒲松龄学习》，《与大师约会》（莫言短篇小说全集之二），第296页。

一次回高密，晚上近到村子，涉水过村前的芦苇荡。不料人一搅动，水中立起无数小红孩儿，连说吵死了吵死了，莫言只好退回岸上。第二次再蹚到水里，小红孩儿们又从水中立起。反复几次之后，莫言只好在岸上蹲了一夜，天亮才涉水回家。① 我们不妨猜测，在莫言的世界里，这种神神鬼鬼的事情，要比我们以为的更加真实。莫言对人的知识和理性不能理解的另一个世界，是心存敬畏的；现代人把这叫作"迷信"，而鲁迅早就说过，"迷信可存"。② 因为"迷信"的源远流长，连通着人的精神"本根"和"神思"，完全铲除了，民间生活的完整性就破坏了。莫言"高密东北乡"的文学世界里，好在还有鬼怪们的一席之地，活泼地参与到了民间世俗生活之中。

民间的历史和现实中不乏奇人奇事，或许真实的存在是一个层次，进入口耳相传、代代相传的传说中是另一个层次，如此才获得更长久的生命和愈加非凡的魅力，今天网络语言流行的"某某早已不在江湖，江湖上还有某某的传说"，意思庶几近之；由传说而进入文学，又是一个层次。莫言也喜欢写"高密东北乡"的奇异之人，稀罕之事，《良医》、《神嫖》就是。更有意思的还不是单写某个或某些传说，而是写传说的同时也写出了传说的生成过程。一九九八年的《一匹倒挂在杏树上的狼》就展现了这样的过程。深更半夜一匹狼跑进村庄，被打死后挂在杏树上，天亮后男女老少都来围观——此地狼早就绝迹，或许只在连环画上见过狼的样子。从哪里来了这匹狼？闯过关东的章大叔绘声绘色，从狼的断尾巴讲起，讲了一个他和这匹狼之间的冤仇故事。这匹被章大叔在长白山铲断了尾巴的狼，用十三年的时间，翻山越岭，千里寻仇，来到了高密的一个小村庄。这样的故事，能信吗？那就要看讲述的功夫了。虽然不断有人疑问，章大叔都能一一化解，疑问反倒成了让讲述更加可信、完美和精彩的助推器，让人听得更加如痴如醉。小说不仅让我们看讲述的内容，同时让我们看讲述本身。传说也正是由这样的讲述而产生的。章大叔的讲述充分施展了语言的魔力，语言综合了现实经验和离奇想象，综合了真和假、实和虚，综合了个人的私心和集体的意愿，甚至综合了它自身的处处破绽和天衣无缝，留下这么一个语言的过程，留给读者去判断和感受。

莫言当然是一个对语言有多方面特殊敏感的作家，二〇〇四年的短篇《普通话》，聚

---

① 阿城：《闲话闲说》，第93页，北京，作家出版社，1998。

② 鲁迅：《破恶声论》，《鲁迅全集》第8卷，第28页，北京，人民文学出版社，1981。

焦于普通话和方言土语之间的博弈，在角力的过程中透视语言内含的权力关系，叙述不同语言权力之间的竞争、冲突和此消彼长，而语言的使用者的命运也随之兴衰起伏，为此而付出的代价沉重得超乎一般的想象。莫言审视现实中的不同语言的交锋，目光尖锐冷峻；而不论说普通话的人还是说方言土语的人，他们的遭遇，则让人内心疼痛不已。

四

"自由"、"自在"地写作，使莫言的小说呈现出多种多样的面貌。有时下笔千言，离题万里，但三兜六转，又回到了本题，如二〇〇三年的《木匠与狗》；有时惜墨如金，不铺展不声张，或者无头无尾，或者无过程无因由，却蕴蓄了千言万语，如二〇〇五年的《小说九段》。有时小说写得特别"像小说"，有时小说写得特别"不像小说"，又有时"既像又不像"，似乎本该是分属不同文体的文字现在却共处在一个文本空间里，让你觉得是随兴所至，天马行空；但同时它们来到一起又是因缘际会，随物赋形，脚踏实地而来。我是很喜欢那些"不像"和"既像又不像"的小说的，如一九八七年的《猫事荟萃》，一九九八年的《蝗虫奇谈》。我们所以会觉得"像"与"不像"，是因为心里有个小说的成规、标准、观念，而这些成规、标准、观念是怎么形成的，其实大有反省的余地。这是个大问题，只好另外再讨论。但成规、标准、观念是可以松动、改变、丰富的，甚至可以去冒犯、破坏、重建，这样小说才会有新的活力和长久的生命。

最后捎带几句似乎是题外的话，莫言获得诺贝尔文学奖之后，马上有人提出中学语文课本应该选他的作品，有关方面的反应也很快，说正考虑《透明的红萝卜》。这当然是莫言最好也最有声名的作品之一，但中篇的篇幅，课本自然是要节选的。我对节选总是带有难以克服的偏见。有一次王安忆跟我说起，《大风》特别适合选入中学语文课本，我太赞同了。这未必是能代表莫言文学突出特征的小说，但却是很"像小说"的小说，篇幅短小合适不说，语言、结构、意义、情感，用中学语文教材的苛刻条件来衡量，也绝无不符合的地方，在此向课本编写者推荐。

二〇一二年十一月二十九日

《当代作家评论》二〇一三年第一期

人人都在什么力量的支配下

——读《生死疲劳》札记

张新颖

一

《生死疲劳》写中国农村半个世纪的翻天覆地，折腾不已，非大才如莫言者不办。以文学写历史，文学如果孱弱、驯服、低眉顺目，就只能是服侍历史。这样的服侍我们见多了。我们也见过了一些对历史使性子的，往往不过是在服侍时候的使性子，小性子而已。我们何必读这样的文学，而不直接去读历史？可叹我们也未必有多少写出来的这五十年生死疲劳的历史书可以一读。那文学就更不必对那些概念化的、官样化的、空洞的、没有血肉的历史叙述摧眉折腰。莫言放笔直干，让西门闹堕入六道轮回，投胎转世变驴、变牛、变猪、变狗、变猴、又变人，一而再再而三地介入和见证人间的纷纷扰扰、争争斗斗。叙述滔滔不绝，以充沛的能量，极夸张想象之能事，酣畅恣肆，穷形尽相。

二

莫言的"极写"，夸张和想象，却不离历史和生活的真实。小说的起点是西门闹土改时被杀，然后才有人畜轮回。现在的年轻人是闹不清土改是怎么回事了，历史就没给我们讲清楚。所以会有一个学生问：土改不就是土地改革吗？还杀人哪？这个问题，让我记起以前读过的两个人当时的记录。

一个是张中晓，二十世纪九十年代出版他五六十年代写的《无梦楼随笔》，思想文化界才突然发现了这么一个"文革"初期已经死去的年轻思想者。一九五一年，他贫病在绍兴乡下，给胡风写信，说到当地土改的情况。三月十五日信："这里在土改，地主跪着，流氓背枪，当民兵，威武非凡。跪着的地主大概都是作为娱乐而跪着的。尤其是地主的女儿，非叫她跪不可。"①四月十四日信："这里土改完成了。""评议、分配等等，大致说来是公平的。""也枪毙了一批人，其中有××（他是东关人）的侄子。他的妻子，是一个矮小的、猥琐的四川人，这里叫她'拗声婆'的，孤零地在哭。这个看来是很简单、笨拙的外地人，这里的人们是将她'另眼看待'的。现在，她带着一个刚出世的孩子，顺从地、困苦地过着日子。这是一个可怜的人，平时听说她丈夫打她，不给她钱。但当她丈夫关在牢里的时候，她天天去送饭。"②五月二十五日信："现在枪毙人也太多，刚刚在枪毙人，其中一个只因为家中有一只破收音机。""我知道，整个中国起了彻底的搅动；而，那些封建潜力正在疯狂地杀人。范围底广大固然史无前例，而发生的事件也是史无前例的。"③

另一个是沈从文，他随同北京的工作团到四川土改，被分配到内江县第四区烈士乡，一九五二年一月的一封家信里写道："今天是四号，我们到一个山上糖房去，开一个五千人大会，就在那个大恶霸家糖房坪子里，把他解决了……来开会的群众同时都还押了大群地主（约四百），用粗细绳子捆绑，有的只缚颈子牵着走，有的全绑。押地主的武装农民，男女具备，多带刀矛，露刃。有从廿里外村子押地主来的。地主多已穿得十分破烂，看不出特别处。一般比农民穿得脏破，闻有些衣服是换来的。群众大多是着蓝布衣衫，白包头，从各个山路上走来时，拉成一道极长的线，用大红旗引路，从油菜田蚕豆麦田间通过，实在是历史奇观。人人都若有一种不可理解的力量在支配，进行时代所排定的程序。"④

---

① ② ③ 张中晓：《书信》，《无梦楼全集》，第65、72—73、78—79页，武汉，武汉出版社，2006。

④ 沈从文：《致沈虎雏、沈龙朱》，《沈从文全集》，第19卷，第267页，太原，北岳文艺出版社，2002。

"时代所排定"的这项"程序",在莫言的小说中还只是开始。大幕揭开,好戏连台。

三

第二部第十七章"雁落人亡牛疯狂,狂言妄语即文章",时间已是"文革"初期,写的是农村集市上的游街示众、革命宣传,"打倒奸驴犯陈光第!"的口号经过宣传车上四个大功率高音喇叭的放大,"成了声音的灾难,一群正在高空中飞翔的大雁,像石头一样噼里啪啦地掉下来……集上的人疯了,拥拥挤挤,尖声嘶叫着,比一群饿疯了的狗还可怕。最先抢到大雁的人,心中大概会狂喜,但他手中的大雁随即被无数只手扯住。雁毛脱落,绒毛飞起,雁翅被撕裂了,雁腿落到一个人手里,雁头连着一段脖子被一个人撕去,并被高高举到头顶,滴沥着鲜血"[①]。随后,混乱变成了混战,混战变成了武斗,被挤伤、踩死的人数多于后来有计划的武斗。

写"文革",这一段落如此下笔:写"宏大的声音"震落大雁,写大雁遭群众撕扯疯抢,写疯抢的人群互相伤害……其情其景,何种词语堪用?贪婪的、野蛮的、惊愕的、痛苦的、狰狞的、嘈杂的、凄厉的、狂喜的、血腥的、酸臭的、寒冷的、灼热的……平息之后,"原先万头攒动的集市上闪开了一条灰白的道路,道路上有一摊摊的血迹和踩得稀烂的雁尸。风过处,腥气洋溢,雁羽翻滚"[②]。

再过几章写西门牛杀身成仁,人性更是不堪形容。这头牛的能力本足以反抗,却绝不反抗;不反抗也可屈服,却绝不屈服。如此就只能忍受众人的鞭抽,被另一头牛拉断鼻子,被火烧焦烧臭皮肉。惨痛酷烈,何以忍忍。牛能忍忍,人的不忍之心却荡然无存。

四

西门闹第三次投胎,转世为猪,其时人民公社正大养其猪,可谓躬逢其盛。小说的这一部分写得颇有歌舞升平的气象,月光下常天红试唱《养猪记》的华彩唱段,时代的景象(幻象)和意念(妄念)跃然而出:

---

①② 莫言:《生死疲劳》,第133页,北京,作家出版社,2006。

第一句台词是"今夜星光灿烂",第二句是"南风吹杏花香心潮澎湃难以安眠",第三句是"小白我扶枝站遥望青天",第四句是"似看到五洲四海红旗招展鲜花烂漫",第五句是"毛主席号召全中国养猪事业大发展",接下来就连成了片:"一头猪就是一枚射向帝修反的炮弹小白我身为公猪重任在肩一定要养精蓄锐听从召唤把天下的母猪全配完……"①

"草帽歌伴奏忠字舞"可谓神来之笔:公猪爬跨到母猪的背上,啦呀啦的草帽之歌轰然而起,全无妒意的母猪互相咬着尾巴,围成圆圈,在草帽之歌的伴奏下,围着交配的猪跳舞。

这头位在全猪之上的公猪,技能、力量、智慧,都不可以凡猪视之。时光推移,它逃出人的管辖,到一个沙洲上一群野猪中间称王,后来爆发一场人猪大战,流落后又独自复仇,最终勇救儿童而身亡。桩桩件件,不可以常理度之。

天下可有这样的猪?当然是小说家的夸张与想象,创造了这样一头猪。但你也别以为小说家言就全不可信,就全是无稽之谈。

如果你读过王小波的《一只特立独行的猪》,你就不会觉得莫言是瞎扯了。王小波写的可是散文,不是小说。他在云南做知青时喂过这么一头猪,已经四五岁了,长得又黑又瘦,两眼炯炯有光。"吃饱了以后,它就跳上房顶去晒太阳,或者模仿各种声音。它学会汽车响、拖拉机响,学得都很像;有时整天不见踪影,我估计它到附近的村寨里找母猪去了。"后来它学会了汽笛叫,而汽笛一叫干活的就收工回来。领导"把它定成了破坏春耕的坏分子,要对它采取专政手段"。指导员带了二十几个人,手拿五四式手枪,副指导员带了十几个人,手持看青的火枪,分两路兜捕。它却是镇定冷静,撞开个空子跑了。"以后我在甘蔗地里还见过它一次,它长出了獠牙,还认识我,但已不容我走近了。这种冷淡使我痛心,但我也赞成它对心怀叵测的人保持距离。"②

---

① 莫言:《生死疲劳》,第307页。

② 王小波:《一只特立独行的猪》,《沉默的大多数》,第164—166页,北京,中国青年出版社,1997。

五

《生死疲劳》的核心当然是写人，不是写畜生。小说里那么多人物，纠缠复杂，经过那么长的时间和那么多的事件，男男女女，恩怨情仇，难解难分。这些人物，不说也罢。

唯有其中的一个，蓝脸，与众不同。他是全国唯一的单干户，试图活在时代之外。群众集体在太阳下热闹地劳动，他在月亮下孤单地侍弄他的一亩六分地。当然为了保住他的单干，他必须付出代价。月光下他的两只眼睛射出忧伤而倔强的光芒。他挥动竹竿驱赶毒蛾，用这种原始而笨拙的方式保护自己的庄稼。他死的时候埋在自己的土地里，墓穴里撒的是这块土地出产的各种粮食。

《生死疲劳》里的人物，活得多么闹腾啊。随着时代的变化，闹腾层出不穷，人生的戏剧目不暇接。小说的叙述太闹、太密、太多、太快、太曲折、太剧烈、太悲惨、太惊心动魄。这半个世纪的历史，不就是这样？这半个世纪的人心，不也是这样？

可是回过头来，看看蓝脸那一小块土地，上面排满了一座又一座的坟墓。算一算，有十几座吧。那岂不是，所有的闹腾都被土地吸收了，最终归于静默，静默连着静默？

莫言没有着意去写这个巨大的静默。但千言万语，所归何处？为什么要有这千言万语啊？只是为了热闹而热闹，为了惊心动魄而惊心动魄？在普通人的苦口婆心和佛的普度众生之间，是小说家和小说的大悲悯。这大悲悯连接起千言万语的热闹和最终巨大的静默。小说的台湾版比大陆版多出一个后记，其中莫言说："只有正视人类之恶，只有认识到自我之丑，只有描写了人类不可克服的弱点和病态人格导致的悲惨命运"，才能真正产生惊心动魄的大悲悯①。由此而言，书前引的话——佛说："生死疲劳，从贪欲起。少欲无为，身心自在。"

——并非可有可无。

沈从文感叹"人人都若有一种不可理解的力量在支配"；莫言也有此问，并把此一问题化为长篇的叙述所要追究的核心，有心的读者当能听到，在叙述的内部回响着这样的声音：半个世纪轰轰烈烈的大戏，人人都是在什么力量的支配下上演，跌宕起伏，一个

---

① 莫言：《后记》，《生死疲劳》，第611页，台北，麦田出版公司，2006。

高潮接着另一个高潮？至于什么时候才能够从生死疲劳中解脱，身心自在，恐怕还是下一步的问题。

二○○九年五月二日

《当代作家评论》二○○九年第六期

民间的传奇

——论莫言的文学观

栾梅健

尽管人们对于诺贝尔文学奖众说纷纭、见仁见智，不过，当瑞典学院决定将这一延续了百余年的荣誉于二〇一二年首次授予中国籍作家莫言时，对于中国当代文学无疑是一个重大的事件。莫言为什么能获奖？他凭什么征服了西方的评委？他的文学观是什么？

诸如此类的问题，其实表现的不仅是对莫言个人创作的热爱与好奇，而且也透露出人们对中国当代文学的关切与思考，对于中国文学如何走向世界的期盼与愿景。因而，当本文仔细探讨莫言文学观念的形成原因及其个体风貌时，就并不仅仅对于如何理解他的创作特色有所裨益，而是对整个中国当代文学的发展有着一定的借鉴与启示作用。

一

二〇〇一年，莫言在苏州大学"小说家讲坛"上题为《文学创作的民间资源》的讲演中，第一次系统地阐述了他的"作为老百姓写作"的文学主张：

过去提过为革命写作，为工农兵写作，后来又发展成为人民写作……"为老百姓写作"听起来是一个很谦虚很卑微的口号，听起来有为人民做马牛的意思，但深究起来，这其实还是一种居高临下的态度。其骨子里的东西，还是作家是"人类灵魂工程师"、"人民代言人"、"时代良心"这种狂妄自大的、自以为是的玩意儿在作怪。

　　……我认为真正的民间写作就是"作为老百姓的写作"……他在写作的时候，没有想到要用小说来揭露什么，来鞭挞什么，来提倡什么，来教化什么，因此他在写作的时候，就可以用一种平等的心态来对待小说中的人物。他不但不认为自己比读者高明，他也不认为自己比自己作品中的人物高明。①

　　自晚清梁启超力倡"小说新民论"始，百余年来的中国近现代文学一直纠缠于"为人生"、"为政治"、"为老百姓"的漩涡之中。而莫言的"作为老百姓写作"，尽管只是一字之差，然而却根本上颠覆了作家的立场、观点与态度，无疑是石破天惊之论！

　　作为出生于山东高密农村、小学五年级就辍学的莫言来说，他对文学的最初认识与理解，其实绝大部分都来自于他基层的生活经验与民间的文学传统。他自称："我没有学问，有的只是一些道听途说的野语村言……有的只是草民的念头和生理性的感受。"②他这样描写着生活在家乡时那些让他入迷、陶醉、温暖的夜晚：

　　　　房子小，人挤，我的位置在墙角，与一株养在破水缸里瑟缩在墙角熬冬的夹竹桃紧挨着。屋子里永远不生火，脚冻得像猫咬着一样痛。一灯如豆，温暖地照耀着众人模模糊糊的脸。屋子里烟雾腾腾，这些乡村的口头小说家们你一段我一段地编织着奇闻怪事，有时也议论经济，有时也批评政治，最多的话则是妖魔鬼怪和村中人的男女情事。③

　　莫言的家乡在胶东，是古代"齐东野语"盛行的地方。而从他家西行三百里，有一个地方叫淄川，便是三百年前写出过《聊斋志异》的蒲松龄的家乡。莫言想象着这位古代杰出小说家采风时的情景："……他的面前摆着一张小方桌，桌上放着茶壶茶碗、烟筒

---

　　① 莫言：《文学创作的民间资源》，《当代作家评论》2002年第1期。
　　② 莫言：《人一上网就变得厚颜无耻》，《说吧·莫言》下卷，第288页，深圳，海天出版社，2007。
　　③ 莫言：《酒后絮语》，《说吧·莫言》下卷，第27页。

笤烟袋锅。来来往往的人如果口渴了或者走累了，都可以坐在小桌前，喝一杯茶或是抽一袋烟。在你抽着烟或是喝着茶的时候，白胡子老人就说：'请讲个故事给我听吧。随便讲什么都行，奇人奇事，牛鬼蛇神……随便讲什么都行……求您啦……'"①比起村里那些肚子里装满故事、能说会道的"口头小说家"们，蒲松龄该是一个什么样的神鬼莫测、口眼通天的故事大王呢？当少年莫言阅读着《聊斋志异》时，他被这位离自己家乡不远的小说家所编造的神鬼、狐妖、花木精灵的奇异故事所吸引；而当他自己长大后有机会来从事小说创作时，便自然奉蒲松龄为祖师爷，要给这位神奇的小说家磕三个响头了。

莫言后来在创作了一段时间以后，当他有意识地思考文学的观念时，他感到蒲松龄的成功在于纯粹的民间立场，较少功利的色彩。他觉得在蒲松龄那个时代，没有出版社，没有稿费和版税，更没有这样那样的奖项，写作的确是一件寂寞的甚至是被人耻笑的事情。然而科举不第，生活艰难，怀才不遇，他有大技巧要炫耀，有大痛苦要宣泄，有大积怨要排遣，于是，他在毫无功利目的之下，创作出了伟大的经典《聊斋志异》。因此，莫言得出结论："非民间的写作，总是带有浓厚的功利色彩；民间的写作，总是比较少有功利色彩。"②

除了蒲松龄以外，莫言后来接触到更多的古典名著和中国现当代文学。他认为沈从文的成功也在于非功利的民间立场。一九九九年，他在接受日本学者吉田富夫教授采访时，认为鲁迅与沈从文是中国现代文学中他最喜欢的两位文学大师③。他觉得在沈从文的早期有关湘西题材的作品中，保持着真正的民间立场和视角。"他写那些江边吊脚楼里的妓女，如果是知识分子立场，那就会丑化得厉害。但沈从文却把她们写得有很多的可爱之处。因为他对这些妓女的看法与那些船上的水手对她们的看法是一致的。"他没有把她们写成节妇烈女，反而准确地写出了她们在职业范围内的真情。"'牛保，我等你三个月，你再不来，我就接待别的客人。'他写那个戴水獭皮帽子的朋友，如果用知识分子的

---

① 莫言：《学习蒲松龄》，《说吧·莫言》下卷，第224页。

② 莫言：《文学创作的民间资源》，《当代作家评论》2002年第1期。

③ 莫言：《我的文学殿堂里的一块最沉重的基石——答〈丰乳肥臀〉日文译者吉田富夫教授问》，《说吧·莫言》中卷，第11页。

立场，那这个家伙就是个十恶不赦的大流氓，但他在沈从文的笔下是那样爽朗、粗野和有趣。"① 而后来沈从文成名以后，莫言觉得，民间立场难以坚守，有少许作品就不如先前那样生动与感人了。

对于鲁迅，莫言也认为他文学创作中最为成功的部分仍然得益于非功利的民间立场。作为五四时期最重要的文化革新者之一，鲁迅有一种典型的居高临下的姿态。启蒙、为人生、改造国民性，是他倡导的文学主张。不过，凭借着少年时就对鲁迅作品的热爱，他敏锐地发现在鲁迅身上其实有着两方面的气质与才华。一方面，鲁迅是五四新文学革命的主将，他对社会的批判，对旧的封建主义的批判，像投枪、烈火一样；另一方面，"鲁迅一旦回到文学创作上来，他立刻又抛弃了口号式、宣传式、活报剧式的那种浅显，立刻直面人生，直视人的灵魂"。② 莫言非常推崇鲁迅的短篇小说《铸剑》，那种瑰丽的想象与神奇的笔墨，令他叹为观止。然而，莫言又认为鲁迅可能是不适合创作长篇小说的，"……鲁迅不适合写长篇小说，就是因为他太有思想了，思维太清楚了。长篇小说需要一种模糊的东西，应该有些松散的东西，应该有些可供别人指责的地方，里面肯定有些败笔，有些章节可以跳过去"。③ 一个伟大的思想家不一定能写出伟大的作品。真正的文学一定必须直面人生，深入到人物的内心深处，与人物真正感同身受，而这正是"作为老百姓写作"的主要内涵。

二十世纪八十年代初，莫言有机会接触到了西方文学。那是个八面来风、全民阅读的黄金时代。对于一个在偏僻农村度过了二十余年、除了有限的苏俄文学之外仅有中国民间和本土阅读经验的莫言来说，那无疑是一片神奇的天空。那些发达的老牌资本主义国度的文学是什么样子的？而那些不甚发达的远在万里以外的拉美文学又会是如何的状况呢？他如饥似渴，一头扎了进去。然而，在狂热地阅读了一阵子以后，他却惊奇地发现，原来这些陌生的外国文学竟然与他的故乡、他的民间传统是如此的接近：

> ……读了福克纳的《喧哗与骚动》，加西亚·马尔克斯的《百年孤独》、卡夫卡

---

① 莫言：《文学创作的民间资源》，《当代作家评论》2002年第1期。
② 莫言：《文学与青年——在深圳福田会堂演讲》，《说吧·莫言》上卷，第105页。
③ 莫言：《作家与他的创造——在山东大学文学院演讲》，《说吧·莫言》上卷，第95页。

的《变形记》、川端康成的《雪国》等许多作品，感到如梦初醒，我想不到小说竟然可以这样写，如果早知道小说可以这样写，我何必挖空心思去寻找素材？类似的故事，在我的故乡，在我的童年经历中，可以说是比比皆是。于是我就放下了这些书，开始写我的小说了。[①]

以前，莫言常苦恼于没有什么素材好写，而现在突然明白，原来小说可以这样贴近民间，原来农村里发生的那些鸡毛蒜皮的小事也可以堂而皇之地写成小说，于是，他大着胆子把"高密东北乡"写在稿纸上。他要让它像福克纳的约克纳帕塔法县那样，成为他作品中人物活动的文学地理。由此，他豁然开朗、激情喷发："我从乡亲们口中听说过的传奇往事，都桩桩件件、活灵活现地出现在我的脑海里，许多个性鲜明的人物都争先恐后地奔涌到我的面前，向我讲述着他们的故事，请求我把他们写进小说。"而反观新中国成立以后的那些创作，莫言觉得："一九四九至一九七九年这三十年间，文学被当作了政治的附属、宣传的工具，褊狭的阶级立场和政党观念限制了作家创作的自由和文学表现的视野，压制了作家的才华……"[②]远离急功近利的政治要求，回到故乡，回到民间，这是福克纳、马尔克斯等西方文学大师给予莫言的启发。而日本作家大江健三郎对文学与政治关系的处理，则更使他坚定了"作为老百姓写作"的信心。

大江健三郎，这位曾获诺贝尔文学奖的日本当代作家，与莫言有着深厚的友谊。他觉得大江不是那种能够躲进小楼自得其乐的书生，而是有着一颗如鲁迅那样疾恶如仇的灵魂。他认为大江的鲜明政治态度和斗士般的批判精神是有目共睹的，大江对社会和政治问题的敏感和关注也是有目共睹的，不过，大江并没有让自己的小说落入浅薄的政治小说的俗套，并没有让自己的小说里充斥着那种令人憎恶的教师爷腔调。这是因为大江，"把他的政治态度和批判精神诉之于人物形象。他不是说教，而是思辨……人物经常处于激烈的思想交锋中，是真正的具有陀思妥耶夫斯基风格的复调小说"。[③]在政治上可以是斗士，在社会上可以是英雄，然而，在面对作品中的人物时，你却必须把自己还原

---

① ② 莫言：《没有个性就没有共性——在韩国"东西文学大会"上的演讲》，《说吧·莫言》上卷，第162—163页。

③ 莫言：《大江健三郎先生给我们的启示——在大江文学研讨会上的发言》，《说吧·莫言》上卷，第216页。

成一个普通的人，一个平常的老百姓，一个可以与人物平等对话的叙述者。

莫言的文学观念源自于他的阅读体验，源自于那真正属于艺术的刹那间的感动。从早期对民间口头艺术的迷恋，到对鲁迅、沈从文等文学巨匠的领悟，直到西方文学经典给他的启示，莫言越来越坚定了自己对文学的理解。这种理解既不是来自于现成的文学理论，也不是来自于流行的时尚潮流。

"作为老百姓写作"，就是作家千万不要把自己抬举到一个不合适的位置。作家不要以为自己比人物高明；反而，你应该跟着人物的脚步走。作家不要担当道德的评判者，不要以为自己总是对的，而是应该贴着人物，感应着他们的喜怒哀乐。这样，作家就可能有时背叛了自己的阶级，创作出真正不朽的艺术作品。

莫言的这一文学主张无疑已接近于艺术的真谛，同时，它对百余年来一直过于精英化、功利化的文学观念也是一次有力的矫正。

二

细细深究起来，"作为老百姓写作"其实并不仅仅只是一种创作姿态和立场，而且还直接决定与影响着作品的趣味与爱好。毕竟，普通老百姓并不会写作，也不可能真正拿起笔来进行文学实践，而一旦作家自觉或不自觉地认同自己为普通老百姓中的一员，真切地描摹着他的所思所感时，自然就能与普通老百姓的趣味、爱好相通，真正创作出普通老百姓所喜闻乐见的作品。比较而言，当作家以启蒙者的姿态"为老百姓写作"时，可能就会在作品中不可避免地出现"书生气"、"学生腔"，而当作家放下身段、以普通老百姓的一员进行创作时，就有可能接上地气，洋溢着"民间味"与"乡土气"。

莫言这样确定着自己的身份认同：

"作为老百姓写作"者，无论他是小说家、诗人还是剧作家，他的工作，与社会上的民间工匠没有本质的区别。一个编织筐篮的高手，一个手段高明的泥瓦匠，一个技艺精湛的雕花木匠，他们的职业一点也不比作家们的工作低贱。①

---

① 莫言：《文学创作的民间资源》，《当代作家评论》2002年第1期。

由这样对"民间工匠"性质的认同，莫言一再声称他的身份应该只是一个"说书人"。一次，他在与台湾作家骆以军对话时这样说道："你可千万不要把'大小说家'的帽子随便就扣到我的头上，我就是一个说书人，一个跟那些在过去的集市上，手拿竹板或鸳鸯板'耍贫嘴'混饭吃的人，没有本质的区别。"①莫言这种对自己地位的确认，与那些以启蒙自居的知识精英立场显然有着天壤之别。二〇〇六年，他在日本京都大学会馆的讲演中，继续阐述着他的"说书人"立场："小说，原本不是什么高贵的东西。它起源于下层，是那些茶楼酒馆的说书人，用他们的嘴巴，讲述给那些引车卖浆者流听的故事。"他自认："我把说书人当成我的祖师爷。我继承着的是说书人的传统。"②同年，他在上海大学的讲演中，仍然这样坚持着："小说，说简单嘛，当年也就是引车卖浆者之流，说书人在酒楼茶馆里，集市上，给人们讲故事，听众多是下层百姓，说简单也是很简单，就是一个人在讲故事……"③

从自觉于"作为老百姓写作"，到对民间趣味与爱好的肯定，再到对自身"说书人"身份的认同，乃至对小说"故事性"的强调，其实这都是一个链条中的几个环节。莫言正是从"作为老百姓写作"这根主轴中，形成了他文学观念中对小说故事性的高度重视。

故事的好坏，应该是小说最为关键的因素之一。莫言把这种对故事性的尊重，归结为自己对民间传统的感悟。"我是一个没有多少理论修养但是有一些奇思妙想的作家。我继承的是民间的传统。我不懂小说理论，但我知道怎样把一个故事讲得引人入胜。这种才能是我童年时从我的祖父、祖母和我的那些善于讲故事的乡亲们那里学到的。"④对于仅上过五年小学的莫言来说，他对文学的最初感动其实大部分来自于民间口头文学。他曾在台北的一次"童年阅读经验"的座谈会上这样自嘲："当你们饱览群书时，我也在阅读；但你们阅读是用眼睛，我用的是耳朵。"他这样详细地回忆着少时"用耳朵阅读"的

---

① 莫言：《〈生死疲劳〉是充满温情和希望的——与骆以军笔谈》，《说吧·莫言》中卷，第364页。

② 莫言：《小说与社会生活——在京都大学会馆的演讲》，《说吧·莫言》上卷，第172—173页。

③ 莫言：《关于小说的写作——在上海大学演讲》，《说吧·莫言》上卷，第189页。

④ 莫言：《语言的优美和故事的象征意义——英文版小说集〈师傅越来越幽默〉序》，《说吧·莫言》下卷，第402页。

乐趣：

> 　　就像诸多作家都有一个会讲故事的老祖母一样，就像诸多作家都从老祖母讲述
> 的故事里汲取了最初的文学灵魂一样，我也有一个很会讲故事的祖母，我也从我的
> 祖母的故事里汲取了文学的营养。但我更可以骄傲的是，我除了有一个会讲故事的
> 祖母之外，还有一个会讲故事的爷爷，还有一个比我的爷爷更会讲故事的大爷
> 爷——我爷爷的哥哥。除了我的爷爷奶奶大爷爷之外，村子里凡是上了点岁数的
> 人，都是满肚子的故事。①

　　正是这些难以计数的故事，陪伴着莫言度过了那些饥饿而孤独的少年时光，慰藉着
他痛苦的心灵，并使他感受到文学的美妙与神奇，乃至深深地决定着他的小说观念。在
二十世纪八十年代中期，我国文坛上曾经有过一阵关于小说要不要讲故事的争论，一些
前卫作家也曾进行过淡化小说故事要素的实践，然而，莫言的感觉是："这种不讲故事的
小说，就像试验田里的一个不成熟的农作物品种一样，始终也没获得大面积推广的资
质。而讲述故事的小说还是小说的大多数，那些获得了普遍认同、引起读者关注的小
说，无一例外地都是用精彩的方式讲述了精彩故事的小说。"②小说创作无论如何创新，
如果脱离了精彩的故事，就有可能偏离了小说本意，偏离了普通大众的审美需求。

　　有人认为中国传统的小说是讲故事的，已经司空见惯了，需要进行全面的革新。不
过，莫言认为淡化故事可以是小说的一种写法。他还举例马尔克斯的短篇小说《伊丽莎
白在马孔多时的观雨独白》，整篇小说就是写一个女人看着窗外的暴雨浮想联翩，是一个
成功的样本，不过他又认为，这种淡化故事的处理方式运用于短篇小说可以，然而运用
于中篇或者长篇可能就无法吸引读者了。他反问道："没有故事，那怎么读？而且在现
在，它拿什么去吸引读者？"为此，他反复重申："我一直强调小说的第一因素是小说应
该好看，小说要让读者读得下去。什么样的小说好看？小说应该有一个很好的故事，精
彩的故事。因为所谓思想，人物性格的塑造，时代精神的开掘，所有的微言大义，都是

---

① 莫言：《用耳朵阅读——在悉尼大学演讲》，《说吧·莫言》上卷，第60—61页。
② 莫言：《鲜明的法律之美——〈刑场翻供〉评点》，《说吧·莫言》下卷，第358页。

通过故事表现出来的……尤其是在长篇小说里，更应该有让人看了难以忘记的故事，这样才有可能产生让人难以忘记的可以进入文学画廊的典型人物，那些美丽的语言才有可能附丽。皮之不存，毛将焉附？"①在先锋文学盛行时期，上海小说家孙甘露的《信使之函》等作品，以淡化情节为特征，曾引起文坛的一阵关注。莫言的看法是，刚兴起时可能会使人好奇，然而"第三、第四、第五篇还有人读吗？我觉得作为一种实验是可以存在的，如果所有的长篇所有的小说都这样了，那将是小说的末日。"②事实也正如莫言所预料的那样，淡化情节的小说在中国当代文坛没能走出多远，便迅速消失在人们的视线中了。

故事，似乎是小说最原始、最陈旧的要素，也似乎是人人都会，然而在莫言心目中，编织出精彩的故事需要非凡的想象力，并不如想象中的那么简单。"讲故事的能力就是想象力。有的人可以讲一个活灵活现的故事，就因为他有想象力……"③"作家的想象力，是作家存在的唯一理由，或者说是看家的本领。"④

无论是"第一因素"、"唯一理由"，还是"看家的本领"，都透露出莫言对故事，特别是精彩的故事的高度重视。他认为这是小说创作的根本，除此，都可能沦为文学中的空中楼阁。

这种对小说故事性的推崇，并不是莫言在某个特殊时期才会出现的小说观念，而是贯穿于他的创作始终，构成了他一个极富个性的文学主张。早在一九八四年秋，他初入解放军艺术学院，在一篇名为《天马行空》的创作谈中，就十分明确地阐述过这一主张：

> 只有有想象力的人才能写作，只有想象力丰富的人才可能成为优秀作家。主题先行，也未必不能产生优秀的作品，先有主题，后编故事，而且编得有鼻子有眼睛，连眼睫毛都会打呼扇，这也是一种大本领。⑤

---

① ② 莫言：《用自己的情感同化生活——与〈文艺报〉记者刘颋对谈》，《说吧·莫言》中卷，第84页。

③《用自己的情感同化生活——与〈文艺报〉记者刘颋对谈》，《说吧·莫言》中卷，第83页。

④ 莫言：《关于〈檀香刑〉的几个问题——回答〈南方周末〉记者》，《说吧·莫言》中卷，第44页。

⑤ 莫言：《旧"创作谈"批判》，《说吧·莫言》上卷，第278页。

"大本领"是需要天分的。"一个文学家的天才和灵气，集中地表现在他的想象能力上。浮想联翩，类似精神错乱，把风马牛不相及的若干事物联系在一起，熔为一炉，烩为一锅，揉成一团，剪不断，撕不烂，扯着尾巴头动弹，这就是想象的简单公式和一般目的。"[1]出乎意外又合情合理，扑朔迷离又有迹可循，草蛇灰线伏千里，神龙见首不见尾，既是精彩故事的要求，又是检验作家想象力的标准。

当少年莫言挤在拥挤的墙角边聚精会神地聆听村中老人说故事时，紧紧抓住他的心弦，使他不敢大声出气的力量，就是那些跌宕起伏、惊险曲折的故事。而鬼使神差地，当莫言有朝一日成为了小说家，努力运用他的笔来创作小说时，他自然忘不了故事，忘不了那些能够真正给予老百姓精神享受的艺术手法。

三

在二〇一二年诺贝尔文学奖的授奖词中，评委们认为"魔幻"是莫言文学创作的一个显著特点。诚然，在莫言众多的文学作品中，它的故事并非只有一般意义上的精彩情节，而是具有了浓郁的魔幻色彩。这也是莫言文学观中的一个特殊之处。

提起魔幻现实主义，人们首先想到的自然是拉丁美洲的著名作家马尔克斯。他于一九八二年获得诺贝尔文学奖的长篇小说《百年孤独》自二十世纪八十年代中期翻译成中文，便引起中国文坛的极大关注。它体现出夸张、象征、怪诞等现代主义常用的手法与古老的印第安神话传说、拉美的地域风情有机的融合，被誉为当代拉丁美洲的百科全书。莫言这样谈论着马尔克斯对他创作的影响："有人认为我创作《红高粱家族》系列作品受到了马尔克斯的影响，这是想当然的猜测。因为马尔克斯的《百年孤独》的汉译本一九八五年春天我才看到，而《红高粱》完成于一九八四年的冬天，我在写到《红高粱家族》的第三部《狗道》时读到了这部了不起的书。"[2]尽管创作《红高粱》时没有接触到《百年孤独》，然而，这部小说对他后来创作的影响却是巨大的。"我第一次看加西亚·马尔克斯的《百年孤独》是在一九八五年，一个冬天的晚上，看了第一页之后我就

---

① 莫言：《旧"创作谈"批判》，《说吧·莫言》上卷，第277页。

② 莫言：《我为什么写〈红高粱家族〉》，《说吧·莫言》上卷，第342页。

拍案而起，心里想，没想到这样的东西也可以写成小说，这样的东西在我们农村不是到处都有吗？这彻底粉碎了我旧有的文学观念。"①在另一篇《我与"译文"》的文章中，他更加形象地描绘了自己在阅读《百年孤独》时的激动："……马尔克斯的《百年孤独》，这本书简直就是新时期文学的经典，我读了一页便激动得站起来像只野兽一样在房子里转来转去，心里满是遗憾，恨不得早生二十年……"②

从接受机理来说，外因总是通过内因起作用的。尽管马尔克斯对莫言的魔幻创作风格有着巨大的触动产并生回响，不过，从本原上，它仍然来自于莫言所独具的知识积累、个人经历和生活环境。

从莫言早年的文学接受中，我们可以很容易地发现，其实早就埋下了魔幻的因子。《封神演义》最初开启了他的阅读生涯，他这样描绘儿时阅读这部小说时的感受：

> 我们邻村一个石匠家里有一套带插图的《封神演义》，这套书好像是在讲述三千年前的中国历史，但实际上讲述的是许多超人的故事，譬如说一个人的眼睛被人挖去了，就从他的眼窝里长出两只手，手里又长出两只眼，这两只眼能看到地下三尺的东西；还有一个人，能让自己的脑袋脱离脖子在空中唱歌，他的敌人变成了一只老鹰，将他的脑袋反着安装在他的脖子上，结果这个人往前跑时，实际上是在后退，而他往后跑时，实际上是在前进……③

这部极具魔幻色彩的古典名著，使莫言沉浸在无尽的幻想之中，对他有着难以抵御的吸引力。而那部令他百读不厌的《聊斋志异》，则更多为神鬼、狐妖、花木精灵的奇异故事，能把真实的人情和幻想的场景、奇异的情节巧妙地结合起来，营造出恍惚迷离的艺术境界。至于那些民间说书人的故事，也仍是充满了神鬼莫测的恐惧与神秘："他们讲述的故事神秘恐怖，但十分迷人。在他们的故事里，死人与活人之间没有明确的界限，

---

① 莫言：《农村故事征服香港读者》，《广州日报》2007年7月24日。
② 莫言：《说吧·莫言》上卷，第320页。
③ 莫言：《福克纳大叔，你好吗？——在加州大学伯克莱校区的演讲》，《说吧·莫言》上卷，第26—27页。

动物、植物之间也没有明确的界限，甚至许多物品，譬如一把扫地的笤帚、一根头发、一颗脱落的牙齿，都可以借助某种机会成为精灵。"①"在那些岁月，每到夜晚，村子里便一片漆黑，黑得伸手不见五指。为了度过漫漫长夜，老人们便给孩子们讲述妖精和鬼怪的故事。在这些故事里，似乎所有的植物和动物，都有变化成人或者具有控制人的意志的能力……现在回忆起来，那些听老人讲述鬼怪故事的黑暗夜晚，正是我最初的文学课堂。"②

早年阅读的《封神演义》、《聊斋志异》等小说，以及村中老人们的故事，共同构成了莫言"最初的文学课堂"。而在这课堂上，"魔幻"是从来都没有缺席的。

除了早年的文学熏染之外，莫言早年特殊的个人经历，也使得他日后创作时自然而然地呈现出魔幻的特征。

二〇〇〇年，他在美国斯坦福大学做的一次讲演中，曾经详细地谈论过他早年的孤独以及由此而来的胡思乱想。"……因为我很小的时候已经辍学，所以当别人的孩子在学校里读书时，我就在田野里与牛为伴……在这样的环境下，我首先学会了想入非非。这是一种半梦半醒的状态……那时候我正是才华横溢、出口成章、滔滔不绝，而且还合辙押韵。有一次我对着一棵树在自言自语，我母亲听到后大吃一惊，她对我的父亲说：'他爹，咱这孩子是不是有毛病了？'"③二〇〇六年在日本福冈市饭仓小学的讲演中，他又同样说着这样的故事："我像你们这般年纪的时候……我一个人到草地上放牛，整天与牛在一起，没有人与我说话。我就与天上的鸟儿说话，我与牛说话。这个时期，养成了我胡思乱想的习惯，也培养了我与大自然之间密切的关系。"④

孤独、自卑、郁闷，莫言享受不到健康、正常的少年时光，反而将这种情绪内化，化为自言自语、胡思乱想。这种心理状况，其实已接近于虚空、幻想的境界了。"我十一岁辍学，辍学后有过一段三五年特别孤独的时候……这三五年真是太孤独了，想说话又

---

① 莫言：《用耳朵阅读——在悉尼大学演讲》，《说吧·莫言》上卷，第61页。

② 莫言：《恐惧与希望——在意大利演讲》，《说吧·莫言》上卷，第157页。

③ 莫言：《饥饿和孤独是我创作的财富——在斯坦福大学的演讲》，《说吧·莫言》上卷，第46—47页。

④ 莫言：《两个与食物有关的童话》，《说吧·莫言》上卷，第222页。

没有说话的对象，有时候在田野里大喊大叫，更多的时候是躺在草地上，看天上缓缓飘过的白云，看天上鸣叫的小鸟，胡思乱想。我对鸟也很了解，像云雀，它在天上叫我就能准确地在地上找到它的巢……"①二〇〇三年，法国《新观察报》记者问他："中国的民间故事和神话传说是否对您的作品偏向于魔幻现实主义有影响？您承认马尔克斯、福克纳、海明威对您的影响，是否能解释西方作家对您写作的影响？"对此，莫言的回答是："我在农村生活了二十多年，从小接触的，就是这些东西。"②在莫言所指的"这些东西"中，自然一定包含有他早年的孤独，以及由此而来的胡思乱想。这种心理与性格特征，直接构成了他作品中魔幻现实主义色彩的内在动因。

此外，莫言所处的变幻无常、纷纭复杂的社会环境与现实生活，也是其魔幻色彩出现的重要原因。

二〇〇四年，莫言在深圳福田会堂讲演时说："我们这一茬五十年代，或者六十年代初期出生的作家，跟前面的文学青年不太一样，我们是在中国社会非常不正常的一段时间里成长，经历了大跃进、三年困难、饥饿、'文化大革命'，我们成长的社会动荡不安……经常写一些奇奇怪怪、荒诞、变形的东西，这可能与我们经历了十年'文革'，社会生活留下的噩梦般的记忆有关。"③二〇〇五年，他在应法国南特市的一家刊物所写的文章中也说："我们亲历了六十年代的饥饿，亲历了'文化大革命'的疯狂，亲历了八十年代的改革。在饥饿的年代里，我们吃野草和树皮，吃光了野草和树皮后，我们曾经在学校里吃过煤块。法国的儿童大概无法想象一群孩子在老师的带领下吃煤块的情景吧？"④莫言所经历的这些匪夷所思的生活状况，其实正是魔幻现实主义滋生的温床。因此，当台湾作家骆以军好奇地问他为什么会在作品中描写那么许多荒诞不经的事情时，莫言的回答干脆而直接："你们所谓的'魔幻'，其实是我们那儿的现实。"⑤

---

① 莫言：《用自己的情感同化生活——与〈文艺报〉记者刘颋对谈》，《说吧·莫言》中卷，第81页。

② 莫言：《饥饿和孤独是我创作的财富——在斯坦福大学的演讲》，《说吧·莫言》上卷，第93页。

③ 莫言：《文学与青年——在深圳福田会堂演讲》，《说吧·莫言》上卷，第107—108页。

④ 莫言：《说说俺们山东人》，《说吧·莫言》下卷，第151—152页。

⑤ 莫言：《〈生死疲劳〉是充满温情和希望的——与骆以军笔谈》，《说吧·莫言》中卷，第366页。

莫言曾经在好几个场合说过：结构就是政治。他觉得结构从来就不是单纯的形式，它有时候就是内容。"这种小说里的故事和作家创作之间的融合，我想也是逼出来的。对社会黑暗和丑恶的现象，如果不用这种方式来处理的话，我也就没有办法。现在也很难完全用这种写法。这种写法实际上是戴着镣铐的舞蹈，反而逼出了一种很好的结构方式，结构也是一种政治。"① 文学作品的形式从来就是所欲表现的内容决定的。"我是一个出身底层的人，所以我的作品中充满了世俗的观点，谁如果想从我的作品中读出高雅和优美，他多半会失望。这是没有办法的事，什么人说什么话，什么藤结什么瓜，什么鸟叫什么调，什么作家写什么作品。"②

在莫言的生活中，没有高雅，没有优美，有的只是荒诞与滑稽，荒唐与魔幻。

回到马尔克斯《百年孤独》对莫言的影响上，这是一种巨大的诱发与触动。"我之所以读了十几页《百年孤独》就按捺不住地内心激动，拍案而起，就因为他小说里所表现的东西与他的表现方法跟我内心日积月累的东西太相似了。他的作品里那种东西，犹如一束强烈的光线，把我内心深处那片朦胧地带照亮了。"③ 外来因素与莫言"内心日积月累的东西"的集体共振，共同形成了莫言的魔幻现实主义的文学观念，并进一步影响了他的创作风貌。

四

在当代作家中，莫言是对文学语言极为重视的一位。

"我觉得一个作家，在小说技巧上他应当最先关注小说的语言问题。"④ "许多潜在的小说读者都被电视拉去了，将来小说存在下来的唯一理由就是语言，小说作为语言的艺术，只能依靠语言存在。因为语言之美或者阅读的乐趣、阅读过程中的审美快感，是观

---

① 莫言、王尧：《莫言王尧对话录》，第155页，苏州，苏州大学出版社，2003。

② 莫言：《饥饿和孤独是我创作的财富——在斯坦福大学的演讲》，《说吧·莫言》上卷，第48页。

③ 莫言：《中国小说传统——在鲁迅博物馆的演讲》，《说吧·莫言》上卷，第182页。

④ 莫言：《关于小说的写作——在上海大学演讲》，《说吧·莫言》上卷，第194页。

看画面、聆听声音所不能代替的。"①"我心中的好小说是语言、题材和思想都具独创性的小说。"②"剥掉成千上万小说家和小说批评家给小说披上的神秘的外衣，展现在我们面前的小说，就变成了几个很简单的要素：语言、故事、结构。"③

不论是将语言作为将来小说存在下去的"唯一理由"，还是在文学几个关键要素中始终将"语言"列为首位，都彰显出莫言对文学语言的高度重视。语言，确实是莫言文学观念中一个极其重要的方面。

曾经有作家这样谈论莫言小说的语言特色：

> ……故事如泉涌、泥沙俱下，一气呵成，我注意到，似乎从《檀香刑》开始（评论家们或许会说《红高粱》系列便开始了），您的多篇叙事借着"声部"的形式，以一种既像说书又像独角演剧、像民间弹词又像教堂告解（或精神病人对着医生之独白）的——似乎用丹田而非镜头远窥心理描写来带动故事的疾驰——也许这是作为一个读者的错觉，但我常读着被一种叙事的狂欢催眠得灵魂跟着手舞足蹈，摇头晃脑，如痴如狂。④

有许多评论家都曾注意到莫言文学创作中"叙事的狂欢"这一语言特色，甚至，"有一些朋友私下里也劝我要控制自己的感觉，不要浪费才华"。⑤

然而，莫言却自信地认为，他的语言得益于中国古代小说和民间文化的传统，自有其强大的艺术生命力。他有一个当生产队长的叔叔，"那犀利的语言锋芒，排山倒海般的语言气势，令我热血沸腾，心驰神往，他的演讲甚至影响了我的小说语言"。⑥他感到：

---

① 莫言：《细节与真实——在中央电视台"双周论坛"的谈话》，《说吧·莫言》上卷，第139、140—141页。

② 莫言：《作家与他的创造——在山东大学文学院演讲》，《说吧·莫言》上卷，第92页。

③ 莫言：《超越故乡》，《说吧·莫言》上卷，第296页。

④ 莫言：《〈生死疲劳〉是充满温情和希望的——与骆以军笔谈》，《说吧·莫言》中卷，第362页。

⑤ 莫言：《笼中叙事的欢乐——〈笼中叙事〉再版自序》，《说吧·莫言》下卷，第366页。

⑥ 莫言：《国外演讲与名牌内裤》，《说吧·莫言》下卷，第303页。

"来自老百姓的语言是非常生动的、非常活泼的、非常有生命力的……我把山东高密老家的土语稍加改造，就可以变成带有我鲜明风格的，带有原创性的语言。""民间很多土语听起来特别土，土得掉渣的语言，写到书面上以后发现它其实很典雅。"①

他还感到："像我们乡下日常生活当中有这样一种人，哪怕一个很平常的事件，被他神采飞扬地一讲，虽然知道是在信口胡编，但你感觉到很有说服力。他那种夸张，那种对事物的渲染，使你感觉到类似艺术的愉悦。"②莫言神往于这种民间的魅力，并在不知不觉中将它运用于自己的创作之中。

同时，中国传统小说以及说书人的语言特色也熔铸到莫言的文学语言观中。"说书人要滔滔不绝，每天都要讲的，必须不断地讲下去，然后才有饭碗。说书人的传统就是必须要有一种滔滔不绝的气势和叙事的能量，要卖力气。"③莫言自觉地以"说书人"自居，践行"作为老百姓写作"的民间立场，自然会对中国古代小说的叙述风格和说书人的表达才能情有独钟。因此，他觉得："这种语言风格并不是突然就出现了，原来它就跟个人气质有关系。"④

在长篇小说《生死疲劳》中，西门屯村村长洪泰岳对执意单干的蓝脸所说的一番话，颇能代表莫言小说的语言风格：

你不要跟我调皮，蓝脸，我代表党，代表政府，代表西门屯的穷爷们儿，给你最后一个机会，再挽救你一次，希望你悬崖勒马，希望你迷途知返，回到我们的阵营里，我们会原谅你的软弱，原谅你心甘情愿地给西门闹当奴才那段不光彩的历史，也不会因为你跟迎春结了婚而改变你雇农的阶级成分，雇农啊，一块镶着金边的牌子，你不要让这块牌子生锈，不要让它沾染上灰尘，我正式地告诉你，希望你立即加入合作社，牵着你这头调皮捣蛋的驴驹子，推着土改时分给你的独轮车，载着分你的那盘楼，扛着你的锹镢锐钩，领着你的老婆孩子，自然也包括西门金龙和

① 莫言：《细节与真实——在中央电视台"双周论坛"的谈话》，《说吧·莫言》上卷，第140—141页。
②③ 莫言：《说不尽的鲁迅——莫言孙郁对话录》，《说吧·莫言》中卷，第387、403页。
④ 莫言：《心灵的游历与归途——与林舟谈〈丰乳肥臀〉》，《说吧·莫言》中卷，第256页。

西门宝凤那两个地主崽子，加入合作社，不要再单干，不要闹独立，常言道："螃蟹过河随大溜"，"识时务者为俊杰"，不要顽固不化，不要充当挡路的石头，不要充硬汉子，比你本事大的人成千上万，都被我们修理得服服帖帖。我洪泰岳，可以允许一只猫在我的裤裆里睡觉，但绝不允许你在我眼皮子底下单干！我的话，你听明白了没有？①

洪泰岳的这段话如连珠炮似的，披头散发，枝叶横生，泥沙俱下，汪洋恣肆，然而又极为符合他作为西门屯村村长的身份与性格，令人叹服。

尤其值得注意的是，尽管莫言强调语言的民间资源。然而，他对民间语言中常有的土语、僻字却不主张原样照抄。"我的小说语言里面使用了大量的高密东北乡的方言土语。这些方言土语，略加改造后，能够表现生动活泼的现象，产生不同寻常的修辞效果。跟流行的书面用语有很大差别。"②他觉得，这种语言上的异质，是他引起文坛瞩目的一个重要原因。他注重方言土语，但又强调要提炼、驯化。"……陌生化的语言，应该是一种基本驯化的语言，不是故意地用方言土语制造阅读困难。方言土语自然是我们语言的富矿，但如果只局限在小说的对话部分使用方言土语，并希望借此实现人物语言的个性化，则是一个误区。"③他认为，将驯化了的方言土语融入叙述语言，才是对文学语言的真正贡献。

在注重从民间方言土语中汲取营养的同时，莫言还表现出了对"伪中产阶级"的翻译腔的时尚文字的高度警惕与反感。"翻译腔调对当代作家影响巨大，翻开杂志，看看那些文章，发现使用的语言都非常纯熟，非常华丽、流畅，似是而非的比喻充斥其中，但实质性的东西特别差，都是没有生命力的语言，像是在水面上漂，像鹅毛一样，轻飘飘的，太像丝绸……"④

莫言自觉地与这种没有质感的丝绸般的语言保持距离。他理想中的文学语言应该是

---

① 莫言：《生死疲劳》，第21页，上海，上海文艺出版社，2008。
② 莫言：《作为老百姓写作——与大江健三郎、张艺谋对话》，《说吧·莫言》中卷，第288页。
③ 莫言：《捍卫长篇小说的尊严》，《当代作家评论》2006年第1期。
④ 莫言：《发明着故乡的莫言——与〈羊城晚报〉记者陈乔生对谈》，《说吧·莫言》中卷，第57—58页。

有呼吸、有气味、有温度、有声音的，是能将读者的视角、听觉、嗅觉、触觉都调动起来的。他觉得肖洛霍夫在《静静的顿河》中的描写，夜晚去捕鱼，仿佛感觉到水的腥冷，感觉到鱼鳞沾在身上，闻到腥味，这才是真正有艺术感的语言。

在一次讲演中，莫言曾用一段语言描绘了他对母亲的记忆：

> 生活留给我最初的记忆是母亲坐在一棵白花盛开的梨树下，用一根洗衣用的紫红色的棒槌，在一块白色的石头上捶打野菜的情景。绿色的汁液流到地上，溅到母亲的胸前，空气中弥漫着野菜汁液苦涩的气味。那棒槌敲打野菜发出的声音，沉闷而潮湿，让我的心感到一阵阵的紧缩。①

这是一个有声音、有颜色、有气味的画面。这是作家莫言用耳朵、鼻子、眼睛、身体来把握生活、感受事物以后形成的立体记忆，一个活生生的综合形象。

这样的语言来自于民间，来自于作家细腻的艺术感受，同时，也是莫言自觉追求的艺术境界。

在《红高粱家族》翻译成英文以后，有一些评论家把这部小说理解为一部民间的传奇，莫言感到："真是说到我的心坎里去了。"②

其实，我们觉得，几乎莫言的所有作品，从它的叙事立场、故事、结构、情节乃至语言方面，都一以贯之地坚持了他的民间视角与趣味。

越是民族的，就越是世界的。在莫言创作得到世界性广泛认可的今天，他所秉持的文学观念，对于我们当下的文学发展，自然也就有了重要的参照意义。

《当代作家评论》二〇一三年第一期

---

① 莫言：《我的文学历程——在第十七届亚洲文化大奖福冈市论坛演讲》，《说吧·莫言》上卷，第224页。

② 莫言：《我在美国出版的三本书——在科罗拉多大学博尔德校区的演讲》，《说吧·莫言》上卷，第36页。

面对历史纠结时的精准与老到

——再论莫言《蛙》的文学贡献

栾梅健

所谓"再论",原因有二:一是在二〇一〇年七月由复旦大学中文系与哈佛大学东亚系合办的"莫言创作研讨会"上,我曾以《历史纠结处的无奈与痛楚——试论〈蛙〉在当代文学史上的价值》为题,初步论述了莫言在面对历史纠结的种种无奈时,在小说《蛙》中所表现出的极为冷静、全面、公正与客观的态度,而此文是在该基础上的进一步阐述与揭示;二是在二〇一一年第八届茅盾文学奖上《蛙》获得殊荣以后,以《文学报》"新批评"栏目为代表又发表了一些对《蛙》不同意见的争鸣文章。其中以李建军的《〈蛙〉:写的什么?写得如何?》[1]和唐小林的《能否减少作品的"穿帮"?》[2]反响较大。前文对莫言的创作理想与叙事风格进行了一系列质疑,属于艺术见解与主张方面的差异,尚属正常的论争范围,而后文则列举了《蛙》中的许多"穿帮"场景与细节,认为这是一部漏洞百出的拙劣之作,顿时引起众人的诧异与惊奇。

正如李建军在文章中所指出的那样,一部作品的荣获大奖与其说是终结,毋宁说是开端,它必须接受更加挑剔的阅读和更加严格的批评。因而,在反复阅读小说、并细细思考以后,本人将自己的心得整理出来,以期将《蛙》的研究推向深入。

第八届茅盾文学奖的"授奖词",是以这样的文字来表述《蛙》的文学贡献的:

---

[1] 李建军:《〈蛙〉:写的什么?写得如何?》,《文学报》2011年10月20日。

[2] 唐小林:《能否减少作品的"穿帮"?》,《文学报》2011年12月15日。

在二十多年的写作生涯中，莫言保持着旺盛的创造激情。他的《蛙》以一个乡村医生别无选择的命运，折射着我们民族伟大生存斗争中经历的困难和考验。小说以多端的视角呈现历史和现实的复杂苍茫，表达了对生命伦理的深切思考。书信、叙述和戏剧多文本的结构方式建构了宽阔的对话空间，从容自由、机智幽默，在平实中尽现生命的创痛和坚韧、心灵的隐忍和闪光，体现了作者强大的叙事能力和执着的创新精神。[①]

从对人物形象的把握，到对小说思想内涵的揭示，再到小说艺术技巧的处理与应用，"授奖词"都给予了充分的肯定，可谓全面而准确。在本文中，笔者想将讨论的范围限定于作品中人物关系的设置与评价方面，看看作者在面对这一"触及国人灵魂最痛处"的计划生育题材时，是如何显示出他极为难得的思考深度与独到眼光，并加深对《蛙》文学价值的认识。也诚如李建军在前述文章中所说的那样："从题材来看，《蛙》写的是乡土中国的计划生育问题。这一题材既是重要的，也是复杂的，很能考验一个小说家的写作勇气和叙事智慧。"其实，写作勇气来自于叙事智慧。只有当作家"智慧"地将人物与事件公允而合理地处理清楚时，艺术手法与叙事技巧的运用，才会相得益彰，相映成趣。而具体到《蛙》的创作时，在我们看来，作者莫言至少面对着以下五种纠结，并进而考验着他的智慧。

纠结一：如何对待马寅初的人口理论

在反思这场不堪回首的造成中华民族巨大伤害的计划生育运动时，人们总是习惯于提起马寅初，提起这位在计划生育运动还未在全国铺开时就谆谆倡导应该节育的人口学家、北京大学教授。人们总是会不无遗憾，甚至是意有所指地提问：如果当初听信了马寅初的节育主张，我们后来还会采取残酷的计划生育政策吗？如果在五十年代实施了计划生育，那么，就不会造成后来的人口泛滥，我国的现代化建设不就可以轻装上阵，迅猛发展了吗？

这一系列的诘问，自是有着合理的现实与科学根据。一九五七年七月三日，马寅初

①《文艺报》2011年9月19日。

在第一届全国人民代表大会第四次会议上作了《新人口论》的书面发言。他指出："大家都知道马尔萨斯的'人口论'学说是反动的，马尔萨斯说人口按几何级数增加，即由一增加二、四、八、十六、三十二、六十四……而食物是按算术级数增加，如一、二、三、四、五、六、七……"据此，马寅初还进一步分析了马尔萨斯这一英国人口学家的理论本意。"马尔萨斯《人口论》于一七九八年出版，当时正值工业革命以后，马尔萨斯的本意，就在于从理论上维护资本主义制度及其政府，掩盖英国政府的错误措施。"[①]

马寅初认为它的人口理论与马尔萨斯的截然不同。他的着眼点，"从提高农民的劳动生产率，从而提高农民的文化和物质生活水平出发"。紧接着，他"从工业原料方面想亦非控制人口不可"，"为促进科学研究亦非控制人口不可"，"就粮食而论亦非控制人口不可"等等方面加以分析，认为计划生育是控制人口最好最有效的办法。他的结论是："我深信社会主义事业愈发展，机械化、自动化必然随之扩大，从前的一千人做的事，机械化、自动化以后，五十个人就可以做了。"[②]

马寅初的这个新人口理论正式发表于一九五七年，这时建国刚刚七八年，人口生育的高峰还没有来临；而且，身为国内顶尖学者，他在全国人民代表大会上高调提出的这一节育主张，理应受到党和国家的高度重视。在此，足可见他高瞻远瞩的学术预见性和未雨绸缪的理论洞察力。然而，事实的结果却是，马寅初受到了全国性的批评，他的新人口理论被视为毒草而被弃置一旁。

如果循着这一思路，对后来那场造成了全民族灾难的计划生育运动加以批判与清算，写作起来肯定是得心应手、驾轻就熟。不仅有道德高度，而且也有学理支撑。马寅初在"文革"以后的复出，以及他的"新人口论"重获重视与好评，都为这一叙述视角与价值倾向提供了充足的理论资源。

然而，历史其实并不容易为后来者所随意解释。正如九曲十八弯的黄河，并不会如人们所预想的那样平缓而笔直地流淌，其曲折与复杂，可能正是历史所要付出的代价，任何人都无法改变。

说得直白一点，马寅初在建国初期所提的"新人口论"在很大程度上还只是迂腐的书生之见。在时隔几十年以后，它可能被证明是正确的，但是作为社会发展进程中的一

---

① ② 马寅初：《新人口论》，第5、8页，北京，人民出版社，1980。

道坎，在当时可能就是绕不过去。

纠结二：如何对待毛泽东的人口主张

与马寅初的"新人口论"持截然相反态度的，自然是当时的最高决策者毛泽东。尽管在二十世纪五六十年代，毛泽东也发表了一些人口要控制增长、人类要有计划地生育等主张，不过，他的主基调是鼓励多生育的。人多力量大，人多好办事；不让老天下雨是不对的，不让女人养孩子也是不对的。这些都是他的经典名言。在人们后来谈论起对马寅初"新人口论"的粗暴否定与批判时，人们事实上都将矛头指向了毛泽东，指向了他狭隘的小农意识与专制的领导作风。

不过，对毛泽东在建国后人口主张的过多批判与否定，其实也是轻率的，甚至是肤浅与皮相之见的。

在小说《蛙》中，一段出自万足母亲之口的话语，倒是具有了几分敏锐的政治意识：

> 自古而今，生孩子都是天经地义的事。大汉朝时，皇帝下诏，民间女子，满十三岁必须结婚，如果不结婚，就拿女子的父兄是问。如果女人不生孩子，国家到哪里去征兵？天天宣传美国要来打我们，天天吆喝着解放台湾，女人都不生孩子了，兵丁从哪里来？没了兵丁，谁去抵抗美国侵略？谁去解放台湾？①

当人们在议论毛泽东对马寅初"新人口论"采取了简单、粗暴的批判态度之时，其实都往往忽略了一个根本性的历史前提：那就是战争，那就是尽管共和国已经成立，但战争的阴霾似乎仍远未散去的特定时期。

在苏联卫国战争以后，在朝鲜粉碎了美军的进攻以后，事实上在苏联、朝鲜都曾出现过一次次鼓励生育、倡导多育的国家政策。光荣母亲、英雄妈妈，在和平初期已从支援前线、送子参军的范畴转化成为祖国多生多育的概念了。在这里，既有国家建设初期对大量劳动力人口的需要，也有着对战争胜负经验的总结。

毛泽东在《论持久战》中这样思考着广大民众在抗日战争中的作用："战争的伟力之

---

① 莫言：《蛙》，第56页，上海，上海文艺出版社，2009（本文引文皆据此版本）。

最深厚的根源，存在于民众之中。"① 又说："抗日民族统一战线是全军全民的统一战线，绝不仅仅是几个党派的党部和党员们的统一战线；动员全军全民参加统一战线，才是发起抗日民族统一战线的根本目的。"②

而在《论联合政府》"人民战争"一节中，毛泽东更是这样强调着群众在战争中的重要性："这个军队之所以有力量，还由于有人民自卫军和民兵这样广大的群众武装组织，和它一道配合作战……没有这些群众武装力量的配合，要战胜敌人是不可能的。"③

确实，也正是人民战争的汪洋大海才最终取得了抗日战争和解放战争的胜利。毛泽东的论述，显然是正确的。

而从中国历史上来看，推行早婚多育，也几乎是每个朝代的通例。吴越勾践令男子二十而娶，女子十五而嫁；宋仁宗时，规定男子十五岁、女子十三岁，必须结婚；明太祖要求，男子十六岁而娶，女子十四岁须嫁；而大清通律则沿用明律，否则处罚。

因而，当毛泽东谈笑风生地说着"不让老天下雨是不对的，不让女人养孩子也是不对的"时，其实，他既有着刚刚结束的长期战争的经验总结，也有着我国历朝历代统治者重视人口增长的传统习惯；既有着抵抗美国侵略、解放台湾的现实军事斗争考量，也有着百废待兴的共和国初创之际对大量劳动者的需要。

对此，仅仅简单的一句毛泽东不尊重专家，不相信马寅初，又该是何等的苍白与浅陋呢？

纠结三：如何对待"超生者"们的殊死抵抗

当早婚多育催生出无数的新生婴儿、中国人口从六亿迅速跃升到十亿时，政府当局不得不考虑实行计划生育，以缓解人口的爆发性增长速度了。六十年代中期，国务院成立计划生育委员会，提出"一个不少，两个正好，三个多了"的口号，到八十年代初期，更是严厉提出，一对夫妇只能生育一个孩子的基本国策。然而，国策是国策，计划生育工作却在全国，尤其是在农村，遭到了几乎是全民性的集体大反抗。

《蛙》中那位已经生了三个女孩、妻子耿秀莲又怀了第四胎的男人张拳，当公社书记秦山下死命令将他妻子弄到公社流产时，他的反抗犹如困兽，令人胆寒——"张拳手持一根带刺的槐木棍子，把守门户，两眼通红，疯狂叫嚣。张金牙和村里的民兵远远地围

---

① ② ③ 毛泽东：《毛泽东选集》第2卷，第511、513、1040页，北京，人民出版社，1991。

着，但无人敢近前"。而在张金牙带着民兵一拥而上，将他按倒在地，反剪了双臂时，"张拳蹲在地上，双手抱着头，呜呜地哭着说：我张拳，三代单传，到了我这一代，难道非绝了不可？老天爷，你睁睁眼吧……"颤栗、恐惧而悲壮，观者无不动容。①而那个车把式王脚，当民众将他强行捆绑去结扎时，其绝望之态如出一辙："……正当民兵试图用绳子捆绑他的双臂时，他突然放声大哭起来。他的哭声沉痛，令趴在他家院墙上、围在他家大门口看热闹的人们也跟着心中难过。民兵们手提绳子，一时不知所措。"②

人们可以说张拳、王脚这些"超生者"们愚昧、狭隘、封建、保守、落后，然而，在他们绝望眼神的背后，其实不仅因袭着中国传统文化的基因，而且还有自身现实利益的考量。事实上，对他们的简单否定，可能正恰恰暴露出否定者的简单与无知。

孟子在《离娄上》中说："不孝有三，无后为大。"③在孟子看来，阿意屈从，陷亲不义，一不孝也；家贫亲老，不为禄仕，二不孝也；不娶无子，绝先祖祀，三不孝也。而在这三者中，不娶无子是最为严重的一项。孟子在《离娄上》中还说："事，孰为大？事亲为大。"④亲，指父母。孟子讲究孝道，他认为奉养父母是人生中的头等大事。万恶淫为首，百善孝为先。在我国，尊重先祖，强调亲情，血缘承递，正是中华民族绵延不绝的最根本动力之所在。这一点，就连西方的汉学家都有清醒的认识。费正清在他那本流传甚广的《美国与中国》一书中就曾指出：中国"始终维持一个政治统一体，而欧洲却未能做到这一点，这是不足为奇的。因为维系整个中国在一起的生活方式，比我们西方的更加根深蒂固，并且自古一直延续到今，可以说更加源远流长"。⑤

其实，文化与观念还只是外在的表层光影，更深层的则是支撑这些文化与观念存在并顽强延续的现实利益。养儿防老，既是古训，也是现实的生存之道。当一个社会远未建立起完备的社会养老体系、家庭仍然是整个社会最基本的细胞、个人财产还是传男不传女时，有一个男孩，就并不仅仅只是一种对性别的好奇与偏爱，而是一件实实在在的利益诉求。正如《蛙》中万足的母亲所言："……党籍、职务能比一个孩子珍贵？有人有

---

① ② 莫言：《蛙》，第107、60页。

③ ④《诸子集成》第一册，第313、308页，上海，上海书店影印世界书局，1980。

⑤ 费正清：《美国与中国》，第8页，张理今译，北京，世界知识出版社，1999。

世界，没有后人，即便你当的官再大，大到毛主席老大你老二，又有什么意思？"① 这在那个社会养老与保障体系极度缺乏的我国广大乡村，难道不是一个朴素的真理？

由此看来，对张拳、王脚这些拼死超生的农民，如果像有些涉世未深的批评家所想象的那样，仅仅只是嘲讽与批判，那么处理起来的作品就可能是既不熟悉中国的文化特性，也不了解中国农民的生存困境了。

纠结四：如何处理"刽子手"们的野蛮行径

如果说缠夹着文化传统与现实利益的"超生者"们必须得到足够的理解与同情的话，那么，对于如姑姑、小狮子、宁公安、张金牙等一批坚定执行计划生育政策而使用手段又无所不用其极的这些"刽子手"们，其分寸的拿捏与运用，对作家来说可能是更大的挑战，也更需要巨大的智慧。

野蛮就是野蛮。在《蛙》中，莫言给我们描写了一个个年轻孕妇因超生而死亡的事例：怀孕五个月的张拳妻子耿秀莲为躲避追捕跳河身亡；万足的妻子王仁美因引产出血身亡；陈鼻的妻子王胆在木筏上因婴儿早产身亡……此间惨状，读之令人发指。"喝毒药不夺瓶！想上吊给根绳！""藏匿不报，罚款三千。"此外，还有连环保甲、拆房挖树、强夺财产等等既灭绝人性又惨无人道的暴行。在搜捕孕妇王仁美时，"刽子手"姑姑拿着扩音喇叭这样高喊："……王金山家的左邻右舍都听着：根据公社计划生育委员会的特殊规定，王金山藏匿非法怀孕女儿，顽抗政府，辱骂工作人员，现决定先推倒他家四邻的房屋，你们的所有损失，概由王金山家承担。如果你们不想房屋被毁，就请立即劝说王金山，让他把女儿交出来。"② 她身旁，链轨拖拉机大声轰鸣，震动得脚底下的土地都在颤动。其残忍，绝不亚于任何专制的暴政王朝。更何况，指挥这场株连悲剧的竟然还是与王仁美有着亲谊关系的"姑姑"。

然而，所有的这些残暴与野蛮却都是在大局、正义的名义下进行。诚如计划生育宣传队所言，计划生育是国家大事，人口不控制，粮食不够吃，衣服不够穿，教育搞不好，人口质量难提高，国家难富强。而且，当这种急迫的现实需要与中国几千年传统的多子多福的农民意识碰撞时，更显出问题的尖锐性与复杂性。在此，"姑姑"的理由同样也理直气壮："我们愿意野蛮吗？在你们部队，用不着这样野蛮；在城市里，用不着这样

①② 莫言：《蛙》，第113—114、128页。

野蛮；在外国，更用不着野蛮——那些洋女人们，只想自己玩耍享受，国家鼓励着奖赏着都不生——可我们是中国的农村，面对着的是农民，苦口婆心讲道理，讲政策，鞋底跑穿了，嘴唇磨薄了，哪个听你的？你说怎么办？人口不控制不行，国家的命令不执行不行，上级的指标不完成不行，你说我们怎么办？"[1]在此，我们是反对因强力实行计划生育而不得不进行的"野蛮"？还是歌颂这些"刽子手"们为中国社会秩序的稳定所作出的贡献？孰是孰非，孰轻孰重，自然也绝非一语所能道尽。

老到、深邃而又智慧的处理可能是，既要能触目惊心如实展示"野蛮"所带来的伤害，以引起人们对那段不堪回首的历史的警觉，同时又要将人物的内心引向纵深，让人性、人道折磨与拷问"刽子手"们的良知。毕竟，无论有着怎样正义的名义，无论有着怎样不得已而为之的历史尴尬，野蛮总是要受到谴责，残暴总是要面对批判。

在小说中，那个溺杀无数婴儿的"刽子手"姑姑在晚年陷入无比的恐惧与痛苦之中。她怀着赎罪的心理，嫁给了当地的泥塑大师郝大手，在他们居住的三间厢房里，所有的窗户都用砖坯堵住，东、南、北三面墙壁上，全是同样大小的木格子；每个格子里，都放着一尊泥娃娃。"……我明白，姑姑是将她引流过的那些婴儿，通过姑父的手，一一再现出来。我猜测，姑姑是用这种方式来弥补她心中的歉疚……"[2]而到了夜深人静的时候，噩梦总是伴随着她："那些讨债鬼们，到了他们跟我算总账的时候了……他们浑身是血，哇哇号哭着，跟那些缺腿少爪的青蛙混在一起。他们的哭声与青蛙的叫声也混成一片，分不清彼此。他们追得我满院子逃跑……"[3]恐惧与折磨，也似乎只有恐惧与折磨，才能最为准确地表现出姑姑晚年的心态，表现出人类尚未完全泯灭的人性之光。而那个姑姑的"帮凶"小狮子，常常后悔当年跟着姑姑执行严酷的计划生育政策，引流了那么多婴儿，伤了天理，导致老天报应，使自己不能生育，竟致偷采了丈夫的"小蝌蚪"，让陈眉为其代孕，同样显示出正常母性的本能回归。

对于这些在堂皇的名义下作孽深重的"刽子手"们，除此，作家们又能有怎样的叙述空间呢？

纠结五：如何回应西方人权者的责难

尽管计划生育作为中国的一项基本国策，西方国家并无横加指责的权利，也尽管在现

---

① ② ③ 莫言：《蛙》，第121、270、338页。

行政治体制下，国内舆论界在面对这一触及国人灵魂最痛处的历史现实时，也大都只能随波逐流，或者语焉不详，然而，对生命的敬畏，对人性的尊重，是任何民族都应负起的责任。在中国，由于历史距离太近，似乎还没有到可以全面、公正地评论的时候，而对国外，尤其是对那些极力诋毁中国人口政策的西方人权者，作为亲历其中的作家，倒似乎有着一份义不容辞的责任与使命。不过，这又陷入另一重"纠结"之中：是顺着西方人权论者的论调对中国的生育政策继续鞭挞，还是出于对国家形象的维护而百般辩护？

一九八三年，费正清在谈到当时正轰轰烈烈地进行的中国计划生育政策时，这位著名的美国"中国通"这样认为："每对夫妇只要一个孩子的国家计划在城市更易实行，那里街道委员会和单位给每对夫妇施以重压。在农村养儿子还依旧是老年的保障，前景不容乐观。人数增长只能带来麻烦，使中国人的生于斯养于斯的家庭产生摩擦……"[1] 身为对中国情况颇为了解、并对中国颇有好感的汉学家，他对这场计划生育在乡土中国所遇到的种种抵制与各种野蛮行径，只是用了一个相当温和的词汇——"摩擦"。然而事实上，在国门初开的二十世纪七十年代末、八十年代初，当中国内地因计划生育而造成的无数人间惨剧传入西方时，西方人权组织与协会对中国计划生育政策的批判与抨击，其猛烈程度并不亚于他们对纳粹德国疯狂杀戮犹太民族的愤怒与抗议。毕竟，剥夺自主意愿的强行结扎、大月份孕妇的强行引产和对私有财产的任意剥夺，在整个人类文明的历程中都是罕见的非人道行为。

面对如此困境，作家们自然可以置之不理，或者也可以顺着西方人权论者的理论对其大加鞭挞以取媚于外人，或者还可以固执地坚守其历史的合理性而彰显自己的民粹主义立场。然而，这些都偏了一端，而不是一个有世界眼光的有抱负的作家所为。

评论家何英在《无情的文学》一文中，对当下文学的无情写作进行了剖析，认为形式杂耍成了当代小说的惯性，并举例说："《蛙》，形式实验就像影子一样缠着作家，最后还是来了一出话剧，不这样简直收不了巨著的场。"[2]认为形式在干巴巴、冷冰冰地狂飙突进，而内容已经远离了湿漉漉、黏糊糊的情感。我们不甚清楚何英有没有深究形式与内容在《蛙》上的深层关联，在细细阅读与研究以后，我们倒是认为，《蛙》中的"形

① 费正清：《美国与中国》，第472页。
② 何英：《无情的文学》，《文学自由谈》2012年第1期。

式杂耍"其实并不是故弄玄虚，而是作品内容本身近乎完美的形式要求。

《蛙》由剧作家蝌蚪写给日本友人杉谷义人的五封长信组成，最后第五封是一部时空错乱的话剧剧本。由于杉谷义人父辈抗战期间在胶东半岛的侵略经历，建构起了乡村产科医生姑姑、剧作家蝌蚪等人与他的人际交往。这是一个有利的交流窗口。落后、闭塞的胶东农村难得地拥有了一次可以与日本作家直接沟通的平台。从一九六〇年代初地瓜婴儿的大量诞生到一九六五年底人口的急剧膨胀，从姑姑早年冲锋陷阵的英雄壮举到晚年的忏悔与赎罪，从高密东北乡的疯狂结扎到改革开放后的代孕公司……面对老友，如诉家常，心与心之间的距离也随之拉近。从第一封信的开头"尊敬的杉谷义人先生"，到第二封信的"敬爱的杉谷义人先生"，再到第三封"亲爱的杉谷义人先生"、第四封"亲爱的杉谷先生"，直至最后第五封"亲爱的先生"，是一个步步递进、层层加深、越来越没有隔阂的过程。作者在信中对杉谷义人说道：

> 在过去的二十多年里，中国人用一种极端的方式终于控制了人口暴增的局面。实事求是说，这不仅仅是为了中国自身的发展，也是为全人类做出贡献。毕竟，我们都生活在这个小小的星球上。地球上的资源就这么一点点，耗费了不可再生。从这点来说，西方人对中国计划生育的批评，是有失公允的。[1]

书信显得随意，也显得亲切，它可以起到其他形式文类达不到的效果；而最后那个荒诞剧，正是我们那个时代所必然出现的结果，是历史的惩罚与报应。如此看来，《蛙》中的形式呈现就不是简单的"杂耍"，而是暗含着深意，切合着主题与内容。

世事洞明皆学问，人情练达即文章。莫言在面对上述种种历史纠结处的无奈时，他表现出了极为冷静与全面、公正与客观的态度。他没有感情用事，简单地采取赞成或反对、歌颂或批判的立场，而是显示出了他深刻而独到的思考，从而使他的创作具有了超越于凡俗的见解与辩证的眼光。而这些，都使得《蛙》在触及半个多世纪以来国人灵魂最痛处的题材——计划生育这个领域时，具有了其他作家作品所无法企及的智慧、准确与真实。识人生者识文学。敏锐的思想、丰富的生活经历和推己及人的情感体验，使得

---

① 莫言：《蛙》，第145页。

莫言的《蛙》处处显得机警与老到。而相较而言，有些评论家，则因为生活经验的欠缺与人生阅历的贫乏，尽管动辄运用巴赫金、萨义德、本雅明等西方文艺理论资源，或者重弹苏俄时期别、车、杜的老调，其思想的局限与窄小其实一目了然。

至于唐小林指出的常识性错误与"穿帮"，我怀疑他并没有认真读完《蛙》的全部。他所举最耸人听闻的"穿帮"是："……到了二〇〇八年，即小狮子五十八岁，已成为一位满头白发的老太太的这一年，太阳从西边出来一样的人间奇迹终于出现了。在早已绝经三年的情况下，小狮子居然生出了孩子！"其实，作者在小说中早已交代，小孩是陈眉代孕，是小狮子采了作家万足的"小蝌蚪"。这样的交代在小说中并不是隐喻，也不是一次，而唐小林称之为"穿帮"。如此不看原文的"新批评"，其实真的大可不必在乎它的存在与否。

莫言是一位创造力旺盛的重要作家。尽管我们不能肯定《蛙》已经超越《红高粱家族》、《檀香刑》、《生死疲劳》等作品，然而它在思想与艺术上所透露出的沉稳、大气、老到与圆融，确有不同凡响之处，并值得我们反复研究。

《当代作家评论》二〇一二年第六期

天马的缰绳

——论新世纪以来的莫言

张清华

这题目是从莫言最早的一篇创作谈《天马行空》中借来的。可以说，莫言迄今的创作，一直在实践着他的这个关于小说的理念。"天马行空"也是比喻他小说的想象力和风格的一个最生动的说法。在当代作家中，还很少有人能够像他那样，具有如此狂放的想象与不可遏止的叙述能力，具有天赋的"漫游冲动"与自由的创造精神。从这点上说，天马行空是不需要什么"缰绳"的，所以这题目显得有些可疑；然而既是"马"，就少不了要有所驾驭，再具备"狂气和雄风"或者"邪劲儿"①的想象之马，也要有所依傍，所以这题目看上去又似乎应该有些道理。

显然，莫言是在"天马与缰绳"的关系上处理得最好的作家——首先得是天马，其次缰绳才有意义——但这并非是一种天然的平衡。对莫言来说，在追求这样一种平衡关系的过程中，有时也会有偏颇，早期是如此，近期也不例外。因为风格即人，风格即是优势与缺陷的互现。除了古典时代的百科全书式作家（比如莎士比亚和曹雪芹者），近代以来包括伟大的作家（如托尔斯泰一类）在内，都概莫能外。我们在这样的前提下来谈论莫言，有可能会把问题引向深入些的层次，而不致把赞扬和批评庸俗化。

但上述恐怕也只是问题的表层。我所谈及的"天马与缰绳"的问题，还进而指一个作家在想象世界中所隐含着的思想构建，即：将其自由想象的天马之缰，拴定在比较大

---

① 见《解放军文艺》1985年第2期。

的思想格局、艺术理念、人文理想等等基石和根柢之上。这样的天马行空，最终才是真正有内涵和气象、有价值和意义的。

另外，再次谈论到莫言的时候，我意识到问题变得更加复杂和本土化了，而用本土经验与传统文化的视野来理解一位当代作家是更困难的，对于评论者来说也是一种考验，对其知识、理解和感受能力，甚至其文学的立场，都是一种考验和检查。当然，这只是"更加"而已，还没有完全变成、也不大可能会"完全"变成一个本土化的研究命题，他还是涉及普遍的人类精神与文学经验的一个作家。

用"新世纪的莫言"这样一个字眼，只是来限制这篇文字谈论的时间范围，以便把讨论的重点放在近年的几部长篇小说上，它并不构成独立的研究范畴。

一、小说的戏剧性与美学构建

最先提到这个问题，是为了将视点引向小说理论与小说美学领域。我隐约感到，莫言在最近几年的写作中，更强化了他早期就已现端倪的"戏剧性"的追求。在二〇〇一年的《檀香刑》中，他完全仿照了戏剧的结构方式，以流传于高密东北乡一带的"茂腔戏"作为一个叙事之"核"来展开，构造了一个极具戏剧性的人物关系和矛盾冲突。不只它最初的原型是来自"文革"时期，是莫言与另一民间艺人合作编写的"九场大戏《檀香刑》"，而且他自己也明确说出了方法和意图："为了适合广场化的、用耳朵的阅读，我有意地大量使用了韵文，有意地使用了戏剧化的叙事手段，制造出了流畅、浅显、夸张、华丽的叙事效果。"①"有意地"这个说法，我相信绝非夸张。这场集喜剧、悲剧乃至惨剧于一身的檀香刑"大戏"，正是成功地运用了高度集中的戏剧式结构与叙事，让人物一一登台表演，将一场血腥屠杀，一出民族愚昧的集体狂欢，集中在"一个女人和她的三个爹"之间展开。其中杀人者赵甲、被杀者孙丙、监刑者钱丁，分别是孙眉娘的公爹、亲爹和"干爹"，他们之间实际是"一家人"。且不说这样一个结构在小说的主题上所带来的深刻寓意，单是它的叙述方式就非常形式化，是艺术含量极高的"有意味的形式"。在这个戏剧化格局中，每个人物都遵从着自己的角色、按照自身的性格

---

① 莫言：《后记》，《檀香刑》，北京，作家出版社，2001。

逻辑去行动，去说话，而不是像通常的小说那样，人物只是作者观念的工具和符号。为了强化这一点，莫言甚至使用了戏剧语言，来推动小说的主要叙事过程，在"凤头"、"豹尾"两部，均采用了人物的"独白"方式，这也更增加了小说的戏剧色彩与舞台感。

所有这些，都使他将一个庄严的悲剧命题，得以活生生富有喜剧的声色和神韵地再现出来。并且在这样的作品里，历史也不再显形为"沉默的客体"，而是被近乎复活为其本然的"生命之场"。

显然，"戏剧性"是我们必须要讨论的小说方法和诗学问题：从广义上说，它是所有叙事作品都必须具备的要素，因为戏剧是人类对自然和社会，尤其是对社会关系与矛盾冲突的最直接原始和最生动的摹仿。亚里士多德在赞扬荷马时说，荷马之所以"是严肃作品的最杰出的大师"，是因为"他不仅精于作诗，而且还通过诗作进行了戏剧化的摹仿"，"而且还是第一位为喜剧勾勒出轮廓的诗人，他以戏剧化的方式表现滑稽可笑的事物，而不是进行辱骂"。[①]从西方文学的历史看，戏剧是仅次于史诗和讽刺诗的古老文类，小说的出现则要晚得多，但小说作为叙事性文类，在继承和展开戏剧的文体因素方面是最多的。因此戏剧性仍然是小说最重要的因素，是其艺术难度的体现。狄德罗就曾因此说，他"更看轻一部小说而重视一幕戏剧"，[②]但这显然是从戏剧的写作难度的意义上来说的。而某种意义上，好的和真正具有美感形式和艺术品质的小说，也是戏剧的平面化和超时空化的产物——是不需要舞台和无需"演出"的戏剧。小说中的人物虽然都是由作家本人虚构出来的，但成功的人物也会被赋予生命，环境和其自身的性格逻辑也会驱动他们，使他们有自己的意志和话语，这正如巴赫金所论的陀思妥耶夫斯基小说的特点："……就像歌德笔下的普罗米修斯，他创造的不是无言的奴隶（如宙斯创造的），而是自由人——他们能够同自己的创造者并肩而立，能够不同于他的意见，甚至起而与之抗争。"由此，他总结出陀思妥耶夫斯基小说的一个"基本特点"，即"众多独立而互不融合的声音和意识纷呈，由许多各有充分价值的声音（声部）组成真正的复

---

① 亚里士多德：《诗学》第4章，第48页，北京，商务印书馆，1996。

② 狄德罗：《论戏剧艺术》，见伍蠡甫主编《西方文论选》上卷，第355页，上海，上海译文出版社，1979。

调"。① 巴赫金所揭示的，其实是一个更普遍和广泛存在的问题：每个作家创造的每一个人物，都既是作者的影子（或者是其影子的分解），同时又都不会完全按照作者的意志去行动，只是程度不同而已，陀思妥耶夫斯基的小说尤其强烈地显示了这一特点。每个人物都按照自己的逻辑，有"独立的声音和意识纷呈"，这正是戏剧文类的典范特征，因此所谓"复调"，实际上也就是指小说中所包含的戏剧性的因素——其"戏剧性的含量"。一个好的小说家不会把他的人物变成自己的传声筒，而是要让人物最大限度地输出他自己的潜在能量。在这个意义上，戏剧性也是小说最根本的美学因素之一。

很显然，莫言的小说从很早就注意到了上述问题，这使他的作品得以上升到了具有某种美学属性和品质的地步，并得以与一般的作家相区别。早在一九八七年的《红高粱家族》时期，这一特点就已相当明显。莫言这时似乎就已注意到了作品中的"戏剧性含量"：一方面是情节的安排本身，他设置了两个结合于一起的戏剧性框架。其中一个是民间式的戏剧架构，即爷爷和奶奶、二奶奶之间（还有奶奶和铁板会的会长"黑眼"之间的暧昧关系）的家庭与情感关系，另一个是社会历史式的戏剧冲突，即爷爷领导的民间抗日武装、冷麻子和江小脚分别领导的国共抗日武装三者之间的明争暗斗。这两个纠结在一起的结构，生成了丰富的戏剧性景观。另一方面是在叙述上，小说采用了"童年父亲"的视角，来讲述"爷爷奶奶"的故事，是用了一个过去时空的叙事，来讲述"更早的过去"的故事的方式，这样就给小说的虚构和想象性叙事留下了更大的空间。而由"童年父亲"这样一个"未成年角色"，与早已经成年的"多年以后"的"我"所构成的对历史的不同讲述方式，也形成了鲜明的戏剧性对照关系。质言之，即是形成了关于历史的"对话"关系，形成了关于历史讲述的两种不同的声音——用巴赫金的话说，即是"复调结构"。某种意义上，这也是这部小说很方便地被改编成电影并且获得了极大成功的原因之一。

但总体上，莫言早期作品的戏剧性基本上是隐含在"潜文本结构"中的。包括一九九五年的长篇巨制《丰乳肥臀》，都有作为潜文本的非常丰富的戏剧性内容，如小说一开始设置的情境：上官家的黑驴要生产了，上官鲁氏也要临产，而且人和驴同时遭遇"难

---

① 巴赫金：《陀思妥耶夫斯基的复调小说和评论著作对它的解释》，《巴赫金文论选》，第3页，佟景韩译，北京，中国社会科学出版社，1996。

产"；这时日本人就要打进村庄，司马库在大喊大叫让乡亲们转移；民间抗日武装沙月亮的队伍正悄悄在河边设下埋伏；上官家的七个女儿被奶奶逼着下蛟龙河摸虾子……所有这一切，是在同一时空中展开、关联或相遇的，这是典型的戏剧化结构与叙述手法。小说通常所采用的"线性叙事"，在这里被立体的、并置的、戏剧式的"场域叙事"所代替。类似这样的手法还有很多处，在下部中写"大跃进"时代的蛟龙河农场发生的故事时，也是十分具有空间化意味的，极像是一部充满荒诞意味的多幕悲剧。不过，所有这一切，都在《檀香刑》中达到了登峰造极的程度，因为它在整体叙述上干脆采用了戏剧语言。也可以说，迄今为止，《檀香刑》是新文学以来出现的"戏剧化程度"最高的长篇小说——它的"戏中戏"式的结构，戏剧化甚至"脸谱化"、漫画化了的人物，场面上的"狂欢"效果的追求，叙事中戏文的插接，"道白"和"旁白"式语言的大量使用，结构上高度的戏剧冲突化等等，都是前所未有的。

但"以戏为文"只能是特例，作为一个极致化的作品，《檀香刑》带有很强的"实验"意味。之后《四十一炮》和《生死疲劳》的叙事，基本又恢复到了"常态"。不过即便是常态，这两部小说仍表现出对戏剧化叙述方式的热衷和流连。在《四十一炮》中，莫言继续强化了他的"自白"与"诉说"式的叙述，通过设置罗小通和兰大和尚的"对话"情境，将"过去"和"当下"两个叙事对象牢牢地胶合在一起，使十多年的时间和历史，得以浓缩在一段虚拟的对话之中。同时，这还使叙述得以从"人物的口"中产生，而不是从"作者的笔"下产生。另一方面，高度的形式感也强化了小说的戏剧情境，因为一般来说，戏剧所模拟的事件，是在很短时间里的集中而突发的冲突，而小说所模拟的，则是在比较漫长的时间里发生的故事，所以戏剧本身的集中感和形式意味是更强的。《四十一炮》的故事实际发生的时间达十多年之久，但由于使用了虚拟的对白和"诉说式"的叙事，便显得格外集中。主人公罗小通的近乎通灵般的对肉的热爱和"理解"，以及最后炮轰老兰的夸张行为，都更使小说具有了夸张的喜剧性，使得作品中所寓含的"肉"与"欲望"的主题，因为其强烈的形式感而被巧妙地寓言化了。

《生死疲劳》的戏剧性首先也表现在它灵光闪现的结构上。对佛教中"六道轮回"思想的借用，使他获得了一个高度抽象和形式化的构思，一部长达半个多世纪的历史遂得以浓缩，由一个屈死灵魂的不断转世重生，隐喻出比这个"物理时间"更加富有戏剧性内涵的、不断翻转循环的漫长社会历史逻辑，以及农民在这一历史沧桑中的命运。它好像是一部五幕喜剧：驴、牛、猪、狗、猴五种动物，既是农民西门闹在当代历史中不断幻形的轮回替身，也是其惟妙惟肖的命运和角色。五六十年代如同驴、牛一样地干活，六七十年代如同猪一样地在饥饿中狂欢，八十年代到九十年代又随着物质与欲望时代的来临，幻形为被玩弄和戏耍的狗、猴之类……这是一段无法用逻辑和理性来解释的历史，一段荒诞滑稽和充满稀里糊涂的命运循环的历史，这不是佛学意义上的"生死疲劳"，而是人生和当代社会历史意义上的"生死疲劳"。通过这样神妙的构思，莫言再一次成功地构造了他华美如诗的叙事，戏剧般跌宕起伏的命运故事，也将形形色色的人物与各个时期的历史场景，浓缩在一个主要见证者——西门闹的经历中。除此，《生死疲劳》中还有大量的戏剧性片段和场景，如西门金龙为了表示其革命的立场，将红油漆涂泼到继父"蓝脸"的身上一节、"文革"时代在西门屯上演戏剧一般地建立革命政权的荒唐等，这都可以视为是正剧掩藏下的喜剧、滑稽剧、荒诞剧，但小说在整体结构上，则又无疑是喜剧掩藏下的悲剧和惨剧。显然也只有这样的处理方式，才能达到其应有的历史深度。

可见"戏剧性"不但是普遍的艺术手法，而且还是不得不使用的处理当代题材的特有原则。与在《丰乳肥臀》中所面临的处境一样，《生死疲劳》如果不使用戏剧化和狂欢式的处理方式，来有效浓缩、涵盖并"虚化"其复杂性，表现这段历史要么将充满陷阱和风险，要么将因为不得不浮皮潦草而缺乏意义。从这个意义上说，莫言的戏剧性追求不但是其艺术个性的展现，是他个人的"嗜好"，更是一种必要的历史睿智。

二、本土化：依傍与可能性

在《檀香刑》的后记中，莫言自称经历了"一次有意识的大踏步撤退"，使用了"民间说唱艺术"，"为了保持比较多的民间气息，为了比较纯粹的中国风格，我毫不犹豫地做出了牺牲"。[①] "大踏步撤退"，这当然是一种比喻式的说法，它是莫言在历经二十余年的艺术探求、参与过激进的文学变革思潮之后的一种反思，一种艺术的调和。作为个体，这其中也许有生命经验的某种"衰变"，一个人到了中年，在艺术思想、经验方式和

---

① 莫言：《后记》，《檀香刑》，北京，作家出版社，2001。

美学观念方面会更认同旧的东西，认同传统。但刨除这个因素，也有显而易见的艺术规律含于其中，那就是当代文学在整体上的一个美学变异和调整。在这个意义上，《檀香刑》是一个信号，它不光表明了这部小说的个案特征，也表明了莫言创作在整体上的变化——甚至某种程度上，这也可以看作是当代作家的一个共同选择。这种路向在九十年代其实就已见出端倪，在余华的《活着》、《许三观卖血记》和王安忆的《长恨歌》等小说中，都可以看出传统小说结构理念的回归，以及更趋浅显直白的"说话"式的叙述的复活。结合莫言最新的长篇《生死疲劳》和近年来其他作家的不少长篇，如格非的《人面桃花》、贾平凹的《秦腔》、余华的《兄弟》等，都可隐约看出一种本土化的趋势。这表明，长篇小说这种文体，正在经历新文学诞生以来前所未有的变化，正在悄然产生一个"美学的转型"和"复辟"。

显然，这个问题无法不展开来谈一谈。早在延安文学时期和建国之初，小说也曾经历过"中国作风"与"中国气派"之类的民族主义美学时期，但那种本土化的努力存在着天然的缺陷。首先，这种传统和民族主义的观念是具有"排他性"的，对外来的艺术方法与思想是拒绝和隔膜的，无法在与其他民族的小说艺术观念的对话与交流关系中得以确立；其次，这一时期的文学在理解传统艺术与美学要素方面，也是表面和单薄的，只片面地强调了其"土"与"俗"的一面，片面注重了构造故事、设置环境、刻画人物等方面的传统技法等，而对中国传统叙事中的结构精髓、其最核心的美学思想——如"四大奇书"（《西游记》除外）和《红楼梦》等经典小说叙事中所蕴涵的悲剧美学精神、人本主义的历史哲学、感伤主义的世界观、由禅宗佛学和其他本土哲学所带来的丰富的艺术思想等等——却忽视和刻意删除了，这是非常可悲的。基于这样一个现实，八十年代所开始的小说艺术变革，是重新从西方文学中寻找滋养，用西化的叙述方式、西化的文学理念乃至西化的语言，来构造中国人自己的历史，推动小说艺术的进步的。在莫言早期的小说中，我们不难看到马尔克斯和福克纳的影子，在《红高粱家族》和《丰乳肥臀》等作品中，尽管不乏传统与民间文化的内容，但在小说的写法上，还是既有"来自泥土大地的根根须须原汁原味"，又更多"横移于欧风美雨的形形色色洋腔洋调"①，在近年的几部长篇中，来自本土文化的东西则有了显著的增加。这大约也应该视为是莫言的

---

① 张清华：《叙述的极限——论莫言》，《当代作家评论》2003年第2期。

"天马之缰"的一个有效维系。

　　大体上，莫言的本土美学与本土艺术观念主要表现在这样几个方面：首先是与"完整历史长度"同在的悲剧历史观念。简单地说，在小说的叙述中尽管都有一定的长度，但只有充分和固执地在叙事中显现出"终结"本质的，才能够呈现历史的完整长度和逻辑。在这方面，中国传统小说叙事的主流，都是体现这种观念的典范：《水浒传》写的是"由聚到散"的过程，《三国演义》讲的是"合—分—合"（合久必分，分久必合）的历史循环，《金瓶梅》讲的是"由色到空"的幻灭悲剧，《红楼梦》讲的是"由盛到衰"的因果必然，是"好便是了"、"好"和"了"相接循环的悲剧逻辑。为什么会呈现出这样一种结局？这就像《三国演义》开篇词中说的："滚滚长江东逝水，浪花淘尽英雄，是非成败转头空……"按照"人本"的历史眼光看，历史的主体只有生存于时间中的个人，而个人是终究都要消失的，文学就是要表现这些最终将毁灭于历史之中的个体命运，并进而将人的命运投射到历史之中，再形成人本主义的悲剧历史观与悲剧历史美学，所以，中国传统叙事的主流，实际上从来都是悲剧而不是其他。在我观之，莫言已经差不多洞悉了这样一种悲剧历史美学的奥秘，他的《丰乳肥臀》就表现了一个完整的世纪，并且以一场真正的大悲剧告终。它以一个母亲和一个家族的毁灭，为我们最终呈现了时间和历史的闭合，书写出底层人民在这个号称革命和进步的世纪的历史中，被杀戮和侵犯、被欺侮和被愚弄的命运。当人们回首这翻云覆雨的历史，而不是局限于某个阶段的"胜利"（像无数的红色叙事所叙述的那样）的时候，历史的悲剧逻辑便自动呈现出来。类似《丰乳肥臀》和《生死疲劳》这样的作品，都是用了完整的悲剧历史逻辑，来表明了那些欢乐的"青春叙事"的虚假和荒谬、"噩梦醒来是早晨"式的伤痕叙事的欺骗与幼稚。历史呈现了它的完整的面貌、完整长度的逻辑、最终的悲剧本质，这才是使它们得以具备了真正的"宏伟主题"和美学品质的一个内在原因。

　　从这个角度看，《生死疲劳》在叙事的时间上所含纳的半个世纪，正好也符合一个完整的历史逻辑循环：曾经是西门家雇工的蓝脸，在所有人都走集体道路的时候坚持单干，被全社会批判、唾弃，甚至也几乎被自己的家人遗弃。可到八十年代初，全社会再度实行"承包责任制"的时候，历史是何等荒唐地证明了这"一个人的正确"；西门闹屈死后的五次转世托生，在经过了五十年驴、牛、猪、狗、猴的岁月之后，也终于因"疲劳"而再度轮回成了"人"，而且托生为在千禧年诞生的"世纪婴儿"——他异常聪明，但是有先天缺陷，患有"血友病"，随时都可能死去。这个结尾尽管具有喜剧色彩，并不刻意呈现"时间的终结"，而是显现了"历史的轮回"，但在神韵上却更符合中国传统叙事的结构风格。对照《三国演义》结尾处的"分久必合"，《水浒传》终结处的"魂聚蓼儿洼"，尤其是《红楼梦》借用"空空道人"将"石头记"的故事予以"暴露虚构"，使之首尾相接的手法，更看出《生死疲劳》在结构上自觉靠近中国经典传统叙事的努力——它正是借用了《红楼梦》的"轮回"式叙事理念：小说开篇是用了西门闹的口吻"我的故事，从一九五〇年一月一日讲起"，结尾时又用了其转世托生的"大头儿"、五岁的蓝千岁的口吻，也是"我的故事，从一九五〇年一月一日那天讲起……"这当然不是一个巧合。而且，在这喜剧的表层结构下，也仍可以体验到骨子里和神韵中的那种大荒凉，体验到一场场闹剧的结束和新的闹剧开始的荒谬循环。这正是作家意欲呈现的悲剧历史结构，其悲剧眼光的反串式表达。

再者，从莫言小说所表现的哲学观念的核来看，似乎也正经历着一个返回本土的过程。在最早的长篇小说《红高粱家族》中，莫言曾认同被抽象化了的中国传统——以"酒神"精神与生命强力为内核的另一个传统。但这个传统与其说是中国人的，不如说是包着本土文化外衣的西方思想，是尼采的生命哲学穿上了高密东北乡的粗布衣裳。在《丰乳肥臀》中，他认同的也是西方的基督教文明，小说最后表明，唯一能够对二十世纪的苦难历史和人物的悲剧命运予以精神拯救的，就是由马洛亚牧师和他与回回女人所生的儿子马牧师所代表的基督精神，这是母亲和上官金童这两个核心主人公最后的精神归宿。而在《四十一炮》和《生死疲劳》中，更多关涉的则是本土化的文化，是对当代历史和现实的集中关注。如果说《四十一炮》写的是"肉欲"与"出世"之间的冲突的话，《生死疲劳》则是写的历史与政治的轮回，以及在这轮回中所注定的人世的"苦海"。中国化的佛教观念，在这两部作品中都得到了不同程度的显现，用出世的眼光来看尘世的欢乐和苦难，用"完整长度"——轮回的眼光来看局部历史中的人生磨难，这都是中国人固有的世界观和方法论，也完全符合《三国演义》、《金瓶梅》和《红楼梦》一类经典性叙事的哲学理念与美学方法。

但是在这个"本土化"的问题上，并非只是积极的一面。在我看来，《四十一炮》和《生死疲劳》中所包含的批判精神，或许可以用"更成熟"和"更内在"来形容，但同样也可以用衰退和趋于稀薄来解释。《四十一炮》中所提供的思想，其对近乎疯狂的当代社会已深入每个毛孔的市场化和欲望主义的描写，可称得上精彩和惟妙惟肖，但对它的"反思"，却无法不予以喜剧化的折扣式处理。罗小通炮打老兰，并不表明是对权力、贪欲、非理性的清算，而是另一种无奈和非理性想象。其实罗小通本人也曾经参与其中、乐此不疲，而他最后的精神皈依——栖身于"五通神庙"的归宿，是否是真的超脱红尘，也实在值得怀疑。就像《金瓶梅》一类小说中存在的名"空"实"欲"、虚"戒"实"色"的问题一样，莫言面对当代中国的现实问题，也实处两难之间。这当然不只是莫言自己的困境，而是我们的社会所共同面临的困境。《生死疲劳》中，也由于其"轮回"主题的结构性限制，而削弱了整体的批判力量，主人公在其不断的转世中，似乎已不再是蒙辱受难、苦海无边的冤魂，而是越来越志得意满、乐在其中。在这里，历史的苦难和真实逐渐被哲学的宽解和形而上学所取代了。单就作品的叙事品质来看，《生死疲劳》也许获得了最大限度的本土哲学精神和传统美学品质，但也失去了类似《丰乳肥臀》中那样澎湃汹涌的悲剧诗情与历史审判力量。这表明，本土化艺术理念的"结构性限制"，必须也是作家要予以考虑、需要意识到其限度和设法绕过的。

其三是叙述方法上的本土化色彩，这一点是显的，且已被许多评论者所认识，所以不拟多谈。《檀香刑》中采用的是传统民间叙事通常采用的"凤头"、"猪肚"和"豹尾"的叙述格局；《四十一炮》中使用的是地方性故事"炮"的形式；《生死疲劳》干脆就采用了章回体。和九十年代及之前相比，传统和民间叙事的因素成了莫言最钟情的东西，这无疑是一个成熟作家所表现出来的自信和自觉，它和五六十年代作家被迫使用"民族形式"的叙述方法是截然不同的，是其对艺术的民族特质的理解日趋深化的结果。在这一点上，莫言至少为我们证明了，民族形式是可以与现代艺术观念"兼容"的，它们虽然只是"形"，但也是"神"的不可缺少的外在依托。

本土化无疑是中国小说的方向，结构主义叙事学的研究告诉我们，一个民族在叙事的方法和范式方面独创特有的东西并不太多，故事和艺术是千变万化的，可讲故事的方式却总是有限的那么几种。至于美学方面，虽是更深层次的问题，但它往往也是由叙事的结构方式所决定的。以中国古代的"奇书"叙事为例，我们民族最精华的美学精神、历史哲学、生命经验、艺术理念，都包含在其循环论乃至宿命论的思想、"盛—衰"逻辑的结构范式之中。这绝不是什么"糟粕"性的东西，中国人深刻的大悲剧意识、通脱达观的思想，人本主义的美学尺度，还有更富有哲学境界的历史眼光，都是来自这样的一种结构要素。这样的宝贵财富在新文学诞生以来，已经渐次被剔除净尽，被代之以西方式的"发展观"、"成长论"模式，成为担负认识论与社会学功能的工具。中国小说自身的特点和优势被湮没了，小说的艺术风格、美感质地、叙述情致、传统韵味等等，也都因之几乎荡然无存。这不能不说是一种丧失和异化。对照近年来莫言的艺术追求，我们有理由说这是一个好的迹象或者兆头，因为按照常理，当某些古老的叙事原型在新的条件下再度复活的时候，通常也就是这个民族艺术再度复兴的时候。

但愿这不是一个虚妄的期待。

三、集体记忆、私人经验与被稀释的历史叙述

对集体记忆的关注与描写，迄今为止最卓有建树的是出生于五十年代的一批作家。我以为，这也正是迄今他们仍然表现出旺盛的创造力、并仍旧代表着当代文学的成就的一个根本原因。莫言作为其中最引人注目的一个，一直倾力书写和生动再现着当代中国人的集体经验与历史记忆。在他们之后，以六十年代出生者为主体的先锋小说作家也深谙这个道理，他们不但同样关注当代中国人共同的历史记忆，而且还成功地将先锋性的叙事经验和叙事方法通俗化和经典化了——使一般大众都成为了其读者，余华的《活着》和《许三观卖血记》都是成功的范例。先锋作家之后，又有"新生代作家"和"七〇后"等说法，这些新人的特点是更强调"私人写作"或"私语化"，更注重个体经验的描写，但他们所获得的社会认可和经典化的程度，却远逊于前两批作家。当然，我们不能以大众读者的多寡来作为判断社会认可的尺度，但以往任何时代的经典作品，无不是因为其对人类、种族或特定人群的共同经验与记忆的书写。"新生代"和"七〇后"，迄今之所以还没有达到先锋作家和其他前代作家所具有的经典性水准，在我看来，即是他们偏离了对当代中国集体记忆的关注。我当然也不否认"私人经验"的合法性——《红楼梦》所书写的，某种意义上也是私人生活、个体记忆，但这样的个体记忆却始终向着公共经验和社会记忆"敞开"着，唯其如此它才成为了最伟大的经典。所以，敞开是所有私人性写作的必要前提，私人的一切细节和个人隐秘经验必须在此前提下才具有意义。否则，有什么必要"写作"呢？在一批后起的作家那里，尽管他们书写了更细致和复杂化的个体世界，书写的技艺也更高妙，却无法产生像前两批作家那样的影响。

　　然而，即便是在成功的作家那里，情况也未必总是理想的。有一个颇为明显的对比：《檀香刑》问世之初就赢得了激赏，而相比之下，《四十一炮》和《生死疲劳》却似乎掌声寥落。细究之，三部作品并不存在艺术上的明显落差，甚至后两者在整体艺术构思和表现人物心理方面，比之《檀香刑》还更有独到之处，可为什么获得的是不一样的反应？在我看来，不是如今关注文学的人减少了，也并非批评界的感受判断力更麻木了，而是因为莫言在处理"集体记忆"和"私人经验"的关系时，后两者不像前者处理得那样适度而导致的。具体点说，在《檀香刑》中，莫言所有细腻的个人经验的描写，都是为了使这个集体记忆表现得更真实和丰富；而在后两者中，莫言则是更多和更夸张地流连于"私己经验"的渲染。虽然它们也试图表现当代社会历史中的公共记忆与重大主题，但在叙事中却是迷恋于局部和细节，盘桓和自得于叙事本身的滑行和快感。我当然知道，一个成熟的作家在写作中最感兴趣的，往往已不是讲什么样的故事，而是以什么样的方式来讲，讲得是否有自己的个性，是否在讲述中隐含了自己的某种"极限式的体验"。但一部作品进入了社会，读者最关心的，却往往是思想的含量，其可以唤起读者共鸣的公共经验和集体记忆的多寡。类似《生死疲劳》中"猪撒欢"、"狗精神"一类场景，其叙述可以称得上繁花似锦，可以说是奔涌、漫游、随心所欲、炉火纯青，可从另一个角度看，类似《丰乳肥臀》中那种当代社会的血色历史和苦难也不见了，代之上升为主体的，是动物本能的狂欢，是叙事本身的"惯性"——角色已然忘记了自己的使命，变得不受作者支配、"不听使唤"而"独自狂欢"了。就像莫言自己在《四十一炮》的后记中所说的，"叙述一旦开始，就获得了一种惯性"，并且越来越"成为一种亦真亦幻的随机创作"。正是这种"随机性"和"惯性"的讲述，使得他的叙述常游离于故事的目的之外，而盘桓和忘情于叙述本身的快感。这样的结果，一方面是使小说显得大合大开、细节饱满、汁水丰富、叙述酣畅，在细部绽放出绚丽奇崛的景观，但另一方面，却使小说的主旨不可避免地被搁置、"稀释"和忘却了。说得直白一点，在这两部作品中，莫言的个人想象与经验世界的"天马"，伴随着他日渐膨胀和不受约束的叙事能力，出现了某种"失控"的迹象。

　　显然，这也是一个需要讨论的问题。我并不否认《四十一炮》和《生死疲劳》在整体构思上的巧妙给作品带来的丰厚主题，也不否认其对当代中国社会历史和公共记忆的关注自觉。实际上，这两部小说还是对当代社会生活的直接关注和介入，与余华的《兄弟》一样，它们所表现的也是"在裂变中裂变"、"在爆发中爆发"的"精神狂热、本能压抑和命运惨烈"，以及"伦理颠覆、浮躁纵欲和众生万象"的时代，其构想本身是值得赞许激赏的。但问题在于，这些观念性的东西作为集体记忆的内容，没有完全与细节性的叙述过程统合起来，而是彼此游离。细节的绚烂饱满甚至旁枝斜出，一直是莫言作品的一个优长，但以往大部分的作品中，这种统合却是有力和恰如其分的，它们既放得很开，同时又收得很紧，可以服从和服务于整体的寓意。《檀香刑》之所以获得了激赏，就是因为它是在鲁迅式的国民批判的基础上，以更大的规模和更细腻的笔法，复活了一幕近代中国人最悲惨和激荡人心的悲剧，它创造性地深化了鲁迅为中国人的现代集体记忆所留下的文化命名和标记——"看客"的主题、"嗜血"的主题、将杀人变成狂欢喜剧的主题等等，在莫言的笔下再度获得了放大。在这个小说中，关于人物的细节式的内心描写可谓饱蘸汁水，左右逢源，但所有细节的堆砌和私己经验的增生，都变成了小说的主旨所不可缺少的东西。而相形之下，《四十一炮》中的叙述，却真的有些像莫言自认的那样，是被"惯性"向前推进的。惯性攫持了细节的衍生，也开始反过来左右作者。"叙述就是一切"，也许莫言这样的说法是一种故意的低调和自辩，"在这样的语言浊流中，故事既是语言的载体，又是语言的副产品。思想呢？思想就说不上了。我向来以没有思想为荣，尤其是在写小说的时候"。[①]这个说法与余华在《兄弟》的后记中所说的"叙述统治了我的写作"简直如出一辙。单从叙事的规律看，能够产生"叙述的惯性"、被叙述的力量所驱动，当然是一种常人难求的境界，是技艺炉火纯青的表现，但这个叙述如果不受节制，并反过来变得很"自大"，那也就意味着天马脱去了缰绳。

这也许牵扯到另一个带有共性的问题：对当代作家而言，在"文学的使命"和"写作的规律"之间，是否存在着难以平衡的矛盾？如今我们要是再去要求一个作家"承担"什么"使命"，当然会被视为陈腐愚昧。写作是精细复杂的个体精神劳动，但人们评价一个作家或一个时期的文学，却总喜欢用很大的尺度。勃兰兑斯曾说，"一个国家的文学，只要它是完整的，便可以表现这个国家的思想和感情的一般历史，如英国和法国那样伟大的文学，便保存了无数的证据，可以用来推断这个国家在各个历史时期里如何思

---

① 莫言：《叙述就是一切——后记》，《四十一炮》，沈阳，春风文艺出版社，2003。

想和如何感觉"，而"其他的文学……因为它是不完整的，便引不起太大的兴趣"。[①]在勃兰兑斯看来，伟大的文学，即是为自己国家和民族在某个时期的思想"保存了证据"的文学，我们据此推断的话，伟大的作家，自然也是表现了自己民族的集体经验和共同文化记忆的作家。对照以往莫言的作品，也会使我们相信这个标准的正确，《红高粱家族》、《丰乳肥臀》，甚至包括《天堂蒜薹之歌》（曾以《愤怒的蒜薹》为名再版过）那样的作品，都为我们复活了某些至关重要的历史想象和民间记忆。可以说，如果没有《红高粱家族》，人们不会想到，在我们民族的历史中还可以复制出这样具有酒神意志、狂放生命力的文化精神与想象；如果没有《丰乳肥臀》，人们不会这样强烈地意识到二十世纪历史的荒谬与宿命性，不会这样强烈地唤起民间社会被主流政治所侵犯的屈辱记忆；如果没有《愤怒的蒜薹》，谁会为底层那些"沉默的人民"见证他们绝望的内心；如果没有《檀香刑》，谁会再度被唤起对国民灵魂的认识和理解？当然，这一切都离不开莫言一直感性丰盈的叙事才华，离不开他个人意识与潜意识世界的极度活跃所带来的想象力、细节经验的感受力。但我们仍有理由相信，一个作家对民族集体记忆的依赖，有如希腊神话中的英雄安泰对大地的依赖，必须是时时紧靠的。他所描写的所有人物，都既是活的生灵，又同时是他所扮演的角色的代言者，他们不能在自己的意志中产生出游离的惯性，变成跑下了舞台的个体狂欢者。如果从这个意义上来看，《四十一炮》和《生死疲劳》中的人物也许有了某种游离出舞台的嫌疑——好似跑出了圈栏、复萌出了野性，又半路学了雷锋的"猪十六"一样，虽然好玩，却也有点只流于好玩的境界，而不似《红高粱家族·狗道》中的野狗，和此前莫言所写的无数可爱的动物一样，是人性的映射和叙事的必要补充。

历史被饱胀的叙述稀释了，这是我读《生死疲劳》的一个感觉。在我曾给予激赏的《丰乳肥臀》中，一个世纪的血色历史，曾被莫言那样浓缩而波澜壮阔地展现出来，写得那样烟云舒卷、风雨如磐，令人激奋不已，掩卷长叹。而在篇幅相当、时间却被"减半"了的《生死疲劳》中，历史的内容显然变得稀薄了许多。也许莫言正在历经他自己的一个艺术的变异期，是执意要脱出历史的承重，更欲冲击叙述艺术的极限体验，要表

---

① 勃兰兑斯：《十九世纪文学主流·序言》，见伍蠡甫主编《西方文论选》下卷，第472页，上海，上海译文出版社，1979。

现一个小说家的真功夫……但我所期望的，却仍然是类似来自《丰乳肥臀》中的那种感受。我知道这肯定有些一厢情愿，但对照小说封底上的一番话，又觉得这期待并非完全无理，因为这些词语所激起的，就是我们关于当代农民和土地的一幕悲歌与苦难的想象，"吊诡和狂热，唏嘘和罹难"，"人与土地、生与死、苦难与慈悲的大河"，"中国人百感交集、庞杂喧哗的苦难经验"……这些词语所包含的信息，当然也可以很容易地从作品中找出踪迹，但还是觉得它们没有被密集和坚实地缝合在一起，没有真正的完全变成一曲荡气回肠的悲歌旋律。相反，置身于历史之中的人们，包括西门闹的转世替身们，还越来越习惯于那些波谲云诡又荒诞不经的游戏，他们的欢乐让我们不禁会产生一些惶惑：历史是复杂混沌的，但作家所要交给我们的对历史的解答却不应是含混的。生活代替了生存，表象淹没了本质——越到后半部分这种感觉愈发强烈。作家在忙着交代各色人物的后话，情感方面的遭际、生活方面的巧遇，而"华美颓败的土地"却渐渐离我们远去了，"对半个世纪的土地做出重述"，"看着它在历史中渐渐荒废并确认它在荒废中重新获得的庄严、熔铸、锋利"的叙事目的，似乎也打了折扣。

《当代作家评论》二〇〇六年第六期

莫言文体多重结构中
传统美学因素的再审视

张清华

迄今为止，莫言仍然是新时期以来最具有文体意识和文体价值的作家之一。他以多重的文化素养和自觉以及特有的创造素质建构了自己独特的叙述方法和表达模式，这将是他对当代文学做出的最突出的贡献。而相比之下其他的许多作家，尽管其作品在同一历史区间中仍显得重要，但时间的流逝将使它们变得黯淡下去，因为文体的创造最终将成为衡量作品艺术价值的最重要的标志之一。

莫言小说文体的成功之处在于，它处在一种为多重因素所激活的状态之中。人们在他的小说中读到了乔伊斯、卡夫卡、福克纳、马尔克斯，读到了现代人的诗情与梦幻。而在我看来，这仍然不是全部的决定因素，因为在同一时期内，并不仅仅是莫言自觉地接受了这些外来思潮，几乎所有的作家都受到了西方现代小说的启迪。好多作家在这方面所做的努力甚至比莫言所做的更早和更多，而莫言则更为我们展示出一种特有的现代的和民族的魅力。究其原因，我以为是莫言凭着他天才的感悟能力和深厚的民间与传统文化的修养与自觉，从传统小说艺术中汲取了最具活力的因素。从某种意义上说，尽管一种文化会出现衰老，但其中更多的原因是其历史的负累所导致的，而其文化构成的某些内核实际上却仍然充满活力，这些内核如果在某种外来因素的参与和撞击下，很可能还会激发出新的素质和能量。在莫言小说中，就很生动地显现出了这一特点。他不是像过去的许多作家那样对民族艺术传统作单向的、常常是停留于外部现象和形式的继承，而是以现代哲学与文化意识作为参照，从艺术哲学和文本构成的多重层面上掘取古典艺术精神中的丰富营养，从整体上再现了传统艺术精神的典型特征和迷人魅力。这是一次在新文学史上前所未有的、具有深远启示意义的尝试。

首先，对中国传统的审美人生哲学所培育下的艺术精神的选择与继承，使莫言获得了他得以建构自己审美方法与艺术风格的基础。我们有理由认为，在整个文化寻根思潮中，莫言是最具审美眼光的作家之一。当许多作家在这一思潮中对传统文化积淀重新进行批判的时候，莫言却更侧重于选择、寻找和重建的工作。毫无疑问，如果从一般社会历史的价值尺度上去反观民族文化，我们确实应当肯定五四以来最优秀的作家们所持的尖锐的批判态度，但如果我们超越了这一视点，从文化的多重价值坐标上反观它们的时候，却能够获得迥然不同的价值测定。祖先的历史仍然显现出对应于现代文化的一种辉煌。这不是一种历史的复古主义，而是对祖先历史文化的一种审美把握与感性选择。这种审美人生哲学的观照视点正是莫言与通常历史主义和其他文化批判作家相区别的根本之处。

不容置疑，莫言审美人生哲学的观照视点首先来自现代哲学的启迪，尼采所推崇的"酒神精神"通过莫言第一个在中国当代文学中得到了最典范的实践。但是我更以为，这种整体的观照眼光之所以被莫言运用自如、大放异彩，更得益于他对祖先艺术精神的深刻领会与感悟。回溯历史，我们不难看出，我们敏感的祖先早就深刻地体验到了生命的痛苦悖论和自然的异化规律，正因为如此，他们很早就创造出了迥异于西方经验主义哲学的审美文化体系。在这个庞大的体系中，不但有以审美为本位的庄玄禅宗等哲学思想，即便在孔孟儒学思想中，也有着丰富的审美文化因素。特别是在前者看来，人生本质上即是一种最高的审美现象，审美活动贯穿于人生活动的每一种过程和人格构成的每一个层面，因而，他们隐逸山水、放情自然，沉醉于觥筹杯盏，将自我生命与自然生命视为浑然于一体之中的神秘契合。这种审美的人生观不仅作为最基本的精神价值影响渗透到民族文化的每一个方面，而且从根本上滋养培育了他们的文学艺术观念，即，他们多是以感性的审美方式去观照自然现象及社会历史，而很少以理性的、哲学的意识去分析和把握自然本质与社会规律，其所反映出来的往往是渗透了作家意志与人格的主体情境，而很少是对自然景色和社会事物的如实描摹。言志抒情，使主体意念和思想通过物象和事件的描写得以放大和传达，这就是文学活动的基本审美宗旨。所有这些特点都使得整个文学艺术变成了我们祖先审美文化构成的一个部分，成为他们审美人生的一种表现方式和工具。

立足于上述视点，莫言便能够在一种与传统艺术因素达成的深刻默契之中，努力建构其独特的文体表达方式，而且这种默契与汲取的关系不是单面、孤立和零散的，而是在对其内在艺术精神的准确把握基础上的一种融合和整体的切近。从艺术自身的特点来看，古典艺术，特别是民族古典艺术在其特征与本质上与现代艺术的某些必然同构性应当是上述默契的主要内在基础，而当莫言一旦凭他自己的体悟能力与这些特征实现亲和的对话和交流的时候，他所受到的影响就是一种潜移默化式的感染而并不是对其个别因素的——发掘和借鉴。事实上也唯其如此，任何向古典传统的学习和汲取才是有效和有益的。然而当我们来剖视这种借鉴关系的时候，却不能不从各个因素上——做出离析，理论本身的局限性限定了我们的视角，分割式的分析和对照是我这篇文章唯一能够选择的方法——这一点应当是我必须抱憾和说明的。

A. 大自然审美主题与叙事空间关系的疏离所造成的自然空间背景。以自然生命和那些与自然界相邻的行为人格为主要的审美对象，是我们民族文学的核心传统之一。由于他们将自然生命视为主体人格的外在化身，所以描画自然也便成为他们感物抒怀、以景寄情的最佳途径。几千年来，他们赞美山川湖海，吟咏故乡田园；他们醉心归隐流浪，歌颂绿林豪杰；他们向往桃源仙境、艳羡鬼蜮神魔。这种主题意向在莫言那里得到了相似的显现，他的高粱家族、故乡传说，他的民间风情、绿林匪气，他的儿时记忆、童年幻想，正是上述古典审美主题的延伸。在取向自然空间的主题指向下，莫言的作品就不但能够像古典小说那样在一定程度上突破一般社会道德价值的规限（如《水浒传》），而且形成了叙事氛围的自由营造，使动人的浪漫传奇色彩、神秘的超常夸张情调油然生出。另一方面，叙事空间与世事空间经过叙述者的有意疏离而产生脱节，这样在形成阅读效应的时候，就把阅读者的联想引向了幻想状态——即对其所处的社会空间的疏远和对梦幻空间的亲和与拓展。在《水浒传》等古典小说中，"绿林"和"江湖"一类词语已不仅仅是某个具体的空间的标示，而是对应于通常的世俗社会存在的另一个假想空间的普遍性的代码，它们不断地提醒读者，把他们引向超验的梦幻状态，激起他们理想主义的激情和对处身的现实空间的逃逸。实际上这也正是这些古典小说能够既避开了统治者的恼怒（因为它们回避了其空间存在的现实性和此在性），同时又不断为渴望摆脱世俗生存的祖先所钟爱的真正原因。对于莫言来说，他所为我们设置的一个个具有某些超验性质的乡村自然背景，不但使其所描写和叙述的与古典题材相类似的英雄故事得到了合理的空间承载，而且以更加自觉的虚拟性把我们引向了一个与现实此在状态具有强烈文化对应的梦幻世界。在他的笔下，"故乡"、"高密东北乡"、"高粱地"这些具有特殊意义的地理代码，由于其艺术的虚拟和与叙述者关系的疏离（他是通过"爷爷"和"父亲"的转述来切入这一空间的），而使其在实际上脱离了原本狭小的地理空间，成为一个与现实的叙事者"我"所处社会空间相对应的广大的自然空间。从阅读的意义上说，上述地理概念及其所伴随的大量信息暗示会引起我们广泛的联想。事实上，对于现代人的思维，"乡村"、"故乡"这些词语所包容的意义已不只是一种特定的空间区域，而更是对应于现代社会的原始自然文化的代称，在深层的心理意义上，它们已经具有了更为久远的空间距离。任何读着莫言的人，都无法拒绝他的这种空间导引。

　　B. 过去时序跨度与"追忆性"视角。作家王蒙在他别开生面的新著《红楼启示录》中曾专门论及《红楼梦》叙事与结构中的"时间"问题，其主要特征，一是有意的模糊性，小说中曾反复说明"无朝代年纪可考"；二是时间是"平面"的，可以逐回阅读，也可以任意翻开，仿佛所有的事件都发生在一个遥远的平面上；三是时间的倒置和切换，先叙述终结，然后再从开端起始（这与马尔克斯的《百年孤独》中时空的切换、重叠和跨跃是有异曲同工之妙的）。这些"确定的时间与不确定的时间，明晰的时间与模糊的时间，瞬间与永恒，过去、现在与未来，实在的时间与消亡了的时间"就"这样难解难分地共生在一起，缠绕在一起……几乎给了读者以可能的对于时间的全部感受与全部解释"（王蒙：《时间是多重的吗?》）。事实上，以"追述"方式所体现的过去时序的确是中国古典小说最基本、最典型的叙事特征之一。一句"话说"，虽然说明了创作者的一种"全知"式视角，但在阅读上却仍然造成了一种时间的错位和必须进行某种"上溯"体验的效果。而这正像莫言小说中通过一个常常不可缺少的"我"来实现其叙述的惯常方法。我无法主观地认证莫言一定是通过对古典小说的阅读才体悟出这种方法，但在一九八五年前后，这种叙述方法和角度的确是罕见的。也许同样是由于对相似的美学内容和精神的传达（《红高粱家族》与《水浒传》等古典小说的多重相似性），使得莫言的这种通过转述者的转述去呈现一个仅剩下时间的一极（过去）性的事件的做法具有了如此浪漫和永恒的特征。在这里，莫言只不过小施伎俩，把最主要的叙事者由"我"置换成了

"爷爷"、"奶奶"或者"父亲"的直接承担，而"我"在这里实际上仍然充当着真正体验者的角色。另一方面，他更频繁和富有跳跃性地切换着时间，使得事件所具有的"过去"的指向性更加强烈，不过稍有不同的是，他强调了"过去"的许多未知性和体验性，这与古典小说叙述者的全知与明了性构成了一定区别，但它所产生的效果实际上却与王蒙所分析的《红楼梦》中的时间效应十分相同。而且他的大多数状况下的追述方式与古典小说中的"看官听说，原来……"的追述方法并无二致。在莫言的时间概念里，诸如"一九三九年古历八月初九"这种具体的标出并不重要，它只提供有限的时间注脚，真正具有全息意义的则是他作品中大量描写的那些能够标识着过去久远时代中所发生的一切的意象代码，而那个时代的一切都显示着与"我"所处时间的鲜明对照。追述的追述，使作品给人的心理上造成更加深刻的时间感验，引发更加具有超验色调的联想，并造成作品叙述过程的结构厚度和富有奥妙的诱惑力。

C. 非写实态度与感觉变形。作为一个具有严肃的艺术立场的作家，莫言的作品的确在许多层面上真实而深刻地表现了我们民族艰难而悲壮的历史进程，然而他并不是一个"写实主义"的作家，正如许多评论家指出的，他的审美世界是一个带有超验色彩的感觉世界。可奇怪的是，正是他这种非写实的方法获得了写实方法所不能得到的那种更高的真实。在这方面，莫言最得益于我们的古典审美传统。如果作一个粗略的比较，我们会发现，在西方叙事文学的传统中，写实是其最基本的方法，他们注重的是事物外部形体的真实和合乎逻辑的发展过程，然而在中国艺术传统中，"写神"则常常是最高的宗旨和境界，他们往往舍弃对外部真实的追求，而苦苦探求内在的神韵与灵魂；他们常常忽略外在的逻辑过程，而深深地体味因与果之间的神妙必然。莫言正是这样，在他的作品中，我们常常看到的是他那种荒诞不经的描述和不合逻辑的跳跃，他笔下的形象往往是通过感觉而变形或夸张了的。他笔下的余占鳌怎能不使我们想起古典小说中那些酒量如海、力拔垂杨的英雄；他那"高粱凄婉可人，高粱爱情激荡"的语句又怎能不使我们想起那"花溅泪、鸟惊心"和那"白发三千丈"、"雪花大如席"的妙语；他那诸如"东南方向那个巨大的八角形的翠绿太阳车轮般旋转着碾压过来"的叙述又如何不使我们想起《西游记》中那千变万化的世界？

感觉的变形与夸张在莫言小说中已不是个别的点缀，而是大量到已成为普通的叙述语境，令人无法觉察其荒诞与神奇了。《高粱酒》中有一段写道：

我奶奶摔碗之后，放声大哭起来，哭声婉转，感情饱满，水分充足，屋里盛不下，溢到屋外边，飞散到田野里去，与夏末的已经受精的高粱的缕缕声响融洽在一起……三天中的每一个画面、每一个音响、每一种味道都在她的脑子里重现……喇叭唢呐……曲儿小腔儿大……嘀嘀嗒嗒……哞哞哈哈……呜哩哇啦……咿咿呀呀……叽里欻啦……直吹得绿高粱变成红高粱，响晴的天上雨帘儿挂，两个霹雷一个闪，乱纷纷雨如麻，闹嚷嚷心如麻，拥拥挤挤雨脚横斜，一忽儿又直上直下……

这样铺排和夸张的叙述，我们在西方文学哪怕是现代派文学中都是无法找到的，只能在中国古典传统中，在庄子的《逍遥游》、在汉魏六朝的辞赋、在白居易的《琵琶行》、在元代的杂剧和明清小说（明清长篇小说中都大量夹杂着"有诗为证"或"词曰"等一类的铺排式韵文，可以视作诗歌或韵体文字对叙事文字的夸张式再处理）中找到它的原型。

D. 叙述体验中主客关系的融合。这是近似于古典美学传统中"神与物游、物我合一"的一种境界。叙述实际上也是一个体验主体存在和主客关系的过程，而主客体相互作用、相互映现、相互消融，达到一种高度的和谐统一，这是中国艺术传统中最高的审美极境，古典美学思想中的一系列审美范畴无不与之有着密切的关系。在我们祖先的观念中，"从文艺创作、文艺欣赏到现实生活中的审美，无不是一个神与物游的过程，也就是说，神与物游贯穿在古代的全部审美活动之中"。[①] 甚至在各派哲学思想中，都贯穿了这一审美思想。老庄哲学以天地万物为至美，以"乘物以游心"（《庄子·田子方》）为至乐；孔子则强调人应与同自己精神相对应的事物交往："知者乐水，仁者乐山"（《论语·雍也》）；佛学禅宗又认为，他们所追求的"清净本源"即存在于"山河大地"之中，一旦妙悟，便可由此岸世界达到彼岸世界。在莫言的小说中，"物我合一"、"神与物游"同样成为他区别于其他作家的鲜明独特的艺术追求，叙述中普遍的感觉化，把主体感受从经验中分离出来并投射到所有客体事物中，或者把客体事物进行超验的肢解与再造，呈

---

① 成复旺：《神与物游——论中国传统审美方式》，第3页，北京，中国人民大学出版社，1989。

现出一个完全新异的陌生化的感觉（超验）世界，叙述的过程也因此得到延长并成为一个再创造的过程。换言之，在莫言笔下，叙述通过主客对话和交融实现了从表达手段到审美本体的一个飞跃，这种自觉给他的作品带来了灵幻、诗意、张力和色彩，同时也给他以全新的感觉快乐，激发了他创作过程中情感和智慧对叙述表达的参与深度，使他既能够高居于所叙述的事件过程之上，同时又能够完全在叙述过程中消解自我存在对于叙述活动的阻碍。这种境界使他在一定程度上领悟并具备了为庄子所推崇和热衷的"独与天地精神往来"、"浮游乎万物之祖"的审美气度。试比较下面两组叙述：

> 庖丁为文惠君解牛，手之所触，肩之所倚，足之所履，膝之所踦，砉然响然，奏刀騞然，莫不中音；合于桑林之舞，乃中经首之会。
>
> ——《庄子·养生主》

> 奶奶听到了宇宙的声音，那声音来自一株株红高粱，奶奶注视着红高粱，在她朦胧的眼睛里，高粱们奇谲瑰丽，奇形怪状，它们呻吟着，扭曲着，呼号着，缠绕着，时而像魔鬼，时而又像亲人，它们在奶奶眼里盘结成蛇样的一团，又忽喇喇地伸展开来……它们红红绿绿，白白黑黑，它们哈哈大笑，它们嚎啕大哭，哭出的眼泪像雨点一样打在奶奶心中那一片苍凉的沙河滩上。
>
> ——《红高粱》

在这一组叙述中，主体感觉实现了对外部物象的某种摹拟和契合；在另一组叙述中，主客之间的交互作用更达到了一种无法分辨的程度：

> 昔者庄周梦为蝴蝶，栩栩然蝴蝶也，自喻适志与，不知周也。俄然觉，则蘧蘧然周也，不知周之梦为蝴蝶与，蝴蝶之梦为周与？周与蝴蝶，则必有分矣。
>
> ——《庄子·齐物论》

> 路上飘着一朵红云，一朵白云，红云背上还驮着一朵小小的斑马云……老太太也追进了芦苇地……发现一只青灰色的小狐狸正坐在苇丛中望着她……老太太浑身

麻木，如同触电，瞳孔扩大，面前一片迷朦，她嗫嚅着：仙家，仙家……等她恢复神志时，狐狸已经走啦。她一时也糊涂了，不知是真碰上狐狸还是假碰上狐狸。

——《球状闪电》

E. 神秘氛围的营造。中国传统文化对于自然生命的感知与把握，乃是出于一种感性的体验。正如有的海外学者所说，由于中国文化"走的是人与自然过分亲和的方向，征服自然以为己用的意识不强，于是以自然为对象的科学知识未能得到顺利发展"。[①]简言之，传统文化对于自然现象的探求一直还处于一种"前科学"的认识状态，因此，文化的原始意味在社会相当发达的情形下仍然保留了其原生的民间色调与特征。但这也正使得原生自然文化中的神秘与浪漫色彩得到了保留，这种神秘色调不仅在古典神魔小说、历史小说乃至志怪与笔记小说中留下了普遍的印记，即使是在《红楼梦》这样以世俗生活为主要表现对象的作品中也留下了鲜明的痕迹，以至于成为其不朽魅力之所以构成的不可缺少的因素。尽管这种神秘主义倾向没有像西方的宗教文学那样为人们描述出一个灵魂的彼岸世界，但它仍然为我们构画出了一个与世俗社会相对应的幻象世界，成为人们赖以激发和承载其梦幻和想象力的唯一方式。特别是在滋养和构建民间文化精神的过程中，神秘主义倾向更是不可缺少的支柱，是民间文化思维方式的主要特征。在这一过程中，由于主体"前科学"式的蒙昧意识的投射作用，自然事物也就普遍具有了对应或类似于人的主体精神的复杂表征，当这些表征再次以自然形式反馈于人的感觉领域时，便成为某种具有神秘色彩的事物。这一作用过程成为祖先文化特别是民间文化认识世界的一种独特方式和无数浪漫传说与故事的来源。莫言出于他对民间文化特别的自觉关注，尽管我们不能否认他可能接受了来自加西亚·马尔克斯等拉美"魔幻现实主义"作家的影响，但我以为更重要的是传统小说艺术和民间文化的启示与熏染，莫言正是深刻地认识到了神秘主义心理体验对于构成民间文化中审美功能的重要作用，因此他在自己的作品中自觉承续和发扬光大了这种审美传统。所不同的是，莫言所表现的神秘主义倾向不再是建立在"前科学"的蒙昧主义基础之上，而是建立在自觉的现代文化意识之上。首先，他有意选择了独特的叙事视角，即追述的追述（或感觉的传递——用"我"

---

① 徐复观：《自序》，《中国艺术精神》，沈阳，春风文艺出版社，1987。

来叙述"父亲"甚或再转述"爷爷"、"奶奶"的经历或心理）和童年经验视角，前者既增加了读者心理体验过程的转折与"曲径通幽"式的陌生化感觉，并从而使这种体验产生出神秘色彩，而且从时间和空间上也造成了其扑朔迷离的距离和跨度；后者由于能够直接调动起阅读者的童年经验，而使得其叙述过程更加带有浓郁的神秘与幻想色彩。从结构主义的角度来看，由上述视角所造成的话语立场和总体语境实际上大大拓展了作品的叙事深度与意义空间，为阅读过程的意义与结构生成预备了多向的、富于弹性的神话与现实共生交叠的空间向度，为作品蒙上了一层充满象征与隐喻的神秘色调。其次，在叙述过程中，作家不断地将各种神秘的和可能激发读者神秘主义想象的事物、状态或信息接收融会进来。这一特征从早期的《民间音乐》等作品中即可看出，像黑夜环境和幻觉的强调，像"红萝卜"、"秋水"、"大风"、"球状闪电"、"白狗"、"红高粱"等大量自然生命形式的虚拟和梦幻式的点染，都使得其所负载的自然界信息在阅读心理体验中激起神秘的波澜。另外，作品还大量描写了人物的类似于梦境和幻觉的心理现象，他们眼中的事物是变形的，世界的色彩是变异和置换了的，他们能听到宇宙的声音，能看到别人看不到的事物，他们能接受和领悟大自然的神谕，他们的六种感觉器官都是能够交叉替换的，神秘体验强化了他们独特的智慧、性格与情感，使他们具有了浓厚的传奇色彩。

值得指出的是，莫言的神秘主义倾向在许多地方还表现为对动物灵性的独特描写（张承志等人也写过，但不一样）上，在他的"故乡"题材的作品中，这种倾向尤为明显。他不止一次地写到黄鼠狼、狐狸、狗以及骡子等动物，它们不再是一般的动物，而是秉承天地意念的某种神灵，它们与人类有相似的感觉和智能，成为建构作品故事和情境的不可缺少的必然因素。这种倾向实际上也显然是来自古典审美传统的启示。早在先秦两汉时代，由原始图腾崇拜延续下来的动物崇拜现象即十分普遍，东晋玄学家葛洪说过："狐狸、豺狼皆寿八百岁，满五百岁则善变为人形。"（《抱朴子·对俗篇》）在无数古典作品中都曾经涉及到类似于狐狸、蛇、鱼的等等动物，特别是蒲松龄的《聊斋志异》，更成为一个神秘而奇异的动物世界。莫言对动物的描写当然不再是一种"动物崇拜"心理，而是将它们作为过去时代民间文化的一种典型意象和表征，以强化作品的文化信息含量。比如在《狗皮》中他写到猎手老耿开枪打一只狐狸（那狐狸十分神秘，它每天吃一只鸡，还巧妙地躲过各种人设的机关，在老耿的枪口下大摇大摆），这一枪招来了日本鬼子，十几个日本兵每人刺了他一刺刀，差点丧命，而这时却是那只狐狸来救了他，"狐狸的舌头上一定有灵丹妙药，凡是舔到的地方，立即像涂了薄荷油一样舒服"。这一细节的插入包容了许多言说不尽的潜在意蕴，在表面的故事文本之外又开辟出一个新的意义空间。

我们尽可以再举出许多类似上述的审美继承关系，但是否就可以说，所有这些关联都是莫言从祖宗典籍那里找来的？显然这是没有根据的。我感到，莫言对于祖先文化与审美方式的感悟除了作为一种自觉的意向之外，更重要的是一种天然的文化血缘关系（其中民间文化是这一关系的最直接的脐带），莫言无疑已经以他天才的感悟能力深入到一个作为系统的遗产世界里去了，在这个系统当中，莫言的一切汲取行为，都是十分自然的、自由的。在整个新时期小说文体的变异与更新过程中，只有莫言能够这样独辟蹊径，建构出了他富有传统艺术因素但又更富有创新精神、现代特质和个性魅力的小说文体，这无疑是有着深刻意义的。在取得了时间距离的位置上，我们回首这一时期，更加感受到他独特的创造品格和艺术魅力。在新小说正越来越陷入结构主义所导向的理论陷阱的时候，在由后现代主义情绪所导致的激情失落的苍白文本越来越陷入一种游戏式复制并不断疏离读者的时候，莫言的方向，他对于传统文体功能与现代艺术追求的嫁接与贯通融会及其所带来的成功，是否仍然意味着一种有益的启示呢？

一九九一年夏初稿

一九九三年春再稿于济南舜耕山下

《当代作家评论》一九九三年第六期

复苏民间想象的传统和力量
——由莫言的《生死疲劳》说起

王光东

进入新世纪以来，文学的想象力问题一再引起大家的关注，许多批评者都认为当下的文学想象力单薄、苍白，缺少生命的激情和活力，这种观点的提出显然是有一定的理由和现实依据的。自从上世纪九十年代欲望化写作出现以后，就隐含着对想象力的某种伤害，因为在他们欲望叙事的过程中，其欲望的生成和发展总是与一些实利性的内容联系在一起，譬如金钱、性等。当文学与"实利"过分密实地纠缠在一起时，文学的想象能力就会受到伤害，换句话说，欲望的物质化限制了精神的自由想象。这种文学情境显然与消费文化日益成为时尚有关。当流行的文化倾向与部分作家共谋，放逐文学的想象时，还有没有作家对物质性的消费文化产生对抗的激情呢？还有没有作家在当下的生活中思考那些社会发展所带来的阶层分化以及由此引发的一系列与人相关的社会问题和人自身的生存境遇、精神问题呢？任何一个时期的文学都会有多层次的存在形态，在当下文化多元、文学多样化的情境下，也不会仅仅有与消费文化共谋的文学存在，莫言就在人与外部世界、人与自身、人与人之间的复杂纠缠中思考着中国社会历史中出现的一系列重大问题，并且以独特的艺术想象构建起具有特殊意义的文学世界，这种想象就是民间想象的传统。

一、《生死疲劳》的想象世界

莫言的《生死疲劳》无疑是近年出现的一部重要长篇小说，其重要性就在于体现出高度扩张的想象能力以及对半个多世纪以来中国历史的独特叙述方式。想象力的扩张与叙述者是分不开的，叙述者的立场、身份及思考和认识世界的角度直接影响着想象能力的发挥和想象世界的展开。《生死疲劳》的重要叙事者之一——西门闹，作为一个心地善良、为人厚道的"地主"被枪毙后，转生为驴、牛、猪、狗、猴、大头婴儿蓝千岁，穿行于阴间与阳世，见证了世道人心、社会变化，打通了人与兽、物与灵之间的界限，灵魂在天涯时空中的漂泊，使小说的艺术世界呈现出浑圆一体的圆融和感觉恣意表达的丰富。这样极具个性特点的艺术想象能力在近年的小说中是不多见的，它复苏了民间传说、故事的想象方式。

想象能力的产生对于作家而言是有天赋的秉性在起作用的，这种秉性很难用理论的方式去分析，它隐藏于作家的灵魂中，无法去猜透，但与其相关的进入文学世界的方式则可以部分地说明这一问题。

在莫言的小说《生死疲劳》中是有一种对抗现实功利和物质欲望的激情的。在当下的文学情境中，这种激情尤为重要，它能够把人从消费文化所构建的"物化交往环境"中解放出来，获得精神上的自由，进而以自主的独立思想去认识和理解历史。莫言在《生死疲劳》的开始就把叙述者西门闹处理成一个满含冤屈的角色，与现实的社会构成了一种对立的关系；另外一个重要的叙事者蓝脸，坚持自己"单干"的信仰，与现实社会也构成了一种对立的关系。这种独立的、不屈服于现实利益的立场，使其不会在利益的诱惑下，把想象物质化、功利化，而是关注与人性、社会相关的一系列重大问题。实际上，叙事者的这种立场也是莫言的立场，当从这样的基点上来理解《生死疲劳》的想象的时候，我们看到作品飞扬不羁的想象力与理解历史与现实的独立视角是联系在一起的。并不是说所有理解历史的独特性视角都能带来飞扬的想象力，但飞扬的想象力与独特的史识是联系在一起的。在《生死疲劳》中，用一种怎样的独立视点来展开半个多世纪中国历史的发展进程呢？莫言选择了"坚持单干"的蓝脸和不断轮回转世的西门闹，特别是西门闹在超越时空的灵魂漂泊过程中，与其所纠缠在一起的人与事，形成了一种独特的艺术关系，这种独特的艺术关系恰恰构成了其想象世界的丰富和复杂。换句话说，正是这种丰富的想象才显示了历史的独特风貌，具体地说，这种独特风貌呈现为这样几种想象关系：一、人与兽的关系。人与兽在现实生活中虽然相互依存而存在，但灵魂之间细微之处的交流是有深深的隔膜的。在《生死疲劳》中人兽之间的关系完全被打破，兽有着人的灵魂、感觉和判断，并且其行为方式也有人的逻辑在支配，已有的人兽关系在想象中发生了根本的变化。二、阳世与阴间的关系。虽然在民间信仰、传说中两者是可以沟通的，但在《生死疲劳》中两者之间几乎是没有太多区别的，并且西门闹的转世带有了有目的"去恶"的行动，他成为见证当代中国社会历史变化的重要人物之一。三、在人与人、物之间的关系上，除了人与人之间错综复杂的血缘关系以及出人意料的情节之外，在《生死疲劳》中，人的感觉能力得到了充分的释放。那奇异的感觉混杂着对于"物"的体验，使世界具有了多侧面的立体感，并通过这种感觉渲染出了不同历史时期的特有氛围。如上几种想象关系相互交织，共同构成了具有独特艺术想象力的世界。那么，在这种独特的艺术想象关系中，我们看到了什么？看到了他对于"历史"与"人性"的深切思考。"历史"与"人性"是一个常常被人言说的话题，但在莫言的小说中常常展现出独异的风貌。莫言在言说一九五〇年代直至今天的历史时，他以人与兽的转世轮回来展现"历史"的进程及人性与兽性的内涵。值得注意的是"兽"所体现出的"人性"内容以及人所体现出的"兽性"内容相互联系，呈现出时代变化中人性的复杂。在中国特定的历史年代里，转世为兽的西门闹在对"人事"的体验和理解过程中有时反而有着"人情"的温馨，而所谓的"人"倒有着"兽"的残酷。这虽然是在以往的小说中已经被表达过的主题，但是在莫言的《生死疲劳》中，当他以丰富的想象力把"人间"与"阴世"、人与动物联系在一起时，这样的主题就有了具体、生动、可感的内容，并且"兽"所具有的"人性"体验功能更反衬出了人世的混乱。不管西门闹为牛、为狗、为猪还是为猴，他都有着为"人"的那份心肠，即使饱含冤屈，但伦理的情感始终让他与人世有着割舍不断的联系，而"人"与"动物"之间也同样有着各种各样的联系。这样一个圆融贯通的想象世界，与启蒙的现实主义文学想象不同，与所谓的浪漫主义想象也有区别，而有着中国式的民间想象，浸透着佛教、道教的某些文化因素。这使我想到了另外一个问题：莫言的这种想象力在当代文学的发展过程中有着怎样的意义呢？

二、呈现民间的想象

莫言的《生死疲劳》呈现出的是民间想象力的传统，这种民间想象力的传统在五四以来的新文学发展过程中是被部分地遮蔽的。中国现当代文学史上很多作家在写作时都认为自己的创作和西方文学有着密切的联系，西方文学的想象方式是各种各样的，但在现实主义文学作家的创作中，他们的想象方式基本上是对于现实生活秩序的重构，他们的想象力是由现实生活的日常逻辑所支配的。西方现实主义文学的这种特点为中国现代文学提供了重要的文学精神资源，并深刻地影响了中国当代文学的发展。特别是在当代文学中现实主义被政治化、成为大家要遵循的创作原则时，本土原有的民间神话、传说以及在此基础上的小说创作传统就被部分地忽视了。虽然在政治意识的倡导下，也曾出现过大跃进民歌运动，也曾提倡文学创作向民间学习，但从想象力的角度看，民间想象力的传统在大部分作品中体现得是不充分的。那么，民间的想象力有哪些基本的特点呢？民间想象力的方式有多种多样，特别是在中国漫长的历史发展过程中，民间想象力在各种叙事文本、各种传说故事中，由于各种不同文化因素的影响，想象的文学世界是不同的，但以汉民族文化为基础的民间想象还是能够概括出一些基本特点的。我以为主要有如下几点：一、在民间神话、传说及一些叙事文本中，人、神、鬼之间的关系是可以相互转化的，人可以变为神，神可以变为人，人可以成为鬼，鬼可以成为人。这种相互转换的关系带来了现实物理空间的变化，在传说、故事及叙事文本中，日常的生活空间与日常之外的虚拟空间（譬如天堂、阴间）共存于一个文学的想象空间中。这样的特点在《封神演义》、《聊斋志异》等作品中都有着充分的体现。二、与这样一种人、神、鬼关系转化相关的想象空间联系在一起的是人、神、鬼等形象都具有人性化的特点，在民间传说中的鬼、神，大部分都有着人的性情，他们不仅可以到人间生活，而且还可以与人联姻，他们所具有的人不具备的超常功能也成为他们与人相联系的一种手段。这种人性化的特点，使民间传说、故事中的鬼、神变得不是那么冷酷无情，而是与人的生活息息相关。如上想象的特点在莫言的《生死疲劳》中得到了充分的体现，这样一种想象世界的方式，显然与理性的现实日常生活逻辑是有差异的。在以科学、理性为主导的现代化进程中，遭遇到被忽视的命运也就可以理解了。在中国当代文学中出现的《林海雪原》、《铁道游击队》等作品虽然呈现出民间想象的部分特点，但这种想象仍局限于现实的生活空间中，只不过部分地继承了民间想象的传奇性特点。真正使文学的现实想象空间得到拓展的是莫言及其他部分先锋派作家。莫言在一九八〇年代写作的《透明的红萝卜》等一些短篇小说就开始复苏了这一民间想象的传统，使人具有了神、鬼的某些能力，透露出超越现实生活空间的追求，某些先锋派作家在时空转换中的文学想象也潜在地承传着这一传统。由此也可以看到民间想象力在当代文学创作中的重要价值。新世纪以来，莫言的《生死疲劳》在小说的整体结构上可以说充分地发挥了这一想象力的作用，在他的艺术世界中，可以看到民间神话传说故事及其叙事文本的想象力参与到小说创作中后的艺术力量。这部小说虽然遵循着当代社会发展的历史逻辑，但历史的现实空间是极大地拓展了，这一点在第一部分中已分析过就不再赘述了。从这样的视点来观照当代文学，还应提到的一部作品是苏童新近出版的长篇小说《碧奴》。这部作品以"孟姜女哭长城"的传说为原型，用苏童自己的话说，"是因为他看到一个女人的眼泪，竟然可以哭倒八百里的长城——这个故事里蕴藏着一个非常严肃、非常巨大的人生力量，可以说是哲学的力量。它关注的是人的境遇问题，人的命运问题。孟姜女其实是被人民大众推选出来的一个救世主，当人们意识到无法和墙对抗，当人们意识到鸡蛋与石头的碰撞之后，鸡蛋必然地粉身碎骨的命运之后，他们就要想别的办法解脱。孟姜女是来自底层社会的女子，她哭倒了长城以后，民间寄托给孟姜女的已经不是一个凡人的事情，而是一个神的行为"。[1] 显然，在苏童的《碧奴》中，民间想象的力量正成为他的一种自觉的艺术追求。

三、结语

在近几年的文学创作中，民间想象的问题已被许多作家所重视，那么，应该如何看待这种文学现象呢？我想以周作人对文学与民间文化、文学的看法来进一步地说明这一问题。周作人在二十世纪二十年代不仅研究了神话研究的学派、神话、童话的起源及特点，而且认为神话、童话、传说、民歌等是民族文学的根基。从民间流传的神话、传说

---

[1] 苏童：《神话是飞翔的现实》，《文汇读书周报》2006年9月22日。

等内容中发现民间文化与个人文学创作的关系是周作人研究的一个重要内容，因为任何一个时期、一个民族的文学发展过程都不能与民族的、本土的、民间的精神割断联系。他在《神话的趣味》一文中，讲了"天狗吃月"的这类传说。当天狗吃月时，家家击锣打鼓，以为把天狗惊吓跑了，月亮就能复圆。从前的人很相信月亮真被天狗吞了，所以便造出许多的神话来，流传至今成为乡俗。又讲中国小说如《聊斋志异》里面记载鬼狐的故事很多，并且相信人也可以变成狐狸精。在此周作人说出了一个极为深刻的文学现象，传说变为乡俗、文化现象，又体现在后来的文学创作中，从而形成了一个民族的文学的独有风格和特点。在《抱犊固的传说》中，他又讲了绍兴城内"躲婆弄"的来历和贺家池的传说，认为这些传说并不是没有意思的东西，实际上《世说新语》和《齐谐记》的根芽都在这里面。他还认为中国现代文艺的根芽来自异域，这原是当然的，但种在古国里，吸收了特殊的土味与空气，将来开出怎样的花来，实在是很可注意的事。周作人的如上观点也正是我们重视民间想象在当代文学的价值和意义的依据。一个民族的文学如果与本土的民间想象脱离了关系也就失去了生命之根，特别是我们的审美经验被全球化的文化浪潮部分左右的时候，更应该具有这种文学的自觉，因为我们在现代社会中，能够保全生命的意志和力量以及民族文学个性的可能正是源于内心的这种想象。

《当代作家评论》二〇〇六年第六期

魔幻化、本土化与民间资源

——莫言与文学批评

程光炜

　　莫言登上文坛二十余年来，各家报刊的评论很多。据路晓冰《莫言研究资料·附录》统计，至少也有三百五十篇左右，[①] 这个数字还不包括散落于地方性大学学报、文艺杂志或网络上的文章。如果算上作家出道前的一些评述，或出名后国外汉学家的介绍、评论，那数量将大得惊人。根据我初读的印象，无论批评家出于什么想法，都会按照自己的眼光对这位作家创作的优劣作出评价，不管他是有意还是无意，这种评价中都包含了某些文学史定位的成分。我们知道，上世纪八十年代到二十一世纪初的中国，社会、政治状况发生了很大变化，各种思潮对文学观念和创作的冲击，远远超出了人们当年对"未来"的预计。文学的分裂，加剧了创作和批评的分裂，使关于莫言创作的评论经常处在矛盾、反复和不确定的状态。从中不难想到："一件艺术品的全部意义，是不能仅仅以其作者和作者的同代人的看法来界定的。它是一个累积过程的结果，也即历代的无数读者对此作品批评过程的结果。"[②] 在这个意义上，当批评家对当时涌现的各种知识、话语、视角等加以吸收，并自以为是"自己的眼光"时，他对莫言的批评很难再说是个人批评，而是代表着社会观念的对文学的批评，即按照社会需求对"作家形象"进行不断改

---

　　① 路晓冰编选：《莫言研究资料·附录》，济南，山东文艺出版社，2006。
　　② 〔美〕韦勒克、沃伦：《文学理论》，第35页，刘象愚等译。北京，生活·读书·新知三联书店，1984。

型和变换（而作家本人未必都愿意接受这种变形术）。因此，有关莫言批评所产生的分歧、争论或共识，实际不光是发生在批评家之间的一个文学现象，也包含了时代在这一阶段的困惑、探索和痛苦。

一、"魔幻"话题与《红高粱》家族

金介甫在《中国文学（一九四九～一九九九）的英译本出版情况述评》中警告我们："中国新时期文学关心社会批评远甚于文学价值。"①事实确是如此。拉美魔幻现实主义在中国的"登陆"，通常被看作当代文学创作摆脱文化政治干扰的一个重要转折点。但更多的表述所阐明的，却并非金介甫所说的"社会意义"，而是对中国作家"艺术创新"价值的肯定。也许正因为这样，在一九八五年前后发表的文章中，拉美"魔幻"成为竞相谈论的热门话题。

在小说《透明的红萝卜》的"对话"中，众多讨论者都希望把它视为超越"文化政治"的"纯文学"作品。作者莫言坦承：这篇小说"带点神秘色彩、虚幻色彩"，并"稍微有点感伤气"。"他的构思不是从一种思想，一个问题开始，而是从一个意象开始"（施放）；"作者把政治背景淡化了"，他"有意识地排除了政治意念"，所以作品才"达到了另一种境界"（徐怀中）；"这种距离感也许是使作品产生朦胧气氛的原因"（李本深）。②在这里，文学批评更注意强调的是莫言小说与文化政治之间的"距离感"，目的是引导读者找出作品文本中那些"神秘"、"魔幻"的东西，从而对"现实主义"作品中直观、功利的效果加以阅读性的抑制。通过莫言的小说，有些批评家还发现，"魔幻现实主义"在审美效果、艺术技巧上有比"现实主义"更高和更先进的价值。陈思和说：如果《苦菜花》作者冯德英"所持的历史观，仍然是进化的一元观"，那么莫言小说中"'我'对历史的探究、恍惚、疑难、猜想"，再配以"白日梦幻的叙述基点"，则在"形式审美上产

① 〔美〕金介甫：《中国文学（一九四九～一九九九）的英译本出版情况述评》，查明建译，《当代作家评论》2006年第3期。
② 徐怀中、莫言、金辉、李本深、施放：《有追求才有特色——关于〈透明的红萝卜〉的对话》，《中国作家》1985年第2期。

生了一种新奇的魅力"。① 该文以"历史与现时的二元对话"为标题,反映了把莫言放在"历史"与"现时"紧张关系中来评价和认定的愿望。而此意图也得到了季红真的认同:"莫言小说的叙事方式可谓变化莫测","间杂转述""且意象纷呈,时空交错",于是才会有"对民族伦理生存历史与现状的洞悉,更深一层的探索"。② 这样,通过与"历史"(文化政治)的故意偏离,和对"现时"(魔幻现实)的主动贴近,莫言小说经过了"魔幻"话语谱系的过滤和重新认定,他的艺术"追求"因此被固定为:"只有在这个层次上,我们才能理解他作品中那永难驱除的忧郁所蕴含着的生命内在冲突",才能理解在《红高粱》作品系列中,那"蓬勃生长的人性",纠缠于"原欲之中",所"获得宗教般神圣光彩的至美内容"。③

不过,在对"魔幻现实主义"话题的理解上,有的文学批评可能会有不同意见。"莫言在《红高粱》里表现出清醒、冷峻的现实主义精神,这可看作小说的内核和实质。"(雷达)④ "现实世界和感觉世界的有机融合,使莫言创作呈现出一种'写意现实主义'风貌。"(朱向前)⑤ ——这样的"结论",企图在拉美魔幻的压力下重释"当代"现实主义的活力,以期拯救创作界食洋不化的"艺术危机"。然而,"本地造"的现实主义能否有效抵御"外国造"魔幻化现实主义的大举入侵?人们不免心存疑虑,也难有主张。为此,批评家胡河清特别为我们开出了另一个药方,他引入"骨"、"气"、"韵"等概念,相当明确地断定:"研究莫言、阿城的人物塑造也应该运用东方美学的这种综合的方法论",并投入现代意义的眼光,"这样才能确切地看出他们作为一种独特文化现象的存在价值⑥"。上世纪八十年代是一个崇尚和张扬个性的年代。文学批评当然应该有各自为主的个性差异,不过当主观色彩过分投射到文本上,则容易对作家作品得出"千奇百怪"的结论,而且大都是"才能"之类的口气。当然,这样不统一的状态,也说明当代文学在获得某种精神自由后,解释活动有了日益开阔的空间。因此,有人又以"生理缺陷"和童年

---

① 陈思和:《历史与现时的二元对话——兼谈莫言新作〈玫瑰玫瑰香气扑鼻〉》,《钟山》1988年第1期。

②③ 季红真:《忧郁的土地,不屈的精魂——莫言散论之一》,《文学评论》1987年第6期。

④ 雷达:《游魂的复活——评〈红高粱〉》,《文艺学习》1986年第1期。

⑤ 朱向前:《深情于他那方小小的"邮票"——莫言小说漫评》,《人民日报》1986年12月8日。

⑥ 胡河清:《论阿城、莫言对人格美的追求与东方文化传统》,《当代文艺思潮》1987年第5期。

的感觉方式，从"种的退化"等等角度，去解读莫言小说魔幻化追求的意图。而且有论者更明确地指出，《红高粱》系列实际上是一部"史诗"小说，"小说企图通过红高粱家族的族史，来探索中国人在历史新旧交替期间，所遇到的种种人性问题"（香港，周英雄）①。但是，上述解释对拉美魔幻现实主义与中国文化政治、人性、家族、心理生理、传统现实文学和东方美学等方方面面所做的多样且自由的"对接"，却令研究者大感苦恼。对他们来说，从这些价值体系如此多重、交叉而纷乱的文学批评话语中，该怎样理出头绪呢？

在"寻根"、"先锋"、"魔幻"、"形式革命"成为显学的年代，批评家都不可能绕开这些话语开展任何有价值的批评活动。某种程度上，批评能否具有"有效性"，就在于如何占有和繁殖上述知识，把作家文本纳入一种预设范畴并生产出新的文学常识，这是人人都懂得的道理。莫言也乐得接受类似的"定型"："有时候，评论家不但引导读者，而且引导作家向某一方向走。"②但又强调说，"历史在某种意义上就是一堆传奇故事"，口头传播的过程，"实际上就是一个传奇化的过程"，没有必要"一切都被拔高"。③千百年来的阅读史和传播史已积累了层出不穷的文学经验，作家与批评时有冲突，当然也会妥协，创作既是对各种文学范本的反抗，也是创造性的大胆模仿，这本不应该成为一个问题。中外文学史还告诉人们，没有标明"反叛"、"创新"字眼的文学史，就不可能称作"有意义"的文学史。在上述文章中，认为莫言是魔幻现实主义的，便会在小说中寻找与此相关的"叙述"、"意象"、"空间"因素，突出其文本效果的离奇、非常规特征，"他几乎调动了现代小说的全部视听知觉形式"，给"主体心理体验的内容带来多层次的隐喻和象征效果"（季红真）。④认为他"不完全"是魔幻的，则找出中国的"现实主义"的理由，"《红高粱》里表现出清澈、冷峻的现实主义精神"，这正是"小说的内核和实质"（雷达）。至于把他看作"东方"魔幻的，也有道理发现理论上新的例证，《透明的红萝卜》中黑孩的"特异功能"，造成了一种罕见的神秘之美，而且在"我爷爷"、"我奶奶"身上也都显现了这些素质（胡河清）。为保持与"魔幻"文学知识的一致性，更多人拒绝

---

① 〔香港〕周英雄：《红高粱家族演义》，《当代作家评论》1989年第4期。

② 莫言、陈薇、温金海：《与莫言一席谈》，《文艺报》1987年1月10日、17日。

③ 莫言：《我的故乡与我的小说》，《当代作家评论》1993年第2期。

④ 季红真：《忧郁的土地，不屈的精魂——莫言散论之一》。

文学"外部"的分析方法，把人性心理当成新的整体逻辑，和今人与历史对话的基础（陈思和）。他们特别提醒，"当我们审视作品所反映的生活时，别忘了那渗透其中的主体意识；当我们注视作品的情节模式时，别忘了那与个人经历密不可分的情绪记忆……"而这就是"莫言的小说"（程德培）。①这样的批评话语，意图是要发掘出作家小说与外国文学结合后的"东方智慧"……

有一百个理由相信，八十年代对莫言的批评有其历史逻辑和知识背景。出于对文坛现状的不满，要在不理想的创作队伍中找出符合自己愿望的当代"文学英雄"，这个要求当然不应受到粗暴的嘲笑和质疑。然而如果接着上述话题说，那些批评文章就不能说不存在可讨论的余地。一是既然"魔幻"话题被认为具有某种"特异功能"，那么它的社会意义中势必会同时也具备了破坏文学秩序和潜规则的能量，直至会冒犯、压缩和简化文学丰富而细腻的"内部"话语。我们在指责"当代"现实主义过于在立场、感情、态度等层面干涉作家创作自由，并大声疾呼"文学自主性"的同时，态度是否也会同样武断粗暴？例如，莫言作品被定型为"农村生活"小说，"散发着一股温馨的泥土气息"，可是又要它承担"意象的营造"、"浪漫主义"、"现实主义"，同时兼顾"六朝志怪、唐宋传奇，以至明清小说中许多艺术上"的"成熟"（李陀）。②像李陀一样，强要莫言承担如此繁重文学任务的批评家其实并不在少数。但事实上，当时毫"话题"压倒个别"文本"，"魔幻说"变为压抑写作自身的文学立场和价值判断时，莫言的写作究竟还有多大的"生存空间"和艺术想象的余地？再者是文学批评阐释话语的窘迫。"文学史处理的是可以考证的事实，而文学批评处理的则是观点与信仰等问题。"③韦勒克、沃伦的这番忠告使人们想起，当批评"遭逢"历史的突变，那与这些"信仰"、"观点"关系密切的各种话语则随时都有可能成为"问题"。文学批评永远都在乐此不疲地与"今天"对话，它当然不只关心"今天"，也会在"历史"的反复中怀疑自己：当五四文学选择"个人话语"后，解放区文学又把"群众话语"当作了文学"创新"的出发点，而八十年代先锋文学的艺术

---

① 程德培：《被记忆缠绕的世界——莫言创作中的童年视角》，《上海文学》1986年第4期。

② 李陀：《现代小说中的意象——序莫言小说集〈透明的红萝卜〉》，《文学自由谈》1986年第1期。

③〔美〕韦勒克、沃伦：《文学理论》，第32页。

探索，所对抗的恰恰是这一当代文学的集体无意识……这都是历史上的"今天"……面对文坛反复无常的现象，"敏锐"的批评时常会因话语的软弱无力而无地自容。二十世纪的中国文学史，不止一次地陷入这种不能自圆其说的难堪境地。这次，又赶上了"魔幻"话题中的莫言的小说。

二、《丰乳肥臀》："本土化"书写

对莫言创作寄予厚望的批评家们，很快把"本土化"确认为下一个文学发展的重要目标。针对当时的情况，这样的预期不是毫无根据的。在中国的社会、经济日益加入世界体系的进程中，随着"全球化"而向文学市场倾销的"外国文学"，也在明显挤压中国作家的生存发展空间。当许多人还在为"走向世界"热情欢呼时，突然意识到，在文化意义上我们其实正在一寸寸地丧失自己的"本土"。一向前卫的李陀早在一九八六年就敏锐觉察到了这一点。他把目光投到了当时还很年轻的作家莫言身上：《白狗秋千架》、《枯河》、《球状闪电》等中短篇小说"集合在一起，无疑成为当前文学发展中十分值得注意的文学现象。因为它们使作家试图在现代小说中恢复——当然是在新的水平上的恢复——中国古典小说的某些宝贵传统的努力，不再是个别的尝试"①。一九九五年，莫言长篇小说《丰乳肥臀》的问世，雄辩地证实了李陀的这个"预见"。

莫言说："丰乳与肥臀是大地上乃至宇宙中最美丽、最神圣、最庄严，当然也是最朴素的物质形态，她产生于大地，象征着大地。这就是我把小说命名为《丰乳肥臀》的解释"②。一定意义上，这是作家创作转向"本土"时所发出的最明确的信号。按照莫言的解释，大地意味着"土地"，它乃是专指中国的"土地"。这说明，在经历了"魔幻化"从兴奋到疲劳的探索过程之后，作家萌生了重回民族母体寻找文学源泉的渴望。但是，文学批评一开始并未理睬作家小说借助女性夸张形体来象征"本土"命运的艰辛努力。批评甚至对小说的"本意"也产生了怀疑："书名似欠庄重"（徐怀中），"题名嫌浅露，是美中不足"（谢冕），"小说篇名在一些读者中会引起歧义"（苏童），"书名不等于作

① 李陀：《现代小说中的意象——序莫言小说集〈透明的红萝卜〉》。
② 莫言：《〈丰乳肥臀〉解》，《光明日报》1995 年 11 月 22 日。

品"（汪曾祺）。① 更多的批评则来自对"色情"、"欲望"描写的指责。然而，这些并未挡住对这部小说更"正面"的声音。《丰乳肥臀》的出现，是否再一次证实了"魔幻话题"不可避免的衰落？有的论者支持了莫言"转向"的执着和激情，如宣告它是中国"伟大的汉语小说"，在二十世纪的新文学中，"能够和它媲美的作品可以说寥寥无几"，原因就在于，"先锋新历史小说是在努力逃避历史的正面"，而"莫言却在毫不退缩地面对""历史的核心部分"，于是"更加认真和秉持了历史良知"（张清华）。② "在这个意义上，莫言是我们的惠特曼"，"有一种大地般安稳的心"（李敬泽）。③ 那么，《丰乳肥臀》的出现是否还标明了先锋小说在纯粹形式实验后所发生的"本土化"回归？王德威或许就是这么看的。他为我们展开了一幅中国乡土文学的历史发展图，让人在想象力枯竭的文坛上看到一种亮丽的文类形态："终于九十年代中"，"这些年的风风雨雨后"，"莫言以高密东北乡为中心"，"因此堪称为当代大陆小说提供了最重要的一所历史空间"；犹如"沈从文写湘西"，陶潜与"桃花源"，蒲松龄之与"《聊斋志异》"，这"原乡的情怀与乌托邦的想象"，"早有无限文学地理的传承"。④ 这样，莫言小说就被文学批评转移到另一块更加肥沃的"本土化"的文学土壤，它好像与作家前期作品施行了巧妙的"分身术"，它的意义不仅仅限于自身，甚至代表了"当代大陆小说"艺术探索的某种新动向。

如果一定要把《丰乳肥臀》当作"本土化"艺术标本来看待，那么，对批评家而言，就需要找到合理解释的根据，发现文本中新的叙述因子，组合人物、主题、题材与乡土观念、原乡气息的逻辑关系。在一些批评文章中能够见到，大地与感性认识如何结合、叙事与生命怎样衔接、庙堂话语和农民陈述又怎么对照，如此等等细碎的环节，都进入了研究者精心的考虑。陈思和为此做过专门分析：莫言的小说语言，"已经属于中国语言及汉字形态的文学因素，而且马尔克斯获得诺贝尔奖的事实，正是启发了中国作家可以用本土的文化艺术之根来表达现代性的观念"。《丰乳肥臀》以后，莫言"在创作上对原本就属于他自己的民间文化形态有了自觉的感性的认识，异己的艺术新质融化为本己的生命形态"，"这对莫言来说就像是一次回归母体"。但他不同意莫言把自己近年小说

---

① 转引自张军《莫言：反讽艺术家——读〈丰乳肥臀〉》，《文艺争鸣》1996年第3期。

② 张清华：《叙述的极限——论莫言》，《当代作家评论》2003年第2期。

③ 李敬泽：《莫言与中国精神》，《小说评论》2003年第1期。

④ 王德威：《千言万语　何若莫言》，《读书》1999年第3期。

创作风格的变化说成是"撤退",而认为,这其实是本土"文化形态从不纯熟到纯熟、不自觉到自觉的开掘、探索和提升",而不存在所谓由"西方"的魔幻到本土的"选择转换"。^①然而,有人对《丰乳肥臀》的读解却明显有异。张军笔下的"本土",就完全没有前一位论者精神与文化层面的美好定位,所谓"家园",似乎更具有现代派文学那种非价值判断意义上的不稳定性:"历史是什么?是战乱?饥饿?抗击外敌?革命?自相残杀?似乎都是,又似乎什么都不是","上官鲁氏一家在战火中的境遇就是一个绝望的历史反讽:为躲避逃离家园他们失去了历史(家园就是他们的历史),为找回历史他们返回家园,而此时,他们看到的却是正处在一片炮火中的家园"。^②也有论者对莫言的上述努力,甚至做了非常"严重"的质疑:向"'纯粹的中国风格'的'撤退'的失败","可以从他的叙述方式上看出来"。中国传统小说的叙述,一般是以第三人称的全知性叙述方式,所以,给人"一种稳定可靠、平易近人的感觉",是一种"陪人聊天"的艺术。而莫言的创作,却像福克纳一样,人物对话的"欧化色彩极重","常常采用间接引语的方式","不断变换的视点",显然走的是与传统小说南辕北辙、却正是"他所反对的'西方文学'的路子"(李建军)。^③

没有人会怀疑批评家是根据自己的方式评论作家作品的,在这一过程中,批评的基点既来自个人知识、艺术素养和眼光的积淀,显然又在"当下"话语环境的合力促成之中,就是说,瞬息万变的知识信息、文化话题和各种文坛潜在压力,无时不在左右、干扰和改变着批评者对文本的看法和选择。如此一来,"纯粹"从文学史的角度看,是绝对不应该相信"这样"的批评文章的,然而,有张力的文学史研究又不能完全绕过批评文章和作家"创作谈"等等纷乱芜杂、自相矛盾的材料,通过去伪存真和剔除辨识回到文学的"历史"之中。这恰如孙歌所指出的:"假如我们把不脱离历史状况作为一个最重要的思想前提,假如我们不把事后诸葛亮式的廉价'正确观念'作为思考的出发点,那么如何判断这种'不脱离'的真实性?"她接着要说的意思是,把本应该成为一个问题的现象是否"并没有被问题化"?^④因此,我们的"问题"是:诸公所论是哪一个层面的"本

---

① 陈思和:《莫言近年小说创作的民间叙述——莫言论之一》,《钟山》2001年第5期。

② 张军:《莫言:反讽艺术家——读〈丰乳肥臀〉》。

③ 李建军:《必要的反对》,第65页,济南,山东文艺出版社,2005。

④ 孙歌:《序言》,《竹内好的悖论》,北京,北京大学出版社,2005。

土化"？存不存在一个几十年来固定不变并兼具理想化、浪漫化色彩的文学的"本土"？如果说，"本土"的概念在众多文学批评那里因可能为理解的不同而出现明显的分歧、扭曲、异质和多样性，那么，该怎么解释它因分歧而产生的多样性？如此的追问，就不能不涉及到什么是新的社会语境中的"中国风格"、"中国民族文学"等问题。如上所述，莫言小说"撤退"之说——即"中国风格"的提出，有其特殊的年代"背景"。上世纪九十年代后，革命文化的撤离，使市场意识向中国城乡社会所有角落和每个人的神经领域大肆渗透，大众文化已不容置疑地成为新的"主流"文化和统治性的话语形态。大众文化不再安于与其他话语分治天下，而想独占"改革"的历史成果，办法是通过层层渗透改变革命文化的历史正剧成分，使之向着"仪式化"、"话语化"和更加"浮层化"的方面迅猛发展。但这种大众文化所酿造的显而易见的"历史空心化"，却是另一个无法否认的事实。这种现实格局，极大地改变了中国人的"世界观"——乃至"中国观"。十三亿中国儿女，被全面卷入世界的"经济框架"和"文化逻辑"之中。中国"意识"的危机，当然是彻底意义上的"文化"危机，而经济发展的持续高涨，则反而刺激起中国人内心深处强烈而无序（并偶尔带点仇外情结）的民族主义情绪的频繁发生。在我看来，正是在中国人新一轮的民族主义情绪和本土文化认同极不明晰而且极其缺乏准确定位的历史关头，正是在这认识的断裂处，莫言出场了。莫言"撤退"的历史根据是什么？他的小说要寻找的文学"本土"究竟在哪里？他能够找到文学真正的立足点吗？人们不能不表示发自心底的怀疑。在这个意义上，如果说文学批评对"本土化"的解读因而带有了很大的实验性和不确定性，那么可以说，莫言的"撤退"也是实验性的，是有极大的风险性的。这些忧虑，显然都进入了对《丰乳肥臀》文本的解读和思考。

如果这样看，《丰乳肥臀》当初遇到的"麻烦"，与其说来自它疯狂"恋乳"描写的表面文学效果，是它极深地刺痛了文学批评家的伦理耻辱感，不如说，这种麻烦直接导致了文学批评解读"本土"概念时的困难与尴尬。那是因为，它直接向文学批评提出了一个无法规避的"难题"：全球化格局与中国文学的出路。但在我看来，与上述"难题"密切相关的，是一个更值得追问的问题：向"本土"撤退是否就意味着一种历史的进步？它是否在文学的困难期重新拨亮了"民族文学"的微弱曙光？与此相关的，是这期间另一位著名乡土作家贾平凹的长篇新作《秦腔》在文学批评界引起的"轰动"、"惊讶"。毋庸置疑，莫言和贾平凹能否成为新世纪中国文学的"领路人"，这个"话题"已经在不小的范围内半公开地展开。一些有识之士也许意识到，在当代中国文学的各种题材中，"乡村"题材的资源可能是最为丰富的。如果都市题材最能表现这个民族社会变革的脉动的话，那么乡村题材却最容易凝聚、集结和沉淀"中国"的历史经验，那里隐含着中国人最为隐秘的精神冲突和更深沉的隐痛。莫言、贾平凹"今天"的写作，已充分证明了这一点。在二十余年的文学探索中，他们几乎可以说是始终保持着高水平和旺盛创作势头的仅有的几个作家之一。但是，在今天，"乡村"是否就等于是唯一的"本土"？从事乡村题材写作是否就必然走向成功？除去"题材"因素以外，他们身上是否还拥有其他也许更为珍贵的素质？例如，一个作家的超常禀赋、心理素质、忍耐力和非同寻常的境界；又例如，对"本土"多样含义的深透理解，对"文学"是什么的非凡见识，以及对文坛流俗意识顽强的警觉、对抗和超越等等。这些疑问和问题，并没有在诸多文学批评中得到有效的回应。反之，类似的鼓动、怂恿和先入为主的主张，倒让人想起现代文学史上曾经有过的探索和争论——当赵树理证明"民族化"、"大众化"的抽象讨论可以落实到小说的实践当中，而工农兵文学据说到了"喜闻乐见"和"为人民写"的更高阶段，当"民间写作"、"底层文学"又表现出对精英文学的大胆反拨，认为它更具有面对"当代生活"的艺术勇气……在这些问题面前，文学批评该怎么回答，它们真的就标志着文学的进步或退步？倘真的如此，那八十年代为什么还会出现针对上述"进步现象"的"反思"和"批判"？（谁又能保证日后不会对"民间"、"底层"理论也有同样的诘难？）如此看来，近一百年来，在这些文学"本土"、"民族化"的字眼的后面，有着可疑的含义。这是因为，这些概念所提出的问题，并没有随着它们的提出而自动解决，而是以更加令人不安的方式要求着回答。对《丰乳肥臀》的作者来说，他写作的障碍，并不一定是从叙述、文体、文字形态、反讽、文学地理、历史核心和安稳的心等"本土"话题所引起的，也不一定全部来自世界文学／中国文学、本土／全球等问题的纠缠和困扰。但"本土"并不是在讲述一个无效的话题，作为对我们生存环境的一个大体勾勒，也并非不会对作家的思考、写作毫无帮助。问题只是，更清醒的辨识，也许还应该来自对人的自身的局限性的清醒意识，来自对今天复杂难辨的文化状况的谨慎的估计。

三、《檀香刑》、《生死疲劳》文本中的"民间资源"

对莫言小说来说，如果"本土化"更像一个笼统而无法把握的哲学命题，有诸多难以辨认、讨论的"歧义"和"难点"，那么"民间资源"说则呼应了他创作的转移态势，奠定了"撤退"的某种"合理性"基础。近年来，莫言在谈到自己的创作时最喜欢用的一个词就是"民间写作"，"作为老百姓的写作"者，无论他写什么，都与"社会上的民间工匠没有本质的区别"。《檀香刑》在结构上下了很大的功夫"，"具体地说就是借助了我故乡那种猫腔的小戏"。①他承认，"关于民间，现在也存在着许多误解"；但他相信，"提到民间，我觉得就是根据自己的东西来写"，并加强了肯定语气，"民间写作，我认为实际上就是一种强调个性化的写作"。②"民间说唱艺术，曾经是小说的基础。在小说这种原本是民间的俗艺渐渐地成为庙堂里的雅言的今天"，"《檀香刑》大概是一本不合时尚的书"。③"《檀香刑》既是一部汪洋恣肆、激情进射的新历史小说典范之作，以"民间化的传奇故事"，充分展示了"非凡的艺术想象力和高超的叙事独特性"（洪治纲），④"这种民间戏剧"，来自"高密东北乡的民情、民性和民魂"（张学昕），⑤对于熟知莫言小说、同时因无法对"历史的终结"做出有效反应的中国文学深感揪心的人们来说（陈晓明），⑥《檀香刑》、《生死疲劳》的出版显示了"向中国古典小说和民间叙事的伟大传统致敬"的"神圣的'认祖归宗'"的"仪式"，⑦"是对魔幻现实主义小说和西方现代派小

---

① 莫言：《文学创作的民间资源——在苏州大学"小说家论坛"上的讲演》，《当代作家评论》2002年第1期。

② 莫言、王尧：《从〈红高粱〉到〈檀香刑〉》，《当代作家评论》2002年第1期。

③ 莫言：《后记》，《檀香刑》，北京，作家出版社，2001。

④ 洪治纲：《刑场背后的历史——论〈檀香刑〉》，《守望先锋》，第280页，桂林，广西师范大学出版社，2005。

⑤ 张学昕：《"地缘文化"：中国文化建构的一个重要话题——读莫言小说〈檀香刑〉所想到的》，《作家》2004年第5期。

⑥ 陈晓明：《表意的焦虑——历史祛魅与当代文学变革》，第394页，北京，中央编译出版社，2002。"历史的终结"一说，是他经常用来批评当前中国文学"危机"的一个观点。

⑦ 以上均来自小说《生死疲劳》、《檀香刑》封底的"宣传词"。《生死疲劳》，北京，作家出版社，2006。

说的反动"，它们是"真正民族化的小说"，是"真正来自民间、献给大众的小说"。① 按照出版社的宣传提示去理解，它们将意味着启动了当代中国文学的又一个令人激动的"未来"。

《檀香刑》和《生死疲劳》的确是经历了当代中国文学二十余年来艰苦探索和诸多教训的重要之作，它们不光是站在中国文学的立场，同时又是从作家个人立场出发而试图对纷纭复杂的文学实验、突破和挣扎做出的带有综合意思的"反省"。它反抗"理论符号"和"流行写作时尚"，拯救真正的"个性化写作"，同时自觉去发掘隐藏在社会生活深处的个人经验，而这一切正来自"感觉到还有许多让我激动的、跃跃欲试的创作资源"的巨大动力（莫言语）。这是这两部小说的最为难得之处。

发掘隐藏在社会生活深处的个人经验需要锐利的眼光，也不是"民间资源"都能概括的。批评家注意到，"复调型的民间叙事形态是莫言小说的最基本的叙事形态"，而"近年来小说创作风格的变化，是对民间文化形态从不纯熟到纯熟、不自觉到自觉的开掘、探索和提升"的结果；② 有的论者认为，民间文化有四种类型，因而，"参照本土经验的分析"，并选择"一个自内向外、自地方到整体这样的视角，是我们考察民间审美意义的一种有效方式"（王光东）。③ 但"民间"的提倡者并不完全同意这类说法。"知识分子的民间价值立场并不是虚拟的"，不需要它"降临"民间社会，"照亮"后者的价值。"民间"的意义不是指"被用来寄寓知识分子的理想"，而"现实的自在的民间只是我们讨论的民间文化形态的背景和基础"，最能够"生发"出意义的则应该是那种"被严格限定在文学和文学史的范畴"里的"民间"，所以，"要说明知识分子的民间价值立场，也只能通过作家的具体创作及其风格来证明"。④ 针对"庙堂文化"出于自保而打压、排斥"民间文化"，从而导致了后者鲜活的文化形态彻底萎缩的那个年代，上述"判断"带有反省历史的性质，当然，也以新颖的视角丰富了我们对"过去"的认识。但是，从当时讨论的语境看，将知识分子／官方、民间／庙堂作为处理复杂文学现象的对立性词组来

---

① 以上均来自小说《生死疲劳》、《檀香刑》封底的"宣传词"。

②④ 陈思和：《莫言近年小说创作的民间叙述——莫言论之一》。

③ 王光东、杨位俭：《民间审美的多样化表达——二十世纪中国作家与民间文化关系的一种思考》，《当代作家评论》2006年第4期。

运用，尤其是所举的单独、罕见的例子，却也给人比较简单化的感觉。这次又从具体语境中拿出来讨论牵涉面更广的问题，是否反而造成了概念和表述之间的缠绕、分析的持续疲乏，以及讨论对象与问题本身的混沌难分状态？也同样是值得注意的问题。

莫言曾直言相告，"民间这个问题确实到现在也没有弄清楚。民间的内涵到底是什么东西，我看谁也无法概括出来"，他从来"没有想到要用小说来揭露什么，来鞭挞什么，来提倡什么，来教化什么"。但当有人问起"回到民间的意义究竟是什么"时，他却改而告知："它的意义就在于每个作家都该有他人格的觉醒，作家自我个性的觉醒"。[①] 马上又返回刚被"民间"提倡者所否认的"知识分子"的"主体性"上。一会儿要"参照本土经验"、"自内向外"地考察"民间"，一会儿却怀疑知识分子对"民间"的"降临"、"照亮"的主体作用，说"民间"在文学、文学史中才有讨论价值，一会儿又反其道而行之，既强调"不教化"的非价值立场，又肯定作家的"人格觉醒"的价值标准……值得惊讶的是，时间未出三五年，关于"民间资源"的解释为何会流派纷呈，出现如此之大的差异性？由此不能不想到：人们还能否在同一历史空间中讲话和对话？我想，这种疑虑的出现是很自然的。因为，更大的质疑证明了这一点。在一篇"对话"里，我们听到了对"民间资源"论几乎具有瓦解性的言论：在早期小说《大风》、《欢乐》、《透明的红萝卜》中，"莫言从直接的生存体验出发，似乎随意抓取一些天才性的语言纵情挥洒"，"这种语言背景虽然没有鲜明的旗帜标志它具体属于哪一种语言传统"，但正因为如此，他的创作"才显得十分自由，从而更加有可能贴近他文学创作爆发期的丰富体验"。"在这个意义上，我觉得他近来的创作相对来说是一种退步"，即从"一种混合语言背景"退回到"所谓民间语言的单一传统"，他是在"刻意依赖一种非西方（非欧化）非启蒙的语言"。为此，对话者之一郜元宝激烈地质疑道："莫言所引入的传统语言如说唱文学形式，究竟是更加激发了他的创造力，还是反而因此遮蔽了他自然、真诚而丰富的感觉与想象？"另一位对话者葛红兵试图辩解：《檀香刑》的"声音"，明显在"颠覆五四对民间话本小说、戏曲语言的拒绝乃至仇恨"，这种声音不是莫言个人的，"它是我们民族在数千年的生存历史中逐渐找到的"，"莫言发现了它"。但是，前面的论者对这种"发现"并不买账："我还以为应该警惕两个概念：一是民间，它是一个很大的文学史的或者哲学的

---

① 莫言、王尧：《从〈红高粱〉到〈檀香刑〉》。

概念，不能仅仅理解为具体的文学创作；二是莫言所说的'中国风格'，这是一个具有危险性和蛊惑力的概念。"他担心："在某些文人学者呼吁对'全球化'做出反应的今天，中国文学中仅仅出现了这种对声音的重视，对民间的重视，对'中国气派'的追求，这难道就是中国文学对'全球化'所能做出的唯一的回应方式吗？"[①] 有趣的是，就在文学批评接连不断怀疑小说实际成就的情况下，人们在二〇〇六年七月十七日新浪网"读书频道"、当当网的"新书推荐"中，却听到了与之截然不同的议论。前者称莫言的长篇新作《生死疲劳》通过"叙述者"的眼睛，让人深刻"体味"了当代中国"农村的变革"；后者在"划时代的史诗性巨著"的通栏标题下，介绍了这部小说，肯定它的写作"充满了作家的探索精神"——该栏的编辑还写道，从中又"听到了'章回体'最亲切熟悉的声音"，云云。据说，该专栏在很短时间内就被网友"点击"了"三万九千一百三十七次"，可见这部小说在广大读者中反响之"火爆"的程度。

然而，按照我们的理解，"文学批评"家族从来都混杂着多种人员和不同的表述，既有学院派的批评，也有来自文坛圈子的批评，还有纯粹属于"读者"的批评，以及网友批评等等。在多种层次的批评中，"民间资源"当然会有更加混杂、甚至截然不同的解释，负载着不同的文学诉求，这是原不足怪的。而莫言在《檀香刑》、《生死疲劳》中对创作"资源"的思考、探索和艺术实验，就处在这些个分裂性话语的巨大争夺之中。因此，在某种程度上，与其说我们是从两部小说中"理解"了今天的"莫言"，还不如说是众声喧哗的"批评"重新描画了这个矛盾多变的"莫言"的形象；或者正好相反，是作家与众不同的艺术想象力和创造力，"塑造"了今天的"文学批评"，为它们提供了源源不断且充满对立气味的各种话题。对小说，尤其是对作家来说，他（它们）永远都处在文学批评的鼓励、压力、质疑、反对或赞美当中。某种意义上，他（它们）与文学批评既是对手，又是同路人，既是对话者，同时又站在难以对话的巨大鸿沟的两端——这是任何研究者都必须面对的复杂"现实"。

不过，对"具体"的作家创作来说，"民间"的经验从来都不是"同质"的，正如它也不是绝对"异质"的一样，这已反映在二十世纪中国文学纷纭复杂的有关"民间写

---

① 郜元宝、葛红兵：《语言、声音、方块字与小说——从莫言、贾平凹、阎连科、李锐等说开去》，《大家》2002年第4期。

作"的论述中。它的"中国气派"的艺术追求，并不必然直接去回应"全球化"的宏大叙事。"天才性地"、"十分自由"和不受任何束缚的"纵情挥洒"，即使有再多"爆发期的丰富体验"，也未必就能向复杂、多层次、有挑战性和相对更加成熟的伟大文学文本靠拢。在今天，对于作家具体的创作来说，更为紧迫的可能恰恰是"写作问题"。而非新的"概念预设"问题，它恰恰应该警惕和防范以"语言"为中心（过去是以"民间"为中心）的批评概念对它鲜活、生动和个体经验的新一轮的覆盖与损伤。在上述情况下，坚持继续重返作家个人生活痕迹上的"民间"，从大量沉埋于民间说唱文学的尘埃中（例如蒲松龄、家乡口头传奇的"传统"）汲取新的表现形式、想象力、话语形态和写作可能性，与将这些东西在文学势力、文学舆论的逼迫下"旗帜化"、"姿态化"，是需要同时注意的两个方面。我以为，这样的意见也许更显得珍贵："对莫言来说，我觉得重要的不是讨论他所选择的语言传统本身如何如何，而是应该仔细分析民间语言资源的引入对作家个人生存体验带来的实际影响。莫言所引入的传统语言如说唱文学形式，究竟是更加激发了他的创造力，还是反而因此遮蔽了他自然、真诚而丰富的感觉与想象？"（郜元宝）但是，什么是"自然、真诚而丰富的感觉和想象"，什么又是"语言传统"，这些本来就缠绕不清的问题，也需要拿到更严格的层面上来辨析和处理。

《檀香刑》和《生死疲劳》令人印象深刻之处，不是它们单凭个人才气、同时还借助丰富渊博的"传统资源"加以转喻、提升和整合的非凡写作能力。仅就一个世纪而言，乡村小说题材中恐怕还少有人如此从"大叙事"角度（鲁迅、赵树理所选取的只是某个精彩的"横断面"；而与莫言有同等艺术气象的恐怕要数贾平凹、陈忠实两人）来揭示中国农村社会的深刻变迁的。但它们也有"英雄主义同时又是农民意识"（包括前期某些小说）的"格局"（王炳根），[①]"创作心理上不健康的粗鄙习性"和缺少限制的"语言粗糙"（陈思和）。[②] 在对作家小说创作"跟踪式"的评述中，文学批评觉察到不少小说"对这个时代本质的切入无疑又是准确而深刻的"，虚拟、写实相混合的手段，"没有把读者推离时代和现实"，反而体验到它"复杂得无法归纳和总结"（吴义勤）[③]。随着批评家对

---

① 王炳根：《审视：农民英雄主义》，《文艺争鸣》1987年第4期。

② 陈思和：《历史与现时的二元对话——兼谈莫言新作〈玫瑰玫瑰香气扑鼻〉》，《钟山》1988年第1期。

③ 吴义勤：《有一种叙述叫"莫言叙述"》，《文艺报》2003年7月22日。

作品的阅读，关切莫言的读者当会明白，"《檀香刑》标志着一个重大转向"，"莫言不再是小说家——一个在'艺术家神话'中自我娇宠的'天才'，他成为说书人"，他"处理的题材是各种历史论述激烈争辩、讨价还价"，并甘愿与"唐宋以来就在勾栏瓦舍中向民众讲述故事（赵树理也曾自认是'地摊作家'）的人们成为了同行"（李敬泽）。① 另一方面，也有论者认为，它其实是"一部外表华丽、实质苍白的游戏之作"，是"才华的消费"、"华丽的苍白"和"优点突出，缺陷明显"的小说（邵燕君、李云雷等）。② 但书中对已从今天绝迹的钱丁等传统"士绅生活"的细致描写，对乡里俗人那贫贱快乐委婉曲折的说唱叙述，令人怀恋，它也得到众多评家的欣赏。而《生死疲劳》对由人变驴、再变为牛的主要"叙述人"百折不挠、忍辱负重精神状态一唱三叹式的细嚼、体察、同感和悲天悯人，也叫人掩卷感动。当然，还会有"主观性很强的叙事方式"、"人物的心理和行动的叙写是粗疏、简单的、缺乏可信性的"、"这显然不是中国读者习见的'民族'风格和'民间'做派"的简单指责（李建军）。后者的论点既觉得可以理解，也或者有些许不快。人无完人，金无足赤，千百年来何不如此，更遑论也与我们同在这烟火和生死人世间的作家？但从《檀香刑·后记》中急于"表白"与"民间说唱形式"血脉亲缘关系的文字中，又分明透露出极易被抓住"酷评"的某些成分。它或许是出自破碎后的"整体历史"的自我警醒、自况，又反映出希图"重返"那个被整体历史压抑、改写的原先的"大过去"、"大传统"时所投去的深情的一瞥和眷恋。而且从"火车的声音"、"一九〇〇年"、"我们村庄"、"地方猫腔"、"广场空无一人"等等感性材料和重叠记忆中，隐约看出作者力图复活和呈现"各种历史论述激烈争辩"，理解"历史是戏"、"戏是现实"，同时理解"无论生死，人永远要承受一切""就是生活的真相"的无奈与挣扎。它们不仅指向浩渺和深奥的历史时间形态，而且也指向他本人的"内心状况"。

　　文学批评是对作品"第一时间"的阅读，是与作家的"对话"，但从来都是混合着"当下"时代意识、文化气候、文坛意气和个人痕迹的书写形式。可以看出，与上世纪五六十年代"政治第一"、八十年代"文学自主"等等二元对立式的批评模式明显不同，当

---

① 李敬泽：《莫言与中国精神》。

② 邵燕君、师力斌、朱晓科、李云雷等：《直言〈生死疲劳〉》，《海南师范学院学报》2006年第2期。

前对莫言的文学批评显然是市场经济、大众文化的直接产物，它恢复了"文坛批评"的本来面目。文学批评从不承认对作家的"跟帮"角色，它最大的野心，就是通过"作家作品"这一个案来"建构"属于批评家们的"历史"。因此，在大量莫言小说的批评文章中，有的主观地把作家纳入自己的判断、预设、感受中，让作品在失去主体性的情况下充任"见证历史"的"材料"或"旁证"；有的根据时代、文学的变化，"跟踪"作家创作的阶段和调整的步伐，做出"有效"的针对文本的评价和裁决，与作品发生"强烈的共鸣"并施以"设身处地"的分析，然而，也可以根据某些理由对这些"变化"重新推翻；有的以认可、赞同的方式，证明个人批评的始终"在场"，以作家本人的"声望"来决定观点的轻重、分寸和"结论"。正如批评会影响读者，读者也在潜在影响（如时尚、广告、酷评和猎奇风气等）批评，成为它文本内外的"杂语"，组成批评界驳杂难分的生存面貌。某种程度上，所有的批评都声称是对作品文本最真实、客观和贴切的体察，但是，在这一过程中，也难以避免它们对作品这一部分的夸大，和对另一部分的简缩；选择有利于批评基点的例证，或是作品本来突出的优点反而被稍微降低。根据我们的理解，这都属批评的"正常范围"，本来就是批评的"风格"。但无可置疑，这些年来对莫言作品的批评已经深刻影响了文学史的写作，成为撰写者在考虑叙述框架、展开问题和形成定论时无法绕开的重要"观点"、"参照"，并具有某种强烈的"暗示"性作用。但文学史家也在拒绝文学批评话语更露骨的入侵，排除它的话语干扰。例如，有的文学史著作在评述《丰乳肥臀》这部小说时，接受了"奔放热烈"的"传奇性经历"、"丰沛的感觉和想象"、"感性体验"、"野性生命力"等等批评话语，但拒绝在前面冠之以"伟大"、"重大的转向"、"震撼"和"史诗性"的夸张命名（洪子诚的《中国当代文学史》）；有的文学史选择这样一些词汇进入对莫言的叙述，如"家族回忆"、"民间价值"、"生命力"、"暴力"、"草莽特点"、"性爱"等等，同时又尽量避免对这些判断做更大幅度的价值"提升"（陈思和主编的《中国当代文学史教程》）；另外还有文学史著作，由于受到文学批评的"影响"，增加了介绍作家创作的篇幅，并把批评所"发现"的"童年视角"作为分析《透明的红萝卜》的基本立足点，然而也仅此而已（孟繁华、程光炜的《中国当代文学发展史》）。由此可见，文学史在借鉴和吸收文学批评成果的同时，也在"控制"、"过滤"、"纠正"或"修补"它的过度"叙事"。像文学史一样，二十年来"批评"一直在涤荡、影响莫言的"写作"，给他的写作过程带来了某些"阴影"，"批评话语"在纷纷进入他的小说，成为某种驱之不去的艺术想象"因素"。与此同时，他也在反抗、摆脱着这些话语的改造和侵蚀，顽强地擦去留在作品文本表面的某些细微锈斑。例如，他终于抵御了"魔幻现实主义"等示范文本对个人创作的强大诱惑，毅然从批评话题的强势作用中重返"小戏猫腔"；又例如他尽管赞成关于"民间资源"的说法，一定程度上也认可由此而来的"评定"，但又竭力反叛"概念"的压力和"话语"的篡改，强调其"感性"、"多面"等等复杂的方面……以上种种，都让我们想到，漫长的文学史其实一直在重复着这些作家、批评家之间的陈旧"故事"。这是他们之间激烈争辩、驳难、分歧、合作、阐释和叙述时的话语游戏。就在这一话语游戏中，多少作品进入"正典"或"异类"，又出人意料地出现位置的更换，多少新的作家匆匆露面，多少老的作家黯然沉落，人们已不得而知。但是，不管作家是否愿意，文学批评都在对他做各式各样的文学史"定型"，并通过这一工作使自己的话语坦然载入煌煌史册。因此，所谓的文学批评史，无非是对作家创作一次次的"当下"评述，同时又是对这些评述的修改、变更和增删的过程；而作家留给后人的"创作史"，可以说就是批评家对作家主观愿望和创作意图的"改写史"。这就是众所周知的文学"规律"。

二〇〇六年七月十九日于北京森林大第

二〇〇六年八月九日再改

《当代作家评论》二〇〇六年第六期

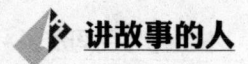

启蒙与现代性的弃物

王 侃

得于一个偶然的建议和激发，突然发现，关于莫言的两部长篇小说——《酒国》和《蛙》——可以用一种"花开两朵，各表一枝"的方式来阐述，但从中却能找到某种有意义的思想理路。这条思想的理路，对于理解莫言，同时也对于理解近二十年的中国当代文学与作家，都不失为一个颇具意味的门径。

一

一九八九年九月，莫言开始了《酒国》的写作。这个写作的年份应该作某种强调。这部长篇一九九二年先在台湾出版，次年有了大陆版，新世纪后大陆数次再版。弹指一挥间，二十年过去了，但批评界对它的反应却仍然寥落。因此，《酒国》被视为莫言创作中的一个波谷，这个波谷就与它在批评界遭受的冷遇构成对应。

浏览《酒国》出版后引发的批评文章时可以发现，那些为数本不太多的批评通常都是从一些显见的、带有表征性的文学比附出发。比如，有将《酒国》与《城堡》进行比附的：侦察员丁钩儿无法查实酒国市食婴案的真相的窘境，与测量员最终无法进入城堡的荒诞遭遇，可作相似性联想；有将《酒国》与《百年孤独》进行比附的：因为两者都是"言奇述怪"，至少，《酒国》的"妖精现实主义"与《百年孤独》的"魔幻现实主义"或可类比；也有将《酒国》与《西游记》进行比附的：因为吃人的内容贯穿叙事始终，只不过侦察员丁钩儿担当着孙悟空的角色，却不幸身怀猪八戒的品性。当然，最重要也是最到位的比附，应该是将《酒国》对应于《狂人日记》，对应于"吃人"的批判性命题，对应于身临其境、今犹在挹的"救救孩子"的深切体验，对应于需要不断在中国语境中被重新唤醒的启蒙话语，对应于对现代性的服膺，对应于作家及其文学的社会良知与历史责任。

但是，差不多只有极其少数的批评声音才切开了《酒国》纷繁迷乱的美学皮肤，指出了它作为历史批判、社会批判与文化批判的语义内核与叙事修辞。通常，来自大陆批评界的声音，大多粗陋，它们在强调《酒国》有着与《城堡》一样的随物赋形的表现主义外观时，却并不言及卡夫卡死火般的绝望心境；它们在赞赏《酒国》拥有加西亚·马尔克斯式的奇幻风格时，却并不探讨《百年孤独》是对现代拉美百年苦难史的痛切陈述。因此，那些简单甚至粗陋的比附使对《酒国》的解读一直流于轻浮，以至于莫言必须自己站出来抵制批评界对《酒国》的轻慢，声明《酒国》是其"美丽刁蛮的情人"，是其"迄今为止最为完美的长篇"。① 最为关键的是，他还必须出来为批评家解码，指出《酒国》这部"醉话连篇的小说"，是他所有作品描写意识形态最完整的一部。② 莫言一方面不客气地拒斥了对于《酒国》的美学误读，另一方面则强调了美学分析的"意识形态"平台。不知是否真的由于《酒国》炫目的传奇外观影响了众人的判断，以至于认定《酒国》主要传达了一种《聊斋》式的野趣，反正，有意味的是，只有在对《酒国》进行解读时，我们的大部分批评声音才失忆般地暂时忘了莫言曾自觉地将自己划入"新历史主义"的旗下③，从而将自己的文学嵌入了政治写作的维度④；忘了莫言在《酒国》之前不久像一串"愤怒的葡萄"似的写下了《天堂蒜薹之歌》这样的"急就章"，从而将自己

---

① 莫言在日本京都大学的讲演。转引自叶永胜、刘桂荣《〈酒国〉：反讽叙事》，《当代文坛》2001年第3期。

② 莫言在美国纽约法拉盛图书馆为《酒国》英译本签名售书时的讲演。转引自黄佳能、陈振华《真实与虚幻的迷宫——〈酒国〉与〈城堡〉之比较》，《当代文坛》2000年第5期。

③ 莫言、王尧：《从〈红高粱〉到〈檀香刑〉》，《当代作家评论》2002年第1期。

④ 莫言在1992年5月为《酒国》所撰的《酒后絮语——代后记》中表达了相同的政治写作意图："《酒国》动笔于一九八九年九月……原想远避政治，只写酒，写这奇妙的液体与人类生活的关系。写起来才知晓这是不可能的……由酒场深入进去，便可发现这社会的全部奥妙。于是《酒国》便有了讽刺政治的意味，批判的小刺芒也露了出来。"见《酒国》，第343页，上海，上海文艺出版社，2008。

的文学坚定地在"民间写作"的桩柱上拴了死扣;忘了莫言曾斩钉截铁地强调"小说家应该有强烈的批判精神"、"你选择了作家这个职业,你就选择了一个反叛者的行当,扮演了一个反叛的批判的角色"。①最后,我相信,大多数人在对《酒国》开卷之初和掩卷之后,都忘了或从来就不曾留意过莫言起笔之时的语境。而我在这篇文章起笔时所作的某种强调,就是为了提醒那些关于《酒国》的文学比附以及正面进入《酒国》时所应权衡的"轻"与"重"。

一九八〇年代中国最重要的思想潮流之一就是由"寻根"引发的"文化热"。我首先想说的是,如果说《红高粱》被认为是"寻根文学"的总结性文本②,那么,《酒国》则是对"文化热"的断喝与终结。莫言自己说,《酒国》的一个主题是"对酒文化的反讽和批判"③。由《红高粱》引发的酒神冲动,在迷乱的狂欢中冲决了楚河汉界,壁垒森严的种种价值规范与等级分明的各色二元制度瞬间崩塌。这部小说极端而不容置辩地肯定了本能、欲望、个人、民间的历史价值,并进而对历史本质与历史主体进行了重新发现与重新定位。《红高粱》的文学史意义也由此得以确立。但是,《红高粱》本身所蕴含的原始主义与相对主义在此后的文学与思想潮流中被畸形发挥,尤其是,当"酒"披上了"文化"的外衣后,就象征性地意味着"本能"或"欲望"等原始形态获得了永久的、无往而不利的合法性,而此时的相对主义则对此不仅丧失了起码的批判能力,它同时还或曲或直地为之提供必要的话语支持或技术修辞。莫言以"酒国"命名的这部长篇小说,讽喻性地表明:"酒"不仅有了"文化",还有了"国";不仅有了软包装,还有了硬容器;不仅是一种历史(时间)形态,还是一种现实(空间)存在。因此,《酒国》之"对酒文化的反讽和批判",不仅针对"文化",同时也针对"国";不仅针对历史,也针对现实。具体说来,《酒国》的批判,究其实是对在"文化"包装下无限膨胀的原始欲望的批

---

① 莫言、刘颋:《我写农村是一种命定——莫言访谈录》,《钟山》2004年第6期。在成名之初,莫言还以另一种方式表达过自己的"批判"的文学观:"批判的赞美与赞美的批判是我的艺术态度也是我的人生态度。"见《感觉和创造性想象——关于中篇小说〈红高粱〉的通信》,《中国青年报》1986年7月18日。

② 旷新年:《莫言的〈红高粱〉与"新历史小说"》,《杭州师范学院学报》(社会科学版)2005年第4期。

③ 莫言、刘颋:《我写农村是一种命定——莫言访谈录》。

判，进一步地，是对中国文化内在腐败的批判。正如有论者指出的，"《酒国》中的吃人是源于食物的过剩，而不是短缺"①。在"酒国"，围绕"酒"而展开的美食文化既登峰造极，又令人瞠目结舌，在"食不厌细"的欲望驱动下，沿着"脍不厌精"的文化逻辑，我们就在"酒国"美食文化的巅峰处劈头撞见了吃人的惊悚筵席。正是"酒"和"文化"的合谋，催生了"肉孩"的肮脏交易，并使对"肉孩"的解剖与烹饪变成大学课堂上的扬扬得意的表演。前往调查食婴案的检察院侦察员丁钩儿（作为体制及体制化生存的符号）最后堕落为参与食婴的罪犯，其角色分裂便源于其自身不加节制的欲望。在《红高粱》中同样以本能、欲望构建起来的"我爷爷"这样的历史主体，在《酒国》的语境中只能陷于溃败，终至跌入肮脏的粪坑，毫无尊严地溺死在欲望的排泄物中。《酒国》因此可视为是对"文化热"的断叱，因为它呈现了觥筹交错的繁华筵席下显而易见的道德沦丧，并让自己成为隐而不显的历史衰颓的深刻寓言。

一九八〇年代的中国文学，曾在"文明与野蛮的冲突"的主题框架中被论述。显然，《酒国》已跨出了这个叙事框架。《酒国》与一九八〇年代的"冲突"文学最大的不同是，它并不强调"冲突"，相反，它写出了野蛮与文明的合谋与交媾，它写出的是野蛮（吃人）如何被文明化和合法化，野蛮如何获得文明（文化）颁发的通行许可证，并成为文明殿堂上的辉煌之作。

对"吃人"主题的共同开掘，使《酒国》不可避免地被与《狂人日记》相提并论，莫言也因此被誉为"与鲁迅相逢的歌者"②。因此，莫言的《酒国》很自然地被纳入到启蒙主义文学的分析范畴。如果说《狂人日记》是针对"前现代"的"吃人"历史提出的严峻批判，展露的是鲁迅青年时代始即孜孜以求的从"立人"到"立国"的现代性诉求，那么，《酒国》批判的是"毁人"和"灭国"的文化现实，它在另一个向度上接续着建立在启蒙基础之上的现代性焦虑，不同的只是：它一边感受着当下中国的历史危机，一边指认着现代性在当下中国的未竟之旅。他和鲁迅的"现代性焦虑"，阶段不同，程度

---

① 杨小滨：《盛大的衰颓——重论〈酒国〉》，愚人译，《上海文化》2009年第3期。

② 孙郁：《莫言：与鲁迅相逢的歌者》，载《当代作家评论》2006年第6期。孙郁如此称赞莫言的《酒国》："《酒国》是《狂人日记》的另一种书写，那些温文尔雅的历史文本，在这类叙述中失去了维度。"

如一，特别是在对企图绕过启蒙话语的、复古的文化民族主义的批判上，他与鲁迅有着奇妙的重叠。鲁迅在《狂人日记》最后对拯救的呼号，其实是不求回应的终极呐喊；与新时期伊始的某些文学不无矫情的"救救孩子"的嘤咛之声不同，《酒国》将读者推到了骇人听闻的屠戮现场，它使文学性的呐喊形同撒娇。因此，尽管《酒国》的语言一如莫言其来有自、由来已久的风格——"江河横溢和泥沙俱下"、"密密麻麻和生机盎然"、"粗粝奔放又精细入微"、"杂花生树繁缛富丽肢体横陈汪洋恣肆"①——但在这狂放的语流背后，有一种深刻的沉默。最多，在莫言看来，"我这《酒国》，不过是一声长啸而已"②。啸也者，亦即鲁迅所谓"无词的言语"。诚然，此时此地，千言万语，何若莫言。

在莫言完成《酒国》写作的一九九二年，是当代中国进入另一个转型期的重要标识：一个以"市场"为构型的新意识形态正迅速而生猛地崛起。在此背景下，精英文化急遽溃散，通俗文化风起云涌，在市场文化逻辑和消费主义精神的合力推动下，在《酒国》中被批判的"欲望"出乎莫言意料地发生了极度的膨胀并被无限度地鼓励和释放。在享乐主义的晨钟暮鼓声中，历史和现实都被抽象化理解，成为无关个人痛痒的远景，而民族灾难以及一般意义上的苦难也都在无痛化的处理中被规避或被迅速淡忘。启蒙在当代中国所遭受的挫折，使知识界对现代性的讨论陷于纷乱。对现代性的不同认知与阐述，反过来又使中国的知识群体发生了剧烈的分化。何为现代性？一种简约而传神的释义是："现代性"即现代之为现代的本质，亦即以启蒙主义为核心的文化合理性工程。一九九〇年代，从质疑立场出发的所谓"重估现代性"，在某些阐述中"被呈现为一个五四至八十年代以来从启蒙主义建立的意识形态和思想制度遭遇市场文化逻辑或消费社会的文化逻辑冲击后自行崩溃的过程"③。这个过程可以另外描述为：以鲁迅为代表的启蒙传统在当下中国已然失效，成为不合时宜的思想。因此，当莫言在写作中与鲁迅相逢，当《酒国》被认为是"《狂人日记》的另一种书写"，莫言与《酒国》就理所当然地被跟风赶浪的文学批评一起漠视，就理所当然地一起滑进所谓的创作生涯的波谷。

二〇〇〇年，《酒国》在修订之后重版。"波谷"的命运仍然如昨；哪怕之前的《丰

① 张清华：《叙述的极限——论莫言》，《当代作家评论》2003年第2期。
② 莫言：《酒后絮语》，《酒国》，第344页，上海，上海文艺出版社，2008。
③ 高远东：《未完成的现代性》（上），《鲁迅研究月刊》1995年第6期。

乳肥臀》已给他带来了又一次巨大的成功。但关键是，对于莫言来说，这次重版，只是对一声长啸的坚持，而非寻求回应。他想表明，他写作中的某一部分只为了信仰，而非美学，更非商业。当一个宣传部长在目不忍睹的人肉筵席前操持着"为人民服务"的党性话语下箸时，当一个大学教授在理应成为启蒙之地的讲坛上以艺术的名义对生命铁血下刀时——如此显豁又寓意暧昧的场景，怎么可以用一种悬浮而中立的姿态将其涂抹成无痛化的记忆淡痕？尤其是，丁钩儿由侦察员变为罪犯的角色转换，与"狂人"病愈后"赴某地候补"的戏剧性情节异曲同工，同样喻示着拯救的无望，喻示着在黑暗中挣扎的当下境遇，最后，喻示着"铁屋子"的意象对于当代中国的意义。毫无疑问，启蒙或现代性，仍然是《酒国》的题中之义。即使到了二〇〇〇年，即便历史将携着中国迈入新的世纪，"现代之为现代的本质"在莫言看来仍然是有待实现的蓝图。

"在一个远离鲁迅的地方和鲁迅相逢，看起来是不可思议的。"有论者在论莫言时这样写道，"而不幸的是，文人在切入社会的深处时，忽然发现，不得不与鲁迅的主题重叠。"① 这确乎是时代的不幸。但这种"不幸"的相遇，对于忠诚于抉心自食的历史形象的作家个人来说，却有一种内在的悲壮。在我看来，哪怕仅仅是为了守护这份悲壮，也值得莫言奋力坚持他自谓不凡的这声长啸。

二

现在，让我们的目光越过《丰乳肥臀》，越过《檀香刑》，越过《生死疲劳》，驻足在二〇〇九年岁末问世的长篇小说《蛙》。据说《蛙》发表后，非议颇多，以至于引发了诸多"唱衰"莫言的声音。② 非议的焦点在于普遍地认为莫言在《蛙》中展现的艺术水准较之以往有了明显的滑坡。不管怎么说，较之于《酒国》的毁誉皆无的处境，《蛙》多少还引发了一些热闹。不过，我之选取《蛙》作为论述对象，理由只在于它与《酒国》之间二十年的时间跨度：它们是二十年间的一个对称，是隔岸相望的兄弟。它们有一望可知

---

① 孙郁：《莫言：与鲁迅相逢的歌者》。

② 吴义勤：《莫言长篇小说〈蛙〉：原罪与救赎》。引自 http://www.ddwenxue.com/html/zgwx/zjzj/20100113/8148.html。

的家族相似和其来有自的基因共体。当然，我的论旨只能在于它们的差异，以求发现莫言这二十年间的复杂与嬗变。

我认为，如果说《酒国》是莫言在特定语境下对《狂人日记》所做的原型重述，故而是启蒙话语下的现代性叙事，那么，《蛙》则是莫言依据丰实的"中国经验"对现代性所做的某种既痛切又不无迷惘的反思。《蛙》的叙事内容涉及在当代中国作为基本国策的"计划生育"；大多数论者一般只注意到了莫言在面对这个有"人权争议"的题材时所表现出来的写作勇气并嘉许之，或以"原罪"、"救赎"这样的措辞来形容这部长篇所触及的伦理难题并同情之。但是，如果我们能进一步认识到，"计划生育"的制定起点并非极权暴行，而是当代中国的"现代性方案"时，我们就会明白，莫言的思考另有深度，他与"现代性"的纠缠之势已呈现出和《酒国》颇为不同的情状。正是对现代性及其在当代中国的历史实践的文学反思，催生了《生死疲劳》，而《蛙》只不过是恢复"疲劳"后的继续前行。①

对现代性的这种反思，对于莫言来说有其内在的思想逻辑，有必然性。当莫言在《檀香刑》中宣布要"有意识地大踏步撤退"②，以对中国民间文学的继承来抵制对西方文学的单向度借鉴时，在他的文学思维中，"中国经验"的维度在另一个新的意识层面上被引出。毫无疑问，"中国经验"也必将同时改造他思想资源的构成。而"中国经验"所包含的民族特性与历史个性，与现代性所代表的普遍性之间的张力和断裂，就成了莫言近期思想的彷徨或流连之所。

应该说，无论鲁迅抑或胡适，当其发出现代性吁求时，眼前都有清晰的关于现代性的"西方图式"。詹姆逊就直截了当地认为，现代化就是一个由西方世界发动的伴随着文化征服的资本主义世界化进程。这和马克思在阐述"世界文学"时的论调是一样的。但对于莫言这样涌现于新时期的作家来说，在经历了"文革"的历史断裂与文化隔绝之后，其蹒跚起步时对于现代性的"西方图式"的认知却一定是模糊而抽象的。他只是直

---

① 实际上，《蛙》的创作早于《生死疲劳》。莫言说："我在2002年春天开始写这部小说，写了大概有15万字……就放下了，先完成了另一部小说《生死疲劳》……在2007年的时候重新拿起笔写这部关于姑姑的小说。"见《著名作家莫言携新作〈蛙〉做客正义网》，引自http：//live.jcrb.com/html/2009/380.html。

② 莫言：《后记》，《檀香刑》，第518页，北京，作家出版社，2001。

觉地认为，半个多世纪前就迈入"现代"的中国其实仍然不够"现代"，"现代之为现代的本质"仍然不够充分，因此启蒙就仍然是必须坚持的文学主题。《酒国》的写作无疑源于这样的直觉。此时的"现代性"对于莫言来说是一种普世价值，一种未经辨析的抽象理念。我们甚至可以推度，在当时的莫言看来，在现代性世界体系中处于边界的当代中国，毫无疑问地应该继续向中心地带迈进。仅就此而言，莫言的思想并不超越于一九八〇年代中国思想界的普遍水平之上。他甚至未必意识到，他在《酒国》中所批判的"欲望"并不完全由于传统文化内部的腐靡所致，相反，恰恰是因为现代性的许可与怂恿。与此同时，他也未必意识到，他本人的写作之所以被认定为是"现代性写作"，恰恰也是因为他在写作中肯定和赞美了欲望。[①] 可以肯定，此时的莫言未必真切地意识到现代性自身的逻辑悖乱，意识到他屡出笔端的"苦难"或"腐败"——尤其是在"中国经验"中屡发不止的政治悲剧、人性困境和伦理难题——其实都完全有可能是"现代性的后果"。

莫言在这个问题上的觉悟，完全是作家式的，带着感性与道德的色彩：他从"悲悯"入门，渐次穿越某些思想的迷障，在《蛙》中豁然开朗。必须提出来的是，"悲悯"的思想种子，在写作《酒国》时便已抽芽。在为《酒国》撰写的序言《捍卫长篇小说的尊严》里，莫言写道："站在高一点的角度往下看，好人和坏人，都是可怜的人。小悲悯只同情好人，大悲悯不但同情好人，而且也同情恶人。"[②] 引发此番关于"悲悯"之感慨的，是莫言无意间读到的一篇晚报文章里生动讲述"我军"一名曾毙敌百余的战斗英雄用锄头、刺刀"毫不动容地"手刃若干敌特俘虏的血腥情景。特定环境下的敌我之间的你死我活固然不容悲悯，但"敌人"作为一个生命个体，其死亡对于这个个体以及与他紧密相连的亲属家庭，却无疑是一个巨大而惨痛的悲剧。这使我想起，二战结束后，当一名欧洲的女性学者提请对战死的纳粹士兵给予人道关怀时，曾在一个很大的范围里引起了强烈的伦理震撼。莫言道："悲悯，是一个极其复杂的问题，不是书生的臆想。"[③] 我推想，莫言所说的"复杂"，至少包含这样两方面的意思：一是"敌人"、"恶人"、"罪

---

① 王德威在对晚清鸳蝴小说的阐述中，因认为鸳蝴小说旨在"释欲"，故而认定其具有"现代"品性。此观点可见王德威《被压抑的现代性——晚清小说新论》，北京，北京大学出版社，2005。

②③ 莫言：《捍卫长篇小说的尊严》，《酒国》，第2、4页，上海，上海文艺出版社，2008。

人"并非自然形成的,导致他们成为当下状态的原因很多很复杂,而他们自己就很可能也是众多而复杂的原因的受害者;二是,对"敌人"、"恶人"、"罪人"的悲悯,在"中国经验"里仍然会是一个难题,因为——比如"敌人",在我们的政治宣传中不仅是一切正面价值的反动,并且会遭到物化的、妖魔化的政治修辞,杀戮因此就变得大义凛然、"毫不动容",且在效果上会充满胜利的喜悦感——何况中国人有着对他人的生命向来漠视的传统。总有一些人,总有一些生命,会像杂草之于园艺工作、陋巷之于市政规划、异议之于思想一致、异端之于正统一样,成为那些"不可混合的范畴中被否决的混合物",然后被抛出某些一开始就被精心设计的秩序栅栏,被判处死刑,被视如弃物。

现在,我们必须明白,《蛙》中被姑姑以外科手段引产的数以千计的婴儿,就是"现代性的弃物"——同样的,《生死疲劳》中的西门闹作为"阶级敌人"也是"现代性的弃物"。他、她或他/她们,是当代中国的现代性设计("现代性方案")与中国半个多世纪的现代性历史实践中,必须以严酷的姿态和手段摒弃、剪除和消灭的异物。我们同时还应该明白的是,正是一种因"罪"而起的"悲悯",以及由此演进而致的对于"弃物"的悲悯,使莫言对"现代性"、对"现代之为现代的本质"陷入了思想重审与写作耽迷。

齐格蒙特·鲍曼对现代性的批判颇具启发。由于现代性对以理性、科学、秩序和设计为支撑要素的所谓"合理化工程"的过度尊崇,致使现代国家成为一种造园国(gardeningstate)。鲍曼说:

> 现代国家是一种造园国。其姿态也是造园姿态。它使全体民众当下的(即野性的、未开化的)状态去合法化,拆除了那些尚存的繁衍和自身平衡机制,并代之以精心建立的机制,旨在使变迁朝向理性的设计。这种假定为由至高无上且毋庸置疑的理性权威所规定的设计,为评价当今现实提供标准。这些标准将全体民众分成应予助长并精心繁殖的有用植物和应被铲除或连根拔掉的杂草。[1]

现代性或现代国家的造园抱负和造园姿态,在鲍曼看来,必然会演进为极权和暴

---

① 〔英〕齐格蒙特·鲍曼:《现代性与矛盾性》,第31—32页,邵迎生译,北京,商务印书馆,2003。

行。纳粹对犹太人的屠杀，斯大林统治时期的铁血政策，都被鲍曼称为"现代性的丑闻"，因为它们"既不是那种尚未被文明的新秩序完全消灭的野蛮文化的发作，也不是为异于现代性精神的乌托邦所付出的代价。恰恰相反，它们是现代精神的合法产物，是这样一种内在要求的合法产物"。① 难道不是吗？在现代性已将全球的任何一个角落无一遗漏地都深刻地卷入其构建的世界体系与疯狂进程之后，大屠杀在全球范围内仍然阶段性发作着，其惨烈程度并不亚于集中营与铁幕，它并不因为纳粹的战败和斯大林政权的垮台而停歇，更不要说消弭。

有意思的是，现代医学总是会被用来作为现代性园艺工程的比喻（在一个更高的层面上，鲁迅对中国历史与国民性的"诊治"，体现的也是现代医学那种无往而不胜的权威感与优越感）。当年的犹太人就是被纳粹在医学上论证为劣等种群而遭清洗的。而在当代中国，计划生育政策则是一个与现代医疗技术紧密相关的园艺工程的绝妙案例（它象征性地意味着现代性不仅有"设计"的气魄，同时还拥有"操控"的能力）。因此，讨论《蛙》时，不只是要赞许莫言在触及"敏感题材"时绽放的勇气，同时还不得不赞叹莫言在取舍间表现出的、自发于混沌的叙事智慧。

莫言的贡献，在于他写出了现代性的"中国经验"。他写出了计划生育作为一个为现代国家利益而设计的"现代性方案"，如何在中国乡村遭受或明或暗的恒久抵制，极权政治又如何在贯彻这一"方案"时软硬兼施，既炫耀权力铁腕又巧使"意识形态询唤"；他写出了计划生育作为一个对未来的幸福做出承诺的"现代性方案"，在实践中已然造成的现实悲剧以及悲剧中的个人被幸福永远抛弃的命运；他写出了河流中悲壮的围追堵截，乡野里仓皇的狼奔豕突，以及手术台上凄怆的阴阳两隔；他也写出了同样依仗现代医学与医疗技术的"代孕"丑剧——它打着缓释历史焦虑与时代紧张的幌子，实践着对利益的无耻攫取，它以对生命尊严的另一形式的漠视，践踏着人伦，复制着悲剧。

尽管未必是一个恰当的类比，但我还是想说，《蛙》的阅读体验不断地让我想起鲍曼的《现代性与大屠杀》。鲍曼在这本惊世之作中阐述道：现代性不仅为大屠杀提供了精细周密的计划，提供了物质与技术的充分条件，也为大屠杀准备了具有说服力的道德退路。因为有了这样的退路，屠杀者才会"毫不动容"，而更多的人则成为局外人式的冷漠看

① 〔英〕齐格蒙特·鲍曼：《现代性与矛盾性》，第45页。

客。在我看来，现代作家的使命之一，就是要引领着读者逆着这条退路屈身而上，抵达杀戮的惨烈现场，给眼睛与灵魂以双重的震撼，从而使我们意识到退路的失当以及背身而去的无耻。作家作为"引领者"，其实就是启蒙者。因此，启蒙无疑仍然是一个杰出作家在今天必须担当的首要角色。莫言做到了，至少他努力这样去做了，《蛙》就是有力的证明。

顺便想提一提：可以推度的是，莫言在写作《透明的红萝卜》、《红高粱》、《爆炸》时未必具有清晰的对于"中国身份"的自我意识，至少不会太强烈。尽管后来的莫言不断获得世界性的赞誉，成为一名文学意义上的"世界公民"，但这仍然不是他获取对"中国身份"的自我意识的关键参照。最重要的参照，其实还是来自于对现代性的"中国经验"的参省与审视。

三

早在十年前，阎连科发表《日光流年》时，中国作家的"现代性叙事"就有了清醒而异样的思想内容。在《日光流年》中，"乡村"成为了"现代性弃物"。把耧山脉深处的三姓村，为摆脱四十岁作为生命大限的宿命，在四任村长的带领下前赴后继地种油菜、换土、凿渠引水。当第四任村长带领全村人众通过卖淫、卖皮、卖棺材、卖嫁妆、卖家当，并在修渠死至十八人时，终于引来了他们盼望中能改变命运的灵隐河水。但让他们惊骇而绝望的是，沿渠而来的却是一注臭气冲天的污水：他们思念已久的灵隐河早已变成了城市的下水道。有论者道："三姓村从未享受工业社会的科学和技术——种种现代医疗技术并没有为三姓村提供正确的诊断；然而，工业社会的麻烦却不肯放过他们，例如环境污染。三姓村始终没有申请到进入工业社会的编制，但是，它却如此迅速地沦为工业社会的受害者。这就是现代世界为三姓村做出的定位。"①

由于"乡土"对于"中国"的特定意谓，上述关于"乡土"的现代性定位，就可以进一步引申：《日光流年》实际上是"乡土中国"在现代世界体系中的一个可怕寓言。因此人们就会继续设问："人们始终无法绕过这样的疑问：全球化的时髦叙事之中，分配给

---

① 南帆：《全球化与想象的可能》，《文学评论》2000年第2期。

第三世界国家的只能是什么角色呢?"① 这样的设问意味深长。对这个问题的回答,将使我们明白现代性的全球化"社会工程"中,谁将成为"弃物"。

同样的,也是针对现代性的全球化"社会工程",张承志的写作就成为别有新意的"现代性叙事"。他二十年来的勤勉写作中为饱受贬抑的伊斯兰世界所进行的澄清和辩护,就是为了抵制依据现代性的"西方图式"推行的全球化,为了抵制西方世界为推行全球化而对伊斯兰世界进行的诋毁与妖魔化,以及为了控诉已然发生的西方军事力量对穆斯林的视同弃物的屠杀。

对现代性的批判、质疑,而不是吁求,就这样构成了当下中国文学"现代性叙事"的底色。以莫言为个案,对从《酒国》到《蛙》的分析中,我们大约可以清晰地看到中国当代文学这二十年的基本思想理路。

只不过,莫言的现代性批判,更多地被一种悲悯的气质所笼罩,而非认知层面的绝然否定。如果认为《蛙》是对计划生育政策这一现代性设计的翻案式批评,那就是一种弱智阅读,有辱莫言的智慧。毕竟,小说中姑姑式的忏悔只是一种个人行为,而不具有集体意义,就像小说中的日本人杉谷义人对侵华战争的忏悔只是他的个人意愿而非其国家行为一样。("大东亚共荣"又何尝不是自明治之后延传至今的日本作为现代民族国家的"现代性方案"?)毕竟,在已然建立的现代性世界体系中,对于处于体系边界的中国来说,在何时何地以何种方式与现代性发生联系,自有其带着中国民族特性与历史个性的考量与设计维度。计划生育政策便是这种特性与个性作用下的现代性选择结果。我们还必须意识到,作为一种共性,为实现现代性对未来幸福进行庄严承诺的计划,"某种形式的社会动员是必不可少的",且"不论在什么地方,这样的社会动员总是离不开文化与意识形态",只不过"中国的独特之处在于这种动员演变为一场现代性的文化革命"。因此,有论者极而言之,认为"后动员时代的忏悔是没有必要的"②。如果我们认可这样的说法,实际上就意识到了姑姑忏悔的限度甚至无妄。莫言和《蛙》,就呈现了这种个人忏悔与国家行为之间的微妙与复杂。在这种微妙与复杂中,能清晰地看到莫言对于现代性的暧昧态度以及裹挟着莫言的、并不暧昧的"中国经验"。

---

① 南帆:《全球化与想象的可能》,《文学评论》2000年第2期。
② 陈燕谷:《现代性:未完成的和不确定的》,《读书》1997年第10期。

讲故事的人

　　莫言的现代性批判，其实更多的是在现代性的"设计"与"操控"之间进行道德与历史辨析。吉登斯在《现代性的后果》一书中说过，现代性是一匹马力巨大又失去控制的引擎，正在将当代世界带向一个风险巨大的进程。这种风险来自于两个方面，一是"设计的错误"，二是"操控的失误"。莫言并不是没有质疑过"设计的错误"，只是这种质疑很快很容易地就被瓦解了。莫言的着力点在于对"操控的失误"的批判。很明显，莫言批判了现代性的历史实践中面容狰狞的工具理性，批判了因操控失误而导致的道德危机与接二连三的命运惨剧。"失误"也同样是马力十足的引擎，疯狂窜行。我们不禁要问："失误"究竟会在什么地方停止？在小说后半部，"代孕"公司出现了。"代孕"被作为对计划生育政策的"补偿性方案"而提出，它表面上解决了现代性的危机，并代偿式地满足了某些人的个人忏悔与赎罪的愿望，而实际上却以更具破坏性的伦理践踏对另一些个人以及群体、社会造成了更深的伤害与亵渎，并且，它制造了新的"弃物"。就像一个谎言需要一千个谎言来掩盖一样，一个失误也会牵一发而动全身地引致不计其数的失误。"失误"的积重难返，无疑是莫言最悲怆的心理指向。小说以戏剧的形式落幕，这个形式虽然得之于莫言创作话剧《霸王别姬》和在《檀香刑》中摹仿猫腔而来的写作经验，但实际上有着《蛙》的文本演进的逻辑必然。因为，莫言只有在戏剧的假定性情境中，才可能让包公断案式的"史前法庭"介入对现代性的审理，从而提交一份来自于现代性之外的判词。

　　莫言的"现代性叙事"最后只能以"悲悯"来覆盖他无可求解的思想悖乱。这是他作为一名作家的本能，也是他作为一名思想者的宿命。而从《酒国》到《蛙》的现代性思想理路，则是以莫言为代表的中国当代文学重要的发展脉络。莫言的复杂或悖乱，映射了中国当代文学的复杂与悖乱。而对启蒙或现代性的这种思想暧昧，却在另一层面上如福柯所言，"标志近代哲学没有能力解决但也没有办法摆脱的一个问题在深思之中进入了思想史。"①

二〇一〇年二月二十七日于丽泽花园

《当代作家评论》二〇一〇年第五期

---

　　① 福柯：《论何谓启蒙》，转引自高远东《未完成的现代性》（中），《鲁迅研究月刊》1995年第7期。

重新拾起"人的忏悔"的话题

——试论《蛙》的忏悔意识

罗兴萍

一

当代作家中，莫言是最自觉地站在农民的立场，表达着农民在整个国家农业政策运行下受侮辱与损害的愤怒情绪的作家。以新世纪的创作《生死疲劳》为代表，莫言写出了一部半个世纪来中国农村的苦难史，疯狂与罪恶，革命与经济，开放与造孽，几乎是混淆在一起不可分辨，历史把农民推向了走投无路的绝望境地。在莫言的创作里，作者无论怎样机智地虚构布局，幽默地遣词造句，总也掩盖不了绝望与愤怒的情绪。但是，忏悔的意识是没有的，因为疯狂与愤怒都不属于理性的感情范畴，不可能含有忏悔的因素，而且，中国的农民（包括底层的人群）基本上是被启蒙的对象，与"忏悔"这一高层次的精神现象还差得太远。

那么，当代中国文学里有没有忏悔意识？这个话题在二十世纪八十年代已经被广泛地讨论过。那是在"文化大革命"浩劫被否定并且被痛切反思的特殊背景下产生的。较早地提出忏悔话题的是陈思和，他在一九八六年撰文① 认为：中国传统文学缺乏忏悔意

① 陈思和：《中国新文学中的忏悔意识》，《上海文学》1986年第2期，后收入《中国新文学的整体观》，上海，上海文艺出版社，1987年初版，2001年修订版。

识，这个来自西方基督教传统的触及灵魂的概念，直到五四时期才通过鲁迅的《狂人日记》，在文学的意义上表达出来。他进一步分析了五四新文学中的忏悔意识有两种不同的指向：一是以鲁迅为代表，通过《狂人日记》对人性之完善的价值提出了质疑，反映出"一种人对自身恶性的深刻忏悔"，"这是建立在进化论的科学基础上，对'人类原罪'所含的象征意义的一种解释"。①鲁迅的《狂人日记》之所以是一部"伟大的忏悔录"，是因为鲁迅对于"人性中恶的因素的深恶痛绝与无情谴责，远远超越了题材、环境以及现实意义"，是一种充满了"沉重的现代色彩的忏悔"，②那是一种关于"人"自身的忏悔，也叫作"人的忏悔"。二是在俄罗斯文学民粹派的影响下，五四新文学中出现了知识分子对于自身身份的忏悔，似乎知识分子具有一种与生俱来的原罪感，在革命思潮风起云涌中，知识分子从先进理论的"盗火者"和"播种者"，变成了需要忏悔的阶级异己者，这就出现了所谓的"忏悔的阶级"或者"忏悔的人"。也就是说，五四新文学中忏悔意识有两层含义：一是对人自身罪孽（人性固有弱点）的深恶痛绝和无情谴责，是富有现代意识的对人的自身价值的质疑；二是对人类社会中某一种族群进行自觉贬低，在社会人群中分出上下高低，让一部分人在自觉忏悔中追求崇高。陈思和认为，五四新文学的忏悔主题从"人的忏悔"到"忏悔的人"，是一种精神退化的现象，但是即使是退化，也是人类不可忽视的重要精神现象。"文化大革命"后的文学中最突出的是巴金老人的《随想录》，他的忏悔面对的是"文化大革命"惨痛的经验和正在觉醒的时代，勇敢地忏悔自己在历次运动中自觉或者不自觉地犯下的错误，巴金真诚的忏悔产生了巨大的精神力量。但是，巴金的忏悔还是停留在"仍然是一种'忏悔的人'的忏悔，并未达到现代层次上的'人的忏悔'"。③

接着，刘再复发表了《论新时期文学主潮》一文，在反思"文化大革命"后朝气蓬勃的文学现状时，提出了尖锐批评："无论在政治性反思还是文化性反思中，我们的作家主要的身份还是受害者、受屈者和审判者。因此，主要态度是谴责与揭露。但是，从总体上说，在成功中也包含了一个目前作家还未普遍意识到的弱点，这就是谴责有余，而自审不足"④。刘再复没有对新时期文学中出现的张贤亮、高晓声等作家作品中的忏悔意识进行分析，也没有区分"人的忏悔"和"忏悔的人"之间的差异，但他把巴金的《随想录》看作是

---

① ② 陈思和：《中国新文学的整体观》，第351、352页，上海，上海文艺出版社，2001。

③ 陈思和：《笔走龙蛇》，第175页，济南，山东友谊出版社，1997。

④ 刘再复：《论中国文学》，第265—266页，北京，作家出版社，1988。

"与民族共忏悔"的典范。一九九〇年代，刘再复漂流海外，与留在国内的林岗再度合作，继续讨论文学的忏悔意识，于二〇〇二年完成一部学术著作《罪与文学》，副题是"关于文学忏悔意识与灵魂维度的考察"，其实还是一部相关主题的论文结集。书中讨论了文学中忏悔主题的四种基本形态：一、作家直接作为忏悔主体的身份自叙（如卢梭的《忏悔录》、巴金的《随想录》）；二、作品主人公替代作家承担忏悔主体的灵魂告白（如托尔斯泰的《复活》）；三、具有忏悔主人公但非灵魂自传的忏悔文学（如左拉的《克洛特的忏悔》、张炜的《古船》）；四、一般文本（非忏悔主题）中的忏悔意识。[1]刘再复描绘的这四种忏悔文学形态中，独独缺少了"人的忏悔"这一伟大主题，如鲁迅的《狂人日记》、戈尔丁的《苍蝇王》、萨特的《苍蝇》等，只有这样一种触及了人自身的内在恶的揭发与忏悔，才达到了"人的忏悔"的高度。

刘再复这部著作在境外出版，在国内学术界基本上没有产生影响，关于忏悔的主题也没有引起进一步的检讨。到了一九九〇年代，主流文学开始进入民间领域，作家们开始发掘民间的草根力量，排除了知识分子沉重的忏悔主题，民间属于远离国家意识形态控制的边缘领域，其美学形态是通过藏污纳垢的特征来完成的，因此，其无法展现启蒙与忏悔这一对立范畴。新世纪的到来，随着社会财富的急剧增长和一部分社会矛盾的尖锐凸现，中坚作家们都不约而同地站在底层的立场，对于社会现实进行了批判与讽刺。但他们对知识分子自身的处境描绘，基本上也混同于市民阶级的成员，停留在物质生活的层面上进行描述，缺乏的是灵魂维度的挖掘和精神向度的拷问。这是新世纪以来文学创作中最匮乏的一个精神领域。正是在这样的前提下，我们面对莫言的新作《蛙》，才有机会重新捡拾起"人的忏悔"话题，用来讨论在今天的中国人如何面对历史、现状的自省态度，这样一来，财富与精神的对话，[2]在我们的日常生活之中又确立了人的主体意

① 刘再复、林岗：《罪与文学——关于文学忏悔意识与灵魂纬度的考察》，第59—87页，香港，香港牛津大学出版社，2002。

② 关于财富与精神的对话，指的是在近年来文学创作中出现了一种新的现象，如卢新华的随笔集《财富如水》、张炜的长篇散文《芳心似火》，都讨论了财富与精神之间的关系。复旦大学当代文学创作与批评中心在2011年7月5日举办"财富·精神"论坛，作家韩少功、张炜、卢新华、蒋子丹、林白、徐兆寿，批评家李建军、王晓明、陈思和、王尧、张新颖，学者张汝伦、李鹏程、王振耀、张文江等都参加了会议，正式提出这个话题（见《文汇读书周报》2011年7月9日）。笔者没有参加这个会议，但看到有关报道，直接启发了关于本文主题的修改。

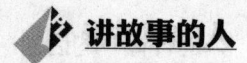

义，值得我们去探讨。

二

长篇小说《蛙》①的文本是以剧作家万足（笔名蝌蚪）写给日本作家杉谷义人的四封长信（外加说明）和结尾的一部话剧组成，讲述的是一个乡村妇产科医生万心（姑姑）的漫长人生经历，展示了中国乡村六十年波澜起伏的人口政策史。这个题材在当代文学创作中几乎没有人涉足过，其难度不言而喻：中国政府自一九四九年以来人口政策几经反复，先是学习苏联卫国战争以后鼓励生育的经验，采用了鼓励人口增长的政策，以至于经济学家马寅初的新人口论被野蛮批判；到了一九七〇年代又威慑于人口的无政府式疯狂增长，转而采取了严厉的人口控制政策，计划生育作为一项基本国策推行，一直坚持至今。由于这一政策是在"文化大革命"专制时期开始推行的，必然带有全民运动、摧残人权的专制时代的特征。一种正确的成功控制人口的政策②，却采取了难以想象的强制性的迫害行为，这里面包藏了极其尖锐的社会矛盾。莫言生活在儒家传统的滋生地山东地区，在那里，农民们把传宗接代视为极其重要的人生大事，不孝有三，无后为大。这种祖祖辈辈正常的伦理观念现在遭遇了重大挑战。移风易俗的时代观念的进步，伴随着野蛮的行政手段推行，国家政策所体现的强硬理性与民间淳朴的人性良知之间的严峻冲突，对作家莫言来说，也是一个具有高难度的挑战。在这样的前提下，忏悔意识就成为莫言克服并且超越难度的有力武器。

忏悔意识是一个内涵复杂的概念。根据《辞海》解释：忏是梵语 Ksama 的音译，忏

---

① 莫言：《蛙》，上海，上海文艺出版社，2009。

② 关于中国计划生育、控制人口的政策是否正确？据报载，2011 年 7 月 11 日世界人口日纪念大会上，中国国家人口计生委主任李斌宣布："中国占世界人口的比重从改革开放初期的 22% 下降到 2010 年的 19%。中国成功改变了人口发展轨迹，为世界人口与发展作出了重要贡献。"（新华社天津当日上午电）中国是一个人口众多的农业大国，农民人口占了重要的比例。在没有发生大规模战争、内乱、饥荒、自然灾害和迫害事件的情况下，在经济增长、人均生产值不断提高的情况下，能够如此下降人口比例，可以证明计划生育政策的有效性，但同时也可以想见其推行的严厉性和残酷性。

摩的略称，悔是它的意译，合称"忏悔"。原为向人发露自己的过错，求容忍宽恕之意。佛教制度规定，出家人每半月集合举行诵戒，给犯戒者以说过悔改的机会，遂成为专以脱罪祈福为目的一种宗教仪式。①西方文化中的忏悔意识与基督教的原罪说有密切的关系。基督教认为人类始祖在伊甸园里违背上帝命令，偷吃禁果所犯之罪，祸至后世子孙，成为人类与生俱来的原罪，并且是人类一切罪恶和灾祸的根由。②因此，人类生而有罪，这种罪过是无法弥补的，唯有时时悔过求得上帝的宽恕和谅解。我们这里使用的忏悔意识综合了佛教、基督教的涵义：指忏悔为人类对以往铸成的无可挽回的既成错误和罪恶的深刻认识，同时伴随着感情上的痛苦和心灵上的巨大折磨的一种深刻的自我谴责。

莫言《蛙》中借用饱满的笔墨，淋漓尽致地描绘了农村计划生育中惊心动魄的迫害事件，但是他的笔墨又并非直指计划生育政策，而是通过这种政策的执行者——万心（姑姑）晚年的深刻忏悔——其忏悔的内容是自己从事计划生育工作中的强硬态度及其铸成的后果。这样就巧妙地用个人的忏悔意识来取代了对于具体政策的指控，这两者既有关联又不能完全混同，换句话说，在中国各地（包括城市和农村）落实执行计划生育政策的过程中，既可以有万心这样的执行者来采取非人道的措施，导致她个人的忏悔，也可以有不是万心这样的强硬执行者，采取其他更人性的方式来推行国家计划生育政策。而作家莫言仅仅是检讨了像万心那样的执行者的行为方式，通过"这一个"具体的人和事件来检讨当年的农村计划生育政策的执行，因此忏悔意识也是一个具体的个案。但《蛙》所体现的忏悔意识是相当生动和深刻的，它通过三个层面来传达：一是小说所指涉的许多人物都是有罪或者有过错的（忏悔的普遍性）；二是这种罪或过错是无法弥补和挽回的（忏悔的具体性）；三是伴随着强烈的感情和心灵上的痛苦和折磨（忏悔的个人意义）。而其中第一个层面最为重要，是《蛙》对于忏悔意识的独特的理解和展现。

我们打开《蛙》，弥漫字里行间的就是莫言所渲染的忏悔意识。小说的结构布局乍看有些故弄玄虚。为什么剧作家万足（蝌蚪）要把四封描绘姑姑故事的长信写给一个日本人而不是另外一个其他身份的对象？即便这里隐含了作家本人与诺贝尔奖获得者、日本作家大江健三郎的关系，似乎也看不出有什么必要性。其次，又为什么最后还要安排一个剧本作为小说文本中的文本？从文本细读的角度看，这个作品的文本相当混乱，既有

---

① ② 《辞海》缩印本，第1190页，上海，上海辞书出版社，2000。

剧作家写给日本人的信件（文本A），又有专门写给日本人看的关于姑姑故事的长信（文本B），还有剧作家创作的剧本《蛙》（文本C）。A仿佛是B的楔子，C又是B的后续。但叙事人却始终是同一个人，没有变换。如果仅仅是叙事技巧上的花样，那确实有故弄玄虚之嫌，然而我们把这部小说确定为忏悔主题来解读，这个文本结构就变得很关键，即作家通过三个不同的故事，揭示了人类忏悔意识的普遍性，就是说，忏悔不仅仅是姑姑个人所有，也不是在特定的历史时期才会出现忏悔意识，而是在任何时空里都有可能发生、也需要产生的人的心理意识。

当作家设定讲述这个故事的对象（听众）是一个日本人，而且是一个曾经侵略中国的日本军人的后代，那么，某种巧合一定是为了主题服务的，即那个叫杉谷义人的日本人，正是当年在中日战争中与姑姑的父亲牺牲直接有关，并且关押过姑姑本人的侵略军杉谷司令的儿子。杉谷义人的出现，不是给姑姑一家带来仇恨，反而是给杉谷一家带来了忏悔意识。又因为杉谷义人是个作家，研究法国存在主义文学（这些因素都影射了杉谷形象里杂糅了大江健三郎的因子），所以他把这种忏悔意识普遍化了，从一开始出现在读者面前的信件里（文本A），就出现了萨特的《苍蝇》和《肮脏的手》的样板，也就是说，这个小说的忏悔意识是以萨特的作品为榜样，探讨人类带有普遍性的忏悔意识，即人的忏悔，而非中国现当代文学中经常出现的"忏悔的人"的主题。这样，忏悔的主题就不再是姑姑的身份（计划生育政策的执行者），而是人人身上都可能具有的邪恶，只是这种邪恶在堂而皇之的国策掩盖下，被蒙上了具体性的特征。

为了进一步凸显"人的忏悔"的主题，作家在小说的最后一部分别出心裁地设计了一个剧本，用幻想的形式进一步突出了：即使在没有强硬推行计划生育政策的时候，人心的邪恶照样存在。文本C的剧本《蛙》作为小说的一部分暗示了故事的现实性——即使在"文化大革命"结束以后三十年，中国社会已经非常富裕的状况下，计划生育的人口政策开始被金钱所腐蚀、瓦解和破坏，民族的精神性从"文化大革命"时代的罪恶性高扬到今天现实的罪恶性堕毁，完成了一个自我毁灭的循环，但是罪恶依然存在，忏悔依然存在。不仅杉谷义人要忏悔父辈在中国战场上的邪恶罪行（消灭人口），姑姑要忏悔自己在执行计划生育政策过程中的强暴行为（戕害人口），就连同"我"（叙事者蝌蚪）以及与我相关的一切人（第三代）也将在金钱的罪恶下继续侮辱和损害人的生命和尊严，即使在"人工代孕"这样一个现代化高科技的施行中，仍然包藏了权力阶层通过金钱连接起来的恶行。莫言所揭示的忏悔意识绝不是指向个别人的具体罪恶，而是揭示出人类自身与生俱来的罪恶的无意识，这种无意识在一定的有利滋生的环境下就会以堂而皇之的形态出现，戕害人类自身的生命和尊严。

于是作家对忏悔主题进入了对人自身恶行的思考。作家通过叙事人的思考和推理，把人类对自身恶性的忏悔着力往前推进，忏悔的内涵从人类自身推向了人类所伤害的一切生灵。蝌蚪晚年退休回乡，在经历了一场莫名其妙的袭击以后，突然意识到人类的可怕，对人的价值产生了怀疑，进一步忏悔人对这个世界中其他生命的侵害。小说写道："我想起了自己童年时，甚至成年之后还玩过的恶作剧：将那种青色的或者绿色的虫子，用图钉或者荆棘，将它们的尾巴扎在地上或者墙上，然后看它们挣扎，看它们想爬行逃命的意识与不听指挥的身体如何搏斗。当时我毫无怜悯之心，甚至感到愉快。与虫子相比，我是强大的，强大到虫子无法感知我的形貌，对于虫子来说，我就是制造一切灾难的神秘力量，它甚至感受不到我那只行凶作恶的手，它只能感受到那枚图钉，或者那根棘刺。现在，我体验到了那些曾经被我戕害过的小虫们体验的痛苦。小虫们，对不起了，实在对不起，I am sorry！"这段文字中，叙事人由自己被打伤、不能支配自己身体的无奈中，联想到过去对虫子的伤害，实际是由人类而推演到自然界的其他生命形态，反思人类对自然界中比自己弱小的生命形态的伤害，进而从一个更为广阔的意义上忏悔人类的罪过，重新确立生命的价值和意义。莫言在《蛙》中通过对人性中自私、懦弱、残忍等弱点的反思，进而推广到对人类自身的罪过的忏悔，对生命——人的生命和地球上其他的生命——价值进行新的确立。从整个文本来看，前两者是通过叙事人转述出来的，而最后一个忏悔则是由叙事人自己之口讲述出来，换句话说，这个文本所传达的忏悔意识，就是叙事人的忏悔。正如莫言在《蛙》的台湾版序言中所说的："他人有罪，我也有罪"，[①]和鲁迅《狂人日记》中"人人吃人，我也吃人"一样，达到了对整个人性的反思。

三

因为莫言是站在了"人的忏悔"的高度重新捡拾起忏悔话题，所以当这个话题重新

---

① 《莫言谈文学与赎罪》，《东方早报》2009年12月27日。

观照具体事件时，它出现了丰富的忏悔层次。首先要问的是：以万心姑姑为代表的计划生育政策执行者在哪个层面上出了问题？他们执行国家政策，为计划外怀孕的妇女做流产手术（传统说法是堕胎），本来是造福于人类与社会的神圣工作；但按叙事者的夸张说法，双手上沾满了鲜血——是杀害人生命，这不过是一般农村愚夫愚妇的落后想法。人类堕胎本来就是有争议性的。照佛教说法这是罪孽深重，照天主教的说法这是犯了教规，即使从唯物主义者的立场上看，也是面对了已经成形的生命的毁灭（中国传统计算人的年龄以结胎算起，所以农历年龄比公历年龄大一岁，即现在所谓的"虚岁"。其实母胎中的婴儿已经有了生命，所以不能说"虚"，没有脱离母亲子宫的胎儿仍然具有"实"生命的），但是从现代社会进步而言，人类盲目生育下不断增长的人口，与人类可能提供自身生存的资源必然发生尖锐冲突，人类自我控制生育是一项现代社会保证生活提高、社会进步的必要措施，随着现代社会人类生育观念的不断进步，自我节制逐渐取代传统传宗接代的观念，人类自我控制生育、避孕、节育都是可以得到合理的运用和接受的。但是文明的观念必须用文明的措施来实施，而问题在于中国国情（农业大国）与控制人口的迫切性，以及"文化大革命"的影响，必然把这种矛盾激化起来，以至于硬性地执行计划生育政策，使怀孕六七个月的妇女仍然得不到法律保护，必须去冒生命危险，这就是专制社会无视人命的犯法行为。在当时的社会环境下，对于执行政策者来说，政策远比生命重要。正是在这样的背景下，叙事人描写了姑姑晚年内心的深度恐惧、忧伤和悔恨，才是合情合理的。

万心姑姑这种忏悔具有个人性因素在内。在叙事人的讲述里，主要有王仁美和张拳妻子的惨死过程。王仁美已经是大月孕妇，躲藏在父母家里，姑姑为了逼孕妇现身，悍然采取野蛮的连坐制度，先要毁及邻家的房子和树木，让邻家去逼迫当事者自首。本来邻家没有犯法也没有超生，只是因为邻居超生遭到无妄之灾。这种野蛮的连坐法不见于任何计划生育的政策文件，但是峻急推行政府政策，必然会导致执行人员无视法律践踏人权的现象。这种时刻，执行者内心的邪恶因素必然抬头，借了合法的名义释放出来。借题发挥是人类邪恶因素释放的主要渠道。姑姑执行的计划生育工作本身具有某种合法性，但是为了实现这样的合法性的目的，采取了非正义甚至非法的措施和行为，这部分的行为的最终责任，究竟应该由合法目的来承担，还是由执行人的非法行为来承担？如果说，这个案例还仅仅是体现了执行者的鲜明的目的性，那么，处理张拳妻子案例的过程中问题显得更加复杂：张拳妻子是五个月的孕妇，而且患有严重心脏病，为了躲避计划生育，她在被押解过程中跳河潜逃，姑姑乘船追赶时明明已经发现她在潜水，却故意尾随着她，逼着她在水里拼命游泳，结果导致了孕妇的死亡。在这场玩猫捉老鼠游戏的过程中，姑姑在船头稳操胜券，却在无意中犯下了害人性命的罪行。尽管在犯案过程中谁也没有发觉姑姑阴暗可怕的心理，甚至姑姑本人也没有清楚认识到这一谋杀行为，但事实上，这一过程表明了，执行者往往在合法的幌子下，主观上控制不住自身犯罪无意识的冲动，客观上已经触犯了法律。莫言在小说里描写这两个案例都无疑是来自于生活的丰富性，对于我们今天认识现实生活中的许许多多执法过程中的突发事件，有着极为重要的警示意义。

然而莫言还没有停留在这个层面上描写姑姑的忏悔心理，他继续朝着深层的心理去挖掘。除了犯罪无意识而外，姑姑在长期的生活经历中还有更加深层的恐惧感和自我保护机制。从表面上看，姑姑有着非常正面的光辉历史：父亲是白求恩的弟子，牺牲于战场上的英雄，她本人七岁就被日本侵略军作为人质关押过，很早就入党、学医，成为一个新时代的农村产科医生。但是，从叙事人给杉谷的信中可以隐约了解到，其实姑姑的光荣历史叙述中还存在多种暧昧的因素（如她们作为人质期间受过日本人的款待），其父亲之死的真正原因也存在着多种假设的可能性。小说中还有一个情节我们不能轻易放过：姑姑的男友飞行员王小倜竟叛逃台湾，姑姑因此受到牵连。叙事人讲述了他在孩提时代记忆中姑姑的自杀，"我逃出医院以后，姑姑切开了左腕上的动脉，用右手食指蘸着血，写下了血书：我恨王小倜！我生是党的人，死是党的鬼！"也就是说，姑姑曾经用死来表明自己对当时执政党的忠诚和信仰。这样我们就可以理解，在执行计划生育政策的过程中，姑姑为什么会出现不徇私情，甚至有点狰狞残忍的面目。她要用她的狂热工作热情和出色工作成绩来保护自己，掩饰害怕被组织抛弃、被划入"敌人"阵营的恐惧。如果说，她的极左思维逻辑的背后也深藏私心的话，那么作家的挖掘和批判是直接指向人性深处不可告人的自私和懦弱——姑姑的许多表面上冠冕堂皇的行为里，并非没有更深的邪恶隐藏在里面。姑姑的忏悔，其实包含了极为丰富的内涵。由于姑姑的狂热行为并非出自天真和革命热情，而是在恶行背后埋藏了邪恶的动机和本能，所以唯有她本人才明白她内心是罪恶的，即使别人以天真和善良原谅了她，她自己仍然不能回避自己的灵魂，这才是她感到恐惧而忏悔的真正原因。

　　但是姑姑虽然是一个医务人员，可她没有受过很好的教育，她的基本文化素养仍然是一个村干部的水平，与一般农民没有本质上的区别。所以她本人并不能真正认识自己忏悔的意义，她到了晚年，在忏悔自己早先行为时又重新堕入因果报应的迷信之中，于是就出现了"泥娃娃"与"蛙"的复仇意象。

　　姑姑晚年选择了用供奉泥娃娃的方式来赎罪。小说写道："东厢房里的光线很暗，一股阴凉潮湿的气息扑鼻而来。姑姑拉了一下墙上的灯绳，一盏一百瓦的灯泡亮起，照耀得厢房里纤毫毕见。这是三间厢房，所有的窗户都用砖坯堵住。东、南、北三面墙壁上，全是同样大小的木格子。每个格子里，安放着一尊泥娃娃。姑姑将手中的泥娃娃，放置在最后的一个空格里，然后，退后一步，在房间正中间的一个小小的供桌前，点燃了三炷香，跪下，双手合掌，口中念念有词。"叙事者告诉我们，姑姑供奉在木格子里的泥娃娃，正是她一生为人堕胎而毁灭的小生命的代表，对那些逝去生命的供奉是姑姑内心赎罪愿望的表达。作者还设计了一个情节，就是对这些当年失去生命的孩子，姑姑焚香祈祷，帮助他们重新投胎，转世为人，也许这样才能使姑姑内心平静，不再恐惧。但是从科学的角度来看，生命是一次性的，转世为人是不可能的，所以姑姑的罪孽其实无法可赎。同样，蛙的意象也是如此。小说设定了一个惊心动魄的场景，阴历七月十五，姑姑工作几十年以后终于退休。那天晚上，她喝醉了酒独自回家。阴历七月十五是中元节，民间风俗中是一个孤魂野鬼的节日，又称为鬼节。[①]民间传说中这一天阎王给小鬼们放假，鬼魂们可以回家，也可以出来四处游荡。作者暗示，这是一个孤魂野鬼乱窜的日子。退休，意味着一个人事业的终止；酒精，可以使人陷入一种迷狂状态。于是姑姑出现了幻觉——水边，洼地，月光，芦苇，此起彼伏的蛙鸣，无数碧绿的、金黄的、大大小小的青蛙，鼓着两只眼睛跳在姑姑的身上、背上、耳朵上四处乱爬，"冰凉黏腻的肚皮"与人肌肤接触时产生令人难以忍受的恶心。于是，姑姑内心的潜意识中的罪感被唤醒，产生幻觉，她听到的不是普通的蛙鸣，而是"无数受了伤害的婴儿的精灵在发出控

---

　　① 中元节：民间俗称鬼节。这天，家家祭祀祖先，有些还要举行家宴，供奉时行礼如仪。醑酒三巡，表示祖先宴毕，合家再团坐，共进节日晚餐。断黑之后，携带爆竹、纸钱、香烛，找一块僻静的河畔或塘边平地，用石灰撒一圆圈，表示禁区。再在圈内泼些水饭，烧些纸钱，鸣放鞭炮，恭送祖先上路，回转"阴曹地府"，作为对祖先的缅怀和纪念。

诉",她看到的也不是普通的青蛙,而是婴儿的冤魂来向她讨债,成群结队的青蛙追着姑姑,拦住她的去路,袭击她,姑姑的衣服也被青蛙们撕碎。姑姑内心的恐惧和罪感被激发出来,吓得疯狂逃窜。显然,姑姑的恐惧不是来自青蛙本身,而是来自她内心的罪感。蛙就成了"娃"的隐喻。在水边活跃的青蛙那是数不清的死去的婴儿的冤魂(民间有河水鬼的传说,也与此相似)。很显然,莫言用这样的隐喻,来表现人物内心的恐惧和忏悔。

四

为了体现"人的忏悔"的普遍性,莫言没有按照一般的对立模式来展示计划生育政策执行者与生育者之间的冲突,而是将忏悔意识泛化。在这部小说里,不但姑姑和小狮子这样的计划生育工作人员在罪感压力下痛苦万状地忏悔,而且几乎所有人都逃脱不了有罪的感觉。首先是那些计划生育的受害者:叙事者"我"(万足、剧作家蝌蚪)、陈鼻(一个地主的儿子)都属于这一类。万足是个下级军官,妻子王仁美因为超计划怀孕被迫引产,大出血后母子两人均死在产床上;陈鼻的妻子王胆超计划怀孕,在逃脱姑姑们追捕的过程中,早产一女婴后也失血而亡。万足和陈鼻都为此伤心不已。他们在受害者身份的掩护下,表面看来是无辜的,但是小说进一步追问他们妻子的死因时发现:万足曾参与到姑姑强迫妻子流产的行列,原因是害怕超生影响自己在军队里的前途;陈鼻为了要一个儿子传宗接代,不顾妻子王胆的身体状况不适宜再生育,冒险使之怀孕。他们为了自己的某种私欲,不顾妻子和孩子生命——他们其实也逃不脱参与戕害生命的罪行。其次是王肝、肖下唇等告密者。他们或者是为了个人的爱情动机,或者是为了自己的财产不受损失,都出卖自己的朋友和亲人——间接地参与了杀人行为,所以他们也是有罪的。第三类是那些人数众多的普通群众,如私自为人取环的袁腮、王仁美父母家的邻居们,甚至"我"的母亲——她认为没有孙子是一件令人忧虑的事——这也是王仁美计划外怀孕的动因之一。这个庞大群体的背后是强大的民间生育伦理。中国传统的婚俗中,都有在喜床上撒上桂圆、花生、红枣等吉祥物的习俗,传达的是民间的生育愿望——所有的婚姻目的,就是传宗接代。费孝通在他的名著《乡土中国生育制度》中指出:"中国的家扩大的路线是单系的,就是只包括父系这一方面……在父系原则下女婿和结了婚的女儿都是外家人。在父系方面却可以扩大得很远，五世同堂的家，可以包括五代之内所有父系方面的亲属。"①在父系文化制度下，儿子的意义就是传承香火，多生儿子为幸福是人们普遍的观点。这些都是与国家的计划生育政策中宣传的"只生一个好"、"时代不同了男女都一样"是冲突的。当国家意识形态与民间生育伦理冲突的时候，民间生育伦理的传播者——广大的民众与国家政策的执行者——姑姑、小狮子们，都参与了这场本来可以避免的生命虐杀。因此，从小说文本展示的内容来看：政策的执行者、受害者、无名的群众其实都是有罪或过错的。无可否认，这是构成小说里忏悔意识的一个前提。

这部小说给我们传递的忏悔意识是相当深广、相当复杂的。它几乎无所不包，也无时无刻不在。只要这个世界有罪恶存在，忏悔的心理也将会永存下去。尤其在小说的后半部分，中国进入了改革开放时期，社会财富的迅速积累并没有同样迅速改变人们的精神素质，在人口问题上的冲突依然存在，而且有了金钱的介入其变得更为复杂和隐晦。小说别出心裁地用夸张手法写了人工代孕的民间业务，人们可以通过雇人代孕的方式来传宗接代。人工代孕与计划生育一样，本身无所谓善恶，但是一旦有了金钱的介入，社会各色人都利用这个生财之道来分享金钱利润。很快的，原来在革命至上时代中受到侮辱与损害的弱势群众，在金钱至上时代依然受到侮辱与损害。所以，一切忏悔仍然无法抵消现实的罪孽。小说结束部分，剧作家蝌蚪创作的一个剧本，把他在生活中的遭遇以及内心的痛苦挣扎表现了出来。剧本中姑姑自感罪孽深重，决定上吊自尽，但死过去后被救起来，于是她又新生了。但是，这个世界那么的龌龊和罪孽深重，她一旦活过来，又回到这个世界，就不得不重新进入罪恶的轮回。结尾（既是文本的结束，又是文本C剧本的结尾）中姑姑被救后与蝌蚪有一段对话：

蝌蚪：（扶起姑姑）姑姑！姑姑！／姑姑：我死过了吗？／蝌蚪：可以这样理解，但像你这样的人是不死的。／姑姑：这么说我再生了？／蝌蚪：是的，可以这么说。／姑姑：你们都好吗？／蝌蚪：都好！／姑姑：金娃好吗？／蝌蚪：非常好。／姑姑：小狮子分泌奶水吗？／蝌蚪：分泌了。／姑姑：奶水多吗？／蝌蚪：非常旺盛。／姑姑：旺盛成啥样儿？／蝌蚪：犹如喷泉。

① 费孝通：《乡土中国生育制度》，第39页，北京，北京大学出版社，1998。

这是一个意味深长的结尾。姑姑和蝌蚪的对话里所隐含的，正是剧本里所描写的一个新的罪恶故事：代孕制度下生母在精神上承受的罪恶感。陈眉为蝌蚪小狮子夫妇代孕孩子以后，因痛失孩子而精神失常，但整个社会各阶层（代孕公司的老板及其所雇用的打手、自恃有正义感的剧作家、曾经是计划生育政策执行者的姑姑和小狮子、一些社会有钱阶级和有闲阶级、各种媒体、帮凶帮闲，等等）都参与了造假的罪恶行径，他们联成一气，而弱势者陈鼻和陈眉父女却告状无门，天地不容。姑姑因忏悔以往的罪恶而死去又活来，所谓"再生"了，但是与再生同步发生的是，她立即投身于新一轮的罪恶怪圈。剧本里写的"金娃"是人工代孕的产物，娃通"蛙"，可以暗示为金钱做成的"蛙"，而已经绝经的小狮子获得"金蛙"后奶水如喷泉，重新激活了生命汁液。这无疑是一个隐喻，似乎暗示了当年万心姑姑怪异的生命力又通过小狮子恢复。因此，人的忏悔也不会停止，将长期与罪恶纠缠下去。

所以说，莫言小说《蛙》中传递出的忏悔意识，不是仅仅针对某一种职业或者某一类人，而是对人性复杂性的重新认识，对人性恶行以及激发这种恶行的社会环境的反思——这是对一种普遍人性的忏悔。它真正接通了五四新文学的血脉，继承了自鲁迅《狂人日记》所开创的现代忏悔意识——人的忏悔的传统。

《当代作家评论》二○一一年第六期

"自由"的小说

——评莫言的长篇小说《生死疲劳》

吴义勤　刘进军

两年前，莫言的长篇小说《四十一炮》出版时，我应《文艺报》刘颋的邀请于第一时间写了一篇评论《有一种叙述叫莫言叙述》。没想到这篇不到三千字的小文章，却引起了轩然大波，先是湖北一位读者在《中国图书商报·书评周刊》上发表了一篇言辞激烈的来信，指责我"吹捧"莫言，并认为我的语言"云里雾里"、"没法读懂"。后来，东北一位教授又因这篇文章把我列为"甜酷"的代表，并拿出莫言小说中的一段话责问我"哪里能看到艺术的光芒"？

对于这样的问题，我能回答什么呢？确实，我只能说："是的，看不到光芒。"所谓音乐只是为懂音乐的耳朵而准备的，如果文字的光芒能让所有的人都看到，大概它也只能变成油画了。我在这里重提这段陈年旧事绝无为自己辩护的意思，因为我清楚地知道自己的局限与不足，而且从文章的角度来说，我也知道，大概这世界上就没有一篇十全十美的文章，何况自己的一篇应急小文。我想捍卫的是我的观点——我对莫言这个作家的感受、认识与判断。我觉得，每个读者都有表达自己喜怒爱憎的自由，不能因为别人的观点或表达方式与你不同就大加挞伐。其实，那篇文章的原题《小说的极品》才更符合我的本意，我始终认为莫言的小说是中国当代文学中难得的"极品"。当然，我所说的"极品"并不是"最好"的意思，而是指它的独特性。对这种独特性，不同的人完全可以有不同的理解和评价，你喜欢它可以说它是"最好的"，你不喜欢它也完全可以说它是"最糟的"。就我来说，到现在为止，我仍然坚持自己对《四十一炮》的判断，稍感遗憾的是那篇文章因为刘颋要稿时间太急，所以写得太浅、太直白了，阐释也很不充分，然而，那样浅白的文章竟让人"读不懂"也真是天晓得了。令人高兴的是，莫言的长篇新作《生死疲劳》再次验证和强化了我的判断，它使我有了再次对其小说的"极品"内涵进行重新阐释的机会。

在我看来，《生死疲劳》无疑代表着小说写作的一种难能可贵的境界—— 一种完全没有任何束缚和拘束的、随心所欲的自由境界。这是一种能让作家的想象力和创造力发挥到极致的境界，环顾中国文坛，能达此境界者，大概唯莫言一人耳。一个世纪以来，中国作家无不渴望、追求着"自由"，但是"自由"却从来都是可望而不可即的。国家、民族、启蒙、救亡、战争、政治等宏大词汇无时无刻不在压抑、阻隔着中国作家通向"自由"的"道路"。无论是鲁迅等五四一代作家，还是巴金、老舍等三四十年代的作家，抑或赵树理等解放区作家，或者周扬、郭沫若等新中国语境中的作家……历史从来就不曾给他们提供过"自由"的机会，他们总是背负着沉重的负荷。新时期以来，改革开放、思想解放的潮流为中国文学赢得了走向"自由"的绝好机遇，但"自由"对中国作家来说却仍很奢侈。从意识形态写作到反抗意识形态写作、从现实主义到反现实主义、从历史主义到新历史主义、从精英主义到民间立场、从宏大叙事到个人叙事、从西方化到本土化、从共名到无名……文学的每一次解放，似乎都同时伴随着一次新的束缚。拿先锋派来说，他们的形式主义写作似乎很"自由"了，但刻意的"形式"却分明是一道枷锁，牢牢绑住了他们想象的翅膀。更重要的是，中国作家难臻"自由"之境的原因还在于他们的"心魔"——他们的思想、观念、思维和精神，他们的文学目标总是太具体、太直接，总是能让我们看到他们在追求什么、思想什么，因此，思想的深度、精神高度、现实的广度、形式的创新程度等等反而都成了他们走向"自由"之路的拦路虎。在当代中国作家中，很难说王安忆、余华、韩少功、贾平凹、张炜、张洁等作家的成就与莫言孰高孰低，但从"自由"的程度来说，恐怕他们谁也无法与莫言相提并论。莫言敢于不要"思想"，敢于反对"高雅"，敢于宣称"作为老百姓写作"，敢于不要规范、不讲语法……在他这里，新与旧、雅与俗、美与丑、实与虚、形而上与形而下的区分已经没有了意义。换句话说，他的小说似乎是没有追求的，他真正做到了"无执"，一切只是因为需要而进入他的小说，并成为小说必不可少的部分。也许某些语言过于粗糙，也许还有语法错误，但这就是其语言的独特性，一旦你把他变得文雅了、语法正确了，也就没有莫言的味道了。这就是"自由",既在不断地超越和打破规范,又在不断地创造新的可能与规范。毫无疑问,《生死疲劳》就是这样一部"自由"的杰作。

一、"六道轮回":生活边界的打破

许多人都承认,莫言是一个艺术的精灵,他的小说从来都不会僵死在一个模式中,而总是会给人以意想不到的刺激。《檀香刑》中的"猫腔"如此,《生死疲劳》中的"六道轮回"更是如此。对于小说来说,"六道轮回"是一个伟大的艺术发现,是莫言的生命体验、艺术灵感与中国民间一种根深蒂固的生活态度的奇妙遇合。对莫言来说,生活的边界相对于他自由奔放的想象力而言本来就是虚幻的存在,而"六道轮回"更是赋予了莫言自由突破生活边界的巨大现实性与可能性。在《生死疲劳》中,莫言以"动物的视角"来叙述土地和农民,叙述两个家族、几代人、一个小镇成为中国农村一九五〇至二〇〇〇年间风云历史"标本"的毛茸茸的过程,中国农民大爱大恨、大喜大悲的生命体验由此得到了极致化的表现。小说的书名来自佛教偈语即小说扉页中的"生死疲劳,由贪欲起。少欲无为,身心自在"。莫言借助"六道轮回"的思想,让主人公在循环的生命中一世为驴、一世为牛、一世为猪、一世为狗、一世为猴、一世为人,人畜无界,彼此呼应,既是对世界的奇观化,又使小说有了统一的视角和统一的情怀,而超越生死的道德力量也是莫言的特殊追求。

"我的故事,从一九五〇年一月一日讲起。"小说一开头,莫言便用迥异的叙述风格将读者带入一种奇幻的境界,而"身为黑驴魂是人,往事渐远如浮云,六道中众生轮回无量苦,皆因为欲念难断痴妄心,何不忘却身前事,做一头快乐的驴子度黄昏"的偈言,更是直接点明了小说"六道轮回"的结构。所谓"六道轮回"是佛教中关于人的生存境遇的一种哲学化思考和救赎方式。莫言的目的并不是为了阐释、宣扬佛家思想,而是借用这个奇特的框架去阐释他对中国农民的命运以及其与土地关系的思考。某种意义上,"六道轮回"正是莫言"想象中国"的一种方式。有人说,对"六道轮回"的发掘和使用,是莫言回归传统的表现,是对中国古典叙事资源的再发现,这当然没错,但同时我们又要看到,莫言的"六道轮回"又是一个超越了古典文化语境的"六道轮回",是一个打着鲜明的莫言印记的想象世界的方式,其中既有着传统的因素,又更有着现代性的内涵。莫言借助这样的方式彻底打破了生活的边界，生与死、人与自然、人与动物、阳界与鬼界、此岸与彼岸的界限完全消失，其对中国社会、中国农民、中国农村、中国历史的解释也自然地进入了一个自由的境界。

首先，"六道轮回"是一种奇幻的时间模式。它与中国人的宇宙观、自然观、生死观密不可分。中国民间把死看作生的延续，灵魂不死，人界与冥界对应，时间与历史是循环往复的。《生死疲劳》中的叙事主人公西门闹的六道轮回，正暗合了中国传统的时间观念与因果思想。在他不断"轮回"的生命体验中，世界的不同图像、时代的风云变幻、人间的悲欢离合次第呈现，时间似乎是静止永恒的，悲剧的本质却始终如一。莫言在此诠释的正是对于生命本质的诗学思考：所有的生死，不过是一个时间的概念，在六道中本就没有什么终点或开端，存在的只是无数"圆"状的生命轨迹。历史在"轮回"，人的命运在"轮回"，"疯狂"也在"轮回"，驴、牛、猪、狗、猴等等单个看都有各自特殊的命运，但是它们的"轮回"又何尝不是传达了一种关于生命的隐喻？

其次，"六道轮回"又是一种奇幻的叙事模式。莫言的叙述一向诡异多变而充满质感，《生死疲劳》则再次展示了他的叙事天才。"六道轮回"本身便意味着数种不同的生灵对自己一生的叙述。它使活人、死人、动物、鬼魂在小说中都具有了平等的话语权。世界的形象因此变得复杂而神奇。一方面，人就是动物，动物就是人。小说中每一个动物都有它的历史、个性和命运，也都有自己的话语方式和话语风格，它们有着动物的特征，但有着人的灵性和人的喜怒哀乐的情感，甚至思维和认识上还要远远超越人类；另一方面，人的生死又是可以转换的，有的人活着，他已经死了，有的人死了，但他还活着。这并不是我们通常在精神意义层面上对生死的辩证，而是在现实层面上对人的生死的再现。小说中，死去的人变成了生动、具象的动物，而鬼的世界也不再是抽象神秘的，而是变成了真实可感的存在。莫言以野性而原始的思维逻辑，完成了对人与动物、人与鬼的互文式的表现，并借此暗示了对时代和历史本质的认识。作为一种叙事方式，"六道轮回"确实是对叙事的一种解放，它是一种超越局限的叙事。不同时代的落差，不同家族的故事，不同人生的命运，本来在叙述上充满了未知和盲区，对第一人称来说这种未知和盲区几乎是不可克服的。但"六道轮回"巧妙地克服了这一局限，叙述者超越自身、超越时代，成为一个综合的、全知的视角，这个视角对世界的叙述甚至比每个时代的当事人的叙述还要可信。

可以说，正是借助于"六道轮回"，莫言为我们呈现了一个精彩奇幻的艺术世界。这是一个人的世界与动物的世界、现实的世界与虚幻的世界、历史化的世界与当下性的世界水乳交融的世界。这个世界的主体当然是人，莫言把不同时代、不同命运、不同个性的人放在一个似乎共时性的"空间"里面进行观察，把人的表演、人间的传奇与历史和时间之间"轮回"的错位呈现给我们，既揭示了历史的荒诞，又解剖了人性的复杂与黑暗。而同样由于西门闹的六道轮回，各种生灵粉墨登场，小说为我们上演了一出出充满戏剧性的乡野传奇大戏。随着叙述者在轮回中成为"驴"、"牛"、"猪"、"狗"等生物，于是奇观化、戏剧化、逸闻化的场面层出不穷地出现在小说中，一个比"人的世界"更精彩的"动物世界"也因此令人目眩地展示在小说中。虽然，动物们带有"西门闹"的印痕，但生物的感官世界却是栩栩如生。小说中，动物的世界似乎与人的世界合二为一，但动物世界并不从属于人的世界，它与人的世界是完全平等的，二者共同完成了对一个时代人类的生存本相和精神本相的隐喻。小说中的每一种动物都是人类自身生物本性的一种隐喻，驴的野性、牛的犟劲、猪的智慧、狗的忠诚、猴的通灵，都与人息息相通。莫言展示的是人与动物的同源性，是人与土地、人与万物生灵不可分割的整体性。

二、民间：人与土地的隐喻

莫言的写作有着纯正而朴素的民间立场，"我认为所谓的民间写作，最终还是一个作家创作心态问题：这个问题的一个方面是为什么写作。过去提过为革命写作，为工农兵写作，后来又发展成为人民写作，为人民才写作也就是为老百姓的写作……我认为真正的民间写作就是'作为老百姓的写作'。"在《生死疲劳》中，莫言并非没有严肃的、形而上的思考，但是他思考问题的姿态无疑是高度民间化的。小说的思想线索，围绕着土地而展开，不论是土改、建国后的互助组、人民公社运动，还是八十年代后的包产到户、分田到户，农民的命运都与"土地"密不可分。莫言对"土地"的态度当然有着农民式的忧郁成分，一方面，他会触景生情、不由自主地唱起自己对"土地"的赞歌，极力品尝在"追寻土地"的过程中所经历的悲壮而辉煌的大喜大悲；另一方面，对于历史所造成的人与土地的分离乃至异化的关系他又显得无可奈何，他只能极力以想象的方式去呈现"土地"本身的魅力。因此，在小说中"土地"的被异化的命运，实际上也正是人的命运的一种隐喻，二者是一种完全同构的关系，它们共同完成了对历史与时代的寓言化观照。

相对于人，动物保留有更多的原始本能，它们性态直率、顽皮诙谐，因而更有着与土地的亲和力。但在小说中，它们与"土地"的关系却是若即若离的。随着现代性的扩张，动物们不得不与"土地"进行痛苦的告别。西门驴是小说所塑造的众多动物中最具野性的一个，它对"土地"充满着天生的依偎，其生命中最美好的时光是在河边享受着"土地"赐予的自由。"我不眷恋温暖的驴棚，我追求野性的自由。"这是西门驴对"土地"的誓言。西门牛则以对"土地"的忠诚以及坚韧的品格而闻名高密东北乡。不管是在河边对胡宾、西门金龙的追逐，还是耕田时与土地默契的配合，都有一种伟大的信念支撑着西门牛，"土地"几乎成了它生存的全部意义。最后，被逼入社的西门牛也不可避免地成了"土地"最忠实的殉葬者。"总之你体无完肤，一条体无完肤的牛能够站起来行走是个奇迹，是一种伟大的信念支撑着你，是精神在行走，是理念在行走。"所以，死后的西门牛被封为"义牛"，以表彰它对"土地"的忠诚。而到了充满灵性光辉的猪十六登场时，动物与"土地"的关系已经日趋紧张。为响应"大养其猪"的活动，原本在沂蒙山野生放养的群猪被圈养起来，只有猪十六和刁小三还尚存野气。不过，小说还是留下一个沙洲，作为它们最后的生存场所。但是这个世外桃源还是毁在人类的枪口之下，动物只好与"土地"彻底分离。其后登场的狗的命运则更为吊诡，狗小四从小便被抱离乡村，居住在县城。它被抹去了对土地的记忆，其被人类驯化的痕迹也越来越明显。小说中类似行为艺术的"快闪式"的狗聚会则宣告了狗的社会与人的社会的同构，"土地"被彻底地剥离。"我已经感觉到，我狗小四管领风骚的时代已经结束，一个新的时代，一个充满了刺激和狂想的时代已经开始。"狗对人类社会的发展做出了精确的预言。虽然，小说最后还是将狗小四纳入到"土地"的怀抱中去，但这是一次对人回归"土地"的特殊隐喻。因为蓝脸对狗小四说的是"掌柜的，你也去吧"。因而，狗的身份此时已经明确转换成了西门闹，人在"土地"之中生死轮回的悲剧真相也由此彰显了出来。

动物的命运不过是人的命运的预言或隐喻，因此，相对于动物，人的命运更具有悲剧性。如果说，动物的命运几乎是一种历史的必然，它们无法选择和逃避的话，那么，人对于土地的逃离则既有着被动的历史因素，又有着主观的、人性或欲望的因素。莫言在《生死疲劳》中所表现的人在土地中的悲剧轮回，固然有着对历史的反思与诘问，但更有着对农民与土地终极关系的思考。在现代性的语境里，农民不但不再依恋"土地"，而且已经开始淡忘"土地"，他们更关心的是如何到外面的花花世界中去赚取金钱。作为反衬，小说浓墨重彩地塑造了土地守望者蓝脸的形象，他既是中国大地上的"最后一个单干户"，也可算得上是中国大地上"最后一个农民"，农民的思维、情感、价值观在他身上有着典型的体现。从一开始，蓝脸便固执地拒绝入社，他的一生，他的所有的生活都与"土地"有关。农民之于"土地"的依附关系以及"土地"作为农民生存的终极价值的信念，在蓝脸这里都得到了完美的体现。"单干"是蓝脸对"土地"最热诚的阐释，我们从中可以感觉到农民对"土地"坚定的信念与自由的灵魂。"这些人把我们单干，归结为我们的生理缺陷导致的精神状态，这是放屁。我们单干完全是出自一种信念，一种保持独立性的信念。"这种信念，就是"土地"给予农民的生存自由、生活自由以及敢于承受人牛痛苦磨砺的坚韧不拔的意志。蓝脸在回答蓝解放关于"单干"的意义的问题时，这样说道："是没有什么意义，我就是想图个清静，想自己做自己的主，不愿被别人管着。"也许没有意义就是"土地"对农民最大的意义。一旦人远离平静的"土地"，那就必将被喧嚣的外界裹挟而去。如果没有脚下坚实的"土地"做根基，他无论得到多少，最终获得的只能是海市蜃楼般的虚幻。他们必定会因脚下的空虚而摔得粉身碎骨，就如小说中的西门金龙。

在小说的叙事中，人与土地的关系因两次社会变革而受到巨大冲击：一次是带有狂热的乌托邦性质的红色公社化运动，一次是商品经济大潮带来的物欲横流的社会转型。前一次使农民疏离、荒芜"土地"，陷入疯癫状态；后一次使农民彻底放弃"土地"，陷入贪欲的轮回之中。在这些历史的旋涡中，只有蓝脸平静地生活在其中，并最终复归"土地"。莫言用蓝脸的一生为我们讲述了一出"一切来自土地的都将回归大地"的轮回大戏。与蓝脸对照，也许我们不该忘了洪泰岳。这也是作家塑造的一个具有历史或时代标本意味的典型人物。在他身上体现的是与蓝脸完全相反的价值观。他是一个狂热的革命者，一个"红色"的化身。在目睹西门金龙、庞抗美出于贪欲而疯狂地出卖土地的行为时，洪泰岳也表现出对土地膜拜的情结。当然，他所推崇的仍是红色情结，这与蓝脸对土地的认识是背道而驰的。但起码，他拥有对"土地"的另一种信念与精神。就如莫言所说："这是个性相似的两个人走了不同的方向，互为正负，合起来是一个人，就像一枚硬币的两面。"这两个人都拥有对"土地"的虔诚之心，不愧为矗立在"土地"之上的真正的人。而迷失在物欲横流的商业社会中的西门金龙等人正是因为没有"土地"的庇护，而堕落为一具具没有灵魂的行尸走肉。这种"人"的蜕变正如小说中的顺口溜所昭示的一样："五十年代的人是比较纯洁的，六十年代的人是十分狂热的，七十年代的人是相当胆怯的，八十年代的人是察言观色的，九十年代的人是极其邪恶的。"没有了"土地"的人们，在邪恶的战车之上将注定了无家可归。

也许土地与人的命运注定了都是悲观的，但莫言仍然没有忘记给我们展示土地神奇而美丽的一面：夜晚，万物复苏，它们包括人类在内，都属于月光下的自己。土地在月光下显现着灵性的光彩。蓝脸如一座丰碑一样在月亮的映衬下守望着脚下的土地，对抗着白昼和历史，而在他的身旁则静静地卧着驴、牛、猪、狗等等生灵。这奇丽的景象仿佛一则乌托邦的寓言，让我们从"六道轮回"中看到了一丝希望的光芒。

三、叙事的狂欢：感觉、复调与章回体

莫言对现实世界的认知方法和表达方式是奇妙的，他从不追求对外部世界的真实摹写，而是追求奔放自如、随心所欲的大写意性的体味。在他的艺术世界中，感觉是最重要的，如烟雾弥漫于天空，碎片布满于大地，感觉在文本中无处不在。正因为对感觉的尊重，莫言对小说的技巧之类一直不以为意。哪怕是写实性的小说，莫言也总是以感觉和想象力的释放为大目标，他不愿成为一个"工匠"，他想摆脱的是真实性、技巧之类的"雕琢"工艺对个体想象力和艺术感觉的压迫。但在《生死疲劳》中，我们似乎看到了一个更为细腻、更为精致的莫言，虽然变形、夸张、荒诞的描写随处可见，感觉的碎片四处飘扬，但是象征性的场景、诗性的段落、精致的技巧，等等，在小说中也是令人印象深刻。

《生死疲劳》对叙事的营构极其用心，小说整体性的狂欢风格因为叙事的巧妙安排而具有了异乎寻常的魅力。莫言自己说："唯一能让我们施展的就是小说叙事技巧，这个问题如果不能解决，故事再感人也不要写。"在这部小说中，莫言确乎充分展现了他在叙事技巧方面的出众才华。

对莫言来说，《生死疲劳》对叙事现代感的追求首先体现在"复调叙事"和"多重文本"结构的营构上。小说的开头、结尾都是同一句叙述语式："我的故事，从一九五○年

一月一日讲起。"小说的事件时间、叙事时间和阅读时间竟然诡异地完全一致，它使《生死疲劳》的叙事模式由此幻化出五彩缤纷的奇丽景色。而从叙事视角上来看小说的叙述视角又是多重视角的复合与重叠，这种复合性视角经由莫言超乎寻常的感觉的整合，就形成了一个集狂欢化、广场化、戏剧化于一身的奇妙艺术世界。在这个世界中，人的内心、动物的内心、叙事主体的内心，与大地、自然和社会律动遥相呼应，营造出了一种复杂而混沌的艺术效果。

小说共有三个叙述者：大头蓝千岁即西门闹（六道轮回中的各种动物）、蓝解放与作家莫言。其中，大头蓝千岁叙述了"驴折腾"、"猪撒欢"两个整体部及"狗精神"的一部分；蓝解放则叙述了"牛犟劲"一部及"狗精神"的另一部分。莫言则叙述了"结局与开端"一部，并在小说中多次以"元小说"的方式出现。三个叙述者的声音交织在一起，呈现出典型的复调型叙事特征。虽然，三者叙述的是同一空间内同一群人与土地的故事，但他们发出的声音却是各不相同的。蓝千岁所叙述的是西门闹在轮回过程中以各种动物的视角对世界的反映，表现的是动物与人、动物与动物、人与土地的各种关系。起初他是带着仇恨叙述的，经过数次轮回，最终以一种通灵的生物（狗）的身份领悟到蓝脸之于大地的忠诚与守望，人类之于大地的背叛与皈依。他在轮回过程中的叙述，表现出一种重复的美，用其独特的动物视角，描绘出一首用人的感觉不可能感知的合乎自然情理的大地悲歌，从整体上增强了小说的感染力和诗学效果。蓝解放的叙述则开始于"牛犟劲"，他以孩童的视角叙述了父亲和西门牛单干的伟大壮举。作为一个孩子，他不知道蓝脸的行动与大地的关系。但孩童的身份，使蓝解放在初始的叙述中，以一种原始的生命感官对农民与土地、农村合作社等事件进行反讽式、寓言式的叙述。到了"狗精神"一部，蓝解放的叙述转为成人化视角，但却叙述着自己成人后的犹如儿童的荒唐事。正是在与"狗小四"的一前一后、一左一右的搭档式的言说中，他找到了一种真正属于人的原始本性的自由，最终也回归到对大地的怀抱中去。而"莫言"的叙述部分最少，但却是这个复调结构中支持平衡的重要支点。如果缺少了"莫言"的叙述，整部作品便会造成叙事的严重倾斜。"莫言"的出现，使《生死疲劳》出现浓厚的"元小说"韵味。虽然"莫言小说"的内容在作品中常被斥之为"假"的东西，但这正表明作家所要传达给我们的信息：叙述与小说可能是虚假的，但在这种虚伪之中蕴含着一种从事实中抽象而来的关于存在的真实性描写。例如小说中猪十六曾说："这些事又不能不说，即便我不说，莫言那小子也不能不写，从他那些臭名昭著的书里，西门屯的每个人，都能找到自己的影子。"而"莫言"的另一大叙事功能就是调和"蓝千岁"与"蓝解放"的叙事，使之达到和谐。他可以对前两人叙述视角达不到的空间，进行补充式叙事。"在莫言的《××》小说中这样写道……"这类的叙事在小说中实际上已经成了"潜隐的文本"，它与公开的正面展开的文本互相补充、互相对应甚至互相解构，从而构成了小说的"双重文本"结构。与此同时，"莫言"还是一个真实具体的形象，是推动故事发展的重要人物。如果没有他把庞春苗带到蓝解放的办公室，也就没有后面的故事。而"结局与开端"一部的叙述由"莫言"来完成也从正面说明"莫言"就是组织、建构整个小说的元叙述者，"莫言"就是作者本人。于是，"蓝千岁"、"蓝解放"、"莫言"三者构成三重对话关系，三条叙事线索同时起作用，大大丰富了小说的视角，拓展了小说的叙述空间，并为小说多义性思想的传达提供了可能。可以说，正是借助于复调式的叙事，莫言成功地将想象、现实、梦境、哲学统一在小说之中，创造了一部具有无穷可能性的独特文体。

当然，对莫言来说，《生死疲劳》仍然充满了他一贯的"狂欢"气质。在众声喧哗的"复调"叙述中，狂欢节式的广场化图景在小说展示的每一个轮回场景之中都能看到。西门驴肉搏两野狼、大闹队部，带给我们的是兴奋与解气。西门牛在集市上披着红旗猛撞乱蹿，更从反面描绘出"文革"时的疯狂与荒唐。猪十六则在一个月夜的河流中上演了小说中最壮丽、最美好的狂欢图景。"我驮着小花顺流东下，体验着唐诗的博大意境泛波中流……我就是生命力，是热情，是自由，是爱，是地球上最美的生命奇观。"在猪十六的记忆中，大河之上月光如雪，无数水族追随着顺河而下的它，去追逐永远的月亮。狗小四的广场聚会则使我们见到物欲横流的商业文化对于动物和人的异化。及至最终庞凤凰在广场上的耍猴表演，则让我们看到了一个众神狂欢、没有终极价值追求的后现代社会的图像。某种意义上，小说后半部让主人公"加速度"死去的"疯狂的杀人表演"，其实又何尝不是莫言对后现代社会的一种狂欢化想象。莫言通过一幕幕狂欢化的图景，力图在小说中建构一种原始的语境，从而使人（生物）的本能得以释放。在这里，民间、土地的永恒价值代替了一切虚伪的东西，贯穿五十年的政治性活动被推到反讽的层面之上，小说呈现给我们的恰是历史的丰富性和毛茸茸的现场感。

关于《生死疲劳》，"章回体"的形式也曾是文学界热议的一个话题。李敬泽兄说莫言是"向中国古典小说传统致敬，是中国传统最亲切、熟悉的大音，是东方式的魔幻现实主义"。但我觉得，似乎没有必要把"章回体"看得如此重要，更没有必要跟"中国古典小说的传统"进行直接的比附。《生死疲劳》中的"章回体"不过是莫言创造的一种小说形式，它与中国传统的"章回体"小说并没有直接的关系，最多只是形似而已。这个形式已经完全莫言化了，莫言赋予了它崭新的内涵，与其说是"古典"的，还不如说它是现代的，至少它是古典和现代的融合，其本身的现代感是非常强烈的。而这同样也是莫言创造力和想象力的一个证明，在他这里，所有的艺术形式只有"自我"和"非我"之分，而没有了东方与西方、古典与现代的界限，换句话说，他已远远超越了这些界限而进入了一个艺术创造的自由境界。

　　不知不觉地好像又在"吹捧"莫言了，但有什么办法呢，喜欢一种小说与喜欢一个人一样，有时并不需要具体的理由。因为与莫言的小说"臭味相投"，所以不吝好词、大词，大概也是情有可原吧？

　　　　　原载《山花》二〇〇六年第五期，《当代作家评论》二〇〇六年第六期转摘

莫言的 "变形记"

黄发有

谈起莫言,总无法忘怀他的《透明的红萝卜》(《中国作家》一九八五年第二期)、《红高粱》(《人民文学》一九八六年第三期),印象深刻的还有《球状闪电》(《收获》一九八五年第五期)、《爆炸》(《人民文学》一九八五年第十二期)、《金发婴儿》(《钟山》一九八五年第一期)、《红蝗》(《收获》一九八七年第三期)。这些作品全是中篇小说,这些作品都发表在一九八五年至一九八七年。莫言是一个不愿意重复别人,更不愿意重复自己的作家,他在孤独的跋涉中,以蓬勃的创造激情反抗着强大的艺术成规的束缚,总试图在绝境中开辟新途。他的《天堂蒜薹之歌》、《十三步》、《酒国》、《食草家族》、《丰乳肥臀》、《红树林》、《四十一炮》、《檀香刑》、《生死疲劳》等长篇小说,如同连环炮一样,不断地激活我们日渐麻木的审美感觉。坦诚地说,莫言挑战极限的文学叙述总能出人意料地化腐朽为神奇,在山穷水尽处破壁而出,捅破那层长期蒙蔽我们的窗户纸。莫言的长篇令人震撼,那种泥沙俱下的叙述以排山倒海的气势,裹胁我们的阅读,如同迷魂阵一样,让我们疯狂,混乱,迷茫,找不到北。那种刺激是如此的强烈,但并不持久,甚至很快就让人感到疲惫。

每次重读《透明的红萝卜》,那些灵动而诡异的细节——黑孩抓住烧红的钢錾,手里冒出黄烟;他一棵一棵拔起红萝卜,对着太阳寻找那只透明的红萝卜——就像一根根细如发丝的银针,轻巧地直刺人心的隐秘地带。而《红高粱》的文字像流淌的高粱酒一样,在阳光下跳荡着一簇簇无色的透明的火,无声地点燃了我们内心中被沉重地压抑着的久违的激情。罗汉大爷自投罗网,用铁锹怒铲骡蹄马腿,被鬼子活剥了皮仍叫骂不止,他的被割下

257

的耳朵，依然"打击得瓷盘叮咚叮咚响"；戴凤莲临死前的那段天问，更是惊风雨泣鬼神："我的身体是我的，我为自己做主，我不怕罪，我不怕罚，我不怕进你的十八层地狱。我该做的都做了，该干的都干了，我什么都不怕。"这种异想天开的执着和飞蛾扑火的决绝，映衬出了我们沉浸其中的唯唯诺诺、鼠首两端的苟活状态的苍白，甚至是龌龊，也让我们对自己少年豪情的流失与幻灭，生出沉郁的感伤和无奈的叹惋。莫言这两部中篇的奇思妙想，写出了几乎深藏于每个凡夫俗子灵魂深处的一种渴望，那就是从笼罩尘世的重重罗网中脱身，在高天旷地里自由自在地挥洒真性情。在作品字里行间奔涌着的激情，如同从火山口上爆发出来的岩浆，这种情感只能来自于忘却了日常生活和世俗功利的灵魂，是对现实世界的失忆，是悬崖撒手的飞翔。有不少人给莫言戴上"天才"的桂冠，在我看来，《透明的红萝卜》和《红高粱》是其作品中最具有天才光辉的杰作。

从烈焰到暗火

莫言的小说创作在不断地变化，无论是结构、语言、故事和情感，往往怪招迭出，不落俗套，突破惯性与惰性的重重围困，发掘新的艺术可能性。其早期作品《春夜雨霏霏》、《白鸥前导在春船》、《雨中的河》、《流水》、《岛上的风》等都笼罩着一种诗意化的想象，文字透明，感觉细腻，人物多为善与美的人格化身，在一种近乎矫揉造作的颂歌氛围中，弥散着淡淡的忧伤。对此莫言的反思颇为深刻，认为"片面真实的夸大"导致的是"总体的虚假"，"感情是虚假的，是准艺术"，是"缺少灵魂的、没有生命力量的纸花纸草"。[①]正是对虚假自我的反叛，使莫言摆脱了空洞的抒情，像蛇蜕皮，像蝉脱壳，在摆脱文体的枷锁的同时，也使灵魂获得了自由。

一九八五年对于中国文学而言，是一个重要的年份，更是莫言创作的一个转折点和分水岭。莫言充满自豪地说："在长时期的个人自由受到压抑之后，《红高粱》张扬了个性解放的精神——敢说、敢想、敢做。"[②]莫言冲破了牢笼的艺术感觉充满了野性的活力，

---

① 莫言：《我的"墓"》，《爆炸》自序，北京，昆仑出版社，1988。

② 莫言：《我为什么要写〈红高粱家族〉》，《小说的气味》，第20—21页，沈阳，春风文艺出版社，2003。

像一头强健的公牛，一会儿漫不经心地在原野上吃草，一会儿横冲直撞，顶翻其面前的所有障碍物。在《透明的红萝卜》和《爆炸》中，那种非凡而细腻的艺术感觉，让人领略到川端康成的神采，但莫言展示的不是那种日本文学中常见的阴柔的、病态的美丽，也不是那种冷漠的、静止的、纤毫毕见的白描。作家通灵的感觉饱满而富于激情，就像作品中的打铁炉里燃烧的煤块一样，能将生硬的、锈迹斑斑的铁块熔化成奔腾的铁水。

莫言曾谈到过 "用耳朵阅读" 和 "用鼻子写作"，他说："在写作的过程中，作家所调动的不仅仅是对于气味的回忆和想象，而且还应该调动起自己的视觉、听觉、味觉、触觉等等全部的感受以及与此相关的全部想象力。要让自己的作品充满色彩和画面、声音与旋律、苦辣与酸甜、软硬与凉热等等丰富的可感受的描写，当然这一切都是借助于准确而优美的语言来实现的。"① 就我个人的阅读感受而言，其八十年代后期的作品活色生香，作家让所有的感觉器官都飞了起来，各种感觉相互串换，角色颠倒，就像一群穿错了衣服、走错了房间的孩子，让所有的秩序都乱了套，同时让所有最平常的事物，都在这些顽皮的、惊慌的、好奇的眼神打量下，变得焕然一新，光彩照人。正如赵园生动的评述："一旦感觉与表达相契，那只笔就触处生新，使得成熟的事物亦如被闪电照亮般神异起来。"②

收入《红高粱家族》和《食草家族》的系列中短篇小说，风格比较一致，也一以贯之地体现了作家对 "种的退化" 命题的艺术反思。在《红蝗》和《生蹼的祖先们》、《马驹横穿沼泽》、《二姑随后就到》等系列作品中，食草家族的祖先们手指和脚趾缝里都生出了蹼膜，而近亲交媾导致了蹼膜粘连的孩子不断诞生，加上生蹼壮士的被阉割，食草家族无可挽回地走向了衰败。蝙蝠靠蹼飞翔，外形如鸟却是哺乳动物，是低级动物向高级动物过渡的中间物，作家通过这一意象，寓言化地反思历史进程中创造精神的衰竭与生命激情的溃散。值得注意的是其中的《复仇记》，大毛、二毛对老阮的复仇，是其名义上的父亲老四借助他们之手，对其亲生父亲的复仇，复仇在这里成了圈套和虚无的代名词。《天堂蒜薹之歌》（《十月》一九八八年第一期）等作品中逐渐增强的荒诞意味，来源于现实对作家的强烈刺激。

从《十三步》（《文学四季》一九八八年冬之卷）到《酒国》（湖南文艺出版社，一九

① 莫言：《用耳朵阅读》，《小说的气味》，第109页，沈阳，春风文艺出版社，2003。
② 赵园：《读当代作家札记》，第196页，成都，四川人民出版社，1997。

九三年版），是莫言的过渡期。长篇小说《十三步》表现一个关在笼子里的疯子，喜欢吃粉笔，如果有人喂粉笔给他吃，他就滔滔不绝地讲故事，其中还塑造了一个嗜食火葬场死人肉的怪病患者。作品对知识分子的"笼中人"处境及其软弱、无能、曲学阿世的负面人格，以繁复的形式进行了入木三分的嘲讽。至于作品中视角与人称的频繁转换，又不无炫技的嫌疑，作家耍魔术一样地搬出十八般武艺，让人眼花缭乱，但这种形式表演颇有障眼法的意味，添枝加叶、繁文缛节的叙述像疯长的野草一样，阻断了作品向更深层次的审美空间掘进的林间小径。《酒国》这部作品在出版后没有引起批评界的足够重视，作品以隐喻的方式，对于惊涛骇浪之中的生命个体的麻木不仁、自欺欺人，进行了鞭辟入里的审美呈现，为那个特殊年代被扭曲的灵魂留下了珍贵的精神标本和症候描述。

在阅读九十年代前期的莫言作品时，我常常能感应到文本缝隙中散发出来的感伤与迷惘，甚至盘旋着一种挥之不去的绝望。中篇小说《模式与原型》中的乡村青年"狗"，饱受歧视，过得"连狗都不如"，屈辱中莫名其妙地放了一把火，活活烧死了无辜的老母亲；《幽默与趣味》中处处碰壁的大学教师王三，通过变成猴子来获得"一种麻醉的安全"；《梦境与杂种》中的树叶，用呕吐的方式偷粮食，结果被人弄大了肚子，只好沉水自杀。面对无限蔓延的精神废墟，作家也不能不流露出一种四顾茫然的颓唐和引而不发的沉痛。我个人认为，莫言此后的作品，其激情都有淡化的迹象，这种转变的主要根源应当是时代情境的急速转换，社会文化矛盾错综复杂，让人是非难辨，无所适从；同时，这也是作家对其早期具有浪漫主义气质的激情进行反思的结果。莫言成名时期的创作综合吸收了西方现代主义、拉美魔幻现实主义、日本新感觉派小说的审美因素，但浪漫主义是其叙事情感的底色。在进入九十年代以后，浪漫主义的欲望万能、矫揉造作和浮华激越，显得不合时宜。在经历了太多"假、大、空"的诱惑和欺骗之后，渴望"真实"成为具有普遍意义的时代心态，诗意与激情的消解，是当时流行的审美风尚。感伤是一种温和的宣泄，是受伤的灵魂自舔伤口的治疗，是转型期社会阵痛的缓释，是新时代的精神胜利法。正如米歇尔·蒙苏韦所说："当着世界显得过分粗暴（或者说荒诞，如萨特所说我们被毫无理由抛入其中的宇宙那样）的时候，想象便在物与我之间插进某些形象来抚慰我们……因为通过想象把忧伤体会、夸张、描绘一番，反倒减轻了钢针扎心般的痛苦，思痛是可以定痛的……归根到底，想象是一个奇特的卫兵，可以适应任何心境的需要，它的道德是像风向标一样随风转动。"①

如果说莫言作品的叙事情感曾经是熊熊燃烧的烈焰，那么，九十年代以后则是被幻灭的灰烬所包围的暗火。也就是说，其作品的叙事情感变得隐忍而内敛了。其《神聊》系列短篇小说的叙述表现得最为充分，叙述者退隐到后台，叙述语调冷静平和、张弛有致，语流迂回曲折，氛围神秘莫测，这和作家对蒲松龄小说以及传统笔记小说的借鉴有关。《拇指铐》、《月光斩》等短篇小说亦有异曲同工之妙。中篇小说《师傅越来越幽默》、《三十年前的一次长跑比赛》、《牛》、《藏宝图》等作品都有幽默和谐谑的成分，甚至有明显的恶作剧色彩。

值得注意的是，在价值层面，莫言也从早期的反叛走向了不直接表态的反讽。莫言在《红高粱》、《红蝗》等作品中惯用词与词、句与句、段落与段落之间的反衬达到反讽式观照，其"最美丽最丑陋、最超俗最世俗、最圣洁最龌龊、最英雄好汉最王八蛋"之类的词语爆炸在九十年代已经让人见怪不怪，失去了冲击力。他的九十年代的作品的语言风格开始转向平实，在平实中呈现一种成熟的审美意趣。从《怀抱鲜花的女人》、《模式与原型》、《幽默与趣味》到《沈园》、《我们的七叔》、《倒立》，作品的叙述者变得相对冷静和克制，即从外部观察世界。由于拒绝卷入的审美距离的维持，观察者从反讽情境中就能获得居高临下的超脱感和愉悦感。在《我们的七叔》中，七叔自称曾在淮海战场上立下战功，每逢节日就要穿上军装在村里游行，借此掩盖他曾是黄维兵团机枪班班长的经历。因为脱口而出的一句话——"我曾经为党国立过战功"，七叔被打成了历史反革命，在被押解到公社去处置的路上，一群押解者七次遇到了一模一样的黄牛、小孩和老头，为此而大受惊吓，四处逃散，七叔的罪名也就不了了之。在《长安大道上的骑驴美人》中，侯七和拥挤的人流一起，亦步亦趋地尾随骑驴美人和古典骑士，穿过了长安大道。当驴马后边只剩下侯七一个人时，"奇迹"的结局是：

> 白马翘起尾巴，拉出了十几个粪蛋子。
>
> 黑驴翘起尾巴，拉出了十几个粪蛋子。

---

① 米歇尔·蒙苏韦：《论"新小说"中的想象》，柳鸣九编：《新小说派研究》，第540—541页，北京，中国社会科学出版社，1986。

然后马和驴像电一样往前跑去。

反讽所制造的非人格化作者与叙述者之间的距离往往内含喜剧因素，因为谁也不会明明白白地使自己陷入矛盾境地，这样，故意设置的相互冲突、互不协调的表象就制造了一种只能在笑声中松弛和缓释的心理张力。基于此，莫言的小说也从早期的悲剧风格向喜剧风格过渡。从《十三步》、《酒国》到《四十一炮》、《生死疲劳》，莫言的长篇小说表现出一种冷嘲的特征。在价值虚无感与精神幻灭感四处弥漫的精神地基上，消费主义与享乐主义像妖艳的罂粟花一样疯长，莫言以其孤傲的姿态表示一种温和的蔑视与反抗，对这样的无根时代倾泻自己的伤感、沉痛甚至绝望，对无意义的生存境况表达自己无奈的悲悯。莫言不愿意做高调的理想主义者，不愿意像堂吉诃德那样与风车作战，做具有高度表演性的悲剧英雄，于是，只好选择下沉的姿态，扮演一个嘲笑伪理想主义的低调的理想主义者。但是，冷嘲也是一柄双刃剑，当作家以其犀利笔锋掘示出生存的荒诞时，也常常将自己和作品一齐抛掷进荒诞的无底深谷，正如尤内斯库所言："'荒诞'指的是缺乏目的……与宗教、形而上学和超验性断了根，人就成了个迷路人；其所有行动便变得毫无意义、荒诞和毫无用处。"[①]

孙猴子有七十二变，但他在变成小庙时，还是为了如何处置自己的尾巴而绞尽脑汁，最后也只能将尾巴变成旗杆。在莫言的变化过程中，也有几个问题值得注意：

一、他写历史比写现实好。

深入分析莫言的作品，不难发现他在历史的想象中犹如天马行空，用浓墨重彩的语言，将爱恨情仇、美丑善恶糅合在一起，就像打铁铺里大锤和小锤交替打击着烧红的铁块，此起彼伏，火星迸射，充满了内在的张力和强烈的节奏感。但是，面对现实，尤其是面对破败的乡村和被盘剥的农民，莫言的想象变得沉重起来，那种自由的激情一如被路障绊倒的马匹，被迅速膨胀的愤怒所控制。《天堂蒜薹之歌》中郁积的愤怒和情感，使作品的文体显得有些凌乱，情绪的过度宣泄使残酷的现实呈现为戏剧化情景，高羊、高马等核心人物的名字和性格都有平面化、扁平化的倾向，现实和人性的复杂性、丰富性和矛盾性被愤怒的洪水所淹没。莫言说他之所以创作这部作品是"出于对农民的一种同

---

① 马丁·艾斯林：《荒诞派戏剧》，第6页，北京，中国戏剧出版社，1992。

情，出于对下层生活的关注。当时我感到自己就是一个农民，虽然生活在城市，但骨子里还是农民"。① 但是，这种急切的代言冲动使作品的叙述过于直接，过火的倾诉欲望使人物成为木偶，叙述者的情绪流动就是操纵木偶的提线，叙述视角和叙述距离也缺乏变化，丧失了《红高粱》和《球状闪电》中多视角穿插跑动、交叉换位的动感，给人浓得化不开的阅读感受。理性批判精神的匮乏也使作家只能展示那些浮在水面上的现实泡沫，难以揭示那些深藏于水面之下的暗礁，更无法像鲁迅那样以敏锐的怀疑精神从希望中窥见泯灭，从"黄金世界"里看见"地狱"。在《四十一炮》中，罗小通在追忆自己的成长史时，叙述如行云流水，在叙述双城市的肉食节时，笔触虽然夸张，渲染出一种狂欢的氛围，但还是给人凝滞的印象。

二、他写乡村比写城市好。

莫言自称其高密东北乡"是一个文学的概念而不是一个地理的概念，高密东北乡是一个开放的概念而不是一个封闭的概念，高密东北乡是在我童年经验的基础上想象出来的一个文学的幻境。我努力地要使它成为中国的缩影，我努力地要使那里的痛苦和欢乐，与全人类的痛苦和欢乐保持一致，我努力地要使我的高密东北乡故事能够打动各个国家的读者，这将是我终生的奋斗目标"。② 高密东北乡是作家与世界进行对话的隐秘通道。乡村在莫言笔下是抒情的、诗性的、自由的、激情蓬勃的空间，而城市在莫言的笔下则是功利的、虚假的、压抑的、欲望丛生的水泥丛林。在《丰乳肥臀》中，作家的笔触一旦涉及到城市生活，语流就不再流畅，人物的面目也变得模糊，性格也有脸谱化的特征。《沈园》、《倒立》中表现的城市生活与人际关系，都有一种符号化与模式化特征，叙述者似乎总是站在一旁，嘴角挂着冷笑，阴阳怪气地打量都市食色男女的一举一动。《枣木凳子摩托车》和《长安大道上的骑驴美人》，通过乡村意象与城市空间的并置，潜在地寄托了作家的一种精神乡愁。《司令的女人》用直笔写乡村，采用让人物转述的曲笔来写城市。莫言说："我自信可以写城市，而且我也写过城市。我的自信是建立在小说是写人、写人的情感、写人的命运这样一个基本常识的基础上的。"③ 不错，城市与乡村都是人的舞台。但是，莫言在潜意识里总是在抗拒城市，内心中对一个不可抗拒的他者进行强烈却又无力的对抗，在城市的包围之中试图挣脱城市的控制，这样，记忆中的乡村就

---

① ② ③ 莫言：《小说的气味》，第157、42、88页，沈阳，春风文艺出版社，2003。

成为一块在幻想中暂时脱离眼前的城市生活的精神飞地。

三、他用儿童视角比用成人视角好。

在莫言小说中，采用儿童视角的作品不胜枚举。儿童视角与作家的乡村记忆相辅相成。处于社会秩序边缘的儿童站在局外人的位置上，或沉迷于自己独立的内心，或以其仰望的视角，以一个少不更事的孩子幼稚而好奇的目光，不动声色地呈现世界的复杂性。儿童被压抑、被冷落的处境及其自由自在、不受拘束的本性之间的冲突，使叙述包含着一种潜在的对话关系。第一人称儿童视角既有追忆往事的向度，这种叙述是回忆性的，其情感基调是独白的、抒情式的；又有呈现性的向度，叙述者作为体验者身临其境，事件处于正在进行的状态之中，其情感基调是对话的、叙事式的。这两种向度往往混合在一起，很难作清晰的区分。在这两种情感中，一种如同在地面奔腾湍急的激流，一种如同表面平静而在地下横冲直撞的潜流。激流与潜流的相互错杂与相互转换，使作品的审美情感在激荡与沉潜之间跳跃，使作品的审美效果变得丰富和富于动态美，而不给人沉闷、单调、凝固不动的印象。儿童视角与社会现实的疏离，使作者能够较好地控制叙述的距离，《透明的红萝卜》、《拇指铐》是此类作品中杰出的代表。当然，作家也常常将儿童视角与成人视角杂糅在一起，像《三十年前的一次长跑比赛》和《姑妈的宝刀》、《梦境与杂种》等作品，都通过这种视角转换来凸显叙述的纵深感，开掘审美意蕴的层次感。但是，当这两种视角并置在一起时，儿童视角的独特与睿智常常反衬出了成人视角的苍白、疲惫与僵硬。有趣的是，当作家试图用儿童视角对成人世界的法则进行颠覆性的描述时，往往事倍功半，典型的如《四十一炮》中对双城市肉食节的叙述。

从奔腾到泛滥

在莫言的创作中，有一个非常值得注意的问题，那就是中篇和长篇的关系问题。其《红高粱家族》由独立发表的五个中篇《红高粱》、《高粱酒》、《狗道》、《高粱殡》、《奇死》组成，《食草家族》由五个独立发表的中篇《红蝗》、《玫瑰玫瑰香气扑鼻》、《生蹼的祖先们》、《复仇记》、《二姑随后就到》和一个短篇《马驹横穿沼泽》组成。就艺术水准而言，《红高粱》和《红蝗》最具有艺术冲击力，叙述最为饱满，叙述情感如奔涌的大河一样，浩浩荡荡，摧枯拉朽。而作品的其余部分作为这两个中篇的延伸、演绎与补充，在文气上显得并不连贯，甚至给人横生枝节的阅读印象。换句话说，这两个中篇耀眼的光芒，使作品的其余部分黯然失色，显得有些多余。《红高粱》和《红蝗》分别是《红高粱家族》和《食草家族》的第一部分，它们出手不凡，所奠定的基调对后续作品形成了一种潜在的规约，如同一座高峰投下的阴影，遮蔽了续写章节的身影，它们只能戴着镣铐跳舞。莫言顶天立地、藐视一切的自由创造精神也因为叙述时空的限制，变得束手束脚。可以说，在《红高粱》时期，外来的舆论压力不仅无法遏止莫言的艺术探索，只会催生更加激烈的反叛，让个性之狼冲破重重围困。在某种意义上，将《红高粱》和《红蝗》扩充成长篇，是莫言给自己套上的一个枷锁。写成长篇后，作品在整体上变得血肉丰满了，但也变得臃肿了，就像被稀释了的高粱酒，装满了一个大坛子，但是那种浓烈的醇香也变得若有若无。

阅读《红高粱家族》和《食草家族》，感觉就像是先喝了一瓶茅台，接着连喝几瓶中档白酒，这样不仅无法渐入佳境，只会让人醉得麻木。《红高粱》和《红蝗》的高亢、奇崛、浑厚与驳杂，尤其是在文本深处如雷鸣电闪一样的、翻涌不息的青春激情，狂放不羁，没有任何畏惧，这是无法复制的，哪怕是作家自己试图将这种成功经验扩大化，同样会遭遇种种困难。像《红高粱》、《高粱酒》、《狗道》、《高粱殡》、《奇死》等内容，只是对《红高粱》某些片段的放大与特写，从整体来看，在叙述上具有插叙与补叙的味道，自然也不像《红高粱》那样纵横捭阖、酣畅淋漓。而纳入《食草家族》的整体框架中的"六个梦"，六个独立文本的差异性极其明显，拼贴在一起显得更加凌乱和分散，呈现出斑驳、模糊的碎片化效果，笼罩整部作品的魔幻与隐喻色彩也裸露出技术化的缺陷，一些叙述元素无法浑然天成地融为一体，像隐藏在水中的暗礁，使叙述的语流遭遇壅塞、阻断的尴尬。

更加值得注意的是这两部长篇的结构问题。屏风式的结构使作品各部分相互游离，就像是一堆散乱的珍珠，却没有一条线将它们串接起来。而且，作品中的不少叙事元素，在不同部分有交错重叠之处，一些地方显得啰唆，头绪繁杂，给人叠床架屋的印象，另一些地方又显得太简单，缺少必要的背景交代与时空转换，跳跃的幅度太大，让人满头雾水。像《奇死》的最后一节，"我"的抒情和议论，就落入了卒章显志的俗套，显得有点突兀，虽然慷慨激越，但不无矫饰和空洞的色彩。莫言的中篇小说的叙述结构几乎拒绝采用单线推进的模式，大多采用双线、多线互动并行的复式结构，就像纵横交错的水系一样，循环往复，遥相呼应，而其独特的艺术感觉犹如湍急的水流，推动着叙事的船只在波峰浪谷里颠簸，在峡谷里飞驰，在追忆与现实之间穿梭，在虚实相生半真半假的世界里扬帆。这些作品本身的叙述空间是开放的、立体的，但相对于其他作品而言，又是自足的、封闭的。也就是说，这些中篇的组合不是有机的融会，而是一种简单的拼凑，不仅没有相得益彰，而且反衬出了各自的局限。这种搭积木式的小说结构，具有某种随意性，在整体效果上显得破碎、刻板，机械、简单的加工方式在作品中留下了匠气的痕迹。这种操作方式所催生的思维惯性，也使莫言后续的长篇小说创作在结构上埋下了隐患，露出了一些破绽，其惊世骇俗的灵思妙悟由于得不到巧夺天工的艺术结构的支撑，在艺术表现力上也就不能不打一些折扣。

说句公道话，莫言的艺术感觉是超常的，是独特的，是难以替代的，那种上天入地、灵魂出窍、变幻莫测的想象，冲决了窒息我们的日常生活的规范、制度化的条条框框和思维的栅栏，并以其打破底线的锐利考验我们的审美耐受力，为当代文学的发展不断地带来新的可能性。可能性在某种意义上正是文学理想的生长、发育与成熟的生命进程。在这种可能性的视野中，还蕴涵着超越的命题，即文学的历史发展没有最好，只有更好，静止的完美仅仅意味着活力的丧失。文学的发展只有在多种可能性的相互激荡与渗透中，进步才能成为现实，文学的世界才能更加丰富，更加绚丽。莫言是当代作家中的一个异类，他被不少批评家和读者推崇到极致，也被频繁地质疑。批评界向来喜欢归纳拒绝分析，甚至以抹杀个性的代价来突出共性，但试图用大而化之的、泛指性的名词与分类来概括莫言，那注定是失败的。莫言始终以充沛的激情探索文学的"可能性"，对静止的、封闭的、保守的文学观念进行决不妥协的反动。莫言不能包揽中国当代文学所有的可能性，但他绝对是其中的一种极为重要的可能性。莫言的创作充满了混乱，他总是将对立的、异质的、风马牛不相及的东西聚合在一起，让它们相互碰撞、相互瓦解，但奇怪的是，其混乱所在，恰恰是其暗藏的生机之所在。莫言的作品总是呈现为美丑并存、人妖不分、生死循环、苦乐相依的高度复合的审美宇宙，站在道德主义的立场指责他对于丑恶的审视与表现，是危险的。一方面，在与现实的关系上，文学不是谎言，文学要直面藏污纳垢的历史、现实与人性的困境，就必须去切开欲望和暴力的病灶，而不是粉饰和遮蔽，更不是只能歌颂不能批判，用瞒和骗的伎俩纵容罪恶。另一方面，就审美层面而言，"一个作家应该可以大胆地、毫无愧色地撒谎，不但要虚构小说，而且可以虚构个人的经历"，① 批评家不能以道德评判来限制想象的边界，更不能把想象与现实混为一谈。好的审丑艺术，是开放在地狱边缘的莲花，是刺向人性的漆黑深渊的一束光柱。当然，审丑也有自己的限度，不是病态的恋丑、溢恶，一味地沉溺于血腥的渲染，更不是将所有崇高、神圣的东西踩在脚下，贬抑为一钱不值的"干屎橛"、"系驴橛"和"拭疮疣纸"，② 以丑恶的名义颠覆一切。

"三复叙述"是莫言的长篇小说惯用的模式，这让我们联想到《老子》中的经典表述："道生一，一生二，二生三，三生万物。"莫言抛弃了通篇采用全知叙事的单一视角，也抛弃了整体化、中心化的二元对立思维，拒绝以"我们"的名义发言，不管是什么样的声音都不能凌驾于一切声音之上，不能以道德优越感排斥异己。正如莫言所说："如果一部小说只有所谓的正确思想，只有所谓的善与高尚，或者只有简单的、公式化的善恶对立，那这部小说的价值就值得怀疑。"③《天堂蒜薹之歌》以三个视点讲述了同一个故事，游吟的瞎子用歌唱的方式讲述，官方报纸用其陈词滥调模糊了真相，作家则用中立的立场展开叙述。《酒国》用三重叙述来构造镶嵌式的文本系统：检察院侦察员丁钩儿到酒国暗访"吃红烧婴儿"案件的内情；作家莫言与酒国的业余作者李一斗的通信；李一斗揭露吃人案件的九篇小说。三种文本和三重时空的分合，形成了一种旋转的、多声部的立体效果；丁钩儿、莫言、李一斗最终都被酒水所淹没，成为彻头彻尾的酒囊饭袋，而揭发酒国吃人事件的竟然是那位发明了"红烧婴儿"这道名菜的烹饪专家。从效果来说，《酒国》所采取的叙述模式与作品的叙述对象丝丝入扣，整体上也没什么明显的破绽，不同的叙述声音混合在一起构成的悖谬与反差，以及每种声音本身的口是心非与言不及义，有力地强化了作品的荒诞意味。也就是说，作家用荒诞的形式表现了一个荒诞的事件，进而窥见了荒诞的普遍性。我个人甚至认为，《酒国》是莫言迄今为止的长篇小说中，在结构艺术上最为成功的一部。至于《天堂蒜薹之歌》，作品虽然设置了三重叙述角度，但作家的激愤和叙述距离的失控，滔滔如江河决堤的语言淹没了叙述本身的独

---

① 莫言：《小说的气味》，第41页，沈阳，春风文艺出版社，2003。

② 普济：《五灯会元》卷七，第372页。

③ 莫言：《捍卫长篇小说的尊严》，《当代作家评论》2006年第1期。

立性，也就是说，三重视角的设置名存实亡，没有达到应有的效果。

《檀香刑》分为"凤头部"、"猪肚部"和"豹尾部"，"凤头部"的"眉娘浪语"、"赵甲狂言"、"小甲傻话"、"钱丁恨声"，和"豹尾部"的"赵甲道白"、"眉娘诉说"、"孙丙说戏"、"小甲放歌"、"钱丁绝唱"，用你方唱罢我登场的轮换，别致地拓展了小说叙述的空间感，民间舞台上众声喧哗的嘈杂，象征着权威话语的没落与溃散。叙述视点的过度分散，也导致了叙述的平面化与离散化，缺乏有机的整合。或许正是意识到这种叙述的局限性，为了给叙述提供驱动力，作家在"猪肚部"改用全知视角，使作品在整体上呈现为"分—合—分"的空间结构，人物汇聚到舞台上，他们热热闹闹地演绎完各自的人生戏剧后，纷纷谢幕，"落了片白茫茫大地真干净"，这与"开端—高潮—结尾"的时序结构巧妙地形成了一种呼应。但是，综合而言，作品的每章独立性太强，像是一个个自成一体的中篇，尤其是"凤头部"和"豹尾部"，众多叙述者粉墨登场，他们都以"我"为中心展开独白，陈述事件的来龙去脉，偶尔也插叙一些随波逐流的身世之感和顾影自怜的内心冲突，在叙述效果上形成了一个个封闭的圆圈，很难实现一种相互对话的共鸣效果。也就是说，作家是通过声音来塑造人物，声音的性格就是人物的性格，但不同的声音之间并不发生交流与碰撞，都是自言自语。这样，每个叙述者并没有同时出现在一个舞台，在这个空旷的舞台上总是只有一个人在诉说与歌唱。

长篇《生死疲劳》中的三个叙述者西门闹（被枪毙后转生为六道轮回中的驴、牛、猪、狗、猴、大头婴儿蓝千岁）、蓝解放和作家"莫言"，展开了三重唱式的叙述。大头蓝千岁叙述了"驴折腾"、"猪撒欢"的全部和"狗精神"的一部分；蓝解放则叙述了"牛犟劲"的全部和"狗精神"的另一部分。"莫言"则叙述了"结局与开端"的全部，并在整部作品中反复以"元小说"的方式显身，以增强小说叙述的间离效果。叙述进程基本上采取了"正—反—合"的结构。作品对"半个世纪的土地"的重述，在历史反思的层面并没有超越陈忠实的《白鹿原》，也没有超越他自己的《丰乳肥臀》。在某种意义上，这类写作拥有的只是"革命历史小说"的反面，却没有自己的"正面"，而且，作家们作为个体的特征暧昧不清，他们依然被裹挟在群体的声浪之中。"六道轮回"的循环时空，让我联想到《丰饶之海》，三岛由纪夫试图在四部曲中表达"和"、"武"、"奇"、"幸"四魂，各部的主人公松枝清显、饭沼勋、小月光公主、安永透，其迥然相异的性格正是四种独特之"魂"的印证与体现，梦与轮回的主题成为联结他们的隐秘的精神纽带。《生死疲劳》采用"章回体"和"六道轮回"的叙事结构，这固然会给阅读带来陌生化效果，但新瓶装旧酒的结撰模式，使新奇的形式具有某种装饰与点缀的意味。

从作品的文化厚度、精神含量与审美强度而言，《丰乳肥臀》是莫言长篇小说的高峰。家族的命运沉浮是整部作品的叙述中枢，上官家的八个女儿分别代表着百年中国的一段非同寻常的历史和灾难，她们复杂的婚姻状况一如繁杂的枝条，牵引出三教九流的男人的悲欢离合，这几个女人的命运正是在血与火中挣扎前行的整个民族的精神缩影。但是，其叙述形式似乎难以承载包罗万象的民间传说与历史奇观，写实与神话、历史与想象、肉欲与信仰盘根错节地纠结在一起，头绪繁杂，冲破了贯穿全篇的单一的时序结构，大有泛滥之势。尽管作品的叙述视角不无变化，并不像一些人批评的那样通篇采用全知叙事，但视角的调整与过渡似乎过于随意，缺少穿透力与立体感。第七章结局的"倒插笔"，或许正是作家试图修补结构与叙述之间的裂缝的努力，但这种一反常态的策略，效果并不明显。作品喷射状的语流漫漶，使叙述缺少简繁的对照与详略的变化，层次感不清晰，显得臃肿而芜杂。作品的叙述速度大多处于奔袭状态，节奏感不明显，如同一泻千里的洪水，缺少迂回与沉淀，作家的笔触就很难深入到人物幽曲的内心世界，也只能忽略历史河岸上的旖旎风光，历史进程呈现为一种浑浊的、渺茫的急流。

特别值得注意的是，莫言的长篇小说《四十一炮》是根据中篇《野骡子》扩写而成。莫言说："《野骡子》只有三万多字，没有机会让罗小通把炮打响，但我知道，他应该把炮打响。"[①]这部作品的叙述也是三线并行，即"我"的回忆，"我"想象中的兰大官的情色史，"我"向大和尚倾诉时双城市的人间闹剧。作品中表现的民众对于"五通神"和"肉神"的狂热，以及反复出现的"雨水"意象，让我联想到杰姆逊的一句话："一切东西都被转化为商品形式的时代，宗教又悄悄通过商品回来了，那就是商品拜物教。"[②]与作品中的欲望泛滥相对应，作品过度运用的第一人称叙述也有失控的趋向，罗小通与大和尚之间并没有形成内在的对话关系，沉溺于烦琐而絮絮不休的独白之中，给人沉闷、单调、凝固不动的印象。

---

① 莫言、杨扬：《以低调写作贴近生活》，收入杨扬编《莫言研究资料》，第111页，天津，天津人民出版社，2005。

② 杰姆逊：《后现代主义与文化理论》，第176页，西安，陕西师范大学出版社，1987。

与中篇相比，莫言的长篇小说结构存在一些问题。而且，其长篇中总是徘徊着他的一些中篇小说的影子，《丰乳肥臀》中的"上官金童"是《红高粱》思考的"种的退化"命题的人格化身，其中遛阉牛的场景让人想到《爆炸》和《牛》，母亲打死人的场景让人想到《屠户的女儿》，囫囵吞下粮食再呕出来的情节和《粮食》、《梦境与杂种》雷同，《野人》中爷爷作为被捉劳工在日本的经历与鸟儿韩惊人地相似。《檀香刑》中的刽子手也让人想到《红高粱》中的孙五。"八个女儿"、"六道轮回"、"四十一炮"与《檀香刑》中的六大行刑处决场面和赵甲凌迟处死钱雄飞的五百刀，都是莫言给自己出的难题，也是莫言对小说叙述的一种挑战。从现有的文本来看，如何避免重复，如何在平实中创新，而不是一味地出奇制胜，都是值得深入思考的问题。

莫言说："长篇越来越短，与流行有关，与印刷与包装有关，与利益有关，与浮躁心态有关，也与那些盗版影碟有关。"① 其实，长篇越写越长，同样与利益有关，与浮躁心态有关。反观历届的茅盾文学奖，系列化或多部头创作的获奖比例是惊人的，像《李自成》、《黄河东流去》、《平凡的世界》、《金瓯缺》、《战争与人》、《白门柳》、《茶人三部曲》、《东藏记》（系列小说《野葫芦引》的第二部）、《张居正》、《英雄时代》（"时代三部曲"之三）等，都是长得惊人。那些志在冲击茅盾文学奖的作品，动辄上百万字，这种以量取胜的规模化策略使长篇小说成了《四十一炮》中的注水肉。小说该长则长，该短则短，如果不讲究提炼、推敲与打磨，信马由缰，不作任何节制，即使你的想象再神奇，那注定只能写出粗糙、臃肿、拖沓的垃圾，顶多只能制造出菁芜并存的半成品。九十年代中期以来，许多刚出道的文学青年一出手就是长篇，在语言和结构方面都显示出先天的不足。像七十年代出生的写手的所谓长篇，如丁天的《玩偶青春》、陈家桥的《坍塌》和《别动》、棉棉的《糖》、卫慧的《上海宝贝》等，几乎都是以前发表过的中短篇的集合。在朱文的《什么是垃圾　什么是爱》、韩东的《扎根》、李冯的《碎爸爸》、张旻的《情戒》、林白的《一个人的战争》、陈染的《私人生活》、邱华栋的《城市战车》和《蝇眼》等产生过较大影响的新生代长篇小说中，同样可以发现作家的结构能力的贫弱，不少作品都是将具有相对独立性的中篇小说简单地缀连在一起。这种"一鱼二吃"或"一鱼多吃"的操作方式，深刻地反映出文坛风气的浮躁。陈忠实有言："因为文坛有一

---

① 莫言：《捍卫长篇小说的尊严》，《当代作家评论》2006年第1期。

条不成文的惯例,作家如果没有长篇就好像在文坛上立不住脚,所以有'长篇一举顶功名'的说法。正是因为这种原因致使有些作家不顾作品的质量而追求篇幅的大小。"① 这就逼迫作家不考虑个人体验的积累,不考虑素材的限制,为了写长篇而写长篇。

在中国现代汉语文学史上,最为经典的作品多为中篇小说,其中包括鲁迅的《阿Q正传》、沈从文的《边城》和张爱玲的《金锁记》,而老舍的《骆驼祥子》、巴金的《寒夜》和萧红的《呼兰河传》的篇幅,在今天也只能算是"大中篇"或"小长篇"。当然,有人会说现代作家之所以无法潜心写作鸿篇巨制,是战乱连绵的动荡生涯结出的苦果,但是,文学创造从来都是在话语权力与文化商业的夹缝中穿行的荆棘路,每一代作家会遭遇到不同的陷阱与挑战,当前相对宽松的环境并不意味着一定能出伟大的长篇,方生未竟的大转型对于作家的意志而言更具有麻醉性。"愤怒出诗人",在这个诗意和激情普遍委顿的年代,文学创造似乎面临着一种没有被意识到的深刻危机。莫言的《透明的红萝卜》和《红高粱》,完全有资格跻身于经典的行列,而其长篇小说让人叹服,但充满了遗憾。基于此,我们有理由对其未来充满期待,在十面埋伏中为汉语长篇小说杀出一条血路。

---

① 张英:《白鹿原上看风景——陈忠实访谈录》,《文学的力量》,北京,民族出版社,2001。

不驯的疆土

——论莫言

李　静

二十多年的写作生涯后，小说家莫言仍是一个叛逆的少年。他的作品天马行空，变化无穷，似皆源自一个顽劣精灵对禁锢和衰竭的促狭与敌意。什么都难以阻止他自我更新的冲动，他斜睨悖谬的狂癫，他柔弱善感的诗意，他嬉戏禁忌的童真。这位本性多嘴好动、却因家庭出身而在早年饱受压抑的作家，[①]终于在小说中安顿了他大逆不道的判断与梦想。那是一个和荒诞的真实模型相同，却与乏味的现实面目相反的世界。一个拒绝归化的"野"的世界。当我走进这世界的腹地，目睹西门闹、司马库、孙眉娘、"我爷爷"、"我奶奶"们生龙活虎的胡作非为之时，心中不由得涌起一只家猪对一只野猪的绝望的妒意。鲁迅先生说："真的猛士，敢于直面惨淡的人生，敢于正视淋漓的鲜血。"同理，一只有追求有理性的家猪，亦应敢于直面"家猪"的现实，忘掉绝望，按捺妒意，对这只野猪之"野"，作出细致的端详与分析。

一、"赭红色的孩子"

在莫言的短篇小说《拇指铐》（一九九八）里，快要失去母亲的孩子阿义，提着从药

----

① 叶开：《莫言评传》，《当代作家评论》2006年第1期；莫言：《恐惧与希望（代自序）》，《月光斩》，北京，北京十月文艺出版社，2006。

铺哀求来的中药飞奔回家，却在途经墓园时突然被一对男女捉住，小巧的拇指铐把他铐在了一棵大树下。往来的人们对此或视若无睹，或无能为力，他们只顾低头耕田。一场冰雹从天而降，母亲的药零落于泥，人们则为老天毁了自己的麦子而痛哭。可是，从昏厥中醒来的孩子阿义，却听到了颂赞麦子的高亢歌声。"歌声就是月光，照亮了他的内心。"他勇气焕发，咬断手指，拇指铐脱落，大树不再能将他阻挠。他奔跑，却头重脚轻地栽倒了。这时，他看见一个小小的赭红色的孩子从体内钻出，挥舞双手，收拢散药。他撕一片月光，包裹了药，如同飞鸟展翅般回到母亲的身边。"他扑进母亲的怀抱，感觉到从未体验过的温暖与安全。"

这篇作品的前六分之五极尽黑暗，后六分之一则极尽挥洒月光之温柔，最后，无助的孩子在童话式叙述中冲破绝境，实现了心愿。当然，此结尾同时也可理解成：孩子与母亲双双死去，唯在死亡前的幻象中，他才感到温暖与安全——由此反证人间的冷酷。这个包含两个截然相反之意味的奇妙结尾，同时蕴蓄着作家激愤的谴责和深情的祝祷。这里，担当主人公境遇转折功能的元素是：

一、"冰雹"，它秉承上天的意旨，以毁灭麦子来惩戒不义的人们（此处与基耶斯洛夫斯基的电影《永无休止》异曲同工：影片中，拒绝施助的驾车人却在求助者的不远处突遭车祸，看似因果报应的情景安排，实则暗含了"人类乃一命运共同体"的神秘主题）。

二、"歌声"，它对麦子的热烈颂赞驱走了遍地的荒凉和内心的颓败（在一篇访谈中，莫言说："老是这样悲观，宿命，也不行……我们那里，有一个穷人，过年时家家都接财神，他却到大街上去喊叫：穷神啊穷神，到我家来吧，我们一起过大年！好玩的是，这个穷人的日子从此竟发达起来。这故事中包含着很多意思。我的小说里也有这种东西。"[①]）。

三、"赭红色的孩子"，他让不能挽回、无法实现的事得以挽回和实现，以无条件的善意，出入于绝望之中（在《丰乳肥臀》、《生死疲劳》等多部作品里，总有"红色的孩子"作为补偿和慰藉的形象出现——他们从不现身在阳光下，从来都蹦跳于月色里。关

---

① 莫言：《写小说就是过大年（代序）》，《十三步》，第8页，沈阳，春风文艺出版社，2003。

于莫言的"红色的孩子"的来源，作家阿城《闲话闲说》所讲可聊备参考："八六年夏天我和莫言在辽宁大连，他讲起有一次回家乡山东高密，晚上近到村子，村前有个芦苇荡，于是卷起裤腿涉水过去。不料人一搅动，水中立起无数小红孩儿，连说吵死了吵死了，莫言只好退回岸上，水里复归平静。但这水总是要过的，否则如何回家？家又就近在眼前，于是再趟到水里，小红孩儿们则又从水中立起，连说吵死了吵死了。反复了几次之后，莫言只好在岸上蹲了一夜，天亮才涉水回家。这是我自小以来听到的最好的一个鬼故事，因此高兴了很久，好像将童年的恐怖洗净，重为天真。""天真"一词用得极好，亦可用以形容莫言小说驳杂之下的洁净精神）。

"赭红色的孩子"柔弱虚幻但无可摧毁，或可看作是莫言作品中"诗学正义"之化身——面对强权主宰、罪谬遍地的国度，莫言的写作即是以这"孩子"的逻辑，在虚构世界里呈现、诅咒、嘲讽和颠倒"强权之意志"，将沦落于现实和历史之外的公平、诚实、温柔与自由，一一收拢和包裹在月光里。可以说，莫言的小说世界，即是一个"诗学的正义，法律的正义与历史的正义"[1]相互龃龉的世界。以否定的形式揭示这龃龉的荒诞，撕破纯文学在生活与政治面前贫瘠苍白的轻，彰显人性之中难以实现却不可征服的善——此种精神欲求，乃是小说家莫言隐秘的写作伦理。

二、"天堂"里的声音

长篇小说《天堂蒜薹之歌》（一九八八）构筑了一个由官僚垄断和警察枪杆所统治的地域模型——"天堂县"。数千农民用身家性命养育的蒜薹，因当权者的渎职，几日之间变成了臭气熏天的垃圾。乡民不堪欺弄，起而抗争，惨痛的故事由此上演。在第十章，怀孕的金菊陷入了绝境：父亲死于非命，母亲和恋人被冤刑拘，她腹中的胎儿却急于降生。这时，在金菊和胎儿之间展开了一场令人心碎的超现实对话，其诗性结构如同一首"生命向往与人间冷酷"纠结吞声的回旋曲：

---

① 王德威：《千言万语　何若莫言》，《跨世纪风华：当代小说二十家》，第258页，台北，麦田出版，2002。

"让我出去！让我出去！你不放我出去，你算个什么娘？"

…………

"孩子，你看，那遍地的蒜薹，像一条条毒蛇，盘结在一起，它们吃肉，喝血，吸脑子。孩子，你敢出来吗？"

男孩的手脚盘结起来，眼睛里结了霜花。

…………

男孩又蠕动起来，他眯着眼睛说：

"娘，我还是想出去看看，我看到了一个圆圆的火球在转动着。"

"孩子，那是太阳。"

"我要看看太阳！"

"孩子，不能看，这是一团火，它把娘的皮肉都烤焦啦。"

"我看到遍野里都是鲜花，我还闻到了它们的香味！"

"孩子，那些花有毒，那香味就是毒气，娘就要被它们毒死了！"

"娘，我想出去，摸摸红马驹的头！"

她抬手打了枣红马驹一巴掌，马驹一愣，从窗户跳出去，嗒嗒地跑走了。

"孩子，没有红马驹，它是个影子！"

男孩闭死了眼，再也不动。[1]

"枣红马驹"（这个形象与胡安·鲁尔福《佩德罗·巴拉莫》里马驹的表现方法与功能相近，然已有它自身的生机）和"赭红色的孩子"一样，是一个虚幻的精灵、慰藉的形象，然而在这里，它消逝了。生命完结了。莫言在表现弱势者的苦痛绝境时，是一位毫不含糊的"超现实主义+人道主义诗人"。

莫言的诗意总在人物的言行中、在看似不经意的自然景物描绘中、在诗性的韵律中温柔绽放。然温柔之后必有残酷，绽放之后必有祸殃，此种张弛强弱的节奏安排，赋予叙事以魅人的张力。在小说第十四章，善良的顺民高羊和硬心肠的四叔驱着牲口赶夜路送蒜薹，作者写到月亮、树叶、蝈蝈，月光由幽暗而微明，由微明而在高羊感恩的心里

---

① 莫言：《天堂蒜薹之歌》，第134—135页，海口，南海出版公司，2005。

激起希望：

> 月光其实还是能够照耀到这里的，难道那灌木叶片上闪烁的不是月光吗？蝈蝈
> 翅膀上明亮如玻璃的碎片上难道不是月光在闪烁，清冷的蒜薹味里难道没掺进月光
> 的温暖味道吗？低洼处有烟云，高凸处有清风，四叔唱道——不知是骂牛还是骂人：
> "你这个～～婊子养的～～狗杂种，提了裤子你就～～念圣经～～"①

温柔的月光和暴虐的太阳是莫言作品中醒目的隐喻意象，暗示着两个对立的世界，
两股相反的力量，两种相互背离的价值观（对月亮的颂赞一直延续到他的近作《生死疲
劳》）。一段温馨诙谐的"月光曲"刚刚唱罢，残酷的命运闻声而至——由醉鬼开着的乡
长汽车"像座大山一样向他们压过来"，四叔死于轮下。

《天堂蒜薹之歌》构造了一个多声部的世界，每个人物都有自己的个性和声音：无奈
的顺民高羊劝勉四叔认命想开、说服自己自我满足的声音；四叔对待女儿和邻人的凶狠
冷漠的声音；大哥二哥贪婪而奴性的声音；高马和金菊炽烈而挺拔的声音；村干部高金
角和杨助理员官官相护、为虎作伥、恫吓百姓的声音；瞎子张扣贯串全书的不平则鸣的
声音："说俺是反革命您血口喷人／俺张扣素来是守法公民／共产党连日本鬼子都不怕／
难道还怕老百姓开口说话"；县政府广场上，损失惨重的百姓们愤怒声讨渎职官员的声
音，居高临下的小官僚无视百姓、打着官腔的声音；法庭上，青年军官为百姓的无辜与
公民的权利高声辩护的声音："一个党，一个政府如果不为人民谋利益，人民就可以推翻
它！而且必须推翻它！"审判长威胁恐吓、压制言论的声音："你……你要干什么？你是
在煽动！书记员，记下他的话，一个字都不要漏！"……

在小说的末尾，《群众日报》以标准的"新华腔"，宣告绝对权力操纵下的"法律正
义"的胜利——渎职者只受到象征性的处罚，抗争失败、家破人亡的农民却变成了"打
砸抢的少数违法分子"。

莫言曾说，《檀香刑》写的是声音。其实，上溯十多年前，他自谦为"和报告文学差
不多"的《天堂蒜薹之歌》已开始写"声音"——生民之痛与怒，化作了瞎子张扣唱词

---

① 莫言：《天堂蒜薹之歌》，第192页。

的声音。只不过从形式感上，《天堂蒜薹之歌》的声音尚是"单弦"，到了《檀香刑》，则壮阔为满堂大戏。

《天堂蒜薹之歌》发端于莫言看到的一则关于"蒜薹事件"的新闻报道，愤怒使他放下正在写作的家族小说，用三十五天写成了这部急就章。因此，"天堂"里的声音，散发着义愤之作必有的道义紧张感与现实对抗性，但是它摇曳多变的视角和人称、生机勃勃的人物与意象、残酷中的诗意、惨苦里的幽默，却造就了文学表达柔韧而必要的审美弯度，由此，它避免了作家的道义感僭越文学的本体界范，而成为"社会正义"被动单一的传声筒。

"《天堂蒜薹之歌》使我明白了，一个作者的创作，往往是身不由己的。在他向一个设定的目标前进时，常常会走到与设定的目标背道而驰的地方。这可以理解成职业性悲剧，也可以看成是宿命。当然有一些意志如铁的作家能够战胜感情的驱使，目不斜视地奔向既定目标，可惜我做不到。在艺术的道路上，我甘愿受各种诱惑，到许多暗藏杀机的斜路上探险。"[①]

人间的情怀与艺术的律令，二者之平衡是难的，但却是必须的。

三、"日月星辰，丰乳肥臀"

莫言是感官的天才，我必须向他元气淋漓、狂放不羁的想象力致敬。这是一种背离日常逻辑与僵化真理的想象力，它令心灵和感官酣醉起舞、交合繁殖，由此创生出一个个恣肆汪洋的叙事宇宙，亦由此解放那些受缚于"习惯性强制"的被动主体。此宇宙深具强烈而挑衅的肉身性——易见、易触、易嗅、易啖却又难以承受……将主体判断反讽性地形诸感官化和意象化的叙事，乃是莫言展开其个体神话、外化其想象力的重要方式。"天上有宝，日月星辰；人间有宝，丰乳肥臀。"[②] 而这种想象力的体量之巨大与感知之微敏、形象之怪诞与质感之真切，在中国当代作家中堪称独步。

充盈的视觉性（或曰易见性）乃作品质感的关键，莫言深谙此道，尤以历史题材和

---

① 莫言：《自序》，《天堂蒜薹之歌》。

② 莫言：《丰乳肥臀》，第450页，北京，中国工人出版社，2003。

乡村题材的作品为佳。《丰乳肥臀》里有一段空间描写，堪称视觉性之典范：第二十三章，司马库的还乡团和众乡亲被独立纵队十七团关在司马家的风磨房里，曙色熹微中，以上官金童徐徐移动的视点，用一千七百字，将大磨房里的情态从容描画：从司马亭开始，依次写到老鼠，司马家兵，斜眼花，独乳老金，身材似蛇的女人；由她过渡到了一条铜钱花纹的"柠檬色的大蛇"，以老鼠的反常行为烘托这蛇的凶猛可怖："老鼠们'喳喳'地数着铜钱，身体都缩小了一倍。一只老鼠，直立起来，举着两只前爪，仿佛捧着一本书的样子，挪动着后腿，猛地跳起来。是老鼠自己跳进了蛇的大张成钝角的嘴里。然后，蛇嘴闭住，半只老鼠在蛇嘴的外边，还滑稽地抖动着僵直的长尾。"①交代了空间的凶险，又继续勾勒人——司马库、二姐、巴比特、六姐，最后的目光落到最先出场的人身上："在那扇腐朽大门的背后，一个瘦人正在自寻短见。他的裤子褪到腚下，灰白的裤衩上沾满污泥。他试图把布腰带拴到门框上，但门框太高，他一耸一耸地往上蹿，蹿得软弱无力，不像样子。从那发达的后脑勺子上，我认出了他是谁。他是司马粮的大伯司马亭。终于他累了，把裤子提起，腰带束好，回过头，羞涩地对着众人笑笑，不避泥水坐下，呜呜咽咽地哭起来。"②视点落回司马亭，表明金童已将这个杂沓纷乱的空间扫视了一整圈，历历可见而又超乎现实，似乎已经碰到了读者的眼睫毛；而寥寥一百六十余字即写透自杀不成的司马亭滑稽中的凄绝，莫言开阖自如的功力可见一斑。

卡尔维诺说得好："有一段时间，个人的视觉记忆是局限于他直接经验的遗产的，是局限于反映在文化之中的形象的固定范围之内的。赋予个体神话以某种形式的机会，来源于以出人意表的、意味深长的组合形式把这种回忆的片段结合为一的方法。"③莫言作品的奇崛，即在于他能"以出人意表的、意味深长的组合形式"，将所需的存在与不曾存在的视觉形象结合为一。

除了视觉性，触觉、味觉、嗅觉、听觉连同五脏六腑神经末梢，都是莫言的感官叙事抚慰或蹂躏的场地——花的臭气，大便的芬芳，人尿引子的高粱酒，炸得金黄的婴儿宴，遥远但却轰鸣的昆虫振翅，切近但却微弱的凶狠戾骂，冷冻的尸体五脏和脂肪，一

①② 莫言：《丰乳肥臀》，第159页。

③ 卡尔维诺：《未来千年文学备忘录》，第65页，杨德友译，沈阳，辽宁教育出版社，1997。

揪就撕裂流脓的耳朵，扒皮抽筋的酷刑已是小儿科，还得看喉咙进肛门出欲死不能的檀香刑……扭曲，变形，夸张，亵渎，直至用酷刑叙述挑战神经极限，莫言感官叙事的刺激强度已超过西方虐恋经典《O的故事》。

如何理解这种逾越感官极限的酷刑叙事？是否确如一些论者所说，一切皆缘于作者的病态趣味与病态玩味？我不这么以为。如果说《红高粱家族》的扒皮之刑还是感官叙事的牛刀小试，那么一九九三年《酒国》里的"烹饪课"和婴儿宴、二〇〇一年《檀香刑》里的檀香刑，则表明莫言的酷刑书写已获得民族省思意识的坚强支撑和独特的心理学感受力。莫言是鲁迅的精神追随者，鲁迅对国民奴性与吃人文明的尖锐批判，在他的写作中得到了自觉的延续，此种延续绝非盲目因袭——今日之中国，虽然物质进步日新月异，却依然是禁锢与蒙昧杀机四伏的残酷丛林。鲁迅曾经呐喊的"救救孩子！"，曾经冷嘲的"看客心态"，一无本质改观，只是换成另外的头脸罢了。在莫言的笔下，这些批判性判断一一演变为叙事动机，推动着作家的感官化叙述，由此所构造的形象世界、所伴生的神经折磨与古怪快感，不啻为批判对象的某种形态对应物与"后果示意图"。正是基于此种理念，《酒国》才得以隐喻权力腐败与"婴儿筵席"之关系，而《檀香刑》亦得以极端地揭示专制极权与"施刑／受刑／观刑"铁三角的因果链。

莫言曾经在一次聊天中谈起过《檀香刑》的创作动机：鲁迅写过受刑者（革命者）和观刑者（看客），只没有剖析过"施刑者"。施刑者究竟是何种心态？那个割开张志新喉管的人，是一种什么心态？那个往林昭嘴巴里塞上膨胀球以防止她呼喊的人，那个把子弹射向她的身体，还向她的母亲索取子弹费的人，是一种什么心态？"假设当时让我去干这件事，并且告诉我这一切都是出于组织的信任、革命的需要，从此革命大家庭将对我永远敞开怀抱，否则我将永远被打入另册，我会不会去干？十有八九会的。每个人心里都隐藏着一个赵甲。他的残忍，是出于奴性，也是出于恐惧。他是专制社会的必然产物。"《檀香刑》里的赵甲形象，因隐喻了国民性格中的"施刑者"成分而获得了普遍的深意，他创意卓绝、技艺高超、残忍可怖的施刑过程，亦由此化身为一场让人寝食难安的另类反讽。由于"酷刑"描述使用了戏曲化的"间离"方法，呈现施刑过程的同时也为阅读者创造了审视与反思的空间。

鲁迅在翻看了诸多记录残杀酷刑的中国野史后，叹道："有些事情，真也不像人世，要令人毛骨悚然，心里受伤，永不痊愈的。残酷的事实尽有，最好莫如不闻，这才可以保全性灵，也是'是以君子远庖厨也'的意思。"① 莫言非君子，他偏偏以"令人毛骨悚然，心里受伤，永不痊愈"的残酷叙事，冒犯正人君子的"莫如不闻"和卑躬健忘，此系莫言之倔强与忠直。

感官叙事呈现出嬉戏禁忌的解放与狂欢，而银河泻地般的酣畅语言本身，也构成勇往直前的狂欢节奏，一如《酒国》里侦察员悍猛的行进："从电光照亮烈士墓碑那一刻，一股巨大的勇气突然灌注进他的身体，像病酒一样的嫉妒，像寡妇酒一样的邪恶软弱，像爱情酒一样的辗转反侧、牵肠挂肚，通通排出体外，变成酸臭的汗，腥臊的尿……他吃一口红辣椒，咬一口青葱，啃一口紫皮蒜，嚼一块老干姜，吞一瓶胡椒粉，犹如烈火烹油、鲜花锦簇，昂扬着精神，如一撮插在鸡尾酒中的公鸡毛，提着如同全兴大曲一样造型优美的'六九'式公安手枪，用葛拉帕渣（Grappa）那样的粗劣凶险的步态向前狂奔……这一系列动作像世界闻名的刀酒一样，酒体强劲有力，甘甜与酸爽共寓一味，落喉顺畅利落，宛若快刀斩乱麻。"② 语流的跌宕、语速的峻急形成大开大阖、幽默斑斓的语言效果，此种能力与趣味实为当下国内作家所罕有。

莫言解放性的想象力创造出了许多不拘形迹的主人公：《红高粱》里的血性汉子余战鳌，《红耳朵》里的自我共产型地主王大千（他用故意赌输自己全部财富的方式，在巴山镇均了贫富），《神嫖》里的疯狂奉献型败家子季范先生（他雇来全县最好的五个裁缝不停地给自己做衣服，也不够他出去分给叫花子的。他总是"光光鲜鲜出去，赤身裸体回来，寒冬腊月也不例外"。"在季范先生的时代里，高密城里穿着最漂亮的往往是叫花子。"），《野种》里的匪气连长余豆官（他夺了病号连长的兵权后，民夫连"由死气沉沉的中年人变成邪恶而有趣的男孩子"，克服重重险阻抵达终点），还有《丰乳肥臀》里的滑稽英雄汉司马库（他既勇敢又好色，既霸道又好奇，既热心肠又好显摆，既热爱生命又好汉做事好汉当）……这些显现出狂欢美学风范的主人公，源于作家对"个性和自由"的神会，以及对"强制与禁锢"的敌意。

从长篇小说《红高粱家族》、《丰乳肥臀》、《檀香刑》、《生死疲劳》等可知，莫言的

---

① 鲁迅：《且介亭杂文·病后杂谈》，《鲁迅全集》第6卷，第172页，北京，人民文学出版社，2005。

② 莫言：《酒国》，第259页，海口，南海出版公司，2000。

狂欢性想象力与时空辽阔、体量巨大的怪诞历史叙事暗相匹配。此处"历史"绝非事实性和公共性的时间概念，而是一个赋予怪诞的过去时想象以合理性和赦免权的空间。莫言的历史叙事有两个独特之点：一、由创伤记忆和对话意识支配的悖谬抗诉；二、怪诞、繁复、密集、不断膨胀和增殖的叙事空间。前者乃其精神推动力，后者乃其美学形态，两者融会为一。

怪诞叙事是一种化远为近、把相互排斥的元素组合在一起的艺术风格，它打破习惯观念，近似于逻辑学中的悖论。[①] 在西方文学传统中，以拉伯雷的《巨人传》为怪诞叙事的集大成者，后来渐渐分化：一是从浪漫主义到现代主义的怪诞，因与感伤和绝望世界观紧紧相连而向纵深独语的方向发展；二是与讽喻、对话和幽默精神密切相关的怪诞，体现为怪诞现实主义（如布尔加科夫、贡布罗维奇的作品）、魔幻现实主义（如胡安·鲁尔福、马尔克斯的作品）、黑色幽默（如约瑟夫·海勒、库特·冯尼格的作品）等，多用以揭示外部世界之荒谬。在民间故事中长大的莫言与怪诞现实主义和魔幻现实主义有天性的亲近，同时，那种绝望气息的现代主义怪诞也与他有不绝如缕的联系。

以体量最为巨大的《丰乳肥臀》为例。这是一部与悖谬说谎的正史书写进行巧妙对话、驳诘、讽喻和抗诉的鸿篇巨制，一部以诗学正义追究历史正义的智勇之作。小说设计了庞大的人物谱系——母亲和她的八个女儿、一个儿子，以及各自的情债孽缘和不肖子孙，横跨了五十多年的历史时间，由此衍生出一个繁复巨大、枝蔓横生、质感细密的结构。二十五个主要人物，每个人都有他／她神奇而合理的个性、遭际与命运，最后，所有人都被历史洪流一一毁灭——只剩下那个丧失了阳刚血性的终生恋乳癖患者、世人的弃儿上官金童，苟活于世。作品宛如一幅荒野大地的四季长卷，从暮春的繁殖勃发（抗日战争时期，上官玉女、金童出生，大姐、二姐、三姐各有情事），到短夏的茂密葱茏（解放战争时期，司马库带来了高密东北乡短暂的欢乐），再到寒秋的萧瑟肃杀（从土改、"大跃进"到"文革"，四姐、七姐、八姐都悲惨地死去，连积极进步的五姐也自杀身亡），直至严冬的寒凉死寂（物质繁荣、精神荒芜的"新时期"，上官金童已完全不懂如何成为一个有尊严的人，母亲在对金童的彻底绝望中孤独死去，金童的侄辈亦纷纷因贪奢而死而刑）。这幅从春到冬的生命图景，镌刻着作家自身与整个民族挥之不去的创伤

① 巴赫金：《拉伯雷研究》，第38页，石家庄，河北教育出版社，1998。

记忆，它的过程叙事生龙活虎，神采飞扬，它的终极意味却深沉苦痛，如临末世。

这部小说的每个人物都是漫画形象与饱满个性的统一体，此系怪诞叙事的重要特征。作家为何安排主人公们一一死去，世界唯余荒凉与颓败？为何安排上官金童终生恋乳，永远长不大？这位叙事人，与后来的《四十一炮》里成人身体、孩童心智的罗小通，《生死疲劳》里孩童身体、历经数次轮回的大头儿蓝千岁一样，都在"不成熟的童性"与"衰败的历史性"之间怪异不祥地游荡，都在小说的终局，成为一个荒凉凋败世界中的孤独诉说者。这是作家自觉的设计，还是无意识使然？无论如何，这狂欢之后的寂寥、怪诞之下的衰败，实可看作是对"遍被华林"的"悲凉之雾"神秘的"呼吸与感应"。

四、"我不是一头多愁善感的猪"

"说实话，我不是一头多愁善感的猪，我身上多的是狂欢气质，多的是抗争意识，而基本上没有那种哼哼唧唧的小资情调。"① 显然，过分的自我表白并未损害西门猪的可爱形象，相反，就像该书另一饶舌人物"莫言"自我辩护"极度夸张的语言是极度虚伪的社会的反映，而暴力的语言是社会暴行的前驱"② 一样，都有一种煞有介事的睿智诙谐。

诙谐修辞在《生死疲劳》中是如此重要，以致我愿意它优先于这部作品所有其他的要素。这部以反史诗的形式和意涵追求史诗体量的小说，把中国乡村五十年的世态历程，用民间"六道轮回"的故事模型予以架构（此书的"六道轮回"更像是对佛教"六道轮回"在字面上的无厘头戏仿：佛教所谓六道轮回，乃指天、人、阿修罗、畜生、饿鬼、地狱等六道众生，都是属迷之境界，不能脱离生死，这一世生在这一道，下一世又生在那一道，总是像车轮一样在六道里轮来转去，无法解脱，所以叫作六道轮回。《生死疲劳》的"六道轮回"，是被枪毙的地主西门闹的灵魂在人界、畜界和地狱之间六次轮回往生)，如果没有广场说书式的诙谐，整部作品恐怕会窒息于主旨的沉重。同时，诙谐亦不只具有修辞功能，它以"笑"解放了紧绷的脸庞与僵化的意志，而向着更辽阔的自由意识奔去。

---

① ② 莫言：《生死疲劳》，第246、261页，北京，作家出版社，2006。

作品中，诙谐修辞有时体现为滑稽抒情：比如西门驴见到前生妻子白杏儿时，情动于衷，想发人言而不能，"我只好用嘴去吻你，用蹄子去抚摸你，让我的眼泪滴到你的脸上，驴的泪珠，颗颗胖大，犹如最大的雨滴"。① "驴子"形象在古今中外的文本里，禀有草根式的笨拙而自嘲、褴褛而智慧的品性，多愁善感的"泪珠"发于此种生灵，且以"胖大"形之，着实令人喷饭。

诙谐还来自叙述人物行动时，正常语序中异峰突起的一两句评书骈体叙事——比如说起蓝解放喂猪路上连跌两跤："一跤前扑，状如恶狗抢屎；一跤后仰，恰似乌龟晒肚。"② "突然的可笑"间离读者视点，改变叙事节奏，其不时闪现的说书人语态，勾起久远记忆，亦赋予作品以民间广场生机勃勃的粗粝气息。

更多时候，诙谐效果起因于叙述人的理性与历史之荒谬的反差。如西门驴在讲述一九五八年"大炼钢铁运动"时，戏拟《旧约·创世记》"有晚上，有早晨，这是头一日。……有晚上，有早晨，是第六日"句式，勾勒高密东北乡大炼钢铁的"大兵团作战"场景："在那条最宽的道路上，有牛车，有马车，有人力车，都载着一种名叫铁矿石的褐色石头；有驴驮子，有骡驮子，都驮着一种名叫铁矿石的褐色石头；有老头，有老太太，有儿童，都背着一种名叫铁矿石的褐色石头。"③ 以"创世记"的庄严音调、排比复沓的齐整句式、巨细靡遗的"认真"罗列，讽喻全民投入的历史蠢行，寓荒诞意味于无声之中。

莫言还善于用信口开河不知所终的夸张语流激扬文气、冲决主干，让本来秩序井然的叙事蓦地陷入无政府状态。在第十七章，蓝解放对大头儿描述集市上游斗陈县长的浩大声势："大喇叭发出震天动地的声响，使一个年轻的农妇受惊流产，使一头猪受惊头撞土墙而昏厥，还使许多只正在草窝里产卵的母鸡惊飞起来，还使许多狗狂吠不止，累哑了喉咙。""'大叫驴'的嗓门，经过高音喇叭的放大，成了声音的灾难，一群正在高空中飞翔的大雁，像石头一样噼里啪啦地掉下来。大雁肉味清香，营养丰富，是难得的佳肴，在人民普遍营养不良的年代，天上掉下大雁，看似福从天降，实是祸事降临。集上的人疯了，拥拥挤挤，尖声嘶叫着，比一群饿疯了的狗还可怕……这场混乱，变成了混战，变成了武斗。事后统计，被踩死的人有十七名，被挤伤的不计其数。"④ 此种貌似逻辑

---

① ② ③ ④ 莫言：《生死疲劳》，第74、251、70、133页。

谨严、实则荒诞不经的胡说八道，其"现实相似性"唤醒了人的历史记忆，其夸张怪诞引发的"笑"又将人从历史的悲哀窒息中解救出来，并得以新鲜视角理性反观历史本身，大有拉伯雷描绘巨人族的风采。

到了第十八章，又出现了无赖杨七在风高雪猛的大街上叫卖劣质皮衣的场景，他巧舌如簧的推销辞占了满满一页半，完全是"信口开河"的大炫技："听一听，看一看，摸一摸，穿一穿。一听如同铜锣声，二看如同绫罗缎，三看毛色赛黑漆，穿到身上冒大汗。这样的皮袄披上身，爬冰卧雪不觉寒！……我担保您在家里坐半个时辰，您家房顶上那厚厚的雪就化了，远看您家，房顶上热气腾腾，您家院子里，雪水淌成了小河，您家房檐上那些冰凌子，噼里啪啦就掉下来了……"①杨七虽是次要人物，他如何卖皮袄也无关全书大局，但如此沉酣于卖弄嘴皮子的段落，却使狂欢与快活本身即是目的。

杨七还要继续口吐白沫，红卫兵头目蓝金龙已带着"四大金刚"闪亮登场："我哥蓝金龙在前雄赳赳，'四大金刚'两旁护卫气昂昂，后边簇拥着一群红卫兵闹嚷嚷。我哥腰间多了一件兵器，从小学校体育教师那里征来的发令枪，镀镍的枪身银光闪闪，枪身的形状像个狗鸡巴。'四大金刚'也都扎着皮带，用生产大队里那头刚刚饿死的鲁西牛皮制成……那些喽啰们，都扛着红缨枪，枪头子都用砂轮打磨得锃亮，锋利无比，扎到树里，费很大的劲才能拔出来。我哥率领队伍，快速推进。大雪洁白，红樱艳丽，形成一幅美丽图画……"②兵器象征的"神圣"意味和兵器来路的可笑不堪，统一在虚夸的语气里，滑稽立现。

零星散落的亮点不时释放着莫言的诙谐才能。第三十一章，写到一九七六年为了配合高密县"大养其猪"运动，猫腔团长常天红创作猫腔《养猪记》，他"调动了他天马行空般的想象力，让猪上场说话，让猪分成两派，一派是主张猛吃猛拉为革命长膘积肥的，一派是暗藏的阶级敌猪，以沂蒙山来的公猪刁小三为首，以那些只吃不长肉的'碰头疯'们为帮凶。猪场里，不但人跟人展开斗争，猪跟猪也展开斗争，而猪跟猪的斗争是这出戏的主要矛盾，人成了猪的配角"③。常天红还为剧中主角猪小白编写了唱词："今夜星光灿烂，南风吹杏花香心潮澎湃难以安眠，小白我扶枝站遥望青天，似看到五洲四海红旗招展鲜花烂漫，毛主席号召全中国养猪事业大发展，一头猪就是一枚射向帝修反的炮弹我小白身为公猪重任在肩一定要养精蓄锐听从召唤把天下的母猪全配完……"④

①②③④ 莫言：《生死疲劳》，第153、155、305—306、307页。

"人的逻辑"讽刺性地置换为"猪的逻辑",不笑都难。正如弗莱所说:"讽刺具有两种不可或缺的东西:一是机智或幽默,其基础是离奇的幻想,或对古怪荒唐的现象的感受;另一是具有攻击的对象。缺乏幽默地攻击,或单纯进行指斥,构成讽刺的一条界线……要对某件事进行攻击,作家与广大读者必须对其可理解性达成共识,即是说,大量讽刺作品的内容是建立在一个民族的爱憎,对势利、偏见的不满上的,而个人的怄气是经不起时间考验的。"因此,"讽刺家通常都遵循一种很高的道德准则"。①

《生死疲劳》的一大幽默源泉,还在"莫言"身上:这个与作者同名的人物讨人嫌,爱显摆,多嘴多舌,奸懒馋滑,生性好奇,想入非非。顽童之时,就伙同一帮小屁孩骑着树杈、眯着眼睛、举着喇叭对蓝脸家打攻心战,编顺口溜,即便被蓝解放的弹弓"击落"在地,还要额头鼓着血包坚忍不拔地回到树上,继续喊话:"蓝解放,小顽固,跟着你爹走斜路。胆敢行凶把我打,把你抓进公安局!"待他长成青年,到养猪场喂猪,又以热爱科学、独立思考的精神,想要通过延长食物在"碰头疯"肠胃里的停留时间,治好它们光吃饭不长肉的毛病:他先是要在猪的肛门上装一个阀门,后来则将草木灰搅拌在食物里,吃灰无效,又尝试着往饲料里添加水泥,"这一招虽然管用,但险些要了'碰头疯'们的性命。它们肚子痛得遍地打滚,最后拉出了一些像石头一样的粪便才算死里逃生"。②在西门猪眼里,"莫言从来就不是一个好农民,他身在农村,却思念城市;他出身卑贱,却渴望富贵;他相貌丑陋,却追求美女;他一知半解,却冒充博士。这样的人竟混成了作家,据说在北京城里天天吃饺子……"③光阴似箭,日月如梭,随着莫言境况渐好,他又进城向县城书店女售货员卖弄自己的语言才能,"他喜欢把成语说残,借以产生幽默效果,'两小无猜'他说成'两小无——','一见钟情'他说成'一见钟——','狗仗人势'他说成'狗仗人——'"④"莫言"的"生性好奇,想入非非",是莫言新近作品才出现的人物气质,似乎,一个正待成长的开放而天真的肯定性空间,将要冲破他否定性的精神底色,而在今后的写作中徐徐展开。

在这部作品中,"莫言"是作者和读者打闹开心的中介,每到故事沉重沉默处,莫言就被揪着耳朵来给看官解闷,调节气氛,控制节奏,他偶尔也溢出本文空间,和作者莫

---

① 〔加拿大〕诺思罗普·弗莱:《批评的解剖》,第326页,天津,百花文艺出版社,2006。
②③④ 莫言:《生死疲劳》,第303、302、404页。

言的现实际遇谐谑地对话，以达成趣味性的"个人讽喻"。直到小说的最后一部，"莫言"才终于真正地不可或缺，担当起叙事人的角色。"莫言"进入文本的游戏，早在《酒国》中就已玩过，有另一番趣味幽默。这种写法，给过于坚实的结构打开一条轻松的缝隙，使游戏本身成为目的，着实可喜。

《生死疲劳》本是一部沉重的作品，叙述一群乡人五十年间的欲望浮沉——他们先是在绝对权力下的"革命"政治时期各显其态，后在绝对权力下的"利益"政治时期各自终结，最后只剩下衰老疲惫的蓝解放和西门闹转世的大头儿蓝千岁，在西门屯孤零零地讲述各自的沧桑往事。这部作品的主题有一个二重奏结构——在宏大方面，讲述了黑暗政治对人之生存与心灵的摧残；在微观方面，则诉说了贪欲对每个"人"的无情吞噬。如此黑暗的批判性主题，因借用了西门闹转世投生的"畜生"视角，而有了诙谐、幽默、讽刺的外貌。"重"在智力的作用下转化为"轻"。

诙谐，幽默，讽刺，三者疆域不同，但有巨大交叉，即，都产生笑。根据柏格森的分析，人只有在毫不动情地冷静观照事物时，才会发笑；而人在极其细腻动情的投入状态中，是不会笑的。①此外，人在恐惧、仇恨、激愤的剑拔弩张中，也不会笑并讨厌笑，这时的人会在敌人的谬误中确认自身的真理，并将此"真理"与"谬误"一同绝对化，却未意识到，在无限的"最高存在"面前，世间一切谬误与真理的相对性与未完成性。笑，是理性的产物，是解放性的自由力量，是超然于自我和世界之外的智慧之果，它产生于"对扭曲的洞察力"（尼采语），它祛除恐惧对象的恐怖威力，而使之沦为毫不可怕的"滑稽怪物"（巴赫金语）。无论中国社会还是中国文学，长久以来都缺少这种智慧而无畏的笑容——鲁迅这样笑过，只是悲愤的拥趸未能看懂；王小波这样笑过，可惜稚嫩的后生还只学了皮毛。中国文学里多巧笑，媚笑，谄笑，苦笑，冷笑，油滑的笑，皮笑肉不笑……在这些难看的笑脸中，莫言带着诞生于民间深处的厚道诙谐，在一个沉闷窒息而又虚假狂欢的世界里，发出了他朴质无畏的笑声。

巴赫金曾指出"中世纪诙谐"的三个特征：包罗万象性；与自由不可分割的重要联系；与非官方真理的重要联系。②《生死疲劳》的诙谐分享了此种品性——它对中国当代

---

① 〔法〕柏格森：《笑》，第3页，徐继增译，北京，北京十月文艺出版社，2005。
② 巴赫金：《拉伯雷研究》，第103页，石家庄，河北教育出版社，1998。

生活林林总总的触探，它的从"底部"打量和评述世界的目光，它对政治荒谬与灵魂腐败所做的毫不妥协的对抗与冒犯，表现出作家强烈的自由意志和对"非官方真理"的自觉意识。虽然这诙谐尚未抵达自由精神的形上核心，但却开启了通往它的可能之门。

五、"那一亩六分、犹如黄金铸成的土地"

莫言的力量源于一种怪诞的对抗性。这种对抗性或隐含在无所羁束、不可摧折的自由叙事态度中，或寄托在一些倔犟不屈、放诞自主的主人公身上，《生死疲劳》里的蓝脸即是典型。

蓝脸的脸皮肤色是蓝的——"蓝"这种冷淡理性的颜色，与那个时代沸腾癫狂的"红"恰成对立——从蓝脸的形貌上，即被赋予了奇异的象征色彩。

显然，"全中国唯一坚持到底的单干户"蓝脸，是独立的个性人格与政治态度的化身，在本书庞杂的人物谱系中，惜乎他因自身的"正确性"而少有妙趣横生的表现——沉默，自尊，坚实，一直捍卫信仰般捍卫着"单干"的权利。但蓝脸单干的精神动机，却是全书的意志之核，作者一点点逐层剥开这个核：

> 初时，蓝脸面对要求入社的集体压力，倔驴似的进行着自由主义式的合法抗争："……毛泽东的命令是'入社自愿，退社自由'……我要用我的行动，检验一下毛泽东说话算数不算数。"[1]

光阴流转，一起单干的儿子蓝解放因无法忍受孤立的境地，哭喊着问他："你一人单干下去，到底有什么意义？"蓝脸的回答已颇具朴素自由主义者的权利自觉："是没有什么意义了，我就是想图个清静，想自己做自己的主，不愿意被别人管着。"[2]这位单干户的生命意志是如此之韧，竟然叫嚣："想要我自己死，那是痴心妄想！我要好好活着，给全中国留下这个黑点！"[3]

在铁板一块的时代，蓝脸的单干最后已成为"个性主义"的行为艺术，只是这艺术

---

[1] [2] [3] 莫言：《生死疲劳》，第101、171、174页。

要以身家性命为道具："我就是喜欢一个人单干。天下乌鸦都是黑的，为什么不能有只白的？我就是一只白乌鸦！"这个与人民公社潮流顽抗到底的人，连生活节奏都坚持与潮流相反，只在月色下劳作："他把瓶中的酒对着月亮挥洒着，以我很少见到的激昂态度、悲壮而苍凉地喊叫着：'月亮，十几年来，都是你陪着我干活，你是老天爷送给我的灯笼。你照着我耕田锄地，照着我播种间苗，照着我收割脱粒……你不言不语，不怒不怨，我欠着你一大些感情。今夜，就让我祭你一壶酒，表表我的心，月亮，你辛苦了！'""在万众歌颂太阳的年代里，竟然有人与月亮建立了如此深厚的感情。"[①]在莫言作品中，"太阳"象征刚性、强制、灭杀个性的合法化世界，"月亮"则象征着母性、温柔、宽容异端的边缘世界，"月光与蓝"是《生死疲劳》的一个隐性主题。

到本书的最后，蓝脸和西门狗，以及西门—蓝氏家族和与这个家族亲近的所有死者，都葬在蓝脸一生独自耕耘的"那一亩六分、犹如黄金铸成的土地"[②]上。是什么珍贵的事物，使那土地"犹如黄金"？是何种决然的愿望，使那里成为共同的归宿？至此，蓝脸这个现当代中国小说里前所未见的形象，得以勾画完成。他是一个以永不屈服地捍卫私产权来反对被设置的生活、捍卫"自我"之根基的倔强农民，他强韧的行动力与意志力，他的"独立本身即是目的"的尊严意识和个体自觉，彰显了中国文学从未赋予此一阶层的一种新型道德。

回望中国农民的文学形象史，可以看到"蒙昧者"形象（如鲁迅的作品），"被侮辱与被损害的"形象（如鲁迅、萧红的作品），"革命者"与"落后者"形象（如丁玲、赵树理、周立波的作品），"小农意识"形象（如高晓声作品），"改革者"形象（如贾平凹早期作品），"衰败者"形象（如贾平凹九十年代以后作品）……这种形象的被动性与非个体性，乃是时代精神及其内在焦虑的对应物。莫言反其道而行之：他不图解"自由乃不可能"的时代焦虑，他偏让笔下人物一步步穿越遍地荆榛，在"不可能自由"的现实境遇中，创造和实践"自由之可能"。蓝脸形象，与王小波的《一只特立独行的猪》形成了精神的呼应——"我已经四十岁了，除了这只猪，还没见过谁敢于如此无视对生活的设置。相反，我倒见过很多想要设置别人生活的人，还有对被设置的生活安之若素的人。因为这个缘故，我一直怀念这只特立独行的猪。"[③]同样反对"被设置的生活"的蓝

---

① ② 莫言：《生死疲劳》，第287、512页。

③ 王小波：《一只特立独行的猪》，《王小波文集》第4卷，第160页。

脸，可说是这只"特立独行的猪"投生为人的日常生活版。这是莫言以决绝之手抒写的意志之歌。

此种决绝，来自莫言对历史荒谬的清醒判断与对抗。但是，"对抗"并未钙化作家心中温暖轻柔的爱意，亦未片面升华为咬钉嚼铁的"仇恨政治学"，而是让"爱"与"和解"成为意义的最后栖息地。在第五十三章，亲者与仇者纷纷死去，蓝解放和庞春苗则有情人终成眷属："我们搂抱在一起，像两条交尾的鱼在月光水里翻滚，我们流着感恩的泪水做着，身体漂浮起来，从窗户漂出去，漂到与月亮齐平的高度，身下是万家灯火和紫色的大地。"礼赞爱情的语言，全无一丝嘲讽。而当西门闹的"狗道轮回"结束，要求阎王把他投生为人时，阎王说了番意味深长的话，恐不只对上下文有意义："这个世界上，怀有仇恨的人太多太多了……我们不愿意让怀有仇恨的灵魂，再转生为人，但总有那些怀有仇恨的灵魂漏网。"① 由此，小说试图由社会—历史性的问诘投入，朦胧走向宗教性的精神超越。

前文说过，《生死疲劳》是一部以反史诗的形式和意涵追求史诗体量的小说——时间跨度五十年，空间贯通阴阳界，故事线索纵横交叉，人物关系繁复庞杂，它对历史现实的独特叙述，对人与土地之关系的深沉观照，极富史诗的奇思与想象。但由此我也感到些微遗憾："史"字伤害了这部小说。从建国到二〇〇五年的历史脉络，国人心中都有一套公共的剧情——土改、合作化、人民公社、"大跃进"、"文革"、改革开放到如今；在批判性知识分子的观念里，也有对此剧情的共同价值判断，它们构成民间历史叙述的观念核心。《生死疲劳》的叙事安排和价值判断与这一观念核心靠得太近，以致人物行为和故事进程不时给人过于"必然"之感，文学想象的自由、意外与惊奇因此而受损。同为他的史诗性作品，《丰乳肥臀》却无此问题。台湾小说家张大春曾言：小说是另类知识。意即小说乃一摆脱了公共言说的重力而向精神外太空飞去的轻逸之物。《丰乳肥臀》虽然也按公共历史时间安排叙事，但它是心灵和感官的作品，人物和故事因此拥有足够的原始力量，与核心观念的吸附力相抗。显然，《生死疲劳》是一部由"头脑"写就的小说，它对历史现实的审视思考更为明晰自觉，更具公共性，然而恰恰是它的明晰自觉与公共性，伤害了小说应有的混沌和复调形态。艺术从困惑、悖论、各自有理、互不相让的精

---

① 莫言：《生死疲劳》，第512页。

神疑难中获得生机，而固化的结论和立场，哪怕它们再正经正确正义，都有使艺术陷入单面与贫乏的危险。

那么，小说应当与历史现实和思想观念无关吗？小说家不应有自己的思想和价值判断吗？我以为否。也许，作家须得在拥有思想并忘记思想之后，再去写作。他／她不必亦步亦趋地追随历史和思想的脚步，但他／她必得深味人类前世今生的"存在感"。虚构唯有建基于这精微浩瀚的"存在感"之上，才能达致自由而热诚的境地；小说写作，亦才能最终成为一种游戏而严肃的形上生活。

不得不承认，评说莫言是难的。这位创造力卓著的作家，以汪洋之作表达着他对无限世界的尖锐意识，对复杂形式的本能狂热，对现实悖谬的冷峻洞察，对民间袤野的忠直之爱。莫言的小说世界，乃是自由意志所垦殖的不驯的疆土。这片疆土遍布着荒谬与不幸、大笑和哭泣，亦遍布着无数可能，无数岔路。"在全部可能汇聚而成的十字路口，荒谬和不幸在它们本身之外指出了另一种法则，并使我们产生赋予它生命力的、难以抑制的要求。"[1] 而这，也许是直面荒谬的写作所能提供的最后、最美的救赎。

---

① 〔法〕罗杰·加洛蒂：《论卡夫卡》，《论无边的现实主义》，第174页，吴岳添译，天津，百花文艺出版社，1998。

寻找一种叙述方式

——论莫言长篇小说对传统叙述方式的创造性吸纳

郭冰茹

莫言作为一个自觉的文体革新者，其小说一直以形式的先锋性引人关注。在与王尧的对话中，莫言多次提到人物视角、小说结构、作家的文体意识对文本的价值和意义。考察莫言的长篇小说写作，不难发现他本人始终将长篇小说的文体创新作为推进自己写作的着力点。《红高粱家族》中"我爷爷"、"我奶奶"叙事视角，《酒国》中多种文体的拼贴和语言试验、《丰乳肥臀》第七卷的结构创意、《檀香刑》中插入的猫腔、《四十一炮》中同时叙述的三个不同的故事、《生死疲劳》中的六世轮回以及不断变换的叙事视角……他的每一部长篇小说，几乎都在叙述方式上有所突破，给人耳目一新的感觉。

从《透明的红萝卜》开始，莫言小说始终成为叙事分析的典范文本。无疑，莫言小说借用了许多西方现代小说的叙事技巧，这是当年许多被称为先锋小说家的普遍特征。一九八〇年代中期以降，西方的小说文本和西方的叙事学理论从写作与批评两个路径进入当代文学界。虽然借用西方叙事学理论对莫言小说的形式进行分析是非常有效的研究方法，但是，莫言在九十年代后期创作的长篇小说越来越显示出其对传统小说叙述方式的借鉴和创造性转化，这一不争的事实，呈现了一批成熟的小说家重新回应西方现代性的路向：在中国的叙事传统中寻找再生的资源。《檀香刑》是莫言长篇小说吸纳传统叙述方式的一个表征。

批评界已经注意到莫言的这些变化，但在具体的论述中尚未足够重视《檀香刑》等长篇小说文本在叙事结构上与中国传统叙述方式的联系。这一现象，一方面与中国传统的文学批评注重思想内容的功利性作用，注重故事的情节曲折和完整而忽视对具体可视的创作技巧的归纳总结有关；另一方面也与传统文学更多地作为一种趣味、一种修养、一种精神，而不是具体的表现方式，作用于作家的文学活动有关。因此，从莫言晚近的长篇结构中探悉作家对传统小说叙述方式的创造性吸纳，仍然是一个有意思的话题。

—

中国古代小说无论从内容还是从形式上都对史传多有借鉴。

小说对史传的师承关系从古人对小说的评点中可见一斑，金圣叹评《水浒》、毛宗岗说《三国演义》、张竹坡点《金瓶梅》时的赞誉之词均以《史记》来比附。故事旧闻为小说创作提供了可资详尽发挥的素材，那些被史书一笔带过的，那些不被史书记载却流传于民间的，或者那些并不广为人知却深深印刻在一个家族、一个人记忆里的人物事件都成为小说铺排扩展的对象。《金瓶梅》如此，《红楼梦》如此，晚清新小说急于扶正小说地位，急于借小说确立新的历史观、社会观则更是如此。在形式上，历史散文的实录笔法一直是小说家写人叙事的金科玉律。而且，自司马迁创立了纪传体的编史方式后，那种以人物塑造为中心，通过语言、行为、心理活动刻画人物性格，通过不同的历史事件多层面展示人物个性的表现手法也为小说创作提供了切实可行的模仿对象。小说虽然不以刻画人物为目的，但其舍弃在历史上有着重大影响的政治人物，选择以小人物来记述历史事件的表述方式，不仅补了正史之阙，也表达了作者或许有悖于正史的历史观。陈平原总结"史传"对中国小说的影响在于补正史之阙的叙事目的，实录的春秋笔法，以及以小人物写大时代的方法。①

莫言的长篇小说也许无意于为正史补阙，但其实录的史传笔法以及借小人物写大时代的表现方式却接续了传统小说的叙述方式。高密东北乡的历史是莫言长篇小说中反复表达的内容。德国修建胶济铁路、抗日战争、解放战争、土地改革、合作化运动、"文革"、改革开放……历史的车轮碾过这片高粱地，便会在土地上留下弯弯曲曲深深浅浅的辙印，这些辙印被浓缩、被挑选、被放大，连缀成莫言文本世界中高密东北乡的地方

---

① 相关论述见陈平原《中国小说叙事模式的转变》，北京，北京大学出版社，2003。

志。莫言秉承史传的实录笔法，并且强调自己书写的历史是"一种真正的历史，是比教科书上更加真实的，更加让人痛苦的历史"。①当然，所谓实录并非要求小说的叙述拘泥于真人真事，曾经发生的事件是永远都不可能被还原的过去，因而，从某种程度上说，实录追求的是一种个人经验的真实，一种民间口传记忆的真实，是在有史实依据的基础上，通过作家的想象将其整合成符合个人经验的人物事件。于是，古老的猫腔戏里抗德的英雄好汉，抗战时期由土匪组成的不断变换政治立场的游击队，抓阄产生的维持会长，并非杀人不眨眼的还乡团，建国后坚决不入社的单干户，被贫农团打死的常做善事的地主，胶河农场有学问的受人尊敬的右派，甚至瑞典传教士，美国飞行员，乡邻王文义、大老刘这样具体的人物纷纷走出莫言的童年记忆和故乡经验进入了他的文本世界，变成了孙丙、沙月亮、司马库、马洛亚牧师、西门闹、蓝脸等众多鲜活的人物。这些人物经历的大起大落、悲欢离合是传奇故事，也是作家内心深处最真实的历史。

莫言对高密东北乡历史的叙述是由小人物来完成的，《檀香刑》中活跃在一九〇〇年前后高密东北乡民间抗德历史中的是知县、狗肉西施、猫腔艺人、乞丐们、刑部告老的刽子手。《丰乳肥臀》的时间跨度近百年，经历了辛亥革命、抗日战争、解放战争、"文革"和改革开放这些重大历史事件的是饱经沧桑受尽磨难的母亲上官鲁氏，她的八个女儿和有着恋乳癖的懦弱儿子上官金童。《生死疲劳》的故事从一九五〇年一月一日开始，半个世纪的共和国史浓缩在土改中被贫农打死的善人地主西门闹和他的六世轮回中，并以此串连起与他同辈的坚持到底的单干户蓝脸、以前的民兵队长后来的生产队长黄瞳及其子嗣。以小人物的生活和命运来展现历史，是自觉地与主流意识形态叙述立场保持距离的有效手段，这样既可以避免文学的功利性目的所造成的视角褊狭，多层面地展现历史事件，也有益于体现作家"作为老百姓写作"的"民间"立场，有益于表达作家本人的历史观。

史传的实录笔法体现了作家重新书写历史的严肃态度和历史观，然而莫言长篇小说中强烈的抒情性和奔驰的想象力则更多地得益于传统小说中的骚赋气韵。中国古典小说中最突出的特点便是引诗词入叙事借以抒情言志，那俯拾皆是的"有诗为证"不仅增强了小说的抒情性，也提升了小说的审美趣味。莫言小说也正是以抒情性和想象力所带出

---

① 《莫言王尧对话录》，第178页，苏州，苏州大学出版社，2003。

的主观情绪赋予了历史叙述激情壮阔的审美力度。

《檀香刑》在形式上便直接引戏文入小说。凤头和豹尾两部的每一章都由猫腔《檀香刑》引出故事，而猪肚部分则在行文中插入猫腔唱词，一方面让孙丙借唱词抒情，另一方面借猫腔里唱到的岳飞抗金的故事来与孙丙抗德相呼应。从表面上看，《檀香刑》引戏文入小说与古典小说"有诗为证"如出一辙，但其根本性的差异在于古典小说之"有诗为证"是为了提升小说的文体地位，而《檀香刑》则着力于向"民间形式"靠拢。此外，《檀香刑》的叙述语言本身也合辙押韵，追求作家所说的"声音"效果，只是偶尔出现的，为了追求韵脚而使用的一些不大符合人物身份或者当时语境的现代词汇使文本语言有削足适履之嫌。

骚赋所赋予文学的想象力铺排出莫言文本中的奇异世界。《丰乳肥臀》中"东方鸟类中心"和"独角兽乳罩大世界"、《四十一炮》中肉食节大游行、《檀香刑》中的官虎吏狼美女蛇以及《生死疲劳》中西门闹的六世轮回都是借助想象实现对现实世界的描摹。想象力所建构的奇异世界指向的是现实和历史的荒诞。"东方鸟类中心"为获得贷款而训练出跳迎宾舞的野鸡，双语报幕的八哥，金丝雀小乐队和会唱《妇女解放歌》的鹩哥；"独角兽乳罩大世界"为配合招商引资而设计展开的全方位的宣传攻势；肉食节游行队伍中匪夷所思的骆驼仪仗队、鸵鸟舞蹈队、真兽假兽团体操表演以及随后发生的中毒事件，专门为生肉注水的洗肉车间以及为保障洗肉车间正常运转所作的公关指向的都是现代都市商品社会的荒诞；赵小甲做梦都想得到一根能看清人的本相的虎须，看到生活在自己身边的人却原来都是些衣冠禽兽，《檀香刑》发展了《聊斋志异·梦狼》中官虎吏狼的比喻，指向的是具体语境中人际关系的荒诞；西门闹转世为驴、为牛、为猪、为狗、为猴，透过牲畜的眼光看人世，牲畜流露出的忠诚、勤奋、刻苦、体谅指向的是人世的荒诞。这些荒诞感的表达体现的仍然是作家的历史良知和"作为老百姓写作"的民间立场。

二

虽然都是从文体入手，相对于史传实录笔法，骚赋抒情气韵更多地体现为一种文学精神的植入，传奇轶事穿插和时空重新拼贴则更倾向于具体的叙事结构的安排。

在中国小说的发展史上，传奇轶事是小说内容重要的组成部分。唐传奇便是以史家笔法来传奇闻轶事，宋代的小说话本亦有灵怪和奇传题材，明代著名的文言小说《剪灯新话》中辑录的小说也"大都写元末天下大乱时一些故事，具有幽冥怪奇的色彩，其中不少作品以荒诞的形式，记录了乱世士人的心态"，[①]而《聊斋志异》更是借狐鬼精魅写人生苦乐，是言志抒情的集大成者。晚清新小说中搜奇志怪的内容减少了，但在小说中辑录轶闻却非常普遍，著名的"谴责小说"《官场现形记》、《二十年目睹之怪现状》、《老残游记》、《孽海花》皆在小说中穿插大量的轶事旧闻，显然，这些轶事旧闻的穿插可以增强小说的可读性，也能满足作者所谓补正史之阙的叙述目的。

莫言小说中也插入了大量的传奇轶事，这些传奇轶事以不同形式出现，《丰乳肥臀》和《四十一炮》是纯粹的轶闻片断，《檀香刑》则演变为独立完整的小故事，《生死疲劳》又借用人物"莫言"的文学文本来表现。无论变换为何种形式，这些彼此之间相对独立，没有时间或逻辑上关联的片断和故事都与正在被叙述的内容构成时间或空间上的对应，而且即使内容上的传奇性削弱，它们所承担的叙事功能却是相同的。

如果传奇轶事仅仅作为点缀而被纳入长篇小说，其直接作用是扩充了小说的叙事容量。《丰乳肥臀》中穿插了鸟仙的故事、逃难途中女鬼的故事、"雪集"上张天赐引死人回家的故事以及沙枣花的轶闻、鸟儿韩的野人生活等等，这些传奇轶事并不改变情节的演进过程，只是扩展了小说内容，增强了故事的传奇性并且调整了叙述的节奏。

然而，当这些传奇轶事作为动态性的片断甚至完整的故事插入长篇小说，并与主体叙述构成某种对应关系时，其作用就不只是填充内容而在于改变长篇小说的叙述结构。在《四十一炮》中，兰大和尚／兰家三少爷的故事就完全由独立的轶闻片断构成，比如婚礼、练功、给干爹祝寿、去尼姑庵探望出家的妻子等等，它们被穿插在肉食节大游行以及罗小通向大和尚诉说自己故事的过程中；《檀香刑》的猪肚部基本是依照时间顺序补充叙述凤头部没有铺展开的情节，比如交代眉娘和知县如何相遇，孙丙为何抗德，知县如何在为官还是为民之间挣扎，孙丙如何被擒等，但在其中又插入了赵甲刑钱雄飞、刑刘光第和钱雄飞投身革命的三段故事；《生死疲劳》则是以人物莫言的文学作品《杏花烂

---

① 袁行霈主编：《中国文学史》第4卷，第195页，北京，高等教育出版社，2004。

漫》、《撑杆跳月》、《养猪记》、《后革命战士》等来转换叙事视角，详细而夸张地描摹与之相对应的情节。显然，这些故事或者文本片段的穿插打断了所述事件的情节链，将情节发展的线性轨迹转变为点与线的连缀。或者借用斯科尔斯和凯洛格的概念，这些片段的穿插使莫言小说呈现出一种节外生枝的"树型结构"①，主干叙述直线向上，轶闻片断在不干扰主干叙述的同时生出枝节，枝节的错落分布增大了叙事容量，也使"树型"呈现出不同的态势。

对长篇小说的结构布局造成更重大影响的是对时空的重新拼贴。古典章回体小说中常用"花开两朵，各表一枝"作为叙述完一件事情后紧接着叙述同一时间里发生的另一件事情的过渡语，这实际上是在同一叙述时间中拼贴不同的叙述空间。章回体小说基本上是单纯的空间拼贴，莫言小说则将这种表现方式创造性地拓展为时间和空间的双重拼贴。

《丰乳肥臀》基本是按照时间顺序叙述故事，偶尔也会使用单纯的空间拼贴来推进情节。例如母亲到教堂请马洛亚牧师为金童和玉女施洗，与此同时沙月亮和司马库在庆功宴上达成协议；爆炸大队唐姑娘给沙枣花喂奶换新衣，与此同时沙月亮怒斥爆炸大队将女儿作为人质扣押等……这些剔除任何过渡语的空间拼贴使小说获得了蒙太奇的视觉效果。《生死疲劳》则与《丰乳肥臀》相对，偶尔使用单纯的时间拼贴来推进情节。例如在西门闹的前五世叙述中会出现第六世大头婴儿蓝千岁与蓝解放的对话。《四十一炮》则大量地使用了时间和空间双重拼贴，使肉食节的故事和兰老大的故事穿插在一起。例如第十四炮将肉食节的车队与兰老大沈瑶瑶的相遇片断拼贴，第二十八炮将肉食节的烤肉场面与兰老大的肉孩子吃肉拼贴，第二十九炮将肉食节上的歌声与兰老大和歌星斯混的片断拼贴等等。当这样的拼贴作用于局部的情节设置或者细节铺排时，它满足了小说创作的某种美学追求：或者增强了故事的曲折和复杂性，或者令小说实现了电影的蒙太奇效果，或者迎合了注重叙述技巧的读者的阅读期待……

不仅如此，莫言小说还将这种时空拼贴放大为长篇小说的整体结构。借助托多洛夫对叙事时间的分析，有助于更清晰地呈现这些长篇的整体结构。托多洛夫将叙事时间分为三种组合方式：连贯、插入和交替，连贯是指并列各个不同的故事，第一个刚结束第

---

① 相关论述见华莱士·马丁《当代叙事学》，伍晓明译，北京，北京大学出版社，1990。

二个即开始；插入是指把一个故事插入另一个故事中去；交替则指同时叙述着两个故事，一会儿中断一个故事，一会儿中断另一个故事，然后在下一次中断时再继续前一个故事。① 这三种时间组合方式分别从莫言晚近的长篇小说结构中体现出来。《生死疲劳》是连贯性结构，在整体布局上最贴近中国古典小说，一个有头有尾的故事形成一个封闭的故事链，结尾与开头相呼应，切合轮回的主题。《丰乳肥臀》同样也是连贯性结构，只不过是逆序的连贯性结构。第一章从上官金童的出生开始讲述，叙述了母亲、金童和八个姐姐近半个世纪经受的磨难，到了第七章又重新从母亲的出生讲起，一个受传统性别规范调教的女人，生了九个孩子却分别来自七个不同的父亲，这一逆序性的结构将母亲承受的苦难推向极致，成为对母亲、故乡、土地这一主题最有效的提炼和升华。《檀香刑》是插入型结构，凤头豹尾部是不断变换的第三人称限知视角依时序分别讲述行刑孙丙的故事，插入的猪肚部则以全知视角进行相关细节的补充。限知视角有利于多层面地展现同一事件，而全知视角又在很大程度上弥补了限知视角的缺漏。这种视角相互补充的插入型结构在全方位地展现历史事件的同时也在形式上更好地实现了史传的"实录"精神。《四十一炮》是交替型结构，同时叙述的三个故事交替进行。肉孩子罗小通的故事，马通神兰老大的故事和肉食节大游行的故事相互穿插，在排版时更使用两种不同字体将这些故事并置，清晰地体现了这一结构特色。这部长篇在整体结构上鲜明的形式特点最终还是为了有效地服务于作家自己"诉说"的目的和"诉说"的主题。②

三

莫言说，结构也是一种政治。西方的叙事学理论在创造了巨细无遗的故事描述或故事图表后仍然指出，"在任何一种以抽象的术语序列代替故事的具体活动的方法中，所缺少的都是一种解释：诸活动如何相互连结以创造出一个情节，以及形式模式如何联系于故事的内容"。③ 也就是说，叙事技巧本身并不是创作的目的，而是创作力图达到某种效

---

① 托多洛夫：《叙事作为话语》，见张寅德编选《叙述学研究》，北京，中国社会科学出版社，1989。

② 莫言：《诉说就是一切——后记》，《四十一炮》，沈阳，春风文艺出版社，2003。

③ 华莱士·马丁：《当代叙事学》，第111页。

果的手段，而"所缺少的解释"实际上都与价值和意义密不可分。

在莫言对高密东北乡的历史书写中，我们看到了许多被中国革命史、当代史忽略甚至回避的场面。经典的革命叙述中立场坚定信仰纯粹的抗日队伍，恶贯满盈罪有应得的地主和地主武装，最终被党的干部所感化而入社的朴实农民等都纷纷呈现出另一副模样。莫言的历史叙述在呈现历史自身的多面性和复杂性的同时，也对既定的历史书写构成了颠覆。这种颠覆性的书写效果往往借助不同的叙述方式来完成。史传传统中的实录笔法和小人物视角的选择，使叙述自觉地疏离于主流意识形态的叙事立场和叙事眼光；骚赋传统里铺排的想象力使叙述中的历史片断、现实生活、人际关系都呈现出严肃的荒诞感；轶闻穿插所形成的"节外生枝"常与相对应的情节构成叙事张力，产生出一种相互依附又相互抵触的阅读效果；时空拼贴所建构的长篇小说的整体结构则是从宏观的谋篇布局的角度实现对历史多层面多角度的展示。这些无不是从形式上颠覆了通过全知全能的叙事人，主流意识形态叙事立场和叙事眼光，为什么革命、怎样革命和革命胜利的三段式情节设置、高大全式的英雄形象的塑造等叙事成规所确立起来的历史叙述。

形式即内容，这似乎已经成为一个被普遍接受的批评观念。莫言选择这种叙述方式来书写历史与作家秉承的历史观紧密相连。莫言着力在文本中表达"历史真实"，这是一些被主流的历史叙述遮蔽却与作家的个人经历和个体经验相契合的人和事，是以一种民间的观念来评述的历史。或者说是正史之外的历史。在这一历史观的关照下，作家更关注大历史中平民百姓的日常生活，在对一个普通的小人物如何面对生命和死亡、革命和正义、情感和欲望的书写中完成对"历史真实"的表达。而与此相关的是作家"作为老百姓写作"的民间立场和关注农民、关注下层，充满正义感的现实关怀。"作为老百姓写作"的立场提醒作家时刻与作为历史代言人的主流意识形态立场和知识分子启蒙立场自觉地保持距离，拒绝书写被特定意识形态强制过滤的观念经验，使作家将创作的血脉深深地根植于生养他的土地，从而展现出这片土地最原初最本真的一面。充满正义感的现实关怀使作家在重新审视历史的时候，不再让抽象的"人民群众"成为沉默的大多数，而是让他们发出不同的声音，在所谓众生喧哗的"复调"叙述中呈现历史的多面性。

莫言是个自觉的文体革新者，他说："我不愿意四平八稳地讲一个故事，当然也不愿意搞一些过分前卫的、让人摸不着头脑的东西。我希望能够找到巧妙的、精致的、自然的结构。"① 晚近的几部长篇在结构和叙事方式上不断地向传统回归似乎表明这种"巧妙的、精致的、自然的结构"与传统小说叙述方式的内在联系。的确，就目前的创作状况来看，对传统叙述方式的创造性吸纳使莫言小说获得了文体革新的动力，也为他的叙述找到了一种个性化的表达方式。

---

① 《莫言王尧对话录》，第153页，苏州，苏州大学出版社，2003。

当死亡比活着更困难

——《檀香刑》中的人性分析

谢有顺

1. 刽子手哲学

《檀香刑》主要写了一个著名而阴郁的人物——赵甲，他是赵小甲的亲爹，眉娘的公爹，孙丙的亲家，也是袁世凯的座上宾，曾受过慈禧太后和皇帝的嘉奖，更重要的，"他是京城刑部大堂里的首席刽子手，是大清朝的第一快刀，砍人头的高手，是精通历代酷刑，并且有所发明、有所创造的专家。他在刑部当差四十年，砍下的人头，用他自己的话说，比高密县一年出产的西瓜还要多"。[①] 但这个冷酷而富于传奇色彩的人物最初在他的家乡出现的时候，并没有引起多少人的注意，连他的儿媳眉娘，也直到半年后才知道自己的公爹真是杀人不眨眼的刽子手。大家都称他为赵姥姥。

以刽子手作为中心人物的小说以前有过，广泛意义上的刑罚主题在小说界也非常普遍。为什么《檀香刑》尤其令人侧目呢？是莫言比别人更精细、更冷静地写出了刑罚的全过程，还是因为莫言在小说中所作的语言和结构上的探索？这些当然是重要的（也已经有许多人对此作了论述），但我想，还有一点不可忽视，就是莫言写出了刽子手作为一个独特的人可能有的内心风暴，或者说，莫言让我们看到了刽子手的灵魂，并建立起了

---

① 莫言：《檀香刑》，第5页，北京，作家出版社，2001。（本文引文皆据此版本）

一种我称之为"刽子手哲学"的文化。而在过去，小说家笔下的刽子手，至多不过是个杀人工具而已。

为此，莫言把赵甲推向了极致。"他的身上，散发着一股凉气，隔老远就能感觉到。"他"偶尔上一次街，连咬人的恶狗都缩在墙角，呜呜地怪叫"①。赵甲不是一般的刽子手，而是刽子手中的精英，"刽子手行里的大状元"，甚至是刽子手精神传统在清代的完美化身，他精湛的技艺为刽子手这一古老而卑贱的职业书写了新的辉煌。其最高境界之一，就是他为六君子行刑的那次，"他感到，屠刀与人，已经融为一体"②。"屠刀"是杀戮文化的象征，"人"是杀戮文化实施的对象，这二者"融为一体"之后，它固有的残酷性似乎消解了：杀人成了一种艺术。如同尼采说邪恶也可能被浪漫化，我想，在看客眼里，残酷也会是一种美。莫言或许要探讨的正是，当杀人成了一种职业，并且由这种职业又生出了一种敬业精神之后，人性（刽子手和看客）会发生哪些重要的变异？

刽子手的眼光为莫言审视人这一实体存在找到了另一个崭新的视角——莫言似乎习惯了以非常人的视角来写人。从《透明的红萝卜》开始，一直到这部《檀香刑》，他的作品里一般都有一个不同于常人的人，如傻子，弱智儿等，包括《檀香刑》里的赵小甲，也是类似的人物。莫言一般应用超感官和幻觉的手法，把他们所观察到的奇特的成人世界加以放大，使之在小说中起到应用常人叙事所达不到的效果。感觉的通透和恣肆，一直是莫言的优势。但这次莫言叙事的重点没有放在赵小甲身上，而是更多地站到了刽子手赵甲的角度上。

刽子手眼中的人和别人有什么不同呢？

> 一个优秀的刽子手，站在执行台前，眼睛里就不应该再有活人；在他眼睛里，只有一条条的肌肉、一件件的脏器和一根根的骨头。经过了四十多年的磨炼，赵甲已经达到了这种炉火纯青的境界。③

在刽子手赵甲眼里，人不再是那个有情感、道德、意志和价值判断力的复杂个体，也不再是所谓的"万物的灵长"，他被还原成了一个纯粹物质的人，或者说，人的物质性

---

① ② ③ 莫言：《檀香刑》，第7、265、229页。

（"一条条的肌肉、一件件的脏器和一根根的骨头"），是刽子手唯一关注的人的特性，他眼中的人与动物在本质上已经没有区别。有意思的是，就在这点上，刽子手对人的态度与专制君主对臣民的态度达到了完全的一致。专制者为了达到对臣民的绝对统治，总是希望消灭臣民独立的情感和意志，让他们都成为一个个物质性的人，动物性的人，这样他就可以随意支配和生杀了。所谓的奴隶，不就是丧失了个人的情感和意志、只剩下物质性和动物性的人么？

赵甲也许正是看到了这一点，才疯狂地热爱上刽子手这门职业。"别人瞧不起我们这一行，可一旦干上了这一行，就瞧不起任何人，跟你瞧不起任何猪狗没两样。"[①]他甚至劝自己的儿子赵小甲说："我的儿子，你就准备着改行吧，同样是个杀字，杀猪下三滥，杀人上九流。"[②]对赵甲来说，杀人是一门神圣的技艺。从他制作刑具到行刑过程的细心、讲究、要求尽善尽美这点看，他是把行刑看作一次美学表演的，同时也把它看作实现自身最高价值的理想途径来追求的。他的工作是为了配合专制者对它的臣民的统治，也为了迎合专制君主和大臣们的欢心——而要讨他们的欢心，只有一个办法，就是如何把杀人这活做得漂亮。赵甲为此找到了秘诀：首先是把犯人看作物质人，"一条条的肌肉、一件件的脏器和一根根的骨头"；接着再把自己也降低到没有感情的物质人的水准上，"作为一个优秀的刽子手，站在庄严的执刑台上时，是不应该有感情的。如果冷漠也算一种感情，那他的感情只能是冷漠。除此之外的任何感情，都可能毁掉他的一世英名"。[③]最后就是进入"屠刀与人，已经融为一体"的境界。至此，一套物质意义上的杀人美学带着某种诗意悄悄地建立了起来，与此同时，刽子手的重要性也似乎变得不言而喻。

"其实，你干的活儿，跟我干的活儿，本质上是一样的，都是为国家办事，替皇上效力。但你比我更重要。"刘光第感叹道："刑部少几个主事，刑部还是刑部；可少了你赵姥姥，刑部就不叫刑部了。因为国家纵有千条律法，最终还是要落实在你那一刀上。"[④]

赵甲自己也在袁世凯面前骄傲地说：

---

①②③④ 莫言：《檀香刑》，第44、87、263、258页。

> 小人斗胆认为，小的下贱，但小的从事的工作不下贱，小的是国家威权的象征，国家纵有千条律令，但最终还要靠小的落实。……只要有国家存在，就不能缺了刽子手这一行。……为盗杀人，于理难容；执法杀人，为国尽忠。①

这大约就是刽子手哲学，它恰好暗合了中国数千年专制社会所实行的政治哲学。在专制社会里，以国家的名义杀人，无论它有怎样堂皇的理由，其利益最终总是指向专制者自身的，与维护社会正义无关，因为罪与非罪的界限掌握在他们手里。比如，古代有"反贼"，近代有"反革命"，又有几个不是冤死者？"才行反时者死无赦"（荀况），法家这种冷酷的统治思想，才是各个历史阶段专制政权真正所青睐的。尽管中国号称是一个儒学大国，但其统治，从来推行的都是儒表法里——统治者只不过是用儒来实行愚民政策，使之驯服地做奴隶，背后则实行法家的不择手段、钳制舆论的专制统治，无"仁"可言。

2. 酷刑教育

专制社会的政治哲学最集中的体现之一，就是酷刑制度。

酷刑对民众的震慑力是无与伦比的，它的目的是令统治者治下的臣民不敢造次，而终日活在恐惧之中。按照哈维尔的研究，恐惧正是专制得以实施的基础。造成恐惧的原因，除了精神高压之外，主要就是指肉体的残酷折磨，直至消灭。因此，酷刑（包括现代社会还大量存在令人发指的刑讯逼供等）一直在人类的专制历史上扮演着重要的角色。莫言选择这个题材作为探索中国人历史和现实的解码口，的确是意味深长的，因为中国是一个有着最漫长的酷刑历史传统的国度。而鲁迅则在二十年代便说过，别国的硬汉之所以比中国的多，是因为我们的监狱比别人难坐。

> 奴隶们受惯了"酷刑"的教育，他只知道对人应该用酷刑。……要防"奴隶造

---

① 莫言：《檀香刑》，第368—369页。

反"，就更加用"酷刑"，而"酷刑"却因此更到了末路。到现代，枪毙是早已不足为奇了，枭首陈尸，也只能博得民众暂时的鉴赏，而抢劫，绑架，作乱的还是不减少，并且连绑匪也对于别人用起酷刑来了。酷的教育，使人们见酷而不再觉其酷，例如无端杀死几个民众，先前是大家都会嚷起来的，现在却只如见了日常茶饭事。人民真被治得好像厚皮的，没有感觉的癞象一样了，但正因为成了癞皮，所以又会踏着残酷前进，这也是虐吏和暴君所不及料，而即使料及，也还是毫无办法的。①

从酷刑的发明、创造、实施，到看客的恐惧、叫嚷，统治者快意的笑声，再到刽子手"靠卖死人的干腊给人入药维持生活"，这一切，在古代的政治社会里，实际上已经成了一种产业，它有效地维持着专制机器的顺利运行。酷刑最大的功能，是为臣民树一个榜样，让他们不敢有丝毫犯上作乱的念头。这也是酷刑为什么总是选择在大庭广众之下执行的原因。慢慢地，酷刑的功能也开始多样化起来，它不仅具有教育功能，以此威慑那些试图造反的人，许多时候它还成了统治者自我娱乐的项目。一个酷刑，见出的是政治的黑暗，民众的运命。

莫言算得上是一个对酷刑描写有特殊偏爱的人，他在《红高粱》里写了剥人皮，在《檀香刑》里写了凌迟、腰斩、檀香刑，等等。尤其是《檀香刑》，莫言以他异乎寻常的坚强神经，极尽描写之能事，光凌迟，一刀一刀地写，就足足写了二十几页，而檀香刑，整个过程则拉得更长。有不少人（主要是女性读者）不断地就此指责莫言，认为他对肉体被残酷折磨的迷恋，是一种怪癖和阴暗心理；他们尤其不能接受莫言在行文中那种津津乐道的样子，认为这样的描写一旦丧失了必要的批判性，就不能不让人怀疑作者是在玩味这些。这样的批评并非没有道理。但我更愿意把莫言铺陈这样恣肆的酷刑场面，理解为他是想由此设置一个人性的实验场，以检验人承受纯粹肉体痛楚的能力，进而窥见刽子手的冷酷性，以及围观群众和官员在面对残酷时的各种反应。从另一面说，这何尝不是对专制、暴政、野蛮和看客麻木、冷漠心理的有力控诉呢？

书上说凌迟分为三等，第一等的，要割三千三百五十七刀；第二等的，要割二

---

① 鲁迅：《南腔北调集·偶成》，《鲁迅全集》第4卷，第584—585页。

千八百九十六刀；第三等的，割一千五百八十五刀。他记得师傅说，不管割多少刀，最后一刀下去，应该正是罪犯毙命之时。所以，从何处下刀，每刀之间的间隔，都要根据犯人的性别、体质来精确设计。如果没割足刀数犯人已经毙命或是割足了刀数犯人未死，都算刽子手的失误。师傅说，完美的凌迟刑的最起码的标准，是割下来的肉大小必须相等，即便放在戥子上称，也不应该有太大的误差。这就要求刽子手在执刑时必须平心静气，既要心细如发，又要下手果断；既如大闺女绣花，又似屠夫杀驴。任何的优柔寡断、任何的心浮气躁，都会使手上动作变形。要做到这一点，非常的不容易。因为人体的肌肉，各个部位的紧密程度和纹理走向都有不同，下刀的方向与用力的大小，全凭着一种下意识的把握。师傅说，天才的刽子手，如皋陶爷，如张汤爷，是用心用眼切割，而不是用刀、用手。所以古往今来，执行了凌迟大刑千万例，真正称得上是完美杰作的，几乎没有。其大概也就是把人碎割致死而已。所以愈到近代，凌迟的刀数愈少。延至本朝，五百刀就是最高刀数了。但能把这五百刀做完的，也是凤毛麟角。刑部大堂的刽子手，出于对这个古老而神圣的职业的敬重，还在一丝不苟地按照古老的规矩办事，到省、府、州、县，鱼龙混杂，从事此职业者多是一些地痞流氓，他们偷工减力，明明判了五百刀凌迟，能割上二三百刀已是不错，更多的是把人大卸八块，戳死拉倒。[①]

哦，这就是中国的刑罚，中国的人性，我们不知道该惊叹还是心酸。它不是想象，也非虚拟的场景，而是存在于中国历史上相当长时间的政治现实。你一方面惊讶于一些人对自己的同类为什么会有如此巨大的仇恨，另一方面，你又不得不承认，残酷的刑罚里也有一种邪恶的美，也有一种可怕的智慧，许多人正是为此而激动着。让我们来看看《檀香刑》中赵甲的那个杰作——近乎完美的五百刀凌迟，莫言写得一曲三叹，我们读起来虚汗淋淋。真正值得注意的是，在行刑的过程中，行刑者和看客的心态与嘴脸，它们共同构成了一台戏，一台以人性为内容的大戏，它的上演，使人性的各个秘密角落都被照亮——它告诉我们，最可怕的动物不是别的，而是人自己；人最大的敌人也不是别

① 莫言：《檀香刑》，第236—237页。

的，正是人自己！当人的邪恶本性真正暴露出来之后，世界虽是人间，其实已是地狱。而这个地狱的中心，正是专制的铁血政治。关于这点，莫言在小说中用一句精辟的话概括道：

> 中国什么都落后，但是刑罚是最先进的，中国人在这方面有特别的天才。让人忍受了最大痛苦才死去，这是中国的艺术，是中国政治的精髓……①

3. 死亡，以及看客

刑罚已经进行许久了，但期待中的死亡还没有到来，它显得异常的缓慢。酷刑的实质，就是要在行刑过程中尽可能地延缓死亡的到来，以此折磨犯人，让他忍受最大的痛苦，让统治者和看客从中谋取最大的快乐。由此我想到，似乎从未有一个民族，会像中华民族这样注重死亡的残酷形式——众多刁钻的酷刑的发明，不正是为了迎合统治者对于死亡残酷形式之重视的需要么？在中国，酷刑的实施许多时候已不是仅仅为了惩罚将死的犯人，而是为了那些活人：既是为了统治者的虐杀快意，也是为了让其他人引以为戒。

朱利安·格林曾说："永远不可以将人判以死刑，因为我们不知道死是什么。"②但中国人似乎不这么看，他们普遍认为死亡就是结束，就是消失，就是一种可以施加于人的惩罚手段；更进一步，死亡就成了一种表演，一种娱乐，一种针对活人的恰当警戒，"杀鸡儆猴"。因此，真正给予盛大的行刑和死亡场面以特殊意义的，恰恰不是死者，也不是刽子手，而是那些包括统治者在内的看客们。看客们是死亡这一仪式真正的消费者。他们的存在，使死亡在被延缓、被注视的过程中获得了形式和诗学意义上的观赏价值，也使刽子手们在行刑时显得格外的卖力。于是，杀人渐渐地超越了刑罚的范畴，开始带上美学表演的色彩，它甚至还成了一个人死得是否有价值的重要参照。"师傅说刽子手对犯人最大的怜悯就是把活儿做好，你如果尊敬她，或者是爱她，就应该让她成为一个受刑

---

① 莫言：《檀香刑》，第113—114页。

② 〔法〕伊莎贝尔·布利卡编著：《名人死亡词典》，第40页，桂林，漓江出版社，2001。

的典范。你可怜她就应该把这活儿干得一丝不苟，把该在她的身上表现出来的技艺表现出来。这同名角演戏是一样的。"① 在凌迟那场表演中，赵甲到最后甚至"感到自己实在是支撑不下去了，但高度的敬业精神不允许他中途罢手，尽管因为袁大人下令割舌，打乱了程序，他完全可以将钱尽快地草率地处死，但责任和他的道德不允许他那样做。他感到，如果不割足刀数，不仅仅亵渎了大清的律令，而且对不起眼前的这条好汉。无论如何也要割足五百刀再让钱死，如果让钱在中途死去，那刑部大堂的刽子手，就真的成了下九流的屠夫"。②

多么奇怪而"正确"的逻辑。一边是刽子手努力地把酷刑变成一种美学仪式，另一边是看客们通过自己廉价的同情心和邪恶的趣味，不断把这种美学仪式转换为观赏价值。通过看客们对酷刑的疯狂消费，行刑慢慢地变成了人们日常生活中必不可少的例行节目。就在这个表演和观赏互相激励的过程中，人性的无耻建立起来了，人性的深渊也彻底地敞开。"群众——尤其是中国的——永远是戏剧的看客。牺牲上场，如果显得慷慨，他们就看了悲壮剧；如果显得觳觫，他们就看了滑稽剧。北京的羊肉铺前常有几个人张着嘴看剥羊，仿佛颇愉快，人的牺牲能给予他们的益处，也不过如此。而况事后走不几步，他们的这一点愉快也就忘却了。"③《檀香刑》里有一段重要的叙述，回应了鲁迅所说的这一点：

> 师傅说凌迟美丽妓女那天，北京城万人空巷，菜市口刑场那儿，被踩死、挤死的看客就有二十多个。师傅说面对着这样美好的肉体，如果不全心全意地认真工作，就是造孽，就是犯罪。你如果活儿干得不好，愤怒的看客就会把你活活咬死，北京的看客那可是世界上最难伺候的看客。那天的活儿，师傅干得漂亮，那女人配合得也好。这实际上就是一场大戏，刽子手和犯人联袂演出。在演出的过程中，罪犯过分地喊叫自然不好，但一声不吭也不好。最好是适度地、节奏分明的哀号，既能刺激看客的虚伪的同情心，又能满足看客邪恶的审美心。师傅说他执刑数十年，杀人数千，才悟出一个道理：所有的人，都是两面兽，一面是仁义道德、三纲五

---

① ② 莫言：《檀香刑》，第240、245页。
③ 鲁迅：《坟·娜拉走后怎样》，《鲁迅全集》第1卷，第163页。

常；一面是男盗女娼、嗜血纵欲。面对着被刀脔割着的美人身体，前来观刑的无论是正人君子还是节妇淑女，都被邪恶的趣味激动着。①

关于看客，这真是一种惊心动魄的洞见。"都被邪恶的趣味激动着"，说的是良心封闭之后，人依旧可以在非道德的领域燃烧起来。美，在它没有引进善作尺度前，许多时候确实是不对道德负责任的。希特勒可以热爱艺术，川端康成一些玩弄少女之题材的小说也有一种凄美，原因就在于此。莫言在《檀香刑》中写的正是人类的这种局限和阴暗，他在接受记者采访时说："在构思的时候，我把自己当成一个受刑者；其实人类灵魂中有着同类被虐杀时感到快意的阴暗面，在鲁迅的文章中我们也可以看到。在写这些情节时，我自己就是一个受刑者，在自己的'虐杀下'反而有种快感。酷刑就像是一场华美的仪式，整个大戏都在等待这个奇异的高潮。"②"快感"也许就是看客追求的最终目的，他们挤在众人之中，身份常常是匿名的，看见别人被虐杀，他们会以自己没有参与虐杀为由轻易地卸下道德的重担和良心的谴责，从而任凭自己"被邪恶的趣味激动着"。其实，一个观赏酷刑表演的看客，许多时候比表演酷刑的刽子手更加残酷，更狠，因为刽子手仅仅是在"执行任务"，而看客却是纯粹为了满足自己黑暗的私欲，他的看，无形之中使酷刑成了合法化的消费行为，其后果是使自己作为一个人的尊严被践踏和放弃——如果说刽子手是对人的肉体进行虐杀，那么，看客的行为则可以视为是对人类精神的虐杀。真正应该悲哀的是后者。这就难怪鲁迅会作出"暴君治下的臣民，大抵比暴君更暴"的结论："暴君的臣民，只愿暴政暴在他人的头上，他却看得高兴，拿'残酷'做娱乐，拿'他人的苦'做赏玩，做慰安。自己的本领只是'幸免'。从'幸免'里又选出牺牲，供给暴君治下的臣民的喝血的欲望，但谁也不明白。死的说'阿呀'，活的高兴着。"③

---

① 莫言：《檀香刑》，第240页。
② 《羊城晚报》2001年8月9日。
③ 鲁迅：《热风·暴君的臣民》，《鲁迅全集》第1卷，第366页。

4. 戏……演完了

"死的说'阿呀'，活的高兴着"，这正是对一场戏的生动描绘。这部戏的主角以前是钱雄飞、美丽妓女（凌迟），现在却是孙丙（檀香刑）。孙丙和刽子手赵甲原是亲家，一个是眉娘的亲爹，一个是眉娘的公爹，但赵甲会向当权者建议用檀香刑（用一根檀香木橛子，从一个人的谷道钉进去，从脖子后面钻出来，然后把那人绑在树上，折磨数天，一点点地慢慢死去）来对付孙丙，说明他眼中并没有亲情，只有肉体。他为自己告老还乡了还有这么一次露脸的机会而激动，为此，他还把儿子带上，希望他能成为自己的传人。他的人生理想就是希望在家乡再一次展示自己杰出的行刑技艺。

> 孙丙，亲家，你也算是高密东北乡轰轰烈烈的人物，尽管俺不喜欢你，但俺知道你也是人中的龙凤，你这样的人物如果不死出点花样来天地不容。只有这样的檀香刑、只有这样的升天台才能配得上你。孙丙啊，你是前世修来的福气，落到咱家的手里，该着你千秋壮烈，万古留名。[①]

刑场上，我们想象中可能出现的亲情之间的对抗并不存在，有的只是屠刀和肉体的对抗。莫言通过让亲情在屠刀下磨碾，把这种残酷推向了极致，抗德英雄孙丙就像一座浮雕从这个残酷背景里凸显出来。刑场成了戏院，孙丙成了这部戏唯一的主角。而赵甲道白，眉娘诉说，小甲放歌，知县绝唱，以及在整个刑场响起的由孙丙做猫主的盛大的猫腔悲音，则构成了这部戏的多重奏，它们共同把整台戏推向高潮。一边是极权和非人性的暴力，一边是无助肉体和猫腔大悲调混合发出的抗议，嘲笑；二者的力量消长本来是悬殊的，但在猫腔的诱发和启示下，后者突然变得强大起来，连最脆弱的、奄奄一息的肉体（处在檀香刑中的孙丙），也用极大的毅力蔑视了刑罚；猫腔的悲剧美使赵甲精心准备的邪恶的刑罚美黯然失色。

猫腔，这种民间的艺术形式，在这个时候，成了汹涌的殉道精神和民众愤怒的出

---

① 莫言：《檀香刑》，第363—364页。

口，成了每个猫腔艺人牺牲自己的壮胆曲，他们踏着悲壮的曲子在枪声和鲜血中前进。尽管孙丙被擒后，临时拼凑起来的猫腔班子"每次的演出都是在哭嚎中开始，又在哭嚎中结束"，①但在猫主面前，他们找回了坚忍不拔的英雄气概，"你把俺们的身体剁烂，俺的头还是要演"。②甚至连素来冷漠的看客，也大受猫腔的震撼，"台下群情激昂，咪呜声，跺脚声，震动校场"。③最后，大家集体入戏，以自己的血为英雄在黑暗年代的牺牲写下了苍凉悲痛的诗篇。

《檀香刑》里这个盛大、悲壮的行刑场面确实是令人荡气回肠的，那种残酷中的悲剧力量尤其叫人战栗。很少有人能够将悲剧写得这么让人触目惊心，它不是一个事件，不是一个结果，而是弥漫在每一个字里行间滴血的言辞。这种悲剧让我想起，在古罗马，也有一项类似的残酷娱乐，把犯人扔进狮子或老虎笼里，台下的贵族公爵们，看着猛兽把人撕裂，并在人凄厉的叫喊声中把酒言欢。使徒保罗在说到自己的艰难处境时，想起了这个场面：

> 我们成了一台戏，给世人和天使观看。④

孙丙也成了这样的一台戏，演给所有人观看。他的女儿眉娘说：

> 爹呀爹……你一个草民百姓，走街穿巷混口吃的臭戏子，闹腾到了这个份上，倒也不枉活了这一世。就像那戏里唱的，"窝窝囊囊活千年，不如轰轰烈烈活三天"。爹，你唱了半辈子戏，扮演的都是别人的故事，这一次，您笃定了自己要进戏，演戏演戏，演到最后自己也成了戏。⑤

不仅孙丙，连知县钱丁最后也在猫腔艺人的血流中觉悟，入戏，如天启般地获得一种决绝的勇气，冲向孙丙和赵甲。鲁迅说，"英雄的血，始终是无味的国土里的人生的盐，而且大抵是给闲人们作生活的盐"，⑥但我要说，许多时候英雄的血也能唤醒闲人们

---

① ② ③ ⑤　莫言：《檀香刑》，第478、494、499、15页。

④《新约全书·哥林多前书》第4章第9节。

⑥　鲁迅：《集外集拾遗·〈争自由的波浪〉小引》，《鲁迅全集》第7卷，第304—305页。

沉睡的心。血，或许就是使更多人从屈辱、闭抑、奴隶的生存中觉悟过来，该付的沉重代价。而就在这个时候，残酷的刑罚、无耻的人性、沉痛的猫腔、人的哀鸣、英雄的悲声、良心的悸动、暗哑的死亡……这些全都在小说中交织和重叠在一起了，其中，猫腔起了起承转合的作用。整部小说华美、夸张而流畅的叙事，正是通过猫腔凄美婉转的唱词，使生命在黑暗幕布上得以保存一些亮色，小说也得以在结尾部分的诗化氛围中达至史诗般的辉煌抒写。猫腔的出现，使孙丙与暴政、与黑暗人性的对抗，诗化成了一部悲剧艺术，并且由于参与者众，最终把整片受难的土地都变成了悲壮的猫腔戏的戏场，它汇聚起来的悲鸣，连天地都为之动容。

莫言的高明就在这里，他虽然在整部小说中用了夸张和喜剧的叙事手法，但他没有停留于此，而是在"豹尾部"，通过猫腔的诗学转换，把前面的喜剧成分变成了一个悲剧的前奏。很清楚，《檀香刑》在精神推进上是一步步往上走的，它的内部，一直有一条向上走的诗学线索，如同一首乐曲，前面有了充分的回旋，到孙丙的行刑和死亡，曲子中突然出现了一段拔地而起、尖锐而绚丽的乐章，把整首乐曲带向高潮，并在此戛然而止。《檀香刑》在叙事上达到了这一效果，它结束在整部小说的最强音上，结束在孙丙的死上，只留下了檀香刑的余音久久地萦绕在读者的心中……

孙丙死前说的最后一句话（也是整部小说的最后一句话）是："戏……演完了"，这真是一句旷古悲叹，它令我想起苏格拉底死前在法庭上的最后陈词：

> 死别的时辰已经到了，我们各走各的路吧；我去死，而你们去活，哪一个更好，只有神知道了。[1]

《当代作家评论》二〇〇一年第五期

---

[1] 苏格拉底语，引自《智慧花园》，第26页，北京，文化艺术出版社，2001。

挑战阅读

张伯存

莫言潜心五年完成的长篇新作《檀香刑》，以其丰赡的意蕴内涵和精妙的叙事艺术对读者构成了一种挑战，它具有多重阐释的可能性。笔者从以下几个方面尝试分析这部小说。

刑场·狂欢

还记得令莫言声名鹊起的小说《红高粱》中剥人皮的场面，它那津津乐道的文字为人所诟病，岂料此后，暴力、血腥、死亡成为先锋作家的共同嗜好，俨然文坛一大时尚。与《檀香刑》中蔚为大观的刑场刑罚相比，剥人皮表演实在是莫言的牛刀小试，偶露峥嵘。

《檀香刑》中有六大刑场处决场面：赵甲看刽子手处决犯人；刽子手余姥姥腰斩国库库丁；余姥姥和赵甲到宫内，在皇帝面前用"阎王闩"处死太监小虫子；赵甲斩首"戊戌六君子"；赵甲凌迟刺杀袁世凯未遂的钱雄飞五百刀；赵甲给孙丙上檀香刑。行刑的场面越来越壮观，行刑者的技艺越来越炉火纯青、出神入化，小说接连不断地蓄势、铺陈，直至上演了一场惊天动地的檀香刑。莫言以神来之笔如庖丁解牛恢恢乎游刃于历史、权力、民间、人性间，酣畅淋漓地解剖了纠结在刑场行刑之上的权力、历史的幽深晦暗，刽子手处决犯人之时正是莫言剥离权力、历史之时。《檀香刑》以刑罚命名，书中的种种行刑场景无疑是华彩乐章，它们展现了"权力的微观物理学"的奇异运作、"政治躯体"的充分表演、历史书写的吊诡和刑场（广场）狂欢节对权力的颠覆。

无论是咸丰、慈禧、袁世凯还是德国总督克罗德，他们极尽刑罚之能事，无非是显示权力的神圣不可侵犯及对围观者的震慑，以起到杀一儆百巩固权力的意图。如果说皇帝的肉体是有形物质和无限权力的二元性的复合物，是权力过剩的肉体，那么，作为皇帝对称而颠倒的形象的罪犯，其肉体就是显示权力匮乏的微不足道的肉体。[①]因其微不足道和任由处置、宰割的处境，戊戌六君子、钱雄飞、孙丙的肉体就成了统治者想方设法演练权力的所在。正如福柯所言，在过分的酷刑中包含着一整套的权力经济学。它将胆敢践踏法律的臣民与展示具有威力的全权君主之间的悬殊对比发展到极致。它用罪犯的肉体来使所有的人意识到君主的无限存在。因此，酷刑极刑又是一种延续生命痛苦的艺术，它把人的生命分成上千次的死亡，在生命停止之前，制造"最精细剧烈的痛苦"。[②]这一意图和死亡降临的无限延宕使行刑成了可量化、可控制、可调节的制造痛苦的行为艺术，根据肉体效果的类型、痛苦的性质、强度和时间与罪行的严重程度，罪犯特点的不同，这个行为艺术的每一次表演各异。这种酷刑的残酷性、展示性、仪式化、力量悬殊的演示等特点使之具有了"观赏性"，满足了统治者看一场独一无二的大戏好戏的心理，统治者在看戏之中体味自身权力的至高无上，这种观看需求刺激了刽子手赵甲的想象力、创造力、表演欲，使刑罚不断花样翻新精益求精。

在公开处决中，旁观者和围观的民众是行刑不可缺少的主角，他们是权力威慑的对象，统治者从他们的反映中再次验证权力的威力无比和自身的至高无上。刽子手处决太监和钱雄飞时，旁观的太监、宫女、大臣、新军官兵吓得面如土色，胆战心惊。但是对围观的草民百姓而言，由于处于权力辐射的边缘，这种威慑已效力甚微，他们怀着强烈的好奇心趋之若鹜地奔向刑场，是为了看一场大型戏剧仪式，一场酷烈的人生景观。"所有的人，都是两面兽，一面是仁义道德、三纲五常；一面是男盗女娼、嗜血纵欲。面对着被刀脔割着的美人身体，前来观刑的无论是正人君子还是节妇淑女，都被邪恶的趣味激动着。凌迟美女，是人间最惨烈、凄美的表演。观赏这表演的，其实比我们执刀的还要凶狠。"这是余姥姥行刑数十年，杀人数千才悟出的一个道理。在刽子手和犯人联袂演出的大戏中，犯人现出瘫倒在地的孬种相，看客们就鼓劲加油，让他扮演一个英雄好汉

---

① ② 福柯：《规训与惩罚》，第31，38、53、37页，北京，生活·读书·新知三联书店，2003。

（第一场刑罚），刽子手余姥姥腰斩犯人失手，犹如名角唱破嗓子，他们就喝倒彩、起哄，以至余姥姥在凌迟美人时担心，如果活儿做得不好，愤怒的看客就会把他活活咬死。莫言笔下的看客与鲁迅先生笔下愚昧麻木的看客迥然不同。莫言笔下的刑场景观与国民劣根性无涉，看客们的出色表演，使本来只应显示统治者威慑力量的处决仪式，变成一个狂欢节庆典，法律被颠覆，权威受嘲弄，罪犯成英雄，是非荣辱、权力秩序及其符号均被颠倒。①

而小说的狂欢景观的极致无疑是檀香刑的行刑过程。这场声势浩大的狂欢以乞丐们过叫花子节援救孙眉娘为序幕，他们穿着五颜六色的服装，涂脂抹粉，唱着猫腔在县衙前游行，其颠倒调蕴含了狂欢节的精神特征："头穿靴子脚戴帽，儿娶媳妇娘穿孝，县太爷走路咱坐轿，老鼠追猫满街跑。"狂欢式的世界感受的核心，是交替与变更的精神，死亡与新生的精神，摧毁一切与更新一切的精神，在狂欢节的时空中遵循的"快乐的相对性精神"对社会意识形态、等级制产生的一种颠覆作用，而诞生了一种消除等级的平等对话的狂欢节意识形态，它具有变易性、多义性、反约束主义，巴赫金的狂欢化诗学理论就衍生于欧洲古代的民间狂欢节游行。孙丙被押在囚车里赴刑场游行，将狂欢表演进一步向高潮推进，这是他最辉煌的演出，他边走边唱，将自己想象成岳飞，威风浩荡，在唱词中他鼓励乡亲们揭竿而起，保卫家园。大街两旁的万千百姓学猫腔猫调为他唱和，袁世凯等吓得面如土色。在他受刑时更是引吭高歌，万猫合唱，在他求生不得求死不能的漫长酷刑中，高密东北乡的猫戏班子在升天台对面的戏台上，上演了一场万众若狂、轰轰烈烈的刑场大戏，杀气腾腾的刑场变成了群猫嗥叫、百兽率舞的天堂，他们沉浸在癫狂、狂欢之中置生死于度外。刑场上的狂欢节使孙丙成了流芳百世的大英雄。

人生大舞台，猫戏班班主孙丙的演艺生涯到了兴办义和拳筑神坛抗德才是本色当行，已臻化境，他的岳飞岳元帅服饰扮相，率领乌合之众打德国鬼子的过程表明他一直处在演戏狂欢之中，在小说结尾，他死前说的最后一句话是"戏……演完了"，孙丙当之无愧地成为伟大的表演艺术家。

莫言在中国小说家中是最有狂欢气质的一位，他具有残酷的天才禀赋，他的奇诡想象，汪洋恣肆的文笔常常令人惊叹不已，其小说每有神来之笔，鬼斧神工，展示了一个

---

① 福柯：《规训与惩罚》，第66页，北京，生活·读书·新知三联书店，2003。

令读者悸动、颤栗的世界，令人在阅读的快感中伴有生理的恶心和精神上的震撼，这是奇异的阅读体验。不妨把莫言、余华、王小波的刑场刑罚文字做一番比较，余华以冷漠、不动声色的叙述，以犀利、直抵内里的文字，刀刀见"红"，敞开历史的悖谬、存在的困境及人性之恶，余华是一位冷面杀手。王小波的《寻找无双》、《红拂夜奔》、《2010》等小说以游戏笔墨、闹剧色彩、插科打诨文字将刑场行刑狂欢化、戏谑化，以解构权力。刑场是权力专制收缩到顶峰的所在，是毁灭死亡之所，而受刑人却以辱骂、笑声、性游戏，消解、颠覆社会意识形态和权力政治，刑场成了死亡与新生、摧毁与更新的分界线，受刑之躯以其"贬低化"、"低等肉体层面"的颠覆性力量，显示了它们"正反同体"的躯体政治学特征。王小波的死亡游戏以快乐的自由的相对性精神把铁板一块的世界图景敲开一道裂缝，进入快乐的通道，在死气沉沉的残酷杀戮的刑场上回荡着阵阵快活的笑声。在狂欢节的诙谐中，"整个世界都以可笑的姿态出现，都被从它的诙谐方面，从它可笑的相对性方面来看待和接受"。[①] 这种诙谐是正反同体、矛盾统一的，它既快活又讽刺，既肯定又否定，既促使旧的破产又催发新的诞生。同样是狂欢，莫言的刑场行刑文字却铺张、酷烈、暴虐、暴殄天物，血肉纷飞，他调动一切感官感觉，非得将"活儿"做得惊天地泣鬼神不可，否则就似乎无法与他搭建的"巨大行刑台"相匹配，他写尸首异处的人头，腰斩后的人体上半身的种种情状，凌迟、檀香刑，炫技斗奇，酣畅淋漓，快意无比，无所不用其极。我们甚至能够感受到写作者快意犹如行刑者，他的笔犹如凌迟三千刀的刽子手手中锋利无比的尖刀，挥舞得刀光闪闪杀气腾腾血雾弥漫，而犹如刑场边上的围观者的读者分明也感受到几分受刑的恐怖。

追溯莫言创作此作的诱因，也许因为他中鲁迅先生的"毒"太深，当他还是一个纯洁的少年时，读到了鲁迅的《铸剑》，"感到浑身发冷，心里满是惊悚，那三颗在金鼎的沸水里唱歌跳舞追逐啄咬的人头，都在我的脑海里活灵活现"，后来，"看到汤锅里翻滚着猪头，就联想到了那三颗追逐啄咬的人头，而我从小就将自己幻想成身穿青衣的眉间尺"。[②] 自此莫言失去了纯真，进入了"魔怔"状态，《檀香刑》何止写了五年，其创作历史已有二十余年矣。美国学者王德威对鲁迅的"砍头"文字曾有精彩的论述，指出他的《铸剑》、

---

① 巴赫金：《巴赫金文论选》，第108页，佟景韩译，北京，中国社会科学出版社，1996。

② 莫言：《独特的腔调》，《读书》1997年第7期。

《阿Q正传》等小说流露出狂欢节气息，流露出创作者自己对死亡和人心灵的幽暗面不由自主的迷恋，和非理性的奇诡曲折的恣肆快感。[①]在这一点上，莫言是鲁迅的传人。

历史·民间

"历史"无疑是这部小说的主题词，只不过它书写的是另类历史：刽子手的行刑史，刽子手和民间话语共同创造的历史，精英知识分子的溃败史。

刽子手赵甲是个独一无二的文学形象，小说的成功很大程度上依赖于该人物的支撑。小说写出了他杀人逾千行刑数十年的行刑史和心理情感的畸变史。他狂妄、卑微、猥琐、倨傲、偏执，他既冷漠无情又良心未泯。小说中表现了他到宫内行刑的恐惧，处决六君子时的悲悯、柔情、感动，凌迟钱雄飞时的惭愧、紧张、恶心，处决孙丙时的颐指气使、得意忘形、极尽铺张之能事等多角度多侧面的心理情感。这是一个有血有肉有骨的刽子手形象。

他的性格中最突出的一点是丧心病狂的偏执，这使他行刑数十年不懈地追求杀人艺术，杀人之道，不断地调动他作为一个刽子手的想象力、创造力和智慧，他是一个"行为艺术家"。他把受刑者的凄厉尖叫看作是高明的乐师制造出的动听音响，他砍头时能感觉到刀人一体，他凌迟时能根据犯人的性别、体质精确地设计下刀的位置、间隔，他能意识到不同肉体的不同质感影响到行刑的完美与否，檀香棒打进孙丙的身体时，他眼睛笑成一条缝，他听孙丙的尖叫，像听人唱戏。他又像名角一样有强烈的舞台表演欲。他有刽子手的独特逻辑和思维方式，他认为自己用高超的技艺向六君子表示了敬意，他认为檀香刑是世界上最精彩的刑罚，名称典雅、响亮，外拙内秀、古色古香，行刑精致讲究，西方的刑罚望尘莫及，他要让行刑完美无比，不能让洋鬼子看笑话。在他心里分明是担当为国争光发扬中国文化的使命。

赵甲有着自觉的权力意识，执刑杀人时他把自己看作是神，鸡血涂面行刑时他不用给皇帝下跪，这是他的特权。在他眼里自己是庄严神圣的国法的象征，至高无上，是皇

---

① 王德威：《从"头"谈起——鲁迅、沈从文与砍头》，《想象中国的方法》，北京，生活·读书·新知三联书店，1998。

上皇太后的代表。权力意欲假他之手使犯人屈服，他和犯人之间的对峙、较量、冲突，就是权力和反抗者之间的短兵相接。凌迟钱雄飞五百刀是他的杰作，但他在大义凛然的受刑者面前产生了惭愧、紧张、反胃、倦怠、心神不安等生理心理反应，从此他还落下了一种动辄双手灼热如火烧的怪病。这象征了权力和反权力者关系的吊诡之处，权力在无所不用其极地戕害、摧残犯人肉体时，意图宣告它至高无上的威严，却恰恰表明它的无力、懦弱、色厉内荏，它用这种方式妄图征服犯人的精神、思想，也可以说正因为它征服不了反抗者的思想才穷凶极恶地毁灭犯人的肉体，赵甲行刑的过程其实是权力失败的过程。

但是，赵甲却因之受到皇太后皇上的召见、赏赐。官封七品，这是刽子手所能达到的辉煌人生。刽子手辉煌的行刑史又造就一个更加轰轰烈烈世代传诵的民间史，这是历史的奇诡莫测之处。赵甲把檀香刑看作是对自己"一世英名"的维护，他更有明确的大历史意识。他有意识地参与到创造历史之中去，他几次三番表白让孙丙流芳百世、千秋壮烈，他创造了檀香刑这一奇迹，它的奇特、残酷、漫长，浓墨重彩大肆渲染地塑造了一个新的孙丙，"他已经成了一个圣人"；"他多活一天就多一份传奇和悲壮，就让百姓们的心中多一道深刻的印记，就在高密的历史上也是在大清的历史上多写了鲜血淋漓的一页"。这是一场刽子手和受刑者配合默契联袂演出的亘古大戏。谁能说刽子手不是历史的创造者？谁能说这里没有权力的颠覆、民间英雄孙丙的大获全胜？

刽子手赵甲成为历史的创造者明白无误地建立在他的杀人艺术家的追求上，而民间英雄孙丙的百世英名却靠了赵甲的刑罚，刑场上他的慷慨悲歌、尽情尽兴表演和民间话语的流布、传播。孙丙英勇抗德的事迹不见于正史、官方史，当地百姓却把它编成猫腔调广为传唱，他受刑的情景也在口口相传中不断地加工渲染成一个传说、传奇、神话，显示了民间话语缔造历史的神奇之功。福柯认为，"传单、小册子、史书和冒险故事所描述的罪犯就是这种黑道英雄或认罪的罪犯、正义或不可征服力量的捍卫者，在把他们当作反例的警世道德说教的背后隐藏着关于冲突和斗争的完整记忆。一个罪犯死后能够成为一种圣人，他的事迹成为美谈，他的坟墓受到敬仰"；"这也是为什么民众对那些在某种程度上成为非法活动的民间传说的东西兴趣盎然的原因"。① 这里，又存在着民间话语和民间文化心理及民间历史记忆的关系问题，正是后者的质朴、底层意识、对受害者的

---

① 福柯：《规训与惩罚》，第73、74页，北京，生活·读书·新知三联书店，2003。

亲和力，对当权者的天然的排斥心态，对历史记忆的民间情怀和本真立场及对历史真实情景的还原，才使得民间话语在特定历史时空和人群中成为主流话语和历史的言说。

但是，民间话语在尽情渲染受刑者的大义凛然浩然正气的同时，也给了统治者和刽子手耀武扬威的口实，显示了民间话语的驳杂和两面性。戊戌六君子受刑的行状被各种版本的传言渲染得神乎其神，他们以此对六君子的人格表达了敬意，但也为刽子手带来了巨大声誉，甚至传到宫内慈禧的耳朵里，才有了一个刽子手受赏加封的巨大荣耀。在此，统治者置民间话语的"革命性"而不顾，却大大强化、突出它的对杀人技艺的津津乐道，也就是对权力施暴的干净利落、速度奇快的猎奇，这又表明民间话语无力的一面。

小说中还有另一种历史的书写，就是精英知识分子的溃败史。戊戌六君子变法失败遭斩首，留日归来的钱雄飞刺杀袁世凯未遂遭凌迟，两榜进士高密县令钱丁的夹缝人生。整个中国近现代史何尝不是精英知识分子屡战屡败壮志未酬无力回天的历史？小说中这三类人物的命运遭际未尝不是中国近现代知识分子历史命运的一个缩影。其中，钱丁的生命形态、精神世界、存在困境，在小说中表现得最为饱满、丰厚。金榜题名时，他意气风发，想为国家建功立业，但宦海险恶，他抑郁不得志，心境黯淡，放任物产丰饶的高密，他又志气昂扬、精神健旺，与老百姓打成一片，但他很快意识到在黄钟毁弃瓦釜雷鸣之世，只能随波逐流、独善其身。他是一个受制于环境缺乏强劲意志的知识分子，同时又是一个正直正派、有情有义、体恤民情、不趋炎附势、不合时宜不识时务的人。对洋人在高密犯下的滔天罪行，他义愤填膺，星夜奔驰，为民请命，自杀未遂后，他前去劝孙丙归案，又产生了挽狂澜于既倒、拯万民于倒悬的历史责任感。在洋人破城、生灵涂炭的紧急关头，他又挺身而出，只身入城，劝孙丙投降，随即而来的无情现实彻底摧毁了他的英雄气概，暴露了他的幼稚、天真。他是小说中唯一一个反躬自问、有着自省意识的人物，这也是知识分子的典型特征，在乱世变局之中，他意识到自己唯唯诺诺、委曲求全、首鼠两端、瞻前顾后、窝窝囊囊，缺乏舍身求仁、手刃奸臣的勇气。转念间他又对袁世凯、对自身前途抱有一丝幻想，旋即他又意识到自己的卑鄙愚蠢。在孙丙生死的问题上，他尴尬、无奈、左右为难，在洋人、官府和民众之间他举棋不定，直到德国人在刑场上再次滥杀无辜，夫人殉死，他才幡然醒悟，毅然决然地与刽子手赵甲、受刑英雄孙丙同归于尽，打破洋人的美梦。这是一代士子的悲歌。

复调·腔调

音乐上的复调是指同时展开两个或若干个声部（旋律），它们尽管完全合在一起，但仍保持其相对的独立性。其基本原则是各声部平等。任何一个声部都不能超越其他，任何声部都不能充当简单的伴奏。米兰·昆德拉认为，运用音乐复调理论进行小说创作是奥地利作家布洛赫的革命性创举，而精通音乐的米兰·昆德拉无疑进一步把这种小说结构法发扬光大。这种小说结构模式中国传统小说中不曾有过，它是西方小说的独擅专长。《檀香刑》成功地借鉴了这种结构法。

小说中的凤头部和豹尾部运用第一人称有限视角叙述，眉娘浪语、赵甲狂言、小甲傻话、钱丁恨声……形成巴赫金所言的众声喧哗多音齐鸣的效果，将不同的情感空间并置、拼贴在一起，它遵循了一种音乐对位法的美学原则。狗肉西施眉娘的叙述夹杂着谚语、俗语、俚语、歇后语、顺口溜、戏文、粗话，活脱脱一个泼辣、大胆、放浪、热情、爽快的山野村姑的口吻；小甲傻话，是一个不谙世事不通人情傻里傻气的童声叙述，尽管他是个身强力壮的屠夫，成年人，他眼里的世界却是变形的、怪诞的、不可理喻的，写愚钝不化、神智未开而又具有超常感知的孩童，莫言肯定能专擅胜场；钱丁恨声，是知县钱丁醉酒面对夫人说的一番肺腑之言，他用文绉绉的官话雅言，拿腔作调又语无伦次地诉说着自己遭受的深重侮辱和他的愤懑、怨气、委屈。这一部分顾盼生姿、灵动飞扬。凤头部和豹尾部各章有个大致的时间前后相继性，中间又运用了倒叙、插叙、预叙、复叙，叙事中有叙事，每个叙述人叙述的事件时间跨度数十年、半年、几天、一天、半天不等。莫言相信一个作家的风格指的是他独特的叙述腔调，它包括叙述的语言，习惯选择的故事类型，处理故事的方式，叙述故事时运用的形式等全部因素所营造的那样一种独特的氛围。《檀香刑》猪肚部运用了全知全能叙述，叙述者时而柔肠寸断语意绵绵地描绘爱情魔力，时而语带诙谐地表现民间风情，时而纤毫毕见绘声绘色地渲染毛骨悚然的行刑过程，时而纵横捭阖展现壮观场面，地点时而高密时而天津时而北京，时间从戊戌年到一九〇〇年，时空纵横交错，全方位地展示了檀香刑前有关的方方面面。这一部分内容饱满、丰厚、阔大，语言挥洒自如，"制造了流畅、浅显、夸张、华丽的叙事效果"。豹尾部叙述了几天里的行刑过程，第十四章，赵甲叙述刑前准备，第十五章，与此同时，眉娘和乞丐们的援救孙丙过程，第十六章，孙丙上刑场，第十七章，小甲叙述上刑过程，事件时间一上午，在全书中最短，却占了十节，二十八页，这是全书节数最多叙述节奏最快的一章，这种深层处理突出了行刑的紧张、刺激，用愚钝的小甲的视角展开叙述，使之尽可能地摒除主观色彩，专注于过程、场面的物化、客观化，自在呈现。最后一章，钱丁叙述从上刑到手刃孙丙四天内的情景。这一部分干脆、利落、劲道十足、戛然而止。

小说叙述上最突出的特点是猫腔戏《檀香刑》戏文的大量融注、韵文和戏剧化效果的追求。叙述的腔调在此很大程度上又可理解为猫腔猫调的群猫嗥叫，赵甲狂言化用猫腔《檀香刑·走马调》，小甲傻话、放歌化用猫腔中的娃娃调，眉娘诉说是长调，赵甲道白是猫腔中的道白与鬼调，钱丁恨声是醉调，知县绝唱是雅调。不同的猫腔调好比宋词的不同的词牌，规约人物身份、叙述内容、感情表达方式。

由此形成了小说的音乐美，这是说唱艺术的小说。莫言早期小说《民间音乐》曾受到孙犁老人的赞赏，其长篇小说《天堂蒜薹之歌》用说书艺人瞎子张的唱词串连篇章，直至《檀香刑》方悲歌欢歌绝唱，一唱三叹余音绕梁，联想到少年莫言在某个瞬间，忽然茅塞顿开引吭高歌一串怪调异音时，莫言在音乐上的禀赋已经崭露头角，或者说，莫言在用文字创造美之前已经在用声音创造美了，以至在"文革"初期的几年里，半个县的孩子都学会了他那"呜哩哇啦嘻哩吗呼"的唱腔，现在，他的"唱腔"唱遍了全国，却没有人能模仿得来了。

《当代作家评论》二〇〇一年第五期

一种孤独远行的尝试

——《酒国》之于莫言小说的创新意义

黄善明

二〇〇〇年初，在完成对十年前旧作的整体性修改后，莫言推出长篇《酒国》，小说在创作心态、叙事模式、形象设置和主题话语等诸多方面表现出创新意义。然而，近一年来，这部颇为作家本人看重的作品始终未获可以期许的解读和令人信服的阐释，陷入无人问津的尴尬境地。本文试就这一现象切入思考并在上述相关方面对小说作出论述。

一、《酒国》的创作心态：摆脱"合谋"的企图

回顾世纪末中国文坛，小说家莫言的创作生命力似乎特别坚韧：无论是作为"新潮"小说卓尔不群的开路先锋，还是作为"新潮"还俗后名利赫然的文坛大腕，莫言都以丰硕而独特的小说创作显示了自己不可或缺的存在价值和样板意义。也许正是因为这种双重的作家声望和创作资历，莫言和他的小说始终成为评论研究的重点课题、媒体报道的跟踪热点和书商编辑的追逐对象。显然，在娱乐业、评论圈、新闻界和出版商"合谋"制造文学事件已经成为公开秘密的今天，莫言的"投资价值"是无可挑剔的：急需观众的影视导演常常能挖到足以"煽情"的题材故事，嗅觉灵敏的评论家可以轻易获得印证研究的理论"话语"，渴望轰动效应的新闻记者也不难找到令读者痴迷的"兴奋点"，而期待畅销热卖的出版商更看好莫言小说带来的丰厚利润。当王朔以走上影视的方式一举成名以后，莫言的出现便有了更为从容不迫的"合谋"技术，之后苏童、刘恒等

人的崛起更是这种"合谋"的成功翻版。由此，"莫言现象"应运而生，成为当下中国作家走向成功的经典标志；同时，它也使"合谋"合法化，成为作家获得声名和资历的"生存法则"。时至今日，莫言身后的追随者们，大都如醉如痴地实践着这样的生存策略，而且"合谋"的手法也迅速变得直捷露骨：从签约出书到挂名出书，从旧作改版到一稿多版，花样多变，手法各异；许多被"合谋"推出的文坛新人甚至已经可以娴熟自如而且心安理得地用自己的青春玉照来充填"小说"的文本内容！我难于断定这种文学游戏对于现在已经变得越来越年轻的小说家们究竟意味着什么，也无法推测它还能维持多久。但游戏的结局不难想象：一旦"合谋"破产，留给小说家们的必定是被读者抛弃的失落和创作力衰退的辛酸。

我不知道作为"莫言现象"缔造者的莫言本人对于"合谋"的追随还有多大兴趣，但可以肯定的是这种追随的摆脱相当艰难：他之委身为张艺谋的"写作妃子"，显然缘于对"影视情结"的痴迷；而旧作改版的出书策略，也不无来自"畅销情结"①的诱惑。但令人欣慰的是，莫言显然已经意识到"还俗"的冒险和危险，有意地调转了创作方向。他坦言近年来"写作时的心境发生了很大的变化"，②重新确认"现在小说确实变成了生命的重要组成部分"。③如果我可以就此断言莫言近阶段创作心态的转变，那么"莫言现象"的另一个"同谋"者刘恒的宣告或许更为直捷明了——"只图就近一变，尽早把自己从井里捞出来"。④从这个意义上来说，二〇〇〇年初莫言推出长篇《酒国》（包括同期出版的中篇集《师傅越来越幽默》），大约可以算作这种"转变"的尝试。

但颇具讽刺意味的是，这部为作家本人十分看重、在出版时显然还进行了精心"包装"的长篇，并没有获得文学界的认可和接受，甚至连最起码的"畅销"效应——这也许是凭借莫言于当下中国文坛的"腕"级声名可以享受的最低待遇——也没有得到。尽管《酒国》确实在某种程度上表现了作家"勾勒汉民族的'心灵史'"（见小说封底语录）的企图，而且在更深广的意义上，它代表了作家颠覆"合谋"、寻求艺术创新的尝

---

① 吴义勤：《中国当代新潮小说论》第448—449页，南京，江苏文艺出版社，1997。
② 莫言：《师傅越来越幽默·后记》，北京，解放军文艺出版社，2000。
③ 莫言、李子顺、庚钟银：《在写作中发现检讨自我——莫言访谈录》，《艺术广角》1990年第4期。
④ 刘恒：《拳圣·后记》，解放军文艺出版社，2000。

试——关于这一点，下文将给出实质性阐述——但是，《酒国》问世一年来，包括评论圈、新闻界和读者层在内的整个"接受系统"对它始终表现出惊人一致的冷漠和隔阂。显然，按当今文坛的"市场行情"来推断，《酒国》已经陷入一个无法破解的"悖论"：它要么是一次完全的失败，那么我有理由看到对于它的批判；要么是一次成功的创新，那么我不难找到对于它的褒扬；要么又是一次无谓的"合谋"，那么它至少应该享受"热卖"的礼遇；但一年来除了令人尴尬的沉默，我什么也没有发现。

在此我无意纠缠《酒国》的困境，我更感兴趣的是这种困境对于莫言小说创作的"启示"意义。在我看来，使《酒国》陷入困境的根本原因，正在于小说文本所显明的叙事模式的怪异、主题话语的诡秘、人物形象的荒诞和体式语言的奇峭，而所有这一切"创新"之举，实实在在地表明：莫言已经"触犯"了"合谋"所规定的游戏规则。这就意味着：不管这种"触犯"是有意还是无意，莫言和他的《酒国》被抛弃的命运已经无法逃脱。如果说"莫言现象"代表了当下中国作家普遍认同的生存形态，那么对于"合谋"的参与和配合无疑已经成为他们必须遵守的游戏规则，而任何对于这一规则的背叛与颠覆，必将遭遇被冷落、被抛弃的命运。在这个意义上，莫言及其《酒国》的困境，也许代表了莫言试图摆脱"合谋"游戏必须付出的代价。

我无法给予莫言的创作以更为深远的预言，但我敢于断定《酒国》之于莫言的"非常"意义：作为一部"不合时宜"的作品，《酒国》恰恰代表了莫言创作心态的新变；一种摆脱"合谋"的企图、一种孤独远行的尝试。

二、《酒国》的叙事模式：建构"崭新的把握方式"

谈到莫言小说，多元合一的叙事模式大约可以算作他作为"新潮"作家最具"革命"意义的独创性成就。"红高粱系列"中历史与现实交错、时间与空间融合的追溯方式，曾倾倒无数读者；而《丰乳肥臀》里将叙述者、经历者、评判者合而为一的铺叙手法，至今使人回味无穷。有人将这种多元合一的叙事模式追认为"民间叙述"，断言莫言"以一种'民间身份'去叙述乡间社会中的人物和所发生的事件"；[①] 或者凭了莫言"素有

---

① 王光东：《民间的现代之子》，《当代作家评论》2000年第5期。

讲'奇'述'怪'的习惯"而确信他采用了所谓"传奇之笔法"。①

事实上，对于研究者们一直十分看重的表现于莫言笔下的"历史"（人物事件），莫言未必在意，即使顾及，那也只是他纯粹一己方式的"个人心目中的历史"②。对于莫言来说，重要的不是人物事件，而是由那些人物事件所激发的在个人心目中萦绕腾涌、挥之不去的历史体验和感受。因此，莫言笔下的"历史"，不过是一种由历史蜕变而成的心灵史（情感史和体验史）。当莫言沉浸于历史的追溯中，他既是历史的叙说者，又是历史的见证者，更是历史的审判者。他所追求的，远非历史（人物事件）的复活或还原，而是一种历史的形而上的超越：超越的目的，仍然在于对"今天"的诉说。

但问题还在于，历史就其本质而言恰恰又意味着十分有限且过于狭隘的经验，意味着束缚心灵的羁绊，意味着超越的艰难。因而，所谓的超越，只能以历史审视角度与书写方式的变换来实现。至此，我们不难理解莫言笔下多元叙事的真正"奥秘"所在：在莫言那里，历史的叙述仅仅是一种假借的手段，历史的摆脱才成为最终的目的——正如他自己说明的那样："故事的意义崩溃之后，一种关于人生的、关于世界的崭新的把握方式产生了。"③关于这一点，莫言的同路人余华甚至有过更为露骨的表白："人类自身的肤浅来自经验的局限和对于精神的疏远，只有脱离常识、背弃现状世界提供的秩序和逻辑，才能自由地接近真实。"④

从莫言的创作历程考察，"红高粱系列"无疑代表了多元合一叙事模式的成熟，《丰乳肥臀》则可以算作它的定型，而到了《酒国》，我们可以发现它的新变：

第一，时空背景的多元化。多元合一的叙事策略，就是从根本上消解叙述过程中时空背景的制约功能，让时态的切换和场景的转移完全服从于"叙事人"（即包括了叙述者、经历者和评判者三重叙述身份在内的创作主体）的精神活动。追究起来，这种抛弃时空背景的做法固然可以获得叙述的绝对自由，但对于阅读的抗拒和伤害是不可回避的。在《酒国》中，莫言似乎急于"补偿"此前的忽视，竟用了三个完整的时空结构

---

① 周春玲：《变化中的莫言》，《当代作家评论》2000年第5期。

② 莫言、李子顺、庚钟银：《在写作中发现检讨自我——莫言访谈录》，《艺术广角》1990年第4期。

③ 莫言：《清醒的说梦者》，《会唱歌的墙》，北京，人民日报出版社，1998。

④ 余华：《虚伪的作品》，《我能否相信自己》，北京，人民日报出版社，1998。

（形成三个互相关联的文本系统），来支撑小说的叙事模式：

结构一，叙述省人民检察院高级侦察员丁钩儿在酒国市的办案经过。这一系统代表酒国市的外在（表层）生活状态。

结构二，叙述以专业作家身份出现的莫言和酒国市业余作家李一斗的通信来往。这一系统代表了作为生活和艺术"中介"的创作主体（作家）的内外在生活状态。

结构三，以李一斗的九篇小说进一步补充系统一、二中相关人物和事件的背景、细节。这一系统代表酒国市内在（深层）生活状态。

这三重时空结构在小说中互相穿插、互为补充，立体化刻画出"酒国"市真假难分、正邪莫辨的世态人相，恰如其分地传达出一种"荒诞的真实"。

第二，"叙事者"角色退出，代之于相对完整的情节线。"叙事者"角色的设置和强化，原是新潮小说叙事策略的身份"标签"，后来被广泛运用。时至今日，几乎成了小说家们用来对付故事的看家本领——好像孙悟空手里的金箍棒，战无不胜、所向无敌。我甚至怀疑如今究竟还有多少人能够心平气和、从容不迫地编写故事、设计情节。虽然在很长一段时间里我一直为新潮小说的叙事革命而欢欣鼓舞——那种质态鲜活、神韵飞扬且高度个人化的历史意识到今天仍让人回味不已——但现在，不能不对此怀有深深的介意。显然，对于已经变得越来越琐碎直观的当下生活形态而言，小说已经难于躲避时间和空间的确定性。这就意味着：用人物故事的充分历史化和高度戏剧化来营造的"叙事者"角色，从根本上难于承担叙说"今天"的使命。据此而言，长篇《天堂蒜薹之歌》里高度"纪实化"的叙述笔法的采用，绝非偶尔为之，当是出于作家的自觉选择。

但《酒国》让我们重新领略了编织故事的技巧和魅力。在小说中，作者彻底舍弃了"叙事者"角色，用两条情节线来串联故事、刻画人物。第一情节线（主线）出现在小说的第一时空结构即第一文本系统，这条情节线写高级侦察员丁钩儿在酒国市的办案经过："大名鼎鼎"的"王牌侦察员"丁钩儿接上级命令，赴酒国市调查"杀食婴儿"的重大案件。他搭乘一辆运煤卡车来到位于酒国市郊的罗山煤矿着手调查。小说通过丁钩儿波澜起伏的"破案"经过，写出了一个个妙趣横生的故事，即如：恶斗门卫——糊涂入席——被骗食婴——醉倒矿山——遭遇惯偷——跌入艳遇——现场捉奸——逃脱肉弹——游荡街头——妒忌杀人——陷入疯狂。第二情节线（辅线）出现在小说的第二时空结构即第二文本系统，这条情节线写专业作家莫言和酒国市业余作家李一斗的交往经过：文学青年李一斗倾慕莫言的才华和声名，写信拜师求教，寄上自己创作的小说，希望获得莫言的指点和推荐。小说通过他们的书信往来，表现了李一斗起伏不定的都市生活境遇和专业作家莫言在体制内外徘徊游离的生活状态，即李一斗"拜师—还俗"和莫言"收徒—下山"的情感移位历程。

值得注意的是，莫言在小说里以真实姓名和身份加入了叙述过程。这种叙事策略，原本就是新潮作家的叙事"专利"，它的成熟和定型，大概应归功于马原和洪峰。就莫言而言，用来并不顺手，追究起来，一如大汉绣花，看的比用的还累。《酒国》里的"莫言"，也只是一个身份的标签，换上张三李四一样有意义。作家用这个"莫言"，代表一种位于《国民文学》的"编辑老爷们"与业余作家李一斗之间的自由作家身份，以此和李一斗形成一种"离间效应"。这样做的目的，无非是为了营造莫言所谓的"古怪的感觉"[①]烘托小说封面言称的那个"真实与虚幻迷宫"。

第三，叙事结构的匀称和工整。一位研究者盛赞《酒国》拥有"艺术上的完美性"（见小说封底语录）。在我看来，把这样的称誉给予文本的叙事结构或许更有意义。莫言一贯的叙事策略，即是对于结构的把握采取一种信马由缰、无为而治的态度。即如他的成名作《红高粱》，用系列小说的形式串联一方土地的生活史，结构上的松散随意已初露端倪；到了《丰乳肥臀》，以上官金童的特定视角展现高密东北乡大栏镇近百年"'丰乳肥臀'们"（上官家三代女性）的生活史，前半部的血肉丰满和后半部的仓促草率形成了鲜明的对照，结构上的缺憾一览无余——就像一个丰乳肥臀的女子长了一双令人恶心的罗圈腿。相比之下，《酒国》的结构不可同日而语：小说以三个相对独立的文本系统构建起一个叙事空间，展现酒国市的表层、深层和精神三个生活面；让两条情节线穿起相关人物事件，每一个时间单元搭载一个生活片断，两线分头演进、环环相扣，最后双线合一，从容煞尾——如此精致地"打磨"结构，在莫言小说创作过程中几乎绝无仅有。

从叙事模式考察，莫言小说的创新意义是不言而喻的：时空背景的多元化，用情节线替代叙事者的叙事策略和叙事结构的精心设计，无一不是作者的首次尝试。在某种意义上，它们或许代表了莫言所苦苦追求的那种"崭新的把握方式"。

---

① 莫言、李子顺、庚钟银：《在写作中发现检讨自我——莫言访谈录》，《艺术广角》1990年第4期。

三、《酒国》的形象设置：寄托"现在的思想感情"

就人物形象的艺术价值而言，将来的文学史无疑应该记下莫言笔下那些"历史的'边缘性人物'"。作为一群"被历史主流排斥在外"的"野蛮族群"，① 莫言对他们生命意志的开掘和生存方式的描写，显然具有开创性意义。但应该看到，莫言小说的人物从根本上来说是一种历史人物，与我们今天的生活相距甚远。如果说历史的距离感和模糊感确实提供给了莫言"虚构历史"②的方便和机会，那么我相信，随着莫言对当下生活表现的贴近，如何塑造人物仍然是一个不容忽视的课题。从这个意义上来说，《酒国》中以丁钩儿和李一斗为首的形象群体，是值得玩味的。

丁钩儿的形象出现在小说的第一文本系统中，作者通过丁钩儿的破案经过，让他完成了自己言行心理的"表演"。

"大名鼎鼎"的"王牌侦察员"丁钩儿接上级命令，离开省城赴酒国市调查杀食婴儿的重大案件。他搭乘一辆运煤卡车来到位于酒国市郊的罗山煤矿：他先是遭到一个有着"狗毛一样粗硬黑发"的看门人的凶恶阻拦，随后被煤矿保卫部一个会"含着眼泪"劝酒的秘书连灌三杯，及至终于见到长得像"孪生兄弟"的党委书记和矿长，却又被他们"慈祥"而"宽厚"的微笑打消了"冲进门时的勃然浩气"，几乎来不及争辩"就被推进了宴席"，丰盛的酒席、热情的款待和高档的服务很快让丁钩儿酩酊大醉。等到主凶金刚钻——酒国市委宣传部副部长入席，惊人的酒量和周到的礼仪使丁钩儿跌入一种"富有诗意的感情"，他"无法抵御这个人的魅力"，再次举杯痛饮起来。酒醉朦胧中，"红烧婴儿"端上来了，但意识的反抗已经抵挡不了食欲的进攻，掏枪开火的举动在金刚钻的哄骗面前显得那样可笑；他吞下一段胳膊，"舌头上的味蕾齐声欢呼"。王牌侦察员终于喝得不省人事，住进了罗山煤矿高级招待所；在招待所，他竟被一个惯偷洗劫一空。最后，一无所获的丁钩儿狼狈不堪地离开了罗山煤矿。

---

① 张闳：《莫言小说的基本主题与文体特征》，《当代作家评论》1999年第5期。

② 莫言、李子顺、庚钟银：《在写作中发现检讨自我——莫言访谈录》，《艺术广角》1990年第4期。

　　然而丁钩儿的厄运才刚刚开始。虽然他在迷迷糊糊中认定发生在罗山煤矿的一切"多是巧妙的骗局",但在离矿进城的路上,他"巧遇"前番搭车相识的女司机,又被她"生动活泼的脸蛋"迷倒,鬼使神差地跟到了她家;苟且之中,被金刚钻当场拍下了风流照片——在精心布置的陷阱中,丁钩儿被这个酒量无边的对手再次灌醉。酒后醒来,他咬牙切齿,试图离开这个当了金刚钻肉弹的堕落女人,可面对女司机满眼"晶莹的泪水"、在"悲恸欲绝"中悔恨不已的姿态,丁钩儿开始怜香惜玉,感到"温暖的感情在肚子里回旋";在"发誓"相爱之后,这对"好搭档"一起到酒国市驴街的"一尺酒店"侦查。在酒店,丁钩儿吃惊地发现:让他心动不已的女司机竟然是店中侏儒总经理余一尺的"第九号情妇"。怒不可遏的丁钩儿无法想象漂亮动人的女司机和一个侏儒同床共枕的情景,竟然"像一个热恋中的青年一样"痛苦不堪,甚至不得不用流氓无赖的办法才摆脱女司机的纠缠,逃出灯红酒绿的一尺餐厅。又饿又冷、爱恨交加的丁钩儿游荡在酒国街头,先是被两个巡警严厉盘问,狼狈不堪;随后为一碗馄饨"瘫倒"在小贩面前,尊严扫地;继而挨了一个"老革命"一顿痛骂,终于明白"这世界上谁也救不了谁"的道理。在酒醉后的极端妒忌中,他返回一尺酒店,开枪打死了女司机和她的情夫。但丁钩儿因此被惊恐、痛苦和悔恨压垮,陷入疯狂而难于自拔,跌进"一个露天的大茅坑"——"几秒钟后,理想、正义、尊严、荣誉、爱情等等诸多神圣的东西,伴随着饱受苦难的高级侦察员,沉入了茅坑的最底层"。

　　丁钩儿的"不幸"显然来自他个人性格中的致命弱点。贪杯、好色和刚愎自用,本来被"王牌侦察员"的特殊身份以及在"省城"立下的赫赫功绩所掩盖,来到远离体制外的酒国后,终于不可抑制地暴露出来并且迅速使他变得不堪一击。显然,在酒气冲天、色欲横流的酒国为他设下的"酒肉计"和"美人计"面前,丁钩儿这方面的"功夫"简直不值一提:酒量齐天的金刚钻略施小计,他已经醉得连端上桌的罪证也识别不出;一个甘做肉弹的荡妇稍稍勾引,便足以让他妒忌杀人。至此不难看出,丁钩儿的形象,蕴含了双重的"反讽";从表层看,通过"高级侦察员"的失败直接暴露了"酒国"官员的腐败;从深层看,通过"高级侦察员"的堕落寄托了对于所谓体制化生存的某些忧虑。

　　如果说丁钩儿的形象因其个人性格的致命弱点尚显得"有案可据",那么出现在小说第二文本系统中的李一斗形象,可谓深藏不露。

　　酒国酿造大学勾兑专业博士生李一斗倾慕"莫言"的才华声名，立志献身文学。他写信拜师求教，寄上自己的作品，希望获得莫言的指点并推荐到《国民文学》发表。李一斗栖身于宣传部副部长金刚钻、暴发户余一尺、高级教授袁双鱼夫妇等人组成的上层社会，对杀食婴儿的事件耳闻目睹：他清高自诩、发愤创作，对沧桑世态予以剥皮剜疮般的暴露，并一度以此为自己的理想和使命。但与此同时，李一斗始终摆脱不了权势和财富的诱惑：他与凭借金钱纵情声色的余一尺称兄道弟，对手握权力名利双收的金刚钻羡慕不已；而献身文学的理想就像始终拒绝发表他作品的《国民文学》一样虚无缥缈，加之上下悬空的生存困境和混乱不堪的情感纠葛，李一斗终于迅速"还俗"——混进酒国市委宣传部开始了"搞宣传报道"的新生活。

　　从表面上看，李一斗"拜师—还俗"的生活变迁似乎传达了作家对于文学的讽喻：理想化的文学事业从来就不存在。但联系前述不难发现，李一斗"拜师—还俗"的生活变迁时时牵动着专业作家莫言在体制内外徘徊不定的生活状态。小说结尾，莫言走向《酒国》，最终完成"收徒—下山"的情感移位，从而传达了作家关于文学的另一个更为深刻的讽喻：作家的出路，就是走向被《国民文学》抛弃的尘俗生活。

　　与丁钩儿和李一斗生活命运紧紧相连的，则是小说中的"群丑"形象及其言行。这里有金刚钻神秘莫测的身世、阴险狡诈的心理和卑鄙毒辣的手段；有女司机沉迷权钱的贪婪、甘做肉弹的麻木和放浪变态的私欲；有侏儒英雄余一尺灰暗的童年、暴富的劣迹、纵情声色的糜烂生活和大红大紫的显赫前程；有教授夫妇神秘的身世、离奇的关系和疯魔的个性等等。小说通过他们的种种劣迹丑行，揭示了《酒国》污浊不堪的世态人相。

　　以子虚乌有的人物描写如此触目惊心的恶行丑态，对于莫言的批评者们来说，无疑又是"丑化人类"的最好证据。我难于断定莫言是否真有"欲与天下所有爱美之人较劲"[①]的恶趣，只是在读完文本后感到一种莫名的焦虑和压抑，一种关于现实和未来的沉重忧患。莫言对于过去的创作曾经有过这样的自白："通过讲述某几个故事某一段事件，然后来寄托我现在的思想感情，把我今天对过去的思考融合进去。"[②]那么，酒国里的这一

---

　　① 王金城：《从审美到审丑：莫言小说的美学走向》，《北方论丛》2000年第1期。

　　② 莫言、李子顺、庚钟银：《在写作中发现检讨自我——莫言访谈录》，《艺术广角》1990年第4期。

群，或许就是作家"现在的思想感情"的某一方面？

四、《酒国》的主题话语：寻找"哲学上的突破"

当下文学研究的一个突出问题，就是我们一方面看到了文学的"边缘化"生存现状，另一方面仍然在有意无意地固守"边缘化"之前的理论壁垒。比如一谈到真善美合一的历史审美法则，就机械地认定真实度、理想精神和审美要求三者同生共灭、缺一不可，其结果往往是在理想化和审美化的口号下消解了真实度的作用。也许正是出于这种思维定式，有人苛责莫言小说充斥了"逼面而来的血腥、污秽、肮脏和恐怖"，表现出"欲与天下所有爱美之人较劲"甚至"丑化人类"的极端倾向。与此相反，有人肯定莫言小说以"一个本色的民间叙述人"身份展现了"善中有恶、美中有丑"的"复杂文化形态"，传达出尼采式的"自由的生命精神"。①

在我看来，抱残守缺的批评和避实就虚的赞美一样无益于莫言小说的真正解读。阅读的经验告诉我，试图从某种现在的美学法则和理论模式解读莫言小说将劳而无益。对莫言来说，重要的不是叙述的方法（即所谓"丑化"），也不是叙述的视角（即所谓"民间"），而是他之"丑化"人类、他之立足"民间"的心理动因。正如他自己强调的那样，他通过讲述某几个故事某一段事件，寄托他现在的思想感情，把他今天对过去的思考融合进去。这就是说，是现实的感悟以及由这种感悟产生的逼迫和挤压，"迫使"莫言选择了"丑化"笔法和"民间"视角——正是在莫言心目中那萦绕不已、挥之不去的现实情怀和人生意识，使我们看到了莫言小说里"文明的压抑机制和文明与生命力之间的冲突"。② 如果说《红高粱》是这种"冲突"的历史形态，那么《丰乳肥臀》可以算作它从历史走向现实的过渡形态；而《酒国》的出现，无疑表明了这种"冲突"的当代形态的出现。在小说中，作家通过荒诞变形的人物故事和文本叠加的叙事模式，表现了一个森然逼人的主题话语——"食婴"。

---

① 王光东：《民间的现代之子》，《当代作家评论》2000年第5期。
② 张闳：《莫言小说的基本主题与文体特征》，《当代作家评论》1999年第5期。

从表层寓意分析，"食婴"主题显然概括了"酒国"大小官员疯狂追逐权钱酒色的腐败行为，但联系小说整个故事情节可以看到，"食婴"主题从根本上连着作家强烈忧切的人生感悟和生命体验：

其一，"食婴"的隐匿化。《酒国》里有一个十分显明的情节，即杀食婴儿的事情明明存在，"大名鼎鼎"的丁钩儿就是查不出来：他先是被金刚钻的热情蒙蔽，在酒香美食中失去警惕；继而受女司机的姿色诱惑，陷入荒唐恋情不可自拔；等到清醒过来，却发现自己反倒成了应该被抓捕的罪犯。这一情节深深地印证出"食婴"主题的深刻寓意：一方面，"食婴"已经成为"酒国"制度化的生活现象，成为一种被人守护的信仰和理想，对于它的任何触动或冒犯，必将遭到严重的甚至是致命的腐蚀；另一方面，即使像丁钩儿这样来自"省城"的高级侦察员，也早已对"食婴"的诱惑和腐蚀失去抵抗力。正是在这个意义上，"食婴"主题传达了作家对于体制化生存的深切忧患。

其二，"食婴"的破坏性。在我们的文学话语中，以孩子喻指将来，已经成为一种普遍认同的思维定式。据此，《酒国》里"食婴"主题的喻指意义不难获得解释："食婴"意即"吃掉"将来——恰恰是在这里，"食婴"主题表现了作家关于未来生存的焦虑：显然，对于"酒国"里以金刚钻为代表的大小官员们来说，"吃掉"的不仅仅是山珍海味美酒佳肴，而是酒国的未来和希望。

其三，"食婴"的深广度。与上述两方面相连，"食婴"的可怕性在于：作为一种罪恶，它不但被"制度化"，而且已经被"程式化"和"规模化"。从小说里可以看到，"酒国"的所有人们按照"红烧婴儿"的制作过程划分成了三个阶层：这里有提供者，如郊区农民金元宝；有制作者，如酒国酿造大学的袁双鱼夫妇；有食婴者，即宣传部副部长金刚钻、暴发户余一尺以及在他们身后大大小小的食婴者们。这三个阶层互相勾结、互为依存，将酒国的"食婴"事业推向兴旺。

考察莫言创作历程，"食婴"主题的创新意义不言而喻。在我看来，这种意义是双重的：作为一种文本操作手段，"食婴"主题给作家提供了一种写"非常"题材的可能性；作为一种文本创作方法，它大大增加了题材的涵盖面和深厚度。在小说中，高度荒诞化的"食婴"主题，不仅涵盖了暴露和批判的内容，更以一种反讽的形式，传达出了作家关于人生、关于生命的"形而上"的思考和追问；如果剥开这种思考和追问的内核，见到的还是作家关于现实和未来的深切期待。因而，从根本上来说，《酒国》的创作仍然缘于"希望小说中描述的现象在现实生活中再也找不到样板"[①]的创作心态。莫言曾说："当代小说的突破早已不是形式上的突破，而是哲学上的突破"[②]——"食婴"主题的深刻性正在这里。

综上所述，《酒国》在莫言小说中有着不可忽视的"非常"意义，它表现在：试图摆脱"合谋"的创作心态、多重文本叠加的叙事模式、荒诞变形的形象设置和涵容深藏的主题话语。据此，迄今为止读者层和评论界对这部长篇的冷漠和疏远，正是对作家莫言的无谓"误读"。

二〇〇〇年十二月三十日初稿

二〇〇一年一月九日再稿

《当代作家评论》二〇〇一年第五期

---

① 莫言：《自序》，《愤怒的蒜薹》，北京，北京师范大学出版社，1993。

② 莫言：《清醒的说梦者》，《会唱歌的墙》，北京，人民日报出版社，1998。

感官的王国

——莫言笔下的经验形态及功能

张　闳

生理学

在莫言笔下，吃的场面屡见不鲜。在《透明的红萝卜》的开头部分，生产队长正是一边咬着手里的高粱面饼子，一边去敲出工钟的。吃，在这里比一天内的任何一种工作都要来得早。是吃——而不是钟声——召唤着劳动的人群，并提醒着劳动的必要性。只是队长的吃的活动终了之时，钟声才敲响，并且，吃的活动的余绪仍然长时间地延宕，比钟声的余响还要来得更悠长些。莫言特别地写到队长的吃的活动结束时的情形：

> 走到钟下时，手里的东西全没了，只有两个腮帮子像秋田里搬运粮草的老田鼠一样饱满地鼓着。

> ——《透明的红萝卜》

"像……老田鼠一样"，这是一个绝妙的比方。的确，在人的全部生存活动中，唯有在吃的活动方面与动物的差别最小，它体现了人的需求的最基本的和最重要的方面。这个比方提醒人们对自身的肉体需求和动物性因素的关注。正是因为这些原因，村民们才闻钟而动。他们汇集到村口大钟下，"眼巴巴地望着队长，像一群木偶……一齐瞅着队长的嘴"。而就是这张正在咀嚼的嘴，即将向他们发出劳动分工的指令。

村民们渴望劳动，他们是热爱劳动的人群。但首先他们是饥饿的人群，是渴望食物的人群。事实上，在任何劳动主题的背后，都暗含着一个饥馑的主题，或关于粮食的主题。只有那些不事劳作而又能饱食的旧文人和"大跃进"时代的诗人，才常常会不懂得，或者装作不懂得这一点。他们更乐意将劳动处理为审美的对象，甚至把它想象为艺术本身。

莫言当然很清楚劳动的深层含义，懂得劳动与饥饿之间的内在联系。饥饿是莫言那一代人最为深刻的记忆。正当他们的身体最需要食物的时候，却只能挨饿，用自己的身体和生命，验证了唯物主义的无比正确性。也许正是因为饥饿的经验，使得他像那些注视队长的嘴的村民们一样，对粮食有着特别的兴趣。粮食（如高粱、红萝卜、蒜薹等）及其衍生物（如酒等），还有其他农作物（如棉花等），也就自然而然地成为莫言作品中最基本的描写对象。在描述其他事物的时候，他也总是有意无意地要用食物来做比方，如：

> 我看到小福子的身体愈来愈薄，好似贴在锅底的一张烙饼。

> ——《罪过》

> 孩子们宛若一大串烤熟的羊肉，撒了一层红红绿绿的调料。

> ——《酒国》

食物在作者与世界之间架起了一座桥梁，它是主体与对象之间的中介物。在莫言眼里，整个世界犹如一张巨大的餐桌。关于食物的经验，即是关于世界的经验。莫言通过与食物的接触来与整个世界打交道，食物主题是莫言笔下的基本主题。

食物主题（或吃的主题）可谓是一个真正的中国化的主题。中国素有"吃的国度"的美誉，人们通常把"吃文化"（另一个更为优雅的名字叫作"饮食文化"）视为中国文化的重要内容。如果我们抹开这个极度发达的"吃文化"表面的那些（也许是为了掩饰困顿才过分渲染的）绚烂色彩，就会发现，其核心则是"果腹"问题，这一问题在现代社会一度变得极其严重，以致作家们在写到那一特殊历史时期的时候都不得不对食物这样一种有些俗气的物质表示关注。但知识分子不喜欢赤裸裸的食物，而要经过玄学的烹调，将食物变成一道"象征性"的菜肴，一个隐喻，或启示。比如，张贤亮就像变戏法似的使食物脱离其物质性，变成了"精神食粮"。食物（还有性欲对象）只是张贤亮精神"升华"的动力和跳板。"升华"一旦完成，食物和性欲对象（女人）便成了渣滓。

莫言所关注的则恰恰是食物的物质性。在莫言笔下，食物并不是抽象的象征物，相反，它首先是一个物质性的存在。正因为其作为物质的实在性，它才被用来作为其他事物的喻体。只有在劳动者那里，首先是在农民那里，食物才真正显示出其物质性的本质。他们只对粮食的质料性因素感兴趣。食物的质料性方面，首先是作用于人的感官，而不是精神。它是感官欲望的对象，而不是认知的对象或"升华"的对象。莫言经常十分详尽地描绘食物的感性形式，描述某道菜肴的烹调方式及过程。他更感兴趣的还是与食物的具体、实在的接触：进食行为。在《酒国》中，他细致入微地描写了食物与器官接触时的感受：

> 喝！酒浆蜂蜜般润滑，舌头和食道的感觉美妙无比，难以用言语表达。喝！他迫不及待地把酒吸进去。他看到清明的液体顺着曲折的褐色的食道汩汩下流，感觉好极了。
>
> ——《酒国》

这是饕餮之徒、酒鬼的感觉。可是，它却出现在高级侦察员丁钩儿的身上。依照职业要求，丁钩儿是不应该去体验这种感觉的，何况他还有公务在身，并且这项公务正是对一桩与饮食有关的罪行的侦察。然而，食物和酒破坏了他理智的防线，使他迷失了一个意志的"自我"——肉体的"自我"。这是一个意外的"自我发现"。这一"自我发现"，不同于二十世纪八十年代以来思想文化界所张扬的那种"自我发现"。后者是精神领域里的发现，这个精神性的"自我"并不以高粱、玉米为食，而是吞噬"理念"、"三段论"、"主体性"，就好像传说中的食风国的居民一样。从表面上看，对肉体性"自我"的发现应该远比对精神性"自我"的发现来得容易得多，但在当代中国，情况正好相反：精神的解放有时可以公开地通过大众传媒直接地进行大讨论，而肉体的解放则不得不在民间以遮遮掩掩的状态进行。

在莫言笔下，身体的各部分的组织器官堂而皇之地出现。首先是消化器官这个粗俗的、卑下的和令人难以启齿的器官系统，在莫言那里却获得了与身体的其他器官（无论其为"高贵"或是"卑贱"）平等相处的权利。在消化器官中，一马当先的当然是口腔。正如《透明的红萝卜》中的村民们注视队长的嘴一样，《欢乐》中的齐文栋也注意到了母亲的嘴。通过那张"破烂不堪"的嘴，齐文栋发现了母亲的衰老。嘴的衰老，也就是生命能量的摄入口的机能下降，随之而来的必将是整个机体无可挽回的衰颓。在《丰乳肥臀》中，口腔的机能则显得更为重要。对于上官金童来说，口腔真正成为他的"生命线"。他通过口腔来建立与母亲、他人乃至整个世界之间的联系。在这里，口腔真正是作为一个欲望的器官而存在，用一个弗洛伊德化的表述——口腔是人物的力必多中心。

莫言如此关注所谓力必多的口腔阶段，意味着他对人的"自我意识"的基础的原初性和肉体性的关注。人们很容易发现莫言在修辞上的强烈的感官色彩，他所惯用的比方也好像是只有将事物变成可食用的物质，才能被意识所"吸收"。消化道的机能转化为"自我"的生存机能，仿佛只需从消化道的活动中便可获取关于世界的经验和知识，或者说，他用消化道的活动（这纯粹是一个肉体性的活动）替代了通常的意识活动。在小说《罪过》中，莫言暗示了这一肉体与意识之间的隐秘关联——

> 我每天都跟我的肠子对话，他的声音低沉混浊，好像鼻子堵塞的人发出的声音。
> ……
> 我伸手抓过那鳖裙，迅速地掩进嘴里。从口腔到胃这一段，都是腥的、热的。
> 我的肠子在肚子里为我的行动欢呼。
>
> ——《罪过》

这是一位饥饿的少年的感受。在这里，消化器官被赋予了独立的生命，成为主体的另一个"自我"。肠子像头脑一样地思考，并与主体对话。是它驱使着主体去"抓取"和"吞食"物质，而主体则成了这种肉体化的欲望的执行者。或者说，肉体化的欲望才是真正的"主体"。

主人公"我"对于食物的态度是贪婪的。而贪婪正是莫言笔下感官经验的基本形态之一。莫言很少写那种悠闲而体面的用餐。在他的笔下，吃总是如同一场战斗。在《食草家族》的第五章中，二姑的两个莽儿子就是怀抱着顶上了火的枪在"消灭"食物。即使是像《酒国》中所写到的几次盛宴，食客们也都是"犹如风卷残云"般地扫荡饭菜。那些平素优雅风流的服务小姐们，她们在扫食残羹时"吃相都很凶恶"。这些不堪的"吃相"，把贪婪的经验推向了喜剧性的高度。它暴露出人性另一面的本质：本能的动物性。中国古代的传说无比深刻地将贪吃的神祇塑造成人兽混合的形象——饕餮。作为贪婪之神的饕餮有着一张巨大无比的嘴和惊人的食量。在这个形象身上，隐含着人对于自身动物性本能（首先是食欲）的恐惧。酒国市就是一个"饕餮国"。侦察员丁钩儿一进入酒国市，就开始了与酒国市的饮食文化的斗争，更重要的是与自己的食欲的斗争。这位老牌的高级侦察员一直在用自己强大的理智，去克服肉体的欲望。然而，他失败了。他人贪婪的食欲也刺激起丁钩儿的食欲，他被自己的食欲所打垮，他的意志则完全被自己的欲望所吞噬了。

欲望的贪婪性夸张了器官的机能。但在莫言笔下，被夸张的不仅是消化器官，而是包括全部的感觉器官。在一些特别的情况下，食物并不是作为吃的对象，而是巧妙地转变为"看"和"嗅"的对象。

那是十六只眼睛。十六只黑沙滩村饥肠辘辘的孩子们的眼睛。这些眼睛有的漆黑发亮，有的黯淡无光，有的白眼球像鸭蛋青，有的黑眼球如海水蓝。他们在眼巴巴地盯着我们的餐桌，盯着桌子上的鱼肉。

——《黑沙滩》

我闻着扑鼻的香气，贪婪地吸着那香气，往胃里吸。那时我有一种奇异的感觉，感觉到香味像黏稠的液体，吸到胃里也能解馋的，香味也是物质。

——《罪过》

同样的描写还出现在《酒国》中，如"第一章"中的少年金刚钻即表现出神奇的嗅觉。在《透明的红萝卜》中，黑孩被扩大了的感官能力则表现在听觉方面。而《红耳朵》中的那个名叫王十千的小孩，则长有一对有灵性、有情感、能自主运动的、硕大无朋的耳朵，就像传说中的老聃一样。这些形状和功能均被夸张的感觉器官几乎脱离了正常状态的身体，而具有了自己的意志，成为独立的机体。被夸张的感官的意志即是贪婪。贪婪的经验支配了主体的整个肉体。我们当然不会忘记，贪婪经验的对象首先是食物。同时，正是在食物不能成为吃的对象的时候，才转而成为视和嗅的对象，也就是说，在无法满足味觉和消化器官的欲望的情况下，贪婪经验才显得更加强烈，并转移到其他的感官上来。

感官的异常发达未必（像研究者通常所认为的那样）都是对生命的自由状态的呈现，有时倒是相反——它恰恰是生命被扭曲和欲望被压抑的结果，至少，可以说是生命的物质条件"匮乏"的结果。在莫言的笔下，发达的感官所提供的是贪婪经验，在这些经验的背后，却隐藏着一个匮乏主题。从这一角度看，贪婪的经验在莫言那里则又被推到了一个悲剧性的高度。贪婪是饥饿对人的本能的侵犯，而生命则通过其代偿性的机能（"通感"等等），对自身（首先是对肉体的欲望）做出了悲剧性的肯定。这是一种欲望的匮乏经济学。

匮乏经济学本身即是一个矛盾体。匮乏所带来的并不仅仅是通常所认为的"消瘦"和"萎缩"，有时却反而是"肿大"和"膨胀"。从病理学角度看，身体由于某种元素的匮乏，有可能导致局部器官组织的肿胀和增生。如刘恒的《狗日的粮食》中的那个女人脖子上的"瘿袋"，即是由于身体缺乏碘元素所致。而就像是经济学中的"通货膨胀"一样，在极度饥饿的状态下，机体的反应却是组织的高度水肿。这一点，经历过大饥饿时代的中国人都深有体会。

食物匮乏与食欲之间的矛盾，磨砺了人们对食物的想象力。这一点，在当代中国许多作家的笔下有过不少精彩的描写。例如，在余华的小说《许三观卖血记》中，许三观在大饥饿的日子里为全家人做口头烹调表演，显示了中国烹饪的精湛工艺和对于食物的神奇想象力。冯骥才的纪实性作品《一百个人的十年》中讲了大饥饿年代劳改营中的一位犯人的故事。在被活活饿死前给家人的一封信中，他通过想象，开列了一份内容庞杂、几乎无所不包的菜单。古老的"画饼充饥"的寓言已经道出了匮乏经济学的本质。这也许正是中国传统中发达的"吃文化"的真正起因。莫言同样也常常喜欢编制菜单，不厌其烦地罗列餐桌上的内容。

> 第二层已摆上八个凉盘：一个粉丝蛋拌海米，一个麻辣牛肉片，一个咖喱菜花，一个黄瓜条，一个鸭掌冻，一个白糖拌藕，一个芹心，一个油炸蝎子。
>
> ——《酒国》

罗列，或者说对事物（首先是食物）的铺张的叙事，在莫言那里被风格化了，成为莫言话语的标志。它披露了莫言小说叙事之文体学的秘密。对于事物的罗列，是建立有关某类事物的知识系统的初步。儿童在语言习得和事物认知的初期，往往通过童谣来罗列自己所认识的事物。罗列，使事物直观化，有助于对事物的呈现的计算，罗列者对于自己所据有的事物一目了然。而莫言的这个知识系统，首先是关于食物的知识系统，干脆说，就是一张"菜单"。在这里，食谱和知识谱系之间有着某种隐秘的相关性。食谱就像是一部辞典。尽管是关于食物系统的辞典，但它却有着与任何一部辞典一样的结构和编排规则，同样体现了人对外部世界事物秩序的理解。在通常情况下，人们总是将知识与食物相提并论，把知识喻为"精神食粮"。对于莫言来说，这两类食粮显然是同样的重要，并且是充分一致的。莫言只有成为一个"饕餮"，才能补足少年时代在物质和知识两方面的匮乏。两种贪婪的经验形成了莫言文体上的扩张性特征。与此相关的是，他笔下的强盗形象（如《红高粱家族》中的人物）。强盗的特征即是攫取和占有。就像强盗坐地分赃时盘点自己的劫掠所得一样，莫言这样清点自己的经验"账目"。他的经验世界通过食物系统向周边扩张。"强盗"形象是莫言的扩张型的"自我意识"的表征，它与莫言的那种放纵的文体恰恰是互为表里的。

张开"口腔"要么是为了进食，要么是为了说话。吞入与吐出，是"口腔"功能的两个方面。令人惊奇的是，莫言恰恰是当代作家中语汇最丰富的作家之一。在语言风格上，他滔滔不绝，大肆铺陈，反复重叠的句式和丰富的感性词汇，形成了他特有的挥霍风格。在"大跃进"时代和"文革"时代，汉语经历了一个极度膨胀的阶段，它与那个时代人们在精神上的"匮乏"恰成对照。"挥霍"的心理学基础未必是基于"充裕"，相反，倒是出自曾经的"匮乏"。"挥霍"一方面是所有者对自己由"匮乏"变为"充裕"的炫耀。另一方面，"挥霍"即是"浪费"，是对过度"充裕"的所有物的否定性的使用。对于一个经历过极度"匮乏"的人来说，现有的"充裕"已然全无意义。莫言的这些夸张的言辞只是表达了一种意义上的"肿胀"状态。"肿胀"的言辞在被过度"挥霍"之后，终究要归于沉寂。无言的沉寂必将宣判话语的"喧嚣"为无意义。言说在其根本之处往往变成了其意义的反面，成为对自身的否定，因而，这些夸张的言辞的真实意义倒不在于话语所表达的语义本身，而在于对其从采用的话语的意义"空虚"的暴露，在于这些空虚的话语"喧嚣"终结之际所出现的"沉默"。

与成熟时期的作品相比，莫言的早期作品《透明的红萝卜》倒是显得比较克制。这部作品在文体上是有风度的，甚至是羞涩的。它就好像是不愿意让人们联想到过度的"匮乏"，不愿意在众人面前暴露出贪婪的欲望。黑孩显然不会是一个肚皮充实的孩子。

从他的头颈与身体的比例来看，属于"二度营养不良"的病孩。他把红萝卜转化为其梦想的对象。红萝卜并非最好的果腹之物，亦算不上是可口之物。但在这里，作者却赋予它以浪漫主义的色彩。正因为如此，这部作品才在崇尚浪漫诗意的二十世纪八十年代中期博得了热烈的喝彩。而像《欢乐》、《爆炸》、《红蝗》这一类的作品，则完全"暴饮暴食化"了，因此，常常引起神经脆弱和崇尚"优雅"之美学原则的人士的不快。毫无疑问，黑孩的那种纯洁少年的不切实际的幻想，给作品带来了无穷的魅力。它显示了在一个充斥着贫穷和暴力的国度里，"诗意地栖居"之艰难以及"乌托邦"思想生成之可能性。

在《酒国》中，莫言还详尽地描述了一场盛大而又精彩绝伦的"全驴宴"。这场盛宴几乎可以同任何一门艺术相媲美，真正是令人叹为观止。一头驴的身体被按照器官解剖学肢解为若干部分，每一器官都成为一道菜肴的原料。莫言似乎是在炫耀自己的烹饪学知识。而驴的器官只不过是一个借喻，它们可以是任何一种生命机体的器官的替代。这一点，在小说的另一处得到了印证。酒国市的罗山煤矿的餐厅里，有一道菜叫"红烧婴儿"（丁钩儿的调查活动因这一道菜而引起）。这一次是对人身体各部分的解剖学展示——

> 这是男孩的胳膊，是用月亮湖里的肥藕做原料，加上十六种佐料，用特殊工艺精制而成。这是男孩的腿，实际上是一种特殊的火腿肠。男孩的身躯，是在一只烤乳猪的基础上特别加工而成。被你的子弹打掉的头颅，是一只银白瓜。他的头发是最常见的发菜……
>
> ——《酒国》

吊诡的是，烹饪学知识与解剖学知识是如此的一致。它几乎就是一门特殊的解剖学。"全驴宴"不仅是供"品尝"的，而且也是供"欣赏"的。这也就意味着烹饪学不仅是关于身体解剖的知识，而且也是解剖的艺术。在《红高粱》中，日本兵强迫屠夫孙五将罗汉大爷活剥皮。就像传说中的庖丁一样，孙五的剥皮技术炉火纯青，堪称杀戮的艺术。而"屠夫之父"庖丁也许就是中国传统医学解剖学的真正祖师。在这里，故事的背后隐藏着一个关于"杀戮（吞噬）—医疗"的主题。

在另一处，莫言的确就把医学概念与饮食问题混杂在一起，暗示了这两者之间的内在关联。他根据身体的"器官病理学"罗列了一长串各种各样的疾病，并将这些疾病比作一道道美味佳肴——

> 发疟疾、拉痢疾、绞肠痧、卡脖黄、黄水疮、脑膜炎、青光眼、牛皮癣、贴骨疽、腮腺炎、肺气肿、胃溃疡……这一道道名菜佳肴等待我们去品尝，诸多名菜都尝过，唯有疟疾滋味多！

——《红蝗》

在论及拉伯雷的小说与欧洲中世纪和文艺复兴时期的民间文化之间的关系时，巴赫金发现了拉伯雷的"解剖学特色、狂欢节厨房气氛和江湖医生的风格"。[1] 在巴赫金看来，《巨人传》中对身体的解剖学和"厨房化"的处理，乃是视身体为一种完全"物质化"的机构，是一种完全可以由人自身所支配的"物"。拉伯雷以"物化"和"反讽"的方式消解了中世纪教会神学关于"灵魂"对"肉体"的支配的神话，恢复了肉体存在的合理性地位。拉伯雷风格的诸方面，在莫言的笔下得到了充分体现。在莫言那里，这些风格特征集中在"筵席场面"上。"筵席"在鲁迅那里被描述为一个令人恐怖的残酷场面——吃人。"吃人的筵席"成了中国传统文化扼杀人性的一个悲剧性的场景。而在莫言那里，"筵席"却被充分喜剧化了。莫言本人的喜剧化风格在筵席场面中达到了极致。拉伯雷笔下的筵席（及厨房）的喜剧性是对神学关于生命的精神化的理解的戏谑性反讽。拉伯雷的世界充满了肉欲的快乐，是对肉体和物质性世界的积极肯定。而莫言的世界却更多地包含着现实生活的残酷性，它是一出"残酷的"喜剧，所带来的不仅仅是快乐，还有现实生活的残酷性和荒诞感。莫言笔下的"魔厨"式的餐桌几乎变成了一块屠夫的砧板。黑孩的那些诗意盎然的食物和浪漫主义的饮食观化为子虚乌有。

伦理学

《红高粱家族》是莫言最著名的作品之一。这是一组有关家族历史记忆的叙事性作品。在维系家族史记忆方面，高粱起到了至关重要的作用。高粱可谓是真正"民族化"

---

[1] 巴赫金：《巴赫金文论选》，第168页，佟景韩译，北京，中国社会科学出版社，1996。

的食粮。特别是在北中国，它至今依然是最重要的农作物之一。高粱维持着人民的生存，同时又以其顽强、蓬勃的生命力，养育了人民的精神。不同的地理环境决定着不同的劳作方式，形成了各民族不同的食谱和饮食习惯，而这些最基本的生存活动造成了不同的文明和文化伦理观念。因而，火红的高粱被当作民族精神的象征物。

在二十世纪八十年代中期的文化背景下，人们对于作为食物的高粱本身的性质和功能并不感兴趣，倒是高粱的衍生物——高粱酒——格外地吸引了人们的注意力。在莫言的《红高粱家族》中，有一篇的篇名就叫作《高粱酒》。高粱是属于自然的，高粱酒才是文化的。高粱仅仅是一种食物，高粱酒才使饮食具有了文化的内涵。正是因为这一点，莫言的这一类作品才被大众文化媒体——电影所关注，并且，在二十世纪八十年代中期的"文化寻根"热潮中，成为一部文学"样板"。

"吃"的文化现象一旦涉及酒，问题就变得复杂起来。酒的出现给人类生活带来了一种崭新的面貌。它似乎可以算作饮料，但又不同于一般的饮料。这种对粮食经过发酵和蒸馏之后所提取出来的特殊的液体，被认为是粮食的"菁华"，但显然不是用来充饥的，也不完全是用来解渴的。其中所含有的主要成分——乙醇，对人的神经系统有一种特殊的刺激作用，可以使饮者的神经系统高度亢奋，并可产生一种特殊的欣快感。因而，它是一种介乎一般饮料与兴奋剂之间的特殊液体。酒精使人产生的特殊感觉，让人感到仿佛可以摆脱自己肉体的重量，能够在空气中飘浮，好像没有重量的灵魂。酒给人类带来了一种美妙的新体验，它能够制造快乐的幻觉，使人们暂时摆脱生存的压力，逃避生存的责任和忘却生存的痛苦。人们迷恋这种神奇的液体，热切地追求它所带来的美妙的体验。一些民族的宗教戒律和官方法律认为酒迷乱人的本性，是魔鬼的饮料，而予以限制或禁止。

人类的文明史与其饮食的历史总是紧密相连的。火帮助人类走出了蒙昧时代，而火给人类的生存活动所带来的最大变化却是在饮食方面。它导致了饮食上的生食／熟食的分野——这就是人类文明史的开端。生食／熟食的分野为人类的饮食确定了最初的和最基本的原则。这也正是人类文明的伦理学的基础。这一原则使人类在一定程度上摆脱了自身肉体之本能对饮食要求的支配，人不再仅仅是依照肉体需求，对食物做出"可食用的／不可食用的"简单区分，而是遵照一定的价值标准，即遵照"应当食用的／不应当食用的"原则来区分。与此相关而形成了人类文明的其他诸多伦理范畴："清洁／污秽"、"精神／肉体"、"崇高／卑下"，等等。甚至，身体的"上身／下身"的区分也被打上了伦理的烙印。这在一定程度上也是出自人对于自身肉体欲望（比如食欲、性欲）的恐惧。出于现实生存的需要，生存活动的感官唯乐原则被压抑下去，代之以唯实原则。这同时也意味着对自身肉体的贬低与遗忘。人的感官活动开始有了某种禁忌。在"吃"的活动方面，肆无忌惮的暴饮暴食被转移到如饕餮之类的形象上。在这一类形象身上，集中了动物性的和非理性的本能的力量。饮食禁忌为"吃"的感官活动划定了一个伦理限度。"吃"的禁忌反映了人对于摆脱自身的动物性的要求。唯有酒能够在一定程度上帮助人们超越唯实原则，而暂时地达到唯乐原则的实现。

饮酒，显然是人类"吃"的活动中最特殊和最人类化的行为之一。因为"酒"具有一种特殊的文化功能：它被想象为使文化向自然靠近和沟通的催化剂。饮酒不仅仅是果腹和解渴，而成为文化的一部分。由于酒的特殊的神经生理方面的功能，它在民间的和国家的仪式化活动中，扮演着某种特殊的角色。因而，酒的酿造以及饮用往往有许多复杂的和仪式化的程序。在《高粱酒》中，莫言再现过这种酿造仪式。而酒在饮用时的仪式化的程序，则是中国的"饮食文化"中的一种特殊而又讲究的艺术。在酒国市人的盛宴上，这种仪式化的饮酒方式达到了无以复加的程度。

莫言常常不厌其烦地详尽描写人的神经系统对酒的生理反应——

> 悬在天花板上的意识在冷笑，空调器里放出的凉爽气体冲破重重障碍上达天顶，渐渐冷却着、成形着它的翅膀，那上边的花纹的确美丽无比。他的意识脱离了躯壳舒展开翅膀在餐厅里飞翔……到处都留下了它摩擦过的痕迹。它像一只霸占地盘的贪婪小野兽，把一切都打上它的气味印鉴。对一个生长着翅膀的意识而言，没有任何障碍……
>
> ——《酒国》

正如酒本身脱离了粮食的物质性一样，饮酒者的意识在酒精的作用下，也脱离了肉体的物质性的形态，从而使饮酒者的意识中形成了一种"升华"的幻觉。比如，在古代的宗教祭祀仪式和节日庆典活动中，人们正是通过酒的这种作用，来谋求精神上的"升华"，实现"人—神"沟通和肉体与快乐沟通。人们将酒的这一功能称之为"酒神精神"。

但酒又是这样一种自相矛盾的物质：一方面它是国家"礼仪"上的必不可少的辅助

剂；另一方面，它又具有一种使人精神迷狂的功能，这种功能有时会导致人做出某种"非礼"的举动。酒醉后的狂欢却是任何神圣仪式的最终结局。迷狂状态下的肉体完全不服从意志和理性的支配，它自己支配自己，依照自己的原则——快乐——行动。在《红高粱家族》中，"我爷爷"余占鳌曾经大醉三天，不省人事。这位不平凡的酒徒似乎有理由漠视自己的肉体，将它抛掷在酒缸里，就像扔掉一件多余的物什一样。酒醉者有理由对命运采取一种听之任之的态度，可以逃避现实生存的责任。正如十六世纪的荷兰画家布吕盖尔笔下的盛大的乡间庆典场面所表现的一样，酒醉后的狂欢状态从根本上说是喜剧性的，它与其说是精神的"升华"，不如说是肉体的放任、迷醉和颓废。

在莫言的《酒国》中，酒醉的性质体现得甚至更为复杂和充分。已经大醉的丁钩儿尽管依然保持着意志的清醒，但他的身体却完全处于麻醉的状态。丁钩儿蝴蝶般轻盈的意志吸附在天花板上，并看到了自己的肉体被几位服务小姐"像拖一具尸首"一样地拖出了餐厅的情形。皮囊一样的躯壳把被"醉"所遗忘的肉体的状况充分暴露出来了。肉体不仅仅与意志脱离了，而且，它完全就像是意志的渣滓。一方面，我们可以说，"醉"的状态是意志对肉体的否定，而反过来也可以说，是肉体否定了意志的"升华"。"升华"在肉体的否定面前成为一个幻象。丁钩儿在酒国市的精神追求的过程，正是他的伟大的"升华"幻想不断破灭的过程，也是其意志在其"卑俗的"肉体的重力牵引之下的不断堕落的过程。

在神圣仪式终结之后，只有酒醉的人群和狼藉的广场。在酒的"升华"幻象破灭之后，只剩下纯粹的肉体。肉体脱离了意志和理性的控制，它只能依照自己的机能和需求行动。然而，在酒醉状态达到最严重的程度的时候，身体就会出现一种特殊的反应——

在一阵紧缩的剧痛下，他大张开嘴，喷出一股混浊的液体……哇——哇——酒——黏液，眼泪鼻涕齐下，甜的咸的牵的连的，眼前一片碧绿的水光。

——《酒国》

这里的呕吐并不是存在主义意义上的那种与存在之本体论有关的呕吐，而是一种纯粹的、仅仅关涉肉体的呕吐，是消化器官对刺激物之不适（不胜酒力）而致的、纯粹的生理反应。上消化道在横膈肌的帮助下，将食物从胃囊内逆向排空，这一过程构成了对"进食"的反动。呕吐在最根本的意义上标出了"吃"的生理限度。肉体以这种方式拒绝了酒以及与饮酒相伴随的全部进食活动。酒醉以及由此而带来的呕吐，使"吃"的活动的任何神圣仪式，在最终都走向了它的反面，更准确地说，是走向了它的真实结局——在酒精的作用下所产生的神话的瓦解和消亡。因而，也可以说，呕吐是对"吃"的神话的拒绝和反动。

呕吐是一种逆反的"进食"行为，各种反常的饮食习惯则是它的变体。在小说《十三步》中，莫言就写到过一位嗜食粉笔的教师。"吃粉笔灰的"，这本就是人们对于教师这一职业的卑称。职业性的生存压力，使这位教师形成了一种乖戾的饮食癖好。他像猴子似的攀缘在公园的铁栏杆上，向人们讲一些荒唐无稽的事情。每讲一节，就会向听众索要粉笔头吃。在小说《铁孩》中，则出现了两个吃铁的小孩。在"大炼钢铁"的年代，父母们忙于冶炼大堆大堆的含铁质的固体。而这两个差不多是被抛弃的孩子就开始将这些毫无用处的，"咸咸的，酸酸的，腥腥的，有点像咸鱼的味道"的金属吃掉。

小孩子吃铁，以及嗜食其他非食物的物质，比如泥土、煤渣、木炭屑、小石子，等等，在医学临床上是肠道寄生虫病并发营养不良症（俗称"疳积"）的主要症状之一。患者在吃这些"食物"时，就像吃美味佳肴似的，并且，口腔会产生某种快感。在这里所描写的这种反常的饮食癖好，一方面体现了饥馑对孩子们的身体发育的伤害；另一方面，则是孩子们对成人的荒唐行径的报复。铁、粉笔这些古怪的"食物"，与前文所提及的那些被当作食物的疾病一样，是对美味佳肴的否定，也就是说，反常的饮食习惯是对正常饮食的否定。

在莫言那里，对"吃"的文化的最极端的否定乃是其排泄主题。在通常的文化价值系统中，排泄物的性质总是消极的和否定性的。如果物质系统也有一种伦理秩序的话，那么，排泄物恰好是食物的反面。粪便这个奇特的意象在莫言笔下经常出现。比如，《酒国》中的心怀"崇高"理想的侦察员丁钩儿最后就是堕落在粪坑里而被淹死的。在《战友重逢》中，有一段赞美尿液的弧线在阳光的映照下所形成的彩虹。"尿液"与"优美"的形象联系在一起。而在《红蝗》中，粪便意象甚至还与"崇高"的观念产生了联系——

高密东北乡人食物粗糙，大便量多纤维丰富，味道与干燥的青草相仿佛，由此高密东北乡人大便时一般都能体验到磨砺黏膜的幸福感——这也是我们久久难以忘却这块地方的一个重要原因。高密东北乡人大便过后脸上都带有着轻松疲惫的幸福表情。当年，我们大便后都感到生活美好，宛如鲜花盛开……

我们歌颂大便、歌颂大便时的幸福时，肛门里积满锈垢的人骂我们肮脏、下流，我们更委屈。我们的大便像贴着商标的香蕉一样美丽为什么不能歌颂，我们大便时往往联想到爱情的最高形式，甚至升华成一种宗教仪式，为什么不能歌颂？

——《红蝗》

对于粪便的肯定，也就是对于身体的最原始的部位的性质、功能及其产物的肯定。在中国传统关于身体的文化观念体系中，人的消化系统的主要功能归属于"脾"，"脾"主滋养和水谷运化，在五行中属"土"。正如万物之生存依赖土一样，消化器官是人的肉体生存的基础。并且，人在死亡后，其躯体亦终将化作粪土，回归到土地的怀抱。粪便形象与故乡形象在最原始的意义上产生了联系。因而，在莫言的伦理学原则中，是排便的快感形式以及粪便的性质形状，决定着文明的伦理尺度。而决定粪便之性质和形状的则是两类性质不同的饮食方式的食谱。这里出现了古老的饮食方式的分野——食肉／食草。食草家族的饮食原则更接近自然状态。食物（特别是酒醉者的呕吐物）的污秽与粪便（特别是食草动物的粪便）的清香，形成了鲜明的对照。颠倒的饮食伦理观和食物的伦理系谱，与呕吐一样，是对所谓"吃的文化神话"的否定和对通常的饮食伦理的颠覆。

在莫言的笔下，排泄物与食物常常是并置一处的。例如，在《高粱酒》中，著名佳酿"十八里红"的最为关键的酿造工序，乃是"我爷爷"余占鳌恶作剧地往酒篓里撒了尿。事实上，在民间俚语中，也常有这种雅俗混杂的现象。"马尿"就是人们对酒的戏谑性的称呼。民间文化往往是对文明秩序的大胆的叛逆。然而，排泄物与食物还不仅仅是一种并置关系，甚至这两者往往成为一种互喻关系：

马骡驴粪像干萎的苹果，牛粪像虫蛀过的薄饼，羊粪稀拉拉像震落的黑豆。

——《红高粱》

麦垅间随时可见的大便如同一串串贴着标签的香蕉。

——《红蝗》

这些相互悖反的意象的并置和互喻，乃是莫言小说的基本修辞方式之一。在这里隐藏着莫言小说的一个风格学秘密。事物超越了其伦理秩序中的位置，而被还原为一种原初的、自然的状态。事物的这一状态可以看作是对事物的自然规则的尊重和肯定，它在某种程度上打破了文明所构造出来的事物秩序的神话，是感官活动力量的显现和对文明压抑机制的反抗。

莫言在这里还十分详细地描述了排便时所产生的直肠和肛门的快感。这种快感与前文所引的对饮酒时所产生的口腔快感几乎完全相同。从生理学意义上看，这两个不同的部位的黏膜组织的解剖学形态和生理功能基本相同。从胚胎发生学方面看，它们也是形成于同一胚胎层。但在身体的文化伦理学范畴之内，这两个部位却有着森严的等级差别。从某种意义上说，文明即诞生于这种对身体级差的界定。文明社会最初从家庭开始对儿童进行这种身体级差意识的训练，并且首先是对肛门括约肌的控制功能的训练。而在更高级的阶段，则要求儿童将力必多及快感中心从口腔、肛门向生殖器部位转移。但是，莫言似乎是有意混淆和颠倒了身体既定的伦理秩序，将肛门的伦理位置与身体的其他部位的伦理位置并置，肛门快感与身体的其他部位的快感在性质和强度上也是同等的，这就从根本上肯定了肛门快感。这一肯定，也就意味着对力必多中心的转移的拒绝，它使身体的快感中心仍停留在肛门阶段。在崩溃的饮食文化"神话"大厦的废墟之上，莫言建立了自己的快感伦理学。

在儿童那里，肛门常常是其快感发生的主要部位。在青春期，这些力必多中心开始向生殖器部位转移，这标志着个体发育的成熟。在文明的"进化树"上，儿童的位置介于动物和人类之间，他们本性有时更接近于动物。成年人就常常直截了当地骂他们为"小畜生"。他们是"人性"的"欠缺"，是有待进化的"亚人类"，必须在成年人的"文明监护"和"训诫"之下，习得人性。可是，力必多中心的肛门阶段的固置现象，则是儿童对成长（进化）的拒绝，这就好像有些人在成年之后依然保持吮手指头的习惯一样。这些不文明的"恶习"与文明社会的伦理原则相抵触。在莫言笔下的"小男孩"形象身上最充分地体现了对文明社会伦理原则的拒绝。"小男孩"在莫言那里形成了一个庞大的形象群①。这些"小男孩"的共同特征是机警、敏感、顽皮和经常的恶作剧，差不多

---

① 这类形象包括黑孩（《透明的红萝卜》）、小虎（《枯河》）、豆官（《红高粱》）、铁孩（《铁孩》）、上官金童、司马粮（《丰乳肥臀》）、少年金刚钻、少年余一尺、"小妖精"、"长鱼鳞皮肤的少年"、"我岳母的小叔叔"（《酒国》），以及《罪过》、《夜渔》、《猫事荟萃》、《梦境与杂种》、《五个饽饽》、《大风》等小说中的"我"，等等。

就是所谓的"顽童"。他们固执地坚守着人类的原始本性。为此，他们常常受到来自成年人世界的严厉惩罚。对于这些"小顽童"来说，文明即意味着压抑和惩罚。小孩子在莫言笔下总是一种被压抑的形象与反抗的形象。

与肛门快感的固置相关的是儿童们对粪便的兴趣。对于儿童来说，粪便是他们快感的重要来源之一，另一方面，粪便又是他们自己的身体的唯一创造物（产品）。同样，下流话在小孩子那里有着与粪便相近的功能。下流话将被贬低的身体部位及其产物变成词语和句子，并有喜剧性的效果和某种攻击性。下流话的喜剧性效果就在于它的伦理上的错误。它常常是对事物的伦理集团的误置：将两个完全不同位置集团的事物或置于同一水平，或颠倒其位置。如果它有具体的针对性的话，就成了骂人话，其攻击性的功能就显示出来了。下流话、排泄幻象都是小孩子所迷恋的，它们既是其快感的来源，又是其攻击的武器。小孩子喜欢运用自己的身体的唯一产品来作为攻击的武器，或故意固守下流话中的伦理错误，故意混淆事物的伦理秩序，以示对成人的伦理原则的反抗，并从中获得快感。如《枯河》中的小虎在遭受父亲和哥哥的残暴殴打时，他唯一的反抗就是不停地高叫"臭狗屎"。

下流话和排泄幻象还有某种民间性特征。任何一种民间文化都带有某种程度上的童稚性。它似乎就是人类文明处于"未成年"阶段的残余。其中保持着文明的原初形态和生动性，恰如儿童之于成人一样。因此，尽管人们也会认为民间社会的文化是一切文化的根底和来源，但它又总是被教化的对象，是处于非中心位置的和被压抑的对象。文明在其制度化过程中要求建立某种秩序。文明的秩序观首先即是通过对身体（"肛门"首当其冲）的约束而建立起来的。从社会学角度看，制度化的文明秩序需要不断地清除民间文化的"污垢"，使之"清洁化"。这样，民间社会与主流的文明社会之间始终存在着一种对抗性的关系。而在这种对抗关系中，民间社会永远是牺牲品，是悲剧性的对象。而民间社会的特殊之处则在于：它本身却总是以一种喜剧性的方式来对待自己的命运，同时，也以此来对待其对立面。"笑"在民间文化中总是一种最有力的东西。"笑"既是对对手的嘲弄，又是对自身生命的肯定。巴赫金指出："民间的诙谐从来离不开物质和肉体下层。"① 腹部、臀部、排泄器官和生殖器，以及与这些下层部位相关的活动，如消化、排

---

① 巴赫金：《巴赫金文论选》，第119页，佟景韩译，北京，中国社会科学出版社，1996。

泄、交媾，等等，经常是民间诙谐的基本材料。它就好像是文明的"下腹部"，或者说是"脾"，归属于"土"，主司文明的归藏和化育。然而，正是这些所谓"藏污纳垢"的"下层"文明培育了人类文明的强大生命力。

政治学

在短篇小说《粮食》中，莫言讲了一个这样的故事：在二十世纪五十年代的大饥饿时期，母亲为了养活自己的孩子而将集体的粮食（豌豆）偷偷带回家。因为必须躲过冷酷而狡猾的保管员的搜查，母亲便将豌豆吞到肚子里，回家后再催吐。这样，母亲练就了一种特殊的本领——她能够大量吞食豌豆，并且无须催吐便可将豆子像倒口袋一样全部吐出来。与前文所提到的种种"呕吐"不同，这是一种特殊的"呕吐"。它更像是"反刍"，是这位人之母对鸟类的哺雏方式的不太高明的模仿。这位母亲以最原始的、动物式本能的方式来哺养自己的孩子。因为现实生存的压力，使人体器官的机能不得不向禽类的水平退化。这是最令人悲哀的，也是最伟大的"退化"。这种"退化"与任何文化学观念无关，它更多的是涉及对中国人的现实生存境况的揭示，是对现实最强烈的控诉。在这里，像"吃"这样一类的感官的生存活动被纳入了政治学领域。这是莫言写作的"中国性"的体现。

政治学领域内的事情——比如革命——当然不是请客吃饭。但"吃"表面上看起来属于纯粹的生理活动，有时却不得不带上某种政治色彩，正如"文革"期间人们常说的——"吃吃喝喝决不是小事"。而在当时，吃上一顿"忆苦饭"往往是对人民进行政治教育的必不可少的手段。这种活动巧妙地寓政治教育于日常饮食之中，它抓住了民众对"吃"感兴趣这一心理特点，使枯燥的政治教育变得香甜，因而行之有效。政治观念随食物一起充盈到人体内部，被消化和吸收，成为人民的血肉。莫言在《飞艇》中，描写过这种吃"忆苦饭"的仪式。在这种仪式中，吃饭是为了"忆苦"，是为了唤醒人们对于饥饿的记忆，进而对当下生活之"甜"表示感恩。但《飞艇》中的那位愚钝的农妇（方家七老妈）却未能领会这一仪式的政治学意图。她将吃"忆苦饭"仅仅当作对饥饿的回忆，以致她在大会讲台上错误地回忆起五十年代末六十年代初的饥饿的经历来。至于像主人公"我"那样的孩子，则完全漠视教育者的良苦用心，把集体吃"忆苦饭"当作一次填饱肚子的大好机会。

在莫言笔下存在着两个"中国"：一个是如《酒国》中的盛宴场面所表现出来的"吃"的国度，或者说是"大吃大喝"的中国。而在更多的作品中，莫言所描写的则是"另一个中国"——一个饥饿的中国，苦难和贫困的中国，如他的故乡——高密东北乡。高密东北乡的那些愚钝的群众有着其特有的生存方式。他们就像自己所豢养的那些家畜一样，属于"食草动物"之一种。与之相对立的当然就是所谓"食肉动物"。食肉/食草的饮食方式的分野带来了饮食的伦理学原则的分野，这些伦理学原则在进入社会历史活动的过程中，逐步进入了政治领域，成为政治学的范畴。食肉/食草这一对立的观念，也是我们这个民族的一种十分古老的饮食文化观念。在战国时代，民间军事家曹刿就表达过"肉食者鄙"的观念。而古代诗人杜甫则在他的诗歌中，进一步发挥了曹刿的这一思想，他在一首诗中写道："朱门酒肉臭"，公开表示对肉食阶层的生活的唾弃和批判。莫言则是这一伟大的批判传统的现代继承人。

食肉与食草这两种不同的食谱之间的差别，造成了生物界中的食草动物与食肉动物两大动物类别。这两类动物在莫言笔下却形成了两种对立的生存方式，从而成为人类不同的生存方式的群体的转喻。在莫言笔下，食肉动物（如《狗道》中的抢食人肉的饿狗）往往表现出凶残的本性。而食草动物（如《罪过》中的骆驼、《酒国》中的驴子，等等）则在一定程度上表现出温顺、善良的性格特征。这两类不同的动物之间的生态关系在社会政治学意义上转变为生存方式上的权力关系，这二者恰好构成了权力关系中的施虐/受虐的对立项。"吃与被吃"的关系常常被用作权力斗争（政治的或军事的）的譬喻：将对手"吃掉"，或者被对手"吃掉"。权力的角斗场所遵循的就是这样一种"丛林原则"。正如我们在本文的开头所看到的，队长的嘴不仅是他自己的摄食器官，还是向他的子民们发布各项指令的器官。队长的"嘴"这一器官的双重功能，巧妙地将"吃"的官能活动与政治权力结合在一起了。从古代关于祭祀和庆典宴席上的种种饮食禁忌和礼仪可以看出，"吃"这一表面上看来为一种纯粹的生理性的活动，也包含有明显的伦理秩序意识和政治性。

在"吃"的活动中所表现出来的现实生存的权力关系，意味着一类人的感官享乐往往是建立在另一类的生存饥渴之上。那些饥渴的人群不得不长期为求得肉体的生存权而斗争。《丰乳肥臀》中写到大饥饿年代时候的情形：右派分子劳改农场中的人员，除了少数几个人，如场长、仓库保管员、公安特派员等之外，几乎全都饿得浮肿了。还有特派员监督犯人的"助手"——狼狗也没有浮肿。狼狗也和它的主人一样，属于"掠食者"族群，也就是曹刿所说的"肉食者"。"肉食者"在这里被赋予了政治学意义，它与权力密切结合在一起。

对于中国人来说，"生存恐惧"始终是他们生存经验中的最大的恐惧。在他们的日常生存中，总是感觉到有一种来自外部世界的威胁性的力量。在《红蝗》中，莫言描写了蝗虫这种毫无理性的生物的可怕的进食能力。在这种无所不食、似乎能吞噬一切的昆虫面前，人类真正感到了恐惧。而另一方面，人类自身又正是这样一种可怕的"食客"。《丰乳肥臀》中的那位劳改农场的警卫周天宝就曾自称煮食过人肉，以致一时间全场的犯人都惶恐不安，"生怕被周天宝拉出去吃掉"。在《十三步》中，这一吃人主题转化为一种乖戾的嗜食火葬场里的死人肉的癖好。人的身体在这个地方变成了一堆肌肉组织、脂肪和骨骼的混合物，为"吃人"提供了最充分的理由。莫言通过对这种极端的环境中的人的变态行为的描述，将人的本能中残酷的兽性的一面充分揭示出来了。

这种令人恐惧的本能的力量，在"吃"的活动中的表现与在现代政治活动中的表现是极其相似的。莫言在小说《红蝗》的结尾这样写道：

> 亲爱的朋友们、仇敌们！经年干旱之后，往往产生蝗灾。蝗灾每每伴随兵乱，兵乱蝗灾导致饥馑，饥馑伴随瘟疫，饥馑和瘟疫使人类残酷无情，人吃人，人即非人，人非人，社会也就是非人的社会，人吃人，社会也就是吃人的社会。
>
> ——《红蝗》

吃人主题自从鲁迅在五四时期确定下来之后，一直是现代中国文学中的最基本的主题之一。莫言继承了五四新文学的批判性的传统，并赋予它新的特征。如果说"吃人"主题在鲁迅那里是一个关于民族传统文化的批判性的主题的话，那么，在莫言笔下则主要是一个关于人性的和现实政治性的批判性的主题。

吃人不仅是中国现代文学的基本主题，而且也是人类的意识生成史上的一个重大"母题"。这一母题实际上包含着人类最原始的焦虑：对"被吞噬"的焦虑。这也正是中国人的一种十分古老的恐惧。在上古时代就存在着一种所谓"苛政猛于虎"的观念。而前文所提及的饕餮的形象，最初也是从一个张着大嘴的老虎的形象中演化过来的。作为摄食之通道的口腔，在这里却变成了一个可怕的、会吞噬人的生命的洞穴，就像是地狱之门。从心理学角度看，人的被吞噬的焦虑与被阉割的焦虑之间有着共同的心理学基础。在儿童的深层心理经验中，"焦虑"经验的复杂性就在于这两类经验之间的混杂和转换。

在莫言的作品中很少写到爱情。在不多的爱情故事中，有关"性"的描写也闪烁可见。比如，《红高粱》中那个著名的"野合"的片断。尽管这个片断依稀显出罗曼蒂克的色彩，但更为引人注目的却是弥漫于其中的强烈的肉欲气息。而在《酒国》中，侦察员丁钩儿与女司机之间的情感纠葛则完全是成年人之间的、以性吸引为基础的两性交往。他们的关系简单而粗俗，像是一场临时的性交易。这些成人的性关系表现为某种程度上的性欲或色情特征。丁钩儿偶尔产生的对女司机的爱和依恋的情感则显得有些荒唐可笑，使他看上去像是一个在心理上尚未完全成熟的大男孩。他像孩子依恋母亲一样地依恋着女司机。《酒国》中的侏儒富翁余一尺的"爱情观"则彻底摧毁了丁钩儿浪漫的爱情幻想。余一尺公开表示："有钱能使鬼推磨。世上也许有不爱钱的，但我至今未碰上一个。大哥敢扬言奁遍酒国美女，就是仗着这个!"他完全懂得金钱、权力与性之间的辩证关系。他将男女性爱完全简化为出自性本能的欲望关系。如果不是这样的话，成年人之间的两性交往似乎就变得不真实，变得虚无缥缈了。罗曼蒂克的爱情只不过是一个永远无可企及的幻象而已。小说《怀抱鲜花的女人》写了一名陆军上尉在回乡的途中邂逅一位"怀抱鲜花的女人"。他对她一见钟情。但这个梦想中的情人只不过是一个幻影。他在现实中所要面对的依然是自己并不爱的、伧俗的妻子。

《丰乳肥臀》中的上官金童的力必多中心始终没有超出口腔阶段。这些涉及性爱的描述，可以视作为力必多的生殖器阶段的表达。在人类行为中，性行为最典型地表现了交往行为中的权力关系。成人（主要是男性）的性器的社会学含义指向权力。在现代社会中，人的"吃与被吃"的关系只能依靠权力来维持。它是对人与人之间的"权力关系"的隐喻。而人类的性行为也在一定程度上表现出"权力关系"的实质，并常常以一种更野蛮的形式表现出来。《丰乳肥臀》中有一个情节，可以说将在权力关系中的人类性行为的残暴性质表达得无以复加：劳改农场的炊事员张麻子"用一根细铁丝挑着一个白生生的馒头"，以此作为诱饵，诱骗右派分子、前"医学院校花"乔其纱。饥饿的乔其纱在求生本能的驱使下，不得不像狗一样爬着追逐那个白生生的"诱饵"，最后，张麻子在乔其纱贪婪地吞食馒头的时候强奸了她——

　　她像偷食的狗一样，即便屁股上受到沉重的打击也要强忍着痛苦把食物吞下去，并尽量多吞几口。何况，也许，那痛苦与吞食馒头的愉悦相比显得是那么微不足道。所以任凭着张麻子发疯一样地冲撞她的臀部，她的前身也不由得随着抖动，但她吞咽馒头的行动一直在最紧张地进行着。她的眼睛里盈着泪水，是被馒头噎出的生理性的泪水，不带任何情感色彩。

　　　　　　　　　　　　　　　　　　　　　　　　——《丰乳肥臀》

　　这一触目惊心的场景充分体现了食欲—性—权利"三位一体"的关系。在特殊的境遇中，性是某一类人的特权。它意味着权力，意味着一类人对另一类人的彻底的征服和奴役。

　　暴力是人类社会生活的"权力关系"的极端形式。在莫言笔下充满了关于暴力的讽喻性描写。最奇妙的是作品中经常出现的与枪有关的动机。但"枪"在作品中出现的方式却很特别，它有一种特殊的象喻性。《酒国》中的丁钩儿随身带着两支枪：一支五四式连发手枪，另一支却是玩具手枪。首先打响的是那支玩具枪，而真实的枪也是因为走火而被打响。他在心理上是不成熟的，他无力控制成年人的暴力工具，或者是对来自成人世界的象征着强权的"武器"，出于本能地拒绝。《酒国》故事发展到后来，他的那支真枪越来越显得多余，与玩具无异。它甚至被那个看门的"老革命"讥笑为"娘们的玩意"。事实上，枪确实真的被"娘们"所掌握。那位女司机趁丁钩儿与她做爱的时机，攫取了他的手枪。她手持驳壳枪，赤身裸体地站在丁钩儿面前，并用枪直指丁钩儿的脑袋。在这一奇妙的场景里，这位神秘的女司机不仅是性诱惑者，同时也充满了暴力的威胁，她将这二者巧妙地结合于一身。她就是一支奇妙的"性手枪"。"性手枪"可以看作是对权力（暴力）与性感之间的关系的一种暗示。这一巧妙的结合，深刻地揭示了暴力的"性感化"的一面。

　　除了在上述主题领域之外，莫言小说的"政治性"更重要的是体现在其话语的层面。这一点更加意味深长。莫言的语言是话语活动中的言说与沉默的矛盾的集中体现。

无限膨胀的感官性言辞和无节制的意义播撒，与现代人不断被消耗的生命意义之间形成了一种微妙的互动关系。人类不断地向空气中喷吐话语的泡沫，以掩饰心灵的空虚。然而，任何言辞最终不可避免地指向沉默。这是"沉默的辩证法"。莫言深谙这种辩证法，他通过矛盾的话语暴露了人类言说的悖谬的困境。

沉默的政治学含义则显得更加复杂。这关涉对"口腔"的另一种功能的认识。这一功能涉及社会学方面，但它却是一种消极的功能。民间的谚语云，"祸从口出"，"口腔"被看成是灾祸的根源。它提醒人们注意言辞在社会交往中的危险性。因而，初民社会往往有各式各样的"言辞禁忌"观念和仪式，由禁忌又转化为对语言的"神圣化"。

小说《丰乳肥臀》和随笔《会唱歌的墙》都写到乡间的"雪集"。这是奇特的"噤声狂欢节"，它看上去像是一场节庆游戏。在"雪集"上，"主宰着雪集的主要是食物的香气……妇人们都用肥大的棉袄袖口罩住嘴巴，看起来是防止寒风侵入，我认为是怕话语溢出"。[①]人民对言语感到恐惧，尽量用食物将"口腔"填满。他们担心自己会因为口腔的过失（失言）而被"拔舌头"。这并非他们的多虑，而是与他们的（历史的和现实的）政治经验有关。这一恐惧经验进而被上升到宗教的高度，有一层地狱就叫作"拔舌地狱"。"拔舌"刑罚的现代变种则是割喉管和切断声带，这使得"噤声"技术摆脱了简单、原始的身体惩罚形式而转向对言语之危险性的更有效的制止。这一技术上的进步，完全仰赖于现代科学对发音的生理机制的正确认识。但这一进步仍然未能摆脱"控制身体"这种较为原始的"生理政治学"手段。真正现代的"噤声"技术不是对"口腔"的减法，相反，是加法。从某一个"口腔"复制下来，并大量繁殖。在现代通信技术的支持下，它无所不在。从庆典的广场，到车间、军营、操场，乃至在偏远乡村的农舍的屋梁上，都有这个夸张的"口腔"所发出的声音。这众多的"人口"就像莫言在《会唱歌的墙》中所描写的那个由酒瓶子筑成的长城一样。这些由同一机器制造，有着统一口径的瓶子"长城"，在强劲的西北风的鼓吹下，发出同一的呼啸。

吊诡的是，肆意膨胀的聒噪言辞，同时又稀释了意义的神圣性。莫言的小说充满了游戏性，以游戏的方式模拟了现代社会的话语膨胀现象。在游戏性原则下建立起来的虚

---

① 莫言：《会唱歌的墙》，第76页，北京，人民日报出版社，1998。

构的话语世界，与制度化的生存世界之间成了鲜明的对照。在革命的非常时期，民间的游戏被认为是对革命的严肃性的抵消而被禁止。然而，另一方面，严肃的意识形态化的官方活动却又充满了游戏性。而任何官方的意识形态机器所要做的无非是将这些"游戏"改造成"神话"。事实上，在权力的交换关系中，始终存在着某种非公开的"游戏规则"，对此人们心照不宣。这是一种戴着严肃的政治假面的社交"游戏"。而这种不公开运行的社交"游戏"，实际上成了这个权力化的国度的社会运行的真正的"发动机"，而这个"发动机"的核心装置则是"利益"。真正的"无利害"的游戏几乎纯粹是民间的和私人性的，或更多的只存在于儿童世界。

戏仿的修辞规则是游戏性的，这是莫言小说最重要的文体方式之一。《酒国》差不多就是一部由各种各样的戏仿的文体所组成的文本集合。故事的主要线索——高级侦察员丁钩儿的故事是通俗传奇中的侦破故事的戏仿，写作爱好者、酒国市酿造大学的勾兑学博士李一斗与莫言老师之间的通信则是对官样文体和现代人的私人性匮乏的社会辞令的戏仿，而托名李一斗所作的一系列穿插性的短篇小说，则将二十世纪中国各种主题、题材和叙事样式的小说差不多都戏仿了一遍。戏仿构成了《酒国》的最基本的文体特征。

戏仿的美学效果就是"反讽"。"反讽"是一种否定性的美学。戏仿文本以一种与母本相似的形态出现，却赋予它一个否定性的本质。它模拟对象话语特别是对政治意识形态话语的严肃的外表，同时又故意暴露这个外表的虚假性，使严肃性成为一具"假面"。这也就暴露了意识形态话语的游戏性，或干脆使之成为游戏。在剥下"假面"的一瞬间，产生喜剧性的效果。对那些制度化的文体进行"戏谑性模仿"。戏仿使制度化的母本不可动摇的美学原则和价值核心沦为空虚，并瓦解了制度化母本的权威结构所赖以建立的话语基础。因而，可以说，戏仿的文本包含着至少是双重的声音和价值立场，它使文本的意义空间获得了开放性，将意义从制度化文本的单一、封闭、僵硬的话语结构中解放出来。从这一角度看，戏仿就不仅仅是一种否定性的美学策略，它同时还是一种新的世界观念和价值原则。

正如对身体的秩序的颠倒一样，文体在莫言笔下也表现为一种"混杂"和"颠倒"的倾向。这一点集中地体现在小说《欢乐》中。《欢乐》可以看作是莫言小说话语方式成熟的标志。整部作品从头至尾记录了一位有心理障碍的中学生齐文栋的意识活动：齐文栋的生理感受和心理活动、瞬间场景的描述、各种知识话语片断、俚语、俗话、顺口溜、民间歌谣，等等。这些话语的碎片相互嵌入、混杂，在同一平面上展开。卑俗与崇高的等级界面消失，被淹没在多重"声音"混响的话语洪流之中。这种混响的"声音"，杂芜的文体，开放的结构，形成了一种典型的（如巴赫金所称的）狂欢化的风格，既是感官的狂欢，也是话语的狂欢。狂欢的基本逻辑，它构成了制度化生活的权威逻辑的反面，它从话语的层面上否定和瓦解了制度化的世界秩序。

狂欢化的原则是对既定的生活秩序的破坏和颠倒。莫言小说的狂欢化倾向即表现为这种破坏和颠倒。崇高／卑下、精神／肉体、英雄／非英雄、美好／丑陋、生／死，诸如此类的价值范畴的分界线模糊不清，价值体系中的等级制度被打破，对立的价值范畴在一个完整的生命体中共生。莫言曾这样表达了自己的写作理想：

> 总有一天，我要编导一部真正的戏剧，在这部剧里，梦幻与现实、科学与童话、上帝与魔鬼、爱情与卖淫、高贵与卑贱、美女与大便、过去与现在、金奖牌与避孕套……互相掺和、紧密团结、环环相连，构成一个完整的世界。
>
> ——《红蝗》

在这个世界里，事物的秩序是对文明世界事物秩序的混淆和颠倒，然而，它却是一个更接近于事物的自然状态的世界。这个"完整的世界"并不能在制度化的现实中存在，只能诉诸狂欢化的瞬间。因此，莫言小说的狂欢化倾向并不仅仅是一个主题学上的问题，而同时，甚至更重要的，还是一个风格学（或文体学）上的问题。狂欢化的文体才真正是莫言在小说艺术上最突出的贡献。

一九九八年八月初稿，一九九九年十二月改定

《当代作家评论》二○○○年第五期

荒野弃儿的归属

——重读《红高粱家族》

孟 悦

很难设想，若是少了莫言的《红高粱》及《红高粱家族》，那么新时期小说史上会少了多么鲜明的一笔。像七十余年前的《狂人日记》和十几年前的《班主任》一样，莫言带给我们的是一种震惊，一种完全不同的震惊。我们不是惊悚于伤痕——灵魂深处致命的、不可测及的创洞，而是震动于生命的辉煌——高密东北乡人任情豪放的壮丽生活图景，烫灼着我们这些习惯了黑暗和创伤的眼睛。在那株鲜红茁壮的红高粱面前，仿佛我们背负着历史丰碑屈膝驼背地生存，我们小心翼翼苟且偷生的愿望，我们自以为拥有或希图保有的一切，从没有过的苍白暗淡，卑琐无光。震惊中的我们弄不明白，那可歌可泣的"我爷爷"和"我奶奶"们，那惨烈悲壮、莽撞剽悍而潇洒坦荡的人们，是否真是我们这一代或上一代人的祖先，抑或是这些高大漂亮的祖先形象成了今天孱弱病态的我们的无意识梦幻。

不过，令人震惊的还不止这些。莫言作品中那神话原型般的象喻（高粱、酒、女人、洞穴、战争、精怪），那凡·高式的色彩极其绚丽的叙述语流，那使故事富于传奇色彩的侠骨柔情的主题，在当时的文学中，都有振聋发聩之效果。莫言和他的《红高粱》到底做了什么？

叙述：两极间的结系者

《红高粱》使人无法忘怀的第一个标记，就是它那奇特的叙事人称：一个由"我爷爷"、"我父亲"、"我母亲"、"我奶奶"、"我二奶奶"……组成的叙事人称系列。它使一个红高粱的故事上溯了三代人，由我，经由我的父辈，到达我父辈的父辈。这样一个人称设计预示着，在叙述与故事之间将展开奇特的分裂与张力。

"我"是一个事隔若干年——大半个世纪的事后叙事者，是一个隔代的、身为人物们之"不肖子孙"的叙事者，"我"叙述着如今已成死者的先辈们的生活，故事中的一切在现今现实中都已荡然无存。确切无疑，从《红高粱》开首第一句"一九三九年古历八月初九"便告诉你，这是一个现代人描述的过去的世界，这是一种现在发生的"过去时"的叙述，在叙述的此时此刻与故事中的彼时彼刻之间存在着漫长的遥远的时间距离，但又必得发生联系。这种历史的、文化的、祖孙的、心理的距离，正是红高粱叙事的发源地。红高粱必然面对或自行提出的叙事任务之一，便是展露并弥合这段或许过于巨大的历史间距。与另一些讲述父辈的小说不同，譬如，在《活动变人形》中，虽然你"知道"这是一个旧世界、旧社会的家庭，这是一些或许已故、或许年迈的人们，虽然"我"那个作家的声音时时提醒你，他拨动的是伸向大半个世纪前的一根弦，你甚至可以猜测故事中的家庭及父子与现实作者童年身世的密切联系，但是，当一个隐蔽的、无处不在的叙事人运用超越时间的单数第三人称或别的手法进行叙述时，整个故事过程中竟闪现了一种似真非真，现今发生的"感受"，仿佛我们与故事世界相距仅仅一纸之遥，仿佛若是没有单数第三人称的中介，那纸上的世界便可并入我们生活的一景。这里，过去（故事）与现在（读者）在时间上的距离几乎消弭，它被转化为一种空间间距。但是《红高粱家族》的叙述则制造了另一效果，"我"、"父亲"、"奶奶"、"爷爷"这三代人的血缘关系，这三代人的时差辈分构成了《红高粱》与《红高粱家族》特有的叙事时态，即使没有"一九三九年古历八月初九"以及"父亲满十四岁"等明确的时间标记，这时间及世代的差异也抹之不去。"爷爷"、"我"、"父亲"的称谓注定在各自的及对方的时间之维中占据某个特有的不可取代的刻度。就这样，莫言借助血缘家族的人称关系，把一个过去的世界托付给了时间的设计。

正如人们所说,《红高粱》的叙述过程乃是一个时间旅行的过程。不过,这是一次没有任何先在时间轨迹可循的时间旅行。叙事人境随念至,作为过去的一九三九年的一个日子,便成了临时的"现在"——"奶奶"送十四岁的"父亲"到村头参加打鬼子的行列。而"父亲"与"奶奶"这行船离岸的一别,又奔向了"他"几十载后长眠其下的那块青石墓碑,他那"过去了"因而是临时的"将来",而那里,很可能便是"他"的将来与"我"的过去的一个交会点。莫言的叙事人在现在、过去之间穿梭往返,他经常从一个临时"现在"前溯到曾经如何的时刻,更经常后兆到一个后来什么时候的事件中。选取一个瞬间作为临时的标尺并前瞻后兆,乃是莫言叙事人的典型行为。于是便增生了"过去的过去"、"过去的将来",每一代的"过去"与"将来"。这种临时性标尺的设计源自一种辩证的时间——历史感,它否认,至少拒绝了任何一种永恒的时间意义。叙事人叙事行为发生的时间,一次次地置换着过去与现在的坐标,分离着、移置着它的心理内涵,切割着那个假想中由历法年代所标志的,"从从前到现在"的连续性历史时间之链,穿梭往返的叙事行为将与现在有隔世之遥的过去织成一张卷迭起来的没有始终正反的时间之网。每织出一个纽结,便系着另一个相似的"过去的过去"、"他人的过去"、"过去的将来"、"他人的将来"。

无疑,这乃是中国文学中一种大胆妄为的叙事策略,它创造或重造了一种临时性的故事时间,创造或重造着过去与现在的关联方式,我们最先触及的不是绝对的过去,而是过去的"瞬间",或曰,是时间意义的相对性本身。莫言的叙事人那穿梭往返的行为成功地在叙述层面阻断故事时间的连续性和绝对性,他似乎是以自身的叙述来而复去地切割着"过去",把一个并非不能顺着讲的,从从前到后来的故事尽可能细地用叙述的"现在"分割开来,他的前瞻后望,他优越于人物的全知全能,一律在客观上阻止你沿着任何一个顺时性方向多走一步。他在每一个可能造成连续性的地方引入另一个临时的现在或过去。在奶奶弥留之际引入十六岁与余占鳌的第一次相遇,在父亲闻到腥甜味的一瞬间引入另一种更大的腥甜味,他以自己的穿插出入一再固执地把你拉回叙述的"现在",因而不是首肯而是剥夺"过去"那绝对的自在。"父亲"、"爷爷"、"奶奶"生活于其中的那个过去只是被当成叙述行为分别唤起的无数过去的瞬间,它们首先作为叙事行为的结果,作为其权宜的设计而进入"我"——我们的视野。它们不能"自行呈现"——叙事人不允许,它们不准以自己的顺序压过叙述的顺序,它们按规定只能应着现在——叙述行为的召唤，跳出连续的自在——而来。过去——"我爷爷"与"我父亲"生活于其中的但如今不复存在的历史，成为受叙事行为的每一个现在包围和缠绕的瞬间。似乎，莫言的叙事人唯恐那先辈的生活稍一松手便返归连续的自在状态，宁愿一片片、一瞬间一瞬间地与自己的叙述时间结系一起。

《红高粱》以它的人物设计，以反连续性的、时间旅行式的叙述，做了两件事情。一方面，莫言叙事人的时代与他的爷爷奶奶的时代有着不可回避的历史的间距；另一方面，莫言的叙事人又靠着叙述时间对自在的故事时间的侵犯、打断、干扰来参与故事，叙述时间与故事时间一段段一节节地缠绕在一起，每一个过去的瞬间都与一个现在的叙述行为紧密连接，成为一种浑然不可分的合一。这样，《红高粱》建立了文本内部双重时间上前所罕见的巨大张力。具体而言，亦即自在、纯客观时间意义上的"过去"与叙事行为发生的"现在"之间的巨大张力，亦即故事时间与叙述时间、叙述人与人物——生者与死者之间的巨大张力。毋庸讳言，这也正是八十年代中期历史与现实、历史与叙事之张力关系的体现。

除了时间与时间的缠结之外，《红高粱》叙述与故事之间的张力还来自于另一方面，即经验与经验的缠结。叙事人曾屡屡以"不肖子孙"、"种的退化"、"被酱油腌过的心"、满脑子机械僵死的现代理性思维等自我描述，表明自己这一代人与英雄先辈的相形见绌、天壤之别。且不论英雄祖先与屠弱后代的关系究竟是虚是实，有一点确切无疑，即置身于现代文明中的叙事人"我"与"爷爷"、"奶奶"、"父亲"之间不仅各处不同的历史的时间，而且各处于不同但各自完整的经验世界。显然，这经验的隔绝并不仅仅存在于文本之内。"父亲"、"爷爷"、"奶奶"那惊天动地的传奇故事，那出生入死的生涯，那土匪出没、好汉迭出，性命相搏、充满血腥的红高粱世界，那"最英雄好汉最王八蛋"的一切，不仅与现实环境、事件、人人关系、遭遇、日常生活没有一点关联，而且在我们的话语世界中，作为一个虚构的想象的经验，也早已模糊一片。那高粱地中的蔑视人间法规的爱情，那杀了单扁郎麻风父子"为小女子开辟新世界"的气魄，那凌剐之下骂不绝口的惨烈，那有仇必报有辱必雪的恩怨情仇，那各循自己一定之规的匪与官，那喜食红高粱的乡土世界的风俗人情，不要说离现代文明，就是离《暴风骤雨》、《太阳照在桑干河上》，离《金光大道》、《艳阳天》，离《许茂和他的女儿们》也是那么遥远！

如果说《红高粱》把历史的隔绝托付给了时间，那么红高粱世界与现实经验的隔绝则被托付给感官——感觉。我们记得，莫言是新时期小说中出色的感觉描写家之一，而且整个新时期青年小说家对感觉的注重似乎正是从莫言等人开始的。莫言的叙述以对象唤起的感觉取代了对对象的"描写"、"刻画"，以感觉的奇异取代了描画的逼真酷似，甚至以感觉的相似、相异、变幻与重复组织情节——故事的文本形态。"感觉"是《爆炸》、《球状闪电》中叙述表现力的精髓，而《透明的红萝卜》那不语的黑孩几乎就是那麻木而沸腾时代中一个感觉的精灵，莫言似乎欲借黑孩那缄默的感觉保留那冷酷世界挤压下尚未毁灭的最后一丝温柔、诗意、力量与爱。

不过，在《红高粱》中，感觉似乎有了更为明确的意识形态作用，它成了"不肖子孙"（叙事人）们跨越出自己贫乏的经验疆界，接近红高粱般的"爷爷"、"奶奶"、"父亲"们（人物）的生活的一座桥梁。先辈们——人物们那些不可把捉的不可追寻的经验世界透过感觉向今天洞开，向今天显现，也只能通过感觉才向今天显现。如果说，叙事人即兴而来的那些理性分析时常令人啼笑皆非（譬如，关于我爷爷为什么没有当土匪的三点原因），它的讽喻目标指向"现在"，那么，从逻辑理性手中滑脱而去的父辈的经验最终却可以寓身于感觉，寓身于由光、影、味、色、质、形构成的感觉世界。"奶奶"临终的一笑，"像烙铁一样，在父亲的记忆里，烫出一个马蹄状的烙印"。罗汉大爷遭伪军毒打"像孩子一样胡胡浮浮地哭起来"时，"一股紫红色的火苗也在他空白的脑子里缓缓亮起"。余占鳌"从和尚的肋下拔出剑来，和尚的血温暖可人，柔软光滑，像鸟类的羽毛一样"。劫路人"眼里跳出绿火花，一行行雪白的清明汗珠从他脸上惊惶地流出来，他的身体贴着杂草梢头，蹭着矢车菊花朵，平行着飞出去"。在这些描述里，那个陌生的经验世界以温度、湿度、色彩、形状、光度、线条、质地、声音或寂静的形式，进入了我们听觉、视觉、触觉、味觉、嗅觉的意义谱系，在我们仿佛摸到、触到、听到、嗅到、看到那一切的同时，不属于己的陌生的经验已悄然潜入一己内在的体验。然而《红高粱》中，感觉的意识形态作用在于，它创造和谐整体的意义体系，这一点淋漓尽致地展示在"父亲"第一次嗅到血腥与时间空间的关系里：

父亲闻到了跟墨水河淤泥差不多，但比墨水河淤泥要新鲜得多的腥气。它压倒了薄荷的幽香，压倒了高粱的甘苦，它唤醒了父亲那越来越迫近的记忆，一线穿珠般地把墨水河淤泥，把高粱下黑土，把永远死不了的过去和永远留不住的现在联系在一起，有时候，万物都会吐出人血的味道。

一种嗅觉（感觉）就这样把"父亲"生活中不同的事物（高粱、河、血），不同的事件时刻（童年的游水、战争、螃蟹、死亡）黏着串通在一起，它在散碎的经验碎片中造就了一种整体的时空体验，一种体验中的时空整体。

请注意感觉带来的这种整体效果，它与《红高粱》的叙事时间旅行一样制造了文本提供的历史与现实世界的张力场。与稍后出现的更有先锋艺术色彩的作家作品不同，在那里，即便感觉也并不总是带来体验，感觉"自由飘移"，各种感觉常常在与自己最不适宜的场合出现。而对这些作家们，这种不协调的没有张力的"自由飘移"恐怕才是他们表达的真正的"体验"。《红高粱》这里，感觉却是纷乱的陌生的经验世界中唯一熟稔、唯一可靠、唯一具有意义黏着力的一环，只有在感觉的一瞬间，他人的经验世界与自身体验才有了联系。而正是在经验经由感觉转化为体验的一瞬间，现在与过去、生者与死者、不肖子孙与英雄前辈从时间、生命、高大与渺小的永不相聚的两极，穿过经验的碎片，走进一个共予的世界。

叙述缠绕着故事，叙述时间缠绕着故事时间，叙述者的活生生的感觉缠绕着人物死去的经验。这使得莫言的世界像是凡·高的世界，以动荡不安的、火焰一样旋涡状的笔触向死亡、过去、历史本身、物自体进行着顽强的搏斗，以故事与叙述之间，对象与色彩、线条、光影之间的巨大张力，抵御着过去或"物"对人的剥夺、抛弃和背叛。实际上，莫言的红高粱世界与那位十九世纪荷兰画家的绘画有着更为潜在的相似点，二者文本中的张力恰巧来自于他们在各自现实中面临的巨大历史性断裂，来自他们对这断裂的拒绝和重建。就凡·高而言，他处于一个人与物之间发生断裂的时代，人失去了对物质世界的把握力与统一感，金钱机器主宰的物质世界成为一种反生命的、反人非人的存在，他的绘画乃是对这邪恶僵滞的、"褐色肉汁腌过"的、背反于人的现实的一种想象性重建，因而便有了向日葵上那"哔哔剥剥的浓香的黄色火焰"，有了星空那气浪般的明亮的涡线，有了物象在颤抖、升腾、燃烧中统一于生命渴望的画面。对于莫言，"断裂"的乃是人与历史本身的关系，是人对于历史、对于过去的世界、对于故乡和老中国的血缘、对于传统乃至生命与死亡的感觉。对于莫言，"断裂"之中还套着"断裂"。在祖孙三代人生活过的民族历史上，有过五四的断裂，有过异族入侵的毁灭性灾难，有过"文革"的浩劫，最后才显现为"机智的上流社会传染的虚情假意"和"肮脏的都市生活臭气"与那不复存在的辉煌壮丽、红得像血海一样的"纯种红高粱"世界的断裂，那"白虱子一样干瘪的孙子"与那"鲜嫩茂盛、水分充足"的奶奶之间的血统的畸变。《红高粱》以叙事形式对埋藏在现实中深不可测的历史断裂进行着艰苦的重建，它使这断裂以象征形式敞露并弥合于叙事中，敞露并弥合在故事时间与叙述时间、人物已逝的经验与叙述者现今的感觉之间。叙事在两组对峙力量牵扯下展开了故事本身，而叙事的展开又成为对峙双方的牵扯，又成为俯伏在历史裂脊上若有若无的一座桥梁。于是，我们用以形容凡·高风格的语言几乎同样适用于莫言的风格，那绚丽强烈的光和色彩，那颤抖的火焰，升腾流动的旋涡，那份生命强健的渴望，也正是莫言笔下的"乌托邦色彩"。不同的是，对于凡·高，在"褐色肉汁里浸泡"了几世纪的是欧洲绘画，而对莫言，"被酱油腌渍过"的却是自己的心。凡·高为画出未被浸泡的自己的现实世界付出了巨大乃至生命的代价，而莫言，为了反抗这心的"腌渍"，巴不得首先"切碎自己以飨冤魂"，为的却是建构伟大、理想的"他人"那些尚未被腌渍的心，另一个尚未被腌渍的历史与过去。这使我们不得不把目光投向莫言所描写的"红高粱世界"故事本身。

故事：逃离荒野

《红高粱家族》讲了一个"我"的家族的故事，但要弄清楚这故事是关于什么的，似乎并不简单。它可以说是关于抗日救国的故事，也可以说是关于恩怨情仇的故事，还可以说是关于文化与自然的故事，更可以说是优秀民族精神的故事。但为了重读，我们不妨找个故事的边缘，"我"与故事的关联。

《红高粱家族》一开头，叙事人仿佛出于偶然告诉我们，故乡通红高粱地里，耸立着一块属于父亲的无字的青石墓碑，"坟上已是枯草瑟瑟。曾有一个光屁股的男孩牵着一只山羊来到这里，山羊不紧不慢地啃着坟上的草，男孩怒气冲冲撒了一泡尿，放声高唱：高粱红了，日本来了，同胞们准备好，开枪开炮……

男孩的歌喉想必是嘹喨的，但"父亲"的亡灵并不呼应，碑石沉默不语，上面没有碑文。叙事人拿不准那行为有点亵渎的男孩"是不是我"，似乎也拿不准，那九泉之下的死者——"父亲"和"我"到底有什么关系。在《红高粱》中,"我"和"父亲"的有关系始终是非对象化、不可观测的,两人从未作为"父子"在故事中一同出现,出现的只是称谓。"父亲"死了——这件事曾使弗洛伊德在梦的象征活动中感到隐秘的满足,而此时此刻,青石碑昭示的却是另一事实:"父亲"作为死者和他那块无字墓碑一样是"空"的,"父亲"对"我"的意义、与"我"的关系是空的。"父亲"是没有任何编码的能指,他甚至没有对"子"(或许就是在墓上撒尿的男孩)造成现实的阉割威胁。然而,这墓碑不仅是"父—子"的关联点,而且也是一种历史的寓言:碑文铭记了死者——一个"历史中的在场者",而这铭记却没有"话语",死者成了"话语中的缺席"。"父亲"的无字墓碑以话语中的"缺席"指涉着历史中的"在场",从而向我们心目中"历史的主体"发出质疑。

我把这块父亲的青石墓碑当作莫言《红高粱》叙事人面临的几种原发性情境之一,从这个原发情境入手,我以为,莫言讲的是一个关于主体的历史与历史中的主体的故事。有学者对第五代电影导演及其同代人做过一个寓言式的概括——"无父的一代"。[1]莫言也当属其中。确实,"无父"既是他们的心理现实,又是他们意识形态处境的隐喻,当人们从浩劫的死亡狂欢中醒来,当人们终于可以把从巨大唯一的超验秩序阉割一切乃至灭绝一切的十年,当作荒诞残酷的"一场游戏一场梦"的时候,当刘心武、张洁、李国文等许多作家终于开始用曾被"砸烂"的价值残片拼凑过去现在未来的乌托邦的时候,唯有这一代人,这在浩劫的死灭中长大成人、度过青春期的一代人"无家可归"。他们没有另一样"历史",他们原来不是、现在仍不是任何人。他们被裸露在一片荒野、一片意识形态的"空白",那里,主体的历史、话语的历史、文化之根、情感的家园一同消失于视野之外。语言沦为荒野,现实成了无"根"的生存,而"父亲"——那本该给他们带来理想人格,本该唤醒他们认同欲望,本该使他们陷入阉割焦虑,本该是他们主体历史的构成的部分的"名字"和"形象",要么是意识中的盲点、文本中的缺席,要么,不过是断壁残垣上的一块砖、故乡土地上的一块无字碑。确实,这种荒野和空白的处境造就了这一代特有的许多共同、相关的"情结","根"的缺失、"家"的缺失与"父"的缺失及"史"的缺失,是这一代人共同的主题。"寻根"热潮的兴起显然与这一代人的"荒野

---

① 戴锦华:《断桥:子一代的艺术》,《电影艺术》1990年第3期。

处境"不无关联。典型的一个例证可以溯至稍早于莫言出现的阿城，在他笔下，曾出现过不少孤儿或半孤儿式的人物，《棋王》中的"我"双亲故去，王一生没有父亲，母亲已辞世，王福没有母亲。而阿城的作品《孩子王》、《棋王》最终都是以战胜无"根"、无"父"的"孤儿意识"为结局的。王一生终于明白了母亲那无字棋的内涵，他挣扎着寻找到了那不能言传的精神——那可以从过去传予未来的"根"，而王福终于以干净朴素的未被"文革"语言所玷污的表述，重建了理想的"父子关系"的象征式。叙事行为所完成的任务之一就是使人物连同叙事者一道，从孤儿、从意识形态的空白处走出来，使他们经过艰苦摸索后彻悟了自身作为"主体"从哪里来，到哪里去，终于找到了自己生命的一方真实与历史——在阿城那里是悠远的文化精神——的价值联系，自己在意识形态中的一席之地。这种主体和意识形态意义上的"孤儿意识"，及叙事最终对它的超越，是阿城一代人焦虑与愿望的象征性的夫子自道。

莫言处于同一片空白。在文本中，这片空白被具化为一种有寓言意味的可见的无字石碑，这无字的墓碑如同一个象征行为的起点，莫言由此出发开始了他另一种孤儿式的写作之旅。这旅程不是始于写自己，而是始于寻找"父亲"、重建"父亲"，或曰，寻找和重建一种缺失了的"父子关系"——一种主体生成的环境。结果，莫言写了一个"家族"。他势必会写一个"家族"。这个家族的故事不仅为了重现或重写多年来被我们的文学遗忘无视的一批既熟悉又陌生的繁多主题（如侠骨与柔情、爱恨与恩仇、文化与自然、官匪与英雄、战争与人性等等），而且，在象征或寓言意义上，更是为给莫言这一代荒野中的游魂重建亲子关系——主体的历史。

毫无疑问，这是一个特殊的家族，而这特殊性又体现了莫言的选择。这是一个与"合法的"家庭分庭抗礼的非法的家族，一个仅仅靠血缘和亲属之间精神品性的相似性维系着的家族。这家族的第一代亲子关系"爷爷"、"奶奶"与"父亲"没有一个具有合乎社会父法的父母子身份（爷爷并非合法父亲，奶奶按法律不应该是母亲，而父亲不过是私生子），甚至，"爷爷""奶奶"的结合本身便是对妇女交换婚姻——合法的家庭制度的破坏，而这种破坏带来了一个血缘家族的起源。这样，我们便有了与"主体生成"有关的一对基本二项对立概念：法律／血缘。《红高粱家族》的叙事从这个二项对立关系的核心，开始了各种亲子关系的重建。

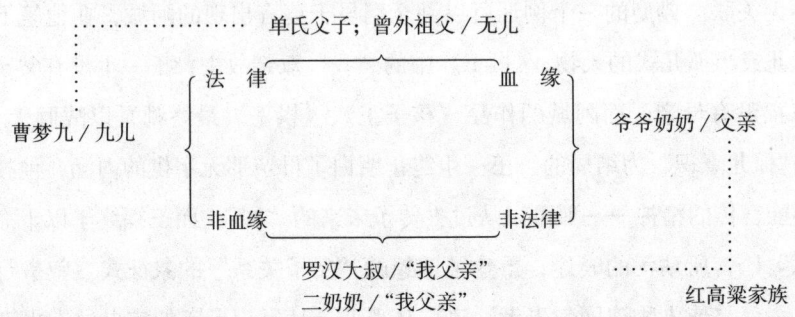

与"法律"有关的两组亲子关系体现着一种权力结构，"父"——不论是有麻风病的单廷秀还是用女儿交换一匹大黑骡子的"曾外祖父"，都是子女生杀予夺嫁娶之大权的掌管者，奶奶认的干爹曹县长更是权力秩序法律的象征。这里为父之道亦即司掌权力法律之道。这种亲子关系中，只有"物"的交换和病儿，没有所谓的主体生成。而与"法律"无关的两组亲子关系却构成了曹梦九、曾外祖父们的"非我族类"红高粱家族。在这家族所有血缘的或拟比的父子、爷孙关系中，权利是首屈一指的缺乏物和禁区。"爷爷"名分上只是"父亲"的"干爹"，而罗汉不过"就像是父亲的爷爷"，这里既没有"子"的所属格，又没有"父"的所有权。相反，这一家族的父子关系倒是呈现了另一种象征式，在"子"（豆官）眼中，父一辈和爷一辈的形象亦即自己的成人理想，是仿效和认同对象（"爹，你别愁，我好好练枪，像你绕着湾子打鱼那样练，练出七点梅花枪，将来去找冷麻子那些狗娘养的王八蛋算账！"）；在"父"（爷）的眼中，"子"（豆官）又是自身理想人格的一种呈现，一种延伸，一个镜像。（绝望时刻，父亲眼中闪现了奶奶的精神，如同黑暗王国的希望之光，照亮了爹爹的心；以至"好小子，是我的种！"）在精神分析的意义上，这对父子之间呈现的是互为"他人（对方）欲望的主体"的关系。以至于"我父亲"（子）在狗的搏斗中所面对的阉割威胁竟然第一次唤起了"我爷爷"心中的阉割焦虑（《狗道》）。

这是莫言重构的一对理想父子，是莫言重构的一种理想的"父子关系"。他们之间不存在俄狄浦斯故事中的杀子、仇父情绪，相反，倒是体现了一种精神气质上的一体性和延伸性。然而分析起来，这种理想父子关系的成立取决于一个关键问题的删略，即阉割功能的删略。换言之，这种理想的父子关系产生于一个同样理想化了的主体生成的象征性过程，其中，没有阉割——"父子的分立"，而只有统一。与弗洛伊德、拉康所描述的主体生成过程不同，那里，子是通过"父名"的象征性阉割功能进入主体间的关系中并成为主体的，而对于《红高粱》中的"我父亲"，这一阉割职能以某种含混方式一再延宕、淡化、悬置一旁，譬如，"父名不正"——余占鳌不过是干爹身份，或者，由于"干爹"四处闯荡，豆官一直跟着母亲。但阉割职能的最关键、最彻底、一劳永逸的延宕，是"奶奶"的饮弹而亡。从"父亲"手中最后夺走"奶奶"的与其说是"爷爷"形象的阉割威胁，毋宁说是死亡。"奶奶"辞世时发生了两件事，一是使豆官有生以来第一次面对"父名"（你干爹就是你亲爹），有了亲爹而失去生母，使豆官从一个母子完满的想象世界突然进入了父与子的象征世界。一是使豆官／"爷爷"各自对立着的对"母亲""奶奶"的需要，在死亡面前同时变成了同一种永远不能实现的"愿望"。"奶奶"的死亡使父子之间的本来可能存在的任何权利与名分的差异对立都丧失了意义，使阉割本身丧失了意义，在死者面前，"父"与"子"成了平等的、同一个欲望的两个主体，成了对方（他人）欲望的主体，而这正是他们关系的特征。可以说，"奶奶"死得既英勇悲壮又恰到好处，恰是时候，她以自己这个性别在故事中的必然命运，完成了、成全了一个理想的父子关系式，成为对这对英雄父子的一体性、延伸性的立体间关系的一次伟大献祭。最后，阉割情绪被成功地从父子关系中删除出去。《红高粱家族》告诉你，真正的阉割行为并未发生于"爷爷"与"父亲"的父子关系中，倒是体现为一群疯狗对人的袭击。

莫言从无字的青石墓碑出发，经由两个步骤重写了一个英雄家族——主体历史的前半部。首先，他从家族关系中剔除了法律规定"父"的权利或权利中心的亲子关系，而留下以血缘、品性为联系的亲子关系——红高粱家族，继而，"奶奶"、"二奶奶"、"罗汉大爷"的献身又从以血缘和品性为联系的亲子关系或主体生成过程中剔除了阉割职能和阉割焦虑，而留下父子之间二位一体的男性欲望主体关系。也可以说，这经过双重剔除的父子关系式，正是意识形态空白处的莫言那孤儿式的寻找所能找到的最理想的主体的历史，它既包含一种理想的人格，一种狂放不羁的响马精神的父子传递，又包含一种理想的"子"的"主体位置"，那便是"我父亲"的主体位置：他有一个我"爷爷"那样蔑视人间法规的英雄式的"理想之父"，但不意味着置身于一个权利所属物的父子结构，他有着每一个普通的子的愿望，但却不知"阉割焦虑"为何物，换言之，莫言要找和找到的不仅是"父亲"其人酷似"爷爷"的人品，而是"父亲"作为"子"所体验的那种特殊的象征性亲子关系，那种特殊的立体地位，那种父子之间的二位一体，那种愿望非但没有压抑，反而受到珍视庇佑的"子"的地位。也许正是出于这一剔除了权利与阉割的主体位置的迷恋倾倒，莫言才确立了"我"与"父亲"、"爷爷"之间奇特的叙事关系。这种二位一体的父子关系只能出现在作为被叙体的"爷爷"与"父亲"之间，因为只有这样一种"子"的地位才是叙事者"我"所关照、所想往、所愿望的对象。莫言的叙事人一点没有弄错，"父亲"所处的那种特殊的"子"的地位是一种"最可欲望"的欲望主体的地位，正是这种特殊的、理想的地位造就了"父亲"未被阉割、未被出卖交换的人格与胆魄，造就了一个酷似英雄"爷爷"的"父亲"。叙事人也没有弄错，这样一种神圣父子的理想关系式，这种"父亲"所曾享有的"子"的地位，乃是自身现实中的"缺失"。因此"我"本人只能是一个故事的"观者"和"讲述者"，而绝非"个中人"。在这个意义上，叙事人所叙述的这样一种父子关系，这样一种"子"的地位，指涉着叙事人"我"（对理想主体）的愿望本身。

也许值得注意，此时此刻，叙事人"我"与"父亲"坟上那个牵着山羊的男孩已有了某种差异。男孩的行为表现了某种原始力必多的活动，而"我"则已经意识到自己的愿望，"我"，拥有了愿望本身，明确了愿望的对象。于是毫不奇怪，叙事人"我"每每将自己自动置入由"爷爷"—"父亲"的高大形象而产生的阉割焦虑里，"我"在伟大家族面前感到的自惭形秽，"我"的"苍白干瘪"、我的"家兔气"、"我"沾染的"虚伪"与"腐臭"，既可能是一种被阉割的结果，又可能是一种对阉割的需求。唯其如此，"我"所处的意识形态空白处才不再是空白，才有了可愿望的一种"父名"之下的秩序，有了理想高大的"父"的形象，有了阉割——愿望产生的条件，有了愿望和愿望主体的自我感觉本身。唯其如此，"我"才不再是孤儿，"我"作为一个得到了承载着愿望的主体，从无家可归的荒野，走进了一个寻找回来的理想的主体的历史之中。

就这样，莫言从那块无字石碑起，通过寻找父亲、重建家族关系而找到了包含自己一席之地的"主体的历史"。当然，《红高粱家族》并不是一则俄狄浦斯神话的改写，正如《棋王》中的棋赛并非一项文体活动或一种游戏。如果说阿城通过母亲的无字棋，通过一本宝贵的字典，通过文化行为将孤儿、弃子与那被切断的群体生命之根再度捏合起来，那么《红高粱家族》则以某种方式将愿望与历史、将"主体历史"神话与"历史中的在场"缝合在一起。这种缝合构成了阿城、莫言作品的寓言性。

如前所述，青石墓碑那无字的形象不仅意味着"父"的"缺失"，而且展现了"历史中的在场者"在话语中的"缺席"。在后一意义上，《红高粱》劈头第一句"一九三九年古历八月初九，父亲这个土匪种十四岁多一点，他跟着后来名满天下的传奇英雄余占鳌去胶平公路伏击日本的汽车队"，无异于在这空着的墓碑上填写了一笔字迹。接着，随着明确的历史年代和地点（山东高密）、实有的历史事件——中日战争，以及不同来源的史料记载（县志、各种资料、民谣、九十四岁老奶奶的口述）的出现，作品给定了一个遥远的故事。这正是《红高粱》那特殊的缝合作用所产生的必然结果，这正是莫言衔接现在与过去、衔接现实与理想、衔接陌生的外部世界与遥远的内心的家园，乃至个人微弱的生存与民族历史命运的特殊方式，那就是"高举着一株纯种的"、从不复存在的红高粱世界里保留下来的红高粱"去闯荡他那荆棘丛生、虎狼横行的、挤满了杂种高粱的世界"。

因此，在《红高粱家族》中，真正被缝合的，是叙事人重构的理想之父、理想的主体位置与特定历史时期本身的关联。叙事人为了这个缝合跳过了半个世纪，上溯了三代人，而被这缝合所"虚掉"的那段"我"与"父亲"共处的日子，那"家兔气"的由来，那种血统发生变异的日子，正是叙事无法逾越的困惑之源和意识阻碍。正如从"红高粱家族"中虚掉亲子之间的权利归属和阉割职能，这一缝合以"缺席"与"在场"的颠倒表述了一种主体观和历史观。经过这一缝合，莫言作为"无父的一代"之一员，以某种方式结束了他在意识形态荒野中无始无终的游荡，他"听到了整个红高粱家族的亡灵向他发出的指示迷津的呼唤"，他确立了自己在现在与过去、现实与理想、陌生的外部世界与遥远的内心家园之间所处的位置，进入了一个由历史上高大英雄"父母"与现实中"孱弱子孙"、过去的红高粱与现在的"杂种高粱"构成的负正关系式，从而也确立了自己与文化及历史现实的想象性关系。

然而也许他有些操之过急，也许他十分渴望有个价值和人性的归属，当他跨过几十年的间隔建立了英雄祖父母与不肖子孙之间一正一反的关系式时，必然也得付出某种代价。那便是，他只能以臣服的方式，以被阉割者的"子"的姿态，想象地回归那原本不知臣服为何物的"红高粱家族"，他交出荒野中全部无法忍受的自由，换回了一个作为主体进入文化的成年礼。而这一成年礼，这一想象的"回归"，注定把他送上一条不再自由的不归之途。

一九九〇年二月

《当代作家评论》一九九〇年第三期

现代人的民族民间神话

——莫言散论之二

季红真

作者说明：本文全篇共七节，第一节"长歌当哭，独抒性灵"，简略地描述莫言小说的叙述方式，及其与整个新时期小说叙述方式之间关联，同在主观情致明朗的浪漫主义特征，异则在于莫言小说主体情绪的纷扰，几乎直觉地容纳了一个时期民族的基本矛盾，并且奇兀地表现出本体体验的审美表现倾向。第二节"'我'自何来，欲之何往"，分析莫言的叙述个性得以形成的几个因素，以及其痛苦的本体根源。第三节"带泪的挚爱，明朗的忧郁"，从莫言小说忧郁的基调入手，分析出其作品中所隐含的人物喻象系统，以及作者内在的精神矛盾。第四节"精骛八极，思掣万仞"，重点论述其作品的浪漫主义审美特征，以及充分的民族民间性质。第五节"伦理的性与审美的性"，分析莫言小说性描写的两重性，即作为伦理理智的写实层面与关联着全部色彩象喻系统的象征层面，以及后一层面的哲学人类学意义。第六节"经验的世界与神话的世界"，通过进一步分析莫言小说的时间与空间形式特质，而阐述其作品的民族民间神话性质。第七节"语义的特殊心理关联与心灵形式的协调"，分析阐述莫言小说的语言特征，发现其深层语义的不断耗散生成的基本语法关系，以及对其整体风格的骨干作用。也是尝试从语言的角度，对其创作风格进行总体的归纳。

由于篇幅过长，分为两部分发表。前四节作为散论之一，以《忧郁的土地，不屈的精魂》为题（已刊《文学评论》一九八七年第六期——编者）；后三节作为散论之二，以《现代人的民族民间神话》为题寄《当代作家评论》编辑部。

五、伦理的性与审美的性

说莫言的作品中带有现代意识，首先在于他对民族伦理规范，特别是儒教传统性道德观念强烈的批判态度，以及其作品忧郁的情绪基调中的充盈着的泛性的苦闷。至于前者，上文曾一再重复地有所论述，而后者则使他极真切地表现了对过往民族民间非规范伦理生存的情感容纳与高度的美学评价。正是这后一点，确定了莫言作为小说家（也是广义的诗人），而非伦理学家的存在。因此，我们对他作品中的性描写，也不应该停留在伦理的层次。

毋庸讳言，在莫言的作品中，可以看出弗洛伊德泛性主义精神分析学的影响。于是，我们首先遇到一个理论障碍，是对这个学说本身的评价问题。作为一门科学，弗氏理论的可信与否，已经经历了几代人形形色色的诘问、驳难、校正与补充。譬如，在弗氏生前，英国著名的功能派文化人类学家马林诺夫斯基，通过对太平洋岛屿中尚处于母系氏族制社会的原始部族的实地考察，以第一手资料，推翻了弗氏关于仇父恋母理论的普遍性，指出弗氏得出这样的结论，主要是由于他所生活的维也纳市存在着严重的父权制，这一社会条件造成的独特现象；[①]弗氏的嫡派门生荣格，也从文化传统的角度，提出集体潜意识的理论，来校正弗氏的泛性主张。而历来这一学科以外的人们，对弗氏理论的取舍，大多是为我所用。这里有接受心理的一般规律，正如作为十九世纪科学里程碑之一的达尔文进化学说，曾启迪了一个时代极端重视遗传的人格理论，并在这个文化心理的总体背景中，最终发展出法西斯的人种理论。理论的传播是受制于接受者的不同目的的。弗洛伊德的理论无疑从一个角度激发二十世纪几代人反叛的热情，并开启了二十世纪艺术表观的新领域与新形式。譬如鲁迅就是从反对旧礼教的目的出发，批判地接受了弗氏的理论，并用于自己的艺术实践。他认为弗氏的理论撕去了道学先生们的伪面目，同时指出泛性的夸张，则是有饭吃阶级的误见。赞同他"以压抑为梦的根底"，从而道出了与"社会制度、习惯之类"[②]的关联。而其作《不周山》，"原意是写性的发动和创

①　祖父江孝男：《文化人类学入门》。
②　鲁迅：《南腔北调集·听说梦》。

造，以至衰亡的"。①

莫言不是鲁迅，但就其对弗氏理论的接受方式来说却是相似的。他对衣冠灿然虚伪论道者的愤怒、鄙夷，正如鲁迅对伪道德者的讥讽一样带有二十世纪中国人民族自省的基本精神，而其在艺术实践领域中，则在写实与象征两个方面，都要比鲁迅更多地受到弗氏理论的影响，这无疑与更重视本体体验的美学追求有直接关系。且忧郁的情绪基调中浓重的苦闷，本质上也只属于青年人。也就是说，鲁迅对弗氏理论的艺术借鉴，带有更为自觉的理性的扬弃，而莫言则兼有着理性认知的接受（尽管相当程度地感觉化）和感悟式的观照。

莫言的许多作品中，都有直接细致的性心理写实，他用很多笔墨写了社会与自我的双重压抑，对个体心性的扭曲，以及连锁反应的恶性社会效果。他处理得最好的，是那些生活方式与情感方式都相对比较粗放直率的、乡土人物的性心理与性行为。他特别长于状写人物由于潜抑的性心理所导致的异常行为，《红高粱》系列中余占鳌情迷心智，魔魔怔怔地大闹酿酒作坊，二奶奶临死前连声不绝的怒骂，《筑路》中杨六九的幻觉，都是精彩的片断，从中也可以找到心理人类学的科学依据。莫言以人物外部的异常行为，隐蔽起人物潜在的心理逻辑，不仅使情节跌宕，笔法含蓄，而且人物超验的情感方式也带给作品以诡奇的神秘感。

此外，作为纯粹心理写实的情节，莫言也不乏精彩之笔。例如《金发婴儿》中那个由于性的蒙昧导致自我压抑，进一步人格分裂，最终在精神错乱状态中虐杀婴儿的军人，作者对其心理逻辑演进的处理是真实可信的，以及同一作品中，弥漫在紫荆与黄毛交往过程中，两性之间微妙的气氛，也含蓄动人。他也有分寸失当，而损害作品的整体风格的地方。例如同一部作品中，那个原来获得作者情感肯定的紫荆，搂抱公鸡的细节，固然揭示了其性饥渴的心理真实，但终究是有损人物整体形象的。又如《欢乐》中，被作者大为渲染的主人公近于歇斯底里发泄式的性心理变态，也由于过分感觉化的唯美处理，而与结尾《篇外篇》中的题旨发生审美趣味的直接抵牾。至于《红蝗》中人驴交合的情节，作者竟贯注了那样热烈饱满的情感肯定，简直令人不可思议。这固然源于对虚伪残忍成性的食草家族尊长们的强烈义愤，但其本身终究是违背自然规律，反人

---

① 鲁迅：《南腔北调集·我怎么做起小说来》。

性反人道的，是对生命的亵渎，是人生在扭曲中的堕落，也是超出人正常的情感阈限与审美心理承受力的。

　　莫言写得最好的，是乡村青少年那朦朦胧胧的性心理。黑孩那一连串莫名其妙的外部行为，隐藏着一条心理的逻辑线索，这条心理的线索融贯于整个身体的感觉，潜在于意识之下，而由菊子姑娘所启蒙的性心理推动着。从这个角度解释，他所有的外部行为都是合乎内在的情感逻辑的。他把头凑到最宜于爱护他的小石匠手头的位置，任凭他敲打，他听任菊子姑娘抚摸他满是伤痕的背脊，甚至追寻体味水中鱼儿碰触皮肤的感觉，都是极度冷酷的亲情关系导致的皮肤（生理的）——情感（心理的）饥饿，外显为对温情的极度敏感。他执意脱离砸碎石子的妇女圈子，去为铁匠拉风箱。并且狠狠地咬了劝阻他的菊子姑娘一口，这是男性意识的觉醒。他看见红萝卜的那个奇妙夜晚，正是老石匠唱着凄婉哀怨的戏文（这段戏文最集中地体现着民族民间两性情爱的现世倾向，以及人生被情感高度升华了的苦难内蕴），小石匠与菊子姑娘两情缠绵的时候，那个幽蓝的底色中金红的萝卜影像，正是他对人生中悲苦底蕴和以两性情爱为核心的幸福境界，朦胧感悟的喻象（小石匠与菊子姑娘走进桥洞的时候，在炉火映照下，一个是红色，一个是黄色，而红色与黄色的调和，正是近于透明的足赤金色）。当小铁匠与小石匠争斗的时候，他反而扑向一直爱护他的小石匠身上，也正是他发现小石匠与菊子姑娘在大麻地中幽会之后，这可以解释为对传统师徒关系的认同，但更深的心理动机，也正如小铁匠是为了对菊子姑娘的恋情，不同的只是他的恋情带有美的升华。因此，只有菊子姑娘的眼睛被石片崩坏以后，这个一直不动声色的黑孩子才抽泣了。并且那个金色的红萝卜影像再也不可复得，他被守园人扒光衣服，赤身裸体跑回来的时候，"起初他还像害羞似的用手捂住小鸡，走了几步就松开了手"。结尾那不知是谁的两声召唤正暗示着一个备受苦难但内心纯洁的男孩子，在性觉醒的初始阶段，对生活美好的憧憬的破灭。黑孩，那个充满诗意灵感与生之欲望的小精灵，已经不复存在了。作者对这个少年的性心理发展过程的叙述，颇像鲁迅《不周山》的情节安排，只是"性的发动创造，以至衰亡"的过程，在鲁迅的笔下完全是以神话的方式完成的，莫言则主要以白描的手法实写其人物外部行为，而隐蔽在其中的性心理，则以写意的手法传达出来。

　　不仅这部作品，几乎所有以乡村青少年为主人公的作品，都有这个特点。《大风》中的"我"，一听到爷爷漫不经心地唱出那古朴小曲，小鸡就翘了起来，并且那一天的感觉印象影响终身。《枯河》中的小虎，决心以死抗争，来羞耻成人世界的时候，一定要露出"布满伤痕"的屁股，而且，在听到日出前那一蛮野庄严的音乐之后才安然死去，让那屁股"布满阳光"，就好像一张"明媚的面孔"。性在这些作品中贯穿生死，融会着生命的整体感觉，其超越生理层次的内容，构成作品的象征意义。

因此，性在这些作品中（包括《红高粱》系列的作品），不限于纯经验的内容，还包括更广泛的本体意味。也就是说，莫言对性的理解，不仅是从伦理层次的道德探索，也不仅是心理层次的客观写实（有时是以写意的笔法），还包括哲学人类学意义上的本体观照。是诗意化的生命本能的抗争，是直率善良自然美丽的人性，是高悬于民族民间生存现实悲凉底蕴之上的幻想之光。

只有在这个本体观照的诗化象征层次上我们可以穿透《红高粱》系列作品中，写实层面那惊心动魄的惨烈场面，那勾心斗角你死我活的殊死格斗，体验到人类情感的伟大力量。同时，也遇到一个普遍的问题，当人们反抗千年古国虚伪道德的时候，常常会产生错觉，认为性解放的极致是非伦理的，这也是弗氏理论最易产生的歧义。

实际上，人类的伦理实践能力，与人类的认知能力、审美表现能力一样，都是人的本体力量的组成部分。因此，人类本体力量的实现，也包括伦理实践能力的实现，而且其实现的方式必须通过社会的道德规范来完成。这规范无论是合理的还是不合理的，都意味着对个体情感欲望的压抑。而文学作为审美表现活动，也是人类本体力量自我实现的一种形式，而且，它基本是由个体的情感所推动的。这样就出现了帕克在他的《美学原理·艺术道德》一章中提到的二律背反，即：因为艺术总是表现人的个体情感的，就势必与社会集体的规范发生冲突，因而它是不道德的；然而，艺术表现的个体情感欲望，本质上是属于人类集体的部分，因而它又是道德的（大意）。这个二律背反，与其说是艺术与社会伦理规范之间的矛盾，不如说是人类本体自身的矛盾，是本体自身的不同的形式自我实现时，不可避免的冲突。而艺术正是在与历史伦理的冲突中，承担着"未来的伦理学"（高尔基语）之职能。正是这样的认识前提，使我们有理由反对道学（无论其真伪）的批评，因为文学作为人类满足本体审美表现的需求手段之一，本身不是道德批评的对象。也正是这样的认识论前提，使我们在《红高粱》系列旧日民间伦理生存的奇异传奇中，与其说感受到对非人的旧道德激烈的反叛精神，不如说是在人必须以恶的手段达到善的情感实现这一个困境中所揭示的人类本体自身的悲剧境遇，使在扭曲中蓬勃生长的人性，带有更崇高圣洁的道德内蕴。因此，作者在这些作品中，不仅是完成了一个道德的批判任务，而且是以浪漫主义情感夸张的极致，完成了人类永恒的道德（也就是人道的）理想的情绪表达。

然而莫言终究是一个中国人，而且是一个山东籍的中国人。这使他浪漫主义的情感夸张永难超越民族集体潜意识中伦理情感的价值取向。在他的作品中，有一个愚昧专制卑屈麻木的父亲，就有一个善良隐忍勤苦而耐劳的母亲（如《枯河》）；有一个反叛的英雄，就有一个忠厚的硬汉（譬如《红高粱》系列中的余占鳌与罗汉大叔）；有一个工于心计的奶奶，就有一个逆来顺受的二奶奶。甚至在《红蝗》中，叙述者也极想给刘猛将军塑一个老婆，比例谐调，搭配得当。这当然不一定是作者有意为之，也许仅仅是作者内在情感无意识的自体循环。也正因为如是，使这样的人物关系，更带有种族记忆中伦理情感现世倾向的原型意义。

这一原型，对于我们来说，还有另一种意义，那就是看到民族民间（特别是地域）历史文化的母体，给予作者的巨大心灵负荷。这一心灵负荷，使他极敏感于民族伦理生存现状的混乱，并由此在对人类本体悲剧境遇的感悟中，陷入对自身力量的深刻怀疑。这是他晚期的两部作品（《罪过》、《红蝗》）题旨与风格都颇逆于《红高粱》系列作品的原因。以至于在《红蝗》的结尾处，他特别注明作品的叙述者"我"不是莫言。

这种题旨的逆转，最直接地体现在他作品中色彩喻象系统的变动。在他的笔下，几乎所有姣好善良的女主人公服饰中都存有红色的标记，一般是上衣，菊子姑娘则是一块紫红色的头巾，因此，红色首先意味着健康自然的性欲。不仅如此，水淋淋鲜红的月亮（见《枯河》），血一样红的太阳（见《大风》），传说中会炼丹、被众人追杀得走投无路的火红的狐狸（见《爆炸》），"红成饶沛的血海"、"辉煌"、"凄婉可人"、"爱情激荡"的红高粱，等等。因此，由情欲推而广之，红色喻示血性，本能的抗争，激情与野性的自由。乡村景致中最浓重的色彩，自然是绿色，而莫言笔下所有蒙昧勤苦人物活动着的背景中，都有一片绿色，因此，绿色与红色相对应，烘托并暗示出朴野顽强的生存，耐力，隐忍，蒙昧的生殖力。其他的色彩则几乎都流于一般的象征意味，例如白色象征纯洁与悲壮（《秋水》中盲女着白衣，《老枪》中飘洒在父亲身上的梨花洁白如雪），黑色意味残忍与死亡（《秋水》中的黑衣人）。这些色彩都分别代表着人类原欲中的不同内容，而体现着莫言价值理想的意象，常常或色彩鲜明对比，或色调和谐。作为人生苦难的感悟与美好憧憬的红萝卜影像，在青幽幽蓝幽幽的铁砧上，放着金色的光芒，里面还有"活泼泼的银色液体在流动"。喻示着顽强蓬勃生命力的那棵"老茅草"，"不知是红还是绿"，象征民族民间遥远神秘的情感。作为反叛精神神圣图腾的红高粱，以其油亮的绿色秸秆高举着赤红的穗子，区别于暗绿色的杂交高粱。而作为作者否定性审美情感意象的，则几乎都是单一色彩的，《三匹马》中，围绕着被性的蒙昧压抑着的人的，是一片密如屏障的绿色玉米地；《狗道》中，疯狂的狗群是由红、绿、蓝三条疯狗率领着对人袭击。因此，在这个色彩喻象系统的心理关联域中，疯狗对爷爷和父亲们的袭击，就不仅仅是对人物特定情感境的设计，也意味着人类健全的精神，在自身诸种情欲的纠缠中，孤立无援的困境。那么爷爷的战胜疯狗的围攻，也就象征着人类健全的精神，对自身欲望的胜利。

从《欢乐》起的几部作品，这个色彩的喻象系统变得越发抽象，且其中寄寓的情绪也变得越发激愤。《欢乐》中，所有绿色的物象都是丑陋肮脏的，主人公对自身生存环境的由衷憎恶，干脆抽象成对绿色的疯狂诅咒。《弃婴》中的婴儿被遗弃在一片密不透风的庄稼地里，绿色的背景暗示出盲目蒙昧的生殖力。《罪过》中那朵裹胁走弟弟生命、奇怪地逆水而上的花是红色的，而作品中"我"的原罪意识，正好与花的意象彼此呼应，喻示着原欲的罪愆。《红蝗》中，先将拥挤的人群比作蝗虫，而时隔五十年两场蝗灾的交叉叙述，实在是为了揭示两种伦理生存状态中非人的实质，核心仍然是性（推而广之则是欲望）。那蝗虫也是红色的，而且"红水盈天"、"绿色泛滥"，连太阳也变成了一个小小的绿色玻璃球，这些描写都难以带给人美好的联想。于是红色、绿色就如希腊神话中潘多拉的盒子、阿拉伯神话中所罗门的瓶子一样，喻示着原欲的罪愆。作者由此表达出对人类本体欲望的道德怀疑。

如此看来，从《红高粱》到《红蝗》，莫言几乎完成了从尼采到叔本华的认知转变过程。现世倾向的道德（也是人道的）理想精神，由绝望的抗争到无可奈何的诅咒嘲讽，推动着审美表现的重心，由情感的浪漫夸张，到理性的荒诞认知（也包括本体纷扰的情绪宣泄）。从这个意义上说莫言几乎跨越了一个世纪。

六、经验的世界与神话的世界

这里所谓经验的世界，指作品中人们经验的认知方式，可以领悟到的世界人生内容，也是指艺术作品中模拟客观真实的表现形式。这里所谓的神话世界，则是指人的非经验的认知方式，纯粹主体的情感意愿以特殊的心理逻辑推动的艺术思维，对客观现象世界加以重构的虚幻世界也就是作品中那些非写实的表现形式。①

莫言的艺术世界，无疑是经验世界与神话世界水乳交融的内在统一。他作品中的本事，几乎都不超出人们的经验范围，而其中对乡土社会人生世相从整体到细节的社会写实，可以说是相当逼真的，这带来了作品内容的扎实。然而，他的小说整体上却带给人神话的效果。这不仅是由于其作品中的民间好汉，颇合于中国古代"神话的历史化和历史的传奇化（人格神话）"②的规律，也不仅是由于争战杀伐却不给人以恐怖感的英雄崇拜的史诗灵魂，甚至也不在于穿插在人世故事中的鳖精狐怪等民间信仰。而且，农耕民族万物有灵的原始自然观，作为民族民间神话思维的心理基础，儒教规范下汉民族重视现世伦理实践成功的价值取向所造就的，充满人生神秘感及宿命的精神归宿心理内容的，因果报应、福祸根基等潜在的思维模式，都是这个带有神话的奇异世界赖以构筑的有效契机。譬如，《罪过》中鳖精的传说故事，就最集中地体现着这样的思维特征，而其在揭示主体原罪意旨的整体结构中，审美价值的特定否定功能，则是一个价值取向的逆转。从中，我们可看到作者对民族民间文化心理，有批判，有认同，就如血缘承传一样隐秘的情感承诺。而其批判的武器与认同的契机则是一个，即二十世纪人们对本体生存意义的探究。

鲁迅在评论陶元庆绘画时写道："他以新的形，尤其是新的色来写出他自己的世界，而其中仍有中国向来的魂灵。"③这段话用来说明莫言小说的神话效果也是贴切的。二十世纪人们的人性理想，现代艺术在原始艺术中寻找灵感的成功先例，激活了莫言对民族民间文化心理的情感承诺中感知方式的认同，带来审美意识的自觉。而现代人错杂的时空意识，则帮助他以独特的感知方式，将经验世界的分散材料，构筑成自己带有神话意味的世界，其中也自有其"中国向来的魂灵"。

---

① 袁柯的《中国古代神话传说·导言》中，关于神话的概念有狭义、广义之分，其广义的神话包括仙话、历史传奇、民间传说。方克强在《论神话思维》一文中，在此基础上，将神话思维进一步分为神话式、魔幻式、童话式、寓言式。本文接受以上两人对神话广义的解释。

② 谢选骏：《神话与民族精神》，第242页，济南，山东文艺出版社，1986。

③ 鲁迅：《而已集·当陶元庆君的绘画展览时》。

讲故事的人

在本文的第一节，我们曾论述过，莫言小说大多以第一人称的高调叙述，在记忆的纠缠中，间杂大量的旁述、转述且夹叙夹议。作者似乎有意打断故事的联系性（例如《红高粱》系列的作品，如果以连续的故事时序结构叙述，就是一个长篇的材料），这样首先带来时间与空间形式的虚幻（也就是非经验）性质。

莫言笔下的多数故事，都发生在高密县，主要是东北乡（《秋水》是十八乡，其他没有注明高密县的作品，也与高密县共属同一文化地理范围，这可以从人物对话语言的一致性看出来），而且，年代更迭，但人物与叙述者"我"之间的关系却永远不变，都是祖孙之间隔代故事。于是，就有一个永远长不大的我和一群永远不曾老去的爷爷奶奶。在这种固定人物关系的演述中，有两种时间意识交叉演进：其一是线性的历史时间，依着这个时间线索可以排出小说本事的发生的先后年代，从开发之初（这是史前时期的记忆。可见《秋水》），抗战前、抗战时期及至解放以后（见《红高粱》），解放前、解放后至"文化大革命"（见《老枪》），"文化大革命"期间（见《透明的红萝卜》、《大风》、《枯河》等），目前（见《爆炸》、《红蝗》）。其二则是叙述者与主人公的特定关系表示的时间，相对于明确的线性时间，这是非线性、非逻辑、混混沌沌、无始无终、循环演进的血缘心理时间。当莫言以第一种时间为主要叙述框架时，人物与故事就具有逼真的经验性质（如《三匹马》、《筑路》等作品）；当作者以第二种时间为主要叙述框架时，人物与故事就带来虚幻的神话效果（如《红高粱》系列）；当作者以两种时间交叉完成叙述时（这时其实是以心理时间为框架），作品的虚幻性质就进一步发展为怪诞的风格，仍属神话的效果（如《红蝗》）。

当然时间的虚幻性质，还来自人物处理有意识的混乱。同一个"暖"，和"我"的姑侄关系并没有改变，可在《白狗秋千架》中，是一个青年农妇，而在《爆炸》中则是一个老年的乡村医生。这种有意识的混乱，与其说是作者故作神秘的智力表现，不如说是现代人在动荡的世界图像中，被自我渺小感压迫得耻于作真诚状的内心羞怯。

空间的虚幻性质，则是时间的虚幻性质带来的相应效果。作为莫言的故乡，高密县首先是一个自然地理的空间概念；记忆与转述强化的传奇人物与故事，与其说叙述了一系列的传说故事，不如说描述了这些传说故事的生成过程，而且揭示了神话赖以生成的民族民间潜在的思维特征。在这个意义上，豪强出没、传说纷呈的高密县，又是一个文化地理的空间。在这些传说故事中，容纳着多少民间传说乃至世界神话传说的母题。例如，《秋水》就极近于开天辟地的神话故事，只是主人公不是神性的英雄，而是人性的民间本色英雄，其洪水的故事相通于世界各民族洪水故事的救世神话，血亲仇杀的主要情节原型可以追溯到上古史传故事，至于长工与庄主小姐恋爱而杀人私奔，更是民族民间传说故事中常见的问题，其最古老的原型是充分世俗化了的牛郎织女故事。这样一个母题套一个母题的情节演进，借助虚幻的时间模式完成的艺术叙述，就使高密县带有超现实的神话性质。而与之有关的所有故事，在作者"种的忧虑"的议论推动下，就以忧郁的叙述基调，情绪化地概括了人类从伊甸园开始的全部生存历史，正契合于现代人对本体生存意义的探究。因此，莫言的世界，也正是在这个人类学的意义上，将经验世界的民俗材料与虚幻的时空形式统一起来，带来整体的神话效果。

从这个角度反观莫言作品中奇异的情节，就不难发现"中国向来的魂灵"，在他的笔下是极为夸张地心理化了。最典型的是二奶奶"诡奇超拔的死亡过程"与大奶奶显赫排场的殡葬仪式，两相对应，一里一表，最形象地喻示民族民间对于生存与死亡的神秘信仰。大奶奶的尸体在坟中长埋之后，挖出时竟光鲜如初，且有香气溢出，这是把死看作生的延续；二奶奶临死前怨愤冲天的怒骂，与其说是生命奇特的消亡过程，不如说是心灵化了的祭神仪式，其所祭者是执着的生之欲望。这两个女人的死，正表现了民族民间生命意识的两个方面。其一，对生存充满了现世倾向，因此才能漠视陈规礼法；另一方面把死作为生的延续，所以才有蔑视生死的本色英雄。而《筑路》中杨六九的幻觉，则正是这种集体潜意识在个体心理崩溃的瞬间颠倒所致，从而莫辨生死，心智迷乱。

莫言小说借来的形，还体现在主体感觉的强化，意识流与内心独白手法的大量运用，而且视听知觉通感形式的夸张变形，都有助于故事与人物联结在情绪饱满的心理场中。此外，夸张描述瞬间感觉，则是借鉴现代电影中慢镜头的表现手法。这些无疑也加强了莫言小说的奇幻色彩，使他的神话世界在形式上也带有现代意味。

七、语义的特殊心理关联与心灵形式的协调

论述一个作家的创作，语言是不可回避的问题。特别是莫言，他的语言对于他的风格实在是至关重要。

小说语言作为艺术表现的言语活动，既不同于一般的文学语言（这里沿用国内语言

学界的惯例，指规范的书面语），也不同于口语（包括地域性方言、社会集团习惯语体，还有共时性的社会现实语汇）。同时它又明显地受制于文学语言与口语的整体符号系统。这个矛盾是由小说语言在社会语言系统中的特殊功能决定的。

首先，小说是写给人看的，其能指符号的一般指称意义，必须相关于整个语言体系，否则就超出人们的接受能力，其所指意义也就难以使人理喻。其次，小说的叙述带有对人的叙述行为的模仿，不仅其中情节少不了以对话来推动，人物性格也需要其语言特点来刻画，且真实或虚拟的叙述人，也会有特定的身份，那么与身份人格相关联的大量口语进入小说就势所必然。这样口语的不规范性，就给规范的文学语言形式带来了超语言的剩余部分。正是这些部分带给小说以文化的关联域，使文学的基本内容在阅读过程中，联接起读者熟悉或陌生的经验世界，获得接受与理解。再次，小说语言作为艺术叙述的审美形式，它直接传达着作者的审美情感，因此，本身就是艺术选择的一个方面。特别是在现代小说中，人们力图在有限的篇幅中，尽可能多地容纳自己的思想情感，就必须加强语言自身的表现力，这样小说对普通言语"有组织的侵害"（雅克布森语。转引自特伦斯·霍克斯著《结构主义与符号学》），从而带来语言的陌生化效果，使意义的个性特征通过"陌生化"了的语言形式带来的新鲜感，给接受者以美学的刺激就势所必然。"当陌生的东西变为人们熟知的东西时，它就需要其它事物来取代。"[①]而陌生化的小说语言溢出规范语言和人的熟知语言之外的部分，正是作家的语言风格所在，而其形成的张力弦面，则是作者心理的关联域。

小说语言心理关联域的发现，启示我们在评价作者语言得失的时候，不能一成不变以规范语言为标准。在对文本全部能指意义的追寻中（这必须遵循陌生化的原则），必须克服自己的语感偏好（因为我们也受着自身心理关联域的无形限制）。只有在其叙事意识的整体规定中，才能准确地描述与评价其语言的得失。

针对莫言小说语言来说，本文前述各节，都已经为这一最终的叙述评价作了铺垫。反过来说，对莫言小说语言的分析，也就带有对其整体风格进行总结的意义。

首先，莫言小说的语言最使我们感到陌生的，是语词的任意性搭配。其中有大量的方言俚语，当代城市的流行熟语，诗词断句，成语泛词，以及生理学、心理学等学科的大量专业术语，混杂在一起，一股脑出现在文本中。对于习惯语体统一、语调纯净的读者来

---

① 特伦斯·霍克斯：《结构主义与符号学》，第71页。

说，这带来了信息超载的心理冲击，产生纷繁甚至有点芜杂的基本印象。而这正是处于接受能力最强的青年时期，承受着传统与文明双重压抑的作者的最真切的情绪宣泄。因此，就莫言的叙述个性来说，它最充分地表达了主体情绪的痛苦纷扰以至于难以克服的忧郁。

这些任意搭配的语词，大致可以分属于两个外在的语言系统。其一，是与全部乡土社会生活传统相关联的北方民间口语；其二，则是与城市文化相关联，浸透着现代人自我意识的当代书面语。这两个外在于文本的文化关联域，是客观存在于社会语言系统中的，当它们经由作者心理的特殊关联，获得某种内在的联系（叙述者来自乡村、生活于城市这一特定身份），以一定的语言规则组织成一个时间向度线性的小说语言的时候，就从原来所属的社会语言系统中被分离出来，形成了最基本的语义张力。而两者之间，也就在新的语码系统中，获得新的结构关系。

由于文本中基本故事的构成，是由北方民间方言语汇承担的，所以，可以把与整个乡土社会传统关联的方言语汇，看作这个新的语码系统中的主格：其文本的情节是由与城市文化相关联的、浸透着现代人自我意识的语汇推动完成的，因此，可以看作是这个新的语码系统中的修辞格。而不断旁述、转述、夹叙夹议的特定演述方式，也就使这两套语汇，转换在新的语码系统中，生成为基本的主谓关系。也就是说，莫言总是以现代人的思维感觉特征，陈述、修饰、评价着乡土社会的生存历史与传统。

由于这一基本的主谓关系，就使这两套与不同文化相关联的语汇，在文本新的语码系统中与其原有的文化关联域之间，不再是对应关系，而是对立的关系。进一步也就是说，故事与情节在陌生化了的语言形式（语词的任意搭配）中，从其原属的外在文化背景中彻底分离出来，形成了作者经过自觉的艺术选择，具有新的能指意义的象喻系统。而这又正合于作品中虚幻的时空形式所产生的神话效果。作为主格的故事，就如露出修辞格情节之上的一个岛屿，带来整体的神话意味。

主格的故事与修辞格的情节之间，得以构成基本的主谓关系，需要内在的逻辑联系（这里所谓的逻辑显然是特殊的心灵形式），否则，就会因为语言与其文化关联域的悖逆，而导致风格的缺欠，就像我们在莫言的单篇作品中常看到的那样。譬如《透明的红萝卜》中，结尾处以"湖光潋滟"来明喻黑孩眼中的泪水，就使作品整体语言的韵味失于文化关联域的不协调。因此，我们就莫言小说语言的描述与评价，也主要是针对他的创作整体来说。

莫言小说语言的另一个特色，是指称色彩的语词概念大量出现。这些概念在文本中的能指意义，一方面与写实的状物有关（如红萝卜、红高粱），沿用着概念的基本内涵；另一方面，也带有极强烈的主观随意性（譬如狗有红、绿、蓝已属稀罕，而太阳也可以是绿的，血也可以是金黄的、蓝色的……）。而且这些超自然的色彩感觉形式，不仅服务于表现人物特殊内心体验的写实需要，更多的时候，是表现叙事人强烈的主观感情指向，这使莫言的世界色彩缤纷且带有奇幻效果，难怪有人将其比作西方晚期印象派的绘画。当然外来绘画形式的借鉴是极为可能的，莫言《透明的红萝卜》之后的作品，色调明显地绚丽起来，常常带有局部的色块与整体的色调印象，但内在契机仍在于外来形式的参照激活了他对民族民间审美心理的情感承诺中，视知觉方式的潜在基因，使现代人充满本体体验的情感夸张，寄寓在民族民间强烈单纯的色彩感觉形式中。正如美国著名的心理人类学者萨丕尔——沃夫理论论证过的那样，原始民族对色彩的感觉要比文明人丰富得多，然而几乎没有过渡色的概念。①这显然和其粗放的生活情感方式与相应比较粗糙的知觉方式有关系。这个特点在民族民间的绘画中也充分地显示出来，人物的变形与色度的强烈对比，都是情绪夸张的特殊形式。因而，莫言晚近作品中色彩绚丽的语词概念大量出现，也是内知觉方式有意识调整的结果。

莫言摹写声音的语词则多来自民间语汇和古汉语。也如许多语言学家都曾指出的那样，人类语言中作为指称声音的象声词是相对贫乏的，而且也明显地受到文化的限制，所以同一声音在不同的文化符码系统中，常有不同的语音形式，以至于日本人与美国人所听到的同一只狗叫，声音也是不同的。②从古汉语和民间口语中提取象声词语（诸如謦然、哧溜哧溜），就突出了听觉形式的民间特征。

除此之外，莫言还长于将听觉形式迅速地转换成视觉形式（这也许是对听觉语词相对贫乏的无意识补偿），譬如，《民间音乐》中对于盲人乐师新奏乐曲的大段视觉化感受文字，《红高粱》系列作品中，将子弹的尖锐呼啸明喻为一株绿色的芦苇上长着鲜红的穗子。而且作为两个不同时期的作品，前者的描写偏重于文人文化的色彩知觉形式，而后者则偏重于民间文化的色彩知觉形式，从中我们也可以看到其内在知觉形式的自觉调整。

主格与修辞格之间心灵形式的协调契合，显然带来了文体的诗化倾向。诗歌隐喻（包括明喻）的选择性原则，大量渗透在文本中，与散文转喻的相似性原则彼此结合，就突出了语

---

①② 祖父江孝男：《文化人类学入门》。

言符码能指的主观情绪意向。不仅将主格故事中人物进一步从乡土社会的文化背景中分离出来，形成人物喻象系统，修辞格的情节中也形成了上文曾论及过的色彩喻象系统。而且，两者的有机组合耗尽两大外在语码系统原有的能指意义，再一次转换生成出一套独为其有的精神语码：红萝卜、红高粱、不知是红还是绿的老茅草、水淋淋的红月亮、鲜红欲滴的红太阳、红蝗（这是形象化了的能指符码）；爱情—性—生命的激情—欲望；种—生命的力量—反叛精神—罪恶的原欲（这是隐蔽的所指意义，也是诗化了的主体意旨）。

在一层新生成的语词系统中，原来修辞格的情节转换为主格，生成了最深一层语义，那就是对人性自身的道德怀疑，和对本体生存意义的探究，完成了自身世界的人类学确立。于是这转换生成为主格的情节，就以其独特的心灵形式，构筑出作品的神话框架，而使原属主词的故事，彻底从人们以经验认知方式可以感悟的现象世界中悬浮起来，凸现了其作为现代神话的全部意蕴。

综上所述，莫言小说语言的特殊心理关联域，使他将两种外在的语码系统，在特定的叙事方式规定下，经过感知方式协调，由特定的叙述方式推动着，组成新的语法关系，并以散文与诗歌相结合的修辞手段，经过不断转换生成，不断耗尽原有的能指意义，不断形成新的语码，最终完成了主体深层的语义表达。从这个意义上说，他的语言，作为其风格的骨干，是非常成功的。

然而，矛盾在于作者独特的心理关联域组成的语码系统，与时代规范基本的语言系统之间的冲突，后者毕竟是阅读接受的基础。特别是恐怕很少有人可能阅读他的全部作品，这就使单篇作品的破译接受，会遇到作品语码的障碍，譬如《欢乐》、《红蝗》这样的作品，若不是放在特殊的心理关联域的语码系统中，是极容易产生恨世的歧义的。此外，过分的夸张感觉，特别是不加节制地追求视觉化的效果，会导致艺术的浮华（当然这是奶油巧克力味以外的，新的浮华），终不免"七宝楼台，炫人眼目，拆开了不成片断"的形式主义弊端。

莫言的小说正处于风格的变动时期，这使我不敢自信对他小说语言乃至整个风格的描述评价可谓公允。好在笔者不是权威，本文也不过是散论而已。失当处，恳请各方教正。

一九八七年七月二十四日

《当代作家评论》一九八八年第一期

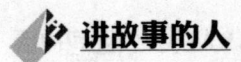

莫言小说里的"恶心"

李洁非

由于偶然地读到莫言两篇即将发表的小说手稿，我对这位作家又重新产生兴趣。小说篇名《复仇记》和《马驹横穿沼泽》，分别采取了中篇和短篇的形式。[①]据作者为小说拟定的副题"五梦集"，显然它们属于某一个作品系列；我所读到的是该系列之四、之五，前三篇却不曾觅读（听一位朋友说，其中包括那篇今年初受到评论家批评的《红蝗》），因此，这个系列总的精神我尚难存断言，但从现在所见的两篇小说——特别是《复仇记》中看，对"恶心感"的表现是其主要特色。

莫言在小说中向人们示以"恶心"并不自今日始，只是过去从来没有这样强烈而充分地描写它，以至必须到今天我们才有正式谈论它的根据。

一个最早使我留下印象的细节出现于中篇小说《球状闪电》：

可能是被毛艳这一坷垃把我体内的调节开关给震坏了。高考轰轰烈烈地开始了，第一天上午考政治。一进入考场，我就感到小腹下坠，尿脬里的水滴滴答答往下渗，我感到马上就要尿到裤子里了……

这是男主人公蝈蝈的一段自述；事实上，每到紧要关头，他都产生尿迫感然后狼狈逃匿。这种生理失常表明人物精神上的某种病态或至少是压抑感。分析小说后，可知它

---

① 小说将在《青年文学》1988年第11期发表。

根据于性的苦闷（其直接原因是蝈蝈父母为其选定的配偶茧儿），而性之失意则深刻影响了人物心理，使之变得软弱和灰色。但熟悉莫言作品的读者都知道，不仅不是忌讳反而常常写到小便、大便以造成阅读的"恶心感"，远远不限于这一处。

比《球状闪电》略迟一点发表的中篇小说《爆炸》已经几乎全被这种"恶心感"浸泡着。莫言是一个描写官能感觉的好手，但他把这种独特的技术用在那些不给人的愉悦的感觉描写上——我一直没有忘记这篇小说赋予产房的那种难闻的气味，这与传统作家笔下圣洁的产房大相径庭。在《爆炸》中，令人不快的感受绝不仅仅来自嗅觉，在听觉上无论歼击机的噪鸣、人声的嘈杂都带来了腻烦、头晕、气闷的感受，而人物脸上的肮脏、呆滞自然也不会收到良好的视觉效果。毋宁说，从小说中所嗅、所闻、所见、所经历的一切都只让人想到一个"烦"字——所以名之曰"爆炸"。

不过，到《爆炸》为止，莫言小说在揭示"恶心感"时基本上还是温文尔雅的，有点难以忍受，然而尚非触目惊心，尚非尖锐地撕裂肌肤。很快，这种"淡淡的哀愁"般的"恶心"被粗野的强暴的甚至残忍的表现风格取而代之了，其标志就是为作者赢得最大声誉的《红高粱》。这部小说也有一些述及小便、大便等物的文字，但它们现在与别的笔触相比还大为逊色，简直算不了什么，强烈的刺激和无以复加的"恶心"来自那种血腥的肉体摧残场面，即日本兵剥人皮与割生殖器的暴行。在这个时候，人突然现出野兽的面目，使我们对于人的本性的信念发生巨大动摇，同时我们又作为同类而无可挽回地对自身陷入厌恶与恶心的情绪之中。在《红高粱》中莫言终于捕捉到了最深刻意义上的"恶心"。

但坦率地说，假如永远没有读到《复仇记》这样的小说，至少我不大可能用比较积极的眼光看待那些丑陋的描写。这一方面固然证明我以前对这位作家笔下世界潜藏的深层因素缺乏灼见，另一方面却也因为作家本人在过去的写作中对他这种情绪的自我分析尚不是很清晰、内在体会尚不是很深入。这些描写缺少一个强大的结论来统一它们、纯化它们。它们零散，意义飘忽不定，不能说明什么，因而给人以渲染、追求官能效果甚至嗜痂成癖之感。因此无论读者还是作者都应该庆幸《复仇记》的诞生，它结束了一种误解，并证实莫言小说中的"恶心感"不仅不是招来垂青的商业性手法，相反，是一种生活，是一种认识，是一种心理痛感。

考虑到作品尚未发表和笔者阐释之便，介绍一点故事内容是必要的。这个故事年代不清，尽管有许多细节暗示了明显发生于"文革"期间，但我认为像作者主张的那样忽略它的时间是更为有益的——实际上故事所包含的意义远远超越了某个特定时间范围。在某地村庄有一对双胞胎兄弟，其母据乃父所告为本村书记所害；又通过其他叙述知道，此兄弟二人实为书记之子（奸其母而生）。父生前命孪生兄弟务报母仇，后父亦死。兄弟二人往杀书记，偷偷摸摸逾墙而入其室，但书记镇定自若，举斧自斩双腿，复仇者却胆寒而逃。复仇故事在世界文学中是一大类型，《哈姆雷特》、《基度山恩仇记》，以及《水浒》中武松杀西门庆及嫂均为复仇故事。其中正义、邪恶的区分显然，复仇者形象则充满英雄主义的凛然之气、刚强性格。这些本该有的东西，莫言的小说里则无影无踪，可仍然冠以"复仇记"这个响当当的名头，显然就不能不含了一点讥讽嘲弄的意味。

然而难道只是讥讽嘲弄吗？那样的生活我们本该看到一些轻谑的喜剧，实际上它却是沉重的，甚至太沉重了，使人的嘴角难存一丝笑容——即使"黑色幽默"式的笑容也不会有。我相信，作者自始至终都是以某种厌恶的心情看着这幕喜剧走向它的结束，作者不对任何人持有好感，不论受惩者还是复仇者，他们都一样肮脏，没有人味，而是一群动物——或像某些动物那样弱肉强食，或像另外一类动物那样逆来顺受、苟且偷生以致彻底失去向迫害者复仇的雄心。

人身上的兽性，正是这篇小说所揭示的全部内容——如前所述，也是《红高粱》曾经揭示过的内容，这个在莫言以前作品里隐隐露其头角的观念，现在《复仇记》里也成为主导。正因此我得以判断说，莫言的创作没有停滞，仍在坚实地突破。关于人之兽性，恩格斯说过非常著名的一句话：人来源于动物界这一事实，使人永远不可能真正摆脱动物性，只是摆脱得多少而已。这句话可以作为阅读《复仇记》乃至全部《五梦集》的重要参考，但有一点看法似乎仅仅属于莫言自己，即他在小说中的描写表明，没有发现人的兽性在实质上有何摆脱，因此他更悲观。

在人兽之间加以沟通，是现在这个系列小说的出发点——尽管我尚未读到《五梦集》其余三篇，但在《复仇记》、《马驹横穿沼泽》的字里行间时常有机会获悉，这组小说所虚构的是一个来自所谓"生蹼时代"的家族历史，在《马驹横穿沼泽》中这个家族是人兽交配的后代这一点被直截了当地指出。《复仇记》也在开头第三篇就写道，"（我）和手上生蹼的梅老师搂着脖子亲嘴"——这个意象的暗示性不必赘言。

大量的来自动物的意象正是《复仇记》给人留下"恶心"印象的主要原因。值得注意的是莫言选择了哪些种类动物进入他的叙述范围，因为并不是所有动物都使人存"恶心"反应。小说中被细腻或反复描写的动物有蝙蝠和蛇。这两种动物一般都是"直观"之下就令人恶心的，它们有冷血动物特有的冰滑阴湿的似乎发黏的皮，容貌丑陋、行动阴险，小说一开始的场景就充满这种恶梦般的氛围：

> 有几条竹节般的细蛇沿着芦苇的杆儿往上爬，它们很笨拙，爬到距鸟窝不远地方就跌下来，跌下来再往上爬。爬不上去，誓不罢休。这景象令我遍体起栗。我分拨着芦苇，象摆脱恶梦般地往外逃跑！芦苇冰凉粘腻，如同毒蛇！
>
> 我的童年时代，原来并没结束。仅仅因为迷途，我就痛哭失声，一道道凛冽的月光照耀着芦苇，芦苇上盘缠着的毒蛇都昂着头，张着口，嘴里叉舌飞快点着，象一束束灼热的小火苗子！蛇嘴里冰凉潮湿的气息喷吐到我的脸上，不由我不哭。

后来，写到孪生兄弟死去的母亲的鬼影出现：

> 兄弟俩胆怯地望着门后的暗影，他们分明感觉到，那个女人就避在那里，只要一灭灯，她就会走出来，用那只仿佛生着潮湿蹼膜的手，抚摸他们的脸。他们鬼鬼祟祟的目光引起爹的注意。他猛地把门拉动，兄弟俩惊叫一声，他们看到那女人的身体象一张薄纸一样，紧紧贴在门板上。
>
> 他们的爹却什么也没发现，骂他们几句，吹熄灯，爬到他们身边困觉。
>
> "爹，她摸我的脸！"
>
> "爹，她的手凉、粘！"
>
> （以上着重号均系引者加，下同）

猪、狗、猫。如果说刚才是用象征手法引起我们对置身其间的"环境"的无名的、抽象的恶心，那么现在经验到的恶心则非常直接而具体。它们多半暴露了作者对小说所写人、事的评价。小说多处写到猫，孪生兄弟名字大毛、二毛隐约与"猫"音谐同，他们的举止也非常与猫相似，特别是有好"舔"的习惯，他们的爹曾"逗他们去舔阮书记的脚"，"他们爬到阮书记脚下，伸出舌头舔着那两只臭烘烘的脚。阮书记舒服地哼哼

387

着"。他们舔着，"心中的仇恨更重"。这是何其令人恶心的狗一般的仇恨，它把媚态和算计、奴性和诅咒搅拌在一起让人们品尝。这种古怪的味道同样可在其他被迫害者身上嗅到，例如这一段：

> 阮书记用筷子拨拉着，挑选着，最后插定了一颗黑色的猪心……心头上连结着一块白黑的东西……一撕一拉一缩终于撕下来……顺手就撇给了狗，狗感动地跳起来，眼里夹着泪珠，烫得直龇牙，死活不顾地吞了下去。弓起腰，脊梁上的毛皮楞起来，融化的雪变成亮晶晶的水珠，在毛尖上挑着，狗尾巴却死劲夹在双腿之间，好象为了防备公狗的奸污。阮书记把猪心挑到她面前，暖洋洋地说："大冷的夜，把你弄起来，该慰劳慰劳你！吃吧，这是猪身上最好的东西。"

文中"她"是指女赤脚医生；阮书记先喂狗后喂"她"，写狗态未写人态，然而狗态实即人态！关于猪，莫言更是不吝惜笔墨了。众人分享猪肉一段是这部小说唯一不厌其详的部分，照孪生兄弟的幻觉，结果很难说是人吃猪还是猪吃人："猪肉迅速地变成我们的骨头。我们的肉皮发胀。"不仅人变成猪，亦有猪变成人的，在另一处，向来想象奇谲的作者突然描绘了一头有"约克霞"如此美名的小母猪，"她的猪身雪白，比月光更美好"。她跳舞给旁的猪看，然后宣布说：

> ……"朋友们，这是我为你们进行的最后一场表演啦，很快，我要去一个新地方，嫁给一个有权有势的人。"
> 猪们都流露出羡慕的目光，当然也有嫉妒的，但即便是嫉妒也不敢公开说出来，甭说是有权有势的人，就是有权有势的猪，也得罪不起呀！
> 第二天夜里，那头会说人话、能直立行走的小母猪就从土坯房里消失啦。

不能不说这有点"太过分"——还有什么比把一头母猪想象成娇滴滴的小美人更让我们恶心的呢？极丑极脏之物偏极美之形容，确乎过于刻薄，但作者似正想达到这样的目的：撕破"美"的表皮。

许多事情令人想到，人与动物的差别往往仅在于人有一副似乎是文明与进化结果的体貌。这是我的思考方法。莫言的思考方法却是另一个样子，他喜欢出人意料地从反面来提出问题，例如如果猪装扮成人形，那当如何？——虽然这不可能，但我们何不权且这样想象一下呢？

实际上，人兽两个世界的所谓不同往往只剩下皮囊外形，如果撕开这一层屏障，两个世界倒不妨说是很相像的。这一点自然主义文学家早就认识和揭露过了，现代派作家的笔则更不留情。如果说生物界的本质是弱肉强食，是蛮横的掠夺和残忍的吞吃，那么人类又是如何对待大地、天空、动物和自己的同类呢？用曾受进化论启发的鲁迅的眼睛看，几千年人类的活动也可以概括为一个"吃"字。而中国文化更以"吃"为特色，所以请看《复仇记》里人之分吃猪的尸体的种种景象：有人吃肉，有人吃骨头，有人被赐吃"最好的东西"——猪心，此外还有一条顺从可怜的狗也被允许参与吃猪。这和群狼瓜分一具羊尸没有更多的不同，不过也许有一点不同，人类不仅有虎狼之辈，也有甘居猪狗之人，即自愿去舔前者的脚跟、摇尾乞食的人，这种角色在人类中比在动物界似乎更常遇见。

涂炭生灵、奴役弱者的雄狮固然凶暴，但并不意味着当真有值得同情的无辜者。所谓善良而柔弱的被迫害者只是在狮爪之下才显得善良而柔弱，在他们力所能及的时候他们也从不放弃成为迫害者的机会，他们心灵的残忍也毫不愧于他们的奴役者。莫言无疑认为，比之于那些强者、人上人，这些弱者和奴仆更唤起他的恶心、鄙薄之感。《复仇记》写道，"他们的爹"，这个可怜的、女人被人奸污的人，这个逼着孩子舔别人脚跟的弱者，在杀死一只猫以满足食欲时却毫不手软：

> 爹磨快了刀，开始剥猫皮（令人联想到《红高粱》里剥人皮），猫的尾巴像旗竿一样竖起来，猫身体悠来荡去，爹无奈，又用拳头把猫头乱擂一阵，直到猫尾像死蛇一样垂挂下去才罢手。
>
> 他们看到爹把猫的内脏从腹腔里拖出来时，感受到了翻胃的痛苦。爹提着猫皮和沾着血迹的刀子，站在离他们三步远的地方。爹把猫皮抡起来，让猫皮上的热血和猫皮上的味道淋漓在他们的脸上。

污血和翻胃的味道同时也淋漓在读者的脸上。在这些使人头晕目眩的描写外，还有一段不动声色的叙说，更加意味深长：

> 爹拎着筐，筐里盛着胡椒、花椒、桂皮、茴香、芫荽、葱、姜、蒜，等等佐料……爹走到苹果树下，对准猫头，用包着猪皮的大鞋尖，猛力一踢。猫被踢飞起，在空中翻了两个滚；猫跌落在地，在地上翻了两个滚。仔细一看，猫头破裂，猫眼珠迸出，猫胡子挂着血珠，他们的背上有一股冷意，宛若小蛇在爬行。

这一节文字在莫言恣情妄为的语言风格中显得罕有的精细，整个叙述和单词的选用均极具深意。前半节一大串烹调佐料的名词象征着我们引以为傲的"美食文化"，后面则是猫被杀的惨状；两相呼应，就已经不单纯是令人感到残酷，而是"背上有一股冷意"，一种对在残忍之上还附着了美感、玩味的文化而产生的幽惧。即使"对准猫头，用包着猪皮的大鞋尖……"这么不起眼的一句，同样简练地揭穿了人类杀戮成性、食肉寝皮的面目。

刚才我提到了鲁迅对人类及其文明的看法（据《狂人日记》），莫言显然与他有相似之处。这种相似性甚至是很直接的：《复仇记》差不多也是用"狂人"口吻讲述的故事，充满精神的恐慌、倒错；它们都大量描写了"吃"和居于"吃"当中的人、文化；特别是它们对于人性都有一种警觉甚至绝望。请看引自《复仇记》的一段文字：

> 这是一个巨大的岩洞，像天方夜谭的境地。黑暗中有咻咻的鼻息声，一群群蝙蝠在洞里飞舞着，肉质的薄翅振荡空气，发出咝咝的风声。
>
> ……洞墙上悬挂着一些死人毛发般的植物，空气是潮湿的，洞顶下垂着的奇形怪状的钟乳石上，缓慢地形成着大滴的水珠。洞壁上稍微平滑一点的地方，都有用粉笔划出的符号，也有一些歪三斜四的汉字掺杂在符号里，不用心看是看不出来的，用心者是能够看出来的，全是些咬牙切齿、恨入骨髓的刻薄歹毒话。

相似性是如此昭然若揭，以致刚谈到上述打上着重号的引文我就马上浮想起《狂人日记》在"仁义道德"里看见歪歪斜斜的两个字"吃人"这段话。谈到它们的不同，我觉得，拿《狂人日记》和戈尔丁的《蝇王》同时与之对比，《复仇记》里的情绪是更接近于后者的。戈尔丁在这小说里叙述了一群孩子突然困于一座孤岛以至兽性还身的荒诞故事，这同样是把残忍等兽行归之于人的本性；而《狂人日记》时的鲁迅尚主要是把它归之于礼教（文化）和国民性，而对人的天性却存着一线期望。

写到这里，我打算就莫言最新作品《五梦集》的根本涵义作一推测。我们已经知道这是一组所谓"生蹼时代"的故事——这个时代实际上是以蝙蝠形象而命名和象征的。莫言在选择这种动物来代表他眼中的"人类"时无疑煞费苦心。蝙蝠有如下特征：从低等动物（鸟类）向高级动物（兽类）过渡的哺乳动物；昼伏夜出，行为诡秘；相貌丑陋、怪异——似鸟非鸟（能飞，但以蹼膜代翼）、似鼠非鼠；叫声阴凄难听令人毛骨悚然……很难说蝙蝠与人有任何直接的一致，但它却与莫言"理解"的人相一致，通过小说，我们也不难理解莫言的这种"理解"。总而言之，这个处在"生蹼时代"的人类，似已进化又未脱原态，有点不伦不类、四不像，与其说是可怕强悍，不如说令人厌恶恶心。其感觉正如上面的那段描绘：巨大的岩洞／黑暗中有咻咻的鼻息声／肉质的薄翅振荡空气……

值得注意的是《五梦集》压卷之作《马驹横穿沼泽》，在这里，莫言出人意料地为这个"生蹼时代"增添了一层亮色和诗一般的浪漫气息，它来自那匹小红马。这是一匹漂亮、纯洁的小母马，她与这个源于"生蹼时代"的家族的第一个男人婚配，因此是这家族的女祖。他们生了两对双胞胎——一对男孩、一对女孩。但后来那男人背弃了诺言，他告诉孩子他们的母亲是一匹母马。"一语未了，就听得一声巨响，犹如山崩地裂，地上升起红色的烟雾，一匹火红色的马驹被那浪涛翻滚般的烟雾卷跑了……mama!"作者存心用这"马"、"妈"的谐音，隐喻人类始祖背信弃义——背叛爱、母性和诺言。在这里，《五梦集》突然转到了这样一个结论上：人甚至比动物更可厌恶。这毫不奇怪，莫言以前就说过，人有狗性，狗有人性。

当你每每看到这种颠倒的现象时，必受一种梦魇般的折磨；那是特殊的恶心感，就像在闷热的火车车厢里突然觉察到"圣洁的人体"所散发的难闻气味，而这种气味同样存在于你自己身上。人耶？兽耶？

《当代作家评论》一九八八年第五期

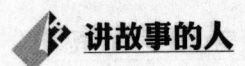

莫言小说中的性意识

——兼评《红高粱》

吴　俊

如果人们并不忌讳的话，那么我想说，在莫言的许多小说中都弥漫着一种共同而强烈的心态，这就是性的躁动。女人——或者应该说，少妇，几乎是作者创作中出现得最多的人物。她总是那样的动人，那样的妩媚，那样的缠绵，又那样的令人心醉。有时简直会使人怀疑：作者是不是把她（们）当成了自己理想中的情人而把全部激情都倾注给了这种女性？不难看出，在她（们）身上有着作者主观心态的明确表现。女性——少妇，耐人寻味的人哪！

与此同时，莫言小说中大多还有一些童蒙初开的孩子形象——男孩。其中也有不少的"我"。正像有人指出的那样，在莫言的小说创作中有着一种极为明显的童年视角："童年生活的记忆，缠绕着莫言的艺术世界，同时又参与了这个世界的创造。"[1]他给我们展现的几乎全是一个情绪记忆中的童年世界，一个孩子眼中的人和事。仿佛一切都飘荡在一层朦胧、浮动着的纱巾后面，时间淡化了几乎所有可能存在的缺陷和污点，留在记忆中的始终是那种纯洁、宁静、舒适而又甜蜜的印象。男孩——童年，埋藏秘密的岁月呵！

于是，问题的提出是那样的奇特而又如此的顺理成章：女性、少妇和男孩、童年又有着如何微妙的联系呢？

---

[1]　程德培：《被记忆缠绕的世界》，《上海文学》1986年第4期。

一个非常值得我们注意的现象是，虽然莫言小说中的女性形象大都是少妇，但是，她（们）却几乎都不是"母亲"，而是容易引起人们产生年龄错觉的"奶奶"。或许我应该更准确地说，莫言小说中写得最为光彩夺目也最为诱人的女性大都是一些"年轻的奶奶"而不是可爱的母亲，母亲甚至常常扮演了一种很不光彩的角色。其中有曾管不住丈夫而又不敢公开与人争风吃醋的"娘"（《石磨》）和被丈夫的巴掌打倒在地，嘴角流出鲜血却又强笑着站起来的"母亲"（《爆炸》）等等。相比之下，分娩之时的"奶奶"却显得如此的娇小和纤弱，连她的痛呼竟也使人倍感她的凄楚动人（《秋水》）。即使是那个亲手杀死了自己吃喝嫖赌、荡尽了家产的丈夫的"奶奶"也丝毫不使人有厌恶、恐惧之感，反而倒使人对她以一妇人之力支撑门庭、独富一方的魄力和才干油然而生敬意（《老枪》）。作者似乎是想使我们有这样一种印象：奶奶在他的记忆中占有着一种最美好同时也是最重要的位置——至少，同母亲相比。但是，使人费解而又引人注目的是，以童年视角——必须指出，在莫言的许多小说中，男主角、叙述者和作家的主观心态有着十分明显的三位一体倾向——所展开的小说世界，其中的"奶奶"怎么不是一个年过半百、面目慈祥的老太太而竟然会始终是一个年轻丰满的少妇呢？在一个孩童的眼中，这个年轻美丽的少妇应该是母亲呵！显然，按照常理推测，在莫言的一些小说中，"奶奶"和"母亲"的形象出现了一种经常性的"替换"；或者，也可以这样说，莫言笔下的"奶奶"和"母亲"有着某种实质性的浑然一体。那么，这种人物的形象上的替换或浑然一体是不是出于作者的自觉意念呢？难道作者是想借此冲淡和掩饰什么，即使只是在他的潜意识中？如果这样，那么他又想掩饰什么呢？奶奶和母亲形象的替换！——难道在他对"奶奶"的充满激情的描绘中实际上却寄托了自己对母亲所怀有的这种同样的感情而又试图掩饰这种感情的真正面目？那个年轻美丽的少妇难道真的不是"奶奶"，而是活生生的"母亲"？并且，难道又正是这种对母亲的恋情才诱发了作者的创作欲望并使小说充满了那种生命的渴望和性的躁动？

哦，一言难尽的烦恼呵。这是一个男孩的世界，一种男孩的秘密——谜一样的世界，充满了谜。

好像是在写抗战，同时却也写了两个人的永恒关系：父亲和母亲——男人和女人。这是我的直觉。然而，这种永恒关系的永恒性却似乎是必然地产生于一个第三者：那个男孩。正因为有了这个男孩，或者在这个男孩的眼里，父亲和母亲、男人和女人的关系才体现了永恒；永恒是这个男孩所赋予的。只有"他"所理解的，也就是只有"他"对于"他（她）们"的关系才能是永恒的。所以，确切地说，这种永恒关系应当表述为"男孩"和"他的父亲和母亲"。

同他以前的作品一样，在《红高粱》中，还是那种主观的童年视角，还是那个风流的少妇，还是那个慓悍的男子，同时，也还是那个永恒的三角关系：奶奶、爷爷和那个男孩——"我的父亲"（"我"？）。作者这种对于小说人物及其关系的选择的执着一贯不止一次地诱使我产生了这样的念头：血缘关系上的距离感似乎使作者在流露自己的感情时获得了某种安全感，使他得以毫无愧疚地在自己所选择的表现对象上淋漓尽致地倾泻自己的某种感情？而事实上，作者在表达感情的同时，他也确实因表现对象的改变（选择）而使自己的这种感情得到了良好的升华机会？如果这多少能够有所肯定的话，那么显然，在这里，作者的道德意识对他的情欲意念便真正起到了一种巨大的监视和疏导作用。而这种心理的自我调节也无疑会使我更有理由倾向于认为，在《红高粱》中其实也存在着那种"莫言式"的形象替换：母亲变成了奶奶，而奶奶实际上却是母亲，并且同时，整篇小说在其叙述过程中的那种明显的主观色彩，又不仅说明了作家主体对于作品的积极介入，而且也再一次地暗示了这样一种可能性：小说中那个十三四岁的男孩不过是作者主观情态的化身——潜在的"我"，虽然在小说中他一直是"我的父亲"。

但是，这种想法难道不会遭到牵强附会之讥吗？

我觉得，现在先有必要探讨一下莫言小说人物中的另一种现象。我认为，莫言笔下最动人的少妇不是母亲而是奶奶的这一事实之所以显得奇特，还在于它暴露了这样一个公开的秘密：这个少妇同时也不是妻子！也就是说，莫言很少写到妻子这种形象。更确切一些，也同他写到母亲的形象时一样，一旦一个女人在他的小说中真正作为妻子存在时，她就显得是多么的可笑、可怜与可悲。其中不仅有"蝈蝈"对妻子的明显不满情绪（《球状闪电》），而且还有对"她"的嘲讽和挖苦（《爆炸》），即使企图正面描写妻子的欢乐与痛苦，"我"对她却又有着多少苦涩的体味啊，妻子给予丈夫的只是欺骗和屈辱（《金发婴儿》）。作者对于女性的美好感情仿佛只有在"奶奶"身上才能完美无损地表现出来，妻子则永远是灰色的。而一当她真正显得可爱时，那她就还决不是或没有成为"妻子"这种女人。或者，她仅仅是一个稚气的女孩（《石磨》），或者，她只是那个记忆中的姑娘（《白狗秋千架》）。那么，作者难道是对妻子这种角色抱有某种自觉的逃避态度或本能的厌恶心理么？现在似乎还没有必要一定要在这两者之间作出选择，说作者更倾向于哪一种。我觉得，值得强调的倒还是这样一种显而易见的现象：作者没有或者说不愿将他所创造的最为光彩夺目的女性写成妻子。这里，妻子和奶奶的区别是重要的。作为一种女性形象，奶奶首先也应该是一个妻子。但是，妻子更直接地意味着一种夫妇关系，她是对丈夫而言的；奶奶则明确地意味着一种祖孙关系，她是对孙辈而言的。在小说的主观叙述中，不管作者是有意还是无意，既然他事实上造成了"奶奶"和"母亲"形象的替换，那么，他所"钟情"的少妇不能成为妻子也就必然是既合情又合理的。试想，如果他把本来应该是对母亲才怀有的感情在小说中却把它倾注在了一个妻子——"我"的妻子——的身上，那么，他难道不会感到问心有愧，并甚至会产生一种难以解脱的犯罪感吗？但是，一方面需要使自己的感情能够畅通无阻地宣泄，另一方面还必须求得心灵的自释和道德的默许，而同时却又能使自己的本能内在愿望有最大限度的实现，于是，作者就必须创造一个与自己既有着某种亲密关系同时又有着明显的血缘距离的女性。只有在她身上，他才能自由地寄托自己的全部感情，并使这一切在艺术的创造过程中得到净化和升华。这样，作者心目中的这个女性便自然而然地成了一位年轻风流的奶奶。就像我们在《红高粱》中所能看到的那样。另外，作者还企图把自己隐蔽在幕后，出现在小说中的几乎总是"我的父亲"，然而，"我的父亲"却始终不能与那位年轻的少妇——"我"的奶奶——取得平衡，在他身上，我们总是可以发现那个幽灵式的"我"——作者的主观心态和潜意识——在作祟。正是这，使我感到《红高粱》有了一种更深层的意味。

确实，他是在写母亲——"自己的母亲"。一切美好的东西都集中在了她的身上，而她则是一切美好东西的化身，使他不断地沉浸在对童年的理想记忆中。岁月的增长并没有使她的形象有任何的褪色和模糊，反而使她显得越来越清晰，越来越鲜明，越来越动人。这种心态其实早已在他身上形成了一种强大的心理定式。它不断地纠结着他的灵魂，把他一次次地拖回到童年的生活中。而一旦真正进入往昔，她的音容笑貌便会立即伴随着自己意识深处对她的所有感情一下子从记忆中跃到了意识的前沿。于是，强烈的冲动和类乎迷狂的状态出现了。这时候，几乎只有创作才能使他拯救自己的灵魂了。这也就不用惊奇，他连她的死都写得如此的激动人心和意味深长：

奶奶感到疲乏极了，那个滑溜溜的现在的把柄、人生世界的把柄，就要从她手里滑脱。这就是死吗？我就要死了吗？再也见不到这天，这地，这高粱，这儿子，这正在带兵打仗的情人？枪声响得那么遥远，一切都隔着一层厚重的烟雾。豆官！豆官！我的儿，你来帮娘一把，你拉住娘，娘不想死，天哪！天……天赐我情人，天赐我儿子，天赐我财富，天赐我三十年红高粱般充实的生活。

……

……奶奶完成了自己的解放，她跟着鸽子飞着，她的缩得只如一只拳头那么大的思维空间里，盛着满溢的快乐、宁静、温暖、舒适、和谐。奶奶心满意足，她虔诚地说："天哪！我的天……"

她已经成了他理想化了的女性。她的生命和肉体可以随着万恶的子弹而消灭，但是，她在他心目中的形象和他对她的那万般柔情却永远也不会逝去。在战斗一触即发之际，只有儿子"靠着某种神秘力量的启示"，突然扭头看到了母亲"像鲜红的大蝴蝶一样款款地飞过来"。同样，在她的生命即将消逝之时，也只有儿子才又突然听到了母亲那神秘的心灵呼唤："我的儿，你来帮娘一把，你拉住娘。"似乎正因为母子之间维系着一种斩不断的血缘关系，才使他（她）们的心灵之间自发地产生出了这种永不消逝的神秘感应！在他看来，母亲应该总是保持着一种最为美好、最为圣洁的姿态和声调。即使在她遭到机枪的袭击，生命受到残酷打击的时候，她也是"欢快地叫了一声"才倒下去。而且，"脸上没有受伤，面容整肃，头发纹丝不乱，五绺刘海下，两条眉梢儿下垂"，"半睁着眼，苍翠的脸上双唇鲜红"，"满脸绽开天真的笑容"。显然，作者的主观情绪色彩在这里达到了它最饱和的浓度。

"你奶奶年轻时花花事儿多着咧。"对于她的风流，他有一种夸耀感，并从中隐隐地体味到一层温馨的甜蜜，而不是忌讳的苦涩。我坚信，对于真正的自己的奶奶他是决不应该也决不可能产生这种缠绵心态的。只有对于在自己内心怀有赤诚的爱心而又不能彻底坦诚表露的女性，他才会有这种充满了骄傲意味的钦慕心态。但是，为了使自己的这种心态能有最直接的依托，他同时也就需要创造一个男人——一个与自己心目中的这个女人相配的男人。于是，我们便在莫言的小说中看到了那个反复出现的慓悍、刚毅、强壮而有力的男子形象。

然而，也正像他对待"奶奶"一样，一旦这个伟岸的男子作为爷爷（有时是作为父亲）而出现时，他对"他"却又怀有一种多么难言的感情啊。他似乎感到有一张宿命的巨网在联结着他们，冥冥之中，他就会重蹈"他"的覆辙。他是属于"他"的，他无法摆脱"他"的控制，"他"像一座山一样地重压在他的身上，即使连"他"的死之方式对他仿佛都具有了一种神秘而不可抗拒的心理遗传性（《老枪》）。这使他的自尊心受到了很大的损伤。甚至，死之意识也只有在这种情境下才显示出了它真正的恐怖面目。但是，他却又企图使自己在精神上不再被"他"压垮，并且，他还企图战胜"他"。于是，"他"便突然成了他——"我"——的对立面。这使我想起了弗洛伊德给人们讲述过的一则"科学神话"。

古时候，有一个群体的首领，他占有了几乎所有的东西，包括女人。在这个群体中，他的地位是至高无上、不可动摇的。这样，过了一年又一年。突然有一天，他的儿子们长大了，他们感到了性的诱惑和焦虑，可衰老的父亲却依然统治着他们。后来，在内在生命力的强烈驱使下，经过一场激烈的心理冲突，他们终于联合起来，杀死了父亲，分享了他所有的一切。但是，弑父的阴影却从此笼罩了他们。于是，为了缓解心灵的犯罪感和恐惧感，他们便在父亲的亡灵前供上了香案，每年向他贡献着大量的牺牲，把他奉为神灵。这样传了一代又一代（《禁忌与图腾》）。这段虚拟的人类心理史前期的"神话"，其最明显的暗示意义似乎是：在父与子的关系中，儿子对于父亲的敬畏之心往往来源于或潜藏着他对于父亲的本能敌对或有意反抗。如果说儿子对父亲的敬畏和爱怜之心可以有十分明确的表现，那么，他对父亲的敌对和反抗却大多只能深藏在心底，甚至压抑至潜意识的黑暗王国：

> 父亲的手缓慢地举起来。在肩膀上方停留了三秒钟，然后用力一挥，响亮地打在我的左腮上。
>
> ……
>
> 他脸上有一千条皱纹，每条皱纹里都夹着汗水与泥土，如纵横的河流，滋润着古老的大地……父亲用古老的犁铧耕耘着黄土地，在地上同时在脸上留下了深刻悲壮的痕迹。父亲用脸来证明着我的该打。

然而，几乎就在这同时，"我的情绪恶劣，我对父亲巴掌的畏惧消失了……决定与我有关的事情的权力在我手里而不应该在父亲手里，父亲打我，应该解释成他交出权力之前的无可奈何的挣扎"，"我的心里酝酿着毁灭一切的愤怒"（《爆炸》）。终于，父亲的古老的专制在"我"的强烈的人格独立的精神力量的无形抵抗下溃败了。而与此形成鲜明对应的是，就在同一篇小说中，医院产房的那一幕，母亲分娩时的痛呼却蕴含着她与孩子的多么深重的肉体和精神的纠结呵。可是，在那一遍遍的呻吟、一阵阵的挣扎和一声声的啼哭面前，父亲又扮演了一种怎样的角色呢？显然，如果说"我"对母亲始终抱着那种美好的记忆与温柔的感情的话，那么，在作者笔下，父亲的形象则分明从"我"对他的一种莫名的恐惧情绪中走到了"我"所不满和反抗的对立面。但是，这样一种父亲的形象却又与"我"理想中的父亲发生了不可调和的矛盾。主要是，他不愿意"她"有这样一种丈夫。所以，在作者的小说里，这样的男人根本也就没有那样一位美丽的妻子。可是，这种矛盾却又必然是需要调和的。否则，他将无法继续尽情地讴歌自己理想中的女性，而且，他的良知也会把他逼迫到一个永远不得安宁的恐怖深渊。这样，"我的爷爷——余占鳌余司令"便在一阵紫色的光环中出现了。

可以这样说，余占鳌的出现意味着作者人物形象创造中某个过程的完成。他是作者理想中的男性——父亲形象的化身。但是，他却又绝不仅仅意味着他只是从一个倔强、顽固、守旧、威严的"父亲"变成了一个刚毅、坚定、英勇而又慈祥的"爷爷"——从世俗的卑琐上升到高贵的庄严——那种崇高人格的完善过程，而且，更重要的是，"我"还给自己、给自己的内在情感找到了一种依托、一个替身，"我"和他在情感上真正融合为一体了。为此，"我"感到了由衷的高兴和暗自的庆幸。当然同时，"我"也更为她高兴，为她庆幸，甚至为她骄傲：只有这样的男人才能与她相配，才能成为她的丈夫；而也只有这样的男人才配得到她这样的女人，才配享受她这样的女人的爱情。

> 余占鳌平静地对着吃抃饼的人走，他前进一步，吃抃饼者就缩一点……当余占鳌离他三步远时，他惭愧地叫了一声，转身就跑，余占鳌飞身上前，对准他的屁股，轻捷地踢了一脚。劫路人的身体贴着杂草梢头，蹭着矢车菊花朵，平行着飞出去……最后落到高粱棵子里。

最有意味的是，在作者对她——奶奶——充满生命激情的少女的爱欲的渲染中，"她渴望着躺在一个伟岸的男子怀抱里缓解焦虑消除孤寂"，"痴迷地呼吸着这男人的气味"，和在对"奶奶和爷爷在生机勃勃的高粱地里相亲相爱"的礼赞里，更是十分突出和鲜明地表现出了"我"——某种意义上的作者——的内在情绪的剧烈波动和昂扬亢奋的状态。实质上，围绕着她，在小说的字里行间，作者的主观情感色彩一次次地达到了最饱和的程度。他不能也无法掩饰这一切。人世间唯有这种最为真挚的感情才会有如此巨大的力量和气势，冲垮所有的阻挡，席卷全部的障碍，奔向人类美好情感的海洋，深入人类心灵的隐秘洞府。母亲，她不仅孕育了她的儿子，而且也孕育了艺术的精灵。她创造了世界，创造了一切。

我相信，童年生活对莫言的创作肯定有着一种巨大的影响。但他之所以会如此缠绵于母子之爱的情结中而不能自已，则或许会有这样两种可能：或者，他有一个非常幸福、充满了母爱的童年，那么，这种对于母亲的热烈颂歌在某种程度上便是他对于童年生活和母亲形象的甜蜜回忆的结晶；或者相反，在他的记忆中，童年生活是那样的灰暗，那样的孤单，那样的缺乏乐趣，又那样的毫无慈爱，这样，美丽动人的奶奶无疑就成了他对丧失了母爱的童年生活的一种心理补偿。他需要创造这样一个理想女性的化身，使她的爱抚慰自己那颗已经受到了创伤的心。我觉得，不管是出于哪种原因，其实质都透露了他对于母爱的强烈渴望和对于母亲的执着的眷恋之情。尽管作者的理想女性在小说中大多化身为奶奶，但是，我们在这些小说中却丝毫也看不出他对祖孙感情的描写有任何特殊的兴趣。相反，弥漫其间的几乎都是那种只有母子之间才有的缕缕情丝和神秘感应。特别是，作者自己的声音还常常会不顾一切、急不可耐地越过小说的合法叙述者，毫无顾忌地发表着自己的意见。似乎在关键时刻，他觉得只有自己才能充当小说的真正叙述人。这种现象在莫言的小说中绝不是偶然的，它明显地表现出了作者主观心态对于他小说创作的渗透、干预，甚至支配。

已经有人注意到了近年来我国小说创作中的心理化趋向。它的首要特征就是小说语言的心理化。小说语言已经越来越鲜明地成为作家主观心态的直接表现。也有人把这称之为小说创作中的"内倾"现象。莫言的小说创作正是其最为显著的例子之一。

如果把作家主观心态的表现和读者群体对于作品的接受心态分别用一个圆来表示的话，那么，随着这两个圆之间的距离的变化，作品的价值和意义也将发生某种深刻的变化。这在某种程度上，似乎也取决于作家创作中的心理化程度。小说创作心理化的极端发展，将使这两个圆处于遥远的两极。虽然作品给它的读者提供了几乎是自身所蕴含的全部信息量，但是，它却很难得到读者的深入理解。因为作家的极端自我内倾程度已经使他的作品同读者失去了相互沟通的广泛可能性。在这种情况下，作品从它诞生的那一刻起，实际上便几乎是与世隔绝的，它与读者处在了两个彼此完全陌生的世界里。所以，在很多时候，读者对于作品的理解与否，以及理解的程度如何等等，事实上也就往往能够左右一部作品的现实命运。而莫言小说的奇特性正是在这方面得到了最充分的体现。尽管小说语言的心理化成为他创作中的一个突出特征，但这却几乎丝毫也没有影响到人们对他的作品的特别关注和强烈反映的程度：既无损于它的深刻性，同时也没有削弱它的可读性。如果还是用两个圆来作比的话，我认为，莫言的成功，在很大程度上是凭借了他那个圆中的潜意识内容与读者群体圆中的相同部分达到了某种神秘的默契。也就是说，这两个圆相交了，它们有属于共同的部分。当然，我并没有排斥在他们的自觉意识内容中，莫言和读者群体也有着同样的共同部分存在的可能性。相反，我倒认为，这种自觉意识内容的共同部分的存在恐怕还是必然的和肯定的。只是我本人对他们的潜意识内容更感兴趣而已。那么，这种共同的潜意识内容主要到底是什么呢？我想，应该直率地说，那就是人类的"恋母情结"。

一九八六年七月十日至十五日于华东师大

《当代作家评论》一九八七年第五期

葛浩文的"隐"与"不隐"：
读英译《丰乳肥臀》

史国强

胡安江教授在《中国文学"走出去"之译者模式及翻译策略研究》一文中提到葛浩文（Howard Goldblatt）的翻译策略，指出："实际上，葛氏的归化译法几乎见于他的每一部作品。"胡教授以葛浩文一九八六年译的《杀夫》（The Butcher's Wife）、二〇〇二年的《尘埃落定》（Red Poppies：A Novel of Tibet）和《香港三部曲》（City of the Queen：A Novel of Colonial Hong Kong）为例，得出结论："就英语世界而言，这样的书名在很大程度上迎合了西方对于中国的所谓'东方主义想象'。事实上，这三部书在西方世界不俗的销售业绩，再次证明了葛氏遵守译入语文化规范的归化式译法起了重要的作用。"① 胡文指出了葛浩文在翻译当代汉语小说方面的一个特点，但因为作者在文中着重研究的是中国文学"走出去"的问题，对葛浩文的翻译策略不过是稍带提及，所以拙文试图就这个话题再说几句，或可为葛浩文的行文风格勾画出一个轮廓。

阅读葛浩文的译文后能发现，"归化式译法"不是他的重要特点，更不是他的唯一特点。

至于"不俗的销售业绩"，因为胡文没有说明印数，所以这里不好推测，但据葛浩文

---

① 胡安江：《中国文学"走出去"之译者模式及翻译策略研究》，《中国翻译》2010年第6期。

自己说，他翻译的中国小说读者极其有限，几乎无钱可赚。①

翻译者在译文上总要留下即所谓的"个人印记"（idiosyncrasy）。无论译者如何朝原文靠拢，都无法做到韦努蒂所说的纯粹的"隐身"和"透明"。②高明的译者隐得深一些，不过如此。资深译家如葛浩文，也不例外。但对葛浩文这样经验丰富的翻译家来说，绝不是归化或异化能限定的。

要指出的是，葛在使用归化策略时是极其慎重的，尤其是书名翻译，他的异化策略反而用得更多。如，萧红的《生死场》和《呼兰河传》译成 The Field of Life and Death（一九七九）和 Tales of Hulan River（一九七九）。再如，黄春明的《溺死一只老猫》（The Drowning of an Old Cat，一九八〇）、端木蕻良的《红夜》（Red Night，一九八八）、张洁的《沉重的翅膀》（Heavy Wings，一九九〇）、莫言的《红高粱》（Red Sorghum，一九九三）和《檀香刑》（Death by Sandalwood，二〇一〇）、刘恒的《黑的雪》（Black Snow，一九九三）、王朔的《千万别把我当人》（Please Don't Call Me Human，二〇〇〇），以上都属于"异化"的译法。

其实，葛浩文在翻译时所使用的显然不是一种策略，如杨绛的《干校六记》（Six Chapters from My Life "Downunder"，一九八四）和萧红的《商市街》（Market Street：A Chinese Woman in Harbin，一九八六）。这里译者有所增益，又有所删减。再如莫言的《天堂蒜薹之歌》（The Garlic Ballads，一九九五）里的"天堂"就有意被译掉了。这种有增有减的译法，不妨称之为"杂糅"（hybridization）。据译者说，他正在翻译王安忆的《富萍》和老舍的《骆驼祥子》，译名分别是 Fuping 和 Luotuo Xiangzi。我们尚未见到这两部译著，不知最终的定名究竟怎样，但可以推测，葛浩文越到后来越倾向"异化"。以上说的还是他翻译的书名。至于小说正文，情况还要复杂得多。二〇〇九年葛浩文在接受

---

① 葛浩文对季进说："目前美国出版的当代中国文学作品主要是小说，每年大概也就出版三五本的样子。肯定不会很畅销，像莫言的《生死疲劳》能够卖一两千本就算是好的了。莫言的小说，除了《红高粱》，一直都卖得不好，连苏童的东西也不太好卖。余华的《兄弟》可能好一些，海外也得到好评，但是我不知道会有多少人买。"见季进《我译故我在——葛浩文访谈录》，《当代作家评论》2009年第6期。

② Venuti Lawrence, The Translator's Invisibility: A History of Translation，上海，上海教育出版社，2006。

季进采访时说："我觉得最重要的是要对得起读者，而不是作者。"① 如何才能对得起读者，葛浩文没有详说，但他的译著为我们提供了充分的注脚。下面以莫言《丰乳肥臀》英文版第一部为例，分析葛浩文所采用的翻译策略。

因版面有限，葛浩文几个明显的翻译特点，这里省去例子。如，他不用脚注，必要时用解释性译文（Kang 炕，the brick-and-tamped-earth sleeping platform）；在句法层面上保留原文的句子结构，一般连原文的标点都不轻易改动；在词法和修辞层面上做文章，这也是他最见功夫的地方，下文将就此逐项分析。

专有名词

墨水河桥 Black Water River Bridge，蛟龙河 The Flood Dragon River，福生堂 Felicity Manor，日本鬼子 the Japs / Jap Devils，小日本 little Nips，红毛鬼子（马洛亚神父）redheaded devil，观音菩萨 Guanyin / Bodhisattva Guanyin，天公地母 Father of Heaven，Mother of Earth，黄仙狐精 yellow spirits and fox fairies，樊三大爷 Third Master Fan，司马亭 Sima Ting，上官寿喜 Shangguan Shouxi，孙大姑 Aunty Sun，孙悟空 magical monkey，鬼门关 the gate of Hell。②

以上译法除"孙悟空"勉强算是归化，其余都属异化，而且还保留了原文的结构，如黄仙狐精 yellow spirits and fox fairies。其实这里的黄仙就是黄鼠狼。

四字成语

浑身颤抖 trembled，拳打脚踢 kick，萎靡不振 despondent，漫不经心 careless，偷工减料 given to cutting corners，欺世盗名 hardly worthy of the name，上蹿下跳 hopping around，穷追不舍 after it（cat or duck），狐假虎威的短枪队 a company of armed body-

---

① 季进：《我译故我在——葛浩文访谈录》，《当代作家评论》2009年第6期。

② 文中所引例子出自莫言《丰乳肥臀》（北京，北京十月文艺出版社，2010）的第一部第一章至第九章和 Goldblatt Howard 译 Big Breasts & Wide Hips（New York，Arcade Publishing，2004）。

guards，飞檐走壁 leap over eaves and walk on walls，豁然开朗 opened up，他笨手笨脚 He is a clumsy oaf，别拐弯抹角 don't beat around the bush，呆若木鸡 stunned，油头滑脑 slick character，仙风道骨 poise and confident bearing。

对于变成普通用语的四字成语，葛浩文几乎都没做对应处理，唯一例外是"拐弯抹角"，其他都是作为一般用语翻译的，只翻译汉语成语合成的意思，对词法结构和文化标记不予理睬，更没有挖空心思从英语里寻找对应的成语。经此翻译出来的译文，很少阻滞，读起来更加流畅，适合再现莫言那大河流水的行文风格。总之，译者在翻译四字成语时，以流畅为要旨，所追求的是"可读性"（readability）和"顺"（fluency）。

习语、俗语、歇后语等

咋咋呼呼 za-za hu-hu，花生花生花花生，有男有女阴阳平 Peanuts peanuts peanuts，boys and girls，the balance of yin and yang，人在青山在 While you live, the mountains stay green，一不欠皇粮，二不欠国税 We owe no tariff to the emperor or taxes to the nation，是福不是祸，是祸躲不过 If the signs are good, we'll be all right，男子汉大丈夫 any man worth his salt，上官吕氏用恨铁不成钢的目光恶直盯着儿子 Shangguan Lü stared at her son with a look that said, Why can't you be a man? 在大街上跺跺脚，半个县都哆嗦 stamped his foot, half the county quaked，夹着尾巴的狗一样 like a whipped dog，尝尝我的厉害 get a taste of my might，解铃还得系铃人 whoever hangs the bell on the tiger's neck must take it off，上官家母鸡打鸣公鸡不下蛋 The Shanguan hen goes and blames the rooster for not laying eggs，别磨牙啦 This is no time to bicker，躲过了初一躲不过十五 You might stay hidden past the first of the month, but you'll never make it through the fifteenth，人过留名，雁过留声 A man leaves behind his good name, a wild goose leaves behind its call，去他娘的 Up their mother，把吃奶的劲儿给我使出来 put some shoulder to it，顾头不顾腚 forgetting all about their hindquarters，不是万不得已 if I hadn't reached the end of my rope，病笃乱投医，有奶便是娘 When a patient is dying, find doctors where you can。

与翻译四字成语不同，在再现上述词语时，葛浩文尽量保留原文的意象，尤其是文化标记，让读者马上知道这些不是普通的词语，是有明显文化标记的词语，是原作者的刻意为之。总的来说，他在这方面采取的是异化策略，不得已才稍作变通，但对应的译文也尽量在文化或修辞等信息方面力求等值，如"别磨牙啦"对应"This is no time to bicker"，以此来达到最为接近的效果。

拟声

低着头呼哧呼哧喘息 her own head lowered as she gasped for breath，两行浊泪咕嘟嘟冒了出来 tears flowed from his eyes，嗬嗬 guh-guh，嘴巴里驾驾驾，鞭声啪啪啪 whip danced in the air—pa pa pa—as he sang out, haw haw haw，小白蛾子扑扑棱棱地飞出来 White moths carried along with the straw flitted around the area，谷草刷刷地响着 The straw rustled，桥下哗啦啦一片水响 becoming a cascade，（怀表）嘀嘀作响 ticking，啊呀呀呀 Ai ya ya，（枪声）叭勾叭勾叭勾 crack, crack, crack，啊哈哈哈 Ah ha ha ha，叽里咕噜 grunts and shouts，啾啾鸣叫的枪子儿 bullets whizzing。

《丰乳肥臀》的英译文几乎无一例外地留下了原文里的象声词，即使是将"哗啦啦"翻成 cascade，其拟声效果也自在其中。

明喻

莫言在《丰乳肥臀》里用得最多的修辞格是明喻。他在第一卷里用了五六十个。译者将其一一译成英文，而且保留了其中明喻的特点，如明喻的构成要件本体、喻词、喻体，几乎一个不少。为行文简明，这里引用的多数明喻省掉了其中的本体。

宛若盛夏季节里 like the clear blue of a summer sky，一阵又一阵撕肝裂肺般的剧痛 assaulted by wrenching contractions，宛若一条蛇钻进 snaked through，好像银丝在炉火中熔化 like silver melting in a furnace，仿佛买了一个生瓜 as if she'd come away with an unripe melon，恍惚如野兽的脚爪 its hazy outline looked like the claws of a wild beast，宛若两粒炭火 like burning coals，宛如踩在一条跷跷板两端的两个孩童 they seemed to be on opposite ends of a teeter-totter，如同遇了大赦般跳起来 jumped to his feet as if his life had been spared，仿佛屎逼，好像尿急 as if their bowels or bladders were about to betray them，宛如搓着两只鞋底 like scraping the soles of two shoes together，好像在迅速地敲击着四面无形的大鼓 as if beating a violent tattoo on four drums，好像是人恶作剧 as if someone had stuck it （a donkey leg）up there as a prank，宛若追腥逐臭的苍蝇 like a fly in pursuit of rotting meat，像纸灰一样飞舞着 flitted past，那五条像从墨里捞上来一样遍体没有一根杂毛的黑狗 their five jet black dogs，which could have been scooped out of a pond of ink，想起来便不寒而栗 The mere thought of it made him shudder，皮球般泄了气 like a punctured ball，像一台魅力无穷的好戏，宛若一柄柔软如水、锋利如风的宝刀 like a knife, yielding as water and sharp as the wind，犹如五支弦上的箭 like arrows on a taut string，像被人当场捏住了手脖子的小偷 like a thief caught in the act，柳叶般的小刀 the shiny knife, shaped like a willow leaf，像狼一样 like a pack of wolves，宛若牛在汲河中的水 resembling a cow drinking from a river，平静如镜的河水 glassy surface of the water，仿佛从天上掉下来的，好像从地下拱出来的 as if it had simply dropped from the sky or risen out of the ground。（此后略去第一部里的三十几个明喻）

上述例子说明，葛浩文的译文与原文几乎没有出入，在微乎其微的变通之外，原文的文化意象无一没有得到充分再现。省略的三十几个例子，也是如此。显然，译者是在有意向英语读者传递原著的文化信息和写作风格。如果非要对译者在翻译明喻时所取的策略下定义的话，那也只好将其定义为"异化"。值得注意的是，与翻译小说名不同，译者在处理明喻时几乎没有显示出"创造性叛逆"（谢天振转用斯皮瓦克语）。这当然是译者的有意为之。①

---

① 厄普代克（John Updike）在《苦竹》（"Bitter Bamboo"）一文里说：Professor Goldblatt is presumably pursuing the Mandarin text, ideogram by ideogram, but in one like "So it was a certainty that Duanwen was now licking his wounds in the residence of the Western Duke, having found safe haven at last," the English clichés seem just plain tired。（《纽约客》2005年5月号）对此，葛浩文在接受季进采访时反驳说，"他（厄普代克）不懂中文，凭什么批评翻得好不好呢？他说 Duanwen was now licking his wounds 这句英语是什么陈词滥调，也许对他而言，这在英文里是陈词滥调，可是我回去看原文，原文就是'舔吮自己的伤口'，还能翻成什么？"（《当代作家评论》2009年第6期）以上两人的话可以用来证明葛浩文在对待原文上所取的态度。

其他：创作性叛逆？

在第一部的译文里，仅有极个别的地方没有照译原文，但与原文相比，效果并未稍减，有些译法较之原文更符合逻辑。这里我们不妨借用谢天振教授的创造性叛逆说，[①]剖析几个例子。如：那是三年前，生完第七个女儿后，丈夫上官寿喜怒火万丈，扔过一根木棒槌，打破她的头，血溅墙壁留下的污迹。She had just delivered her seventh daughter, driving her husband into such a blind rage that he'd flung a hammer at her, hitting her squarely in the head and staining the wall with her blood。"木棒槌"变成"铁锤"，"血溅"变成"弄脏"，这一变化显然是葛浩文在替作者掩饰原著逻辑上的疏忽。不然，我们就无法作出合理的解释："扔过一根木棒槌"毕竟不能把人打得血流四溅。（其实原文里的丈夫上官寿喜是个手无缚鸡之力的懦夫，能不能扔木棒槌都成问题，何况铁锤？但这不是译者能解决的问题）。然而，经他这么一改，译文多少就合理了。这大概就是"有意为之的"创作性叛逆。

再如，弓子手master archer，抱着膀子的闲人idlers，小炉匠 stove repairman，毽子 shuttlecock，牛鞭horsewhips，被窝bed，爷儿们Sir等词语，中国文化色彩更为明显，但它们在小说特殊语境里或是不太重要，或是可有可无的点缀，译者索性根据自己的理解将其"点化"成英文。其中反映出译者的"隐"与"不隐"和两种文化的貌合神离。我们知道："弓子手"未必是"弓箭手"，"小炉匠"未必是"修炉匠"，"毽子"不是"羽毛球"，"牛鞭"更不是"马鞭"，"被窝"不等于"床"但接近"炕"，"爷儿们"（在句首作称呼）不是"老爷"，等等。上述词语所承载的文化意义要大于字面意义，也正是创造性叛逆发生频繁的所在。奈达有句常被引用的话："对于真正成功的翻译来说，精通双文化比精通双语还重要，因为词语只有在其发生作用的文化里才有意义。"[②]至于葛浩文为什么如此翻译，这里只是陈述现象，不想妄加推测，但其中必然隐藏着有趣的话题。

[①] 谢天振：《译介学》，上海，上海外语教育出版社，1990。

[②] Nida Eugene, Language, Culture and Translating，上海，上海外语教育出版社，1993。

结语

葛浩文的翻译是紧扣原文的。所谓归化的译法，在他那里不过是不得已而为之，而且用得极少。他高超的翻译技巧并没有稀释原文的文化、修辞、词法等信息。在对待"译入语文化规范上"，他以巧妙的方式将原文信息不折不扣地传递给英语读者。严格地说，他采取的态度是有取有舍、"隐"与"不隐"兼顾。

《当代作家评论》二〇一三年第一期

莫言作品英译本序言两篇

〔美〕葛浩文 著　吴耀宗 译

莫言《丰乳肥臀》英译本导言[①]

据我所知，在想象昔今中国历史空间和重新评价中国社会方面，莫言的贡献依然无与伦比。其《红高粱家族》在一九八七年出版时一改当时的文学景观，[②]亦成为首部在西方叫好又叫座的中国电影。[③]在探索中国官方或民间神话以及中国社会某些黑暗角落的过程中，莫言成了中国最具争议性的作家，既深受许多外国读者的喜爱，亦是中国官方眼中的祸根毒药。官方曾禁售莫言小说不下一种，但在作品风行于海外之后态度也渐趋温和。

莫言生于一九五五年，出身中国北部农民家庭。在当时普遍贫困的环境下，莫言在接受过些许正式的学校教育后，就到农场里帮忙养家畜，并在"文化大革命"（一九六六～一九七六）那灾难性的十年中被分配到工厂劳作。事实上，莫言的所有小说都以其类似虚构的东北高密县家乡为场景。孩提时从祖父和亲戚处听来的故事为其丰富的想象添加了燃料，在一系列篇幅巨大、充满活力，总是富于争议性的小说中找到了爆发点。

---

① 此文见 Howard Goldblatt trans., *Big Breasts and Wide Hips*（London：Methuen，2006），p. v—vi. 附注为原文所有。

② 1993年出版了英译本，早于其他各种译本。

③ 此片奠定了导演张艺谋的国际地位。

其最早的作品产生于任职人民解放军时，具有令人开怀的反讽。

莫言自认是现实主义作家，书写的多为历史小说。就现状而论，此言不假。其如拉丁美洲魔幻现实主义的创造者（莫言读过他们的作品，且爱不释手，但却坚称作品不受影响），朝新方向发展"现实主义"和"历史主义"，常带恶意地拓延两者的界线。这位小说家对官方历史与记录在案的"事实"不感兴趣，而是惯于运用民间信仰、奇异的动物意象及不同的想象性叙事技巧，和历史现实（国家和地方性的、官方和流行的）混为一体，创造出独特的文学，唯一令人满意的文学。这些作品具有吸引世界目光的主题和感人肺腑的意象，很容易就跨逾国界。

《红高粱家族》是一部虚构性自传，描写高密县三代抗日（一九三七～一九四五）分子的事迹。在《红高粱家族》获得成功之后，莫言有感于一九八七年发生了激发种蒜贫困农民反抗不诚实腐败官员的事件，于是（用少于一个月的时间）写了一部政治小说（纵使不能称之为"议论小说"）。这《天堂蒜薹之歌》（一九八八年、一九九五年）充斥着明显可见的怨愤，但由于间有讽刺（这种讽刺手法会在莫言日后的作品中发扬光大）和对官方话语的零散嘲笑，乃得以缓和下来。由于政府担心小说有可能煽动一九八九年大规模示威群众（最终导致"天安门事件"发生）的情绪，因此将之下架长达数月。在曾经见证百万狂热人民为毛主席的梦想而欢呼的天安门广场上，中国领导层在面对学生、工人和普通市民时，肯定会为现实中农民暴动遭到镇压的事再现于莫言小说而感到不安。

莫言接着推出《十三步》（一九八九），是一部讽刺凌厉的长篇小说。小说主人公因患有精神病而遭囚禁。他讨取粉笔，为身边的听众写下一系列轶事怪闻。在此过程中，读者沉醉于调解人的角色中。用叙事学的说法，这是一部"力作"，一次进入当代中国精神世界的痛苦旅程。

二〇〇〇年，莫言在美国丹佛的旧书皮书店（The Tattered Cover）发表演说时言称："当代有许多作家能写出佳作，但我敢说只有我能写出像《酒国》（一九九二，二〇〇〇）① 这样的小说。"论者将《酒国》和劳伦斯·斯特恩（Lawrence Sterne，一七一三～

① 见 Sylvia Li-chun Lin trans., "My Three American Books," *World Literature Today* 74, no. 3（Summer 2000）: 476. 这一期的 *WLT*（《今日世界文学》）上刊发了七篇讨论莫言小说的文章。

一七六八)《项狄传》(*Tristram Shandy*) 一类的小说相提并论。①《酒国》是斯威夫特式的讽刺之作,叙述一政府侦察员被派往调查某市市民养肉孩以满足地方官员口腹之欲的历险过程。叙述频频被书中最缺乏同情心的人物所写的短篇小说打断,这些短篇小说越写越奇异,"莫言"渐渐并入展开的情节中,直至所有不同的故事线汇合为黑色嘉年华式的结局。诚然,在其他当代小说家中还找不到能写出这讽刺经典的,如此露骨抨击中国人之强烈喜爱异域情调食物与性嗜狂食滥饮而不受指责的亦不多见,更甭说书写农民遭受惊人的剥削了。

接近新千年,莫言再次着手写下对中国现代史别具心裁的诠释。这回几乎并入整个二十世纪,一个用任何标准衡量中国都是血淋淋的世纪。倘若莫言是名气较小的作家,缺乏那构成保护网的身份、才能和国际曝光率,则多半无法忍受《丰乳肥臀》所迎来的摧毁性批评。《丰乳肥臀》在一九九六年出版,至今仍是莫言篇幅最长的小说(原著约五十万字,用莫言自己的话,是"厚如砖块"的一部书)。由于具有色情书写,且所描绘的现代中国政治景观在某些人看来并不准确,此书如果直接摆放到书店里销售,必定引发相当大的争论。可是即使经由重点文学杂志《大家》于一九九五年连载刊发,其赢得首届"大家·红河文学奖"(奖金高达十万元人民币,约合美金一万二千元)时,仍然立刻惹来保守论者刺耳的怒号。对于被支持者称为"阴郁史诗"的《丰乳肥臀》,这非官方奖项的评审们有如下的评语:

> 尽管书名简单直接,《丰乳肥臀》却是一场丰盛的文学宴。莫言几乎将整个二十世纪涵盖其中,以无畏的毅力和热情描述了中国社会的历史发展……它是展现作者独特风格的文学经典。

评审们注意到作者熟练地交替第一和第三人称的叙述角度,运用回闪倒叙以及其他巧妙的技巧。至于那引人注目的书名,莫言在一九九五年曾作一文,说明"其创作欲望源于自己对母亲深深的崇敬,而题目的灵感则来自个人目睹丰乳肥臀的古代妇女石雕的

---

① Thomas M. Inge, "Mo Yan Through Western Eyes," *World Literature Today* 74, no.3 (Summer 2000): 504.

经验"。①然而这些话却不足以静止批评的声音,因为论者关注其处理中国历史,要比关注其召唤女性比喻来得重要。

《丰乳肥臀》以中日战争前夕(一九三六)男主人公上官金童及其双胞胎姐姐诞生开篇,但整个叙述真正的启端却在世纪之交(第二章)时,八国联军镇压中国本土排外的义和团运动,以巩固本身在中国的势力。即如莫言之前的小说《红高粱家族》,《丰乳肥臀》中作为中心且在许多方面确定的事件全都发生在八年抗战期间的中国领土上。对莫言而言,这之前的几十年间无论如何也是不平静的,但所发生的个人私事却较国家大事值得注意。那是"母亲"(译者按:上官鲁氏)经历童年、结婚和生下头七个小孩的时代。七个小孩都是女的,都是和其他男人所生,并非不育丈夫的种。而唯一的儿子金童乃是瑞典牧师的后嗣、异国的"他者",只有在其出现后,小说才明显牵涉到民族的问题。

于是,小说之绝大篇幅带领读者走过狂乱骚动的六十年。其以抗日战争始,抗战中毛泽东的共产党和蒋介石的国民党互相厮杀,几乎不亚于鏖战日军,且经常屈服于后者。在此,莫言尤其触怒论者,塑造了蔑视传统观念的英雄和反叛者,构成这部被某论者认为是"颠倒历史,捏造谎言,颂扬日本法西斯主义者和地主复辟集团(在战后,地主集团因土地遭重新分配而前往国统区)的阿谀奉承,厚颜无耻之作"。小说中的几个男性人物当中,除去那性能力既不足自救又为后代带来耻辱的外国人不算,有一个由爱国而变成通敌,一个是国民党军队领袖,两个是共产党分子(一为首领,一为士兵)。他们全娶了"母亲"的女儿(一个或数个),但只有那国民党员受到"母亲"的赞扬:"他是个混蛋,却也是个名副其实的汉子。这样的汉子以往每八年十年才出一个。我们见到的恐怕是最后一个。"

《丰乳肥臀》自然是虚构的。此作在处理(自然是有选择性的)历史事件的同时,亦探讨暴露社会与人性更广的层面,超越和驳斥那些特定事件或对历史的经典化政治解读。在一九四五年日本于亚洲战败之后,中国渐渐陷入血腥的内战中,结果是共产党在一九四九年取得胜利并建立了中华人民共和国。不幸的是,对上官一家以及全国人民而

---

① 见Rong Cai, *The Subject in Crisis in Contemporary Chinese Literature*(Honolulu:University of Hawaii Press, 2004), 159. 莫言进一步指出,"创作此小说的目的在于探索人文的本质,颂扬母亲,并在象征性的表达中把母性和土地联系起来"。

言，"新中国"和旧中国一样难得和平与稳定。人民共和国在其最初十七年见证了血腥，先是介入韩战（一九五〇～一九五三），接着进入秋后算账、政治整肃的蛮戾时期，然后是导致三年大饥荒、夺去数百万条人命的灾难性"大跃进"，还有"文化大革命"。中国标准的历史小说倾向于将重大的历史事件前景化，莫言则置之不理。《丰乳肥臀》中的历史事件纯粹为金童、其幸存的姐妹、侄子侄女以及母亲的生命提供了背景。因为这背景，上官金童的恋母情结倾向和阳痿变得明显可见①。通过对男主人公不留情面、毫不恭维的描绘，莫言要读者注意的是人种退化和中国人个性的混杂削弱（对初见于《红高粱家族》中情感的回响），亦即失败的父权社会。最终，是女性（大部分，并非全部）的性格力量为作者灰暗的景观添加了一线希望。

进入后毛时期（毛泽东在一九七六年辞世），金童在国家改革开放和经济起飞的语境中堕落了。起码对某些人来说，最终断奶的金童代表了"中国知识分子对现代世界中中国国力的焦虑"②。莫言曾如此论述《丰乳肥臀》："如果你愿意，你尽可以跳过我的其他小说（葛浩文：我当然不同意这样的做法），但一定要读一读《丰乳肥臀》。我在其中写了历史、战争、政治、饥饿、信仰、爱情，还有性。"③不管象征了什么，金童始终是这部长篇小说以及小说世界里最引人入胜的人物之一。

《丰乳肥臀》最初由作家出版社出版单行本（一九九六）。同年又有台湾版（洪范书店）面世。二〇〇三年，中国工人出版社推出删节本。本英译根据作者所提供篇幅更短的电子版，而我在翻译及编辑的过程中又经得作者首肯，做了一些修正和安排。作为译者，我异常幸运，一路走来，获得作者、常与我合力翻译的伙伴林丽君（Sylvia Li-chun Lin）④以及出版商兼编辑迪克·西维尔（Dick Seaver）的协助与支持。

---

① 在这方面，王德威的研究做了精彩的论述。见"The Literary World of Mo Yan," *WLT* 74, no.3（Summer 2000）：487—494。

② Rong Cai, *Subject in Crisis*, 175.

③ 见Sylvia Li-chun Lin trans., "My Three American Books", 476。莫言对其短篇小说也颇感自豪，这无可非议。关于这方面的英文选译本，见 *Shifu, You'll Do Anything for a Laugh*（New York：Arcade, 2001）。

④ 我们合力翻译了四部长篇小说：三部是台湾作品，一部是大陆作家阿来的《尘埃落定》。原文见Howard Goldblatt trans., *The Republic of Wine*（New York：Arcade Publishing, 2000），p.v—vi. 注释为译者所加。

莫言《酒国》英译本序[①]

对中文读者来说，《酒国》劲度很足，就如莫言山东家乡和中国其他地方所酿制的无色烈酒（当中最知名的要数茅台酒）。这部小说充满了爆炸力，其暴露嘲讽后毛中国之政治结构或中国人在饮食上之持久沉耽，既妙趣横生又怨恨流露，在当代文学中并不多见；而结构之新颖独创，更鲜有能望其项背者。如同莫言的许多小说，《酒国》被视为极具颠覆性，须是一九九二年在台湾面市之后，才得以在大陆出版。小说后来另题《酩酊国》，收入莫言的多卷本文集中，[②]继续使某些读者感到振奋，某些读者深受震撼。

在小说中，写信者莫言告诉李一斗，他"一直想写一部关于酒的长篇小说"，[③]是为《酒国》。书名按字面解，是"酒的国度"（"酒"这一术语指一切含酒精成分的饮料，且必须以形容词的方式加以引申，表示特定类型）的意思，简明但富于启迪。事实上，在《酒国》中狂斟豪饮的，大部分是酒精含量一百二十度以及用高粱或其他谷类酿制而成的更烈的酒。

莫言创作《酒国》，除了叙述人物全情沉迷于食、酒、性，字里行间充满讽刺语气和奇人逸事，以及设置天马行空的叙述架构之外，还处处语带双关，混杂不同的文体形式，且搬引典故，允古允今，既有政治的，亦有文学的，既有文雅的，亦有秽亵的，又使用许多山东地方性的表达。若要在此阐明这种种手段，恐难免徒劳，因为非中国人读者尤其无法完全"领悟"个中的奥妙。读者当中，或许只有少数懂得如何回应女司机的提问——"哎，特务，知道煤矿的道路为什么这样糟糕吗？"[④]（当地人确保这道路的状态不改。如此，他们才能捡集离开煤矿场的卡车在颠簸中震落的煤块）不过，即使不了解

① 除此序文之外，葛浩文在1999年台湾举办的饮食文学国际研讨会上曾宣读论文《禁脔》，对莫言的《酒国》和中西文学中的人食人书写传统有深入精彩的论述。论文收入焦桐、林水福主编《赶赴繁花盛放的飨宴——饮食文学国际研讨会论文集》（台北，时报文化出版企业，1999），第418—442页。英文版见 Howard Goldblatt, "The 'Saturnicon' Forbidden Food of Mo Yan," *World Literature Today* 74, no.3（Summer 2000）: 477—485。

② 莫言：《酩酊国》，《莫言文集》第2卷，北京，作家出版社，1995。

③④ 莫言：《酒国》第67、5页，台北，洪范书店，1992。

中国文化，读者也会明白一个乘卡车而至的蹩脚侦察员是不可能有啥作为的，不管他乘坐的是不是解放牌卡车。

莫言这小说前后不一，我在翻译时尽可能忠于原文，但求译文有助读者领略和享受小说的好处，远胜于其所流失的。

好了，用过这简单的开胃菜，看官们请继续大快朵颐！先干为敬！

《当代作家评论》二○一○年第二期

王德威评《丰乳肥臀》

王德威

　　莫言自谓"莫"言，笔下却是千言万语。不论题材为何，他那滔滔不绝、丰富辗转的辞锋，总是他的注册商标。这大约是小说家自嘲或自许的游戏了。也因为这千言万语，又引来文学批评者千百附丽的声音。谈论莫言的种种，从女性主义到国族论述，这几年还真造就了不少会议及学位论文。但学院里的众声嘈杂，莫言似乎一概"默"言以对，纸上文章才是小说家的最后寄托。我们对莫言的种种"说法"，必须建立在这层自知之明上。

　　莫言出身于山东省高密县一个农民家庭。高密偏处胶东半岛一隅，土地贫瘠、民情朴陋，不曾以文风知名。莫言小学读到五年级，因"文化大革命"爆发而辍学。从十一岁到十七岁，他成了真正的农民。之后他进入工厂做临时工，几经辗转，终于离开家乡，加入军队。行伍生涯之余，年轻的莫言却独对文学发生兴趣，而启动莫言创作的最大灵感，不是别的，正是他故乡高密的一景一物。莫言从事创作的动机及经历，很使我们想到三十年代乡土文学大师沈从文。沈来自闭塞落后的湘西，少小从军，转战西南。尽管客观环境动荡不已，这位湘西少年对文学依然一往情深。在二十岁那年，他离开军队，远赴北京。再经过几年锻炼，他要凭着对故乡风物的追溯，倾倒一辈新文学读者。我们今天论现代乡土文学的苗壮，也必自此始。或有识者要指出，莫言的小说瑰丽曲折，与沈从文那样清淡沉静的作品，其实颇有不同。的确，谈论沈从文的当代传人，汪曾祺、阿城、何立伟，乃至早期的贾平凹才更有可资比照之处。但我却以为尽管莫言与沈从文的风格、题材大相径庭，两者在营造原乡视野，化腐朽为神奇的抱负上，倒是有志一同。湘西原是穷乡僻壤，在沈从文的笔下竟能焕发出旷世的幽深情境，令人无限向往低徊。而面对高密的莽莽野地，莫言巧为敷衍穿插，从而使一则又一则的传奇故事于焉浮现。更重要的是，沈从文写湘西，总已意识虚构与现实、遐想与历史间的微妙互动。在他的《边城》一侧，《长河》之畔，早有无限文学地理的传承；湘西相传是《楚辞》屈原行吟放歌的所在，更是陶潜桃花源的遗址！原乡的情怀与乌托邦的想象，不能再分彼此。无独有偶，莫言写高密东北乡，不曾忘记他的神思奇想也是其来有自。离高密数百里路的淄川，就是《聊斋志异》作者蒲松龄的故乡，而我们都知道《水浒》英雄的忠义事迹，起源自南宋山东。就此来看《红高粱家族》中的铁马金戈，或《神聊》系列中的鬼怪神魔，莫言私淑前人的用心，可以思过半矣。现代中国文学有太多乡土作家把故乡当作创作的蓝本，但真正能超越模拟照映的简单技法，而不断赋予读者想象余地者，毕竟并不多见。莫言以高密东北乡为中心，所辐辏出的红高粱族裔传奇，因此堪称为当代大陆小说提供了最重要的一所历史空间。

我所谓的"历史空间"，包括却不限于传统那种时与空、历史与原乡的辩证话题。"历史空间"指的是像莫言这类作家如何将线性的历史叙述及憧憬立体化，以具象的人事活动及场所，为流变的历史定位。巴赫金（Bakhtin）早就告诉我们，小说中时空交会的定点，往往是叙述动机的发源地。以莫言的高密东北乡为例，评者可说莫言凭此又建立了一套城与乡、进步与落后、文明与自然的价值对比。但这种主题学式的类比有其限制。我要强调莫言的纸上原乡原就是叙述的产物，是历史想象的结晶。与其说他的寻根作品重现某一地理环境下的种种风貌，不如说它们展现又一时空焦点符号，落实历史辩证的范畴。

于是在《红高粱家族》里，那片广袤狂野的高粱地也正是演义一段现代革命历史的舞台。我们听到（也似看到）叙述者驰骋在历史、回忆与幻想的"旷野"上。从密密麻麻的红高粱中，他偷窥"我爷爷"、"我奶奶"的艳情邂逅；天雷勾动地火，他家族人物的奇诡冒险，于是浩然展开：酿酒的神奇配方，江湖的快意恩仇，还有抗日的血泪牺牲，无不令人叹为观止。过去与未来，欲望与狂想，一下子在莫言小说中，化为血肉凝成的风景。

在过分架空历史（宿命）意义的环境里，莫言将历史空间化、局部化的做法，不啻肯定了生命经验本身的重要性。另一方面，莫言敢于运用最结实的文字象征，重新装饰他所催生的乡土情境，无疑又开拓了历史空间无限的奇诡可能。像中篇《大风》里那场惊天动地的狂风，《狗道》中五彩斑斓、争食人尸的野狗，《红蝗》中铺天盖地而来的蝗祸，《秋水》及《战友重逢》中的滚滚洪水，既幻亦真，皆是佳例。

相对于《红高粱家族》所创造的绚丽空间，莫言另一类小说如《爆炸》、《枯河》、《白狗秋千架》、《欢乐》等，似乎执意回到现实泥沼，显现乡愁不足为外人道的一面。这两种类型的原乡想象已自展开了互相辩证的力量。《白狗秋千架》一作尤其具有强烈文学史嘲讽意图。故事中的叙述者是个受过教育、抽暇返乡的年轻人。故乡贫瘠伧俗依旧，并不能带给他任何美好印象。唯有在高粱地边巧遇儿时玩伴时，方才勾起他一些青梅竹马式的回忆。只是当年的婷婷少女自秋千架跌下，瞎了一只眼，委屈嫁了个哑丈夫，生了三个不会说话的孩子。面对年轻返乡者的似水乡愁，她的回答是："有甚好想的，这破地方……高粱地里像他妈×的蒸笼一样，快把人蒸熟了。"《红高粱》里的激昂浪漫视景，哪里还能得见？

近年莫言将历史空间的构筑，更延伸至其他面向。在《十三步》中，故事的主角是个关在铁笼中的疯子，靠观众（听众）喂食粉笔，吐出一段段不可思议的故事。莫言的用心在此不言可喻。牢笼之中的方寸之地，是主角无可奈何的限制，但吊诡的是，牢笼的禁锢使他匪夷所思的狂想有了"出路"。作为听众的"我们"，置身牢笼之外，却深为笼内人的故事所吸引，而不自觉地成为他的传声筒。这场奇异的叙述过程，代表莫言思考语言与空间相对关系的极致。诚如香港学者陈清侨所言："在昏乱的逻辑与逼人的形势下，我们无法不抓住眼前最锋利的刀刃或者最稀奇古怪的粉笔，在千篇万卷的故事中杀出一条生路，去涂上一幅让自己可以站得住脚的幻象，一个铁笼。"我们都是（历史的、语言的）笼内人。

《十三步》的情境荒诞无稽，每每使读者有不知伊于胡底的危机感，但莫言正要借此拆散我们安身立命的阅读位置。

莫言作品同样值得注意的是历史记忆与时间叙述的问题。面对滔滔史话，《红高粱家族》中的叙述者回溯我爷爷、我奶奶那一代的人物在红高粱地里奠下基业，豪情壮志，何等的风流气魄。随着故事发展，家史与国史逐渐合而为一，以抗战时期我爷爷、我奶奶游击歼敌为高潮。莫言似乎有意向《吕梁英雄传》、《新儿女英雄传》，以迄《林海雪原》的一脉革命历史小说传统致敬，但他的革命历史并不承诺任何终极意义。作为家族传人，《红高粱家族》的叙述者只遥想当年父祖的英勇行径，或追记他们日后在种种革命运动中的磨难。莫言有能力把我们带回历史的现场，甚至深入人物的内心意识；但他又提醒我们，历史原来是可以不断改写的，时间叙述的线索原来是可以前后错置、主客交流的。《红高粱家族》纵横三代家史，俨然为现代主流叙事的时间表背书。但莫言真正要写的，恐怕恰恰相反。文化大革命后，"大叙述"逻辑掩退，莫言凭独特的文字所形成的狂纵演义，本身就是一种新的历史力量。如果当年的历史叙述以雄浑炫美（sublime）是尚，那么莫言所执着的，应是一种丑怪荒诞（grotesque）的美学及史观。

类似的问题在《十三步》里有了极不同的表达方式。所谓的"十三步"在书中并没有明确指涉，它可以代表生命中的不可测变数，叙述逻辑上的逆反，或如陈清侨所谓历史意识中的黑洞。小说中的听众围着笼中人，猜测后者痴言疯语的"意义"，欲罢不能。"你也被他拉进了故事之中，你与他共同编织着这故事，你预感到自己没有力量与这故事的逻辑抗争，你的命运控制在笼中人手中。"在倾听叙述及重述的过程中，我们与笼中人撕扯、拉锯彼此所占的语义、知识及权力位置；或欲言又止，或意犹未尽，或言不及义。而就在种种语言难尽其妙而又不知所云的时刻，"历史的味道，涌上心头"。

到了《酒国》，莫言又另辟蹊径。书中侦探缉凶的情节，隐约透露出一种追本溯源、找寻真相的诊释学（hermeneutic）意图。但莫言一路写来，横生枝节。他所岔出的闲话、废话、笑话、余话，比情节主干其实更有看头。像写农户竞销"肉孩"的怪态，像相传为猿猴所造的"猿酒"由来，活龙活现，真假不分。不仅此也，书中安排叙述者莫言与一个三流作家间书信往还，大谈文学创作的窍门。好人与坏人、好文学与坏文学、历史正义与历史不义的问题，一起融入五味杂陈的叙述中。恰如书中大量渲染的排泄意象一样，小说的进展越往后越易放难收，终在排山倒海的秽物与文字障中，不了了之。莫言的叙述是在刻意模拟从清醒到迷醉的过程么？或正如希腊神话中的酒神巴库司（Bacchus）般，挑起了纵欲狂乱的欢乐，却也在欢乐中惨遭肢解分食的命运？

在书写大块文章的同时，莫言在一九九三年又推出了一系列名为《神聊》的短篇。这些作品短小精悍，有的讲奇人异事，有的讲鬼怪玄狐，很有点笔记小说信手拈来、自成篇章的姿态。像《铁孩》写大炼钢铁时期，两个小孩靠"吃"破铜烂铁为生的怪事；像《渔》写渔人夜遇艳鬼，转世重生的鬼话；又像《神嫖》写一个寡人有疾的乡绅，召众妓寻欢，竟发乎情止乎礼的高级嫖经。莫言自承此期作品"鬼气"愈重。徘徊大历史的缝隙边缘，他也只有全做聊胜于无的神聊吧——三百年前的同乡蒲松龄到底是阴魂不散。"太平之世，人鬼相分；今日之世，人鬼相杂。"《神聊》系列看似无所为而为，莫言的感喟自在其中。《红耳朵》以一个败家子散尽家财的荒唐事为经，以他那对有如性器官的招风大耳为纬，侧写一段现代轶事。阴阳怪气，荒诞不经，基本上仍承继了《神聊》式的趣味。

《丰乳肥臀》是莫言一九九六年的力作，名称耸动，分量也十分胖大。这本小说近五十万字，写一位中国北方农村妇女如何在最艰困的情形下，拉拔大九个孩子。故事始自抗战前夕，终于九十年代中，这些年的风风雨雨，皆尽涵括在内。借母爱来颂扬"感时忧国"的块垒，是五四以来作家最拿手的好戏；"大地之母"型的人物，在现代小说史中怕不早就人满为患？但莫言别有用心。他的母亲"集中华民族传统美德于一身"，可是所生的孩子个个都是野种，长大了又乱成一团，绝不成龙成凤。

《丰乳肥臀》的叙述者上官金童应是莫言小说中，最令人难忘的人物之一。金童是妈妈的独子，爸爸是瑞典来的神父，横死于抗战。金童的一辈子见证了中国天翻地覆的每一刻，但天下大事哪里比得上他母亲的姊妹的爱人的乳头重要？看莫言写天上万乳攒动，地下摸奶盛会的几章，足以令人叹为观止。莫言一向以行文奇诡瑰丽为能事，如今看来，当年的《红高粱家族》倒是牛刀小试了。

八十年代以来的"寻根"与"先锋"运动，莫言都躬逢其盛，而且游走其间，不拘一格。进一步说，莫言的角色，也是出虚入实，难以概括。从早期《透明的红萝卜》中的少年叙述，到晚近《丰乳肥臀》中恋乳狂患者告白，莫言的人物已再显示世人的面目千变万化，既不"红、光、亮"，也不"高、大、全"。他（她）们不只饱含七情六欲，而且嬉笑怒骂，无所不为。究其极，他（她）们相互碰撞，变形，遁世投胎，借尸还魂。这些人物的行径当然体现魔幻写实（magic realism）的特征，而受古代中国传奇志怪的影响，又何尝须臾稍离？

莫言许多作品中的"我"，形貌各异，思路婉转，颇可一观。例如《白狗秋千架》中，巧遇儿时玩伴的大学生，在乡愁回忆与丑陋现实中进退两难；在《红蝗》中的年轻人先有艳遇，随后见识铺天盖地的蝗祸；在《枯河》中受到委屈、无从发泄的小男孩，最后以非常手段对成人社会作非常的控诉；又像在《爆炸》中，困于婚姻及家庭陷阱中的青年男子，恓恓惶惶，终以爆炸性的肢体动作，暂求解脱。莫言小说中的"小我"以他们卑微古怪的方式，重新定义做人的代价，也重新召唤一己想象欲望的能力。

莫言有意调侃"我"们这一辈风云涣散，何复父祖当年所经过的大风大浪。中篇《父亲在民伕连里》写一九四八年间，父亲（即《红高粱家族》的父亲）率领一队民伕为解放军赶运粮草，出生入死，完成任务。"农民英雄"的范本与江湖侠义的情境合而为一，读来果然精彩。大队民伕寒冬裸身运粮渡河的一景，既亲切又雄壮，尤其可见莫言说故事的魅力。但另一方面，他们为了任务，忍饥挨冻，甚至不惜枪杀围堵的女性饥民，所牵涉的道德两难，不禁启人疑窦。但为国献身，毕竟是他们一辈的无上律令。

由此再回溯到《红高粱家族》我爷爷、我奶奶开垦红高粱家乡的往事，草莽英雄儿女，江湖恩仇血泪，色彩斑斓，炫人耳目。识者可以指出，莫言写民初侠情故事，其实可以和台湾的司马中原相提并论。司马的《荒原》、《狂风沙》、《路客与刀客》等系列作品，早成中国乡土传奇的经典。不同的是，司马所恃的是个"说书人"般的叙事主体，世故老到，充满乡愁，对往事殆无所疑。莫言以第一人称回溯我爷爷我奶奶的历险，却穿插自身的思绪评论，时有犹疑矛盾之处，他因此建构也同时解构了对家史及国史的幻想与信念。

识者也可指出，莫言对女性角色的塑造想象，不如男性角色有力。莫言小说的阳刚趣味的确胜过其他，女性就算容有一席之地，也以母亲、奶奶形象制胜。但部分作品还是看得出他勉力为之的痕迹。《白狗秋千架》的高潮是叙述者匆匆离乡他去时，赫然见到一个村妇挡路。我们都还记得这名村妇与叙述者幼年的情谊及长大后的不幸遭遇。她对叙述者的要求无他，就是到高粱地里苟合一次：她与哑巴丈夫已经生了三个不会说话的孩子，她要一个"能说话"的孩子。莫言以一个女性农民肉体的要求，挪揄男性知识分子纸上谈兵的习惯。当鲁迅"救救孩子"的呐喊被"落实"到农妇苟且求欢的行为上时，五四以来那套人道写实论述，已暗遭瓦解。

在中篇《白棉花》里，我们则看到文革中期一个棉花厂女工方碧玉为爱情抗争，死而后已。在那些晦暗的日子里，方和她的心上人不畏外力，夜夜棉花垛中暗筑爱巢，落得身败名裂也在所不惜。这篇小说原为张艺谋电影企划所作，难免凿痕处处；写方碧玉的一身武功及神秘下落，尤嫌过于造作。但莫言向女性致敬的用心，总算点到为止。

莫言国度中的子民，充满活力，而且绝不拘于一端。他（她）们为国家主义，或为兄弟义气，赴汤蹈火，万死不辞，但他（她）们追求人之大欲，一样锐不可当。《红高

421

梁家族》之所以出手不凡，正在于叙述者追溯家史，追到了我爷爷如何强抢了我奶奶，在高粱地中强暴了她，从此展开了惊天动地的故事。但随着历史的演化，中国（男人）的欲望却每况愈下。在《天堂蒜薹之歌》这类的作品中，被压抑的情欲仍然四处找寻出路，引得危机四伏。到了《酒国》，"食色性也"的教训，以最古怪的方式，和盘托出。但真正集欲望大观于一炉的还是《丰乳肥臀》。 如果说《酒国》夸张现代中国人狂吃暴饮的恶形恶状，《丰乳肥臀》则更进一步，渲染（男性）又一种官能的震颤——触觉的欲望与变奏。我们的男主人翁一生大志无他，对着女性乳房毛手毛脚而已，而且一视同仁。莫言这样的写男性对乳房的依恋，已近器官拜物狂。女性其实已彻底被物化为身体的一种性征。但在恋乳癖之余，我们知道，他根本是个性无能患者。丰乳与肥臀代表性的图腾，也何尝不是性的禁忌。

生也有涯，身形是我们存在的开始，也可成为种种礼教政治及欲力角逐的战场。莫言因此看到太多器官象征的可能，大肆发挥，成就了一出出巴赫金式身体嘉年华的闹剧场景。《幽默与趣味》中的男主人翁活着活着，退化成了猴子；《父亲在民伕连里》中父亲与他的驴子居然也能眉目传情，更不用说《酒国》中的鱼鳞少年、妖精少年、肉孩，还有《神聊》中的铁孩了。

但还有什么比《十三步》中的移身换头、大变活人、尸恋还魂等情节，更让人意识到生理身体的脆弱无助，与主体意识的游移暧昧？被肢解的身体，已经崩裂的语言，不断位移的人际关系，形成令人晕眩的叙事网络，直指历史意识本身的断层，就在理论家觅觅找寻"失落的"主体时，莫言版的"变形记"已暗示我们人／我关系的扑朔迷离，哪里是一二乌托邦的呐喊就可正名归位？从文体到身体、从身体到（历史）主体，谈笑之间，莫言已自展现一位世纪末中国作家的独特怀抱。

莫言企图重组回忆、落实往事，但他的方法何其令人醒目或侧目。他荤腥不忌、百味杂陈的写作姿态及形式，本就是与历史对话的利器。正经八百地评论莫言——包括本文在内——未免小看了他的视野及潜力。明乎此，我们又怎能不油然而兴"千言万语，何若莫言"之叹？

原载《读书》一九九九年第三期，题为《千言万语　何若莫言》

《当代作家评论》一九九九年第三期转摘

苦竹：两部中国小说

〔美〕约翰·厄普代克 著　季　进　林　源 译

专家们一直认为，中国是个充满前途的国家。它人口众多，政治统治与急速发展的自由经济奇妙地统一，投资和技术移民从马来西亚到美国遍及世界各地显示了掌控全球的态势。可是，中国大陆的文学，对于西方读者来说还是默默无闻，远不可及。唯一的诺贝尔文学奖获得者（如果不考虑赛珍珠）是漂流海外并入籍法国的高行健。据《时代周刊》报道，大陆书店里熙熙攘攘，可将近半数的人购买的是教材，有一半的翻译作品是美国图书。与此同时，美国对中国当代小说的翻译却好像只是葛浩文（Howard Goldblatt）教授一人的孤独的事业。葛浩文是《中国现代文学》的创办人，现任圣母大学教授。他最近为我们奉献了两本中国大陆的小说：苏童的《我的帝王生涯》（Hyperion East 出版社）和莫言的《丰乳肥臀》（Arcade 出版社）。莫言的《红高粱》一九九三年由葛浩文译成英文，曾受到美籍华裔作家谭恩美的重视和高度评价。她说："像昆德拉和马尔克斯一样，莫言的声音也会找到进入美国读者内心的途径。"不过，那是颗又硬又老的心，我不敢保证中国人能够打动它。

苏童出生于一九六三年，毕业于北京师范大学，现居南京。根据他的小说《妻妾成群》改编而成的电影《大红灯笼高高挂》，曾获得奥斯卡提名。对于《我的帝王生涯》，他淡淡地以作者身份直接向读者做过解说：

> 《我的帝王生涯》可以说是我内心世界的一次愉快的历程，很久以来，我一直希望能进入中国几千年的历史，把自己化身成为闲坐于古代街市上某个茶楼的老茶

客，注视着时光的流逝。我对古老的时代心醉神迷，我希望我的读者不要把《我的帝王生涯》看成一本历史小说，这也是为什么我的小说没有具体的朝代的原因。寻微索隐，讲求事情的精确，对读者和我来说都是一个巨大的负担。你在这部小说将要看到的女人世界和宫廷计谋，只是一个阴雨绵绵的夜晚的恐慌梦境，那些痛苦和屠杀反映了我对这个世界上所有人的焦虑和担忧，如此而已。

这种漫不经心却又修饰得很好的语调，很好地体现于小说的主人公和叙述者端白的身上。端白是已故国王的第五个儿子，他出乎意料地成为继任者。"我十四岁，我不知道为什么挑选我继承王位。"他"讨厌"他的父亲，他的继位激起了皇妃杨夫人的强烈反对。她手上挥着先王遗诏的印件，上面是立端文为新燮王，端文是端白的大哥。杨夫人被捆起来，仍拒绝跟其他六个皇妃一起殉葬，宫役追获她，用白绢强行勒毙。可是她竟然顶开棺材，从棺中坐了起来，摇动着手中的遗诏印件。很快宫役们就用沙土注满了棺内，红棺被重新钉死了，钉了"十九颗长钉"。这是第一次，但绝非最后一次呈现帝王统治的残暴。

端白由他的祖母皇甫夫人和母亲、皇后孟夫人安排坐上了帝王之位，他上朝召见大臣官吏时，两位女人分坐于两侧，告诉他怎么说。他自己的兴趣全在罐子里的蟋蟀。渐渐地，他开始意识到他有权"毁灭"他所厌恶的一切。他住处附近"梧桐树林里"的冷宫幽禁着被废黜的嫔妃，深更半夜的啼哭声，让他厌烦透顶，于是端白秘密地让宫中的刑吏，剜去她们的舌头。当刑吏提来"一个血淋淋的纸包"，他很惊异，嫔妃们的舌头"看上去就像美味的红卤猪舌一样"。那个已经疯了的照看炼丹炉的老宫役，不断地说："火已熄灭，燮国的灾难快要降临了"，读者对此毫不怀疑。当西线的郑将军报告军情紧急，少年皇帝却对信使说："你们总是报告各种各样的消息，真让我头痛。那些蛮族已经突破了我们的防线了吗？那好，他们从哪儿来就把他们赶回哪儿，这有何难？"

随着端白的长大，他开始无休止地卷入战争的动乱与爱情的纷争之中。他爱上爱鸟成癖的蕙妃，却使她受到母亲、祖母和其他有着功利目的的嫔妃的迫害排挤。小说最后蕙妃流落妓院，那时端白已经走向命运的谷底，他遇到了蕙妃，很快对她"沦落的隐隐发臭的躯壳"产生了厌恶，这个"曾经在御河边仿鸟飞奔的美丽动人的女孩，如今真的像飞鸟似的一去不返"。在战场前线，他缩在羊毛暖褟上，参军杨松催促他去看望前线士兵，他不愿动弹。等士气大挫的将士战败，他又下令射杀身受重伤的杨松，而不是带他回宫。看到受伤的杨松"血流满面"，一只手按在裸露的肚腹上，以防止红色的肠子流出来，这让端白一阵哇哇干呕。这位帝王还有一次也是差点呕吐，他出巡混乱的燮国，看到一个几乎赤身裸体的孩子从树洞里掏吃树虫。锦衣卫说：

> 他是饿了，他家的粮食吃光了就只好吃虫子了。乡村中都这样乱吃东西，要是遇上灾年，连树上的虫子都会被人抢光，他们就只好扒树皮吃，要是树皮也被扒光了，他们就出外乞讨为生。如果乞讨途中实在饿急了，他们就抓官道上的黄土吃，吃着吃着就胀死了。

可是，这些比起折磨造反首领李义芝的极刑来，要算很仁慈的死法了。施于李义芝的十一种刑法被郑重其事地称为猢狲倒脱衣、仙人驾雾、茄刮子等等。

苏童把他的小说称为"愉快历程"和"恐慌梦境"的复合体，其部分意图一定是对帝国体系及其强烈的不公、精致的残酷及刻板礼仪的控诉。但是皇帝的叙述对中国卷轴的观察浅尝辄止，很难深入其中。尽管《我的帝王生涯》篇幅不长，但燮国的衰亡却让人感到由来已久。燮国亡国后，端白自由地四处漂泊流浪，追寻自己的梦想，成为流动的杂耍戏班的走索艺人，穷困潦倒而又危险重重，但只有在这时，他才得以成为西方意义上的小说主人公——用志气、奋斗与发现来进行界定；小说也相应地转换为流浪汉小说的风格。被赶下王位八年之后，端白突然发现：

> 东南部一望无际的平原和稠密的人群对我来说是陌生而充满异邦情调的。有多少土地就有多少桑梓良田，有多少茅庐就有多少男耕女织之家，广袤的乡村像一匹黄绿交杂的布幔铺陈在我的逃亡路上，我与世俗的民间生活往往隔着一条河渠、一条泥路或者几棵杂树，他们离我如此之近……

《我的帝王生涯》随着一场最大的屠戮的描写达到了高潮，而灰雀"亡——亡——亡"的哀鸣，或许就是它的铭文。像伏尔泰的《老实人》一样，这种对不幸的呈现结束于一个园子。那是苦竹山上荒凉的苦竹寺的"一畦杂草萋萋的菜园"。同时抛弃的还有以孔子的《论语》为代表的消极的人类智慧，但这种抛弃令人怀疑。苏童忧郁的幻想披上了故作优雅的不透明漆质外衣。读者怀疑翻译失去了不少的韵味。像"我知道现在我真正陷入了男女之情的大网"、"她的失血的嘴唇像一条鱼，自下而上啄着我的衮龙锦袍，发出一种凄怆的飒飒之声"这样的句子，葛浩文教授大概仔细地琢磨过汉语文本，逐字落实，但是像"So it was a certainty that Duanwen was now licking his wounds in the residence of the Western Duke, having found safe haven at last"（"几乎可以确定，端文现在滞留于西王府邸中舔吮自己的伤口，他终于找到了一片相对安全的树荫"）这样的陈词滥调式的英语译文，的确显得苍白无力。

但葛浩文此处的努力，较之对莫言作品的翻译，实在算不了什么。一九五五年出生于中国北方一个农民家庭的莫言，借助残忍的事件、魔幻现实主义、女性崇拜、自然描述及意境深远的隐喻，构建了一个令人叹息的平台。中国小说或许由于缺乏维多利亚全盛期的熏陶，没有学会端庄得体。因此，苏童和莫言兴高采烈地自由表现生理细节，其中往往伴随着性、出生、疾病及暴死。《丰乳肥臀》一开始，我们就见证了两种难产，一个是一直生不出来、痛不欲生的女主人公上官鲁氏，另一个是一头黑驴的头胎初养：

驴挣扎着，鼻孔里喷出黄色的液体，驴头甩得呱呱唧唧，后边，羊水和粪便稀里糊涂迸溅而出。

至于莫言的隐喻，则更加丰富，且异常活跃，如：

司马亭孜孜不倦的吼叫飘来飘去，宛若追腥逐臭的苍蝇，粘在墙壁上，又飞到驴身上。

我的思绪跳跃着又钻进了那片轻柔地覆盖着她与巴比特的白云里……我的眼睛，像两只吸血的虻虫，盯在了她的胸脯上。

马洛亚牧师蹿出钟楼，像一只折断翅膀的大鸟，倒栽在坚硬的街道上。他的脑浆迸溅在路面上，宛若一摊摊新鲜的鸟屎。

> 我右边的一个丰满的女孩，双手拇指外侧，各生着一根又黄又嫩的、像新鲜姜芽儿一样的骈指……那两根宠物般的小骈指，在她手上像肥猪崽的小尾巴一样拨浪着……

这些活跃得有些异常的比喻，如果称不上伟大，也算得上是相当有野心的一种追求了。莫言的小说试图以一个不屈的女性形象，来包容一九〇〇年以来主要的中国历史。一九〇〇年，只有六个月大的上官鲁氏，当时还叫鲁璇儿，被藏在面缸里，而她的父母，已惨遭前来镇压义和团的德国士兵杀害；一九九三年，在唯一的儿子上官金童的照料下，她在教堂去世，为她诵经祈祷的，竟然是儿子同父异母的长兄、来自瑞典的牧师帕斯特·马洛亚。这位不屈不挠的母亲（小说题献给"母亲在天之灵"，以金童为叙述者）活了九十三岁，是书中为数不多的长寿者之一；她的八个女儿、女儿们不同的父亲们、她不育的丈夫、她凶悍的婆婆、她高密东北乡的乡亲——除极个别外，全都死于一波又一波的战争、饥荒和暴政，它们给这块不幸的土地带来了深重的灾难。如此众多的死亡，使得对死亡个体的体验，比起杀人长廊的震撼来，并不显得稍带感情。心目中真正挥之不去的疼痛，倒是来自鲁璇儿五岁时，姑姑强行为她裹脚的经历：

> 她用竹片把母亲的脚夹起来，夹得母亲像杀猪一样嚎叫，夹不紧不行，小脚造型很重要。然后用洒了细盐末的裹脚布千层万层一层紧似一层地把脚缠起来。缠紧了再用小木棰均匀地敲一遍。母亲说，疼得哟，用脑袋撞墙。求告着："姑姑，姑姑，松一点吧……"大姑姑猛瞪眼，说："紧是爱你……"

她姑父告诫她："女人不裹脚，就是大脚臭婆娘，没人要大脚女人的。"但是随着满清王朝的覆亡，这一婚姻策略历史性地贬值了，裹脚也遭到禁止。十六岁的璇儿，成为展示的对象，她的"完善的三寸金莲"被嘲笑为"封建余毒"。六个没裹过脚的年轻女子，在她旁边又唱又跳，"高高地抬起腿，向人们炫耀着长长的脚板"。一个骨科医生用模型生动地讲解"小脚在哪些地方断了骨头，哪些地方又导致骨头变形"。"落时的凤凰不如鸡"，璇儿委屈地下嫁给铁匠家不能生育的儿子，用她的一双跛足开始了居家的家务操持和战时的东躲西藏的紧张生活。莫言不时通过金童之口言说，把她描述得那么有生气，仿佛忘记他的女主人公的残疾，但另一些时候，他又记起"母亲残废的小脚在潮湿的泥地上留下的深深的脚印，几个月后还清晰可辨"。

她的七个女儿都身体健康（八女儿，上官金童的双胞胎姐姐，生下来就是瞎子），生逢这个世纪的冲突碰撞，而命途多舛。大姐来弟，解放后被迫嫁给一个残疾军人；二姐招弟，嫁给先是抗日别动大队司令，后来又反共的司马库；三姐领弟，"赊小鸭的小贩"的女儿，练习飞翔而摔死；四姐想弟，为了家人的生计被迫沦落妓院；五姐盼弟，嫁给爆炸大队政委，后来改名马瑞莲，成为共产党阵营的积极分子；六姐念弟，嫁给美军飞行员巴比特；七姐求弟，母亲被四个败兵强暴所生，像四姐自我牺牲一样，主动要求卖给一个俄罗斯女人。

然而在成长过程中，这些女孩却不乏她们小弟弟上官金童的欣赏与羡慕，金童从婴儿时期起就沐浴在"上官家女人丰乳肥臀的光荣传统"中。关于臀，我们听到的并不多，但很少有一页不谈到乳房的：它们闻起来像硫黄和羔羊；乳头被比作红枣、樱桃及小蘑菇，甚至使叙述者作出一些夸张的描述，如"它们清秀伶俐，有着刺猬嘴巴一样灵巧而微微上翘的乳头"、"传说她的乳房兴奋起来，乳头上能挂住一只香油壶"。金童从襁褓中就开始欣赏他母亲的乳房；在他看来它们"像两只欢快的白鸽"。当马洛亚色迷迷地注视它们时，他恸哭不止，直到：

> 她把白鸽送到我面前，我恨恨地、急迫地、重重地叼住我的白鸽。我的嘴很大，但我还嫌小……我叼着一个，还用手抓着另一个。它是一只红眼睛的小白兔，我捏着它的大耳朵，感觉到它的心跳。

当他的双胞胎姐姐试图喝奶时，他又抓又踢，"直到这个可怜的小瞎东西把眼睛都哭出来"；她是靠喝稀粥活下来的。金童到七岁时还拒绝断奶，后来用奶羊的乳头来替代，或把羊奶装入奶瓶里：

> （我）果断地把那个蛋黄色的乳胶奶头塞进嘴里。没有生命的乳胶奶头当然无法跟母亲的粉红色的、小巧玲珑的奶头——那是爱、那是诗、那是无限高远的天空和

翻滚着金色麦浪的丰富大地——相比。

金童对喝奶带来的原始乐趣的回想如此炽烈，如此深刻，使得读者逐渐认识到，莫言无意让故事主人公成为一种健康的男性典型，而是作为一个发展受到抑制的个案。看到红卫兵殴打他的母亲，金童吓得跪倒在地，他母亲少见地发出了母性的责骂："没出息的东西，给我站起来。"尽管他最终消除了面对固体食物作呕的反应，但始终没能转向真正的生活。他卷入"文化大革命"，被判劳改十五年。后来进入后毛时代，又几次坐失别人为他提供的良机。他的一次夙愿得偿的性关系，是她母亲安排的，对方是拥有一家相当大的废品回收站的女老板老金；她比金童大得多，只有一只乳房，但硕大无比，而且还在哺乳期。但她最终厌倦了给他喂奶，并下了最后通牒："上官金童，你是抹不上墙的狗屎，扶不上树的死猫，你也给我，像那方金一样，滚你妈的蛋。"

葛浩文教授在他的导言中阐释说："莫言通过对男主人公无情而又真实的描写，将人们的注意力吸引到了他所看到的人种退化及中国人性格的衰弱上。"在如此众多的闹剧混乱中，在乳房的猥亵描写中，这种道德历险丧失了。疲惫不堪的读者终于明白，在开始于封建统治苟延残喘的上一世纪里，中国存在的宿命性苦难，与《我的帝王生涯》描绘出的帝国的苦难巧妙地吻合。后者呈现的方式，尽管程式化，但又不悖于情理。《我的帝王生涯》和《丰乳肥臀》这两个世界，一个是古代的，一个是二十世纪的，都充满了杀戮、痛苦、饥荒和洪水，对于广大农民来说，又加上惨无人道的苦役。两本书中的男主人公都是不成熟的懦弱者。尽管如此，书中那些更勇敢、更积极的人物都死了，而他们却活下来，成了故事的讲述者。他们放纵虚弱自私的本性以及天然的诗意，使他们得以对这个人间地狱的社会展开了批判。腐烂的社会是不会提供任何刺激生长的契机的。

英文原载美国《纽约客》（The New Yorker）二〇〇五年五月号

《当代作家评论》二〇〇五年第四期

和善先生与刑罚[①]

〔德〕汉斯约克·比斯勒－米勒 著 廖 迅 译

《和善先生与刑罚》——这是《奥格斯堡汇报》报道莫言作品朗诵会文章的标题。这位"和善先生"朗诵了其小说《檀香刑》的一个选段。莫言在小说德文版的后记中写到，他并未期望这部小说受到钟爱西方文学，特别是那些钟爱阳春白雪的高要求读者的青睐。后记中没有提及残暴与酷刑。

但是，钟爱西方文学的西方读者正可从酷刑着手理解这部小说——这也是个高要求。阅读这部小说是个巨大的挑战，小说的大部分内容简直是对人性的挑衅。书中详尽描述了惨绝人寰的刑罚和处决过程，这些过程或许只会令人作呕，但描述之美却让我们如痴如醉，欲罢不能。小说也由此揭去了我们的面罩：我们欣喜若狂地观看和阅读惨无人道、践踏人权的暴行。经过审美包装，暴行变得更容易让人接受，甚至可以成为人人称颂的文学巨作。小说带领我们这些善良人游走于人性善的边缘，然后我们这些文明人突然被卷入充满暴行的历史和文化。我们渐渐明白，我们这儿正有深深根植于西方文化的殉难史和苦难史。面对这殉难史和苦难史，读者只有借助一种普世价值才能保护其人性不泯：悲悯。

莫言在他的首部长篇小说《红高粱家族》中已为自己后来的作品定下了基调："身处人类进步之时，我不安地预感到人类的阴暗面。"德国哲学家奥多·马夸德认为"现代世界最成功的神话，是世界历史不断进步，实现自由的神话"。《红高粱家族》对这一神话

---

① 此文系比斯勒—米勒根据10月25日他在奥格斯堡"莫言作品朗诵会"上的欢迎词整理而成。

提出了质疑。这个元神话，这个基督教救世史的世俗版本，在《檀香刑》中再次遭到否定：家庭在中国虽然比在西方更成其为人类社会的核心，但它已不复为疗伤庇护之所在。家庭是无情人生现实的核心，容纳了冷酷、屈从、卑鄙、残忍、激情、爱、悲悯——这以幻灭促使人们肯定矛盾重重的现实生活。

这部小说由三部分组成，只在第二部出现了一个第三人称叙述者。第一部和第三部由同属一个家庭的小说主人公们叙述。我们把眉娘的情夫即县令钱丁也计算在内，他也是小说的最后一个叙述者。这种安排说明该小说也是一部伟大的爱情小说。眉娘首先从她的角度讲述了这个故事，她的父亲是在这宏大的殉难史和苦难史中扮演替罪羊的孙丙。叛乱者、猫腔艺人孙丙在第一部中没有自叙，在第三部才开始从自己的角度叙述，但第一部和第三部的每一章都以他饱蘸激情的艺术——猫腔的咏叹调开篇。这样，我们就从四个叙述视角了解了这个故事，包括眉娘的公公即刽子手赵甲的视角和她的丈夫小甲的视角。因此，小说呈现的不是一个唯一的没有争议的宏大故事，而是四个互相矛盾的故事，当然这主要还是因为第二部中的第三人称叙述者并未表明明确的态度。但是，最终还是要由读者对孰是孰非作出判断。这样就确保了叙事视角的多样性没有被钱丁的叙述视角所遮蔽。

既然这部小说现在有了德文版，跨文化的视角也就不可避免。作为德国读者，我当然会马上把这本小说和正直的强盗、杀人犯米夏埃尔·科尔哈斯的故事作一比较。但是，在克莱斯特①的小说里，叛乱者怀有分外坚定的正义感，他最终既得到了人性的满足，又受到了公正的处罚。他在临终之时和世界、和社会秩序达成了和解。孙丙遭遇不幸，并非因为他放纵美德。对他的处罚并不公正，他至死也未能和统治极权达成和解。他死得轰轰烈烈，不屈不挠："火火火，烧起来了……了了了，还没了……要要要，要公道……"在猫腔艺人孙丙的故事中，公正世界、公正的社会秩序的神话被无情地摧毁，但这并不仅仅因为当时的中国社会正处于德国殖民统治之下。

但我想起还有一种更宏大的叙事，想起基督教欧洲的根本性叙事，即耶稣殉道的故

---

① 海因里希·冯·克莱斯特（1777—1811），德国剧作家、小说作家、诗人。主要剧作有《破瓮记》，《海尔布隆的小凯蒂》，《洪堡王子》等。《米夏埃尔·科尔哈斯》和《智利地震》是他最有名的中篇。

事。孙丙的殉难史和苦难史是伟大的基督殉教叙事的世俗版本。我们可以借黑格尔的话说，上帝之子的苦难史以笑剧形式重现于凡人之子孙丙的苦难史中。因为孙丙的牺牲并未换来世人的解脱，反而让更多人送命。但是，以世俗方式解读基督故事，我们并未看到人类得救，历历在目的是充满殉道和异教徒迫害的两千年历史。因此，孙丙的替身，勇敢的乞丐小山子之死和基督殉教有更大的可比性。小山子挨苦受难，已成常事。他对生活没有奢望，愿意舍己救人，他也的确是这样做的。他根本无法想象檀香刑的残酷，他是那种"虚心"之人，耶稣坚信天国是属于这类人的。①但小山子没考虑过彼岸世界，他牺牲了自己，并解释了为何这牺牲对他而言自然而然："天下有叫花子享不住的福，但没有叫花子受不了的罪。"小山子就像人类社会的基石，他仿佛受到了天主教神秘学家多玛斯·耿稗思的启示。后者认为"一生全是苦架，全是殉难"，人生遍布磨难，"连我主耶稣在世上，也没有一时没有苦难"。②莫言的小说，满纸疮痍，却没有强大的彼岸救赎。

　　但是有一种心理机制让我们的前途柳暗花明。那就是人们目睹无法忍受的苦难而产生的悲悯。悲悯也是《檀香刑》中许多人的行为动机：小镇百姓在德高望重者带领下为孙丙下跪求情，而不是大叫"把他钉在十字架上"；乞丐舍己救人；钱丁出于对眉娘的爱和对孙丙的悲悯，甘愿冒着生命危险，杀死孙丙，使其免受酷刑折磨；即使激忿填膺的义和团将领孙丙也出于悲悯，对一个德国士兵手下留情："（他）突然看到德国兵天蓝色的眼睛跟那只被祭了旗帜的绵羊的眼睛一样，可怜巴巴地眨巴着，岳元帅的手顿时软了。但岳元帅的手并没有收住，枣木棍子从德国兵的脑袋正中偏过，落在了他的肩膀上。"③不久前的祭旗仪式上，悲悯之心还遭到排斥："羊不老实，别别扭扭地将脖子扬起来，翻动着灰白的眼，发出凄惨的叫声。众人的心，被羊叫声揪得很紧，都觉得这羊有点可怜。可怜也不行，要打仗总要有牺牲。与洋鬼子打仗，先杀只羊，取个吉利。"但悲悯之心在战争中还是占了上风。最后，人们不再牺牲别人，而是献祭了自己。

　　谁能摆脱对苦难的自然反应呢？即使冷酷无情的袁世凯，也将原定执行檀香刑的小

---

　　① 见《马太福音·第五章》："虚心的人有福了，因为天国是他们的。"此处"虚心"即天主教所称"神贫"，是指精神意志高度觉知、自主自控修行下的虚心、无欲。

　　② 多玛斯·耿稗思（Thomas à Kempis; Thomas von Kempen, 1380—1471），德国神秘家、奥古斯丁会会士。传《师主篇》为其所作。以上两处引文都出自《师主篇》卷2，第12章。

　　③ 此处岳元帅即孙丙。他远走他乡投奔义和团，后以岳飞元帅附体的名义返乡闹革命。

山子改判斩首，免其受刑之苦。但刽子手赵甲和他儿子小甲却毫无怜悯之心，德国士兵和胶澳总督克罗德也表现得无动于衷。如果只把这看作一种政治立场的表达，看作对殖民主义的抨击，看作对刽子手隶属的腐败清廷的控诉，未免太流于表面。这种笔法还表现了其他东西。它还表现了完美机制的主宰地位，表现了机器的绝对运转，表现了生活的技术化。在这样的生活中，人们只追求成事无误，人的情感只会败事有余。小说中强权在握的德国殖民统治者代表了现代社会。他们认为，除了刑罚艺术发达，中国处处皆落后。由此，刽子手赵甲成为社会现代化的典范，因为他技艺精湛，并力臻完美。就赵甲而言，力臻完美也要求绝对服从，要求他具备一种独断的个性。对他来说，遵从命令、敬畏秩序意味着稳定，而不是舍弃自由："万岁爷爷说：'我说杀把子啊，帮咱家杀个人去。'俺爹说：'得令！'"赵甲自己在慈禧面前这样说："刽子手代表着国家的尊严。国家纵有千条法规，最后还要靠刽子手落实。"但服从的意愿只有通过精湛的技艺才能获得重大意义，力臻完美成为一切行为的理由。戊戌六君子喋血菜市口的场面被阐释为对六人充满敬意："他用自己高超的技艺，向六君子表示了敬意。"所以说，如果做得专业，什么事情都可以得到辩解，专业化成为至高无上的美德。如果杀人机器完美地运转，杀人机器也是好东西。

德国军队成为现代世界的象征，成为世界技术化、完善化的象征。而这个现代世界携带着威胁人类的毒药：无误的流程和成功的结果成为自我价值。技艺精湛便是王道，伦理上不存在高下之分。让德国总督佩服不已的专业刽子手赵甲，不就像那些在纳粹集中营里以医学实验带来病痛和死亡的专业医生的师傅吗？

《檀香刑》可以被解读成对西方现代世界和盲目西化的批评。但小说并不呼吁摒弃一切西方价值观，而是推崇基督教化的西方世界和儒家传统共同秉持的一种价值观，即怜悯被侮辱和被损害的人们。悲悯在这个唯完善化马首是瞻的世界中无足轻重，因此那个微不足道的、自称"没有脊梁骨"的知县钱丁必然为人为官都一败涂地，因为他被悲悯之心征服了。

但天际依稀有光明。在无法估量的苦难中，我们看到了眉娘和钱丁之间的激情之爱，一段三角恋故事。恪守儒家传统的钱丁夫人把她的情敌藏在自己的床上，使其不被袁世凯的爪牙发现，以此展现了儒家伦理的力量。尽管她曾侮辱过眉娘，但在千钧一发的时刻，在她能置眉娘于死地的时候，她表现出了人性的伟大。激情与嫉妒不会摧毁人性，放纵的情感也不会对人性构成威胁。人类身上一再闪现着希望之光。即使当眉娘和钱丁之间的激情之爱以悲剧收场，这爱也没有变成摧毁人性的力量。苦中有乐，黑暗中亦有光明，那就是渴望，渴望在另一个世界过上更好的生活。这个世界里没有上帝，但是受苦受难的人们可以和他们的祖先共享一片天空。

这部无所不包的小说还表现了杀洋人、扒铁路的义和团运动，这也是对现代世界的反抗；小说还讲述了猫腔艺人孙丙的故事，对深陷德军枪林弹雨的中国百姓而言，他的意义无法磨灭。他为文化殉难，为伦理价值而亡。在如戏人生终结时，他唱道："戏……演完了……"这是十字架上耶稣临终之言"成了"的世俗对照。孙丙的终身事业也是艺术，他所展现的人性就已经证明了他不曾辜负他的人生。

德国读者当然会有这样的疑问：莫言的小说是否过于扭曲了德国殖民军队的形象？我们可以引用一个德国士兵的战地书来回答这个问题。这个士兵绘声绘色地写道："这样杀中国人让我很快乐：我们在八月二十六日抓了八十个人，但是他们必须给自己挖掘马上就会成为其归宿的墓坑，然后我们用他们的辫子把他们全部绑在一起……"下达进军中国命令的威廉二世，在为德军送行的时候叫嚣："你们要勇猛杀敌，让中国人在一千年以内都不敢斜眼看德国人。"他最后的呼吁很有讽刺意味："你们要一劳永逸地为文化开路。"

莫言明确无误地回应了威廉二世的文化观。这是一个伟大的道德哲学家作出的回答。人类的巨大苦难中蕴藏着一种无法摧毁的力量，这种力量反抗着盲目的技术完美化潮流，反抗着肆无忌惮的强权实践：这就是人类对苦难的根深蒂固的本能反应，也就是悲悯的能力。

二〇〇九年十月奥格斯堡

《当代作家评论》二〇一〇年第二期

时代的书：你几乎能触摸一个中国农民的"二十二条军规"

〔美〕白礼博 著 林 源 译

这个原生的、聪明的、事件连连的新小说，背景被安排在天堂县，这里毫无疑问是用了反语的，小说出自中国最出色的作家之一。那是个残酷的、无情的地方。那里的农民们被县领导指挥来种植唯一的作物——大蒜。后来种植量扩大，还是那些领导，在税和灰色收入赚得盆满钵满之后，宣布仓库已满，不再收购大蒜了。

天堂县住满了懒惰的和专制的领导，还有迷信的刁民，那里天天有暴力，到处是污垢和困苦的、与黄土为伴的生命，就如唐代大诗人杜甫所吟唱的："人人思果腹"。

《天堂蒜薹之歌》在中国二十世纪八十年代末一出生就被禁止是毫不奇怪的，即使那位创作了四本小说和许多短篇小说的作家莫言已经获得了当局关于他别的作品的认可。他的上一部小说《红高粱》最为著名，也是写的固执的农民和农村的生存，后来被中国最新潮的导演张艺谋改编成电影。《天堂蒜薹之歌》最终问世于中国时，莫言已经是三十九岁的重要的专业作家了。他是一种中国式的不可思议的写实主义者，其小说根生于坚忍不拔的自然主义，在真实生活的气味流行中寻找灵感，布满了幻觉、鬼神和奇特的梦想。

莫言的新小说有一贯的主旋律，那是那个小人物向来自于腐败官吏和家庭传统的挑战。两位蒜农表兄弟，高羊（羊）和高马（马），在县政府办公室造反后被督察搜寻。高羊被逮捕，毒打后丢进了监牢，和一帮恶凶共处一室。高马，小说上最接近于英雄的主角逃之夭夭。

那是发生在小说开头的一段。《天堂蒜薹之歌》已经被美国最令大家钦佩的中国小说翻译家葛浩文翻译了，那小说通过万花筒一样的倒叙上演了两个兄弟完整的悲喜剧的故事。如狄更斯对大小人物所做的安排，莫言的主角和配角在顽劣的舞台上下先后出场。其中包括一位双目失明的吟游诗人——张扣，用他来道出将要发生的灾难，其作用相当于希腊的合唱团。

蒜农闹事那场政治事件是和一场有激情却没感情的爱情戏交织上演的。退伍兵高马引诱他的蒜农邻居的女儿方金菊，这个女孩已经由父母许配给又老又病的男人。金菊的婚约是三个家庭的复杂协定的一部分，协议为的是能让金菊有一条残腿的老哥能娶到一名年轻漂亮的媳妇。他们两人的抗婚与固执的农民式的谨小慎微格格不入，非如此，在天堂县这样恶劣的环境中无以求生。因此，高马和金菊彼此之间的爱情遭遇的是嘲笑和残忍。

简言之，天堂让真爱和繁荣沦为经营和腐败的牺牲品。角色们争吵；他们流血；他们奴颜婢膝。他们生活在一个恶臭和腐烂的世界里。那里处处能见到老鼠、虱子和蛆虫，那里有血液，有尿迹和流行在整个空气中和每个农民呼吸中的发酸的大蒜味。那里渗出了血痕和死迹，同时，在莫言世俗的眼光里，甚至从那对情侣的皮肤上表现出来，"一股热气从她的肚子里散发出来，将大蒜和鲜草的味道送给高马"。

处处可见莫言轻松的点缀。"叶子亮出银色，昆虫发出唧唧声和尖叫声，清新的露水使大地潮湿。"但在天堂县里，麻木的领导们被大自然的漠然和无情的人文环境污染反映出来。"高马领她进了候车室，地上满是瓜子皮、糖纸、果皮、大量的痰和污水。"

即使莫言偶尔用了他对农村的善意和安慰，但他对农村生活的看法通常是没有正面的。在天堂县有密密层层的苍蝇和有毒的毛毛虫群。大黄蜂在人类未来的藏身之所四处游荡。"一片浓雾停留在很多蚕蛹的周围，蚕蛹抬起有光泽的奇怪外形的头，还啃嚼洋铁皮一样的桑树叶，每一次咬嚼都要刺穿高马的胸膛，锯在他的心上。"

然而，不管莫先生对中国的农村描述得多么荒凉，但他的小说仍是活力迸发，永远不会掉进黑暗的。农民阶层作为中国的脊梁是愤怒的和冷酷的，然而，在表面之下还有一块渴望救赎的顽强之石。

"不管发生啥，不要让他把你放倒了。"莫言的一个不易被遗忘的角色四姨、金菊的生母如是说。她在蒜农造反后被拘留在当地的看守所里还试图安慰一个狱友。

"就把一切都看得理所当然吧，"四姨说，"世界不是给咱们这样的人创造的，咱们必须认命。"

英文原载《纽约时报》一九九五年六月十二日

《当代作家评论》二〇〇九年第六期

论《天堂蒜薹之歌》①

〔英〕杜迈可 著 季 进 王娟娟 译

《天堂蒜薹之歌》②是莫言的第二部长篇巨制。小说以一九七八年到一九八九年改革的全盛期为背景，探讨了华北一个乡村农村改革的成效。与《红高粱》对乡村价值的怀念不同，乡村价值在这里默然无声。莫言把我们所讨论的所有技巧性的和主题性的因素融为一体，创作了一部风格独特、感人至深、思想深刻的成熟的艺术作品。

这是莫言最具有思想性的文本。它支持改革，但是没有任何特殊的政治因素。小说最后一章大部分由虚构的一九八七年七月三十日的《大众日报》（显而易见是暗指《人民日报》）上的一些文章所构成。它们呼吁要持续、深入进行一九七九年开始的政治经济改革——推进民主化和更多的市场经济，要制止地方干部违背中央政策去压迫农民的生计。尽管作品带有明显的思想取向，但它绝不是简单的报道式作品，它是二十世纪中国小说中形象地再现农民生活复杂性的最具想象力和艺术造诣的作品之一。一九八〇年代中国农民的身体的、物质的、精神的和心理的生活以及包含其中的社会的、政治的、文化的实践，都在这部想象性的叙事作品中得到了传达，也许比一大堆社会科学相关课题的研究还要丰富得多。读者从这部作品中获得一种明确的意识，可以理解中国农民是怎

---

① 节译自作者 Michael S.Duke 的长文 Past, Present, and Future in Mo Yan's Fiction of the 1980s（《1980年代莫言小说中的过去、现在和未来》），收入 Ellen Widmer 和王德威主编的论文集 *Fiction and Film in Twentieth-Century China*（Cambridge：Harvard University Press, 1993）。有删节。

② 作家出版社，1988。以下所注小说页码均为此版本。

样一种生活状态——他们的爱、恨、善良、残忍、文雅和粗俗，可以活生生地感受到这一切。在这部作品中，莫言或许比任何一位写作农村题材的二十世纪中国作家更加系统深入地进入到中国农民的内心，引导我们感受农民的感情，理解他们的生活。

小说一开始就是两个男性主人公高羊和高马因为参加暴动而被捕。暴动的原因是，农民受到乡政府的鼓励种了大量的蒜薹，希望卖个好价钱，但是乡政府任意对农民征税，禁止农民把他们过剩的蒜薹卖给外乡收购者，又压低收购价格，宣布冷库已满，拒绝收购更多的蒜薹。农民本指望卖掉蒜薹后可以改善他们普遍贫困的生活状况。一九七九年以后农民的生活状况本来已有所改善，但又受到官员压榨和通货膨胀的威胁。乡党委书记拒绝和农民对话，农民们更加愤怒了，砸毁、焚烧乡政府办公室。高马自愿参加了暴动，他急需卖掉蒜薹把新娘从她狠心的父亲那里买回来；而高羊和方四婶只是随大流被卷入了暴动，并不很清楚自己到底在干什么。

小说的第十九章详细描写了暴动前后几周内天堂县以种蒜薹为生的农民的生活，同时又描写了他们过去不同的经历，从一定程度上，表现了一九四九年之后在乡政府官员控制之下，他们过去和现在的痛苦。小说主要人物包括：高羊，地主的儿子；高马，年轻的复员军人，因为爱上了方家唯一的女儿金菊，而与方家和乡政府不断抗争；方家一家，方四叔、方四婶、女儿金菊和她的两个哥哥：大哥方一君，身体上的跛子和精神上的懦弱者，二哥方一相，脾气暴躁、残忍；乡政府杨助理和三个当地家庭共谋非法婚姻，把三个年轻的女性（包括方金菊）换给三个老男人做老婆；小说还写到了一些男女警察、监狱看守、普通罪犯、法官和律师及一个在法庭上试图为农民辩护的年轻军官。这个军官无疑是隐含作者的代言人。所有的人物，除去方家的男人，都出现在审判的场景中，这种审判场景常常表现司法的随心所欲。上面提到的最后一章，我们从第三人称叙述者口中可以了解最后的结果，暴动群众被给予未加明确的惩罚，以防止这种混乱的蔓延，犯了错误的党员干部，以常见的党纪方式处理，被调到农村其他县继续任职。

从以上情节概述中，我们可以看出这部小说所呈现的许多主题与五四小说一脉相承。最显著的是，他认同许多五四作家的视角，把农民描写成一种罪恶的、不平等的社会体系的牺牲品，而这个体系是农民无法掌控的。他们所能看到的，只是这个体系是由农民或出身农民的腐败的乡村干部所控制。这些人身为党员干部，应该努力改善农民生活，可是非但不这样，反而承续了传统的乡村腐败和残忍。他们不仅拒绝执行中央的改革政策，而且还钻政策空子从压榨农民劳动中获得利益。在历史转折时期，隐含作者十分关注经济上虽有改善但仍很贫困的农民的困境，不同于茅盾、吴组缃和其他五四作家，莫言对农村政治、经济和道德罪恶的批判，比起城市来更为激烈。在此背景下，这些城市仅仅是农村干部损坏农民利益、扭曲中央政策的体现者。

从主题方面来说，比较莫言小说和五四时期的小说，继承大于创新。而在叙事技巧和艺术方面，我们发现莫言的写作和大部分五四作家有着巨大的差异。

与大多数五四作家的作品相比，莫言更注重艺术体式、结构及语言的运用。在不到十年间，莫言已创作出几部艺术技巧相当精湛的作品，其中《天堂蒜薹之歌》是他最为用心的作品。如果没有仔细的研究，要想追溯莫言作品所受到的影响是很困难的。一九六七年，他只有十一岁，那时五四小说和"十七年文学"（一九五〇～一九六七）被江青所控制的"文革文学"认定为反动文学。因此，尽管莫言肯定读过鲁迅的小说和杂文，以及七十年代后期能够获得的禁书，但我们仍不清楚一九七九年五四小说和"十七年文学"重获肯定之前，莫言读过哪些中文原创作品。一九八四年，他开始正式学习文学，到一九八七年他已经满怀崇敬之情读了一大堆十九世纪、二十世纪西方小说家（包括一位日本作家）各种形式的作品，包括福楼拜、詹姆斯·乔伊斯、威廉·福克纳（这是他最喜欢的作家）、海明威、川端康成、肖洛霍夫、茨威格，也许还有罗伯—格里耶。但是，他从来没有想到对其中任何一位做"亦步亦趋的模仿"。像很多同时代的"后毛一代"的作家一样，莫言试图把传统中国和现代西方的文学技巧结合起来，将他丰富的人生阅历和思想进行想象性的转化，由此创造一种表达他个人声音和视野的纯粹现代中国式的叙述风格。

莫言成功地创作了《天堂蒜薹之歌》这部小说，它比绝大多数五四小说的结构都更为复杂，情节也更为吸引人。这种结构的复杂性也带来了对中国乡村复杂的社会生活和个人现实生活更为深刻和多面的描绘。个人性格、公共道德、国家与地方的政治经济关系、自我与社会的冲突，以及传统和现代性的对立与和谐等各个方面，都在这种世俗而动人的叙事中得到深刻的探讨。《天堂蒜薹之歌》比《红高粱》更为成功的是，莫言超越了通常的现实主义叙事程式（迄今为止，现实主义在中国一直被接受和实践），从中国传统小说和西方现代主义文学世界中借取技巧，从而创作出一部情感与思想并重的引人入胜的叙述作品。莫言没有虚假地为"工农兵"写作，他的这种叙事要求对"互动阅读"

给予相当的关注以达到作品的自然天成和易于理解。因此，尽管作品的思想意旨和主题意义显而易见，读者却从未厌烦莫言对五四小说中屡见不鲜的关于农村压迫的"老故事"的重新叙说。

《天堂蒜薹之歌》中，莫言采用两套艺术技巧来同时（在文学上我们应说重复地或连续地）破坏文本和读者的理解与期望的稳定性（或是不一致），或者使两者统一为一体（或起引导作用）。用西方术语来说，这部作品绝对是"现代的"而非"后现代的"，因为，它讲述了一个具体的故事，他所采用的全部技巧都是为讲述故事服务的，他的讲述带有最大程度的艺术的、情感的和思想的力量。[1]

莫言破坏文本和读者的理解与期望的稳定性的最基本的技巧，就是前十九章，也就是整个"天堂县事件"故事中贯穿始终的不一致（或陌生化）的结构网络。莫言以一种明确的非线性的叙事，多次得心应手地安排从各个主人公视角来叙事的顺序。如果每个人物都代表不同的彩线，我们可以把这种叙事技巧描述为一种精致的编织样式。[2]当我们阅读时，我们的经验类似于观察一个编织者编织一个复杂的图案，他常常变换颜色和方向，在织完之前的很长时间里，我们都很难预见它的最终图案。可是，每一部分的图案都是如此精心为之，我们即使不能完全理解，对观看眼前的编织却从不感到厌烦。最后，所有的线都同时用上了。在小说中，最后的审判场景中所有的人物都出场了，从中

---

① 这种现代与后现代的区别，见让-弗朗索瓦·利奥塔的《后现代状态》（Minneapolis：University of Minnesota Press，1984）。根据这种区分，我们可以说绝大部分1980年代的中国小说近似于"现代"，其中一些就是现代主义的作品，但极少是利奥塔所说的后现代主义的作品。

② 编织情节或许说起像是一种陈词滥调，然而却是一项相当复杂的工作（见韦恩·布斯，Company，第52页，可供参考）。我们可以用每个故事中主角的名字再辅以文本中的页码，把前十九章的结构概括如下（当然有些故事是重复的）：高羊：1—10；38—54；72；74—77；90—110；164—187；232—243（审讯，回忆方四婶和参加暴动）；256—271；272—286（对十个农民的审讯）；新的开始（和方四叔一起卖蒜薹）198—217。高马：10—13；152—163；188—197；245—255；272—286（对十个农民的审讯，之后再没有提起）；14—37；69—71；78—89；115—131。金菊：23—32；52—54；111—115；146—151（上吊自尽）；193（死亡）—197；132；55—71；78—89；115—131；方四婶：43—54；73—74；132—145；218—231（在狱中，回忆丈夫死后的事情）；272—286（对十个农民的审讯，之后再没有提起）。方家：55—69；147（由金菊回忆）—149；（由方四婶回忆，高马和他们在一起）218—231。方四叔：143（由方四婶回忆，132中的一段）—145；198—217（被轧死）；221—231（埋葬）。

我们知道人物的命运已成定局，但我们却不知道他们的命运将会怎样。

在以不同的时间顺序讲述每个人物故事的过程中，莫言使用了一些普鲁斯特式的技巧来处理热奈特《叙事话语》中所说的时间问题。莫言小说的篇幅不到普鲁斯特多卷本巨著的十分之一，却包含了足够的预叙性和倒叙性，这也被视为一种重要的技巧性因素。这些叙事策略实现了什么呢？首先，他们增加了阅读动机的"不稳定性"。就是说，对部分读者而言，他们创造了一种强烈的欲望，继续在文本中寻找前面还有哪种开头和结尾，去发现这些人物的命运如何彼此发生关联，最后又会出现一个怎样的大结局。其次，他们呼吁并帮助读者与文本实现互动，了解每个人物的故事都是不完整的，最后审判场景中所有人物全部走到一起之后，再把整个故事归顺为一个整体。通过这种叙事方式，莫言的结构建筑学让读者带着思想和情感的参与，从头至尾，不断地阅读、思考和感受。

在这种非线性的故事或情节发展过程中，其他一些现代技巧的运用创造了时间的不一致性，并成为整个意义结构（主题的一致）的一部分。回忆倒叙的第三人称叙事和第一人称的意识流叙事，自然出现于正常编年顺序之外。作为一个整体，它们达到了一系列重要题旨的时间并置。他们连接了过去——土地改革、"文革"时代、极端贫穷的年代——和现在，并对整个革命的社会宏图的未来提出了质疑。高羊关于母亲的葬礼、在学校领导和乡村干部那里所受虐待的神志不清的回忆，正说明干部和过去一样坏，说明"阶级斗争"是残酷的、非人道的和不公正的（高羊就是如此），像高羊这样的农民和过去一样就像绵羊那样温顺。方四婶有关捉虱子的回忆，如果和她家当前的斗争结合起来阅读，一下子就彰显了这样一个事实，即一九八七年农村的贫困几乎和十年前一样糟糕。农民的生活有所改善，但是方家仍然过着极端艰辛的生活。

两种卓有成效的以编年为顺序的策略——跟死人或未出生的人讲话——也表现了内在的失望、悲伤和失败。当金菊未出世的孩子想要撕破她的身体来到人世，金菊与他的

---

① 简·列文（Jane E.Lewin）翻译的杰拉德·热奈特（Gerar Genette）1972年的作品《叙事话语》（Ithaca: Cornell University Press, 1980）。

② 热奈特简化了"预叙"（anticipation）和"倒叙"（retrospective）的概念。《叙事话语》第40页。《天堂蒜薹之歌》中，"预叙"发生在第122、147、156、202和247页；"倒叙"发生在第143、147、158、165和247页。

争吵表现了她对中国农村生活的彻底失望。高马与金菊尸体的对话同样说明他们幸福生活的希望不堪一击，他对不能实现这些希望充满了失望和负疚之感。高羊梦见母亲的鬼魂显灵，尽管最终以腐烂的噩梦结束，可仍然给了他机会向母亲诉说他监狱回来后的重生、孩子的出生和现在丰足的粮食，这是近来经济改革的直接结果。事实上，这种发生在肮脏牢房里的骇人的噩梦和对话，成为作品整体的小说主题模式的有机组成部分。

一系列传统和现代融为一体的技巧左右了读者对小说的理解和期待。传统技巧方面最重要的一种借鉴来自章回小说。小说共二十章，每一章开头都是天堂县著名的瞎子歌手张扣演唱的民谣。每章使用民谣作为开头，使得即将发生的行为（预期的叙述）的意义和刚刚结束的行动（事后的叙述）的意义都更加明确。作为一个整体，这些民谣总括起来就是"天堂县民谣"，用每个农民都能理解的话语指出了"故事的道德意义"。①另一种传统小说的技巧性特征，就是在故事中再套入隐喻性故事，以增强更大叙事的特殊的主题性阅读的效果。方四叔关于虮子的故事是由方四婶回忆，强化了农民贫困的主题。上了年纪的农民老王讲给高马的更长的故事，叙述时与第十七章高马的受审交替进行，这支持了高马鲜明的观点：当国家都被这些他不得不打交道的腐败的乡村干部所统治，那社会主义就成了一出闹剧。

最重要的现代化的技巧，就是极具召唤功能的动物意象和象征手法的运用，它们强化了小说的艺术肌理，增强了叙事的主题深度。鲁迅的经典小说《狂人日记》、《阿Q正传》中曾相当有力地大量使用了这样的意象和象征，莫言的用法不妨看作是对中国最受尊敬的现代作家鲁迅的一次直接挑战。鲁迅笔下的狂人有时神秘地自言自语，"狮子似的凶心，兔子的怯弱，狐狸的狡猾"，小说中这些意象用来喻指整个中国文化传统比野兽还要残暴。小说暗示，中国人，所有的，都比动物还要坏，因为他们都参与了吃人。②当阿Q被游街示众带到刑场上，他看到傻笑的看客的脸，明白了他们的眼睛比狼还要可怕，人和狼好像合二为一。鲁迅再一次地运用动物意象控诉了整个中华民族的野蛮性。鲁迅的

---

① 莫言运用通俗民谣，或许还受到赵树理《李有才板话》的影响，但是，莫言作品整个的主题和艺术的复杂性都远远超越了赵树理和其他写作农民小说的共和国作家。莫言运用这些民谣，对毛时代农民小说的价值构成直接的冲击。

② 这个观点见李欧梵在《铁屋中的呐喊》（*Voices from the Iron House*：*A Study of Lu Xun*，Bloomington：Indiana University Press，1987）中所做的解释。

动物意象，是林毓生所说的鲁迅"以思想文化来解决问题"和"全盘性反传统"的一部分。①这些意象表达了鲁迅对整个中国文化及其产生的人格结构与国民性的强烈批判。鲁迅的批判并不直接指向中国社会的某一特定阶层，阿Q代表着整个中国的国民性。所有中国人都是中国文化的继承者，每个中国人都有罪，所有的人，包括狂人自己、第一人称叙述者、隐含的作者以及（他的论证逻辑要求这最后的一步）有血有肉的作者。尽管狂人有名的"救救孩子！"的呼吁有斯宾塞（Spencer）和尼采（Nietzsche）思想的基础，可这绝不是一个可笑的毫无意义的姿态。如果我们都被关在一个语言和文化的牢狱中，那么我们任何人都没有希望。鲁迅的动物意象只是强化了他对整个国民性的悲观态度。

动物的意象遍布《天堂蒜薹之歌》，至少有二十二种不同的动物用在八十处不同的地方作为明喻、暗喻和象征。用得最普遍的动物是狗（十六次）、马（四次）、牛（四次）、狼、虎、老鼠、小鸡、猫（各两次）。事实上，故事中的每个人物，甚至作为整体的群众，有时都用一种动物意象来加以描述。

反抗腐败的干部和残酷的传统家庭制度最强烈的人是高马。他名字的意思是"高大的马"，当他从警察那里逃脱时被描述为"像一匹上了绊索的高头大马"（十二）。②同时，他又像一只被猫（警察）追赶的老鼠（十），像一只从他们陷阱中逃脱的"机敏的野兔"（十二）。当他第一次被方家兄弟痛打而又被助理拒绝时，像一只"受伤的狗"（三十四）。他到乡政府申诉方家兄弟破坏反对包办婚姻的婚姻法时，醉醺醺的杨助理"像轰赶苍蝇似的"把他赶走（三十二）。当他头部受到打击而滑倒，他像一只狗在壕沟里爬（三十五）。在田里睡在金菊身边，他乱糟糟的头发像狗猫一样（七十九）。从梦中惊醒，他的眼里有一种受惊的表情"像一条被逼到墙角的狗"（八十）。藏在地里，作者描写他像一只"被打槽的鸡（八十三），像"骡马"一样在池塘里喝水（一五七），梦见狗咬他的脚后跟（一百六十四）。最后，他与动物的关系是他发现金菊吊死的尸体，愤怒中杀死了邻居的鹦鹉，而后在一匹红马面前痛哭（一百九十二～一百九十三）。故事的结尾他像一

---

① 林毓生：《中国意识的危机》（*The Crisis of Chinese Consciousness*，Madison：University of Wisconsin Press，1979）。

② 括号中为原书页码，下同。

只笼中的困兽，放弃了理性的上诉，无可控制地向所有的政府干部，甚至向帮助他的检察官，宣泄自己的愤怒。

高羊是重要性仅次于高马的第二号男主角。他名字的意义是"高的（大的）山羊或绵羊"，但是也是"羔羊"的同音词，无辜或温顺的象征。在监狱里他也被描述为被一群猫围堵的老鼠（一百二十）。尽管他有时很勇敢，其实只是一个追随者。他在监狱中分得的任务，特别是他能去看望第二天将被执行的囚犯，这足以表明他不可能再反抗当权者对他所做的一切。他也被形容为一只狗。牢房里那个中年的家伙打他之前，辱骂他，"你这条摇尾巴舔腚沟子的狗！"让他吐出因生病而得到的病号饭（一百八十六）。从这个令人讨厌的家伙嘴里说出的侮辱性的话语，从某种意义上来说，是高羊性格的真实描述。他已经习惯于被农村干部欺压，这些人跟监狱里那个家伙一样的无情和残忍，他失去了为自己的权利而抗争的勇气，因为切身经历告诉他，他并没有自己的权利。他悄悄埋葬了他的母亲，备受折磨也不说出埋葬的地点，与高马等人不同，他太害怕跟当权者面对面了。他参加暴动只是一个稀里糊涂的跟随者，审讯之下，他承认不是有意参加的，并在自白书上签字。和中国的大多数农民一样，他满足于在改革之后能够到手的收获，只是希望能继续享有上级愿意给他们的一切。

方金菊（金色的菊花）是一个二十岁的健康漂亮的农民，高马看她"活像一头小牛犊子"（十五）。当她和高马逃跑，在田野里（像动物一样）做爱后，她告诉高马她给了他一切："高马，我可是把什么都给你了。我就像条狗一样，你一召唤，我就跟着你跑了。"（八十八）产痛开始时，她崩溃了，哭喊着："孩子……你把我咬破了……咬破了……我像狗一样在地上爬啊。"（一百一十四）最后她也失去理性，自杀了。她见到的最后的动物也是一匹小红马。她的母亲方四婶，被捆在乡政府办公室前的一棵树上，等着送去监狱，怀孕的金菊来看她，方四婶被描写成凄惨的母狗和母牛。当金菊把她从筋疲力尽的睡眠中叫醒，"高羊看到四婶伸出生满白刺的舌头舔着金菊的额头，像老狗舔小狗，像老牛舔小犊"（五十三）。方四叔和他的牛被干部的小车撞死的时候，高羊看到像"一个黑乎乎的大兽瞪着眼扑上来"（二百一十七）。后来到了家，他的儿子把他的尸体从手推车上抱下来，"老人像一条死狗趴在地上"（二百二十二）。曾经过着野兽般艰辛的生活，像动物一样在路上被车碾过轧死，甚至死了也像一个动物。实际上死了他还不如一只动物。他的儿子拒绝母亲泪眼汪汪地乞求把他抬进屋里，放到炕上。他们把他仰面放在院子里，自己却听从村主任高金角的话去把撞死的牛清理剥皮。尽管卖牛肉要向村委会交十块钱的税，可至少死牛还能给他们带来一点收入。而他们的父亲，他们还要为他付火葬费。我们最后看到的方四叔，是他的妻子坐在他尸体旁，为他清除鼻子、耳朵里爬出的蛆。

上面提到的小红马，像《透明的红萝卜》中透明的萝卜，象征着高马和金菊爱情和幸福生活的脆弱的希望。高马被方家兄弟打了，扔到了地里，小红马的出现给高马带来莫大的安慰（三十二）。当高马从第二次、也是致命的痛打中恢复过来，小红马再次出现，金菊听到高马心跳的节奏和着红马奔腾跳跃（一百二十九）。回忆和高马做爱时看到的小红马和各种色彩，帮助神思恍惚的金菊熬过了父亲的痛打（一百四十九）。可是，小红马在阻止金菊自杀时却无能为力了，绝望中的金菊拒绝了它。当产痛不断强烈，金菊试图使她未出世的孩子相信，现实生活不值得他投身世上。就在这时，小红马跑过来，看着她，她哭了，小红马的眼睛里也溢出了泪水。当孩子说他看到了太阳，闻到了花香，想要摸一摸小红马的头，金菊把红马赶走了。"孩子，没有红马，它是个影子！"她痛苦地尖叫，孩子放弃了，停止了运动（一百五十一）。我们最后一次见到小红马，是当高马哭着不让死去的金菊离开他，小红马充满同情地看着他。然后，小红马跑开了，逐渐地"被黑暗吞没了"（一百九十三）。这对不幸的农民情侣的所有的希望随它而去了。

莫言这种普遍使用动物意象的手法与鲁迅五四时期的用法有着根本的不同。从中我们可以概括出一种相互关联的主题：农民物质和精神的贫困常常使其沦落到比动物更糟糕的境况；这种贫穷境况的加剧不是由抽象的文化因素决定的，而是取决于农村从上到下的政治制度；农民是腐败的农村干部政治控制的受害者，类似于强悍的动物欺凌弱小的动物。

但是，最后要指出，《天堂蒜薹之歌》中的农民不全是甘愿被屠宰的牛类或耐心等着当权者欺压的羔羊。他们不是今天的阿Q。阿Q的性格弱点可以概括为：怯懦，贪婪，无知，软弱，骑墙的态度，欺弱怕强，天生的精神胜利法，缺乏内在的自我。他只有奴隶的品性，完全缺乏爱与诚实的道德品德。[1]他代表着鲁迅对传统中国文化道德衰落的整体性厌恶。尽管莫言笔下的一些农民，最明显的是农村干部和传统的农村家长，他们身上

---

[1] 李欧梵：《铁屋中的呐喊》（*Voices from the Iron House: A Study of Lu Xun*, Bloomington: Indiana University Press, 1987），第77—78页。

有些阿Q的性格缺点，但是大部分农民都没有。尽管失败了，绝望了，金菊和高马绝不是没有爱和诚实，而且有着非常丰富的内在自我。正如我们所看到的那样，莫言忍受巨大的痛苦向读者展示的正是这种内在的自我。确切地说，因为我们被引导着去思考和感受他们整个的内在自我，他们的故事才感动着我们，激发了我们进一步的思考。通过高马、金菊、高羊、方四婶，还有一大批不知名的农民群众反抗传统家庭和腐败压迫的斗争，我们意识到不是某种抽象的、整体的"文化"使农民落后贫困，为了改善人民的生活，一些具体的政治经济制度必须要加以改革。作为一个整体的文化不是导致现代中国种种不足的决定性因素，莫言的作品提出了希望，即以渐进的、辩证的变革——是改革而非革命——来促进现代中国人生活的全面改善。

《当代作家评论》二〇〇六年第六期

重　生
——评《生死疲劳》

〔美〕史景迁　著　苏　妙　译

一九七六年夏，正值毛泽东在北京弥留之际，山东高密东北乡西门屯生产队杏园养猪场的猪突然猝死。刚开始死了五头，这些猪死时都有这样的特征："皮肤上生满了铜钱大小的紫斑，眼睛睁得大大的，好像是蒙冤而死不瞑目的样子。"公社兽医宣称这些猪死于"所谓的红死病"，须立即焚烧掩埋。不巧当时下了几周的大雨，地湿漉漉的，社员们把死猪用煤油浸了然后火化，谁知燃烧时发出令人作呕的气体竟然把其他八百头猪都给感染了。公社赶紧派摩托艇请来了一批有经验的兽医，尽管他们带着先进的药物，但对这些猪却没有什么治疗效果。死猪堆积如山，尸横遍野，腐烂发臭。村民们"也没办法掩埋，只好等着兽医们走后，在一个日薄西山的黄昏，用四轮车装运死猪扔到附近的河里，任其漂流，也就图个眼不见心不烦"。农民们就这么破产了，昔日的"光辉岁月"也只能成为"过眼云烟"了。猪圈坍塌了，洪水冲垮了一切，也切断了公社和外界的联系。他们通过唯一与外界联系的方式——收音机得知毛泽东的逝世，"毛主席怎么会死呢？不是都说他老人家至少能活一百五十八岁的吗？"

莫言的最新小说力作《生死疲劳》处处充斥着这样生动的片断。他的作品如史诗般壮丽，横跨一九五〇年到二〇〇〇年这段被称为中国的改革年代。因此，从某种意义上说，这本小说更像一部纪录史料，它带领读者进行了一次历史时空的旅行，从解放战争末期的土地改革开始，经过上世纪五十年代早中期的互助组和初级合作社，到冒进主义的"大跃进"时代，以及五十年代末六十年代初的大饥荒时代，再到后来的"有社会主义特色的资本主义的"腐蚀集体主义的所谓新经济时代。在小说的结局，有的人物开着宝马车，而有的染起时尚的发型，镶着金鼻环。

可以说这部小说是莫言对历史忠实反映的一部政治性长剧，但它仍然是一部充满想象力的创造性小说，它以讽刺幽默及其特有的叙述方式震撼着读者，以政治病理展开叙述。在小说一开始，读者必须和莫言抱有同样主题思想，这五个故事述说者不是人而是动物，虽然它们都是用人类的语气语调去述说。这五个述说者，包括驴、牛、猪、狗还有猴子，都是一个叫西门闹的人相继投胎转世而来，而这一切都是阎罗王安排设计好的。

三十多岁的西门闹是高密县的一位富有的地主，在解放后土地革命初期的一个十二月份的寒冷冬天，西门闹被一个同村人开枪打死。而实际上，在他有生之年他是个诚实实干的有用之人，他是一个孝顺的儿子，一个慈爱的父亲，一个一妻两妾的好丈夫。西门为他不公的命运而斗争，而阎罗王却有自己的为人们熟知的准则，"好人无长寿，恶人活千年"。于是阎罗王承诺给西门一次重生轮回的机会，从他刚入地府开始，先转世为动物，最后再转世为人。

当然，这种虚幻的故事情节是很难叙述的，五种不同的动物叙述者必须要用自己的语气叙述自己的经历，还要淡化人世间的知识和情感。它们和真实相联系的锚点是西门闹家的长工蓝脸。蓝脸是个坚强勤劳而少言寡语的农民，他一直执着于个体单干，并拒绝加入任何社会主义劳动组织。蓝脸一直都是这五个动物的主人和伴侣，他们一起干活一起同甘共苦，尽管不能说话聊天，蓝脸却能够感受到与五个动物共同的记忆，就是他曾经东家的旧忆。

当然，这样简洁的故事摘要可能会把这本尖锐刻薄甚至淫秽搞怪的小说描述得优美异常。农村的改革政策往往易趋于极端化，乡村里激情似火的人或动物的性爱，那些难以预料的暴力死亡，时时刻刻都在戏剧性地大量发生着。用一本正经的方式叙述滑稽的事情，并用译者葛浩文（Howard Goldblatt）经验丰富、优美流畅的语言，反映那些悲情时光，有人认为这是不可能的，但情况却是这样，每个动物都用自己的特色语言去评述，比如在养猪农场里那些转生的猪角色评述自己对死亡的讽刺就是最好的例证。此外，包括蓝脸等很多人都也曾经在故事里参与叙述和评论。

本书作者也经常明显偏向于自传性叙述。作为一名作家，一个普通人，他的局限性也常常遭到嘲讽，他也再三提醒读者，他小说中塑造的人物不是真实的。"莫言绝不仅是个农民，"有人这样说，"他的身体或许还在农村，但他的思想却在城市。出身贫穷，他却梦想富有和名望；长相丑陋，却常寻觅佳人相伴；孤陋寡闻，却让自己成为博学多才的学者。除了这些，他还让自己成为著名的作家，在北京过着锦衣玉食的生活。"在小说的结局，莫言却分身成为小说中一个主要角色，在他西安老家，蓝脸的儿子能够和他情人躲避了艰难的五年，莫言甚至还说这对情人曾提供日本保险套。

《生死疲劳》并不是一部反共题材小说，有时候，莫言甚至更想重新建立起那座曾经烧坏的心灵之桥。"我并没有反对共产党，"蓝脸在他最绝望的时候说过，"我并不想反对毛主席，我也不反对合作社和集体主义，我只想自己为自己干活。"但是这样的尽忠党的保证在这部复杂悲惨的鸿篇巨制里显得多么的脆弱。

这本书中的批判理念在当今中国文学界里引起很多的共鸣。姜戎在他的最新小说《狼图腾》里叙述了西伯利亚高原上一群饿狼和一群野性十足的马的残酷厮杀，这样的厮杀反映了高原古老的生活方式的价值，与党提出的艰苦奋斗形成了对比。莫言也有他自己的驴狼农场大战的版本。阎连科的《为人民服务》也描述了一个有关普通士兵的痛苦，军区司令的妻子，夏日激情爱欲，疯狂放纵的狂欢的故事，最终打碎了毛泽东时代的个人崇拜以及他那些过时的没有意义的政策。这些反传统的激情也出现在莫言的《生死疲劳》里，小说里也有很多关于性爱纠缠的描写。这似乎表明中国作家宣称中国进入了一个更为自由表达思想的年代，毛进而可以变成一个反派，可是谁又知道他的继承者需要多长时间才能免于此种遭遇呢？

英文原载《纽约时报》二○○八年五月四日

《当代作家评论》二○○八年第六期

比较研究：莫言与福克纳

〔美〕M.托马斯·英奇 著　金衡山 编写

1990 年秋季号（因故推延至 1992 年秋出版）的美国《福克纳学刊》刊登了我国作家莫言的短篇小说《干河》和美学者 M.托马斯·英奇的论文《莫言与福克纳：影响与汇合》。该刊还将上海译文出版社所出中译本《喧哗与骚动》的封面（设计者陶雪华）刊在该刊封面上。现将英奇教授的比较研究论文摘编如下，译者还为此撰写了一段不长的前言，亦一并刊出。

作为本世纪最伟大的美国作家，威廉·福克纳不仅对美国文学而且也对世界文学产生了巨大深远的影响。自三十年代起，他的作品就陆续被译成西方各国文字，得到广泛的传播。中国在三十年代和五六十年代对福克纳都有过零星介绍。但正式的、较大规模的介绍则应该说始于改革开放以后的八十年代。福克纳作品鲜明的现代性给中国大陆文坛带来了阵阵"骚动"，从多方面影响了为数不少的当代中国作家。他们自觉或不自觉地对福克纳的作品进行了模仿、吸收及同化。美国伦道夫·梅肯学院的著名教授，福克纳研究专家 M.托马斯·英奇对这种现象进行了专题研究。他选择了著名作家莫言作为研究对象，写了一篇题为《莫言与福克纳：影响与汇合》的文章。一九九二年五月四日至六日，北大英语系与中国社科院美国所联合召开了一个福克纳讨论会的全国性学术会议。英奇教授被邀赴会，并在会上宣读了他的这篇论文。莫言也参加了此会，并就他是如何认识福克纳的这个题目作了精彩的发言。英奇教授回国后对文章作了些修改，随后发表在《福克纳学刊》秋季号上。《福克纳学刊》是由美国阿克伦大学出版的福克纳研究专刊。很有意思的是此期选用了中译本《喧哗与骚动》的封面作为它的封面，并刊登了莫言的一个短篇小说《干河》及英奇教授与莫言的一张合影。很显然编者是有意突出福克纳作品在中国大陆的传播。

英奇教授的文章主要从作品叙事技巧、思想内容及作家背景几方面对福克纳和莫言进行了双向比较，并着重对莫言的几篇作品进行了剖析。

在莫言的众多短篇小说中，英奇教授认为《干河》是一篇典型的带有福克纳风格的小说。小说叙述了一个村子里遭众人厌弃的小男孩在村支书小女儿的怂恿下，爬上树去为她折一根树枝做玩具，结果从树上掉下，压死了小女孩，随后遭到村人及家人的残酷对待，最后投河自尽的故事。小说的叙述角度始终集中在小男孩身上，他有点呆痴，因此他的叙述有时候模糊不清，读者必须重读几遍才能把他所叙述的与故事的内容连接起来。小说的整个情节在第一段里已经叙述完毕，但是读者必须要等读完全部小说后才能对小说的内容有所把握。英奇指出，这种叙述方式是典型的福克纳方式。在《喧哗与骚动》、《我弥留之际》、《押沙龙、押沙龙》三部福克纳的主要作品中都能见到这种叙事方式。英奇教授发现这篇小说另外一点与福克纳作品的相似之处在于小男孩从树上掉下这一象征性行为中。从象征的角度看，他掉入了一个充满暴力的邪恶世界中。这使我们想起福克纳自己曾提到过的《喧哗与骚动》这部作品的起因：小女孩凯迪·康普生爬上树顶观看她祖母的葬礼，露出了她的衬裤，让树下的孩子们瞧见了。这一行为暗示了她以后的堕落。英奇教授非常欣赏莫言这篇小说的叙事风格及处理意象的方法。小说使用了意识流和超现实主义的手法，既细致入微地描写了外部世界也展示了人物内心世界的混乱情感。这种描写方法与其说是完全仿照福克纳还不如说是莫言在叙事技巧上的自我创新。

但是，英奇教授同时又指出，莫言在写这篇小说时已经读过福克纳的作品。他曾公开承认过福克纳给予他的启示。在一篇文章中，他提到过两位对他产生过很深印象的作家：加西亚·马尔克斯、威廉·福克纳。英奇认为，对于莫言来说，福克纳给他的启示不仅仅在于叙事技巧上的革新，更重要的是福克纳作品中透露出的那种独特而深邃的历史观，即过去和现实互为一体、紧密相关，前人的血依然流淌在今人的血管里。尽管福克纳写的是某一个特定地区的人和事，但道出的却是整个人类的命运史、人类社会的"螺旋发展史"。

　　然而，英奇认为，莫言毕竟不是一般的作家。在从福克纳这样的大作家那儿得到灵感的启迪后，他不是简单效法，而是极力开拓自己的写作路子。用他自己的话说，"我必须坚持以下几点：发展我自己对于生活的看法，建立一块属于自己的领域，让我自己创造的人物集聚在这块土地上，创立我自己的叙事风格。"英奇认为，他的系列小说《红高粱》即是他努力实现自己目标的结果。

　　英奇花了很长篇幅从比较的观点分析了这部小说。首先，他认为，这是一部描写中国偏远农村某个家庭的家族史的小说，叙述了几代人在不同历史阶段的生活经历。这一点与福克纳的小说有相似之处，如《押沙龙、押沙龙》。小说的主要背景是三四十年代的偏僻、贫穷、战乱四起的中国农村。小说要反映主题之一就是这块土地上的人如何在艰辛、严酷的环境下做出一番轰轰烈烈、充满悲剧感的事业。莫言对他笔下的这块土地有着特殊的感情，他熟悉在这块土地上辛勤劳作的人，熟悉他们身上蕴藏着的强大的生命力。这与莫言自己的生活经历有关。他干过各种农活，经历过一个农民受过的各种苦。农村养育了他，同时也常常使他感到痛苦。从这一点看，莫言与福克纳有很大相似之处。福克纳很多时候就是农民。两位作家都在某种程度上把他们自己的生活经历写进了他们的作品。

　　这部小说不是以传统的线性叙述方式进行叙述的，而是采用了打乱时空，倒叙、插叙相混合及多角度的叙述方法。比如，在第一章里，叙述者进入了他父亲的意识中，叙述了他父亲在孩提时代经历的一系列事件。事实上，叙述者本人不可能知道他父亲的意识，只能依照他父亲所告诉他的进行重构那些事件。从这个意义上讲，叙述者既是作者又是参考者。英奇比较了《押沙龙、押沙龙》中的叙述者昆丁·康普生及他的哈佛同屋同学沙里弗·麦克凯南，他们也起了类似的作用。他认为这样的叙述者到底在多大程度上可信，则应由我们读者来决定。

　　小说一开始就描述了一场悲壮激烈的反抗日本侵略者的战斗。同样，福克纳笔下的那块土地也曾遭遇过来自外部的侵略。值得注意的是两位作家笔下的人物为了保卫他们自己的家园，保存他们心中因拥有这块土地而留存的骄傲，都不惜牺牲自己的生命。

　　英奇教授着重分析了小说中的两个主要人物。第一个是叙述者的奶奶。这是一位健壮、豪放，具有很强的独立精神的女性，代表了女性所拥有神秘的生命力。同时，她又富有反抗精神，蔑视世俗道德，敢恨敢爱，她的行为表现了对于自由的追求，颂扬了生命和爱情的力量。英奇认为在福克纳的小说中虽然找不到直接相应的人物，但福克纳笔下的众多女性却表现了同样的不屈不挠、追求自由的精神，如《八月之光》中的莉娜·格鲁芙。恋人的离弃并没有改变她在世上寻求她自己的位置的坚强信心。

英奇分析的第二个人物是叙述者的祖父。他浑身上下充满野性，敢作敢为，无拘无束，勇敢豪迈，是那种极富传奇性的人物。小说的叙述者对他的这位祖父倾注了无限的羡慕之情，但同时对英雄时代的一去不复回而表现出无可挽回的失落感。福克纳小说中的许多人物也表达了同情的情感。《八月之光》中的海托华便是被这种情感所笼罩的典型人物。他一生的大部分时间沉浸在对他祖父在内战中的英雄（但愚蠢）业绩的无限崇拜之中。福克纳和莫言似乎在这些过去时代的英雄人物身上发现了一种令人羡慕的野性精神。这种精神在现代社会中变得苍白无力以致彻底消失。

最后，英奇教授总结道：可以从莫言的叙述技巧、人物的怀旧情绪及用叙述家族历史的方法反映过去的历史的方法中，看出福克纳对莫言的影响。但同时他也指出，即使莫言没有读过福克纳，他也很可能会写出同样的内容。因为两位作家有着类似的以农村大地为生活背景的经历，并且承受了二十世纪的政治、工业变化带来的类似的影响。不管是汇合还是影响，英奇指出，对于莫言来说，重要的是福克纳的启示，即对传统的讲故事方法的挑战和改变的自觉精神，他的那种通过叙述关于某个特定地区的故事反映全人类的普遍性问题的能力以及那种相信人类即使在最艰难的条件下也能生存、忍耐并延续下去的信心，而不是照搬他的内容和技巧。

原载《山花》二〇〇一年第一期，《当代作家评论》二〇〇一年第二期转摘

《当代作家评论》发表的莫言评论文章目录索引

（一九八六～二〇一三）

说明：下列括号中"·"前面的数字为期数，后面的为页码。文章共105篇。

1986年

莫言小说"写意"散论　/ 朱向前（4·12）

现实世界·感情世界·童话世界

　　　　　　　　　　/ 钟本康（4·20）

　　——评莫言的四部中篇小说

心灵的渴望与追求　　/ 谢　欣（4·26）

　　——读莫言小说集《透明的红萝卜》

《透明的红萝卜》的美学意蕴

　　　　　　　　　　/ 北　川（4·32）

1987年

莫言小说中的性意识　/ 吴　俊（5·97）

　　——兼评《红高粱》

1988年

现代人的民族民间神话　/ 季红真（1·80）

　　——莫言散论之二

幽闭而骚乱的心灵　　/ 颜纯钧（3·79）

　　——论作为一种文学现象的莫言小说

莫言小说里的"恶心"　/ 李洁非（5·70）

1989年

红高粱家族演义　/〔香港〕周英雄（4·59）

莫言谈周大新的新作《伏牛》

　　　　　　　　　　/ 莫　言（4·125）

1990年

荒野弃儿的归属　/ 孟　悦（3·46）

　　——重读《红高粱家族》

在另一面　　　　　　　／李洁非（6·28）

　　——莫言三年前的一篇小说

1991年

对莫言的彻底颠覆　　　／丁念保（1·126）

清醒的说梦者　　　　　／莫　言（2·30）

　　——关于余华及其小说的杂感

历史与战争文学的角度　／莫　言（6·123）

1992年

评张志忠的《莫言论》　／张德祥（1·48）

莫言小说中的人和事　　／管谟贤（3·125）

说说福克纳这个老头儿　／莫　言（5·63）

1993年

莫言：一个物化时代的感伤诗人／万　千（2·23）

　　——读莫言的几个近作

回到寓言　　　　　　　／李洁非（2·8）

　　——论莫言及其近作

我的故乡与我的小说　　／莫　言（2·37）

酒国的虚实　　　／〔香港〕周英雄（2·33）

　　——试看莫言叙述的策略

"酒神精神"高扬之后　　／樊　星（4·103）

　　——当代文化思潮史一页

莫言文本多重结构中传统美学因素的再审视

　　　　　　　　　　　／张清华（6·107）

新军旅作家"三剑客"——莫言、周涛、

朱苏进　　　　　　　／朱向前（6·125）

1995年

探讨《红高粱》中的暴力　／李洁非（6·50）

1996年

莫言：缔造一个"文学共和国"

　　　　　　　　　　／莫　言　红　娟（4·125）

1997年

当代小说中土匪形象的修辞变化／蔡　翔（2·90）

1999年

王德威评《丰乳肥臀》　　／王德威（3·126）

莫言小说的基本主题与文体特征

　　　　　　　　　　　／张　闳（5·58）

2000年

《藏宝图》　　　　　　　／张　闳（1·4）

《师傅越来越幽默》　　　／曹元勇（1·4）

《野骡子》　　　　　　　／廖增湖（1·5）

《司令的女人》　　　　　／廖增湖（1·5）

《天花乱坠》　　　　　　／吴　俊（4·13）

感官的王国　　　　　　／张　闳（5·73）

　　——莫言笔下的经验形态及功能

变化中的莫言　　　　　／周春玲（5·89）

　　——谈莫言近期中短篇小说

民间的现代之子　　　　／王光东（5·95）

　　——读莫言的《红高粱家族》

2001年

比较研究：莫言与福克纳

/〔美〕M.托马斯·英奇 著 金衡山 编写（2·94）

《檀香刑》 / 吴 俊（3·60）

《檀香刑》 / 洪治纲（4·54）

《檀香刑》 / 阎晶明（4·55）

《倒立》 / 阎晶明（4·59）

当死亡比活着更困难 / 谢有顺（5·20）

　　——《檀香刑》中的人性分析

挑战阅读 / 张伯存（5·27）

一种孤独远行的尝试 / 黄善明（5·33）

　　——《酒国》之于莫言小说的创新意义

2002年

文学创作的民间资源 / 莫 言（1·4）

　　——在苏州大学"小说家讲坛"上的讲演

从《红高粱》到《檀香刑》

　　　　　　　　　　/ 莫 言 王 尧（1·10）

文学应该给人光明

　　/〔日〕大江健三郎 莫 言（3·153）

类妖精书 / 莫 言（5·110）

　　——《摇曳的教堂》序

翻译家功德无量 / 莫 言（5·158）

2003年

叙述的极限 / 张清华（2·65）

　　——论莫言

《火烧花篮阁》 / 贺绍俊（4·154）

诉说就是一切 / 莫 言（5·76）

一枚激情的炮弹 / 李师江（5·159）

《四十一炮》 / 潘凯雄（6·143）

2004年

第二届"华语文学传媒大奖·杰出成就奖"

　授奖词及获奖演说 / 莫 言（4·34）

文学个性化刍议 / 莫 言（5·157）

当历史扑面而来 / 莫 言（6·90）

在叙述中穿越民间与历史 / 初清华（6·133）

2005年

苦竹：两部中国小说

/〔美〕约翰·厄普代克 著 季 进 林 源 译（4·37）

2006年

捍卫长篇小说的尊严 / 莫 言（1·24）

开篇：莫言传 / 叶 开（1·54）

向中国古典小说致敬

　　　　　　　　　　/ 莫 言 李敬泽（2·155）

莫言：与鲁迅相逢的歌者 / 孙 郁（6·4）

魔幻化、本土化与民间资源

　　　　　　　　　　　/ 程光炜（6·11）

　　　　　　——莫言与文学批评

莫言的"变形记" / 黄发有（6·23）

天马的缰绳 / 张清华（6·33）

　　　　——论新世纪以来的莫言

不驯的疆土　　　　　　　／李　静（6·43）

　　——论莫言

论《天堂蒜薹之歌》

　／〔英〕杜迈可著　季　进　王娟娟译（6·55）

"胡乱写作"，遂成"怪诞"／王者凌（6·62）

　　——解读莫言长篇小说《生死疲劳》

复苏民间想象的传统和力量／王光东（6·69）

　　——由莫言的《生死疲劳》说起

寻找一种叙述方式　　　　／郭冰茹（6·73）

　　——论莫言长篇小说对传统叙述方式的创造性吸纳

叙述就是一切　　　　　　／周立民（6·79）

　　——谈莫言长篇小说中的叙述策略

神话结构的自由置换　　　／季红真（6·91）

　　——试论莫言长篇小说的文体创新

小说与当代生活　　　　　／莫　言（6·101）

"自由"的小说　／吴义勤　刘进军（6·158）

　　——评莫言的长篇小说《生死疲劳》

2007年

莫言：欣赏美丽的"误读"／江　湖（1·152）

2008年

"历史—家族"民间叙事模式的创新尝试

　　　　　　　　　　　　／陈思和（6·90）

人畜混杂，阴阳并存的叙事结构及其意义

　　　　　　　　　　　　／陈思和（6·102）

重生／〔美〕史景迁著　苏　妙译（6·151）

　　——评《生死疲劳》

2009年

影响的焦虑／莫　言（1·8）

中日作家鼎谈

　／铁　凝　〔日〕大江健三郎　莫　言（5·46）

人人都在什么力量的支配下／张新颖（6·62）

　　——读《生死疲劳》札记

时代的书：你几乎能触摸一个中国农民的

　　"二十二条军规"

　　　／〔美〕白礼博著　林　源译（6·66）

2010年

莫言作品英译本序言两篇

　／〔美〕葛浩文著　吴耀宗译（2·193）

和善先生与刑罚

／〔德〕汉斯约克·比斯勒-米勒著　廖迅译（2·197）

启蒙与现代性的弃物　　　／王　侃（5·57）

2011年

喧哗与静默　　　　　　　／王安忆（4·10）

本土性、民族性的世界写作／刘江凯（4·20）

　　——莫言的海外传播与接受

"现代化"刺激下的欲望疯狂病

　　　　　　　　　　　　／刘再复（6·50）

重新拾起"人的忏悔"的话题

　　　　　　　　　　　　／罗兴萍（6·53）

　　——试论《蛙》的忏悔意识

2012年

面对历史纠结时的精准与老到 / 栾梅健（6·76）
　　——再论莫言《蛙》的文学贡献

2013年

讲故事的人　　　　　　　　/ 莫　言（1·4）
　　——在诺贝尔文学奖颁奖典礼上的讲演
Nobelföreläsning：Historieberättare
Översättning från kinesiska：
　　　　　　/ Anna Gustafsson Chen（1·11）
再说"黄土地上的奇迹"　/ 刘再复（1·20）
莫言的鲸鱼状态　　　　　/ 刘再复（1·25）
莫言：一个时代的文学突围 / 孙　郁（1·27）

"在地性"与越界　　　/ 陈晓明（1·35）
　　——莫言小说创作的特质和意义
民间的传奇　　　　　　/ 栾梅健（1·54）
　　——论莫言的文学观
魔幻与现实的寓言　　　/ 南　帆（1·66）
从短篇看莫言　　　　　/ 张新颖（1·70）
　　——"自由"叙述的精神、传统和生活世界
葛浩文的"隐"与"不隐"：读英译《丰乳肥
　　臀》　　　　　　　/ 史国强（1·76）
《当代作家评论》视域中的莫言
　　　　　　　　/ 林建法　李桂玲（1·81）
《当代作家评论》发表的莫言评论文章目录
　　索引（一九八六～二〇一三）
　　　　　　　　　　　　/ 李桂玲（1·87）

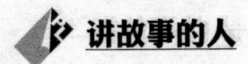

《当代作家评论》视域中的莫言

林建法　李桂玲

二〇一二年十月十一日，瑞典文学院宣布，将二〇一二年诺贝尔文学奖颁给中国作家莫言。一时间，有关莫言的一切均变得炙手可热。从一九八一年发表第一篇短篇小说《春夜雨霏霏》，到获得诺贝尔文学奖——整整三十一年。这三十一年，是莫言的个人写作从无藉藉名到被世界认可的三十一年，是中国当代文学的三十一年，也是中国当代文学研究的三十一年。毋庸讳言，莫言获得诺奖，已成为中国当代文学史上一个重要而伟大的标志。

一九八六年，从莫言刚刚写出《透明的红萝卜》、《金发婴儿》、《球状闪电》、《红高粱》、《爆炸》等几部出色的小说而被文坛所瞩目时，《当代作家评论》便开始关注这个崭露头角的年轻作家，并在此后的二十七年间，对这位作家始终保持着不间断的密切关注，莫言每有重要作品问世，《当代作家评论》都会及时作出反应，组织批评家进行学术讨论。二十七年间，《当代作家评论》为莫言开设过多个评论专辑，刊发有关莫言的评论文章、讲演录、访谈录、作品印象点击、文论转载等达八十余篇。我觉得，一份文学杂志能在如此长的时间跨度中，对同一个作家始终保持如此高的关注度，对其创作能够实时跟进，这充分体现出一本优秀文学理论刊物对中国当代文学创作流变所具有的敏锐与精准的学术判断。

莫言第一次在《当代作家评论》亮相，应该说是隆重而又亮丽的，一九八六年第四期的杂志共发表了四篇莫言评论文章，朱向前的《莫言小说"写意"散论》、钟本康的《现实世界·感情世界·童话世界——评莫言的四部中篇小说》、谢欣的《心灵的渴望与追求——读莫言小说集〈透明的红萝卜〉》和北川的《〈透明的红萝卜〉的美学意蕴》。直到最近一期——二〇一二年第六期刊发栾梅健的《面对历史纠结时的精准与老到——再论莫言〈蛙〉的文学贡献》——二十七年来，这本杂志对莫言创作的关注从未停止过。受到关注的莫言作品，从《透明的红萝卜》、《红高粱》、《天堂蒜薹之歌》、《酒国》到《丰乳肥臀》、《檀香刑》、《生死疲劳》、《蛙》，几乎无一遗漏，其重要作品均在《当代作家评论》的评论视域内。陈思和、王安忆、吴俊、季红真、张清华、孙郁、陈晓明、王尧、程光炜、李洁非、栾梅健、王光东、张闳、谢有顺等一大批优秀的中青年作家、文学批评家，都在《当代作家评论》上发表过评论莫言的文章。在二〇〇〇年、二〇〇一年和二〇〇六年，《当代作家评论》都是在头题位置推出了莫言评论专辑。二〇〇六年第六期发表十一篇莫言评论文章，① 一本杂志一百六十页，"莫言研究专辑"就占去了一百个页码，以如此大的篇幅评介一位中国当代作家的作品，这在中国文学评论刊物中是第一次，在新文学的百年历程中也属罕见。

所刊发的这些评论文章，有中国学界的阐释，也有域外评论家的声音。一九八七年，青年批评家吴俊在《当代作家评论》上发表《莫言小说中的性意识——兼评〈红高粱〉》② 一文时，及时并敏锐地发现莫言小说的特殊视角与读者的同构关系："在很多时候，读者对于作品的理解与否，以及理解的程度如何等等，事实上也就往往能够左右一部作品的现实命运。而莫言小说的奇特性正是在这方面得到了最充分的体现。尽管小说语言的心理化成为他创作中的一个突出特征，但这却几乎丝毫也没有影响到人们对他的作品的特别关注和强烈反应的程度：既无损于它的深刻性，同时也没有削弱它的可读

---

① 《当代作家评论》2006年第6期的"莫言研究专辑"11篇评论文章：孙郁《莫言：与鲁迅相逢的歌者》，程光炜《魔幻化、本土化与民间资源——莫言与文学批评》，黄发有《莫言的"变形记"》，张清华《天马的缰绳——论新世纪以来的莫言》，李静《不驯的疆土——论莫言》，〔英〕杜迈可《论〈天堂蒜薹之歌〉》，季进、王娟娟译，王者凌《"胡乱写作"，遂成"怪诞"——解读莫言长篇小说〈生死疲劳〉》，王光东《复苏民间想象的传统和力量——由莫言的〈生死疲劳〉说起》，郭冰茹《寻找一种叙述方式——论莫言长篇小说对传统叙述方式的创造性吸纳》，周立民《叙述就是一切——谈莫言长篇小说中的叙述策略》，季红真《神话结构的自由置换——试论莫言长篇小说的文体创新》。

② 吴俊：《莫言小说中的性意识——兼评〈红高粱〉》，《当代作家评论》1987年第5期。

性。如果还是用两个圆来作比的话，我认为，莫言的成功，在很大程度上是凭借了他那个圆中的潜意识内容与读者群体圆中的相同部分达到了某种神秘的默契。也就是说，这两个圆相交了，它们有属于共同的部分。当然，我并没有排斥在他们的自觉意识内容中，莫言和读者群体也有着同样的共同部分存在的可能性。相反，我倒认为，这种自觉意识内容的共同部分的存在恐怕还是必然的和肯定的。只是我本人对他们的潜意识内容更感兴趣而已。那么，这种共同的潜意识内容主要到底是什么呢？我想，应该直率地说，那就是人类的'恋母情结'。"一九八八年，季红真在《当代作家评论》发表《现代人的民族民间神话——莫言散论之二》，[①] 她认为："莫言的艺术世界，无疑是经验世界与神话世界水乳交融的内在统一。他作品中的本事，几乎都不超出人们的经验范围，而其中对乡土社会人生世相从整体到细节的社会写实，可以说是相当逼真的，这带来了作品内容的扎实。然而，他的小说整体上却带给人神话的效果。这不仅是由于其作品中的民间好汉，颇合于中国古代'神话的历史化和历史的传奇化（人格神话）'[②] 的规律，也不仅是由于争战杀伐却不给人以恐怖感的英雄崇拜的史诗灵魂，甚至也不在于穿插在人世故事中的鳖精狐怪等民间信仰。而且，农耕民族万物有灵的原始自然观，作为民族民间神话思维的心理基础，儒教规范下汉民族重视现世伦理实践成功的价值取向所造就的，充满人生神秘感及宿命的精神归宿心理内容的，因果报应、福祸根基等潜在的思维模式，都是这个带有神话的奇异世界赖以构筑的有效契机。"一九九三年，张清华在《当代作家评论》发表评论文章，断言"迄今为止，莫言仍然是新时期以来最具有文体意识和文体价值的作家之一。他以多重的文化素养和自觉以及特有的创造素质建构了自己独特的叙述方法和表达模式，这将是他对当代文学做出的最突出的贡献"。[③] 二〇〇三年，张清华在《叙述的极限——论莫言》中指出：《丰乳肥臀》是"新文学诞生以来迄今出现的最伟大的汉语小说"。[④] 王安忆在《喧哗与静默》[⑤] 中指出："莫言有一种能力，就是非常有效

---

① 季红真：《现代人的民族民间神话——莫言散论之二》，《当代作家评论》1988年第1期。
② 谢选骏：《神话与民族精神》，第242页，济南，山东文艺出版社，1986。
③ 张清华：《莫言文本多重结构中传统美学因素的再审视》，《当代作家评论》1993年第6期。
④ 张清华：《叙述的极限——论莫言》，《当代作家评论》2003年第2期。
⑤ 王安忆：《喧哗与静默》，《当代作家评论》2011年第4期。

地将现实生活转化为非现实生活，没有比他的小说里的现实生活更不现实的了。他明明是在说这一件事情，结果却说成那一件事情。仿佛他看世界的眼睛有一种屈光的功能，景物一旦进入视野，顿时就改了面目。并不是说与原来完全不一样，甚至很一样，可就是成了另一个世界。"二〇〇五年，美国作家约翰·厄普代克在《纽约客》杂志发表《苦竹：两部中国小说》①评介《丰乳肥臀》："一九五五年出生于中国北方一个农民家庭的莫言，借助残忍的事件、魔幻现实主义、女性崇拜、自然描述及意境深远的隐喻，构建了一个令人叹息的平台。"二〇〇六年，美国翻译家葛浩文在莫言《丰乳肥臀》的英译本导言引用了首届"大家·红河文学奖"的评语："尽管书名简单直接，《丰乳肥臀》却是一场丰盛的文学宴。莫言几乎将整个二十世纪涵盖其中，以无畏的毅力和热情描述了中国社会的历史发展……它是展现作者独特风格的文学经典。"葛浩文认为："《丰乳肥臀》自然是虚构的。此作在处理（自然是有选择性的）历史事件的同时，亦探讨暴露社会与人性更广的层面，超越和驳斥那些特定事件或对历史的经典化政治解读。""中国标准的历史小说倾向于将重大的历史事件前景化，莫言则置之不理。《丰乳肥臀》中的历史事件纯粹为金童、其幸存的姐妹、侄子侄女以及母亲的生命提供了背景。因为这背景，上官金童的恋母情结倾向和阳痿变得明显可见。通过对男主人公不留情面、毫不恭维的描绘，莫言要读者注意的是人种退化和中国人个性的混杂削弱（对初见于《红高粱家族》中情感的回响），亦即失败的父权社会。最终，是女性（大部分，并非全部）的性格力量为作者灰暗的景观添加了一线希望。"②这些评论文章也曾引起莫言本人的共鸣。早在二〇〇二年他在与王尧教授的访谈中说："我坚信将来的读者会发现《丰乳肥臀》的艺术价值，这两年其实已经有很多评论家发表了让我欣慰的评价，小说主人公上官金童的恋乳症实际是一种象征，每个人的灵魂深处都有污点，每个人都有一些终生难以释怀的东西，有的人追求官职，有的人追求金钱，有的人追求女人，有的人追求古董。总有一些东西的价值是被你放大了，其实没有那么重要。放大了某事物的价值，然后产生一种病态的冲动去疯狂地追求，其实完全不需要这样。""最近，我把《丰乳肥臀》润色了一下，做了一

---

①〔美〕约翰·厄普代克：《苦竹：两部中国小说》，季进、林源译，《当代作家评论》2005年第4期。

②〔美〕葛浩文：《莫言作品英译本序言两篇》，吴耀宗译，《当代作家评论》2010年第2期。

些技术性的删节，当时写得太仓促了。在修改的过程中，我更加明确地意识到，《丰乳肥臀》是我的最为沉重的作品，还是那句老话，你可以不看我所有的作品，但你如果要了解我，应该看我的《丰乳肥臀》。"① 二〇〇六年十一月，孙郁在北京鲁迅博物馆召开的"莫言作品学术研讨会"上指出："随着《丰乳肥臀》、《檀香刑》、《生死疲劳》的问世，中土世界的狂欢的场景终于从域外叙述的桎梏里解放出来。那里已远远摆脱了马尔克斯的怪影，是土生土长的汉文明里的魔幻。这魔幻我们只有在汉墓的造像里、敦煌的天地鬼人图里略微可以考见。汉代人写物与写人，神异鬼怪，来往于天地之间。汉之后的小说，虽有志怪的遗音，大多是扭扭的舞步，很少看到乡俗里的潇洒了。而莫言的诞生，衔接了一个消失的精魂，并且放大了力量。大江健三郎等人对他的认同，其实是惊异于这种天马行空式的状态的。那是不是鲁迅遗魂的另一种表达？在我们古老的东亚，已久没有这样大气磅礴的精魂了。"② 莫言的长篇小说《生死疲劳》发表后引起了一些争议，陈思和力挺这部小说，撰写了两篇长达三万多字的评论文章，在《"历史—家族"民间叙事模式的创新尝试》③ 一文中，他通过与贾平凹《秦腔》的比较，认为："《秦腔》是一部法自然的现实主义文学的代表作，其绵密踏实的文笔笔法，丰厚饱满的艺术细节，达到了一种极致的程度，如果从以写实手段来描绘中国农村历史与现状的要求来看，《秦腔》是一部当代文学中很难超越的扛鼎之作；相比之下，《生死疲劳》在细节的考究与过程的描写上不如《秦腔》那样饱满，但是阅读《生死疲劳》时你的心灵仍然会感受到强大的冲击力和震撼力——如小说一开始，西门闹在地狱里忍受煎熬、大闹阎王殿、鸣冤叫屈的惨相，让人一下子联想到《聊斋》里的席方平，'必讼'的呼声震撼人心，这个开篇不同凡响，一下子就揪住了读者的心，迫使你非要读下去——这样的描写不能说其不饱满，但是它的饱满显然是体现在怪诞的叙事形态上而不是历史细节的真实之上，这是与《秦腔》的差别，也正是《生死疲劳》的独创之处。""我以为《生死疲劳》的独特之处，就在于其以非常怪诞的叙事形态展示了'家族'的元素，从而再进入了对历史的审美的描绘。""淡化历史元素，凸现神话传说元素，把沉重的历史叙事转换为轻松幽默的民间叙

---

① 莫言、王尧：《从〈红高粱〉到〈檀香刑〉》，《当代作家评论》2002年第1期。
② 孙郁：《莫言：与鲁迅相逢的歌者》，《当代作家评论》2006年第6期。
③ 陈思和：《"历史—家族"民间叙事模式的创新尝试》，《当代作家评论》2008年第6期。

事，从而强化了小说的叙事美学，我以为是《生死疲劳》的最可爱之处，也是对于'历史—家族'民间叙事模式的一次有效性创新。"在《人畜混杂，阴阳并存的叙事结构及其意义》①一文中，陈思和通过对《生死疲劳》文本的细读与分析，对这部作品叙事结构及其意义给予很高的评价："《生死疲劳》的叙事结构有非常独到的意义。它的叙事结构是用两条生命链建构起西门家族的兴衰史，轮回隐喻的生命链连接了畜的世界、阴司地府；血缘延续的生命链连接了人的世界、人世间的社会；两条生命链的结合，构成了人畜混杂、阴阳并存的艺术画面。"二〇〇八年七月，《生死疲劳》获得第二届香港浸会大学"红楼梦文学奖"。刘再复认为"《酒国》、《受活》、《兄弟》三部长篇小说的作者莫言、阎连科、余华，是中国大陆当代文坛最富有灵魂活力的作家（除了这三人之外还有贾平凹等）。所谓最有灵魂的活力，是指他们具有文思泉涌、不断创造的特点，即作品一部接连一部，一部超越一部，既不重复他人，也不重复自己。这是五四新文学运动以来少见的现象。深刻影响美国精神的大散文家爱默生说过一句话：唯一有价值的是拥有活力的灵魂。如果说，高行健在西方表现出汉语写作的活力，那么，莫言、阎连科、余华、贾平凹等作家的价值，则在于他们呈现了中国大陆当代写作的活力"。②二〇〇二年，《当代作家评论》转载过另一位诺贝尔文学奖获得者日本作家大江健三郎与莫言的对话《文学应该给人光明》。③二〇〇五年，刊发了美国作家约翰·厄普代克的《苦竹：两部中国小说》，二〇〇六年，刊发了英国批评家杜迈可的《论〈天堂蒜薹之歌〉》，④二〇〇八年，刊发了美国批评家史景迁《重生——评〈生死疲劳〉》，⑤二〇〇九年，刊发了铁凝、大江健三郎、莫言的对话《中日作家鼎谈》⑥与美国批评家白礼博评论《天堂蒜薹之歌》的文章《时代的书：你几乎能触摸一个中国农民的"二十二条军规"》⑦，二〇一〇

---

① 陈思和：《人畜混杂，阴阳并存的叙事结构及其意义》，《当代作家评论》2008年第6期。

② 刘再复：《"现代化"刺激下的欲望疯狂病》，《当代作家评论》2011年第6期。

③〔日〕大江健三郎、莫言：《文学应该给人光明》，《当代作家评论》2002年第3期。

④〔英〕杜迈可：《论〈天堂蒜薹之歌〉》，季进、王娟娟译，《当代作家评论》2006年第6期。

⑤〔美〕史景迁：《重生——评〈生死疲劳〉》，苏妙译，《当代作家评论》2008年第6期。

⑥ 铁凝、〔日〕大江健三郎、莫言：《中日作家鼎谈》，《当代作家评论》2009年第5期。

⑦〔美〕白礼博：《时代的书：你几乎能触摸一个中国农民的"二十二条军规"》，林源译，《当代作家评论》2009年第6期。

年，刊发了美国翻译家葛浩文的《莫言作品英译本序言两篇》，二〇一一年，刊发了刘江凯的《本土性、民族性的世界写作——莫言的海外传播与接受》①。这些文章比较详细地介绍了莫言作品在海外的译介、传播与影响情况。在所刊发的文章中，有作品研究，有创作谈，有文学对话，还有莫言的讲演录。

与此同时，莫言也热情为《当代作家评论》撰稿，早在一九九一年，他就发表了关于余华及其小说的杂感《清醒的说梦者》②，后来分别发表了《说说福克纳这个老头儿》③、《诉说就是一切》④、《当历史扑面而来》⑤、《捍卫长篇小说的尊严》⑥、《影响的焦虑》⑦等文论。二〇〇一年十月，《当代作家评论》与苏州大学在苏州开设"小说家讲坛"，邀请莫言为"小说家讲坛"开坛，他作了题为"文学创作的民间资源"的讲演⑧，莫言在讲演中提出"作家的创作有两种态度，一种是为老百姓写作，一种是作为老百姓写作"。他选择"作为老百姓写作"这样一种方式。我们以为，莫言关于两种写作的界定与区分，不仅对正在深化的民间理论有所拓展，而且打破了我们习以为常的一些偏见。为此，新华社记者于新超刊发了专稿《莫言：是为老百姓写作，还是作为老百姓写作》⑨，在中国文坛引起了强烈反响。这些不同体例、不同形式的文章，以多视域、立体层次为当代文坛展现着丰富、厚重、歧义、多姿的莫言。

《当代作家评论》始终将莫言置放在中国当代最优秀作家的行列中。《当代作家评论》对于莫言作品的推介并不局限于刊发相关评论文章，重要的一点还表现在联合高校等科研单位为莫言的重要作品举办学术研讨会。二〇〇六年十一月，《当代作家评论》与

① 刘江凯：《本土性、民族性的世界写作——莫言的海外传播与接受》，《当代作家评论》2011年第4期。

② 莫言：《清醒的说梦者——关于余华及其小说的杂感》，《当代作家评论》1991年第2期。

③ 莫言：《说说福克纳这个老头儿》，《当代作家评论》1992年第5期。

④ 莫言：《诉说就是一切》，《当代作家评论》2003年第5期。

⑤ 莫言：《当历史扑面而来》，《当代作家评论》2004年第6期。

⑥ 莫言：《捍卫长篇小说的尊严》，《当代作家评论》2006年第1期。

⑦ 莫言：《影响的焦虑》，《当代作家评论》2009年第1期。

⑧ 莫言：《文学创作的民间资源——在苏州大学"小说家讲坛"上的讲演》，《当代作家评论》2002年第1期。

⑨ 于新超：《莫言：是为老百姓写作，还是作为老百姓写作》，2001年11月2日新华社专稿。

鲁迅博物馆、苏州大学、渤海大学在北京鲁迅博物馆联合举办了"莫言作品学术研讨会"，作家阎连科、格非、李洱、林白、徐小斌、韩松、叶开，批评家孙郁、张清华、王尧、程光炜、季红真、吴义勤、王光东、季进、施战军、谢有顺，日本翻译家桑岛道夫等三十多位国内外文学研究者参加了研讨会，新华社、《人民日报》、《光明日报》、《文艺报》等媒体都进行了跟踪报道，产生了广泛的社会影响。

二〇〇一年，《当代作家评论》主编林建法邀请莫言与苏州大学教授王尧到大连做文学对话，并提出设立"小说家讲坛"的设想，王尧、林建法认为：这个讲坛的设立是为了彰显小说家们被遮蔽掉的意义。在这个讲坛上讲演的小说家堪称是杰出甚至伟大的作家。关于"杰出"或"伟大"的提法，或许暂时不为一些人接受，但我们相信以后的文学史会做这样的表述。熟悉百年中国和世界文学史的人都知道，在最近的二十年当中，我们已经有一批杰出或伟大的作家，但我们常常由于某种莫名其妙的思想与心理作用，不敢或者不想做这样的表述。我们以为莫言就是伟大的作家之一。《当代作家评论》之所以敢于对莫言的文学创作始终持肯定与支持的态度，其背后是对于作家作品的大量而细致的阅读，是与重要的莫言研究者进行深层交流与研讨、悉心倾听的结果，是对中国当代文学发展大趋势甄别、筛选的结果。《当代作家评论》始终认为中国当代文学存在着值得肯定，值得一代人为之努力与坚守的精神价值。这本杂志对于莫言作品文学价值的深刻认识，也得益于《当代作家评论》对中国当代文学发展始终秉持的一种文学理想与信念。

《当代作家评论》二〇〇二年封面改版，在封面刊登作家、批评家签名手迹，首个签名是莫言的；二〇〇四年封面再次改版，以作家、批评家照片作封面（此做法延续至今），首位亮相的作家仍是莫言。二〇〇八年为庆祝改革开放三十周年、《当代作家评论》创刊二十五周年，中国国际集邮有限公司为《当代作家评论》设计发行了纪念邮票系列，其中一枚电话卡的设计就采用了莫言的签名和头像。

诺贝尔文学奖不是至高无上、不可超越的一个文学世界巅峰，莫言的获奖也不会是中国当代文学发展的顶点，它只能标志着在世界文学发展进程中的中国当代文学成就被进一步地理解与认同。当"诺贝尔—莫言"这一娱乐化浪涛平息之后，尘归尘，土归土，文学仍旧复归为文学，中国当代文学仍要在自己的发展轨道上筚路蓝缕。作家、批评家、文学期刊编辑、所有热爱文学之人，诚恳而踏实地在各自的领域内施展自己的才华，在内心里秉持一种对于文学精神的信念或信仰，互相砥砺，不断寻找前进的方向与动力，这才是中国文学发展的大未来、大希望所在。其实，这些是《当代作家评论》在过去的三十年里一直在做的，也是今后仍然要秉承的理念。

原载《香港文学》二〇一二年第十一期，《当代作家评论》二〇一三年第一期转发